Cuando llega el deshielo

Laia Vilaseca

Cuando llega el deshielo

SUMA
de letras

Papel certificado por el Forest Stewardship Council®

Penguin
Random House
Grupo Editorial

Título original: *Quan la neu es fon*
Primera edición: marzo de 2022

© 2022, Laia Vilaseca. *Esta edición c/o SalmaiaLit, Agencia Literaria*
© 2022, Penguin Random House Grupo Editorial, S.A.U.
Travessera de Gràcia, 47-49. 08021 Barcelona
© 2022, Noemí Sobregués Arias, por la traducción

Printed in Spain – Impreso en España

ISBN: 978-84-9129-696-6
Depósito legal: B-879-2022

Compuesto en Mirakel Studio, S.L.U.
Impreso en Impreso en Liberdúplex,
Sant Llorenç d'Hortons (Barcelona)

SL 9 6 9 6 6

El camino más directo al universo es
a través de un bosque salvaje.

JOHN MUIR

Aunque la acción de esta novela transcurre en lugares reales, todos los personajes que forman parte de ella, así como algunas localizaciones, son inventadas y fruto de mi imaginación, y en este sentido, cualquier similitud con la realidad es pura coincidencia.

1

No sabía cuál era el motivo que la había hecho cambiar de opinión sobre aquella revelación justo antes de morir, pero estaba segura de que la visita de Barlett unos minutos antes de mantener esa última conversación había tenido algo que ver. Evidentemente, él negó saber nada, pero puso esa cara de póquer que Sarah conocía tan bien. Siempre le había parecido una paradoja que uno de los hombres más poderosos de Las Vegas, propietario de más de tres casinos, no supiera jugar mejor sus cartas en lo relativo al control facial.

La escena había sido —como solía pasar con la que prácticamente había sido su única referencia familiar— breve y surrealista.

Nona había enfatizado que quería morir de la forma más tranquila posible en el mismo lugar donde había vivido toda su vida y la había criado: su casa en el barrio de Desert Shores, en Las Vegas. Así que nada de hospitales ni tratamientos que no servirían para evitar el irreparable desgaste de los años en un cuerpo que había sentido y sufrido mucho más de lo que jamás había dejado entrever a aquellos que la rodeaban.

La abuela había decidido que ya no merecía la pena seguir luchando, y quienes la conocían bien, como Sarah, sabían que pasaría muy poco tiempo entre esta decisión y su consecuencia ineludible, que se materializaría el 4 de abril de aquel 2019. Por eso llamó a Barlett y le dijo: «Nona se apaga. Mejor que te despidas de ella». Él chasqueó la lengua, y de aquella onomatopeya al otro lado del teléfono Sarah extrajo pesar y tristeza.

Sabía que existía algo sin resolver entre esas dos personas que habían sido lo más parecido a una madre y un padre que ella había conocido. Aunque siempre habían intentado ocultarlo, o disfrazarlo de relación casual con inocentes bromas punzantes, la tensión le había resultado palpable desde que era muy pequeña. Pero se había cansado de las negociaciones y de los «no pasa nada» cada vez que les preguntaba por el tema, así que lo había integrado con normalidad en la carpeta de su cerebro de las cosas que, al menos en ese momento, no tenían respuesta ni solución. Con estas cosas no había que perder el tiempo, Nona era vehemente al respecto, y Sarah había aprendido a acallar las voces que la empujaban a hacer preguntas a las que su abuela nunca quería responder con sinceridad.

Y, de repente, aquella noche, cuando el sol ya casi había desaparecido y el silencio envolvía la habitación empapelada con flores de colores pálidos, Nona le dijo:

—Tu padre no es un desconocido, Bunny. Se llama Nick Carrington.

A Sarah le sorprendió, sí, pero no tanto la revelación en sí como el hecho de que Nona hubiera decidido por fin sincerarse sobre lo que ocultaba. Siempre había creído que sabía mucho más de su padre de lo que decía, pero estaba convencida de que se lo llevaría a la tumba.

—¿Dónde está? —le preguntó. En sus palabras no había rencor ni enfado. Era pura curiosidad.

—No lo sé. Desapareció.

—¿Antes de que yo naciera? —No dio tiempo a que Nona le contestara—. Debe de haber cientos de Nicks Carrington solo en el estado de Nevada...

Nona alzó con dificultad el brazo delgado, la carne que había tenido en brazos a Sarah durante su infancia, ahora arrugada y colgando de unos huesos porosos y débiles, y señaló la cómoda de la habitación.

—En el último cajón —le dijo.

Se acercó y revolvió el contenido. Camisones de tirantes, medias viejas y ropa interior beige compartían espacio con un libro de tapa dura con el lomo amarillo. En la cubierta había una fotografía de la Half Dome de Yosemite iluminada por la débil luz del atardecer y el título en letras blancas sobre el gris del granito de la piedra: BUSCANDO A JENNIE JOHNSON. Debajo, en otro tipo de letra, constaba el nombre del autor: NICK CARRINGTON.

Le temblaban las manos cuando abrió el libro buscando la solapa interior. El corazón se le aceleró tanto que notaba el ensordecedor sonido en las orejas. Por fin, vio el rostro de su padre. Aquella fisonomía imaginada hasta la saciedad durante años y años de insomnio, de interminables noches oscuras llenas de preguntas sin respuesta. Y ahora, de repente, su padre le sonreía. Tenía hoyuelos apenas visibles tras una barba casi blanca. Y la miraba con los ojos ligeramente cerrados, como si el sol que se intuía en la fotografía lo fastidiara juguetonamente a pesar de la gorra de béisbol blanca, que resaltaba su piel morena.

—¿Quién es Jennie Johnson? —le preguntó en voz alta. Y de inmediato, sin poder evitarlo, otra pregunta se abrió paso en sus labios—: ¿Sabe que existo, Nona?

Pero no hubo respuesta. Su abuela tenía los ojos cerrados y ya no respiraba.

Se quedó sentada luchando contra una tristeza insoportable mientras su cerebro no podía dejar de pensar en las respuestas a esa revelación, que abría un nuevo mundo de preguntas.

Las largas horas que siguieron a la muerte de Nona fueron una maraña de emociones cubiertas de un aura casi onírica que en el futuro le costaría evocar. Pero lo que sí recordaría para siempre sería la presencia tranquila y serena de Barlett a su lado desde que lo alcanzó mientras subía al coche cuando ya se marchaba después de su visita, y solo con verle la cara y los ojos brillantes adivinó que Nona había muerto.

Gracias a Barlett y a Jolie —su secretaria—, los preparativos para la ceremonia y la incineración de Nona, así como todos los quebraderos de cabeza que acompañan a los familiares del fallecido en el peor de los momentos, fueron mucho más llevaderos. Barlett la convenció de que se quedara en una de las distinguidas habitaciones del

Belmond, el mejor hotel de los tres que tenía en la ciudad y en cuya suite de la planta superior él pasaba temporadas. Aunque sabía que intentaba darle el espacio que creía que necesitaba, Barlett se aseguraba de que cada día el servicio le llevara el desayuno, la comida y la cena a la habitación, y después preguntaba por lo que había dejado para asegurarse de que comía algo. La verdad es que Sarah estaba jodida. Al fin y al cabo, Nona era su única familia biológica. Pero era la revelación de última hora la que realmente la había sacudido de pies a cabeza justo en un momento tan doloroso.

—¿Qué sabes de Nick Carrington? —le preguntó a Barlett la primera noche que pasó en el hotel cuando la acompañó a la habitación.

—No sé quién es. ¿Por qué? ¿Debería conocerlo? —La entonación parecía sincera, pero había tardado un segundo más de lo normal en contestar y Sarah había visto que el vaso de whisky que sujetaba en la mano izquierda había temblado ligeramente.

—Entonces ¿no sabes nada? —Lo escrutó con la mirada.

—No. Ya te lo he dicho. ¿Quién es? —Dio un trago al whisky.

—Da igual. No tiene importancia. —Por algún motivo que no sabía explicar había intuido que era mejor guardarse esa carta. Al menos, de momento.

Él dejó el vaso en el mueble bar con delicadeza y le dijo:

—Jolie ha concertado una cita a las nueve con la funeraria. ¿Te va bien? —Le apoyó la mano en el hombro.

—Sí, claro —contestó sin mirarle a los ojos—. Gracias.

—De nada. Intenta descansar, ¿de acuerdo?

—Hum.

—Llámame si necesitas algo. O sube. Estoy a solo un piso de distancia. —Le dio un beso en la frente antes de marcharse.

—Gracias, Barlett. Por todo.

—No tienes que dármelas, Sarah. —Sonrió y se dirigió a la puerta.

—Jack...

Él se giró.

—¿De qué hablaste con Nona ayer, antes de que te marcharas?

—De nada en especial. Fue más bien una despedida. Me pidió que te cuidara. Y que me buscara de una vez a una mujer decente con la que compartir tanta pasta. —Sonrió.

Ella asintió. Debía de ser agradable tener la sensación de haberlo dejado todo cerrado antes de morir. Su experiencia había sido muy distinta. Pero no estaba preparada para compartirla.

Él la miró con preocupación.

—Te avisaré si necesito algo —lo tranquilizó.

—De acuerdo. Descansa. —Y salió de la habitación.

En cuanto Barlett cerró la puerta, Sarah cogió el libro que había enterrado entre la ropa de la maleta y leyó por segunda vez el fragmento que le había destrozado el corazón la tarde anterior.

Buscando a Jennie Johnson

Nota del editor

Estimado lector:

En primer lugar, quiero agradecer su interés por leer este libro. Si lo tiene en las manos, es muy probable que conozca, aunque sea por referencias, el caso de Jennie. Este es uno de los motivos, probablemente el principal, que animaron a Nick Carrington a escribirlo.

De la desaparición de Jennie Johnson se han dicho y escrito muchas cosas, como también se han dicho y escrito muchas cosas sobre el autor de este libro.

Después de todo lo sucedido, el autor pensó que la única manera de exponer de forma ordenada y metódica su punto de vista sobre los descubrimientos de la investigación y los acontecimientos derivados de esta era escribiendo este libro. Para él era la única manera de hacerlo evitando el ruido, las amenazas y las complicaciones que rodeaban el caso.

A raíz de mis conversaciones con Nick puedo asegurar que, aunque probablemente consiga convencer al lector de sus hipótesis y puntos de vista sobre lo que le sucedió a Jennie —como lo hizo conmigo—, no ha escrito este libro para persuadir, sino para exponer lo que Carrington consideraba la verdad.

Desgraciadamente, el autor nunca podrá confirmar si sus hipótesis eran ciertas, aunque cabe considerar que las extrañas circunstancias de su muerte sean la prueba más evidente.

En cualquier caso, esperamos que sus últimas palabras sirvan para aportar luz al caso de Jennie Johnson, y quizá, algún día, contribuyan a hacer justicia.

Lo había leído por primera vez mientras esperaba a que llegaran los servicios funerarios e inmediatamente había sentido una punzada en el pecho. Esa información eliminaba una posibilidad que justo se había permitido imaginar: la materialización de esa relación hasta entonces inaccesible. El hallazgo de una conexión que terminaría de explicarle por fin la otra mitad de sus orígenes, de su forma de ser, de las manos y los ojos que tenía, de por qué le hacían gracia las cosas que le hacían gracia y por qué le entristecían las que le entristecían.

Parecía imposible poder ganar y perder a un padre en menos de una hora, y aun así era lo que acababa de pasarle. Sintió una ira incontrolable hacia Nona por infligirle ese dolor macabro desde la muerte. ¿Qué necesidad tenía de decírselo ahora, cuando ya no podía encontrarlo?

Nada tenía sentido.

Y aun así estaba dispuesta a descubrir todo lo que pudiera sobre ese padre al que ya nunca podría conocer.

Capítulo 1. Un coche abandonado en la 140 una noche de invierno

Casos de desaparecidos hay muchos, no tenéis más que buscar en las bases de datos de las webs públicas que se dedican a este tema: la Doe Network y The Charley Project aquí en Estados Unidos. La triste realidad es que más de seiscientos mil estadounidenses desaparecen cada año, aunque en ocasiones, como en 1994 y 1996, esta cifra se ha acercado al millón. De estos hay bastantes que se han marchado de forma voluntaria y otros en los que se sospecha *foul play*.* A veces es difícil discernir una cosa de la otra, y sin embargo es un dato clave para el éxito de la investigación. Como muchos sabréis, en el caso de Jennie la hipótesis inicial marcó un caso que llegó a las páginas de los periódicos de todo el país precisamente por eso.

---

* 'Juego sucio', alguien ha hecho daño a la víctima.

Jennie desapareció el 29 de febrero de 2016, el día que cumplía veintitrés años. Se desplazaba por la 140 con un viejo Mitsubishi Montero cuando sufrió un accidente y su coche quedó atascado en un banco de nieve del arcén tras chocar contra una secuoya. Poco después, un transportista que subía al pueblo vio la escena y paró para ayudarla. Le preguntó si quería que la llevara a la zona más poblada de El Portal, y ella le contestó que no era necesario, que estaba bien y le pidió que no llamara a la policía porque ya había avisado al seguro del coche y una grúa iría a buscarla. El transportista se marchó y cuando llegó a El Portal alertó del accidente a la oficina del chief, básicamente porque era consciente de que allí no había cobertura y estaba seguro de que la chica le había mentido.

Cuando el ranger asignado llegó al lugar de los hechos, Jennie ya no se encontraba allí. El coche estaba cerrado y lleno de cosas, entre ellas una maleta con ropa, cajas con libros y apuntes de la universidad y artículos de higiene y maquillaje. También había una caja con tres botellas de Kahlúa y dos de vino en el asiento trasero y manchas de lo que después se dedujo que era vino en el techo del vehículo. Fuera, en el suelo, había una botella de whisky vacía junto a la puerta del copiloto.

El ranger gritó y recorrió los alrededores de la zona, pero no obtuvo respuesta, así que supuso que la persona que conducía el vehículo había bebido demasiado y huido de la escena del accidente para evitar que la multaran y que seguramente volvería al día siguiente a buscar el vehículo.

Pero como muchos ya sabéis, Jennie nunca volvió a recoger su coche.

La oficina del chief me asignó el caso, y lo demás ya es historia. Y la historia, como siempre, depende de quién la cuenta y cómo.

Que el caso me atrapó no es ningún secreto.

A menudo me han acusado de obsesionarme con este tema, pero ¿cómo se busca a una persona que ha desaparecido, si no es a todas horas y con todos los recursos posibles? Especialmente cuando cometimos aquel error determinante en las primeras horas de la investigación.

Además, el caso de Jennie se ha hecho un hueco en las casas, los ordenadores y la vida de muchas personas que han dedicado horas y horas a resolver su desaparición desde la silla de su despacho; personas que se han quedado atrapadas en un misterio inicial que va complicándose poco a poco a medida que te adentras en él, y que parece que nunca vaya a acabar. Por lo tanto, personas que tienen una opinión de lo sucedido, a pesar de que lo que saben es como mucho de segunda mano, si no de tercera o cuarta.

La verdad es que escribo este libro para, de alguna manera, zanjar este tema en mi mente y no tener que volver a hablar de él. Es sabido que no estoy de acuerdo con cómo ha avanzado el caso de Jennie, y estoy seguro de que no se le ha hecho justicia.

He contemplado muchas opciones de cómo explicar los hechos derivados de mi investigación durante este tiempo: de forma cronológica, narrando mis suposiciones, incluyendo o no el material derivado de estas investigaciones... Al final he optado por una mezcla de todo ello, porque creo que es la única manera de que los hechos hablen por sí mismos y podáis llegar a las mismas conclusiones que yo una vez dispongáis de la información. Y si no coincidimos, servirá para aportar nueva luz al caso. Aunque dudo que suceda. Es muy posible que los implicados en la desaparición de Jennie lean estas palabras algún día. A ellos quiero decirles: las cosas no terminan hasta que terminan. Y aún no han terminado.

2

Se obligó a cerrar la puerta con delicadeza mientras maldecía a esa mujer peculiar y obstinada que había decidido complicarle la vida incluso una vez muerta.

Hacía tres meses que la había encontrado en su sillón preferido, absorta con un libro en las manos. Nona no era una gran lectora, y le sorprendió el nivel de concentración que mostraba en ese momento, con el cuerpo encorvado hacia delante y los ojos azules que Eve había heredado recorriendo rápidamente las páginas iluminadas por el sol de media tarde. Pero cuando había sentido por fin su presencia y levantado la cabeza, había detectado de inmediato algo extraño en su expresión.

—¿Qué? —le preguntó.

Ella le había tendido el libro en silencio y con cierta expresión de gravedad.

Él había leído el nombre del autor, el título y la sinopsis. Era un libro de *true crime* que narraba la investigación de una chica desaparecida. No entendía a qué narices venía tanto misterio. Hasta que abrió el libro y vio la cara del autor en la solapa.

Tardó un par de segundos en entender quién era, en identificar aquel rostro, bajo la capa de los años que habían transcurrido, asociado a un nombre que no conocía. Pero era él, no tenía ninguna duda. Nona tampoco. Era evidente.

—Quizá debería...

—No —la interrumpió rotundo—. No tiene ningún sentido complicar las cosas a estas alturas.

Supo que había detectado la ira disfrazada en su tono de preocupación. Seguramente pensó que cambiaría de parecer cuando leyera la primera página.

—Sarah tiene derecho a... —empezó a decir. Pero no la dejó terminar.

—No es una cuestión de sangre, Nona. Renunció a ella cuando desapareció de su vida. Fue su elección.

Nona sabía que no era del todo cierto, pero no pensaba compartir esa información con él. No podía imaginar que Barlett, aunque de otro modo, también sabía que no era verdad. Pero lo que se le escapaba por completo era que ese hombre se jugaba todo su imperio.

Dio la conversación por concluida y se dirigió hacia la puerta.

—Barlett —le dijo ella en un tono más severo.

Se giró y le lanzó una mirada impaciente.

—El libro.

Volvió hacia el sillón y le tendió el arma que lo había desestabilizado.

—Déjalo correr. —Era casi una orden.

—Ya veremos. —Y había vuelto, impasible, a su lectura.

Así había terminado la conversación. No volvieron a hablar del tema. Las semanas pasaron sin que Nona se decidiera a decir nada, así que dio por sentado que la había convencido de hacer lo que él consideraba correcto. Pero era evidente que se había equivocado.

Entró en su suite presidencial y se sacudió el mal humor. De nada servía perder el tiempo con el pasado. Lo que tenía que hacer era ocuparse del tema de inmediato.

Marcó la extensión de Jolene. Solo sonó un tono antes de que respondiera.

—Dile a Dustin que venga a mi suite. Ahora mismo. —Y colgó el teléfono.

El chief White recordaba exactamente el momento en el que había empezado a sospechar lo que se le vendría encima.

Era la mañana del 1 de marzo de 2016. La niebla todavía no se había levantado y un viento gélido le azotaba el rostro mientras caminaba por la zona de aparcamiento del Sequoia Inn intentando no resbalar en la capa de hielo y nieve que cubría el asfalto. De repente sonó el teléfono.

—Chief, creo que tenemos un problema —le había dicho Rodowick, uno de sus rangers.

—¿Qué pasa? —Acababa de localizar el Suzuki Jimny azul que buscaba.

—Tenemos un coche abandonado y accidentado en la 140 con Briar Creek.

—¿Está abierto o cerrado?

—Cerrado.

—Seguramente sea un conductor borracho.

—Eso mismo pensé yo ayer. Eric Bloom reportó que lo conducía una chica que le dijo que ya había llamado a la grúa. Cuando llegué no había nadie.

—¿A qué hora?

—Por la tarde, a las siete.

White suspiró y cogió el tirador del vehículo que tenía delante. Le sorprendió comprobar que estaba abierto.

—Consigue un equipo y haced una búsqueda por los alrededores —le ordenó.

—Entendido.

—Y Rodowick...

—¿Sí?

—Forzad el coche para ver si hay documentación que os ayude a localizar a la familia, y hacedlo lo antes posible. Esperemos que no sea nada y aparezca pronto buscando el coche. Si no es así, cada hora que pasa juega en nuestra contra. —Y colgó.

A continuación cogió un pañuelo de papel y se lo puso en la mano para terminar de abrir la puerta. Quizá estaba exagerando, pero no quería correr el riesgo de alterar pruebas que, por otra parte, no deseaba tener que analizar ni seguir. Seguramente Ruth estaba bien y tan solo había olvidado cerrar el coche antes de ir al trabajo. Y después alguien había pasado a buscarla, la noche se le había alargado más de lo que esperaba y el móvil se le había quedado sin batería. No era la primera vez que pasaba, y probablemente tampoco sería la última.

Metió la cabeza en el vehículo y sus ojos se desplazaron de inmediato hacia el móvil tirado en el suelo del asiento del conductor. No le gustaba lo más mínimo el cariz que estaban adquiriendo las cosas. Distinguió un objeto plateado debajo del asiento del copiloto. Rodeó el coche y abrió la otra puerta para acceder a él sin entrar. Era el reloj que Ruth había heredado de su difunto padre. Y nunca se lo quitaba.

Supo inmediatamente que algo no iba bien.

Se levantó de un salto de la cama, impulsada por la frustración que le causaba llevar más de cinco minutos intentando leer la segunda línea del texto que tenían para el día siguiente, y, enfatizando su enfado, levantó el auricular del teléfono y lo aplastó contra la terminal.

—Si no piensas contestar, podrías desconectar el teléfono, Jennie. ¡Así es imposible concentrarse!

Jennie la miró con los ojos húmedos. Estaba triste, sí, pero Stephanie detectó también un brillo desafiante.

—Bueno, no importa, ahora ya está —le dijo arrancando la conexión telefónica de la pared—. ¿Se puede saber qué ha hecho ahora?

—Nada. Sigue estudiando. Perdona —murmuró secamente.

—Está bien, como quieras. —Stephanie se encogió de hombros y volvió a su cama, cubierta de apuntes—. ¿Por qué no estudiamos juntas? Te servirá para distraerte, y mal no te puede ir. Tenemos el examen dentro de dos días.

—No, gracias. Prefiero airearme un poco antes de ir a trabajar. —Abrió un cajón de su cómoda, sacó una botella de Kahlúa, la metió en su mochila negra y se la colgó a la espalda. Solo le hizo un gesto con la cabeza a su compañera de habitación antes de desaparecer por la puerta.

Los dos hermanos juegan a pasarse una vieja pelota de béisbol en la parte trasera del jardín de la casa, que más que un jardín casi parece un vertedero de chatarra y objetos muy diversos y casi nunca útiles que Gary se empeña en decir que están ordenados a su manera. Antes se burlaban de esta frase y de otras que Gary soltaba cuando se metían con él, y él les contestaba muy enfadado, hasta que un día se le acabó la paciencia y estampó un puñetazo en la cara a cada uno. Desde entonces intentan evitar hablar con él, y cuando se cruzan, fingen seguir haciendo lo que estuvieran haciendo, que puede categorizarse en tres o cuatro maneras diferentes de perder el tiempo y adormecer el tedio que los acompaña cada día.

Aun así no pueden evitar que la tensión invada el ambiente hasta que Gary desaparece detrás de la chatarra, y su vida parece de repente mucho mejor de lo que lo era unos segundos antes.

—No lo soporto —dice Ron lanzando la pelota con toda la rabia de la que es capaz.

—¡Ni yo, no te jode!

Después de un par de pases en silencio, Jimmy casi murmura:

—A veces pienso cómo sería matar a alguien.

—Tú no tienes cojones para matar a nadie. Eres un cagado. Siempre lo has sido.

—No soy un cagado —responde con un hilo de voz mirándose los zapatos.

—Ah, ¿no?

—No lo sabes todo de mí, ¿sabes? He hecho cosas que nunca dirías que sería capaz de hacer. —Levanta los ojos verdes del suelo y los clava en los de su hermano, desafiante.

—Ah, ¿sí? ¿Como qué?

—Como Ruthy. —Le devuelve la pelota con fuerza.

—¿Qué pasa con Ruthy?

—Bah, da igual.

—¿Qué, Jimmy? —Se ha quedado la pelota y lo mira con curiosidad.

—El día de la fiesta. Lo de la habitación, cuando estaba dormida.

—¿Fuiste tú? —En la pregunta hay cierta incredulidad, pero también una media sonrisa oculta, un turbio tono de reconocimiento.

Jimmy asiente y esboza una sonrisa. Sabía que impresionaría a su hermano mayor.

—¿Ahora me dejarás ir con vosotros?

—¿Adónde?

—Los sábados, cuando salís con los coches.

—Ya veremos. —Pero la sonrisa que le ha dedicado le indica que acaba de subir un peldaño en su escala de admiración. Y eso le pone tan contento que por un momento se siente perturbado. Pero el momento pasa enseguida, y el juego de pelota sigue, como hace ya mucho tiempo, la inercia de los lanzamientos entre los dos hermanos Bloom.

3

Tres días después, la desaparición de Jennie había pasado de los periódicos locales a los regionales, y la idea de que las autoridades no habían gestionado bien el caso empezó a ser el foco de muchas conversaciones dentro y fuera de El Portal. A esto contribuyó sin duda Ted Johnson, el padre de Jennie, que culpaba al ranger Rodowick por posponer la búsqueda hasta el día siguiente de haber encontrado el coche, ya que perdieron un tiempo crucial al principio de la desaparición que determinó en buena medida los resultados de la posterior investigación.

Las veinticuatro o cuarenta y ocho horas siguientes a una desaparición son esenciales, y las investigaciones y el avance que se hagan durante las mismas repercuten muy notablemente en el resultado final. De esto no hay duda, y no se puede culpar a Ted por haber hecho todo el ruido mediático que le fue posible para dar a conocer el caso de Jennie. Aprovechó todos los micrófonos y cámaras que le pusieron delante para explicitar la ineptitud de los rangers que se habían encargado de descuidar la búsqueda de su hija.

Fue entonces cuando White me llamó a su oficina y me asignó el caso. Me dijo que lo hacía porque era su mejor rastreador, pero yo sabía que en realidad no tenía muchas más opciones. Necesitaba a alguien de confianza, a quien conociera desde hacía tiempo, porque sabía que nos encontrábamos en una situación precaria y tenía a los de arriba presionando para que lo solucionara todo lo más rápidamente posible. Y si tenía que prescindir de alguien en el día a día para hacer rescates en plena temporada de invierno, era evidente que ese alguien debía ser el tío cojo del equipo. Así que me vi metido en la investigación por una cuestión pragmática, y no me cuesta nada admitirlo.

Me tendió una carpeta con un par de informes y me deseó suerte en un tono casi amenazador.

En los documentos estaba la información sobre las llamadas que se habían hecho la tarde del día 29 en relación con el accidente de Jennie.

El transportista que la encontró, de nombre Eric Bloom, llamó al 911 en cuanto tuvo la oportunidad, desde un bar de El Portal.

Según él, habían pasado unos siete minutos. La llamada se hizo a las 19.30, por lo tanto, si creemos que dice la verdad, podríamos deducir que Jennie tuvo el accidente hacia las 19.20, si, como dice que ella le dijo, acababa de chocar contra el árbol.

A todo esto, el ranger en cuestión, de nombre Mark Rodowick, llegó diez minutos después de que la oficina de los rangers recibiera la llamada del señor Bloom, y por lo tanto entre diecisiete y veinte minutos después del accidente. No está nada mal teniendo en cuenta la geografía y la situación de la localización. La oficina de Law Support está en el Yosemite Valley, a unos veinticinco o treinta minutos en coche, pero tardó menos porque, según Rodowick, estaba patrullando por las inmediaciones cuando oyó la alerta del accidente emitida por la central.

A continuación transcribo la entrevista que le hice al señor Rodowick como uno de los primeros pasos en mi investigación. Por cierto, hay que anotar aquí, para quienes no lo sepan, que, además de compartir profesión, el señor Rodowick y yo éramos familia. Hay quien dice que esto debería haberme obligado a renunciar al caso. Es evidente que quien cree algo así no conoce la realidad del parque ni los recursos humanos de los que dispone (especialmente en temporada baja), y tampoco me conoce a mí. Si Rodowick había tenido algo que ver con la desaparición de Jennie, como algunos conjeturaron al principio, yo era el primer interesado en saberlo, teniendo en cuenta que era el marido de mi hermana.

Entrevista a Mark Rodowick

PERIODISTA: *Le agradezco mucho que haya aceptado contestar a estas preguntas, señor Rodowick.*

MARK RODOWICK: Ningún problema. No tengo nada que esconder.

P: *¿Por qué lo dice?*

MR: Porque hay quien dice que la desaparición de Jennie Johnson no nos importa, y es absolutamente falso. Cometí un error de juicio al principio, pero en ningún caso puede decirse que no nos tomemos en serio la desaparición de la señorita Johnson.

P: *Cuénteme cómo fue la cosa, por favor.*

MR: Yo estaba patrullando la zona cuando oí el aviso por la radio de control. Vi que la localización del accidente no estaba muy lejos de donde me encontraba y me ofrecí a ir.

P: *Pero usted declaró después que ya había terminado su turno.*

MR: Sí, ¿y qué?

P: *Pues que ha dicho que estaba patrullando cuando recibió el aviso.*

MR: Tanto si se ha terminado el turno como si no, cuando se está en el parque se está de servicio. Cualquiera de aquí lo sabe. La orografía ya es lo bastante compleja y salvaje como para que nos pongamos a hilar fino con estas cosas.

P: *De acuerdo. Solo quería aclarar esta duda. Siga, por favor. Decía que se prestó usted a acudir al lugar del accidente. ¿Cuánto tardó en llegar desde que recibió el aviso?*

MR: Unos diez minutos como mínimo.

P: *¿Y qué pasó?*

MR: Nada. Encontré el coche vacío. Estaba cerrado y con las luces apagadas. Por eso pensé que se trataba de un caso de conducción bajo los efectos del alcohol.

P: *¿No vio nada fuera de lo normal?*

MR: Había unas manchas rojas en el techo, y no me hicieron ninguna gracia, pero a continuación identifiqué una caja de cartón con botellas de vino en los asientos traseros y algunas estaban rotas. Deduje que las manchas eran de vino, como se confirmó después.

P: *¿Había algo más en el coche?*

MR: Oh, claro que sí. Estaba lleno de cosas. Había varias cajas llenas, como si se tratara de una mudanza. En el informe se especifican todos los objetos encontrados, pero no creo que sea de acceso público en estos momentos. El caso es que no me fijé demasiado porque lo importante era que la chica no estaba. Grité varias veces si había alguien y busqué por las inmediaciones con la linterna, pero no recibí respuesta.

Me adentré un poco en el bosque, pero no había huellas que seguir y estaba completamente oscuro.

P: *Así que lo dejó correr...*

MR: Pensé que la chica se había escondido o ido para evitar que le hiciéramos un control de alcoholemia. Estaba seguro de que volvería a buscar el coche esa misma noche o al día siguiente. Sucede muy a menudo.

P: *Y se marchó.*

MR: Sí. [*Baja la mirada*]. Y no debería haberlo hecho. Aunque tampoco sé qué habríamos podido hacer esa misma noche para encontrarla. Al día siguiente, en cuanto vimos que el coche seguía allí, hicimos una búsqueda con los de Search and Rescue, pero tampoco hubo suerte... Había desaparecido sin dejar el menor rastro.

P: *¿Fue entonces cuando se rompió la pierna? [Por un momento parece contrariado por la pregunta, pero el gesto se desvanece rápidamente para dar paso a una sonrisa limpia de dientes blancos].*

MR: Sí, en uno de los bosques cercanos. Parece mentira, con los años de experiencia que tengo en el parque, y acabo rompiéndome una pierna de la forma más tonta, como un turista cualquiera...

P: *¿Qué pasó?*

MR: Tropecé con un tronco de secuoya y me caí por un pequeño barranco. Fue mala suerte, la verdad, y el hecho de no estar lo bastante atento al suelo que tenía bajo los pies...

P: *Entiendo. Volviendo a la desaparición... ¿Qué cree que pasó en el tiempo transcurrido entre que el transportista se marchó y usted llegó?*

MR: No lo sé... Es lo que se pregunta todo el mundo, ¿no?

P: *¿Sigue pensando que Jennie se marchó por su propio pie?*

MR: Sinceramente, no tengo ni idea. Es completamente normal que no quisiera irse con un transportista al que no conocía de nada. De hecho, se podría decir que fue una opción prudente por su parte. Pero entonces, si no se fue con él, ¿por qué iba a marcharse con otra persona? ¿No sería más lógico que se hubiera marchado sola? A menos que se encontrara con algún conocido. Pero me parecería extraño, teniendo en cuenta que no es de la zona.

P: *Le dijo al transportista que no avisara a la policía. ¿Por qué cree que lo hizo?*

MR: Como le he dicho antes, por lo que se deduce de lo que había en el coche, parece que hay muchas probabilidades de que estuviera bebiendo mientras conducía. Seguramente quería evitar la prueba de alcoholemia o que la detuvieran. Quizá tenía antecedentes en este sentido.

P: *Entonces ¿cree que se marchó caminando antes de que llegaran? ¿Hacia dónde?*

MR: Los compañeros vinieron del este y no la encontraron por la carretera. Yo venía en la dirección contraria y tampoco. Claro que es fácil esconderse en el bosque si huyes y oyes que se acerca un coche por la carretera...

P: *Entonces está seguro de que se fue por su propio pie.*

MR: No, no estoy seguro de nada. Podría haberse ido por su propio pie y desaparecer voluntariamente. O quizá quería suicidarse. O alguien podría haberla secuestrado. O podría haber subido al coche de otra persona y que acabara bien o mal para ella. Pueden haber pasado muchas cosas.

P: *¿Y no tiene ninguna teoría que crea más probable que las demás?*

MR: No, pero de lo que estoy casi seguro es de que, pasara lo que pasase, algo no salió como ella esperaba. Algo salió mal.

No fue la primera ni la última vez que oí esta frase. De hecho, es una de las pocas cosas en las que casi todo el mundo coincide.

Pero para saber qué salió mal debíamos responder a muchas más preguntas: ¿Adónde iba Jennie? ¿Viajaba sola? ¿Por qué no quiso que el señor Bloom avisara a la policía? La situación inicial es muy importante, sí, pero lo que ocurrió antes quizá lo es más.

Para saber qué había pasado, tenía que saber cómo era Jennie. Y para mí, en ese momento, Jennie era una completa desconocida.

Tres días después de despedir para siempre a Nona, Sarah decidió marcharse de la suite del Belmond. Se sentía abrumada por las atenciones de Barlett, hasta el punto de que le pareció que el personal del hotel la vigilaba. Sabía que seguramente se tratara de una percepción influenciada por el proceso de duelo, pero su presencia la incomodaba como nunca antes, y después de pasar las dos últimas noches en casa de Coddie, le pareció una tontería volver a la lujosa habitación del hotel. Quería cambiar de fase y su estancia allí no le permitía hacerlo. En cambio, en el apartamento de Coddie, lleno de luz y de esculturas a medio terminar, se sentía cómoda y libre, en especial durante las horas que pasaba sola mientras él trabajaba en la cocina del Rock Bottom o cuando compartían el espacio en silencio, cada uno haciendo sus cosas, él concentrado en el volumen y la densidad de la madera o en las chispas del metal, y ella ampliando sus técnicas de póquer o adentrándose en el pozo que Nona le había colocado delante.

No había esperado encontrar tanta información de Carrington y el caso de Jennie en internet, y al principio se sintió abrumada. Había releído una y otra vez las noticias sobre el supuesto accidente que había causado la muerte de Carrington, y aunque al principio la habían hundido aún más, a medida que buscaba más información una pequeña luz había hallado un resquicio por el que iluminarle el camino a seguir: resultaba que no encontraron su cuerpo. Era una de las pocas cosas que tenía claras, porque buena parte de la información que descubría sobre Nick Carrington era confusa y, en algunos casos, perturbadora. Claro que no podía creer todo lo que dijeran en cada una de las numerosas páginas de internet dedicadas al caso de Jennie o a la posterior desaparición de Carrington.

Entrada 34 del foro WebGumshoe
Truthseeker35: Es evidente que el tío tuvo algo que ver con la desaparición. Creo que Carrington tenía un trastorno de doble personalidad y probablemente la secuestró y la mató cuando tenía una personalidad, y la otra personalidad se obsesionó por descubrir qué había pasado porque era la única forma de enfrentarse a lo que había hecho. Como si fueran dos personas distintas. He leído en muchos sitios que puede pasar. Mirad esto: https://criminalminds.fandom.com/wiki/Dissociative_Identity_Disorder. Y cuando se dio cuenta de lo que hizo, se suicidó.

Entrada 72 del foro Cooldetective
Lonelywolf23: A ver, ¿no os parece demasiada casualidad que el tío se muera y justo después salga un libro que evidentemente se ven-

de mucho más por el morbo que suscita el accidente, la supuesta muerte y todo lo demás? A mí me parece que se trata claramente de una burda técnica de marketing para vender más. Seguro que Carrington está tomándose una piña colada en las Bahamas riéndose de todos nosotros. LOL.

Entrada 152 del blog Jenniedesaparecida, que la familia abrió poco después de empezar la investigación con el apoyo de Carrington.

Lonelystar82: Hola. Gracias por compartir toda la información sobre este caso. Quizá entre todos consigamos ver algo y descubrir dónde está Jennie, viva o muerta. Creo que de las múltiples teorías expuestas la más probable es que caminara hacia el bosque. Me cuesta creer que subiera al coche de un desconocido, sobre todo después de haberle dicho al transportista que no quería que la llevara. Pero también es cierto que alguien pudo obligarla a subir a otro coche con amenazas o que alguien en quien confiaba la traicionara, si es que la teoría de la conducción en tándem todavía se considera una posibilidad. Acabo de darme cuenta de que en realidad no tengo ninguna teoría y de que estoy tanto o más confundida que el primer día que empecé a leer el blog. Entiendo cómo te sientes y por qué te ha atrapado tanto este caso. Cuanto más lo estudias, más preguntas tienes y menos respuestas obtienes. Disculpad mis divagaciones. No me lo tomaré a mal si decidís borrar el post por vulnerar las normas [iconos de risa]. Buena suerte en la investigación.

PD: He oído decir que Jennie fue a una fiesta tres días antes de su desaparición, pero nadie recuerda nada concreto. ¿No os parece muy sospechoso? ¿Sabéis los nombres de los amigos que la acompañaron a la fiesta?

¡Que la suerte os acompañe!

Pero hubo una entrada del mismo blog que le llamó especialmente la atención. Era de las últimas, mucho más cercana en el tiempo.

Entrada 1745 del blog
Shonjen Jonnie 292: Pareces tonto. ¿Has pensado que Jennie quizá no quiere que la encuentren y que estás complicándole la vida? Si real-

mente conocieras bien a su familia, lo tendrías claro. Deja de meter las narices donde no te llaman y búscate una vida propia. Estás avisado.

Dio por sentado que el apodo correspondía a la persona que, según había leído, atacó a Nick en una de las salidas a la zona en la que había desaparecido Jennie. Dos meses después Carrington sufrió el fatal accidente que supuestamente le provocó la muerte. Muchos de los que participaban en el blog dieron por hecho que esta persona lo había asesinado.

Pero claro, todo eran conjeturas; palabras de personas anónimas que no lo habían conocido; gente que se desvivía por este tipo de casos incluso sin tener los conocimientos para hacerlo; gente que se basaba en un montón de información no siempre filtrada, que mezclaba hechos y ficción más a menudo de lo deseable para conjeturar hipótesis y teorías que rara vez podían comprobarse o no hacían más que generar nuevas preguntas.

Aun así, Sarah entendía la atracción que todo aquello suscitaba, porque ella también la experimentaba. Claro que ella se sentía especialmente conectada. Era el único vínculo que tendría con él.

Y, aun así, no podía dejar de pensar en que no habían encontrado su cuerpo.

Por primera vez se permitió verbalizar el pensamiento que desde hacía días le daba vueltas en la cabeza: quizá no estaba todo perdido.

4

La noche del 29 de febrero marcó para siempre la vida de Mark Rodowick, pero no necesariamente como muchos pensaban.

Había tardado unos cinco minutos en decidir si respondía a la llamada de radio sobre el accidente en la 140. Si la cosa se complicaba, solo conseguiría sumar más inquietud a la situación no resuelta que se traía entre manos. Pero había oído que se trataba de una chica, y él estaba cerca, así que al final respondió diciendo que iría. Probablemente necesitara cambiar una rueda o conectarse a la batería, así que lo tendría solucionado en veinte minutos.

Pero cuando llegó, la chica no estaba. Creía que su deducción sobre el consumo de alcohol era válida, pero el paso del tiempo había instalado la duda en su cabeza. Y haber llegado tan tarde a casa no lo ayudaba. Le extrañaba que Rose no hubiera dicho nada, especialmente a Carrington. O quizá sí que lo había hecho y él no se lo había comentado.

Debería haber vuelto en cuanto se marchó de allí. Pero tenía la inquietud de que algo no iba bien y estuvo dando vueltas por la zona en busca de una respuesta que nunca llegó.

El tiempo le daría la razón.

Al meterse en la cama, Rose se medio desveló y le preguntó cómo había ido el día. No recordaba si ella había mirado la hora o no.

Le contestó que bien, que no había pasado nada fuera de lo corriente, y se sintió como una mierda.

Tardaría mucho tiempo en sentirse algo mejor.

Apuntar hacia abajo, por ejemplo a las rodillas, es la mejor manera de acertar el tiro en el corazón de tu rival. A veces hay que recordar esta premisa, pensaba mientras limpiaba el arma. Salvo el incidente ocurrido hacía poco más de un mes, nunca había disparado a nadie. Estaba acostumbrado a disparar tranquilizantes a algunos animales, especialmente a los osos que de vez en cuando alteraban la vida de los visitantes en el parque. Pero no le gustaba nada hacerlo. La verdad era que detestaba las caras de fascinación que ponía la gente cuando se veía obligado a intervenir en lo que él consideraba como el derecho natural de los animales a vagar por ese paraje, que era más suyo que de cualquiera de aquellos turistas con la cámara colgada del cuello. Pero aún detestaba más el brillo en los ojos de los curiosos que, después de observarlo un rato, no podían evitar preguntarle cómo se había hecho esa herida en la pierna izquierda que lo convertía en el único ranger cojo que habían visto jamás. Normalmente se limitaba a forzar una sonrisa y les contaba que hacía unos años se había encontrado con una osa muy protectora que había creído que sus intenciones eran hacer daño a sus pequeños. Pero sus compañeros más veteranos sabían que no era cierto, porque Nick Carrington ya había llegado al parque con la cojera, y aun así lo habían aceptado porque venía con muy buenas referencias y una destacada habilidad como rastreador. En realidad, renqueaba un poco, sí, pero solo cuando estaba muy cansado o pasaba mucho rato de pie sin descansar la maldita rodilla izquierda, que le recordaba cada día un momento que, de todos modos, le doliera o no, siempre le sería imposible olvidar.

Y resultaba que después del caso de Jennie, la cojera se había convertido en una de las características esenciales con las que todo el mundo lo identificaba o casi lo definía. El único rasgo que le había sido imposible esconder, una debilidad innegable que jugaba en su contra. Pero una debilidad que Ted nunca destacó. Recordaba el día en que lo conoció, hacía ya tres años. Estaba seguro de que de entrada no resultaría fácil establecer una buena relación con él, pero, como sucedió muchas veces después, Ted lo sorprendió.

Antes de encontrarse, había ido al lugar donde desapareció Jennie.

Lo recordaba mientras apoyaba el fusil en la esquina de la pared y corroboraba con la mirada que había cerrado la puerta con los dos pestillos extra que había colocado.

Recordaba que se había desplazado deslizándose despacio con el coche por la carretera con la nieve amontonada en la calzada, mientras observaba con atención el bosque, los árboles y el asfalto casi helado sin saber qué buscaba exactamente. Cuando llegó, las luces del coche iluminaron un muñeco de nieve junto al árbol contra el que había chocado Jennie. Llevaba una bufanda roja, una zanahoria que le hacía de nariz y un calcetín oscuro doblado que dibujaba un rictus de tristeza o desagrado en el rostro de hielo. Le pareció repugnante. Apagó las luces y el motor del coche y se dispuso a examinar la zona, como había hecho durante muchos años cuando seguía las huellas de los animales del parque o buscaba rastros de personas que se habían perdido.

A oscuras, de pie junto al Ford Ranger, respiró profundamente y se dejó envolver por la oscuridad. Apenas eran las seis de la tarde, ya hacía más de una hora que el sol se había escondido detrás de las montañas de El Capitán.

A los visitantes del parque, acostumbrados al mundo iluminado por la noche en los pueblos y ciudades, encontrarse realmente a oscuras les resulta a menudo incómodo. Pero él se sentía en paz en aquella oscuridad, dejaba pasar el tiempo suficiente para que sus sentidos se adaptaran a la oscuridad y observaba y escuchaba el entorno, el parque, con otros ojos: el ruido magnificado de los ratones peleándose con las hojas secas o moviéndose de un sitio a otro; el chirrido y los aullidos, que añaden una capa de extrañeza a la noche; la silenciosa polilla de la yuca, que vuela de noche para llevar el polen de una planta a otra y sin la que no existiría este arbusto; las dieciséis especies distintas de murciélagos que pueblan el cielo nocturno, junto con diez tipos diferentes de búhos, y los halcones nocturnos. Y cubriendo toda esta actividad nocturna, una cúpula de estrellas ilumina el cielo oscuro del parque,

que conecta a los seres vivos que lo pueblan con los ritmos de la rotación de la tierra y los ayuda a navegar su entorno guiados por las estrellas.

Está claro que Jennie debía de tener una percepción muy diferente de las cosas la noche que desapareció.

Encendió la linterna que llevaba en la chaqueta e iluminó la zona donde encontraron el coche. Pasó la mano por el tronco de la secuoya que había sufrido el golpe. En una parte, la que correspondía al parachoques del Mitsubishi, el tronco peludo del árbol milenario se había hundido. Como no había vuelto a nevar desde aquella noche y la temperatura se había mantenido más o menos constante, aún podían identificarse las huellas de los neumáticos del coche antes de estrellarse. Claro que también había otras, muchas otras, pero no podía saber de quiénes eran, excepto las suyas. Dirigió el haz de luz de la linterna hacia el bosque. El hilo de oro se desplazó entre los árboles e iluminó varias huellas que ensuciaban el manto de nieve virgen que las rodeaba. Movió la cabeza de un lado a otro y decidió volver al coche. Cualquier pista o rastro útil había desaparecido entre todos los demás.

Rodowick la había cagado, era innegable.

Pero aquello ya quedaba muy lejos. Encendió la chimenea y se dispuso a cocinar parte de la carne del muflón que había cazado hacía un par de horas.

No, aquí no podrían encontrarlo. Sabía seguir huellas como nadie, y por eso también sabía borrarlas y eliminar todo rastro que indicara dónde se encontraba. Lo importante en ese momento era que se alimentara y descansara. Y que se le terminara de curar la herida. Si se infectaba, podría suponer un problema grave. Sí, tenía que descansar y recuperarse. Necesitaba un poco de tiempo, solo un poco, antes de seguir con su cometido. Porque, evidentemente, no había olvidado a Jennie, ni tenía la menor intención de hacerlo.

Querida Jennie:

¿Dónde estás? ¿Por qué te fuiste? Si algo te preocupaba, si tenías algún problema, ¿por qué no me dijiste nada? Para eso estamos las madres, ¿no? Ya sé que hace años que nos hemos ido alejando la una de la otra. No lo digo por culparte de nada, son cosas que pasan. A mí me pasó lo mismo con mi madre, la abuela Kathleen, esta especie de desconexión. Pero, Jennie, sabes que siempre te he querido, ¿verdad? Sabes que, a pesar de todo, en ningún momento he dejado de quererte, ¿verdad?

Me siento muy tonta escribiendo esta carta, pero la psicóloga dice que quizá me ayudaría verter en una hoja todo lo que me gustaría decirte y que después podría hacer con la carta lo que mejor me pareciera.

He pensado en guardarla en una caja para dártela el día que te encontremos.

Si te encontramos.

Es una idea agradable pero a la vez perversa.

A veces pienso si no es contraproducente. ¿Y si, por algún motivo que no entendemos, Dios considera osada por nuestra parte esta seguridad de que te encontraremos un día u otro? ¿Y si actuar como si tuviera que ser un futuro seguro es despreciar sus designios y precisamente por eso nos priva de encontrarte para siempre?

Ay, hija, ya estoy llorando otra vez. Como todos los días.

Estoy segura de que no quisiste desaparecer. Preferiría que fuera así, porque querría decir que estás viva, en algún sitio, escondida de todos. Pero te conozco, Jennie, te conozco porque eres mi hija, porque te llevé durante nueve meses en mi barriga y te parí. No, si te hubieras marchado, habrías encontrado la manera de hacernos saber que estás bien.

Estoy segura de que te fuiste para serenarte unos días, para tomar perspectiva con lo que te pasaba, fuera lo que fuese, y algo salió mal. ¿Verdad que sí, pequeña mía? ¿Verdad que tú nunca nos harías eso de desaparecer para siempre y ver cómo nos extinguimos en la distancia sin decir nada? Independientemente de los malos momentos que hayamos pasado o de las peleas que hayas podido tener con tus hermanas o con tu padre. Puede ser un hombre duro a veces, bien lo sé yo, que tuve que separarme de él. Pero nunca ha querido tanto a nadie como a vosotras, eso debes de saberlo tan bien como yo, ¿verdad? Especialmente tú, que siempre has sido la niña de sus ojos, su ilusión, su gran esperanza, porque os parecéis mucho. Tozudos, reservados y orgullosos, sí, pero leales.

¿Dónde estás, pequeña? ¿Qué te han hecho?

La imposibilidad de enviarte esta carta me destroza por dentro y me rompe el corazón en mil pedazos. Quizá lo que me ha dicho la psicóloga no ha sido tan buena idea. Pero dice que puede ayudarme con la culpa, que una madre siempre se siente responsable de su hija y que si le pasa algo, tiende a culparse aunque no haya tenido nada que ver.

No me he atrevido a discutírselo. ¡Claro que me siento culpable!

Siento mucho que la última vez que nos vimos acabara de aquella manera. No soy capaz de perdonármelo. No dejo de pensar que quizá tuvo algo que ver. Que quizá todo se te hizo una montaña tan grande que fue demasiado y decidiste marcharte. Pero tú nunca lo harías, ¿verdad, Jennie? ¿O sí? ¿O serías capaz de hacérnoslo pasar tan mal como lo estamos pasando porque crees que nos lo merecemos? ¿Te atreverías a hacerlo? Nunca te lo perdonaría, Jennie. Nunca. Si supiera que todo esto solo lo haces para hacernos sufrir, querría... Pero no. Estoy segura de que no ha sido eso. ¿Verdad que no? Prométeme que no.

Esto es una tontería.

No puedo seguir escribiendo.

Solo quiero decirte una cosa más, hija: perdóname.

Perdóname.

5

Ya estaba a punto de subir al coche cuando las luces de otro vehículo me deslumbraron y este se detuvo a mi lado. Bajó un hombre de pelo rubio casi blanco con ojos azules de hielo que se clavaron en mi uniforme. Era Ted Johnson. Aún no nos habíamos conocido formalmente, pero nos habíamos cruzado durante las búsquedas.

—Buenas noches, señor Johnson —le dije tendiéndole la mano—. Soy Nick Carrington. El chief White me ha asignado el caso de su hija.

Me estrechó la mano. La suya estaba fría.

—Usted escribió *Las montañas del peligro*.

—Sí, así es. —Me sorprendió que conociera el libro, pero después recordé que el señor Johnson solía veranear en la zona con su familia.

—Jennie había leído su libro. Dos veces.

No supe qué contestarle, así que no dije nada.

—Bueno, esperemos que lo haga mejor que su compañero —dijo secamente—. ¿Piensa hacer más búsquedas o tiene algún otro plan?

—Creo que debemos seguir con las búsquedas, sí, pero también hemos de contemplar otras opciones. Como sabe, disponemos de un equipo muy limitado y debemos organizarnos para aprovechar al máximo nuestros recursos. Me gustaría sentarme con usted y hablar de Jennie, de la vida que llevaba, las relaciones que tenía... para considerar todas las posibilidades.

—Ya lo conté todo el primer día que vine.

—Lo entiendo. Pero preferiría escuchar la información de primera mano que leer un informe.

Se encogió de hombros, e interpreté que mi explicación lo había medio convencido.

—En cualquier caso —añadí—, mañana por la mañana haré una búsqueda exhaustiva de unos seis kilómetros a la redonda desde este punto, con el equipo que pueda reunir. Evidentemente es usted bienvenido. Empezaremos a las seis y media.

Se quedó en silencio unos segundos y después me preguntó:

—¿Tiene hijos, señor Carrington? —No me lo preguntó a la defensiva, pero noté en su voz el deseo de que así fuera, de que hubiera algo en común entre nosotros que nos ayudara a acercarnos, dos completos desconocidos, en la situación tan vulnerable en la que se encontraba.

—No, no tengo hijos.

—No hay nada peor en la vida que perder a uno. No se lo deseo ni a mi peor enemigo.

—Lo entiendo, señor Johnson. Haré todo lo posible por encontrar a Jennie. Se lo prometo.

Hizo un ligero movimiento afirmativo con la cabeza, mirando a la nada.

—Hasta mañana a las seis y media, Carrington. —Y dio media vuelta para subir a su Honda CR-V granate y desaparecer por el asfalto hacia la negra noche.

Amanda se acercó al sofá de puntillas y lo sorprendió abrazándolo por la espalda.

—Pero ¡qué haces, hostia! —La apartó con un brazo, que le golpeó la cara. Ella no tenía claro si lo había hecho a propósito o no, pero eso no impidió que el llanto le subiera por la garganta mientras se llevaba la mano derecha a la mejilla.

—Solo quería abrazarte, Keith —gimoteó—. No es necesario que te pongas así.

Él, sin intentar ocultar que ese intercambio de palabras lo hastiaba, se obligó a contestarle para aplacar el conflicto. Solo le faltaba que Amanda le contara a alguien que le había pegado.

—¡Perdona, Mandy, hostia! Es que me has asustado y he reaccionado así. Es por lo de mi padre, ya lo sabes. Pero no he querido hacerte daño, ¿de acuerdo? Lo sabes, ¿verdad?

Ella asintió. Pero no, no lo sabía. Intuía que le estaba mintiendo. Pero a veces era tan dulce que no podía estar segura. Sin duda no era posible que una persona se comportara de forma tan diferente según el momento del día. Así que, como en otras ocasiones, se convenció de que no había sido intencionado.

—Solo quería que estuviéramos un rato juntos, Keith. ¿No me trajiste aquí para eso? Pero te pasas todo el día con el móvil en la mano, hablando con vete a saber quién, y yo como si no estuviera...

—Es del trabajo, Mandy. Me he marchado de repente y el que he dejado a cargo no sabe gestionar algunas cosas. No me queda más remedio que ayudarlo cuando me lo pide; si no, el negocio se irá a la mierda.

Lo dijo de una manera que ella supo que la discusión debía terminar de inmediato.

—Está bien. ¿Qué te parece si vamos a comer algo al pueblo de al lado? Esta cabaña está muy bien, pero no tenemos nada en la nevera y me muero de hambre.

—No me apetece salir ahora. Mejor por la noche. ¿Por qué no vas en coche a buscar cuatro cosas al supermercado y preparas algo aquí? Mientras tanto, haré fuego para que cuando llegues estés calentita. —Y esbozó una sonrisa muy similar a una mueca.

—¿No quieres venir conmigo? —Casi parecía una súplica, y Keith sintió la inminencia de un ataque de ira que consiguió atenuar sin saber cómo.

—No. Aún tengo que hacer un par de llamadas. No te preocupes, está aquí al lado. Solo tienes que girar a la izquierda cuando encuentres la carretera y seguir recto hasta que veas el pueblo a tu derecha. Eres perfectamente capaz de hacerlo sola, ¿verdad, nena?

—Sí, claro que sí. —Y ocultando su decepción, o su enfado, porque no sabía identificarlo bien, Amanda cogió su cazadora de piel negra y su bolso y se marchó de la cabaña.

Ya en el coche, después de circular durante cinco kilómetros con la nieve acompañándola permanentemente a ambos lados de la calzada, encontró el pueblo a la derecha. Por un momento sintió el impulso de pasar de largo, irse a su casa y dejar a Keith en aquella cabaña haciendo las puñeteras llamadas que tuviera que hacer. Pero entonces pensó en los momentos dulces, aunque solo eran dos o tres, y esbozó una sonrisa.

Y así, por una sonrisa, tomó una de las peores decisiones de su vida.

Llegué al punto de encuentro media hora antes, pero el señor Johnson ya estaba allí, acompañado de dos chicas y un chico. Me miraron fijamente mientras bajaba del coche. Cuando ya estaba a escasos metros, detecté cierta sorpresa, que intentaron ocultar sin éxito, al verme avanzar con la pierna coja.

—Buenos días, señor Johnson. —Le tendí la mano.

—Llámame Ted, si no va a ser muy pesado. —Estrechó la mano que le había tendido—. Estas son mis hijas, Brittany y Helen; y este es mi hijo, Frank.

Los saludé con un movimiento de cabeza.

—Sé que, además de la búsqueda que organizó Rodowick el día después de la desaparición de Jennie, ustedes han hecho alguna más. ¿Me podrían decir por qué zona han buscado para intentar maximizar los esfuerzos hoy?

—Recorrimos la carretera en ambos sentidos y sus alrededores, durante un par de kilómetros, hacia la entrada de Arch Rock y el núcleo más habitado de El Portal —me contestó Helen. Debía de tener unos dieciocho años. Era de complexión más bien delgada y de baja estatura, de esas chicas que parecen frágiles, pero después resulta que tienen mucho carácter y energía. Su rostro sin duda se parecía al de la fotografía de Jennie que había visto en los periódicos y carteles repartidos por el parque.

—También hemos caminado por Briar Creek Road y hemos dado una vuelta por la urbanización, si se le puede llamar así, que está al lado —dijo la otra hermana.

No era necesario que dijera nada más. Sabía perfectamente a qué se refería. En Briar Creek Road había dos o tres casas que podían parecer muy sospechosas a ojos de un forastero, más aún en el caso de la desaparición de una chica. Yo apenas me relacionaba con las personas que vivían allí, porque no eran muy dadas a charlar ni a socializar. Era un lugar donde se daba por sentado que todo el mundo se dedicaba a sus asuntos y que nadie se metía donde no lo llamaban. Pero le habían llegado suficientes rumores de los que vivían allí para saber que si estos habían llegado a oídos de la familia, solo habrían servido para crearles recelos e intranquilidad.

Una de las casas estaba habitada por una pareja de jubilados que tenían cuatro gallinas en un corral hecho con somieres de camas y vivían como podían aprovechando al máximo las escasas ayudas que el estado daba al marido por ser veterano de guerra. Apenas salían de casa, en especial la mujer, aunque por la noche él a veces iba a tomarse una cerveza o dos al bar que estaba junto a la gasolinera de El Portal. Unos quinientos metros más allá vivían los hermanos «Boom», como les llamaban en la zona, dos adolescentes balas perdidas que se saltaban las clases del instituto cada dos por tres y a los que habían detenido bastantes veces por posesión de drogas y otros altercados menores, además de dos robos cuando iban borrachos. Su padrastro no era precisamente un ejemplo a seguir, y su madre, por lo que tengo entendido, se pasaba más horas en estado de embriaguez que consciente de lo que sucedía a su alrededor.

—Ayer bajamos al cauce del río y caminamos los tramos paralelos a la carretera, pero no llegamos a cruzarlo ni a rastrear el bosque. ¿Podríamos hacerlo hoy? —preguntó Frank. Debía de tener unos dieciséis años. Sus ojos eran pequeños e inquietos, ubicados en una cabeza robusta que hacía juego con unos anchos hombros. Tenía la fisonomía típica de un jugador de fútbol americano. Al observarlo me di cuenta de lo mucho que se parecía a Helen. Brittany, la hermana mediana, no se parecía a los otros dos.

—Buena idea —le contesté—. Os acompañaré a esa zona con un par de hombres más y distribuiremos al resto del equipo por la zona de arriba de la carretera.

Vi el escepticismo en la mirada de Ted Johnson.

—Diga —lo invité a hablar.

—No quiero ofenderle, y tampoco quiero que me malinterprete, pero no tengo claro que sirva de mucho seguir haciendo búsquedas si hasta ahora no han encontrado nada. Cada día que pasa es más difícil que haya algún rastro. Y si alguien se llevó a Jennie, no ganamos nada aquí parados, cuando ella puede estar a cientos de kilómetros de distancia o...

—Tenga en cuenta que la zona por recorrer es muy extensa y frondosa, y lo que un día quizá se ha pasado por alto puede encontrarse al día siguiente. Aunque nuestros recursos sean limitados, contamos con un equipo muy válido que ha salvado muchas vidas. Las búsquedas no son nuestra única herramienta, pero es importante descartar que Jennie esté por aquí, herida o inconsciente, sin que eso implique explorar otras vías.

—Pero sabemos que están convencidos de que Jennie se marchó por su propio pie, de que quería empezar una vida nueva... —me dijo Frank con amargura.

Se hacía eco de los últimos comentarios que habían surgido en algunos medios, que sugerían que la cantidad de equipaje que había en el coche indicaba que Jennie quería dejarlo todo y había seguido con su plan pese al accidente, llevándose solo lo esencial. Por más que no les gustara, era una hipótesis que debía tenerse en cuenta.

—Y a ustedes no les parece probable —tanteé.

—Es imposible. Jennie nunca haría algo así. Si estuviera bien, nos lo habría hecho saber, no nos haría sufrir de esta manera —murmuró Ted con los ojos clavados en el río Merced, que rugía al otro lado de la carretera.

No se me escapó que Brittany no compartía necesariamente esta última afirmación.

—De acuerdo. Pues dediquémonos a rastrear la otra orilla del río y el bosque adyacente. Supongo que ya lo saben, pero no se separen demasiado unos de otros y no toquen nada de lo que encuentren. Si ven algo, griten y quédense quietos hasta que llegue hasta donde están.

El río Merced transcurre paralelo a la carretera que poco después se convierte en Portal Road y se adentra en el parque de Yosemite. Los niveles de agua en invierno son más bajos, y en un día claro no comportan ni mucho menos el peligro de las torrenciales crecidas que se producen en primavera a causa del deshielo. Aun así, el río nunca debe menospreciarse y no puede cruzarse por cualquier sitio ni de cualquier manera. Las corrientes siempre son mucho más fuertes de lo que parecen, y los elementos del río, más traicioneros de lo que cabría imaginar. Además, esta vez iba acompañado de adolescentes, que siempre tienden a sobreestimar sus capacidades y a hacer alguna tontería. Me vino a la cabeza uno de los casos que había incluido en *Las montañas del peligro*. Me lo había contado Daniel Lloyd, un ranger jubilado que había fallecido recientemente. En 1978, un chico japonés llamado Chol Han estaba saltando por las piedras del río con varios compañeros de su instituto de Japón mientras las chicas los miraban, divertidas. Pero Chol calculó mal uno de sus saltos y cayó al río

Merced. Sus compañeros improvisaron una cuerda con cinturones atados entre sí y se la acercaron a las manos, pero el chico, justo antes de que pudieran salvarlo del peligro, y mientras les daba las gracias, se soltó y fue arrastrado fatalmente por la corriente. Los rangers que investigaron el accidente dedujeron que estaba haciéndose el valiente ante sus amigos y estaba convencido de que podía salvarse él solo.

Este tipo de comportamientos estúpidos era lo que me había motivado a escribir el libro. Cada año nos encontrábamos con situaciones completamente evitables por parte de los turistas que nos visitaban y, por desgracia, algunas de ellas terminaban con la muerte, incluso la de algún ranger que pagaba con su vida la temeridad de los demás.

Conduje al grupo por la orilla del río hasta unos cien metros más abajo, en dirección a la entrada de Roch Arch, y lo guie por unas rocas que sabía más seguras en un punto más estrecho del río. Ya al otro lado, decidimos que Ted y yo nos adentraríamos en el bosque mientras los hermanos rastreaban el cauce del río.

—Prestad mucha atención, no solo a objetos, aunque os parezca que no tienen nada que ver con vuestra hermana, sino también a huellas en el barro o en la nieve de la orilla que puedan indicarnos que alguien ha estado por esta zona recientemente.

Asintieron de una manera que supe que estaban convencidos de que no hallarían rastro alguno de Jennie.

—Nos encontraremos en este punto dentro de dos horas, ¿de acuerdo? —les dije antes de separarnos—. Y no hagáis tonterías.

6

—Gracias por su ayuda —me dijo sin levantar la cabeza, con los ojos clavados en la nieve que cubría el suelo que pisaba. Hacía ya un rato que caminábamos en un silencio que no me atrevía a alterar. Intenté meterme en la cabeza de ese hombre alto y fuerte que acababa de perder a una hija. Lo imaginé en el preciso momento en que pasaba del estado de shock a la impotencia y se daba cuenta de la crudeza del miedo que le producía considerar la posibilidad de no volver a ver a Jennie.

—Solo hago mi trabajo —le contesté. De alguna manera, la frase sonó mal, como de funcionario—. Ted, haré todo lo que esté en mi mano —le aclaré—. Sé que la investigación no ha empezado con buen pie, pero quiero arreglarlo. Por vosotros. Por Jennie. —Apoyé una mano en su hombro y lo miré a los ojos—. Descubriremos dónde está.

Nos sumimos en un silencio que fue rebajando la tensión hasta el punto de que me atreví a preguntar:

—¿Cómo lo lleva su madre? —Aunque en cuanto verbalicé la frase, me arrepentí.

—Dice que no puede venir. Que lo haría todo demasiado real y se hundiría. Por este tipo de comportamiento y otros estamos separados.

—Entiendo.

El enfado que le provocó hablar de su exmujer lo hizo volver a la burbuja de silencio, que respeté durante los cinco minutos que tardó en romperlo.

—¿Puedo hacerle una pregunta, señor Carrington? —me dijo por fin.

—Dispare.

—¿Le parece descabellado que pensar en mi hija sola por la noche en esta zona me ponga los pelos de punta?

—No, en absoluto. ¿Le preocupa la naturaleza o los humanos?

—Jennie ha pasado muchas vacaciones en esta zona, sabe qué debe evitar en la naturaleza.

—Entiendo. Quiere saber si creo que por aquí vive gente capaz de...

Asintió y apretó los labios.

—Sí, supongo que sí. Como en todas partes, por lo demás. Pero sí, entiendo sus miedos. Sin embargo, tenga en cuenta que hay otras posibilidades, señor Johnson.

—Sí, pero yo descarto la mayoría. Si no fue alguien de aquí, fue alguien que pasaba por ahí. Pero alguien se llevó a Jennie aquella noche.

El grito de una de sus hijas viajó a través del aire helado que se filtraba entre los bosques mixtos de coníferas, pinos, abetos y cedros. Oír el nombre de su padre me hizo imaginar a Jennie forzando la garganta para romper el silencio de la oscuridad unos días antes, con el ruido de la corriente del río como única respuesta. Acababa de darme cuenta de que, por más que los de arriba se hubieran encargado de esparcir la idea en los medios, tampoco yo creía que Jennie se hubiera marchado por su propio pie y que todo respondiera a un plan cuidadosamente organizado.

—A la derecha —dijo levantando el cuello como si percibiera el aroma de las notas vocales de su hija.

Los encontramos en silencio, clavados frente a un montón de nieve cercano al río, del que sobresalía un trozo de tela oscura. Parecía de una prenda de ropa, quizá un anorak.

Hay algo que no sé explicar sobre el parque en invierno, especialmente en el río. Uno imagina que el invierno y el frío deberían convertir el parque en un lugar inhabitable, hostil o incluso desolador. Pero el invierno es en realidad una de las épocas más bellas en Yosemite. Evidentemente hay tormentas y situaciones en las que uno preferiría estar junto al fuego, pero hay días, como aquel, en los que el cielo está despejado y el sol brilla a pesar de la cálida debilidad de sus rayos, iluminando un manto infinito de nieve que lo convierte todo en nuevo e intocable. Esos días puedes pasear por el parque y sentir que eres la primera persona que lo visita o lo descubre, tal es la sensación que crea la presencia de nieve virgen a tus pies. Las zonas de río, como esa en la que nos encontrábamos, son las más espectaculares. Los niveles del agua son relativamente bajos, y la corriente, tranquila, incluso impasible cuando el frío decide paralizar momentáneamente su flujo. Entonces el río Merced se transforma en un lago inmenso e imperturbable que refleja y mimetiza a la perfección en sus aguas los impetuosos abetos y pinos cubiertos de nieve. Como si de una fotografía se tratara, cuando observas este paisaje, el tiempo se detiene, y con él lo hacen también tus pensamientos y preocupaciones. El cerebro se extasía ante tanta belleza.

Pero ese día se trataba de una belleza inquietante que podía ocultar bajo el manto blanco de tranquilidad el cuerpo de una mujer de veintitrés años.

Helen abrazaba a Brittany. Las lágrimas le resbalaban, brillantes, por la cara. Frank no podía apartar la mirada del montón de nieve. Cuando fue consciente de nuestra presencia, lo señaló con un palo de madera que golpeaba sin cesar contra el suelo.

—¿Es una chaqueta? —le preguntó Ted.

—Creo que sí —murmuró su hijo.

—¿Jennie tenía una negra? A mí no me suena... —sollozó Helen esperanzada.

—No —murmuró Ted como para sí mismo. Y acto seguido se dirigió al montón de nieve con paso firme, hundiendo los pies en la nieve con determinación—. No. No. No.

—¡Ted! —le grité intentando detenerlo.

—No. No. No. No.

Cuando llegó a la altura del montón de nieve, se arrodilló.

—¡Ted! ¡No se acerque!

Y entonces empezó a excavar la nieve con las dos manos desnudas, como un perro rabioso buscando un hueso enterrado.

—¡Ted! ¡Pare! ¡Deténgase!

Pero no me hizo caso.

Helen y Frank se sumaron rápidamente a la empresa. Tras un breve titubeo, Brittany también se acercó.

La nieve estaba dura, porque hacía cuatro días que no nevaba. El ritmo de excavación fue lento. Pero enseguida pudimos corroborar dos cosas: sí, se trataba de una chaqueta negra, pero nadie la llevaba puesta. Yo sabía que estaba metiéndome en problemas por permitir que alteraran la escena y que White me lo haría pagar con creces. Ya corrían rumores de que la familia no consideraba que estuviéramos haciendo lo suficiente por Jennie, y en solo tres días el pueblo había dado este relato por bueno; sabían que había un conflicto entre la familia y las autoridades. Unos decían que era porque la familia ocultaba información importante para el caso que podría perjudicarlos y que estaban presentando a Jennie y su relación de forma irreal, y otros, que habíamos cometido errores difíciles de explicar el día de la desaparición y en las horas posteriores, ya fuera porque ocultábamos algo o porque éramos unos ineptos. White me había asignado el caso para arreglarlo, para encontrar a Jennie y que durante el proceso la familia confiara en nuestro trabajo y se sintiera apoyada, cosa que nos beneficiaría a todos, como él había dicho. En cualquier caso, no me cabía la menor duda de que no toleraría esta actuación por parte de la familia, y menos aún por mi parte. Pero el daño ya estaba hecho.

Ya casi habíamos desenterrado un tercio de la chaqueta cuando Frank decidió tirar con fuerza para acabar de liberarla de las blancas garras de la nieve.

Y entonces, cuando salió propelido por su propia fuerza al quedar liberada la chaqueta, vimos el cuerpo.

Helen dio un salto hacia atrás y se tapó la cara con las manos gritando estremecida ante aquel torso congelado.

Frank miró a su padre, y sus ojos se encontraron sin saber qué decirse, pero reflejando el terror del otro en sus pupilas.

Ted, tras un instante de parálisis, se abalanzó sobre la nieve y empezó a excavar de nuevo, poseído por una inquietud inexplicable.

Brittany se echó a llorar, incapaz de moverse.

No supe hacer otra cosa que sumarme a la acción de Ted, ante la mirada asombrada de Frank. Fueron unos de los segundos más largos de mi vida, compartiendo la agonía con aquellos desconocidos.

Poco a poco, el torso prácticamente desnudo de una mujer joven fue haciéndose más visible, desde el ombligo hasta las costillas y los pechos. Llevaba un sujetador negro.

Después el resto del cuerpo. Desde el ombligo hasta los glúteos, las rodillas y los pies. No llevaba pantalones. Sí llevaba unas bragas negras.

Me sentí muy raro. Violentado. Y al mismo tiempo no podía dejar de ayudar a ese padre a descubrir si su peor miedo, su peor pesadilla, se había hecho realidad.

Hasta que, un poco más arriba de los pechos, descubrimos el pelo. Era rubio. Ted se llevó las manos a la cara y se echó a llorar.

—¡Dios mío, Dios mío! ¡No es Jennie! ¡No es Jennie!

Sus ojos se encontraron con los míos y experimenté el inmenso alivio que acababa de sentir. Terminé de retirar la nieve de la cara de la mujer, con delicadeza, y descubrí un rostro joven que me resultaba remotamente familiar. El hielo había teñido sus labios de azul y tenía los ojos cerrados. Aunque resultara extraño, transmitía una inquietante serenidad.

—Avisaré al chief White —dije levantándome. Y me dirigí al coche para dejar que la familia se recompusiera momentáneamente de la embestida emocional que acababa de vivir.

Pero esa vivencia conjunta acababa de vincularme a Jennie y a ellos para siempre, de eso era completamente consciente.

7

El blog dedicado a la desaparición de Jennie la absorbió de tal modo que cuando estaba sola a duras penas comía lo que encontrara en el armario de la cocina, y solo en los casos en que su estómago gemía tanto que la desconcentraba para leer las siguientes entradas. Después de leer *Buscando a Jennie Johnson* se había sentido vacía y con una necesidad creciente de saber más cosas, y el blog se le había presentado como la actividad perfecta para pasar las horas de esos días incómodos y dolorosos en los que sabía que algo estaba cociéndose en su interior.

Lo leía en orden inverso, así que la primera entrada que había captado su atención era la última que había publicado la familia de Jennie. Hablaba de la inesperada desaparición de Carrington, le agradecían el tiempo y los esfuerzos dedicados a buscar a Jennie y acompañaban en el sentimiento a la familia por su muerte. Por primera vez se sintió aludida en todo aquello; ciertamente ella era familia... Y también por primera vez pensó que del mismo modo que tenía un padre con nombre y apellidos, quizá tenía un tío, una tía o unos abuelos que todavía estaban vivos.

Este pensamiento la animó y la abrumó a la vez, y se lo quitó de la cabeza.

Engulló la última galleta salada de la caja, cogió una libreta nueva y un bolígrafo y los colocó a su lado en el sofá. Acto seguido clicó repetidamente en la flecha que indicaba entradas antiguas hasta que llegó a la primera y la leyó con atención. Era una presentación en forma de sumario sobre la desaparición de Jennie y los hechos que se conocían entonces. Iba acompañada de un par de portadas de periódicos locales que mencionaban los hechos.

Tomó un par de notas e intentó imaginar cuántas personas habían hecho lo mismo, desde la comodidad de su casa, desde el despacho del trabajo o desde el sofá con los niños pequeños jugando en la alfombra. ¿Cuántas personas habían quedado absorbidas por ese misterio? ¿Cuántas personas habían pensado que podían aportar la prueba final, la pista que ayudaría a saber qué le había ocurrido realmente a Jennie?

Se sintió idiota, sí. Pero no tanto como para echarse atrás.

Movió la ruedecilla del ratón para bajar la multitud de comentarios sobre la primera entrada hasta encontrar la segunda.

Se titulaba «Un hallazgo inesperado. ¿Quién es la chica del río?».

Tuve que esperar al menos cuatro minutos hasta que alguien respondió a mi mensaje en la radio de control.

—Unidad 002.

—Unidad 007. Tengo un 11-4.* La familia lo ha encontrado en el río. Está a unos trescientos metros del stop de Briar Creek Road con la 140.

—¿Es la desaparecida?

—No. Pero también es una chica joven.

—¿Crees que es un 187?**

—Es posible.

—Mierda. —Se quedó un instante en silencio—. ¿La habéis tocado?

—...

—¡Mierda, Carrington, no me digas que la habéis tocado!

—Solo la nieve alrededor.

—¡Me cago en todo, Nick!

---

* Código que alude al hallazgo de un cadáver.

** Código para homicidios.

—Teníamos que saber si era Jennie o no. No podían esperar, en la situación que están...

—¡No toquéis nada más! ¿Me oyes? Voy para allí y aviso a una unidad. —Y cortó la comunicación.

Cuando volví la mirada al otro lado del río, vi que Ted se había desplazado a una zona boscosa. Tenía la cabeza gacha, apoyaba una mano en un abeto blanco y se pasaba el dorso de la otra por la cara. Entendí que estaba vomitando. No sé si se dio cuenta de que estaba mirándolo, pero se recompuso de inmediato avanzó hacia el río y gritó e hizo un gesto con la mano a sus hijos para que volvieran a la zona donde habíamos aparcado los coches. No esperó a que se unieran a él, sino que caminó con las manos en los bolsillos y mirando fijamente la nieve que pisaba hasta llegar donde yo me encontraba. Tuve la sensación de que ese era todo el tiempo que se había concedido para superar el hallazgo y volver a centrarse en la búsqueda de Jennie, haciendo un esfuerzo notable por intentar alejar todas las dolorosas ideas que aquella ya no presencia podía implicar en el caso.

—¿Sabe quién es? ¿La ha reconocido? —me preguntó.

—Me resulta familiar. Es posible que trabaje en el parque, pero no estoy seguro.

Mi respuesta lo tranquilizó un poco. En su cabeza, que no fuera forastera era buena señal.

—¿Cuántos años cree que tiene?

—No lo sé, ¿dieciséis, diecisiete?

No podía quitarme de la cabeza esa cara de porcelana helada, esa extraña serenidad. Sí, estaba seguro de que la había visto antes. Probablemente conocía a la mujer que le había dado la vida, una madre que no sabía que nunca más podría abrazar a su hija. La bilis me subió por el cuello. Sacudí la cabeza. No podía permitirme un momento de debilidad.

—No entiendo qué diablos está pasando aquí —añadí.

Él me miró a los ojos y pude detectar un vacío existencial lleno de incomprensión y frustración.

—Vayan a tomarse algo caliente. Yo espero a White.

Asintió, con las manos aún en los bolsillos. Los hermanos llegaron por fin adonde estábamos y lo miraron con ojos interrogantes.

—Subid al coche. Vamos a tomarnos un café. —Y después, mirándome a mí, añadió—: Esta tarde seguiremos la búsqueda, ¿verdad?

—Sí, claro.

—¿Me dirá qué saben de la chica a la que hemos encontrado?

—Sí, no se preocupe.

Intercambiamos un movimiento de cabeza y subió al coche, donde sus hijos ya lo esperaban sentados.

El Honda CR-V granate desapareció detrás de la curva un minuto después.

Me quedé solo en el silencio que no es silencio en la montaña, acompañado de una muerte inodora, glacial, que inmortalizaba la juventud perdida en un manto blanco impoluto.

Y aun así tuve la sensación de que no estaba solo. De repente me pareció que una oscura y poderosa presencia había invadido el parque.

8

Ya estaba pagando en la caja del supermercado cuando vio el *Mariposa Gazette* con la fotografía de una chica en la portada. La acompañaba el titular: CHICA DESAPARECIDA DESPUÉS DE QUE SU COCHE CHOCARA CONTRA UN BANCO DE NIEVE EN LA 140.

Cogió el periódico y una revista de moda y los añadió a la cinta transportadora. La cajera le dedicó una sonrisa triste y le dijo:

—Sí, angustia que estas cosas pasen tan cerca de aquí, ¿verdad?

Para ella, «tan cerca» quería decir cuarenta y ocho kilómetros, pero para Amanda quería decir a menos de dieciséis kilómetros de su casa. Le devolvió la sonrisa de comprensión y fingió que dedicaba toda su atención a encontrar la cartera dentro de la mochila que llevaba colgada al hombro.

Cuando llegó al coche, dejó la bolsa con la pizza congelada, los huevos, la leche y las cervezas de cualquier modo en el asiento del copiloto, abrió el periódico y lo apoyó en el volante. El artículo estaba en la segunda página:

Se ha informado de que Jennie Johnson, estudiante en la Universidad Estatal de San José, está desaparecida desde la pasada noche del 29 de febrero, cuando circulaba por la carretera 140 a la altura de Briar

Creek Road y sufrió un accidente que empotró el coche contra un banco de nieve.

Testigos de la zona dicen que se ofrecieron a ayudarla, pero ella decidió esperar a la grúa. Cuando la policía llegó al lugar de los hechos, encontró el vehículo cerrado y ningún rastro de la joven. Tras recorrer en coche la 140 y las carreteras adyacentes, la policía dio por buena la teoría de que había huido por su propio pie y canceló la búsqueda hasta el día siguiente. Sin embargo, la familia Johnson está convencida de que Jennie ha sido víctima de *foul play* y acusa a las autoridades de incompetencia y de ocultar información que podría serles útil con la intención de cubrir la mala praxis el día posterior a la desaparición.

Si habéis visto a Jennie Johnson o tenéis información sobre su desaparición, contactad con el teléfono 8795567436.

Arrancó la página del periódico y la guardó en el compartimento lateral de la mochila de cuero. Luego tiró el rotativo por la ventana y arrancó el coche con una extraña sensación de incomodidad.

Llegó a la cabaña veinte minutos después, tras perderse y pasar dos veces por delante de la salida correcta, que se adentraba hacia el bosque.

Cuando hacía dos días Keith la había sorprendido con la escapada sorpresa, le pareció la idea más romántica del mundo, pero este sentimiento se había ido desinflando gradualmente a medida que pasaron las horas, y ahora, mirando a su alrededor, su situación le parecía cualquier cosa menos romántica.

Su primera impresión había sido buena: pidió tres días en la peluquería y, extrañamente, Maura, su jefa, le dijo que sí. Había hecho la bolsa con la ilusión de una adolescente de quince años, aunque a sus veintiuno se consideraba ya muy por encima de ciertos comportamientos de este tipo. No, ahora ya no era una niña, era una mujer que desafiaba las convenciones, que desafiaba las malas lenguas del pueblo, porque había encontrado en él al hombre misterioso y sexy que siempre había deseado. Amanda no pensaba conformarse con cualquiera más o menos mediocre, como había hecho su madre. La posibilidad de vivir un romance como el de las películas, de dejarse guiar por el corazón y no por las convenciones sociales, se había convertido en una realidad para ella el día que lo conoció. De eso hacía casi tres meses. Había aparcado la pick-up delante de la peluquería y ya había tocado tres veces la bocina cuando la madre de Keith, que era la clienta a la que estaba atendiendo, le pidió que saliera e hiciera el favor de hacer callar a su hijo y de decirle que aún tardaría diez minutos en salir. Caminó decidida hacia el coche y se acercó a la ventana del conductor, de la que salía un brazo cubierto con una manga de una cazadora de cuero que sostenía un cigarrillo humeante. El conductor miraba hacia delante, con los ojos fijos en el infinito, pero giró el rostro cuando notó su presencia. Sus finos labios se transformaron en una sonrisa encantadora cuando sus ojos se encontraron.

—Vaya... ¿Qué tenemos aquí?

—Hola —le contestó ella. No estaba preparada para esos ojos penetrantes, esas facciones exóticas, ese pelo negro largo y asilvestrado, y tuvo que hacer un esfuerzo por recordar cuál era su misión—. Tu madre aún no está lista, le faltan diez o quince minutos. ¿La esperas aquí o quieres que te llame a algún número de teléfono desde la peluquería?

—Tengo una idea mejor: ¿por qué no me llamas tú? —Le guiñó un ojo.

Ella sintió un hormigueo en las piernas y en el estómago, pero hizo un esfuerzo por evitar mostrarse muy impresionada.

—Como quieras. Entonces necesitaré tu teléfono. —Aquí sí, algo más de coquetería en estas últimas palabras, una media sonrisa juguetona.

—Claro. —Sacó un bolígrafo de la guantera y la cogió del brazo. A continuación le retiró la manga del ceñido jersey azul, lentamente y dejando que los dedos le rozaran levemente la piel, y le escribió el número de diez cifras en la piel blanca y fina del antebrazo, como si fuera una estrella del rock citándose con una groupie. Ella pensó que el movimiento pecaba un poco de prepotente, pero su seguridad la sedujo de tal manera que entró en la peluquería con una sonrisa boba que no escapó a la capacidad observadora de su clienta.

—¡Ay, Amanda, que mi hijo ya te ha engatusado!

—Para nada, señora Cooper. Solo hemos quedado en que lo avisaría cuando estuviera lista.

—A mí lo mismo me da, chica, la verdad. Pero me caes bien y, de mujer a mujer, te digo que no busques nada serio con mi hijo. En estas cosas es igual que su padre, sé muy bien lo que me digo. —Chasqueó la lengua y, sin querer alargar más la conversación, cogió la revista que tenía en el regazo y siguió leyendo los rumores sobre el divorcio de Ben Affleck y Jennifer Garner.

Amanda continuó peinándola y pasándole el secador mecánicamente mientras pensaba que quizá sí, que Keith era así, pero que quizá se debiera a que no había encontrado a la chica ideal para él. Y estaba segura de ser una perfecta candidata para que esta situación cambiara.

Desde entonces, la relación con él había sido una montaña rusa en la que las discusiones y los momentos dulces se alternaba cada vez a mayor velocidad a medida que transcurrían las semanas. Por eso le había hecho tanta ilusión que la invitara a pasar unos días solos cuando se acercaba su aniversario de tres meses.

Había llegado a la casa con una idea clara de cómo se desarrollarían esos días, llenos de mimos y sexo apasionado junto al fuego, de conversaciones interesantes y planes de futuro. Pero en cuanto abrió la puerta, vio que quizá sus expectativas habían sido demasiado altas. Había imaginado que la cabaña sería más cómoda, con un par de habitaciones, un comedor grande y una cabeza de ciervo colgada encima de la chimenea. El habitáculo no estaba mal, pero era un solo espacio con seis literas, una barra de cocina con microondas y un infiernillo, una mesa de madera y un sofá viejo, aunque más o menos limpio, delante de, sí, eso sí que lo tenía, una chimenea. Le pareció que carecía de encanto. Parecía más bien un lugar de reunión de estudiantes o un sencillo refugio de montaña para pasar la noche. El lavabo era pequeño y apenas tenía una ducha minúscula, así que nada de baños eróticos con pétalos de rosa en el jacuzzi. Pero se conformó, improvisó un ambiente más cálido colocando un par de pañuelos junto a las lámparas y consiguió convencer a Keith de que unieran dos literas para tener un nido de amor con techo incluido. Con la luz tenue casi podía imaginar que era una cama con dosel.

Aun así, sus gestos no habían servido de gran cosa. Cuando Keith la recogió, ya estaba muy irritable, e hizo la mayor parte del viaje —no más de cuarenta y cinco minutos en coche— casi en absoluto silencio. Las dos únicas veces que ella intentó iniciar una conversación, él le contestó con monosílabos y a continuación había subido el volumen de la radio para que fuera imposible hablar. Al llegar a la casa parecía haberse relajado un poco, pero el buen humor apenas le duró y tuvieron una fuerte discusión porque en un momento de máximo acaramelamiento él había preferido atender el móvil y después de colgar desapareció por la puerta. En ese momento, si él no se hubiera llevado el coche, lo habría cogido ella, se habría marchado y lo habría dejado tirado. ¡Que fuera a buscarlo quien coño fuera el que lo llamaba! ¿Qué se había creído? Pero le pareció una tontería irse andando y después tener que hacer autoestop cuando faltaba tan poco para el anochecer. Era una mujer valiente, sí, pero no era tonta. Y además su enfado se había ido diluyendo a medida que pasaba el tiempo. En cuanto encendió el fuego y se tapó los pies con una de sus mantas de cuadros preferidas, que llevaba consigo en todos sus viajes, se sumergió en una revista de chismes y la bronca le pareció ya muy lejana. Al fin y al cabo —pensó—, Keith era un hombre, y los hombres a veces hacían estas cosas. No era para tanto. No quería comportarse como una histérica, pecar de tener la piel demasiado fina. Salir con un hombre como Keith requería paciencia, y era evidente que él no cambiaría de un día para otro, así que decidió que lo recibiría como si no hubiera pasado nada y empezarían su escapada romántica de nuevo.

Cuando él volvió, más de dos horas después, actuó exactamente igual, como si no hubiera pasado nada, y además llegó con unas pizzas y una vela para hacer una cena romántica. Así que Amanda pensó que estaba todo solucionado.

Pero por la mañana los despertó otra llamada, y él se encerró en el lavabo para mantener la conversación. Ella, convencida de que estaba hablando con otra mujer, se había levantado sigilosamente de la cama y había seguido sus pasos hasta la puerta del lavabo, en la que había apoyado la oreja derecha. El agua corría, pero él seguía hablando por teléfono, y parecía enfadado:

—Pero ¡cómo se te ocurre hacerlo así! ¡Las cosas hay que planificarlas bien, joder!

—…

—¿Y qué has hecho?

—…

—¿No te das cuenta de que ahora tendremos a la poli metiendo las narices, imbécil?

—…

—Escúchame bien, hijo de puta: si hubieras hecho las cosas como te ordené, ahora no estaríamos de mierda hasta el cuello. Así que deja de decir tonterías y móntatelo como quieras, pero soluciónalo.

Oyó un golpe y dedujo que había colgado el teléfono y lo había tirado al suelo. Se apartó de la puerta rápidamente cuando oyó que cerraba el agua. La puerta se abrió y Keith la encontró a medio camino entre el lavabo y la cama, bostezando.

—Ah, ¿ya has terminado en el lavabo? ¡Me meo que no veas! —Dio dos zancadas y se metió sonriendo, sin esperar respuesta.

El resto del día había transcurrido con un notable mal humor por parte de él y una tensión constante por parte de ella hasta el momento en que había ido medio obligada a la tienda. Estaba segura de que quiso quedarse solo para mantener otra conversación. No podía quitarse de la cabeza lo que había oído. No imaginaba a qué se refería. Sabía que Keith le había ocultado cosas de su vida, pero la llamada había abierto un montón de posibilidades que nunca antes había considerado.

Aparcó el coche, y el lugar le pareció desolador. Al llegar le había parecido un bello paraje, rodeado de nieve, en medio del bosque, con el rumor del viento acariciando las ramas de los árboles. Pero donde antes había visto tranquilidad, ahora veía aislamiento. El refugio se había convertido en una jaula, y el paraje blanco e impoluto era de repente un entorno peligroso y hostil. De alguna manera, la noticia del periódico había despertado una serie de dudas en su cabeza, una incomodidad que había ido incrementándose a medida que se acercaba a la cabaña. Quizá la reputación de Keith respondía a algún motivo al margen de los prejuicios de la gente. Quizá no había sido valiente, sino una idiota de remate.

A esas alturas solo tenía una manera de saberlo, y era descubrir qué ocultaba el teléfono de Keith. Aquel fue, desde el momento en que entró por la puerta de nuevo, su único objetivo.

El chief White no tardó más de diez minutos en llegar. Conducía el Dodge de forma tan agresiva que pensé que cuando quisiera frenar patinaría por el hielo e iría de cabeza al río, pero no fue el caso. Frenó con gran dominio y dejó el coche a medio metro de donde yo estaba. A continuación cogió los guantes de piel y salió cerrando la puerta con energía exagerada.

—Carrington —dijo sin levantar la mirada de las manos mientras se ponía los guantes.

—Chief. —Moví la cabeza. Daba igual, porque seguía sin mirarme.

—¿Dónde está el cuerpo? —Levantó la cabeza y miró hacia el río, hacia la zona que le había descrito por la radio.

—Cerca del cauce. Te acompaño.

—Muy bien —me dijo secamente. Y empezó a andar delante de mí—. ¿Dónde están el señor Johnson y su familia?

Seguía sin mirarme, pero ahora, más que por despecho, entendí que estaba observando con detenimiento el entorno y el camino que estábamos recorriendo. Era un posible lugar del crimen.

—Los he enviado a tomar algo.

Lo alcancé, aunque el hallazgo y la espera me habían afectado a la pierna idiota.

—¿Cuándo piensas seguir con la búsqueda? —me preguntó con cierto cinismo.

—Esta misma tarde.

Me transmitió su fastidio con un resoplido, y me dijo:

—Pues como sigan tocando todo lo que encuentran, no servirá de nada.

—No puedes tenérselo en cuenta, chief. Si fuera tu hija, harías lo mismo. —Por primera vez conseguí que me mirara fijamente a los ojos.

—Yo no tengo una hija, Carrington.

Sí, había hablado sin pensar. La había cagado.

—Es una forma de hablar. Ya me entiendes.

—Sí, ya te entiendo —escupió con sarcasmo—. Pero estáis perdiendo el tiempo. La chica no está aquí, estoy seguro.

—¿Quieres decir que se fue por su propio pie y nadie la vio?

—Digo que no creo que esté aquí, y ya está. Y no digas nada a la familia.

—Si ha habido *foul play*, es muy posible que no esté lejos. Ya sabes que en el noventa y cinco por ciento de los casos de homicidio los cuerpos aparecen en un radio de ocho kilómetros del lugar donde vieron a la persona desaparecida por última vez —recité de memoria.

—En el caso de Jennie no encontramos nada que indicara *foul play*, y dado que había bebido, es comprensible que quisiera esconderse antes de que llegara la policía.

—Sigues diciéndolo como si fuera un hecho probado, y el caso es que no lo es. Encontraron alcohol en el coche, pero eso no significa que estuviera bebiendo. Es uno de los motivos por los que Ted desconfía de la actuación del Departamento. Y quizá tenga razón.

Por cómo entornó las cejas entendí que no debería haberme referido a él por su nombre de pila.

—Hablas del Departamento como si no formaras parte de él, Carrington. Te recuerdo que estás ayudando al señor Johnson porque así lo he decidido.

No me gustó el tono que estaba adquiriendo la conversación.

—White, la chica desapareció aquí. Si se marchó por su propio pie para esconderse, como tú crees que pasó, es posible que lleve tres días herida y sufriendo hipotermia en medio del bosque. Debemos descartar esta posibilidad. No podemos permitirnos más negligencias.

Evidentemente, este último comentario tampoco le hizo ninguna gracia.

—Debemos considerar todas las posibilidades —me contestó secamente—. Si la chica quería marcharse, podría tener algo que ver con la familia. Así que mantén las distancias, Nick. Que no se te nuble la vista.

Tuve que reconocer que quizá tenía razón, aunque no lo hice en voz alta. Estábamos ya a escasos metros de nuestro destino.

—Es allí —le dije señalando el montón de nieve donde yacía la chica.

Observó a nuestro alrededor con el rostro tenso y los ojos escrutadores.

—¿Se fijaron si cuando llegaron había otras huellas y cuáles eran? —Me pareció que le temblaba un poco la voz.

—Me temo que no. Los chicos nos llamaron porque vieron la tela de la chaqueta que sobresalía del montón. Cuando llegamos, no se lo preguntamos, pero quizá sabrían decirlo. En todo caso, yo puedo identificar cuáles son nuestras huellas.

Inspiró profundamente y después de exhalar un suspiro avanzó con precaución hacia el cuerpo negando con la cabeza. Lo seguí esperando que en cualquier momento cuestionara la estupidez de mis movimientos. Me descubrí observando mis huellas en la nieve. Mi pierna cojeaba tanto que eran estrafalarias y únicas. Si las hubiera encontrado un turista, podría haberlas atribuido a un yeti o algún animal monstruoso de la montaña.

Cuando vi el cuerpo de la chica por segunda vez, me di cuenta de algunos detalles en los que no me había fijado antes, como las manos heladas con las uñas pintadas de negro, un contraste agresivo y perturbador con la nieve y el hielo que rodeaban el cuerpo azulado y extremadamente rígido.

—¡Dios mío! —exclamó cuando le vio el rostro. Y acto seguido se apartó instintivamente dando un paso atrás.

—¿La conoces? —pregunté con un hilo de voz. No podía saber si esa reacción se debía a su bagaje, a que conocía a la víctima o a ambas cosas.

—Es Ruth Henley. Su madre denunció su desaparición hace cuatro días.

Cuando oí el apellido, entendí por qué la pobre chica me había resultado familiar. Tenía los mismos pómulos y labios que su madre, Melanie Henley, que trabajaba en el centro de visitantes del valle del parque. Había hablado con ella en varias ocasiones.

—¿Por qué no me había enterado? No he visto un cartel en ninguna parte.

—No le dio mucha importancia. No era la primera vez que pasaba. A menudo se iba a dormir a casa de alguna amiga o se marchaba durante tres o cuatro días y no respondía a las llamadas de su madre. Luego se presentaba en casa como si nada.

Pensé en Melanie. No sabía nada de su vida. Alguna vez me había parecido cansada, pero era una de esas personas a las que cada vez que les preguntas cómo están, te contestan que bien y esbozan una sonrisa.

—Qué putada, y esta mujer trabajando en el centro sin saber nada. —Le di una palmada en el hombro que pretendía ser reconfortante—. ¿Se lo dirás tú?

—Sí —contestó con gravedad.

Y a continuación levantó la rodilla del suelo, se puso de pie y empezó a caminar hacia la carretera, donde las luces de los vehículos policiales ya habían hecho acto de presencia.

9

De entre los numerosos detectives de sillón aficionados al blog sobre la desaparición de Jennie, fueron muchos los que desde el principio de la investigación apuntaron a la posibilidad de que su pareja hubiera tenido algo que ver. Tanto la familia de él como la madre de Jennie habían dicho a los medios que Jennie y él mantenían una buena relación y que incluso estaban planeando casarse. Pero algunos tenían una opinión totalmente contraria, como Sarah pudo leer en los comentarios del blog.

Moonlight5: Lo primero que hace la policía en estos casos es investigar al novio. ¿Sabéis si ya lo han hecho? El noventa por ciento de los casos de *foul play* son causados por la pareja o por personas cercanas a la víctima. Con esto no quiero decir que Jennie esté muerta, pero teniendo en cuenta que encontraron ese otro cadáver...

Respuesta de Lonely4U: Moonlight5, ese otro cadáver, como tú dices, tiene nombre y una familia. Podrías mostrar más respeto por ellos, ¿no? Por otra parte, esta teoría implicaría que Jennie no viajaba sola, sino que iba acompañada por Burns, y según las llamadas que este hizo, no es posible...

*FriendlyFoe1973*: La teoría de que Jennie no viajaba sola debe considerarse una opción, pero es verdad lo que dice Lonely4U: David no habría podido hacer esas llamadas porque no coinciden con los puntos de localización del trayecto y sí con el lugar donde dice que estuvo. Pero también hay que considerar la opción de que esas llamadas las hiciera alguna otra persona con su teléfono para asegurar una coartada o que Burns tenga más de un teléfono sin que la policía sepa nada...

*HeatherJ9*: Esto de las llamadas es interesante. ¿No habéis pensado en hacer un post dedicado exclusivamente al registro de llamadas? ¿Hay alguna forma de conseguirlo, aparte de la sección que publicó ayer el *Merced County*? Creo que nos ayudaría mucho a aclarar este tema y a basarnos en pruebas más que en rumores, aunque es cierto que las llamadas podría haberlas hecho otra persona. Pero ¿quién?

*Anónimo*: David Burns es un tío peligroso. Tengo una amiga que trabajaba en la misma empresa que él y me contó que, un día que se quedó a trabajar hasta tarde, Burns se presentó en su despacho y se le insinuó. Cuando ella lo rechazó, hizo como si no oyera nada, se le tiró encima y empezó a magrearla. Entonces alguien entró en las oficinas y ella aprovechó para irse corriendo. Dos días después lo echaron, aunque dejaron en manos de mi amiga la denuncia por acoso, y ella no se atrevió a ponerla.

Respuesta de FriendlyFoe1973: Lo que dices es muy grave, y hacerlo desde una cuenta anónima no ofrece mucha confianza. Ya sé que quizá digas la verdad y tu amiga no quiera que se sepa su identidad, pero si lo que cuenta es cierto, debería ir a la policía que lleva el caso de Jennie y contárselo.

Respuesta de Moonlight5: Completamente de acuerdo con FriendlyFoe1973. Si es verdad, la policía DEBE saberlo.

En ese momento entendió que, si se quedaba atrapada en todos los comentarios y las respuestas a las respuestas de los comentarios, nunca avanzaría en su revisión del blog. Se había aficionado a la idea de que si descubría qué le había sucedido a Jennie Johnson, quizá podría averiguar lo que le había ocurrido a Carrington, pero era fácil quedarse absorta en cada uno de los comentarios y teorías que la gente exponía sin seguir una lógica concreta que le permitiera avanzar. Decidió que se dedicaría solo a leer las entradas que aludieran a las teorías más relevantes y plausibles, que pasaría por alto los comentarios y solo prestaría atención a los de nombres que había ido anotando por su relevancia y especialmente los del usuario Shonjen Jonnie 292.

Decidió investigar un poco más la teoría de la implicación de la pareja de Jennie, David Burns, antes de descartarla.

La primera entrada que encontró dedicada a él era la quinta del blog.

«El comportamiento de Burns plantea más preguntas que respuestas»

Hace días que recibimos mensajes vuestros preguntándonos por qué no hemos hecho una entrada sobre la supuesta pareja de Jennie. La respuesta es que no queríamos difundir rumores sobre una persona que formaba parte de la vida de Jennie de forma pública por el mero hecho de que a alguien pudieran resultarle entretenidos. Lo cierto es que no tenemos ninguna intención de alienar a la familia y a quienes forman parte de la vida de Jennie sin motivo alguno.

El objetivo principal de la existencia del blog, como ya os contamos en la primera entrada, es crear un lugar donde podamos reflexionar sobre lo ocurrido, ofrecer hipótesis que no se hayan contemplado anteriormente y que puedan aportar luz al caso, y sobre todo ofrecer un lugar donde los que sepan algo sobre lo que le ha sucedido a Jennie —porque estamos seguros de que algunos saben mucho más de lo que han contado, sea por el motivo que sea— encuentren una manera anónima de transmitir esta información y sacarla a la luz. En este sentido, se han expresado muchas informaciones en la sección de comentarios y en el correo electrónico que son claramente falsas y no ayudan al propósito de este blog, pero suponemos que es un mal menor y necesario si de cada cien informaciones una ayuda a avanzar en la investigación y a encontrar a Jennie.

Pero hace una semana, como muchos pudisteis ver, un seguidor anónimo del blog dejó un mensaje que apuntaba a la conveniencia de echar un vistazo a las anteriores relaciones sentimentales de Burns, porque podrían aportar luz sobre lo que le sucedió a Jennie. En este punto solo podemos decir que, como siempre, queremos investigar todas las líneas posibles y hemos trasladado estas informaciones a las autoridades. Pero de momento solo son acusaciones de una persona anónima que podría tener diversas motivaciones para decir lo que dice, así que rogamos que todo el mundo respete el principio de inocencia y que nadie se acerque ni acose a ninguno de los investigados, como ya ha sucedido en más de una ocasión. Estos comportamientos solo nos dificultan encontrar a Jennie y no ayudan en nada a la causa, y serán perseguidos y sancionados por la ley sin miramientos.

Por lo que había leído en otras entradas y comentarios, sabía que este era un asunto complicado de gestionar para la familia. Personas cercanas a esta decían que, aunque Ted nunca había sido un ferviente defensor de David Burns, este era el mejor amigo del novio de Brittany, y eso había sumado cierta tensión a las relaciones entre Carrington y ella, que se había mostrado fría las pocas veces que se habían encontrado. Su presencia en las búsquedas de fin de semana había ido reduciéndose progresivamente. En cambio, Helen pensaba como su padre y estaba convencida de que Burns escondía algo.

De todo ello hablaban en los comentarios del blog, las entrevistas y otros blogs que habían escrito sobre el caso, en los que Carrington era un personaje más de la historia. Se hacía cruces por la repercusión que había tenido todo aquello sin que ella hubiera sabido nada de nada hasta hacía dos días. Claro que vivir en otro estado no ayudaba. Las cosas que pasaban en otros estados a menudo quedaban muy lejos. Y aún más viviendo en un lugar como Las Vegas, donde se oían noticias excéntricas y ocurrían desapariciones con mucha frecuencia.

En cualquier caso, se dio cuenta de que la lectura del blog, aunque seleccionara las entradas más útiles, no era más que una excusa para terminar de decidirse a lanzarse a ese pozo que era la búsqueda activa de la verdad sobre lo que le había ocurrido a su padre. Una forma de posponer la posible decepción de un resultado negativo. Una ocupación que de momento evitaba que perdiera el tiempo, las energías y la poca esperanza que le quedaban buscando algo que quizá nunca encontraría. Desde el principio supo que quería ir al lugar de los hechos y ver lo que había visto él por última vez antes de morir. Hablar con los que lo habían conocido para así, de alguna manera, poder conocerlo ella también. El caso de Jennie era sin duda relevante, pero no su prioridad.

Decidió que podía seguir leyendo el blog durante el viaje, teniendo en cuenta que ya sabía lo que Carrington consideraba más importante sobre la investigación y detallaba en *Buscando a Jennie Johnson.* Lo había devorado la noche en que Nona murió y había sentido que de alguna manera su padre la acompañaba en esa noche insomne y dolorosa a través de sus palabras.

Terminó de autoconvencerse. Se había ganado bien la vida jugando, era buena y reconocida en el sector y tenía bastante dinero ahorrado. Ese dinero, junto con el que había heredado de Nona, le permitía hacer un paréntesis en su vida lo bastante largo para dedicarse a encontrar a su padre sin tener que preocuparse de los gastos.

Por un momento vio el rostro enfurruñado de su abuela. No, probablemente no le habría hecho ninguna gracia que tomara esta decisión. O quizá sí, porque algo la había hecho cambiar de opinión a última hora y debía de saber que Sarah actuaría así en cuanto esa información llegara a sus oídos.

Se sintió culpable, pero solo por un momento.

Recordó el comedor en el que había pasado tantas horas y al que había sido incapaz de volver. Visualizó la silla de lectura de su abuela, vacía, acariciada por los rayos del sol que se filtraban por las rendijas de la ventana.

Nona se había ido para siempre, y ella estaba dispuesta a abrazar la cara B de esa tristeza que aún le negaba el pecho.

No, no era necesario alargar más una decisión que prácticamente ya estaba tomada. Solo tenía que terminar de hablarlo con una persona, y esa persona acababa de entrar por la puerta.

Ya regresaba a casa para comer cuando cambié de opinión y decidí llamar a Ted. Estaba seguro de que querría saber que la chica a la que habían encontrado era de la zona. De alguna manera, tenía la sensación de que eso tranquilizaría.

Los encontré sentados a la mesa del bar, con los ojos fijos en el canal de televisión regional, que transmitía una conexión en directo desde el lugar de donde acababa de marcharse. Uno de los nuestros les había dado la información, no podía ser de otra manera.

—Si se hubieran tomado su trabajo como lo hacen los periodistas... —me dijo Ted a modo de saludo cuando llegué a la mesa. Los chicos estaban en silencio.

Asentí, pero la verdad es que aún no tenía clara mi posición. Conocía a Rodowick y sabía que se tomaba en serio su trabajo. Pero no podía negar que algunas actuaciones me habían parecido, como mínimo, raras.

—Ponme una tónica, Pete —le pedí al camarero.

Asintió y después hizo un gesto interrogante que ignoré. Ya empezaban los bandos en la zona. Y solo habían pasado tres días.

—Aún no han dicho quién era la chica —me dijo Ted sin apartar los ojos de la pantalla.

—Era de aquí —respondí.

—¿Sabe quién es?

—No quiero decir nada. Primero debe saberlo la familia.

Lo entendió de inmediato.

—¿Era una chica que se metiera en problemas? —Se dio cuenta de lo inoportuno de su frase por la mirada que le lanzó Helen, así que añadió—: Bueno, ya me entiende.

Pensé en Ruth Henley y se me hizo evidente lo poco que sabía de ella. Pero, por lo que me había dicho White, podía imaginar que quizá un poco sí. Que quizá se había juntado con malas compañías. Que quizá había confiado en alguien en quien era muy mala idea confiar. Recordé las uñas negras. Los hermanos «Boom» —como todo el mundo los llamaba haciendo un juego de palabras con su apellido real, Bloom, por la cantidad de problemas en los que se metían constantemente— también llevaban las uñas pintadas de negro. Rose fue su profesora de primaria y me contó algunas cosas que me habían sorprendido mucho.

—No creo. No más que cualquier otro adolescente, imagino —me encontré respondiendo mientras se me aparecía la cara de Melanie Henley.

—Bueno, quizá si tienen un cuerpo, ahora se lo tomarán más en serio. Encontrar a Jennie, quiero decir. Con un asesino circulando libremente por la zona. —Se le marcaron los huesos de la mandíbula—. Claro que si alguno de ellos está involucrado...

—Supongo que ya sabe que Mark Rodowick es mi cuñado —le dije. Era un tema que quería sacarme de encima lo antes posible.

—Sí, lo sé —contestó mirándome fijamente—. Me he enterado hace poco. Quizá que usted se ocupe del caso no sea lo más apropiado.

—Me temo que White no tiene tanto para elegir como le gustaría. Pero déjeme decirle una cosa, señor Johnson, porque quiero aclarar este tema rápidamente y dejarlo atrás: la verdad no entiende de sangre. Rodowick está casado con mi hermana y soy el primer interesado en saber a ciencia cierta, objetivamente, si ha tenido algo que ver o no con la desaparición de Jennie. Así que el hecho de que seamos familia debería tranquilizarlo, más que preocuparlo.

Suspiró para indicarme que lo había convencido a medias, y después me dijo:

—Una vecina dice que vio un coche del parque parado junto al de Jennie con dos personas de pie al lado.

—Rodowick no llegó a ver a Jennie.

—O eso es lo que dice.

—¿Cómo se llama la vecina?

—¿Me lo pregunta para investigarlo o para penalizarla por haberlo dicho? —preguntó desafiante.

—Creía que ya habíamos aclarado mi posición, señor Johnson —contesté de mal humor.

—Sí, de acuerdo. Se llama Grace Cooper. Coincidimos en el supermercado y se acercó a mí para decírmelo.

Asentí con expresión neutra. Pero el nombre era significativo. No podía decirse que la señora Cooper fuera una admiradora de las autoridades del parque.

—Hablaré con ella —dije.

—De hecho, me extrañó que me dijera algo —siguió—. Me da la impresión de que en lugares pequeños como este es más difícil que las personas que saben algo hablen.

—En este caso quizá podemos encontrar una forma que lo haga más fácil. Y no solo para las personas de aquí, sino para cualquiera del entorno de

Jennie que tenga información útil. —Me pareció un buen momento para expresar un pensamiento que llevaba un par de días dándome vueltas en la cabeza, aunque sabía que a White no le haría ninguna gracia. Pero no tenía por qué saber que había sido idea mía.

—¿Cómo?

—Podrían hacer un blog sobre la investigación. Hoy en día es muy común que la familia cree una página de algún tipo en las redes sociales para ayudar a que el caso se dé a conocer y conseguir así más información, incluso recursos. —Identifiqué la duda en su mirada—. Podrían contar qué ropa llevaba cuando desapareció, colgar su fotografía, dar cierta información y llamar a la colaboración ciudadana para que si alguien ha visto algo, por poco o intrascendente que pueda parecerle, lo comunique de manera anónima. Así su foto y la información llegarían a mucha más gente.

La conversación llamó la atención de los chicos, que giraron el rostro hacia mí por primera vez desde que había llegado.

—Es buena idea, papá —dijo Helen.

—Supongo que no perdemos nada —añadió Brittany.

Frank asintió ligeramente.

—Yo me ocupo —anunció este con decisión—. Me pondré a ello esta misma tarde.

—Vale, intentémoslo. Cualquier cosa que pueda ayudarnos a encontrar a Jennie me parece bien.

El volumen del televisor subió de repente. Habían identificado a la víctima. Los que aún no habían prestado atención al aparato lo hicieron entonces.

—Pero esto está aquí al lado, ¿no? —preguntó alguien.

Las imágenes mostraban a Melanie Henley con los ojos llorosos delante de las oficinas del parque. El chief White, con el brazo cariñosamente apoyado en sus hombros, la guiaba hacia la entrada mientras varios periodistas armados con micrófonos, cámaras y grabadoras se interponían en su trayectoria.

—Voy fuera a que me dé el aire —dijo Brittany.

—Sí, yo también. —Helen se sumó y Frank hizo lo mismo sin decir nada.

Pensé que probablemente Ted también había tenido suficiente.

—Yo también me voy. Tengo que solucionar el papeleo antes de la búsqueda de esta tarde —mentí. Luego dejé siete dólares en la mesa y me levanté.

Él hizo un gesto de agradecimiento con la cabeza.

—Gracias, Nick.

—No hay de qué.

La verdad es que casi creía que era yo el que debía darle las gracias. Hacía mucho tiempo que no me sentía tan útil y, casi me avergüenza admitirlo, vivo. Mi concentración y mi capacidad de enfoque estaban más afinados que nunca, y nada más levantarme había experimentado un sentimiento de propósito que me era completamente desconocido hasta entonces. Pero me pareció surrealista darle las gracias por encontrarme en una situación tan trágica como aquella, así que me fui sin decir nada más.

10

La despertó la claridad de un nuevo día en el desierto, otra vez sin Nona. Tardó una milésima de segundo en situarse en la nueva realidad gracias al breve momento de ventaja que da el sueño reparador. Aun así, no sentía el insoportable peso en el pecho de los días anteriores.

Coddie respiraba profundamente a su lado. Los rayos de luz cálida se filtraban por las rendijas de la contraventana dibujando hileras doradas en la pared. Se quedó un rato admirándolas, intentando aprovechar al máximo ese momento de paz inesperada.

Inmediatamente su mente se trasladó al lugar donde habían esparcido las cenizas de Nona. Era el mismo en el que su abuela dispersó las cenizas de su madre hacía veintiséis años. Sarah no recordaba ese momento, pero sí la luz tardía del sol avivando el fuego de aquellas rocas que daban nombre al Valley of Fire, el hermoso parque natural a una hora de Las Vegas. Era la misma luz que había iluminado sus manos y la urna plateada que contenía las cenizas, reflejando el rojo de las rocas en el metal brillante mientras el polvo de estrellas que era Nona danzaba por el desierto para reunirse por fin con su hija.

Por lo que le había contado, Nona iba a menudo con Eve, cuando esta era pequeña, para reconectar con una naturaleza que se mostraba evasiva en la ciudad del pecado. Lo habían convertido en un ritual en el que se hacían confidencias y se contaban las cosas que habrían sido incapaces de decirse entre las cuatro paredes de la humilde casa en la que vivían solas.

Nona intentó mantener esa costumbre con Sarah, pero la constante ausencia de Eve en ese lugar marcaba inevitablemente el estado de ánimo de las dos, y poco a poco dejaron de frecuentarlo hasta que, transcurridos unos años, solo iban para conmemorar a Eve el día de su cumpleaños.

Nunca se atrevió a decírselo, pero siempre había deseado que su abuela hubiera buscado otro sitio, diferente y especial para ellas, en el que poder construir una relación como la que Nona tenía con Eve. Al fin y al cabo, aparte de la diferencia generacional entre ellas, tampoco habían cambiado tantas cosas. Seguían siendo dos mujeres de la misma familia que vivían solas, sin un hombre en la casa. Eve apenas conoció a su padre, y Sarah ni siquiera sabía qué cara tenía el suyo hasta hacía muy poco. Dos generaciones marcadas por el abandono de la figura paterna y la constante de Nona como único punto de anclaje, esa roca inamovible que todo lo dirigía. Pero, claro, Nona nunca llegó a buscar ese lugar porque sabía que mantener una relación de ese tipo con su nieta sería imposible mientras le ocultara una parte de la verdad tan importante para ella. Aun así, estaba dispuesta a pagar ese precio. Estaba segura de que había hecho lo correcto. De los hombres no podías fiarte, y después de lo que había pasado, su nieta estaría mejor sin Carrington en su vida.

—Ey. Buenos días —murmuró Coddie al estirarse perezosamente las piernas hasta las puntas de los pies. Sonrió mostrando sus dientes blancos, que emitían una luz afable entre su rostro moreno.

Sarah le devolvió esa sonrisa que siempre le calentaba la barriga. Estaba segura de que cuando la gente decía que se sentía como en casa, se refería a esa sensación, a ese calor que te hacía sentir que estabas exactamente en el lugar del que formabas parte. De repente, una punzada de miedo le sacudió el corazón y sintió que quizá marcharse sería un error irreparable.

—¿Tortitas? —le preguntó él mientras se levantaba de la cama.

—Sí, por favor.

Coddie era un excelente cocinero y quería aprovechar la que probablemente sería una de las últimas oportunidades de disfrutarlo.

A él no se le escapó la expresión de su cara. Después de todo, se conocían desde que eran adolescentes.

—¿Así que ya nos hemos decidido? —preguntó con una sonrisa rota.

—Casi —contestó ella.

—¿Cuál es la duda?

—No quiero cometer un error. Dejarlo todo por una persona que no tuvo ningún problema en abandonarme a mí y que además seguramente está muerta.

—Pues quédate aquí. Sigue con tu vida. —Se encogió de hombros.

—No podré seguir como si nada. Lo sabes perfectamente. No creas que no me doy cuenta de lo que haces...

Él sonrió de nuevo desde la barra de la cocina.

—Y tú sabes perfectamente que ya has decidido que vas a irte y solo quieres que termine de convencerte de que es la mejor opción.

—¿Lo es? —le preguntó devolviéndole una sonrisa triste. Lo echaría muchísimo de menos.

—Creo que para ti es la única, Sarah.

No, no encontraría a nadie que la conociera como él, de eso estaba segura.

Un día después de que Helen creara el blog y escribiera las dos primeras entradas, recibí el primer correo electrónico en la dirección que le había indicado que creara específicamente para este menester. Me lo enviaba una tal Gwen Irvin. Decía que era amiga de Jennie y que, aunque no tenía información concreta, estaba segura de que su desaparición había tenido algo que ver con una fiesta a la que había ido tres días antes de marcharse de la universidad sin decir nada a nadie. Esto, sumado al hecho de que había recogido todas las cosas de su habitación, le hacía creer que Jennie huía de algo, aunque no podía saber de qué porque hacía tiempo que su relación se había enfriado y ya no compartían tantas intimidades como antes, aunque seguían manteniendo una relación cordial si se encontraban por los pasillos de la universidad. Al final del correo me deseaba suerte con la búsqueda de Jennie, me pedía que si quería contactar con ella lo hiciera a través del e-mail y me rogaba que bajo ningún concepto me presentara en la universidad para hablar con ella, porque podría causarle problemas.

Le respondí de inmediato:

Estimada señorita Irvin:

Le agradezco muchísimo que se haya puesto en contacto conmigo para proporcionarme esta información, que sin duda puede resultar importante. Me sería de mucha utilidad si pudiera darme los nombres de algunos de los asistentes a la fiesta que menciona o el lugar donde se celebró, ya que en caso contrario me resultará complicado encontrar a las personas que puedan hablarme de lo que ocurrió esa noche, si es que, como creo que usted sospecha, esa noche pasó algo.

Le aseguro que no voy a utilizar su nombre ni la pondré en ninguna situación que pueda comprometerla, pero, precisamente porque me ha pedido que no me presente en la universidad y pregunte por usted, tengo la sensación de que sabe más cosas de las que me ha indicado en el correo y le agradecería muchísimo que confiara en mí y me las contara, ya que podrían ser la clave para descubrir qué pasó y dónde está Jennie.

Aprovecho la ocasión para agradecerle de nuevo su colaboración, en mi nombre y en el de la familia.

Espero su respuesta,

Nick Carrington

No respondió hasta el día siguiente, de forma muy escueta:

Señor Carrington:

No puedo darle nombres concretos porque no los sé. Lo único que puedo decirle es que se celebró en el campus, en casa de la fraternidad Beta Phi, y que había muchas personas del club de natación del que formaba parte Jennie.

Le ruego que no vuelva a ponerse en contacto conmigo. Escribirle ha sido un error. En realidad, no sé nada de lo que le pasó a Jennie.

Y así es como supe que debía ir a la Universidad de San José y descubrir qué diablos había pasado en esa fiesta y quién había estado presente. Pero antes quise averiguar si Ted sabía algo al respecto.

Recorrimos el lado opuesto del río por el camino de tierra que asciende una vez se acaba el asfalto de Briar Creek. Solo estábamos él y yo. Helen y Frank habían vuelto a casa de Helen, donde vivían juntos, y Brittany había regresado al trabajo de cajera que tenía en Salinas, donde vivía con su pareja.

Aunque Rodowick en principio ya había interrogado a todos los habitantes de las casas cercanas a la zona de la desaparición, Ted insistió en repetir las visitas, casa por casa, antes de continuar por el camino hacia la montaña. Después de pasar algunas horas con él, ya lo conocía lo suficiente para saber que, en primer lugar, desconfiaba de nuestra palabra, o al menos de la de Rodowick, y, en segundo lugar, no esperaba que si alguien había tenido algo que ver con la desaparición de su hija, se lo dijera, sino que él sería capaz de vérselo en los ojos.

Empezó llamando a la puerta de la casa destartalada de los Miller. Abrió la mujer, con la cara morena y llena de arrugas, y el cuerpo gordo y redondo un poco encorvado.

—Buenos días. Soy Ted Johnson, el padre de la chica que desapareció hace nueve días en esta zona. ¿Estaba usted aquí el lunes 29 hacia las seis de la tarde?

—Yo siempre estoy aquí. Bastante me cuesta moverme hasta el gallinero.

—Desde la carretera se ve una de las ventanas de su casa. ¿Recuerda si ese día vio algo inusual o que le llamara la atención?

—No. Pero la verdad es que no veo muy bien. Tengo que cambiarme las gafas, pero son tan caras... ¡Y total, para lo que hay que ver! A estas alturas creo que ya he visto todo lo que tenía que ver.

—Hola, señora Miller —intervine—. Soy Nick Carrington.

—Sí, ya sé quién es —me contestó secamente.

—¿Está su marido?

—En casa no. Ha salido a dar una vuelta, no sé si hacia arriba o hacia el río. Sí, seguramente esto último —murmuró como para sí misma—. Le gusta andar cerca del agua.

—Una pregunta más, señora Miller: cuando el ranger vino a hacerle preguntas...

—¿Qué preguntas? —me interrumpió—. Aquí no ha venido nadie a hacer preguntas hasta que han aparecido ustedes.

—Quizá lo atendió su marido.

—No, no, la que abre la puerta soy yo. Siempre estoy aquí, ya se lo he dicho. Y poco conoce a mi marido si cree que se levantará a abrir la puerta cuando estoy yo para hacerlo, por mucho que cada día me cueste más llegar. Que no me quejo, que no, que ya está bien. Al final es el único entretenimiento que tengo, alguna visita de vez en cuando.

Aquello no me gustó nada. Tendría que hablarlo con Rodowick en algún momento. Pero entendí que la conversación no daría más frutos.

—Muy bien, señora Miller, pues no la molestamos más —le dije intentando arrancar algún gesto medio simpático de la vieja, que se negaba a darme este placer.

Ted se limitó a mover la cabeza. Veía claramente que esa respuesta le había hecho aún menos gracia que a mí.

En cuanto el señor Johnson dio media vuelta, la señora Miller cerró la puerta de un golpe seco y nos dejó solos compartiendo un silencio incómodo del que Ted huyó rápidamente con paso enérgico.

Tuve que acelerar el ritmo para atraparlo. No quería perder el tiempo. Y tenía muy claro cuál era el segundo lugar al que quería ir. Avanzó con paso firme y rápido los cien metros que separaban la casa de los Miller de la casa móvil de los Bloom. Estaba rodeada por una verja que enmarcaba el perímetro rectangular de la casa, con una distancia de unos seis metros hasta las paredes. La puerta de la verja estaba ajustada. Ted la empujó de una patada y cruzó el césped anegado de nieve sucia hasta llegar al porche de amianto que precedía la puerta de entrada, situada en el centro de unas paredes que un día habían sido blancas.

Vi en su cara la sospecha que le creaba el estado de la casa móvil: las ventanas de aluminio viejo y los cristales sucios con las cortinas grasientas, que impedían ver el interior; las sillas desgastadas y el sillón de piel destartalado en el porche, junto a la puerta, rodeados de latas de cerveza y dos botellas vacías de vodka. Estaba seguro de que Ted pensaba que cualquiera que hubiera estado sentado en aquel sillón el día que su hija desapareció necesariamente debía de estar implicado con el asunto. No podía culparlo, por injusto que fuera tener esa opinión solo por el aspecto de la casa. Yo mismo había albergado mis sospechas y conocía a la familia un poco mejor que él.

Llamó a la puerta con dos golpes secos y después se llevó las manos a los riñones.

Como no hubo respuesta, insistió de nuevo.

—Quizá no están —dije.

—¿Los conoces?

—No. En realidad, no.

—Aquí viven dos hermanos adolescentes, ¿verdad?

—Veo que ya has hecho los deberes.

—He oído algo.

Volvió a golpear de forma más agresiva la fina lámina de aluminio que conformaba la puerta.

Segundos después oímos unos pasos amortiguados. No procedían del interior de la casa, sino de la parte trasera de la estructura.

Uno de los hermanos asomó la cabeza por el lateral del habitáculo. Arrastraba los pies, calzados con unas botas militares negras, por la nieve sucia del suelo de aquel improvisado jardín. Llevaba un pantalón de camuflaje verde oscuro pegado a las piernas y una sudadera negra muy ancha, con la capucha puesta, que dificultaba verle el rostro. Los puños de las mangas le tapaban las manos, pero no la lata de cerveza que sujetaba en una de ellas. En la otra llevaba una escopeta, cogida de cualquier manera, como si la arrastrara.

—Hostia puta, ¿qué queréis? —Escupió quitándose la capucha para dejarnos ver su cara, que mostraba visiblemente el fastidio que le había causado nuestra visita.

—Soy Ted Johnson, el padre de la chica desaparecida el lunes 29 en la carretera de aquí al lado.

—Muy bien, ¿y a mí qué? —Se sorbió los mocos con fuerza y lanzó un escupitajo muy cerca de nuestros pies.

Me sorprendió la aparente calma de Ted ante esa actitud, que, por otra parte, yo ya había anticipado.

—Estamos haciendo unas preguntas a los vecinos de esta zona —le contestó.

—¿Por si la hemos secuestrado o algo? —Se rio y se acercó la lata de cerveza a los labios torcidos. Pero esta no llegó a su destino, porque Ted la tiró al suelo de un manotazo.

Ahora todo me parecía más normal.

El rostro del chico cambió de repente. Apretó los labios, llenos de ira, y levantó la escopeta para sujetarla con las dos manos y apuntar al estómago de Ted.

—Pero ¿qué haces, desgraciado? ¡Presentarte en mi casa con estos malos modales! ¡Ya puedes pirarte ahora mismo si no quieres que te vuele las entrañas!

—Calma, calma —intervine—. No nos pongamos nerviosos. Solo estamos buscando a una chica desaparecida.

—¿Y a mí qué coño me cuentas? ¡Yo no sé nada de la chica esa! ¡Y estoy en mi casa, tengo mis derechos!

—Claro, claro. Jimmy, ¿verdad? Nadie dice que tengas algo que ver. Solo queríamos saber si tú o alguno de los que vivís aquí visteis algo sospechoso la noche de los hechos.

Pareció calmarse un poco, pero aún dudaba si bajar el arma.

—Solo puedo hablar por mí —dijo muy enfurruñado.

—¿Qué quieres decir?

—¡Que no tuve nada que ver! ¡Joder, ya!

—Pero ¿sospechas que alguien que conoces quizá sí?

Bajó la cabeza y la movió para indicar que no.

—¿Dónde está el resto de la familia?

—¿Qué familia? ¡No tengo ninguna puta familia! Mi madre está durmiendo desde ayer por la tarde toda colocada, y su noviete se marchó el martes y no sé nada de él.

—¿Y tu hermano? Tienes un hermano, ¿verdad? —le preguntó Ted.

Lo miró con recelo y le contestó:

—Ron ha ido a dar una vuelta con su novia.

—¿Dices que tu... que la pareja de tu madre se marchó el martes? —le pregunté.

—Sí.

—¿De la semana pasada o el día 1?

—Este último no, el otro. No sé qué mierda de día era.

Ni le importaba saberlo. Ted se tensó con esta nueva información.

—¿Notaste algo raro en su comportamiento el lunes anterior? —le pregunté.

—No lo sé. Quiero decir que no estaba aquí. Ni yo ni Ron estábamos. Quedamos con unos colegas para ver una peli y fumar hierba. —Me miró el uniforme e hizo una mueca—. Tú no eres poli, ¿verdad? Quiero decir que no puedes detener a la gente.

Ignoré su pregunta.

—Y por la noche, cuando volviste, ¿encontraste algo inusual?

—¿Acaso creen que Gary ha tenido algo que ver en el asunto? —Cambió la mueca de incredulidad y dirigió las pupilas hacia la frente considerando la posibilidad—. Bueno, supongo que tampoco es tan descabellado. El tío es un hijo de puta, y a veces se le va la olla, eso está claro.

Ted exhaló el aire lentamente por la boca. Se le estaba acabando la paciencia y no le gustaba que nuestro interlocutor se tomara tan a la ligera la posible muerte de su hija.

—Vámonos —me dijo. Y empezó a andar hacia la verja.

—¡Vaya, ahora que empezábamos a entendernos! —gritó el chico forzando una sonrisa falsa—. Pues ya lo saben. Yo no descartaría al hijo de puta de Gary. ¡No nos iría nada mal que se lo llevaran una temporada y lo encerraran!

Ya había dado media vuelta cuando volví a girarme y le dije:

—Una última pregunta.

—¡Dispara! —Me guiñó un ojo mientras levantaba la escopeta hacia el cielo para exhibir su glorioso uso de la palabra.

—Tú vas al instituto con Ruth Henley, ¿verdad?

Su expresión cambió de repente y un rictus asustado se le dibujó en la comisura de los labios, rodeados de una semibarba irregular y casi ridícula.

—Sí, ¿qué pasa? —Noté un temblor en su voz.

—Solo quería darte el pésame. Te acompaño en el sentimiento.

—Pero ¿de qué coño estás hablando ahora? —Tenía el rostro rojo como un pimiento.

—Perdona, creía que ya lo sabías. El entierro es esta tarde.

—No, no lo sabía —murmuró—. Hace días que no voy a clase... y la tele no funciona.

—Bueno, lo siento.

Di media vuelta para atrapar a Ted, que ya estaba a unos cincuenta metros de la casa móvil. Al llegar a su altura me volví un momento. Jimmy salía de casa y cerraba con candado la puerta de la verja mirando a un lado y a otro.

—Este esconde algo —murmuré.

—¿Qué has dicho? —me preguntó Ted.

—Nada. ¿Seguimos hacia la montaña?

—Seguimos.

Hasta al cabo de un rato, cuando logré quitarme de la cabeza mis teorías e hipótesis sobre el comportamiento de Jimmy y su reacción al enterarse de la muerte de Ruth, no pensé en preguntarle sobre la información que había recibido en el correo electrónico de Gwen. Fue entonces cuando me explicó el concepto de «ruido blanco».

—Lo que hiciera Jennie los días antes de su desaparición es irrelevante. Es ruido blanco. No sirve para esclarecer nada —dijo vehemente sin mirarme a los ojos, que tenía puestos en la subida del sendero que habíamos cogido.

—Hombre, Ted, si Jennie tenía intención de marcharse, ya sea por un tiempo o indefinidamente, podría ser por algo que ocurrió hace poco y que le afectó.

—Sí, pero eso no ayuda a saber con quién se encontró aleatoriamente en la carretera y lo que ocurrió después, sea lo que sea.

—No sabemos si esto es lo que pasó. Podría ser que alguien más viajara con ella o quizá incluso la acompañara en otro coche, detrás de ella, y que se marchara con esa persona. Quizá después llegó donde quería, o quizá no, pero sería importante saber quién era esa persona, si es que había alguna, por poner un ejemplo.

—¿Ves? Estabas hablándome de no sé qué fiesta y ahora te preguntas si una persona conducía con ella o la ayudó a marcharse. Esto del blog y de que todo el mundo diga lo que le parece es peligroso, Carrington.

Negué con la cabeza. No quería entrar en otra discusión sobre el blog, así que seguí con mi razonamiento:

—Porque quizá esa persona estaba en la fiesta o sabe lo que pasó.

—Lo que te digo: ruido blanco. Dedicar atención y energía a estas cosas no soluciona nada. Al contrario, solo plantea cada vez más preguntas. No pienso caer en esta trampa. —Movió la cabeza a un lado y a otro.

Pues es una suerte que el encargado del caso sea yo, pensé en ese momento.

Nos quedamos un minuto en silencio. Después le pregunté:

—Por cierto, ¿dónde está el novio de Jennie? Porque lo tiene, ¿no?

—Sí. Bueno, lo tenía. Creo que lo habían dejado hacía poco, pero no estoy seguro porque Jennie no quiso hablar mucho del tema. Más bien lo deduje por un par de comentarios... Pero no sé dónde está.

—¿Teníais buena relación?

—Ni buena ni mala —contestó sin apartar los ojos del camino.

—¿Crees que pudo tener algo que ver con su desaparición?

Por fin levantó los ojos del suelo nevado y resbaladizo y me miró fijamente.

—¿Ruido blanco? —pregunté.

—Exacto.

Desde ese momento entendí que no podría mantener grandes conversaciones con Ted sobre las diferentes hipótesis relacionadas con la desaparición de Jennie. Y no lo culpaba. Su posición era clara: conocía a su hija y estaba convencido de que nunca se lo haría pasar tan mal, por más que hubiera querido desaparecer. En su cabeza solo cabían estas opciones: o había muerto en el bosque, o estaba secuestrada y viva, o la habían secuestrado y matado y sus restos se encontraban en algún sitio no muy lejano. Y no descartaba que alguien del Departamento hubiera tenido algo que ver en el asunto.

Por mi parte, aunque entendía su razonamiento, no podía dejar de considerar si el comportamiento y las acciones de Jennie en el pasado podían estar relacionados con el desarrollo de los hechos. Quizá si sabía adónde iba, por dónde había pasado, si había quedado con alguien o no, si huía de alguien o de algo, podría hacerme una idea de los sospechosos a los que debía tener en cuenta o considerar la posibilidad de que Jennie realmente hubiera querido desaparecer.

Pero desde ese momento entendí también que debería hacerlo solo. Que por mucha empatía que Ted tuviera, tendría que mantenerlo al margen y que si quería hacer bien mis investigaciones, incluso debería considerar la posibilidad de que su propia familia estuviera ocultando algo.

11

Lo encontró hablando por teléfono, sentado ante el escritorio de roble macizo que siempre le había fascinado tanto. Detrás, una pared de cristal exhibía los altos edificios que conformaban el Strip. El sol golpeaba las fachadas y creaba efímeras estrellas de luz.

Mientras Barlett se despedía amablemente de su interlocutor, se acercó observando esas chispas de luz rutilantes. No creía que echara de menos las luces, los neones y el brillo pasajero que adornaba todo lo que tenía esa ciudad. El velo de falsedad ostentosa que lo acariciaba todo. De hecho, entendía perfectamente que Carrington no hubiera querido vivir allí. Comprendía que se hubiera marchado a un lugar completamente opuesto a ese. Lo que no entendía es que lo hubiera hecho sin ella y sin su madre.

—Ey, Sarah —le dijo después de colgar el teléfono—. ¿Cómo estás? —Le tocó el hombro con delicadeza.

Ella se giró y esbozó una sonrisa que seguro que lo alertó de que no iba a ser una conversación fácil.

—Estoy bien, Barlett, no te preocupes.

—No me preocupo. Eres una de las personas más fuertes que conozco. —Sonrió—. Pero eso no te hace inmune al dolor, Sarah.

Ella no dijo nada. Estaba pensando en cómo formular la siguiente frase. Barlett debió de intuir que lo que vendría no le gustaría y no pudo evitar llenar ese silencio.

—¿Ya has pensado cuándo volverás a los torneos? ¿O a entrenar? Quizá te iría bien empezar con tus clientes y tomártelo con calma. Ya sabes que tienes el apoyo y las instalaciones del hotel cuando quieras.

—No volveré a entrenar ni a jugar, de momento. He decidido que viajaré durante un tiempo. Necesito un *impasse*.

—Entiendo.

Vio en sus ojos que no le hacía mucha gracia.

—Claro. Pero no dejes pasar demasiado tiempo. Ya sabes cómo es este mundo, Sarah. La gente olvida muy rápido a los que se bajan del vagón. —Y después de un silencio forzadamente casual, añadió—: ¿Adónde irás?

Por algún motivo que no sabía identificar, era reacia a explicitar el motivo de su viaje.

—Un poco a todas partes. Quizá a las montañas de California: Yosemite, el Kings Canyon, ya sabes.

—¿De camping? —le preguntó incrédulo.

Pero ella había visto el tic nervioso en el ojo derecho al mencionar Yosemite.

—No. Allí también tienen hoteles, ¿sabes? —le contestó con una sonrisa—. Pero no es relevante. Necesito irme de aquí. Estoy saturada de asfalto y desierto. Me irá bien un cambio de aires.

—¿Y por qué no vas a la costa? Tengo clientes en San Francisco, Monterrey y Los Ángeles que te alojarían gratis.

—¿Y en Yosemite no? —le preguntó suspicaz.

—Supongo que si los buscara, también —le contestó intentando ocultar su mal humor.

—¿Hay algo que quieras decirme, Barlett?

—No. ¿Por qué?

—Estoy convencida de que quiero hacer este viaje. Si crees que hay algo que debería saber, ahora es el momento de decírmelo.

—Sarah, de verdad que no sé de qué me hablas.

—Entendido —le dijo.

Al fin y al cabo, había ido a anunciarle que se marchaba, y ya lo había hecho. Si Barlett sabía algo sobre Carrington, pero no pensaba decírselo, no serviría de nada que insistiera más. O quizá se lo estaba imaginando todo.

—¿Cuándo te vas? —Había un punto de tristeza, o quizá preocupación, en sus palabras.

—Dentro de dos días.

—¿Y Coddie? ¿Qué dice?

—Nada. Le parece bien. De hecho, lo entiende perfectamente. —Esta última frase sonó como un reproche.

Él se encogió de hombros, con un aire derrotado que intentó ocultar con una leve sonrisa.

—Llama de vez en cuando. ¿De acuerdo?

—Claro.

Se acercó y le dio un abrazo.

Pero, por más que lo intentó, no consiguió relajar la tensión de su cuerpo ni un solo momento.

Dos días después de recibir el e-mail de Gwen Irving decidí ir al campus donde estudiaba Jennie, la Universidad Estatal de San José. Quería ver los lugares donde había estado antes de emprender ese viaje que no había llegado a ninguna parte y descubrir de qué diablos iba lo de la fiesta.

Evidentemente, me presenté sin el uniforme. Quería ver el ambiente y moverme sin llamar la atención.

Busqué el edificio residencial en el que vivía Jennie.

Enseguida vi un cartel con su fotografía en las paredes de la entrada principal. Decía:

Se busca. Desaparecida el 29 de febrero en el Parque Nacional de Yosemite. Si la habéis visto o sabéis algo, por favor contactad con el teléfono de la oficina del chief: (209) 805-657.

En la foto, Jennie miraba a cámara. Facciones neutras, boca cerrada y pómulos prominentes. Un espeso flequillo le llegaba a un centímetro de la ceja. Era difícil imaginar lo que sentía cuando le hicieron esa fotografía, pensé.

Y es que era absurdo intentar que la gente se hiciera una idea de cómo era alguien con solo una imagen, un momento congelado de los múltiples y diversos que han vivido en su vida antes de desaparecer. Aun así, las fotografías de personas desaparecidas tienen ese *allure*, esa especie de magnetismo que hace pensar que quizá si uno escruta intensamente sus ojos, de alguna manera podría llegar a intuir qué le ha pasado. Yo entendía perfectamente esa atracción, la de la caja cerrada con contenido desconocido, la del puzle desordenado en la mesa, la palabra incompleta de los crucigramas. Por eso me había especializado en rastreo, porque me gustaba seguir pistas, me gustaba analizar el entorno y sacar mis propias conclusiones. Era lo único que me hacía olvidar todo lo demás.

Cuando aparté la mirada de la hoja, vi que una chica me miraba fijamente con expresión contrariada. De repente nuestros ojos se encontraron y ella los desvió enseguida, dio media vuelta y desapareció por la puerta que daba acceso a los dormitorios. Si no hubiera hecho los deberes, habría sospechado que era Gwen Irvin.

Me disponía a seguir sus pasos cuando una conversación cercana me llamó la atención:

—Pues dicen que dos días antes de desaparecer se puso a llorar desconsoladamente en el bar del cine y la gerente tuvo que acompañarla a su habitación. —La chica se retiró el pelo rubio detrás de la oreja—. Stephanie dice que seguro que lo que ha pasado tiene que ver con el chico con el que quedaba a veces, Chris.

—Hombre, pero en realidad Stephanie y ella tampoco eran tan amigas, ¿no? —La que respondía era una chica alta y delgada, de pelo liso y largo hasta la cintura—. Quiero decir que nunca se las veía juntas y no se parecían en nada. Stephanie es de las que van dando codazos, y ella es más... de espíritu más libre, por así decirlo.

—Bueno, yo solo te digo lo que me ha contado Stephanie antes de clase.

De repente, la chica rubia frunció el ceño y me miró de hito en hito, extrañada y molesta por una cercanía de la que no había sido consciente hasta ahora. Yo desvié la mirada y decidí que no era necesario seguir exponiéndome a las miradas inquisitivas de las estudiantes. Estaba llamando demasiado la atención y no quería que empezaran a correr rumores de que había un hombre extraño a la salida de los dormitorios antes de cumplir mi cometido. Crucé la puerta de entrada y mostré la identificación al joven que realizaba las labores de vigilancia cuando me la pidió. Después me dirigí a la habitación de Jennie.

A pesar de la reticencia de Ted a «perder el tiempo en cosas sin importancia», como había dicho, me había dado su número de habitación a regañadientes.

Cuando llamé a la puerta, me abrió una chica de pelo casi naranja y liso. Unas grandes gafas de pasta se apoyaban en una nariz que parecía demasiado pequeña para tal empresa.

—Hola.

Hacía mucho tiempo que no interactuaba con nadie sin llevar el uniforme y me fascinaba cómo cambiaba la manera de tratarme solo por eso. Con esto no quiero decir que con el uniforme me sienta más respetado. Quizá incluso al contrario. Aún hay quien piensa que los rangers somos boy scouts que nos hemos quedado anclados en nuestra juventud y queríamos ser policías, pero nos faltaba el talento. La misma teoría de los profesores de gimnasia como atletas fracasados. O los profesores en general, que lo serían de una materia en la que no habían podido sobresalir. Idioteces varias. Pero la chica de las gafas gigantes de pasta se mostró curiosa.

—Hola. —Me dedicó una ligera sonrisa, aunque una de sus manos estaba apoyada en la parte interior de la puerta, por si tenía que empujarla de golpe y cerrármela en las narices—. ¿En qué puedo ayudarle?

—Me llamo Nick Carrington. Soy el ranger encargado de la investigación de la desaparición de Jennie. —Le mostré mi identificación.

Ella la cogió y la miró con curiosidad.

—¿Así que es un policía? ¿Un detective?

—Más o menos —le contesté.

—Creía que los rangers solo hacían rescates y daban indicaciones en los parques. —Me devolvió la identificación.

—La verdad es que hacemos un poco de todo.

—Ya. —Dejó de sonreír—. Pues me parece que no podré ayudarle mucho, señor Carrington. No puede decirse que Jennie y yo fuéramos amigas íntimas, o al menos desde hacía tiempo.

El detalle no se me escapó. No era la primera vez que escuchaba esta frase.

—Ah, ¿no? ¿Y cómo es eso?

—Amistades diferentes, supongo. El año pasado congeniamos bien, pero después empezó a ir con los de... Con una gente con la que yo no tengo muchas cosas en común, digámoslo así. Y fuimos distanciándonos de forma natural... En fin, ya sabe, ¡cosas de la vida!

—Entiendo... Perdona, todavía no sé tu nombre.

—Es que no se lo he dicho. —Volvió a sonreír—. Soy Stephanie. —Me tendió la mano. ·

—Encantado —respondí a su gesto—. Stephanie —dije devolviéndole la sonrisa—, ¿te importaría que echara un vistazo a las cosas de Jennie?

Una sombra de duda cruzó sus ojos pequeños detrás de los gruesos cristales de las gafas.

—No, claro. Adelante.

Se apartó de la puerta y me dejó entrar. Después la cerró detrás de sí.

—¿Todo esto son las cosas de Jennie? —Señalé la parte derecha de la habitación, que estaba notablemente más ordenada que la izquierda.

—No, estas son las mías. —Fue hasta la cama y se sentó sobre la colcha amarilla, perfectamente colocada.

Me dirigí hacia el lado opuesto de la habitación. La cama, apoyada en la pared donde estaba la ventana que daba al jardín de la residencia, estaba sin hacer. En el suelo había dos cajas de cartón llenas de objetos diversos. Distinguí un par de pósteres, una lámpara y varios libros. La superficie del escritorio estaba vacía, a excepción de un bote con dos lápices, dos bolígrafos y una libreta de tapa dura con un bolígrafo encima.

—Es raro verlo así todos los días. Pero no me he atrevido a tocar nada. Si volviera...

—¿Crees que va a volver? ¿Que se ha marchado voluntariamente?

—No lo sé. No lo descarto. Jennie era muy reservada con sus cosas, incluso cuando éramos amigas... de verdad. Nunca acababa de contarte la historia completa.

—¿Sabes si tenía motivos para marcharse? ¿Te pareció diferente en los últimos días?

—Quizá un poco. Diferente, quiero decir. No sé si tenía motivos, pero estaba nerviosa y más irritable de lo normal, o eso me pareció. David llamando a todas horas tampoco ayudaba, claro.

—¿David Burns? —Dejé de revisar las cajas para levantar la cabeza y mirarla.

—¿Quién si no?

—¿Tenían problemas?

—Ya le digo que no me contaba nada. Pero el día antes de que se marchara, David estuvo insistiendo en el teléfono de nuestro cuarto porque ella no le cogía el móvil. ¡Como diez veces! ¡Me ponía histérica a mí! Al final lo cogí, pero ella ya se había ido de la habitación.

—¿Y qué te dijo?

—Que era muy importante que contactara con ella, que tenía que decirle algo importante.

—¿No te dijo el qué?

—No, claro que no. —Se dejó caer en la cama.

Me incorporé y di los dos pasos que me separaban del escritorio. Vi que se daba cuenta de que cojeaba por el minúsculo gesto de los ojos, pero no dijo nada.

—Imagino que Jennie se llevó el ordenador.

—Supongo. No me fijé el día que se marchó, y la verdad es que no podría decir qué faltaba cuando volví. Jennie era bastante caótica. Prefería no fijarme mucho en su parte de la habitación.

—¿Habíais elegido compartirla?

—Nos iba bien a las dos. Tampoco es que me lleve bien con tanta gente. A veces más vale un loco conocido que un sabio por conocer.

Abrí la libreta. Contenía lo que parecían apuntes y notas de clases de psicología. Tenía sentido. Era la carrera que estaba cursando Jennie. Había bastantes páginas arrancadas.

—Esa otra gente con la que decías que iba...

—Son los del equipo de natación. La mayoría son de Beta Phi, del rollo fraternidad y esas historias.

—¿Sabes si estaban en la fiesta a la que fue el viernes antes de desaparecer?

—¿Cómo sabe lo de la fiesta? —Le cambió el rostro. Seguía sintiendo curiosidad, pero ahora había algo más en sus ojos.

—¿Tú estabas allí?

Dudó brevemente.

—No, no estaba.

—Pero ¿sabes qué pasó?

—No, no sé nada. —Se quedó un instante en silencio y después añadió—: Pero corren rumores.

—¿Qué rumores?

—Que alguien se pasó con la diversión y la cosa terminó mal.

—¿Qué quieres decir?

—Ya le he dicho que no sé nada. Es lo que dicen.

—¿Jennie vino a dormir aquí la noche de la fiesta?

—No.

—¿Sabes dónde durmió?

—¡A ver! ¡Que no soy su madre, hostia! —Se levantó de golpe de la cama, como empujada por un muelle—. Si se mezcla con gente con la que no debería, ¿qué quiere que haga? —Ahora estaba visiblemente enfadada.

—No estoy acusándote de nada. Solo intento establecer los movimientos de Jennie los días antes de que desapareciera.

Bajó los ojos y volvió a sentarse en la cama, pero no dijo nada más.

—¿Estaba su pareja, Burns, en la fiesta?

—No, Burns vive en Los Ángeles. Tienen una relación a media distancia, porque tampoco está tan lejos, pero él va allí a la universidad. O bueno, tenían...

—¿Habían roto la relación? —Esto confirmaba las sospechas de Ted.

—Es posible. Jennie estaba viéndose con otro tío.

—¿Del equipo de natación?

—Ni idea. No lo conozco. Lo sé porque me había comentado que tenía una cita aquí o allá, pero no la vi con el tío en cuestión. Lo único que sé es que era muy alto, porque un día que estaba más habladora de lo normal lo dijo en una conversación.

—¿Estaban los del equipo de natación en la fiesta?

—Creo que sí. Es probable. Se apuntan a todas, cuando no las organizan ellos. —Se levantó de la cama—. Si no le importa, tengo clase dentro de cinco minutos. Debería...

—Sí, claro. Perdona. Solo una última pregunta: los días antes de su desaparición, ¿viste u oíste algo que te hiciera pensar que Jennie quería marcharse para siempre?

—No. Para siempre no. Pero un par de días o tres, sí. No es la primera vez que lo hacía sin avisar. A veces decía que tenía que darle el aire, que quería cambiar de ambiente, y se marchaba unos días a la montaña. De hecho, lo hacía a menudo. —Se dirigió a su mesa y cogió una carpeta y el bolso que colgaba de la silla.

—¿A Yosemite?

Se encogió de hombros y se colgó el bolso cruzado en el pecho.

—No sé adónde iba.

—¿Sabes si se marchaba sola?

—No. Creo que una vez la acompañó el tío con el que quedaba.

—¿El alto?

—Supongo. Pero quizá era otro... —Cambió el gesto del rostro para mostrar cierta urgencia—. Lo siento, pero se me hace tarde. Debería...

—Sí, claro, claro.

—Yo me quedaré a echar un vistazo y recoger un par de muestras.

—¿Como el CSI? —me preguntó con un pie ya en la puerta.

No fui capaz de discernir si se cachondeaba de mí o no.

—Igual, igual —le contesté sin ocultar mi cinismo.

—Bueno, buena suerte —me dijo antes de marcharse—. Espero que encuentren a Jennie. —Y desapareció por el pasillo.

Yo saqué el equipo y la cámara y me dispuse a analizar con calma todo aquel batiburrillo de objetos que poblaban esa distintiva mitad del lugar que Jennie había habitado antes de su desaparición.

12

La visita de esos dos tíos lo había agobiado mucho. Los maldijo. Le habían fastidiado el plan de pasarse el día bebiendo cervezas y jugando a la Play sin pensar en nada más. ¡Para una puta vez que tenía la casa para él solo! Porque estaba solo. Su madre no estaba colocada, o si lo estaba, no estaba en casa, estaba en el club, como ella lo llamaba, que era una manera muy sofisticada de describir el burdel en el que trabajaba y en el que había conocido al hijo de puta de Gary.

Pero ¿quién quería decir que su madre estaba trabajando en el club a un padre preocupado por la desaparición de su hija y al ranger que lo acompañaba? Esos dos tenían cara de idiotas, pero al menos pensaban en alguien más que en sí mismos. Él sabía, en lo más profundo de su alma y de una manera muy dolorosa, que si un día desaparecía, pasaría al menos una semana hasta que su madre lo echara de menos.

Bueno, se la sudaba, tampoco podía hacer nada para cambiarlo. Fuera como fuese, le habían contado todo aquello y ahora ya no podía hacer como si nada. No podía quitarse a Ruth de la cabeza. ¿Y dónde cojones estaba Ron? La verdad es que había estado más raro y taciturno de lo normal en los últimos días. Pensaba que era por la paliza que le pegó Gary después de aquella pelea que no sabía por qué había empezado. No era la primera vez que pasaba. Ahora recordaba que había sido la misma noche en que la chica de fuera había desaparecido. Se sintió mal al considerar la posibilidad de que su hermano fuera un depravado, pero tuvo que aceptar que realmente lo era un poco. No era necesario engañarse, lo sabía desde que era pequeño. Lo había visto torturar animales a escondidas, matarlos y descuartizarlos. Manejaba la escopeta desde que tenía siete años y se iba a cazar solo desde los ocho. En cualquier caso, esa afición los había ayudado a alimentarse muchas noches en las que estaban solos y su madre no aparecía hasta primera hora de la mañana, tan colocada de lo que fuera que se iba directa a la cama y corría la cortina que hacía de pared imposible, especialmente cuando venían clientes espontáneos y tenía que echarlos de la casa móvil durante media hora, por mucho frío que hiciera; o en el mejor de los casos los enviaba a casa de los Miller. Los Miller no estaban mal, pensó mientras seguía el cauce del río. Habían sido lo más parecido a unos abuelos que habían tenido jamás. Y siempre habían compartido con ellos lo que tenían. Jimmy recordaba haber comido caliente muchas más veces en casa de los Miller que en la suya. Aquella casa móvil, que no era un hogar, significaba pizzas frías en las cajas de cartón encima del sofá o recalentadas de la nevera los días puntuales en que su madre se levantaba antes de las diez de la mañana y en un ataque de sobriedad se ponía a ordenar y limpiar como una posesa, lo que creaba cierto ambiente de normalidad. Pero la cosa duraba poco, y después de un par de clientes, sobre todo los que pagaban en especie, los propósitos de cambio y liberación de la adicción se habían ido al garete, y el dolor que sentía, decía ella, solo se podía arreglar dejando de sentir.

—Mamá, tienes que dejar de hacerte esto —le decía Jimmy antes de que se marchara a su rincón, con el veneno en una mano y la otra dispuesta a correr la vieja cortina que la ayudaría a aislarse del mundo.

—Y dejar de hacérnoslo a nosotros —añadía Ron con los ojos llenos de rencor.

—Ahora no puedo. Es la última vez. Lo siento, ahora no puedo. Mañana por la mañana lo veré todo más claro. Mañana empezaré de nuevo. Os lo prometo... Lo dejaré. Buscaré ayuda —decía casi en un murmullo. Y corría la cortina y se dejaba caer en la cama, deseosa de inyectarse la paz venenosa en las venas.

Pero la mañana siguiente pasaba, y llegaba la noche y todo volvía a ser igual de oscuro que el día anterior. Hacía tiempo que Jimmy había dejado de hablar del tema con Ron, porque solo conseguía violentarlo y ponerlo rabioso. Jimmy también sentía rabia, claro, pero sobre todo lástima por su madre. Quizá porque hacía más esfuerzos que su hermano mayor por recordar los años que habían vivido con cierta normalidad: las caricias de ella, los juegos improvisados y aquella fuerza interior y alegre que había conseguido convertir una triste casa móvil en un cálido hogar. Pero aquello desapareció cuando lo hizo su padre, y desde aquel momento todo fue cuesta abajo. En aquel entonces él apenas tenía cinco años, y Ron, ocho.

No, no había solución. A veces se sentía idiota por creer que aquella mujer que recordaba podría volver a existir y se cabreaba cuando se descubría pensando que quizá lo mejor sería que una dosis la dejara para siempre en el mundo de los sueños. En realidad, no es lo que quería, pero sabía que lo que quería era imposible.

En cuanto oyó lo que le había pasado a Ruth, una inquietud extraña a la que no consiguió poner nombre le había obligado a marcharse de casa. Pero diez minutos después de dar vueltas junto al río se dio cuenta de que no sabía qué hacer y no se le pasaba la inquietud, así que había vuelto a casa esperando encontrar a Ron como por arte de magia.

Pero ese pozo de mierda seguía vacío.

Después de pasarse dos horas esperando y fingiendo que veía la tele mientras se bebía cuatro cervezas más, decidió volver a salir a que le diera el aire. En cuanto vio lo que Gary llamaba su oficina —que no era más que una barraca de madera y amianto donde decía que llevaba los números de su negocio de chatarra—, supo que lo que realmente quería desde hacía rato era entrar y ver qué había dentro.

Se desplazó hasta la parte trasera de la casa móvil, ocupada por la maraña de chatarra oxidada, y miró a su alrededor. Sabía que Gary no estaba. Si hubiera vuelto, lo habría oído y habría visto la pick-up roja aparcada junto a la barraca, pero no quería correr ningún riesgo innecesario. Sabía que, si lo pillaba curioseando entre sus cosas, le daría tal paliza que sería capaz de matarlo.

La puerta de hierro tenía un candado viejo y pesado. Fue hacia la otra punta del patio, se acercó a la bañera donde se amontonaban diversas herramientas y cogió la cizalla más grande. Gary podía ser un tipo muy duro y muy hijo de puta, pero no era muy brillante diseñando sistemas de seguridad. Arrastró por el suelo la pesada cizalla, que dibujó una línea profunda en la nieve sucia, hasta que llegó a la puerta y cortó sin mucho esfuerzo la cadena que le impedía el paso. Dio una patada a la puerta metálica, que vibró ruidosamente mientras le garantizaba el paso al territorio privado de aquel inútil peligroso.

Le pareció más espaciosa por dentro que por fuera. Había un armario metálico apoyado en una de las paredes, una mesa de herramientas en la otra y en una tercera pared, una mesa con una silla y un archivador de oficina gris al lado.

De repente se dio cuenta de que no sabía lo que buscaba. En la pared de la mesa de herramientas estaban dibujadas con rotulador las formas de todas las herramientas que se colgaban. Faltaban tres: una que parecía una sierra, un taladro y una forma que no supo discernir. La verdad es que no sabía mucho de esas cosas. Gary nunca había hecho de padre ni se le había pasado tampoco por la cabeza perder diez minutos con esos chicos para enseñarles cuatro cosas del entorno en el que estaban. De hecho, jamás había dejado que lo ayudaran en el negocio, más bien todo lo contrario. También es cierto que ellos solo habían mostrado interés por desordenar la chatarra o sacar objetos que al principio les resultaban curiosos.

En el armario encontró ropa de trabajo, varias cajas de zapatos y una maleta. En las dos primeras cajas había botas de montaña y unas botas de cowboy desgastadas. Sopesó la maleta. Pesaba muchísimo. Abrió un poco la cremallera, sin moverla de donde estaba, e identificó un montón de ropa aplastada. Se dio cuenta entonces de que en realidad la presencia de Gary en la casa móvil nunca se había terminado de materializar con la mudanza de sus cosas. A menudo dormía allí, sí, pero no siempre, y sus pertenencias eran muy pocas, apenas ocupaban dos cajones del rincón donde estaba la cama de matrimonio. Sí, había dejado una hoja de afeitar en el estante del lavabo, y una colonia que nunca utilizaba, pero poco más. Casi nunca comían juntos. Hacía años que los hermanos se organizaban como podían. Gary solía comer cualquier cosa que compraba y cocinaba para él en «su oficina» cuando no estaba «fuera», y su madre dormía durante el día y aprovechaba para comer en el club por la noche, antes de trabajar.

Apartó las dos cajas de zapatos que había medio abierto e inspeccionó las que estaban debajo. Le sorprendió encontrar dos de ellas llenas de billetes de veinte y cincuenta dólares perfectamente agrupados en fajos de quinientos dólares.

—¡Será hijo de puta! —murmuró con rabia.

Abrió las demás cajas esperando encontrar más billetes, pero, en lugar de más pasta, halló unas bolsas de plástico transparente que contenían un polvillo blanco que le resultaba muy familiar. No, él nunca había probado esa mierda, ya había visto lo que le había hecho a su madre y a su familia.

Lo invadió un odio profundo acompañado de la determinación de que ese hombre, ese camello de mierda, no podía seguir viviendo tranquilamente con ellos como si no pasara nada. Por culpa de él y de personas como él vivían como vivían. No permitiría que Gary hiciera sus trapicheos en su casa, por muy roñosa que fuera. Dejó las cajas como las había encontrado y cogió un fajo de billetes de cada una de ellas. Si hubiera seguido su primer impulso, habría cogido bastantes más, pero no quería que ese malnacido se diera cuenta de que alguien había estado allí.

Estaba a punto de marcharse con el dinero en el bolsillo de la sudadera cuando decidió abrir el archivador. Había un montón de carpetas, pero tuvo la sensación de que habían llegado heredadas dentro de aquel cacharro de donde fuera que Gary lo hubiera sacado. Las apartó un poco y vio que en el fondo del cajón había una libreta. Las páginas estaban llenas de anotaciones con iniciales y números. Dedujo que eran las fechas, las iniciales del comprador y el dinero que había pagado por la droga. O Gary era un empresario ambicioso escondido en el cuerpo de un memo o no trabajaba solo y tenía que rendir cuentas a alguien.

Mientras dejaba la libreta donde la había encontrado se dio cuenta de que en la misma superficie había un sobre blanco. Lo abrió y lo que encontró le creó una sensación muy incómoda en el estómago. Había un collar de mujer con un colgante en forma de ballena que había visto antes.

Lo dejó todo muy deprisa, salió y volvió a poner el candado con la primera cadena que encontró entre la chatarra.

La pick-up roja se detuvo a escasos metros de él cuando giraba la esquina de la casa móvil.

Antes de irme decidí dar una vuelta por el polideportivo del campus. Concretamente, por la salida de los vestuarios después del entrenamiento del equipo de natación. Estaba seguro de que la fiesta había tenido alguna relación con la huida de Jennie, y había que considerar que hubiera pasado algo o que alguien hubiera tenido un papel activo en su desaparición. También quería descubrir quién era el chico alto con el que Jennie se veía.

Me senté en el vestíbulo mientras fingía esperar a alguien e intentaba deshacerme del olor a cloro de todos los centros deportivos donde hay piscinas. La verdad es que nunca he sido un hombre de gimnasio. Siempre he pensado que el cuerpo fue hecho para ejercitarlo en el exterior, en la naturaleza, preferiblemente en la montaña. El gimnasio siempre me ha parecido una pecera artificial donde extenuarse mientras uno se pierde lo más importante de lo que supone hacer deporte: la interacción constante con el entorno y las fuerzas de la naturaleza. Correr en una cinta, respirando el aire contaminado del carbono de otros que hacen lo mismo que tú, es la peor manera posible de hacer ejercicio. No me cabe la menor duda.

La conversación de un grupo de tres chicos, todos bastante altos, con el pelo mojado y anchos de espalda, rompió el silencio de la sala. Se detuvieron ante las puertas de cristal con sensores de la entrada y siguieron su conversación sobre las marcas que habían hecho en el entrenamiento. Uno de ellos, pelirrojo, se quedó embobado con los ojos clavados en el tablón de anuncios. Seguí su mirada y entendí por qué: había un cartel con la fotografía de Jennie como los que había en el edificio de la residencia. No supe distinguir si en sus ojos había tristeza o miedo, quizá una mezcla de ambas cosas, pero estaba claro que la conocía. Uno de los chicos que estaban a su lado se dio cuenta de que se había aislado de la conversación y le siguió la mirada, como había hecho yo. Después le dio un golpe en el hombro para sacarlo del estado de trance en el que se encontraba y le dijo:

—Jordan, tío, no le des más vueltas.

El tal Jordan lo miró con cierta indignación, pero prefirió no enfrentarse a su compañero y murmuró:

—Os espero fuera. —Y dio media vuelta, abandonó el semicírculo que habían creado entre los tres y salió de esa pecera con claraboya e insoportable olor.

Me incorporé lentamente y seguí sus pasos. Cuando pasé por detrás de los dos chicos, el rubio le dijo al otro:

—Está muy encoñado, ¿no?

El chico de pelo castaño hizo un gesto como si espantara una mosca con la mano.

—Ya se le pasará. Tampoco es que ella fuera una santa. Y hay más tías que peces en el mar.

El otro se echó a reír y él lo imitó.

Encontré al chico pelirrojo sentado en un banco de madera, a unos cincuenta metros de la entrada. Pulsaba las teclas del móvil furiosamente. Tuve la sensación de que estaba enviando un mensaje lleno de ira o indignación. Me acerqué a él y me presenté. Después añadí:

—Estoy recorriendo el campus preguntando si alguien tiene información que pueda serme útil.

—Yo apenas la conocía —me contestó. No se me escapó el uso del pasado. Claro que no. Y añadió—: No creo que le pueda ser de mucha ayuda.

—Bueno, ¿te importa que te haga un par de preguntas igualmente? A veces las cosas que parecen tonterías o irrelevantes pueden resultar más importantes de lo que uno había pensado en un primer momento.

Se encogió de hombros, así que seguí con las preguntas.

—¿De qué conoces a Jennie? ¿Vas a clase con ella?

—No, no. Ya le he dicho que apenas la conozco. A veces coincidimos en el turno de trabajo en el bar del cine.

—¿El del centro comercial de aquí al lado?

—Sí, ese. Llevamos un par de meses trabajando en el mismo turno, por eso la conozco.

—Entonces sois amigos.

—Supongo que podría decirse que sí.

—¿Sabías si tenía pensado marcharse la semana que lo hizo?

—No, no sabía nada. —Parecía molesto.

—Hay quien piensa que Jennie quería desaparecer... —La afirmación le sorprendió, y me pareció que no tanto por el contenido como por el hecho de que fuera yo quien la verbalizara.

—Hombre, tanto como desaparecer, no sé. Quizá llevaba un par de semanas complicadas, pero...

—¿Complicadas en qué sentido?

—No sé, se la veía más cansada. Llegó un par de veces tarde al trabajo, y desde que la conozco nunca lo había hecho.

—¿Dirías que estaba más nerviosa?

—Quizá sí, no lo sé. Le repito que tampoco la conocía tanto como para asegurar estas cosas.

—Jordan, ¿verdad? —Pareció sorprendido—. Esta universidad tiene unos treinta y seis mil estudiantes. ¿De verdad crees que me dedico a ir preguntando aleatoriamente a todos ellos, uno por uno, si conocen a Jennie? ¿No crees que he trabajado un poco antes para saber a quién debo preguntar?

Asintió resignado.

—¿Qué te parece si empezamos de nuevo? —seguí diciéndole—. Jordan, ¿sabes si Jennie tenía motivos para huir?

Suspiró y por fin relajó la mandíbula.

—Es posible. Había mencionado alguna vez la posibilidad de dejarlo todo y empezar de nuevo.

—¿Te dijo por qué?

—No concretamente. Pero había cosas que la agobiaban...

—¿Cosas como qué?

—Su novio, por ejemplo.

—Creía que salíais juntos.

La sorpresa le duró muy poco. Lo cierto es que los faroles estaban saliéndome bastante bien.

—De modo casual, sí. Pero tenía una relación complicada con su novio del instituto. Lo dejaban y volvían cada dos por tres. Ella siempre decía que la relación le hacía más mal que bien.

—¿Por qué?

—No estoy seguro. Sé que era muy controlador. Él habría querido que ella estudiara en Los Ángeles, que es donde vivían los dos, pero ella quería venir a estudiar aquí. Así que la relación era más o menos a distancia desde entonces, y él la llamaba a todas horas para saber dónde estaba y qué hacía.

—¿Sabía que Jennie salía con otras personas?

—Lo dice como si se hubiera acostado con media universidad —dijo indignado—. ¿Es que tiene información que yo no tengo?

—No, no. Me refería a ti.

—Lo supo unos días antes de que Jennie desapareciera. Se presentó por sorpresa y nos encontró juntos en la cafetería. No estábamos haciendo nada del otro mundo, pero no le hizo ninguna gracia.

—¿Se mostró agresivo?

—No. Tenso sí, pero no agresivo. No allí, delante de todo el mundo, al menos.

—¿Y qué pasó después?

—Ella se lo llevó a su habitación para hablar con él. —No hizo esfuerzos por ocultar su malestar—. Por la noche me dijo que lo habían dejado y que él había vuelto a casa. Pero Jennie nunca lo dejaba del todo con él. No sé por qué, pero no podía. Eso decía.

—¿Tienes motivos para pensar que la hubiera maltratado en algún momento?

—Si fue así, nunca me lo dijo explícitamente.

—Entiendo...

Su mirada cambió y se le instaló en el rostro una expresión de alarma. Seguí sus ojos. El equipo de natación al completo estaba cruzando la puerta de salida.

—Diles que intentaba venderte un seguro de salud —murmuré sonriendo—. Por cierto, una última pregunta: ¿estabas en la fiesta del último fin de semana de febrero a la que fue Jennie?

—Sí, pero me fui muy temprano. —Bajó la cabeza.

—¿Con ella?

—No, ella quiso quedarse. —Otra vez el mal humor transpiró por sus palabras.

—¿Sabes si pasó algo después de que te marcharas?

—En estas fiestas siempre pasan cosas. —Se le escapó una mirada de odio al chico alto y rubio con el que había hablado antes—. Pero ella no quiso hablar del tema.

—Pero tú sabes algo.

—Rumores.

El grupo de chicos fornidos lo esperaba a unos cincuenta metros. Los dos chicos que habían estado con él lo observaban con atención. Negó con la cabeza.

—Tengo que marcharme. —Y se levantó enérgicamente.

—Llámame si quieres hablar. La vida de Jennie podría depender de ello.

—No tengo su...

—En el bolsillo de la chaqueta. Te he dejado una tarjeta. —Yo también me levanté—. Mira, pocas veces hacer lo correcto puede ser tan importante. Es algo que vas aprendiendo con los años. Sigue mi consejo. Dormirás mejor por las noches. Y las noches pueden ser muy largas.

Me marché en dirección contraria al grupo de amigos que lo esperaban, impacientes, y me dirigí al coche.

Ruido blanco o no, había sido una visita productiva. Pero es cierto que no hacía más que abrir otro mundo de posibilidades.

13

Bajó el maletero del coche y se obligó a forzar una sonrisa que aguantó en el rostro hasta que llegó a la puerta. La empujó, pero no cedió.

—¿Keith? ¡Hola! —Dio dos golpes secos en la puerta con los nudillos de la mano en la que no llevaba la bolsa de la compra.

No hubo respuesta. Se retiró el pelo largo detrás de la oreja y la acercó a la madera. Oía el rumor del agua. Keith debía de estar en la ducha. Bordeó el perímetro de la casa siguiendo las paredes de madera hasta llegar a la ventana más grande.

Las cortinas cubrían la estancia y apenas podía verla. Pero atisbó una figura moviéndose por la sala. Se retiró de la ventana, confundida, y volvió a llamar a la puerta. Esta vez, tras unos diez segundos que se le hicieron muy largos y en los que estuvo a punto de subir al coche y desaparecer, la puerta se abrió y Keith apareció detrás con una toalla envuelta en la cintura y los pies descalzos goteando agua sobre la madera.

—¡Entra, joder, que me congelo! —le gritó de mal humor.

—Estabas duchándote... —dijo ella arrastrando todavía la confusión.

—Sí, claro, ¿no lo ves? —Cerró la puerta de un golpe seco.

Ella miró a la sala sin entender la situación. Algo no cuadraba, pero no sabía qué era. Las cortinas, que ondeaban suavemente, le dieron la respuesta.

—Esta ventana está abierta. —Se dirigió a ella casi corriendo. Se asomó y miró a uno y otro lado de la cabaña. No vio a nadie, aunque sí unas huellas en el suelo superpuestas a las suyas. Desaparecían detrás del lugar en el que había aparcado el coche.

—Pues entonces está claro por qué tengo frío —dijo él mientras se le acercaba con una sonrisa. La apartó del marco de la ventana y la cerró. Amanda estuvo a punto de enfrentarse a él, de decirle que quién se había creído que era ella, pero se lo pensó dos veces. No, no era así como descubriría qué le ocultaba Keith.

—Ve a terminar de ducharte, amor, y así entras en calor mientras yo preparo algo de comer. —Volvió a forzar una sonrisa. La verdad es que tampoco le costaba tanto. Era lo mismo que hacía con las clientas de la peluquería por mal que le cayeran, por poca propina que le dejaran o por muy mal que hablaran de su hermano cuando lo comparaban con ella, aunque intentara ser una especie de cumplido. «Sí, bueno, es muy joven y lo ha pasado mal, por lo de nuestro padre y todo eso, pero ahora está trabajando para mejorar y empezar de nuevo. Ya solo le quedan dos meses para salir del correccional», les contestaba con esa sonrisa que dedicaba a Keith ahora mismo.

—Sí, buena idea. —Le dio un breve beso en los labios y se marchó hacia el lavabo.

Una vez cerrada la puerta, ella se acercó a la barra de la cocina, abrió el horno de gas y prácticamente lanzó la pizza dentro. Después rebuscó en su bolso el paquete de tabaco y encendió un cigarrillo con ansiedad contenida. Se dejó caer en el sofá y examinó su alrededor con atención. No supo encontrar ningún rastro físico del visitante que estaba segura que había estado allí hasta hacía un instante, pero pudo identificar el resto de calor en el cojín cuando apoyó la mano izquierda. ¿De qué coño iba todo aquello? ¿Por qué tenía que ocultarle Keith que hubiera alguien en la cabaña? ¿Por eso la había enviado a comprar? ¿Para reunirse con alguien? ¿Con otra chica? No, sabía que Keith no era fiel, pero en esta ocasión no le parecía que se tratara de eso. Las huellas en la nieve eran de un número grande. Había pensado de inmediato en un hombre.

Le vino de nuevo a la cabeza la fotografía de la chica desaparecida. No le gustaba hacer esta asociación de ideas, pero no podía evitarlo. Deslizó la mirada por la superficie de la mesa que tenía delante y a continuación por los estantes y la barra de la cocina. No veía el móvil por ninguna parte. Debía de habérselo llevado al lavabo. Aún oía el ruido del agua cayendo en el diminuto plato de cerámica, y el vapor del agua hirviendo se filtraba por debajo de la puerta. Se levantó y se dirigió a la zona de las literas. Tampoco estaba en la mesita de noche. Vio la bolsa negra de Keith debajo de una de las literas. Se agachó y la arrastró suavemente. Estaba medio abierta. Cerró los ojos mientras deslizaba la cremallera pensando si Keith podría oírla. En la bolsa había un montón de ropa arrugada. La apartó, pero no encontró mucho más: el cargador del móvil y un libro de bolsillo que se titulaba *Las 48 leyes del poder*. Le extrañó, porque nunca había visto a Keith leyendo. Pero probablemente desconocía muchas cosas de Keith, pensó. Al dejarlo de nuevo en la bolsa, se dio cuenta de que había una irregularidad en el fondo. Palpó la zona y notó un fajo en la parte izquierda. Levantó la superficie y encontró tres fajos de dólares sujetos con una goma de pollo. Cogió uno y pasó el pulgar por una de las esquinas, separando unos billetes de otros. Calculó que como mínimo debía de haber quinientos dólares. De repente se dio cuenta de que todo estaba en absoluto silencio.

—¡Mierda! —se le escapó como un susurro.

Dejó el fajo junto a los demás, colocó el falso fondo en la bolsa y la empujó de una patada bajo la cama justo cuando la puerta del lavabo se abrió.

—Pero ¡qué haces! —gritó él corriendo hacia la sala.

Sintió un calor que le recorría el cuerpo y se le instalaba en la cara. Inconscientemente se apartó de la litera.

—¿No ves que se está quemando la pizza? Pero ¡en qué coño estabas pensando! —Keith señalaba el horno con incredulidad.

—¡Ay! ¡Ostras! —Aliviada, corrió hacia la barra de la cocina y movió la ruedecilla roñosa para apagar el horno. Cuando lo abrió, un río de humo impregnó la sala de estar y llenó el espacio entre ambos—. Estaba cansada —se excusó—. He cerrado los ojos un momento y...

—Vale, vale... tampoco es un drama —le dijo él. Su repentino cambio de actitud la sorprendió. La humareda era tal que apenas le veía el rostro—. ¿Sabes qué? Me visto y vamos a comer algo al pueblo. ¿Qué te parece?

—Como quieras... —le contestó dubitativa—. Tengo otra pizza. Puedo hacerla en un momento y...

—No —dijo serio. La sonrisa había desaparecido de su rostro—. He dicho que te llevo a cenar, y eso es lo que vamos a hacer, ¿de acuerdo? —Sonrió de nuevo y se dirigió a la litera, de donde sacó la bolsa.

Ella no supo qué pensar ni qué creer. Se sentía halagada y al mismo tiempo notaba que una amenaza lo llenaba todo como el humo, que la rodeaba sin tocarla. Se acercó a la ventana y la abrió de golpe dejando que un soplo de aire frío invadiera la estancia e hiciera desaparecer esa niebla espesa. Lo encontró abrochándose los pantalones. La miró y le dedicó una sonrisa encantadora.

—Está bien —dijo ella como si realmente hubiera tenido algo que decir—. Vamos a cenar fuera.

Y tal como el humo se desvaneció por la ventana, lo hicieron también sus miedos más primarios y su intuición.

En cuanto volví de San José, me reuní con Ted en el bar de Pete y le conté lo que me pareció más apropiado de todo lo que había descubierto. No se me escapaba que no estaba siguiendo rigurosamente los protocolos, pero sentía que, después de lo que había pasado, lo mínimo que podía hacer era compartir parte de la información que tenía sobre el avance del caso.

Ted me dijo que no sabía nada de la fiesta que se había celebrado el fin de semana anterior a la desaparición de Jennie.

—Tengo que hablar con David Burns —le dije. Llevaba días intentando localizarlo sin éxito, pero como su teléfono indicaba que estaba lejos de la zona cuando Jennie desapareció, había quedado descartado inicialmente como sospechoso.

—Tú sabrás —contestó encogiéndose de hombros—, pero no creo que tenga nada que ver con lo que ha pasado.

—¿Tienes su dirección y su teléfono?

—Yo no. Pero Brittany seguro que sí. Su pareja es muy amigo de Burns. De hecho, a David y Jennie los presentó él.

—¿Puedes llamarla?

—¿Ahora?

Asentí.

Sacó su teléfono móvil del bolsillo del pantalón de pana con una cara algo tediosa, marcó el número y se acercó el aparato a la oreja. Seguía convencido de que Jennie había sido víctima de un depredador de la zona y las energías destinadas a otros menesteres e investigaciones le parecían sin duda una pérdida de tiempo que lo alejaban de su objetivo o, en este caso, me alejaban a mí. Supongo que tampoco debía de ser agradable plantearse que su hija hubiera tenido una pareja capaz de hacerle daño y él no se hubiera dado cuenta. Pero lo que yo había oído de David Burns dibujaba una imagen muy diferente de la del chico risueño y cariñoso que me había descrito la familia. Parece que debían de haberles llegado los mismos rumores que a mí... ¿O era posible que vivieran aislados por completo de todo esto?

Habló brevemente y anotó la dirección y el número de teléfono en una servilleta de papel que desplazó por la superficie de la mesa hacia mí. Leí la letra ordenada y concisa mientras él se despedía de Brittany y volvía a meterse el teléfono en el bolsillo.

—Dice que no está en su casa. Que se ha ido de viaje para digerir lo que ha pasado y todo eso.

—¿Ya lo ha dado todo por perdido? —Me di cuenta de que mi pregunta era una tontería. Evidentemente, él estaba más indignado que yo, y la noticia también lo había pillado por sorpresa.

—Intenta hablar con él. Quizá no sea tan mala idea.

Asentí.

—Por cierto, ¿qué hay de aquello de que el ranger que llevaba el caso dijera que había interrogado a los viejos de Briar Creek y no fuera cierto? ¿Has aclarado el tema?

Sí, lo había aclarado. Rodowick no había podido acabar la ronda de preguntas porque la había interrumpido para realizar la búsqueda en el bosque, donde posteriormente se había roto la pierna. Al redactar el informe olvidó especificar que los Miller eran los únicos a los que no había interrogado al respecto. Y así se lo conté.

—¿Y te lo crees? —me preguntó en un tono que se debatía entre la duda y la incredulidad.

—Sí, he comprobado los tiempos, he hablado con miembros del equipo de búsqueda y lo que dice encaja con los hechos.

Se encogió de hombros y me pareció que apartaba la duda de su cabeza. Dirigió la mirada a la ventana empañada y después de un silencio preguntó:

—¿Se sabe algo más de la chica que encontramos en el río? —Era evidente que intentaba sacarse a Burns de la cabeza.

—Están trabajando en ello. El chief White lleva el caso personalmente. —No quería insistir en que no podía compartir información, pero me daba cuenta de que debía empezar a poner ciertos límites a nuestra relación.

—Vaya —me dijo—. Si se hubiera tomado la desaparición de Jennie con el mismo interés, quizá ya la habríamos encontrado. Y quizá podríamos haber evitado todo esto.

—¿Quieres decir que crees que la muerte de Ruth Henley está relacionada de algún modo con Jennie?

Se encogió de hombros.

—Estaba muy cerca de donde Jennie desapareció.

—Ya, pero en principio ellas no se conocían. Tenían edades y vidas muy distintas. ¿O crees que podían tener alguna relación de cuando veníais de vacaciones?

—No voy por ahí, Carrington. Lo que digo es: ¿cuántas muertes de este tipo ha habido aquí en los últimos años?

—¿Quieres decir desde... —No me atrevía a mencionar el caso ni el nombre, pero era él quien iba por ese camino— ... desde el 99?

—Hay que considerar todas las opciones, por dolorosas que sean. Si ocurrió hace diecisiete años, puede haber vuelto a ocurrir ahora.

Sí, era evidente que se refería al caso del asesino de Yosemite. Cualquier persona que viviera en California lo conocía. Que la comunidad hubiera intentado olvidarlo lo antes posible no quería decir que el resto del mundo hubiera hecho lo mismo.

—Stayner lleva catorce años en la cárcel de San Quintín.

—Desgraciadamente, hay más tipos como él.

Sí, había más. Pero, en realidad, ¿cuáles eran las probabilidades de que un asesino en serie se cruzara con Jennie al azar mientras ella tenía un accidente en una carretera en medio del parque? Me di cuenta de que de alguna manera me incomodaba que Ted considerara la posibilidad de que un asesino en serie hubiera matado a su hija, que campara por la zona tranquilamente y él lo comentara con tanta frialdad. Por primera vez se me ocurrió que su insistencia en plantear este tipo de hipótesis constantemente empezaba a ser sospechosa.

—Hace un mes encontraron un coche abandonado en la 88, aparcado y cerrado junto al lago Caples, cerca de Kirkwood. Lo conducía una chica de diecinueve años. No han vuelto a verla —siguió diciendo.

—Kirkwood está a más de doscientos setenta kilómetros de aquí por la carretera más rápida. No creo que tenga relación alguna.

—Solo digo que es posible.

—¿No prefieres ser más optimista, Ted? —El tono de la pregunta delató mi enfado—. ¿Por qué buscar a Jennie constantemente si no crees que pueda estar viva?

—Que Jennie quizá esté muerta es una posibilidad con la que lucho todos los días. Preferiría que no fuera así, y a veces me dejo engañar. Pero la conozco y sé que, si no ha dado señales de vida, es muy probable que esta sea la causa. O puede que esté retenida contra su voluntad, una opción en la que casi me aterra más pensar, pero que me obliga a buscarla hasta que una u otra hipótesis se materialice. Poco más puedo hacer, pero esto me mantiene centrado y focalizado en lo importante en lugar de pasarme el día lloriqueando en una habitación de hotel imaginándome escenas que no le deseo ni a mi peor enemigo.

Inmediatamente me sentí culpable por haber sospechado de él.

—Espero que te equivoques —acerté a decir.

—Yo también, Carrington. Yo también.

La verdad es que había descartado la desaparición en Kirkwood para tranquilizarlo, pero en realidad no era tan descabellado. Eran poco más de cuatro horas de viaje hasta El Portal. Pero seguía pensando que los acontecimientos planteaban un componente de casualidad que me costaba mucho aceptar. Había algo en el hecho de que ella hubiera querido marcharse de la universidad sin avisar a nadie que me hacía pensar que la coincidencia era demasiado exagerada. Y también estaba Ruth... la pobre Ruth... Su cuerpo estaba muy cerca de la zona. Si a Jennie le hubiera ocurrido algo así, ¿no la habríamos encontrado ya?

Quizá era yo el que me engañaba porque no quería imaginar que una pesadilla así pudiera repetirse en el parque.

Noté que algo me vibraba en el bolsillo. Era el teléfono.

—Carrington —respondí.

—Hola. Soy Jordan Cornell.

—Sí, hola. Perdona un momento. —Hice un gesto para indicarle a Ted que salía.

Agradecí los rayos de sol, porque hacía un frío considerable y me había dejado la chaqueta dentro del bar, colgada en la silla. Aun así, en una semana llegaría la primavera. Parecía injusto que la tierra empezara a prepararse para despertar del letargo del invierno sin esperar a que encontráramos a Jennie. Pero los humanos y la naturaleza estamos hechos para seguir adelante. Al fin y al cabo, somos parte de lo mismo.

Cerré los ojos y dejé que el sol me acariciara la cara.

—Hola, Jordan. Dime.

—He recordado algo que puede serle útil.

—Gracias por llamar. Adelante, dime.

—No sé si será importante...

—Da igual. Dispara. Si es importante o no, ya lo decidiremos después.

—De acuerdo. Tres días antes de irse, a Jennie le dio un ataque de nervios en la barra del bar del cine.

—¿Un ataque de nervios?

—Bueno, no sé si fue eso exactamente. Pero le costaba respirar, estaba muy nerviosa y tenía ganas de llorar. Me dijo que no sabía por qué le ocurría. No lo entendí, porque había hecho el descanso una hora antes y estaba normal...

—¿Y no pasó nada en el bar que le provocara esa reacción?

—No, apenas tuvimos clientes.

—¿Sabes si recibió alguna llamada o algún mensaje que pudiera causarle ese estrés?

—No creo. Nos obligan a dejar los teléfonos en la taquilla. Jennie decía que le gustaba tener excusas para no tener que estar disponible en el teléfono las veinticuatro horas del día. Pero quizá durante el descanso...

—¿Y esto ocurrió el día 26 de febrero por la tarde?

—Sí, creo que sí. El viernes antes de que desapareciera.

—¿Recuerdas la hora exacta?

—Tuvo que ser alrededor de las siete, porque estaban dando las noticias en la tele del vestíbulo.

—¿Recuerdas qué decían las noticias de ese día?

—No. Cuando le dio esta especie de ataque, la acompañé fuera para que le diera el aire. Se calmó un poco y dijo que tenía que irse a su habitación, que ya se le pasaría. Al día siguiente, cuando la vi en la fiesta y le pregunté cómo se encontraba, hizo como si nada hubiera pasado y le quitó importancia. Y esa fue la última vez que la vi.

—Has hecho bien en decírmelo, Jordan. Te lo agradezco. Y la familia también.

—Eso espero. —Se quedó en silencio y después añadió—: Hay otra cosa... El domingo me llamó y no cogí el teléfono.

—¿Habíais discutido? —le pregunté quitándole importancia.

—No, pero el ambiente estaba enrarecido entre nosotros. Entre que quiso quedarse en la fiesta y que yo sabía por su compañera de habitación que había hablado por teléfono con Burns la madrugada del sábado... Estaba celoso, tenía miedo de que volviera otra vez con él o acabara con otro. Quizá si hubiera cogido el teléfono, si hubiera hablado con ella...

—No juegues a ese juego, chico. Es peligroso.

—En fin... ¿Cómo está Ted? —La pregunta me sorprendió. No me pareció que Jennie y él hubieran tenido una relación tan estable como para que lo conociera. Por otra parte, Ted tampoco me había hablado de ello.

—Va tirando. Es un tipo duro. No va a parar hasta que la encuentre. —Hice una pausa y después añadí—: No sabía que conocías a la familia de Jennie.

—Solo a su padre. Vino a visitarla el fin de semana anterior y tomamos un café juntos. Me pareció un buen tipo. Y que se entendía bien con Jennie. Tiene que estar pasándolo mal...

—¿El fin de semana de la fiesta?

Tardó un par de segundos en contestar.

—Sí, claro. No lo había pensado así, pero, sí, fue ese fin de semana.

—¿Sabes si por algún motivo en concreto?

—No, creo que querían comprar un coche nuevo para Jennie. El que tenía era de su abuelo y estaba muy viejo, un Mitsubishi. Pero, bueno, ya sabrá qué coche es si lo encontraron abandonado en la carretera... Las veces que yo había subido funcionaba bastante bien, pero parece que la había dejado tirada alguna vez cuando iba a hacer las prácticas en el centro de menores y no le hacía ninguna gracia, claro.

En ese momento fui consciente de lo poco que conocía a la persona a la que estaba dedicando la mayor parte de mis horas todos los días. Sí, sabía que Jennie era estudiante de Psicología, claro, pero no le había dado más importancia. Y evidentemente había sido un error. Sus rutinas, trabajos, idas y venidas podían ser primordiales para entender cualquier cosa que hubiera podido alterarlos o que hubiera surgido de ellos esa semana. Sin duda, el hecho de que Jennie hiciera prácticas en un centro correccional era algo a tener en cuenta.

—Pero, bueno, todo esto ya lo sabrá —concluyó.

—Sí, sí, claro. Bueno, gracias por la llamada y la información, Jordan. Si se te ocurre cualquier otra cosa, por poco relevante que te parezca, ya sabes dónde encontrarme.

—Así lo haré.

—Por cierto, ¿sabes cuál fue el último día que Jennie hizo las prácticas en el centro de menores?

—Sí, el jueves por la tarde, si no me equivoco.

—Otra cosa. ¿Ted sabía lo del ataque de nervios de Jennie?

—No lo sé. Yo no se lo dije. Por cómo reaccionó Jennie conmigo al día siguiente, dudo que dijera nada a nadie.

—Muy bien. Gracias, Jordan.

—No hay de qué. Y Carrington...

—¿Sí?

—Si descubren dónde está Jennie, si la encuentran... sea como sea, ¿podrá hacérmelo saber, por favor?

—Claro.

—Gracias.

—De nada.

Colgué el teléfono y di media vuelta. Ted me miraba desde la ventana de al lado de la mesa. Cuando vio que lo había visto, levantó la mano ligeramente a modo de saludo. Respondí con el mismo gesto pensando en cómo plantearle las preguntas que se me agolpaban en la cabeza.

Y después pensé que preguntarle directamente quizá no sería la mejor manera de llegar a la verdad.

14

Tenía dudas sobre qué camino seguir. Quería visitar el lugar donde habían visto a Carrington por última vez, pero también quería profundizar en algunos aspectos de la investigación sobre el caso de Jennie que quizá la ayudarían a descubrir qué le había pasado realmente a su padre y quién estaba detrás, y para ello debía visitar distintos puntos del estado de California.

Al final decidió ir primero al Parque Nacional de Yosemite.

Metió solo lo imprescindible en la bolsa, aunque no sabía cuándo volvería a esa casa que la había visto crecer. Había decidido, después de un gran esfuerzo y de seguir el consejo de Coddie, que no la vendería, que había sido un impulso del que posteriormente habría podido arrepentirse. Quizá un día querría volver a sus raíces. Pensó que, si por una remota casualidad resultaba que Carrington estaba vivo, y ella lo encontraba, tal vez deseara tener esas cuatro paredes que habían contenido gran parte de su vida para poder decidir si se las quería mostrar o no. Pero quería viajar sin mucho peso y sin la comodidad de lo conocido. Quería descubrirse sin ser lo que había sido hasta ahora, porque sospechaba que eso no era todo lo que era, y no se le ocurría ninguna manera mejor para encontrarse que reinventarse con el paisaje mientras buscaba a otra persona.

Como el tiempo se lo permitía, porque la entrada de Tioga Pass del parque estaba abierta, decidió cruzar el desierto en lugar de coger la autopista que lo bordeaba. Se lo había tomado como un viaje trascendente y le apetecía pasar las horas conduciendo rodeada de ese paisaje árido que le resultaba tan familiar.

Siempre había pensado que era una mujer dura, una capacidad otorgada por el hecho de haberse criado en medio del desierto. Cuando le preguntaban de dónde era, siempre decía «Las Vegas» con un deje de orgullo, porque hay que tener cojones para vivir en una ciudad creada artificialmente en medio del desierto, rodeado de luces de neón, miles de turistas dispuestos a hacer todo lo que no les dejan hacer en sus estados de origen y ese calor persistente que se te pega a la piel atormentada por los cuarenta grados que los locales acaban tolerando como los demás tolerarían los treinta. Era evidente que había que ser de una pasta especial para haber crecido en Las Vegas y no perderse por el camino, y Sarah estaba orgullosa de ello.

Había empezado llena de energía y convencida de su objetivo, avanzando ágilmente por las carreteras vacías que la alejaban kilómetro a kilómetro de la ciudad. Las llamativas luces, todavía encendidas de madrugada, desaparecían en el espejo del retrovisor para dar paso a la monotonía de un paisaje que al amanecer le pareció más majestuoso que nunca.

Pero cuando aún no llevaba dos horas conduciendo, empezó a asediarla una inquietud que fue haciéndose cada vez más persistente. Al rato no pudo evitar que esa carretera recta e infinita, rodeada por vastas extensiones de arena de las que nunca se acababa de predecir el final, empezara a hacérsele tan pesada que una incomodidad que desconocía como propia comenzó a instalársele en el cuerpo. Le pareció que le costaba respirar, mientras las dudas empezaban a rondarla hasta llenarle la mente y cambiarle repentinamente el humor.

Pensó que debería haber aceptado el ofrecimiento de Coddie. Que se había empeñado, como siempre, en hacerlo todo más pesado y dificultoso de lo necesario. Al principio le había parecido que la soledad la ayudaría a digerir mejor la muerte de Nona; que podría hacer un viaje de descubrimiento épico, como en las películas; que podría cambiar el rumbo de su vida, que, por otra parte —para qué engañarse—, hacía ya un par de años que le había empezado a chirriar. Pero de repente todo aquello parecía mucho menos trascendental, una complicación innecesaria para buscar a un muerto que nunca se había molestado en preocuparse por su existencia.

Se sintió idiota y estuvo a punto de dar media vuelta. No era demasiado tarde para cambiar de opinión. Ser flexible y adaptarse cuando se daba cuenta de que se había equivocado le había salvado muchas partidas de póquer. Pero no quería echarse atrás. Lo que necesitaba era un pequeño descanso. Entendió que no podía empezar lo que probablemente sería una maratón pisando el acelerador y desgastándose antes de tiempo, y la señal que indicaba la proximidad de Zabriskie Point la ayudó a decidirse. No tenía prisa. Habían pasado más de treinta años sin que supiera quién era su padre. No pasaría nada por unos días más. Haría una parada y disfrutaría de ese paisaje rotundo que dejaba atrás por un tiempo que no podía determinar. Haría el viaje que necesitaba, sí, y buscaría a su padre, pero se daría tiempo y espacio para ella, y de esta forma también honraría a Nona y su pérdida. No era necesario correr a buscar otra figura paternal inexistente. Aprendería a estar sola, porque que descubriera quién era Carrington no implicaba encontrar a un padre, o al menos no al padre que ella habría querido.

No, ella era una persona independiente y completamente autónoma. Siempre lo había sido. No perdería los papeles por la pérdida de Nona ni por la remota posibilidad de conocer, aunque fuera de oídas, a su padre biológico.

Haría el viaje con calma y paso a paso.

Aparcó el Hyundai Sonata al lado de los demás turismos en la zona habilitada y bajó del vehículo. Solo tuvo que andar unos cien metros para llegar al mirador y contemplar las magníficas dunas de colores neutros irisados y negros que se alzaban frente a ella. La arena y el bórax, que fueron la base del negocio de la minería de la zona hasta 1933, se habían compactado creando curiosas formas y estrías de colores que inevitablemente captaban la atención del ojo humano. Era fascinante. Parecía algo de otro planeta.

Los turistas se apresuraban a hacer fotografías y vídeos con sus móviles intentando capturar esa belleza insólita después de haber hecho horas de monótona conducción en el desierto.

Sarah inhaló una bocanada de aire tibio —en abril las máximas no solían superar los treinta y dos grados centígrados, una temperatura bastante razonable en el desierto, y en ese momento, aún temprano por la mañana, no debían de estar a más de veintisiete— y cerró los ojos con la intención de grabar esa mezcla que todos sus sentidos ofrecían a su mente: la primera fotografía mental del viaje, la que vincularía a la decisión de tomárselo con calma. Y la que le proporcionaría un importante descubrimiento que se habría perdido si no hubiera decidido hacer esa parada.

Claro que entonces ella no podía saberlo.

Una de las primeras cosas que hice cuando White me asignó el caso fue revisar la carpeta con el informe y la documentación sobre el caso de Jennie. Solo estaba el informe de Rodowick, que exponía la misma información que me había transmitido a mí durante la entrevista. Yo era el responsable de ir completándolo, pero veía que empezaba a tener demasiadas líneas de investigación abiertas. Antes de seguir buscando fuera, debía solucionar algo que me daba vueltas en la cabeza: el comentario de Ted sobre una vecina que había visto el coche de los rangers junto al de Jennie y a dos personas al lado de los vehículos.

Julie me obsequió con una sonrisa tibia cuando me planté ante su mesa en la oficina del chief.

—Carrington —me saludó sin mucho entusiasmo. La verdad es que nos conocíamos desde hacía tiempo, porque era la mejor amiga de Rose, pero en el trabajo siempre se había empeñado en llamarme por mi apellido.

—Hola, Julie. Necesito ver los registros de llamadas de la noche del 29 de febrero.

—La noche que desapareció la chica.

—Exacto.

Sonó el teléfono. Lo cogió y respondió:

—Oficina del chief.

Su interlocutor soltó una larga parrafada. Ella tapó el teléfono con la mano y me preguntó:

—¿Ahora? —Me dio la sensación de que no le hacía demasiada gracia.

—Sí. Espero, no tengo prisa.

Se sacudió el mal humor e interrumpió a la persona al otro lado de la línea.

—Un momento, por favor. —Y pulsó una tecla del teléfono antes de dejarlo en la mesa. Después se levantó, se dirigió a la gran estantería que estaba a unos metros de distancia, pasó los dedos por una de las baldas y los detuvo sobre un carpesano. Lo cogió, lo dejó en la mesa, delante de mí, y dio dos toques con el dedo en la tapa. A continuación, cogió el teléfono, volvió a pulsar la tecla y dijo:

—Disculpe. Dígame.

Pero la persona ya había colgado. Se encogió de hombros, dejó el teléfono y siguió ordenando el papeleo que la rodeaba en silencio.

Seguí con el dedo índice las entradas de todas las comunicaciones hechas y recibidas la tarde que Jennie desapareció.

—Aquí dice que hubo una llamada que informaba de un accidente en Abbie Road con la 140 a las 19.06. ¿La atendiste tú?

—Sí —contestó sin apartar los ojos de los montones de folios.

—¿Quién llamó?

—Una mujer. Dijo que no había estado implicada en el accidente, pero que había pasado por allí en dirección a Merced y había llamado en cuanto había tenido cobertura. Había una moto negra en el suelo y un turismo que no supo identificar. Según dijo, debió de ocurrir antes de las 18.40 aproximadamente, que es cuando ella pasó. Se fijó porque miró si había cobertura en el móvil y vio la hora en la pantalla.

—Pero aquí indica que después la alerta se anuló. ¿Por qué?

—Lombard pasó por allí antes de que se asignara una unidad y reportó que no había nadie.

Por su tono de voz entendí que no necesariamente creía que fuera verdad.

—¿A qué hora?

—A las 19.10.

Miré la entrada posterior en el registro. Era de las 19.16, solo seis minutos de diferencia.

—Y esta llamada de las 19.16, ¿es la del transportista que vio a Jennie en Briar Creek con la 140?

—Sí, de Eric Bloom.

—Que atendió Rodowick —dije—. ¿Y esta entrada tachada de las 19.17 que está aquí abajo?

—Es de otra persona que también reportó un accidente en el mismo sitio, en la 140 con Briar Creek, como puedes leer.

—Sí, precisamente por eso te pregunto por qué está anulada.

—Porque me dijo que ya había un coche del parque en la localización cuando ella lo vio.

—Pero ¡es imposible que Rodowick llegara tan rápido!

Me lanzó una mirada implorándome que no alzara la voz.

—Julie... —empecé a decir.

—¡Joder, Carrington! —susurró cabreada—. Coge un café y sal. Ahora voy.

Le hice caso sin cuestionar nada.

A los cinco minutos se reunió conmigo en el aparcamiento de la oficina. Ella también llevaba un café en la mano.

—En el registro no está anotado, pero la persona que llamó me dijo que se había fijado en el coche de los rangers, y era un Dodge con la numeración Y03.

—¿Y quién la tenía asignada? ¿Rodowick? Julie, sabes que no podemos protegerlo si...

—No, no. Nadie la tenía asignada. El coche de la unidad Y03 ese día estaba en el mecánico. No estaba de servicio —me explicó.

—¿Has mirado los registros de entrega y llegada de vehículos para saber cuándo salió del mecánico?

—No los encuentro —me dijo mosqueada—. No sé adónde han ido a parar.

—¿Has llamado a Sid?

—¿Para qué? ¿Para crear más alarma y que todo el mundo empiece a divulgar rumores sin consistencia? Estas cosas nunca acaban bien, precisamente tú deberías saberlo.

—Está bien, está bien, pero quizá la mujer se equivocó de número. Al fin y al cabo, era de noche. Además, si ya estaba allí un coche del parque, ¿por qué llamó?

—Dijo que había sentido que tenía que hacerlo, que se había quedado con una sensación extraña al pasar por delante. Que el coche estaba aparcado morro con morro con un coche viejo, pero no vio a nadie alrededor de los vehículos.

—¿Y el coche Y03 ha vuelto al parque? ¿Lo has visto, aunque no aparezcan los registros?

—Esta es la cuestión, Nick. White vino con él al día siguiente. Dijo que había pasado a buscarlo aprovechando que había dejado su coche particular en el mecánico.

Entonces entendí su mal humor: había encontrado una incongruencia que no le gustaba nada. Julie, como la mayoría de las personas de su entorno, adoraba a White, un hombre que siempre estaba donde se le necesitaba, con la dosis perfecta de dureza y empatía en una figura que representa la autoridad.

—¿Por qué no me habías dicho nada de todo esto? Hace días que sabes que llevo el caso —le dije enfadado.

—Antes quería tener toda la información. —Supe que solo era cierto a medias.

—¿Has hablado de esto con alguien? —le pregunté.

—Solo contigo.

—¿Con nadie más?

—No soy idiota, Nick. No empezaré una caza de brujas solo porque algo no cuadra y da mala impresión. No tengo motivos para desconfiar de White.

—Entiendo. Déjame que lo investigue por mi cuenta, ¿ok?

—En cualquier caso, no...

—No, evidentemente no voy a mencionar que me has pasado esta información.

Esta última frase le calmó un poco el mal humor, pero solo un poco.

—Perdona, Carrington, es que este caso y el de Ruth Henley... me ponen muy nerviosa. Solo de pensar que puede volver a pasar lo mismo... que podamos tener a un asesino en serie entre nosotros y ni darnos cuenta, se me ponen los pelos de punta.

—¿Tú también? —pregunté asqueado.

—¿Yo también qué?

—Con esa teoría del asesino en serie. Piénsalo bien, Julie. ¿Cuáles son las probabilidades, la estadística, de que algo así ocurra dos veces en el mismo lugar?

—El otro día escuché en la radio que todo estadounidense se cruza con una media de veinticinco asesinos al año. Y esta es una zona de mucha afluencia, así que...

—¡Venga ya! ¡No es posible!

—Pues ya me dirás.

—Yo no creo en esa teoría. Y estoy seguro de que lo que ha pasado no lo ha hecho un asesino en serie.

—Ojalá tengas razón.

—Es que no creo que los asesinatos fueran aleatorios o fruto de la oportunidad. Al menos el de Jennie, si eso es lo que ha ocurrido.

—¿Y Ruthy? Dios mío, tan joven... Solo de pensarlo...

—¿Has hablado con Melanie? Sois amigas, ¿verdad?

—Sí, desde el instituto. Está destrozada, claro. Que se te muera una hija es contra natura.

—No me lo puedo imaginar. Pero además ella, siendo madre soltera...

—Al menos tiene a White. —Vi en el rictus de sus labios, que de inmediato se sellaron, que se le había escapado.

—¿Melanie Henley está con White?

—Yo no te he dicho nada —dijo con una expresión profundamente seria. Ya le había vuelto el mal humor.

—¿Desde cuándo?

—Desde hace tiempo. Pero no quieren que se sepa aún, así que haz el favor de no decirle nada a nadie.

—No lo entiendo. ¿Por qué no quieren que se sepa?

—Ya sabes cómo es aquí la gente. Y el hermano de Melanie no es que tenga mucha devoción por las autoridades, así que...

—¿Lo sabe Rose?

—¿Qué? —Pero yo sabía que me había oído perfectamente.

—Que si lo sabe mi hermana.

—Sí, sí que lo sabe. Pero ¿por qué te pones así? ¿Qué importancia tiene?

—Pues ¡que está investigando la muerte de la que debería ser en el futuro su hijastra!

—Pero ¡qué dices! Nadie se ocupará mejor del caso que White, precisamente porque le toca de cerca.

—Me parece que, para la mala leche que gastas a veces, eres muy ingenua.

Ella hizo un movimiento con la mano, como si asustara una mosca, y dio por zanjada la conversación.

—Tengo que volver dentro —me anunció—. Por favor, Nick...

—No diré nada, tienes mi palabra.

—¿Me avisarás si descubres algo sobre la unidad que atendió el accidente? —Se le volvió a ensombrecer el semblante, como si le avergonzara hacerme esa pregunta.

—En cuanto sepa algo —le contesté.

15

Aunque había sentido la tentación, White se había resistido a la idea de registrar la habitación de Ruth. Le había costado establecer una relación más o menos afectiva con ella y no quería precipitarse haciendo lo que sabía que sin duda violaría su confianza. Pero a medida que habían ido pasando los días, la urgencia era cada vez más fuerte, especialmente cuando pasaba por delante de esa puerta con el cartel de NO PASAR.

Al final, justo el día antes de que encontraran el cuerpo, había entrado antes de dirigirse a la oficina.

Había empujado la puerta suavemente con los nudillos, evitando hacer ruido, aunque estaba solo, porque Melanie ya se había ido a trabajar. Al otro lado había encontrado una habitación desordenada, como era habitual. Varias prendas yacían arrugadas en la cama, evidentemente sin hacer, y también por el suelo, rodeadas de una gran variedad de objetos, entre los que se encontraban tres tazas de café a medias, varios libros del instituto, el ordenador portátil, libretas con esbozos y botes, pinturas y pinceles junto a dos coloridos lienzos a medio pintar.

Al principio le había sorprendido ver esas pinturas tan alegres, porque contrastaban mucho con la imagen de Ruth, siempre vestida de negro de pies a cabeza y con el maquillaje oscuro a juego. Era como si solo se permitiera expresar su alegría entre esas cuatro paredes y fuera una persona completamente diferente en el exterior. Ruth aparentaba ser una mujer dura y segura, y White sabía que lo era, pero eso no le impedía ser a la vez una adolescente temperamental, ilusionada y triste a partes iguales, segura de sus inseguridades.

Intentó entrar en el portátil, pero no sabía la contraseña. De todas formas, no era su objetivo principal.

Revisó el contenido de los cajones del escritorio, que Ruth nunca utilizaba, aunque sabía que no sería el lugar donde encontraría lo que buscaba. Y tenía razón. Miró debajo del colchón, pero tampoco tuvo suerte. Pensó si no se estaría equivocando, si era posible que Ruth escribiera solo en el ordenador y lo de escribir en papel fuera de otra época. Pero entonces tuvo la intuición de levantar la alfombra a los pies de la cama. Los ojos se desplazaron de inmediato a las esquinas de la madera del suelo, que estaba un poco floja. Cogió el rastrillo de pintura que estaba en la balda del caballete y utilizó la punta para levantar el tablón.

No, no se había equivocado. Encontró una libreta con las tapas de cuero pintadas. El lugar donde Ruth vaciaba su corazón.

Lo que leyó le heló la sangre.

—¿Qué haces aquí, mocoso de los cojones? —gritó Gary de mala gana.

—A ti no te importa lo que hago aquí. Estoy en mi casa —le contestó desafiante.

La inusual respuesta debió de indicarle a ese malnacido que algo no iba bien. Aceleró la furgoneta de tal modo que tuvo que apartarse ágilmente para que no lo atropellara.

Cuando bajó del vehículo, cerró de un portazo y clavó los ojos en la puerta de hierro de «su oficina».

—Como te pongas tonto, un día de estos me obligarás a reventar este candado y a entrar —lo increpó provocador.

Gary se cansó y lo cogió del cuello.

—Cuidado con lo que haces, no sea que un día acabes mal.

Pero Jimmy estaba rabioso, y esta vez el contacto físico y la amenaza no fueron suficientes para que la sangre dejara de hervirle en las venas.

—¿Acabaré mal como quién? ¿Eh, Gary? ¿Como Ruth? ¿O como la chica desaparecida?

Gary lo empujó contra la estructura de amianto y sacó una navaja del bolsillo sin pensárselo.

—Me parece que todavía no has entendido quién manda aquí, chaval —le dijo chasqueando la lengua.

—¡Lo que está claro es que no eres tú! ¿Por qué cojones has venido? ¿Por qué cojones tuviste que aparecer y meterte en nuestras vidas? ¡Mi madre no estaría contigo si no le pasaras las drogas que le pasas! ¡Eres su puto chulo, tío! Y te paseas por ahí con tus negocios y tu oficina de mierda como si fuera tu casa. Pues ¿sabes lo que te digo? ¡Que no es tu puta casa! ¡No lo es! Esto lo compró mi padre. ¡Tú aquí no pintas nada!

El malnacido, delgado y ágil como una hiena, lo cogió por la espalda y de repente notó que la hoja gélida del cuchillo entraba en contacto con la piel del cuello, mal afeitado desde hacía varios días. Pero supo aguantar el tipo y no permitió que su terror transpirara. Sabía perfectamente que Gary estaba lo bastante perturbado para degollarlo allí mismo e intuía que su forma de actuar en ese momento sería determinante para su vida.

Gary lo miró resoplando mientras decidía qué hacer ante lo que debía de considerar un mocoso insolente. Seguramente siempre había pensado que quien le causaría más problemas sería Ron, pero ahora debió de ver en esa mirada que él también podría complicarle la vida, y no podía permitírselo. Separó el filo de la piel, aunque Jimmy notó la resistencia a hacerlo. Puede que sintiera que era un movimiento contra natura. Esa escoria quería solucionar la molestia que él suponía allí mismo con un gesto rápido. Así ya no tendría que volver a preocuparse de él.

Pero de repente sintió un tirón en el hombro y el inicio de un grito de sorpresa que se quedó a medias. Las manos que le rodeaban el hombro y el cuello se aflojaron, y por fin dejó de sentir ese soplo apestoso en las fosas nasales cuando oyó el ruido sórdido del cuerpo inerte al caer en la nieve helada.

Se giró y encontró a Ron con un viejo bate de béisbol en la mano.

—¿Y tú dónde cojones estabas? —le preguntó frotándose el cuello.

—Tenía que ocuparme de un par de cosas.

—¿Qué cosas?

—No es asunto tuyo. ¡Venga, vamos a casa a tomarnos una cerveza, que aquí hace un frío de cojones! —le dijo Ron.

Pero Jimmy no se sentía complaciente y no se movió ni un milímetro de su posición.

—¿Sabes que este hijo de puta trafica con drogas? —le preguntó dando una patada a Gary, que yacía inconsciente en la nieve.

—¿Y?

—¡Joder! Pues que mamá está así por culpa de las putas drogas, y no necesitamos un camello en casa que se las proporcione a cambio de sexo, Ron. ¡Que no es una relación, Ron, que es prostitución, hostia! ¿No lo ves?

—Si no lo hiciera con Gary, lo haría con otro.

Jimmy sintió una nueva oleada de rabia y frustración que lo sacudió desde la planta de los pies hasta el pecho.

—Eres un cabrón, Ron. ¿Tú también traficas? —Le parecía que ya sabía la respuesta.

—No digas tonterías. Además, no sabes ni la mitad. Gary es un pringado, un intermediario.

—¿Y tú? ¿Qué quieres decir? ¿Que traficas aún más que él?

—Despierta, hermanito. Parece que no entiendas dónde vives. ¿Qué tipo de vida crees que nos espera a nosotros? ¿Con la madre que tenemos, el lugar donde vivimos? ¿Quieres pasarte la vida viviendo en esta barraca de mierda? ¿Oyendo cómo mamá y Gary follan a través de la cortina que separa su habitación? Deberías proteger menos a mamá y entender que, al fin y al cabo, es ella la que no está atendiendo, ni ha atendido nunca, nuestras necesidades. ¡Si no quería hijos, nadie le pidió que los tuviera, joder!

—¡Mamá ha hecho lo que ha podido y nos ha criado sola! No tiene la culpa de que papá...

—¡Basta!

Los dos hermanos se quedaron unos instantes en silencio, casi ausentes, sin atreverse a mirarse a los ojos.

—Ron... —dijo tímidamente el hermano menor.

—¿Qué?

Al final se atrevió a hacerle la pregunta que le había torturado toda la mañana.

—¿Has tenido algo que ver con Ruthy? Dime la verdad.

—No.

—¿No has tenido nada que ver o no quieres decirme la verdad?

—Jimmy...

—O sea, que has tenido algo que ver. ¿La has matado? ¿Te has cargado a Ruthy? —Se le salían los ojos de las órbitas y empezó a respirar con fuerza. Ron se acercó, decidido, y le tapó la boca con la mano. Intentó morderle, pero su hermano fue más ágil, apartó la mano, se la pasó por el cuello y lo inmovilizó, como si estuviera a punto de estrangularlo.

—¡Calla, Jimmy, que nos meterás en problemas, hostia! —Y lo arrastró hasta la casa dejando el cuerpo todavía inconsciente de Gary en la nieve.

Cuando llegó, lo soltó y le acercó el dedo índice a los labios para que se mantuviera en silencio. Fue a cerrar la puerta.

—Gary está fuera —murmuró Jimmy.

—Dejémoslo en la nieve, a ver si se muere de una hipotermia, el hijo de puta.

Los dos sonrieron por un momento mirándose a los ojos.

—¿Te has cargado a Ruthy, Ron? —Lo dijo en voz baja, casi en un murmullo, en el que pesaba más la decepción que el enfado.

—No. Pero sé quién lo ha hecho. Si te lo cuento todo, ¿me prometes que no se lo dirás a nadie?

—Te lo prometo —dijo Jimmy, y sus ojos volvieron a reencontrarse con cierta complicidad.

Los altavoces de la tele se oían desde las escaleras del porche. Le pareció que se trataba de un partido de baloncesto.

Soltó un tímido resoplido y levantó la mano para meter la llave en la cerradura, pero su cuerpo quiso retroceder. Hacía tiempo que sabía que algo no iba bien, pero no había sido capaz de ponerle nombre.

Había ido empujando los días, transformándolos en semanas y meses, y ahora se encontraba con que no quería vivir la tarde que le esperaba.

Intentó identificar el momento en que todo había empezado a ir mal. No sabía cómo habían llegado a esa situación. No sabía por qué antes se regalaban sonrisas cómplices y ahora solo alzaban las cejas. Por qué ya no se reían mientras cocinaban y ahora se esquivaban en la cocina. A veces le parecía que la sola presencia del otro era motivo de malestar.

No. No quería entrar en esa casa donde los colores de las cosas se habían amortiguado. No quería hacer las tareas domésticas intentando mantener otra conversación sin sustancia, con Rodowick mirando fijamente las imágenes llamativas de una pantalla y respondiendo lo primero que le pasaba por la cabeza.

Por un momento se sintió culpable. Desde que esa chica había desaparecido, él había estado más ausente que nunca. Sabía que la había cagado y no podía perdonárselo. Y ahora se veía atrapado en casa todo el día, con la pierna enyesada, sin poder ir de un lado a otro del parque, que era por lo que vivía.

Pero un enfado creciente la ayudó a sacudirse la culpa. Inmóvil en el porche de la casa, se dijo que ya era hora de aceptar que esa situación venía de antes. Lo único que había hecho ese incidente era precipitarlo todo, colocarlos delante del espejo. Y lo que empezaba a ver no le gustaba nada.

Aún estaba allí, plantificada, decidiendo si metía la llave en la cerradura y empujaba un día más con la ayuda de dos o tres copas de vino blanco antes de cenar, cuando tuvo claro que no era responsabilidad suya hacerle la vida más fácil a Rodowick. En cualquier caso, no parecía que él quisiera devolverle el favor. Desde hacía meses su humor era irregular. Siempre estaba de buen humor fuera de casa, pero casi nunca dentro. Dejaba la paciencia, la comprensión y el optimismo para los turistas y trabajadores del parque, y a ella solo le quedaban las migajas al atardecer. También le parecía que pasaba más tiempo fuera de casa y que a menudo llegaba más tarde. Que salía más veces a comprar algo que de repente le hacía falta o que necesitaba tomar el aire más a menudo, aunque su trabajo consistía precisamente en pasarse el día dando vueltas al aire libre.

Nunca se había formulado explícitamente la sospecha. Nunca le había mirado el móvil y nunca se había atrevido a pedirle a su hermano que corroborara los horarios para ver si mentía. No era ese tipo de mujer, se dijo a sí misma. Pero la inquietud había ido creciendo y ahora se encontraba con que no podía entrar tranquila en su casa.

Dio media vuelta, volvió a subir al coche y puso en marcha el motor pensando que lo peor de todo era que la idea de que Rodowick le fuera infiel le daba absolutamente igual.

Lo que realmente la preocupaba era que todos esos horarios y salidas a horas intempestivas ocultaran algo más oscuro y mucho más difícil de digerir.

16

El taller de Sid estaba solo a un par de kilómetros de las oficinas.

—Ey —saludé a la mitad de las piernas que se dejaban ver bajo un turismo gris.

—Eh, dame un segundo. —Terminó de dar golpes y apretar lo que tenía que apretar y se ayudó de los pies para deslizar la plataforma con ruedas en la que estaba tumbado—. Carrington. ¿Cómo vamos? —Sonrió levantándose ágilmente.

—Bien, bien, gracias. ¿Y tú?

—Con mucho trabajo, no puedo quejarme.

—¿Vienes a ver el coche de la chica otra vez?

El coche de Jennie estaba en la zona de custodia del taller desde el día después de su desaparición. Cuando White me asignó el caso, hice un reconocimiento y encargué al especialista forense que lo inspeccionara. No halló nada que indicara signos de violencia, lo que contribuyó a la idea de que Jennie se había marchado voluntariamente. Las fibras, huellas y rastros biológicos que encontró todavía estaban procesándose.

—No, quería ver los registros de las últimas reparaciones en la flota de vehículos.

Torció las cejas, pero se desplazó hacia la mesa.

—¿Está todo en orden? —preguntó.

—Sí, sí, pero el otro día discutía con White sobre las reparaciones de los diferentes modelos y no nos poníamos de acuerdo. Están pensando en comprar un par de vehículos de sustitución y quería ver cuáles han tenido más reparaciones en los últimos meses.

Se le iluminó la cara.

—Yo sin duda invertiría en el Ford Interceptor o el Ford Explorer. Quizá uno de cada sería buena opción.

—Lo tendré en cuenta.

Me tendió los folios que contenían el registro de vehículos.

La semana que desapareció Jennie solo había dos vehículos en reparación. La noche del 29 de febrero al 1 de marzo solo estaba el Dodge Y03. Constaba que, efectivamente, White lo había recogido el día 1 a las siete de la mañana.

Miró con disimulo hacia el registro.

—No vais a comprar ningún vehículo nuevo, ¿verdad? —preguntó.

Se me escapó una media sonrisa y busqué el nombre de la persona que había estado de guardia esa noche: Harry Dale, un chico que había empezado a trabajar en el taller en el otoño del año anterior.

—¿Cuándo le toca turno a Dale?

—Está de baja. No volverá hasta la semana que viene. —Se le veía preocupado—. ¿Hay algún problema, Carrington?

—Seguramente no. Pero no comentes nada.

Asintió y le devolví el bloque de folios.

—Nos vemos en breve —me despedí.

—¿La semana que viene?

No le contesté, pero le guiñé un ojo antes de marcharme.

No le resultó nada difícil encontrar una vacante en el Hotel Oasis Ranch, uno de los pocos complejos hoteleros del Death Valley. La temporada alta acababa de empezar. Estaban en plena primavera y la gente respiraba cierto optimismo, que se notaba en la forma de relacionarse, más abierta y cercana. Quizá por eso James Henderson y Sarah acabaron en la misma cama esa noche. Pero lo que Sarah no podía adivinar era que esa aventura volátil la acercaría de repente a la verdad que tanto ansiaba encontrar.

El flirteo empezó en la barra de uno de los bares exteriores del complejo hotelero. Una brisa fresca acariciaba el pelo castaño de Sarah y lo hacía volar, travieso, alrededor de su nuca mientras sus manos jugaban con el cristal congelado que contenía el vodka con hielo. No había nadie más en la barra, y James, que secaba los vasos que habían salido hirviendo del lavavajillas, la miraba con intensa curiosidad. Tanta que ella se sintió observada y levantó los ojos verdes.

Él le sostuvo la mirada y sonrió.

Ella le devolvió la sonrisa, agradecida de que algo la sacara de los pensamientos obsesivos que le rondaban por la cabeza, y se terminó de un trago el contenido del vaso.

—¿Otro? —le preguntó él extendiendo el brazo hacia el estante lleno de botellas—. Invita la casa.

—Si quieres emborracharme, te costará más que un par de vasos de vodka. —Volvió a esbozar una sonrisa que a él le pareció magnífica.

—Nada más lejos de mis intenciones...

—Sarah —dijo ella.

—Sarah —repitió él, como si las vocales de este nombre le llenaran de miel los labios, y le dejó otro vaso de vodka con hielo delante—. Aquí tienes.

—Gracias...

—James.

—James y Sarah. ¡No somos muy originales! —Se rio de una manera que era imposible que él se sintiera ofendido.

—Yo, ya puedes decirlo. Pero tú... no estoy tan seguro. ¿De dónde vienes, Sarah?

—De Las Vegas. No es muy original, como puedes comprobar. —Levantó el vaso a su salud y se lo acercó a la boca.

—La originalidad está sobrevalorada, si quieres saber mi opinión. ¿A qué te dedicas?

—Soy jugadora de póquer... ¡Sorpresa! ¡Una jugadora de póquer en Las Vegas! —Volvió a reírse de esa manera encantadora—. También entreno a jugadores que quieren ser profesionales.

—Así que eres una profesional.

—Sí, soy una profesional del bluf. —Le guiñó un ojo—. Y tú, ¿de dónde eres?

—De aquí.

—¿Nacido aquí? ¡Guau! —exclamó con admiración—. Siempre he pensado que criarme en Las Vegas era una experiencia peculiar, pero aquí... Esto ya es otro nivel.

Él se rio sinceramente.

—Supongo que tienes razón. De todas formas, no me otorgues demasiado mérito. Intenté marcharme, porque creía que estaba perdiéndome un montón de cosas, y al final, mira, vuelvo a estar aquí.

—¿Cómo es eso?

—Imagino que creía que mi lugar en el mundo era otro, pero la ciudad no está hecha para mí. O mejor dicho, yo no estoy hecho para la ciudad. Creía que echaba en falta la gente, las opciones, los centros comerciales. Y no es así. No me hacen ninguna falta. Me gusta el silencio y los cambios del desierto. Y aquí puedo conocer a un montón de personas sin tener que renunciar a esta forma de vivir. —Volvió a sonreír—. ¿Y a ti? ¿Qué te trae por aquí? ¿Estás de vacaciones?

—Más o menos. Estoy siguiéndole la pista a alguien. —Sus ojos volvieron a encontrarse. Le pareció que podía confiar en él. Quizá el vodka ayudó—. De hecho, busco a mi padre. Hace poco conocí su identidad.

—¡Esto sí que es original! —exclamó él divertido.

Ella sonrió.

—Quería ir a Yosemite de un tirón, pero a última hora he decidido tomármelo con más calma y hacer una parada aquí.

—Me alegro —dijo él—. Ha sido una decisión muy sabia.

—Eso aún está por ver. —Terminó de tragarse el vodka del segundo vaso y lo dejó en el mostrador—. *Don't be a stranger* —dijo levantándose con una sonrisa. Y desapareció por la puerta que daba al hall del hotel.

Cuando James recogió el vaso, vio que debajo había una tarjeta con un número de habitación. Le pareció que había conocido a la mujer más maravillosa del mundo.

Dos horas después Sarah oyó dos golpes sutiles en la puerta.

—Adelante —dijo como un rumor evitando que los nervios se trasladaran a su voz.

El efecto del vodka se había diluido y tenía dudas sobre lo que había hecho. Se sentía mal cuando pensaba en Coddie. No hacía ni un día que había dejado Las Vegas y ya estaba a punto de meterse en la cama con otro hombre. Claro que Coddie y ella no eran pareja. Ella siempre se había negado a definir la relación como tal. Le gustaba tener esa sensación de libertad, y aunque Coddie nunca le había dado motivos para pensar que debía desconfiar, múltiples visitas a la psicoanalista le habían dejado claro que la ausencia de una figura paterna no había ayudado en absoluto a confiar en el sexo opuesto. Esto y los constantes comentarios de Nona sobre los hombres, claro, que, junto con la experiencia que ofrecía la ciudad del vicio, no ayudaban nada.

Se dio cuenta de que lo que estaba a punto de pasar no era más que un intento de constatar su independencia para soportar mejor la separación de Coddie, ya fuera temporal o no, porque de eso no habían hablado.

Se oyó un clic y la puerta se abrió. Detrás apareció James. Se había cambiado de ropa y desprendía un sutil aroma a perfume cítrico. Aunque a Sarah no le fascinaban los perfumes masculinos, ese olor le gustó.

—Con tu permiso —dijo él.

—Hola —le contestó indicándole con una mano que entrara, mientras que con la otra dejaba el libro en la mesita boca abajo.

Él entró en la suite.

—No suelo hacer estas cosas —le dijo.

—Yo tampoco. Creo que ha sido el vodka. —Sonrió.

—Puedo marcharme ahora mismo, no hay problema.

Ella negó con la cabeza y dio dos golpecitos con la mano en la manta de la cama. Él se acercó, y entonces la mirada se le fue hacia el libro que estaba en la mesita. La fotografía de la contraportada le había llamado la atención.

—Es la persona que busco. Escribió este libro antes de desaparecer —le explicó Sarah.

Él lo cogió y lo miró de cerca.

—No puede ser —murmuró con los ojos desorbitados—. ¡Demasiada coincidencia!

—¿El qué? —preguntó intrigada.

—¡Que yo conozco a este hombre! ¡Fue el protegido de mi tío hace más de veinte años!

—¿Estás seguro? —El corazón acababa de darle un vuelco—. Por favor, no me tomes el pelo.

—¡No, no, es cierto! No te engaño. Estoy seguro de que se trata de él. Pero... —Se quedó en silencio mientras releía el nombre debajo del título—. Pero no se hacía llamar así. Se llamaba Matthew Rogers. Qué raro, ¿no?

De repente, y por primera vez, Sarah empezó a entender la complejidad de la aventura que acababa de emprender.

Jimmy pasó el resto de la tarde alternando la alegría de perderse entre los laberintos del alcohol y su pensamiento y el sentimiento de culpa por actuar así. Al fin y al cabo, quizá no era mejor que todos esos a los que despreciaba por su debilidad adictiva.

Pero fue la única manera que encontró para soportar el silencio después de que Ron se marchara sin explicitar adónde iba y lo dejara con toda esa información que no estaba seguro de que fuera del todo fiable.

Ron había presentado los hechos como si él no hubiera tenido ninguna responsabilidad sobre lo que le había pasado a Ruth, como si la situación hubiera sido un accidente inevitable que escapaba de sus manos y contra el que no había podido hacer nada. Le había dicho que no dependía de él. Pero la historia estaba llena de sombras que costaba mucho iluminar y disolver. Quizá solo le había contado una media verdad, o una media mentira, dependiendo de cómo se mirara. Jimmy era lo bastante listo para saber que la desesperación de estar solo puede ser más que suficiente para disfrazar la realidad de manera que sea digerible, y sospechaba que eso mismo era lo que estaba haciendo él al no querer aceptar que alguien que le había cuidado toda su vida y un asesino podían ser la misma persona. En cualquier caso, no pensaba decir nada. Después de lo que había pasado con Gary, también él estaba metido en la mierda. Por fin se había convertido en otro *dirtbag** de la zona, con secretos y esqueletos en el armario, lleno de justificaciones derivadas de la injusticia que le había tocado vivir. Un

---

* 'Persona deplorable'.

dirtbag como el que el padre de Jennie había dicho que estaba seguro de que se había llevado a su hija.

El motor del viejo Corolla le hizo levantar la cabeza. Por primera vez la presencia de su madre lo irritó como nunca antes. Le pareció que por fin la veía con los ojos de Ron: una drogadicta que solo pensaba en cómo conseguir su próxima dosis. Se descubrió ocultando una media sonrisa cuando pensó que ahora conseguirla le costaría un poco más de lo normal.

—Jimmyyyyyyyy —dijo melosa con una sonrisa torcida cuando lo vio sentado en las escaleras de la plataforma carcomida que sostenía la casa móvil.

—Madre —dijo él asqueado. A la distancia a la que estaba podía distinguir las pupilas dilatadas, oscuras y profundas como un pozo de petróleo. Seguro que se había puesto hasta el culo de coca con algún cliente.

Ella se acercó y le pasó la mano por el pelo castaño despeinado. Un gesto que a Jimmy le provocó una pizca de calor en el pecho, pero que enseguida se evaporó como el agua del rocío. Evidentemente, ella no se dio cuenta de la transformación que había sufrido su hijo, porque seguía viviendo, después de muchos años, en esa burbuja etérea que difuminaba los contornos de la realidad que la rodeaba.

Se sentó a su lado, con las piernas blancas y delgadas, desnudas bajo la minifalda de elastano negro, con la piel de gallina y llena de rasguños que ponían de manifiesto la surrealista incongruencia térmica que experimentaba.

—¿Dónde está todo el mundo? —le preguntó barriendo el desolado alrededor con la mirada.

—No lo sé —le contestó sin mirarla a los ojos.

—¿Tienes hambre? ¿Quieres que te prepare algo de comer?

Vaya, ahora le surgía el espíritu maternal, pensó. Pero se limitó a responder lacónicamente:

—No hay nada en la nevera.

—Da igual, le pediremos a Gary que compre algo cuando vuelva a casa.

Jimmy no podía entender de dónde había surgido ese razonamiento. Gary no había traído nada para la familia en su puta vida.

Quizá su madre se había chutado o fumado alguna otra cosa que le hacía pensar que vivía la vida que habría querido vivir, no la que se había buscado. Ella cogió el bolso de piel desgastada y rebuscó hasta encontrar el teléfono con la pantalla agrietada. Pulsó la tecla número 1 (qué ironía, pensó él) y esperó una respuesta que no llegó.

—No contesta —murmuró al final, medio resignada, y volvió a dejar el teléfono en el bolso. Y como si una nube negra hubiera aparecido por encima de su cabeza y le hubiera robado la poca energía que le quedaba, añadió—: Intentaremos llamarlo más tarde. Voy a echar una cabezada. Estoy hecha polvo.

Se levantó sin mirarlo y entró en la casa haciendo chirriar esa puerta que Jimmy, como todo lo que lo rodeaba, ya no podía soportar más.

Se quedó inmóvil, sentado en el escalón de madera astillada del viejo porche de amianto y madera, intentando imaginar hasta qué punto esos acontecimientos cambiarían su vida. No sabría decir cuánto tiempo pasó hasta que Ron apareció levantando una niebla de tierra por el camino, y un coche que no era el suyo paró delante de la verja.

—¡Ey, Jimmy! —gritó desde el interior del vehículo—. ¡Sube, tío, que tenemos trabajo!

Se sintió idiota por el hecho de que le hiciera ilusión que por primera vez su hermano lo incluyera en sus planes. Unos planes muy cuestionables, de eso estaba seguro. Sabía que era patético abrazar el pozo de mierda en el que estaba metiéndose solo porque no sabía de qué otra forma gestionar lo que habían hecho.

Aun así, decidió dejarse llevar.

Al fin y al cabo, era su hermano mayor y siempre lo había cuidado. Le debía cierta lealtad, se dijo.

Pero lo cierto es que no consideraba que tuviera otra opción.

17

La llamada que aseguraba haber visto el vehículo Y03 en el lugar de la desaparición era anónima, así que no podía avanzar demasiado en ese frente. No quería hacerle una visita a Dale fuera de su horario, porque si tenía algo que ver, todavía se pondría más a la defensiva, así que decidí esperar y aprovechar el día que tenía por delante para seguir avanzando en los frentes que teníamos abiertos fuera de Yosemite. A primera hora de la mañana siguiente decidí ir hacia Salinas.

Hacía días que intentaba localizar a David Burns, pero el teléfono que me había dado Ted siempre estaba desconectado. Había llamado a Brittany para hablar con su pareja y preguntarles si sabían algo, pero me dijeron que tampoco habían tenido noticias de él, así que decidí ir a casa de Burns a hacerle una visita.

La dirección que me había dado Ted correspondía a una casa bien cuidada de dos pisos situada en la esquina de la calle número 4 con Broadway de Santa Mónica, muy cerca del mar y de la zona lúdica del muelle. Me extrañó que una persona tan joven pudiera permitirse vivir en un lugar como ese, y aún más en la ciudad de Los Ángeles. Cuando la puerta roja, rodeada de hiedras verdes perfectas, se abrió después de que pulsara el impoluto timbre y detrás apareció una mujer de unos cincuenta años, empecé a entender la situación.

La mujer me clavó los ojos, de un verde intenso.

—¿Sí?

—Hola. ¿Está David? —le pregunté.

—No. No está. ¿Quién lo pregunta? —me dijo sin apartar la mirada. Tenía el pelo rubio y vestía un caftán turquesa que le resaltaba el color de los ojos.

—Me llamo Nick Carrington. Soy guardabosques en el parque de Yosemite y estoy ayudando a la familia Johnson a buscar a su hija, Jennie.

—¿Aquí? —preguntó con cierta irritación—. ¿No debería buscarla por el parque?

—Las búsquedas en el parque no están dando muy buen resultado. Estamos ampliando el radio de acción para investigar toda pista que pueda ayudarnos a entender qué hacía Jennie en el parque y hacernos una idea de lo que le puede haber pasado. Por eso me iría bien hablar con David.

—David no está. Ni estará. —Después pareció que se relajaba un poco y añadió—: Todo esto se le ha hecho demasiado pesado y se ha ido unos días. Dice que no entiende nada y que necesita estar en soledad y con la naturaleza. —Debía de ver la extrañeza en mi rostro, porque después de un silencio añadió—: Está convencido de que Jennie ha caído en malas manos y está muerta.

Lo dijo como si ella no creyera que fuera así.

—¿Adónde ha ido?

—A ningún sitio en concreto. Dijo que iría adonde el viento lo llevara, de camino a la casa que tenemos en el lago Tahoe. Sé que es su destino final, pero no cuándo llegará ni qué camino hará para llegar.

Asentí, como si entendiera perfectamente ese comportamiento. La verdad es que no me era del todo ajeno.

—He intentado contactar con él, pero no responde al teléfono.

—Ya, es que se lo dejó aquí. Tiene un par, y no siempre lleva los dos encima.

Sin duda aquello cambiaba las cosas. Si Burns había dejado un teléfono en su casa durante la desaparición de Jennie, la triangulación no garantizaba su coartada. Quizá había sido su madre la que había hecho las llamadas que constaban en el registro. Me pareció que preguntarle si este había sido el caso sería infructuoso, así que me limité a que me diera todos los números de teléfono de David Burns. Me los escribió en un papel y me lo tendió.

—Ya se lo he dicho, quiere aislarse. No contestará ninguna llamada de un teléfono que no conozca. —Estoy seguro de que me leyó el pensamiento, porque añadió—: Ni siquiera contesta a mis llamadas. Casi siempre van directas al buzón. De vez en cuando me envía un mensaje de voz diciéndome que está bien.

—Entiendo —dije—. ¿Le importa que le haga unas preguntas, señora Burns?

—Señora Doyle, si no le importa. No mantengo el apellido de mi marido. Recuperé el mío cuando nos divorciamos.

—Disculpe.

—No se preocupe, no tiene por qué saberlo. De todas formas, y respondiendo a su pregunta, no veo cómo puedo serle de utilidad, si le digo la verdad.

—Usted conocía a Jennie, si no me equivoco.

—Sí, sí la conocía.

—¿Desde hacía tiempo?

—Desde que era una preadolescente. Iba al mismo instituto que David. Es allí donde se conocieron. En aquella época solía venir a casa a comer o a cenar. Pero después se marchó a estudiar a San José, y ya no nos veíamos tan a menudo. —Lo dijo con cierto rencor, como si le ofendiera que Jennie no hubiera querido quedarse en esta ciudad de cemento y cartón piedra que es Los Ángeles.

—Entonces ¿no la ha visto en este último año?

—Sí. La vi en Navidad. Vino a pasar unos días en la casa del lago. Lo habíamos convertido en una tradición en los últimos años.

—¿Y cómo fue?

—Bien, fue bien. Quizá me pareció un poco distraída, si le soy sincera. Pero, bueno, cuando una es joven... ya se sabe, no tiene la cabeza en las celebraciones familiares. Le pregunté si todo iba bien y me dijo que sí, que solo estaba preocupada por los exámenes, que no era nada importante. Jennie estudiaba Psicología. No me parece que tuviera que costarle mucho. Siempre me ha parecido una chica muy inteligente y espabilada, y en el instituto siempre sacaba buenas notas. Mejores que las de David. De hecho, siempre se chinchaban entre ellos por eso. En broma, claro.

—¿Y cómo iba la relación con David?

—¿Qué quiere decir?

—¿Iba bien? ¿Cómo llevaban la relación desde que ella se marchó a San José?

—Como siempre. Aunque se veían menos, claro. Pero a veces puede ser bueno para una pareja. Especialmente si son jóvenes.

—Hay quien dice que a David no le hizo ninguna gracia que Jennie decidiera marcharse.

—¿Qué insinúa? —Volvía a estar a la defensiva.

—Nada. Solo intento entender cómo iba la relación. Hacerme una idea de lo que Jennie tenía en la cabeza cuando desapareció. —Esperé unos segundos y después añadí—: Unos amigos de la Universidad de San José me han dicho que David y Jennie lo dejaron el fin de semana antes de que ella desapareciera.

Las facciones del rostro apenas se le movieron.

—Si es cierto, David no me dijo nada.

—¿No lo notó diferente estos últimos días?

—Mire, David va a lo suyo. En esto se parece a su padre. Compartimos casa, pero cada uno hace su vida. Él tiene la universidad y sus cosas, y yo tengo... bueno, las mías.

—Entiendo. ¿Y Jennie? ¿Tenía una relación estrecha con ella?

La pregunta pareció ablandarla un poco y relajó las facciones del rostro. Era una mujer bella, de eso no cabía ninguna duda.

—Bastante. —Esbozó una media sonrisa—. Tengo la sensación de que mientras iba al instituto pasaba más tiempo aquí que en su casa. Coincidió con la etapa en la que Ted y Anita estaban peor, y acabaron divorciándose. Aquí, en cambio, tenía libertad, una piscina, y la casa casi siempre estaba tranquila. Con el tiempo fue abriéndose más conmigo y a veces me contaba sus preocupaciones, sobre todo las que tenían que ver con la familia. —Se quedó en silencio. Me pareció que por un instante dudaba. Al final se decidió y añadió—: ¿Ya ha hablado con Anita?

—No —le contesté—. No he tenido la oportunidad de conocerla.

—He oído que no ha ido a las búsquedas.

—¿Dónde?

—Da igual. Quizá debería hablar con ella.

—¿Cree que puede tener algo que ver con la desaparición de Jennie?

—No lo creo. Pero pasó algo que las distanció. Creo que llevaban meses sin hablarse.

Se echó atrás y apoyó la mano en el marco de la puerta roja para indicarme que acababa de decidir que la conversación había llegado a su fin.

—Una última cosa: antes de marcharme necesitaría que me proporcionara algún objeto que tenga el ADN de David. Es para descartarlo como sospechoso.

Negó con la cabeza. Antes de que abriera la boca para contestarme, añadí:

—Puedo pedir una orden, no creo que tarde mucho, pero tendré que hacer guardia aquí delante y pedir la asistencia de más unidades...

Ella miró a ambos lados de la calle, visiblemente angustiada. Era evidente que no le hacía ninguna gracia que los vecinos vieran un dispositivo policial en su casa.

Resopló y me indicó que la siguiera. Me llevó a un cuarto de baño de la segunda planta y me señaló el lavabo.

—Todo esto es de David. Usted mismo —dijo secamente.

Hice un par de fotografías con el móvil y cogí un peine y una maquinilla de afeitar en la que había bastantes pelos de barba pegados.

En cuanto hube cerrado las bolsas de las muestras, me acompañó en silencio hasta la salida.

—Gracias por su tiempo, señora Doyle. —Saqué una tarjeta del bolsillo y se la tendí—: Si puede contactar con David, dígale que me gustaría hablar con él. Aquí está mi número de teléfono.

La aceptó a regañadientes y se la guardó en el bolsillo del caftán sin mirarla.

—Mire, entiendo su desconfianza —añadí—. Pero la gente siempre hablará y dirá lo que le parezca, señora Doyle. Es mejor dar la versión propia de los hechos que dejar que los demás la escriban. Se lo digo por experiencia.

Asintió y cerró la puerta.

Di media vuelta y volví al coche. Tenía unas cuantas horas de viaje por delante. Cuatrocientos ochenta y nueve kilómetros me separaban de mi siguiente destino.

Sarah no salía de su asombro.

—¿Estás tomándome el pelo? ¡Porque no tiene ninguna gracia! —le contestó levantándose bruscamente de la cama.

—No, no, de verdad que no. ¡Por eso te digo que es mucha casualidad! Pero puedo demostrarte que lo conocía. Aún tengo las cosas que dejó cuando se marchó, hace más de diez años.

Esta última frase la hizo cambiar de actitud.

—Necesito otra copa —dijo abriendo el minibar y revolviendo las diminutas botellas de vidrio.

Él se acercó y le cogió las manos.

—Déjalo. Ven conmigo. Te prepararé una copa decente y te contaré todo lo que sé de este hombre.

James vivía al otro lado de la calle, algo más abajo del Oasis Ranch.

—Esto de tener el trabajo tan cerca de casa es muy práctico —dijo abriendo la portezuela del jardín típico del desierto que precedía la puerta de entrada.

Pequeñas luces solares dibujaban un estrecho camino de tierra que llevaba a una casa de líneas rectas y limpias de una sola planta, rodeada de rocas de formas casi escultóricas, distintas variedades de cactus y un único árbol de Josué. Se dio cuenta de que ella se fijaba en el árbol.

—Hay un montón en el desierto de Mojave, pero esto es, bueno, sin ánimo de ofender, un desierto de verdad. —Sonrió—. Los árboles de Josué necesitan más altura. Este es casi un milagro. Pero tenemos una cantidad razonable de cactus, como puedes ver.

El interior del habitáculo le gustó al instante. Era cálido, con un punto de sofisticación y una buena dosis de arte nativo. Estaba limpio y ordenado. Aun así, Sarah no bajó la guardia del todo. Al fin y al cabo, se había criado en Las Vegas. No se fiaba del primero que pasaba. Como si él le hubiera leído el pensamiento, dijo:

—Espera aquí.

Y dejó la puerta de la calle abierta. Luego se dirigió a una de las puertas cercanas a la entrada y, después de remover algunos objetos en la habitación de al lado, salió con una caja de zapatos.

—Toma. Para que veas que no te engaño.

Ella levantó la tapa de la caja de cartón con un dedo y escudriñó su interior. Había una prenda arrugada, un mechero, un paquete de Lucky Strike a medias y una fotografía de un tamaño irregular. La cogió con delicadeza y la observó con atención.

El corazón le dio un vuelco al reconocer a su madre. Era joven. Llevaba un vestido negro de tirantes, muy elegante y largo, que se ceñía a su figura. A su lado estaba una versión más joven del hombre de la fotografía del libro. Su padre. En la imagen no llevaba barba ni bigote y su mirada parecía más amable y relajada. Su brazo derecho rodeaba la ancha cintura de su madre, con la mano sobre la piel que había acariciado a Sarah antes y después de su nacimiento. Se reían. Parecían felices. Detrás había una explosión de luces y agua. Reconoció las fuentes del Belmond.

Tocó con los dedos la esquina irregular de la fotografía cuadrada. Alguien había recortado un lado. Se fijó en la mano que flotaba a ese lado, junto al vestido negro de Eve. Un brazo cubierto con un traje o chaqueta de esmoquin negra y un reloj que parecía caro en la muñeca.

—Alguien no debía de caerle muy bien —dijo James encogiéndose de hombros—. ¿Conoces a la mujer?

—Es mi madre.

—Ostras, ¡qué fuerte!

—Está muerta. Murió cuando yo tenía dos años.

Esta información le cayó como un jarro de agua fría. James cambió su tono jovial por otro mucho más serio.

—Lo siento. —Después de un silencio añadió—: ¿Te apetece la copa que te he prometido?

—Sí, claro. —Y por fin cerró la puerta.

Se instalaron en un sofá azul ahumado extremadamente cómodo. Mientras James preparaba las copas, Sarah inspeccionó detenidamente el contenido de la caja. El mechero era del Mirage. La prenda era una camiseta de manga corta de los San Antonio Spurs, sucia y con agujeros. Costaba entender por qué alguien querría guardar una prenda así. Debía de tener valor sentimental. Pero entonces ¿por qué la dejó en esa caja y no se la llevó? James interrumpió estas elucubraciones.

—Aquí tienes —le dijo mientras dejaba una lujosa copa de cristal azul frente a ella.

—Gracias.

Se quedaron un instante en silencio.

—Bueno, supongo que estarás esperando a que te diga todo lo que sé. —Sonrió—. Pues intentaré empezar por el principio. Matthew, que es como se hacía llamar entonces, apareció cuando yo era un crío. Tendría unos once años, así que debía de ser en 1987.

Mi tío, que entonces era ranger del parque, se lo encontró medio muerto en el desierto y lo rescató. Debieron de caerse bien, porque después lo acogió, le cedió una vieja caravana para que viviera allí y le enseñó todo lo que sabía sobre el desierto. Con el tiempo se convirtió en una especie de ayudante. En el parque siempre han ido cortos de personal, y toda ayuda es bienvenida, eso nadie lo cuestiona. Más adelante realizó la formación reglada y las pruebas y empezó a trabajar en el parque como ranger profesional. Como tenía una estrecha relación con mi tío, a veces participaba en sus encuentros familiares.

—¿Cómo era? —preguntó Sarah.

Él lo pensó un momento.

—Amable pero poco risueño. Tampoco era muy hablador. Le gustaba más escuchar que hablar. Recuerdo que era muy observador. Y siempre estuvo ahí cuando mi tío lo necesitó. Se convirtió en una especie de hijo postizo. El hijo que nunca tuvo y acabó teniendo, no sé si me explico.

Ella asintió.

—Me sabe mal, pero no puedo decirte mucho más. Yo tampoco tuve mucha relación con él, y las veces que hablábamos teníamos conversaciones sobre las cosas que pasaban a nuestro alrededor, en el parque o en mi vida. Nunca habló de su pasado ni del día que mi tío lo encontró.

—Si utilizó un nombre falso, debía de tener algo que esconder —dijo Sarah sobre todo para sí misma.

—Quizá ahora esté utilizando el nombre falso. —Tras un breve silencio, añadió—: Pero es raro que si quiere esconderse de algo publique un libro con su nombre y su fotografía.

—El libro lo publicaron después de que desapareciera. Quizá habría sido diferente si hubiera estado vivo. Aunque publicó otros sobre el parque con el mismo nombre... —dijo ella. La cabeza le echaba humo. Pensaba que su padre las había abandonado porque no quería compartir su vida con ellas, pero quizá la situación había sido mucho más compleja. Maldijo de nuevo a Nona. Ella tenía todas las respuestas y se había negado a dárselas. Después le preguntó:

—¿Cuándo se marchó?

—Un año después de que mi tío muriera.

—¿Sabes adónde? ¿O por qué?

—Dijo que había alguien que lo necesitaba, que tenía que volver a casa por un tiempo. Su idea era regresar aquí. Decía que había encontrado su lugar y su familia de verdad, pero ya no volvimos a verlo. A los seis meses recibimos una carta diciendo que de momento se quedaba en Yosemite, que había encontrado trabajo de guardabosques. Y no supimos nada más. La verdad es que siempre le rodeó cierta aura de misterio, pero parecía un buen hombre.

Sarah asintió. Por lo que decía James, parecía un buen hombre, sí, siempre dispuesto a ayudar a todo el mundo, excepto a su familia de verdad, pensó.

—¿Y la caja? —preguntó dirigiendo su mirada de nuevo a ese cofre del pasado que yacía en la mesa frente al sofá.

—Dejó la caravana limpia y recogida, pero cuando dijo que no volvería, la alquilamos a un inquilino, que la encontró en un armario. No fui capaz de tirarla. Ahora sé que hice bien.

Ella esbozó una sonrisa triste.

—Puedo... —empezó a decir Sarah.

—Claro. Quédatela. Te pertenece.

—Gracias.

—Bueno, al final ha resultado que somos más originales de lo que parecía, ¿eh? —le dijo él—. Quizá no es la noche que esperábamos, pero ha sido sin duda una noche interesante. ¿Quieres que te acompañe al hotel?

—Preferiría no estar sola, la verdad. —Se sorprendió al oír sus propias palabras. No era propio de ella aceptar que necesitaba compañía.

Él también se sorprendió. Le hizo ilusión no tener que despedirse todavía de ella.

—Puedes quedarte aquí todo el rato que quieras. Mi casa es su casa. —Esbozó una sonrisa sincera.

Ella se la devolvió y se acurrucó a su lado en el sofá buscando el calor de su piel.

18

Estaba cosiendo la incisión en forma de Y en el tórax cuando White entró en la sala sin avisar.

Le habría dicho algo si se hubiera tratado de otra víctima, pero no con esta. Angela había visto cómo Melanie Henley había abrazado al chief la tarde anterior, después de ver el cuerpo de su hija, y se había dado cuenta, por cómo él le había correspondido, de que aquello era algo más que el consuelo rutinario al familiar de una víctima.

—Morgan.

—Buenos días, chief. Ya he terminado. —Extendió el brazo y tapó el cuerpo en un solo movimiento ágil.

—¿Has descubierto cómo murió?

—He encontrado indicios de estrangulación en el cuello, pero insuficiente para causarle la muerte. Aún estoy esperando los resultados de toxicología, pero todo indica que murió de sobredosis. Probablemente heroína. He encontrado marcas hipodérmicas en los brazos y en el dedo gordo del pie derecho.

—¡Hostia puta, Ruth! —gruñó.

—Tiene heridas defensivas leves. Puede que estén relacionadas con las marcas del cuello, y podría ser homicidio. O podría tratarse de dos hechos separados en el tiempo y que se tratara de una sobredosis accidental en la que alguien no quiso llamar a la ambulancia o a la policía si se dio cuenta demasiado tarde.

El chief White se pasó la mano por la cara y no pudo evitar soltar un largo suspiro. Luego se recuperó un poco y preguntó:

—¿Tenemos alguna idea de dónde pasó? Nadie se pincha en pleno invierno en la orilla del río.

—Nada definitivo. Restos de barro en la chaqueta que estaba junto al cuerpo y una brizna de paja en el pelo. Con los recursos que tenemos aquí será muy difícil saber de dónde provenían...

—Si te trajera muestras, ¿podrías compararlas?

—Sí, claro.

—De acuerdo. —White se dirigió a la puerta con determinación.

—Chief. —Él giró la cabeza—. Hay otra cosa.

White le clavó los ojos, impacientes y agotados.

—Estaba embarazada.

Me metí en la US 101 y conduje hasta que la pierna me dijo basta, a la altura de Greenfield, donde me vi obligado a hacer una parada para descansar y aproveché para comerme un bocadillo de albóndigas más que cuestionable en un Subway cercano a la autopista.

Llevaba más de una hora intentando discernir si estaba dejándome guiar por los intereses de la señora Doyle o si ignorar la conversación que habíamos mantenido era una negligencia por mi parte. En cualquier caso, había menos de treinta kilómetros de distancia entre mi destino original y este pequeño *detour*. Era absurdo no aprovechar el viaje y sacar algo en claro.

Di un último mordisco al bocadillo y me decidí a llamar a Ted.

—No estaba —le respondí cuando me preguntó si había encontrado a Burns—. Oye, Ted, tu exmujer vive en Monterrey, ¿verdad? ¿Podrías darme su dirección?

Creía que iba a ponerme más pegas, que volvería a hablarme del ruido blanco, pero me la dio sin replicar.

—Y dale recuerdos de mi parte —dijo con cinismo justo antes de colgar.

Anita Hartford vivía cerca de la zona del puerto de Monterrey, en una casa blanca de estructura irregular que hacía esquina. Cuando abrí la puerta del coche, oí unos gritos procedentes del interior y la puerta principal se abrió, así que volví a cerrar y me acomodé en el asiento. Un hombre de piel morena y torso corpulento salió de la casa con expresión rabiosa y una maleta a rebosar mal cerrada. Una mujer, que supuse que debía de ser Anita, se asomó por la ventana del segundo piso.

—¡Y no hace falta que vuelvas, desgraciado! —le gritó lanzando a la calle dos camisas y un pantalón vaquero.

El hombre la ignoró y se dirigió a una furgoneta negra que estaba aparcada al otro lado de la calle. Dejó la maleta en el asiento del copiloto, cerró la puerta y se marchó pisando el acelerador y dejando la calle en un completo silencio que solo quedó interrumpido por el llanto controlado de la mujer, que todavía lo miraba desde el marco de la ventana. Después la cerró con rabia y desapareció en el interior del habitáculo.

Era evidente que no había llegado en un buen momento.

Bajé del coche, dubitativo. Sabía que tenía que esperar un buen rato antes de presentarme con mis preguntas, pero el viaje empezaba a pesarme y no quería pasar la noche en un motel, aunque todo apuntaba a que debería hacerlo.

Una vecina que había estado viendo el espectáculo desde la valla de su jardín me regaló una sonrisa cuando nuestras miradas se cruzaron.

—Hay gente que no está hecha para compartir la vida —me dijo encogiéndose de hombros.

No podía creerme mi suerte.

Me acerqué y me presenté. Se mostró encantada de colaborar en la investigación.

—Hace tiempo que no están bien, pero, desde que ha pasado lo de la hija, la cosa ha ido a peor. Ojalá no vuelva. Estará mucho mejor sin él.

—¿Llevan mucho tiempo juntos? —pregunté.

—¿Qué quiere decir? ¡Uy, no! Anita y Jonas no son pareja. ¡Él es su hermano! Vino a vivir aquí poco después de que ella se mudara. Parece que antes vivía en una señora casa en la costa, en la zona de Carmel Valley, pero cuando su exmarido la dejó, tuvo que mudarse aquí. Desde entonces su hermano ha venido intermitentemente, pero no se llevan bien y ya es la tercera vez que se marcha tras una discusión de estas.

La revelación me dejó estupefacto. No me había dado la impresión de que Ted fuera rico. Él me había dicho que vivía en Los Ángeles. De todas formas, si alguien sabía que las apariencias podían engañar, debía de ser yo. Por muchos años que pasen hay cosas que no se olvidan. En cualquier caso, si Ted tenía mucho dinero, era posible que alguien hubiera secuestrado a Jennie para pedir un rescate. Aunque de momento no habían dado señales de vida, y hacía ya más de dos semanas de la desaparición.

—¿Usted conoce a Ted?

—¿Ted? Sí, el primer exmarido, el padre de Jennie. Vino al principio, cuando ella se mudó, con Jennie. Ya tuvo moral, la verdad, después de lo que le había hecho Anita, que lo dejó por aquel ricachón. Pero, bueno, supongo que al final ella tuvo lo que se merecía. La abandonaron como ella había abandonado antes. Claro que con una buena pensión. No pudo mantener el nivel de vida que llevaba, pero no puede decirse que aquí se viva mal. —Sonrió mirando orgullosa su casa.

Todo empezaba a adquirir forma.

—No, claro. ¿Y Jennie? ¿Venía a menudo a verla? San José está bastante cerca...

—No mucho, la verdad. Al principio un poco más, sobre todo cuando Anita estaba sola y Jonas no estaba. Me parece que no se llevaba bien con él. La última vez que vino, hará casi un año, tuvieron una discusión muy fuerte y Jennie se marchó llorando. Anita me dijo que eran cosas de la edad, que no tenía importancia. No he vuelto a verla. —La mirada se le entristeció por un momento—. Es una pena. Tantas chicas de su edad que desaparecen sin dejar rastro...

—¿Qué puede decirme de Anita? ¿Ha visto algo que le haya llamado la atención este último mes?

—¿Quiere decir antes de la desaparición de Jennie? —Hizo una mueca—. ¿No pensará que tenga algo que ver? Mire, quizá no ha sido la mejor madre para Jennie, pero nunca le haría daño, de eso estoy segura.

—¿Y el hermano? ¿Jonas?

Se encogió de hombros.

—Aquí ya no sabría qué decirle. No sé a qué se dedica ni cómo se gana la vida. La verdad es que no sé nada. Cuando ha estado viviendo aquí, nunca ha hablado con nosotros ni con los demás vecinos. Se pasa el día yendo de un lado a otro con una furgoneta negra. A veces llega borracho, y a menudo se oyen gritos en la casa. Está claro que el hombre no es una buena compañía, pero ¿de aquí a que le hiciera algo a Jennie? Bueno, no sé, supongo que todo es posible y no debe descartar nada.

Un sonido procedente de la casa vecina llamó nuestra atención. Anita Hartford salió con un bolso de piel bajo el brazo. Cerró la puerta con llave y se dirigió hacia la portezuela del patio para salir a la calle. Entonces se dio cuenta de nuestra presencia, forzó una sonrisa y levantó la mano lánguidamente.

La mujer con la que había estado hablando le devolvió el gesto y murmuró:

—Si intenta hablar con ella ahora, no sacará nada.

La señora Hartford dudó un momento y después echó a andar a paso rápido y desapareció por la esquina.

Tenía razón. Por suerte, el viaje a Monterrey no había sido en vano.

Está claro que, como siempre pasaba y pasaría en el caso de la desaparición de Jennie, no hacía más que abrir nuevas posibilidades.

Llevaba más de veinte minutos con los ojos clavados en la pantalla y no era capaz de decidirse a escribir. Pasó el dedo por el ratón, con la respuesta de aquel guardabosques danzando reiteradamente delante de él.

Sí, claro que sabía más de lo que había dicho, pero no quería meter a Jennie en problemas. Y menos quería meterse ella.

Además, ya le había contado a Ted todo lo que sabía, así que, si él hubiera querido, se lo habría dicho a la policía o al guardabosques o a quien fuera.

No, era mejor que no dijera nada más, estaba segura.

Al final el cerebro dio la orden definitiva y los dedos se desplazaron ágilmente por el teclado para responder que no tenía más información y rogarle que no volviera a ponerse en contacto con ella.

Ya se había arriesgado bastante.

Bajó la pantalla y le vino a la mente la última vez que habló con Jennie. No hacía más de tres semanas, pero ahora le parecía que habían pasado años. Era muy raro pensar que quizá no volvería a verla y no saber qué le había pasado. Siempre se había imaginado con ella, compartiendo sus vidas adultas, con sus respectivas parejas, perros y quizá también hijos. Haciendo cenas y barbacoas en el jardín y llamándose los domingos por la tarde mientras yacían en sus cómodos sofás pintándose las uñas o tomando un té para contarse cómo había ido la semana en sus exitosos trabajos.

Siempre creyó que las cosas serían así, pero la universidad lo había cambiado todo. Habían sido mejores amigas desde que tenían seis años, pero en los últimos tres meses se habían distanciado de una forma que Gwen nunca habría imaginado. Y lo peor era que no sabía explicar los motivos.

Había empezado gradualmente, con Jen cancelando algunos planes a última hora para marcharse de fin de semana con Burns. O al menos es lo que le decía. En alguna ocasión, después, al hablar con él —que tenía la mala costumbre de llamarla o enviarle e-mails fingiendo que se interesaba por ella solo para tener controlada a Jennie—, se enteraba de que no era cierto. Si Jennie había ido a algún sitio de fin de semana, no había sido con Burns. Claro que no era tan idiota como para decírselo a él, por muy cabreada que estuviera con Jen.

Tenía la sensación o, mejor dicho, sabía que le ocultaba algo. Pero cuando se lo preguntaba, Jen lo negaba y se reía de sus sospechas. Al final dejó de preguntárselo, pero estaba segura de que escondía algo. Nunca antes se habían ocultado nada, estaba convencida.

Y entonces la vio aquel día subiendo al coche de Chris. Al día siguiente no le dijo nada, pero le preguntó qué había hecho durante el día, y ella le respondió que se había pasado toda la tarde en su habitación. Y, claro, aquello no le gustó lo más mínimo. Jen sabía perfectamente que a ella le gustaba Chris. ¿Y ahora se veía con él a escondidas?

No consiguió reunir la fuerza para enfrentarse a ella hasta el día después de la maldita fiesta. No entendía el comportamiento de su mejor amiga. Sabía que estaba viéndose con otro chico, que parecía que le gustaba bastante y que era un cambio muy positivo en comparación con Burns. Pero esa noche habían tenido una discusión y él se había marchado solo de la fiesta. Poco después Gwen fue al lavabo y cuando volvió a la sala, en la que una veintena de chicos y chicas bailaban, bebían y se magreaban, vio que Jen y Chris desaparecían escaleras arriba. No se podía creer que la traicionara de esa manera tan chapucera, sin vergüenza ni escrúpulos.

Los siguió de lejos y vio cómo se encerraban en una habitación. No salieron hasta después de los treinta minutos más largos de su vida. Irónicamente, cuando vio que la puerta se abría, le entraron unas arcadas tremendas y tuvo que volver deprisa y corriendo al lavabo.

Cuando salió, Jen ya no estaba.

Al día siguiente fue a buscarla a su habitación. Tenía muy mala cara y resaca, lo que no ayudó a que la conversación fuera muy fluida. Le reprochó su comportamiento y le contó que la había visto metiéndose en la cama con Chris. Jen lo negó y le dijo que estaba muy equivocada respecto a ella, pero sobre todo respecto a Chris, que era una persona despreciable en la que no valía la pena invertir ni un segundo de su vida.

Gwen no la creyó y pensó que estaba escupiendo esas mentiras por cobardía. Así que le dijo que no era necesario que perdiera más el tiempo inventándose nada, que más valía que dieran formalmente su amistad por finalizada y no volvieran a verse ni a hablar nunca más. Jen intentó convencerla de que no mentía, incluso le contó parte del lío en el que se había metido, pero ella no la creyó y se marchó de la habitación dando un ruidoso portazo que molestó soberanamente a los vecinos resacosos de la residencia.

Y no había vuelto a verla nunca más.

Ahora estaba convencida de que se había equivocado. Jennie no mentía.

Y su intuición le decía que el lío en el que se había metido su mejor amiga en los últimos meses tenía algo que ver.

19

Después de la visita a Monterrey me dispuse a hacer la última parada antes de volver a casa. Por suerte no tuve que recorrer ni treinta kilómetros más para llegar.

Como sabía que el novio de Brittany había presentado a Burns y Jennie, pensé que sería buena idea hacerles una visita para corroborar que lo que decían —que no sabían nada de David ni dónde estaba— era verdad. Si lo era, podría aprovechar igualmente la ocasión para hablar. Se suponía que eran mejores amigos y quizá él podría darme información sobre cómo o dónde encontrarlo. Aunque no era necesario engañarse. Lo que realmente me interesaba era ver cómo respondían Brittany y su pareja a mi visita.

Aparqué el coche a una distancia prudencial de la casa en la que vivían. Julie me había conseguido la dirección, así como la del lugar donde trabajaba Brittany. No le había comentado a Ted mis planes porque prefería mantenerlo un poco alejado de mis movimientos. Me daba cuenta de que había dejado a la familia al margen de mis investigaciones y quizá estaba cometiendo un error. No podía descartarse que alguien supiera más de lo que decía o que hubiera estado involucrado de alguna manera, incluso en el caso de que la desaparición fuera voluntaria y Jennie hubiera necesitado la ayuda de alguien para llevarla a cabo. «Investigue todo y a todo el mundo, Carrington. También a la familia», me había dicho la hermana mayor de Jennie, Helen, hacía tres días, cuando me despedí de ella. Me había pillado por sorpresa. Los días que compartimos búsqueda prácticamente no habíamos hablado. Lo había atribuido a un carácter introvertido y a la situación que estaba viviendo, pero poco a poco había prestado atención a las miradas y la relación que tenía con Brittany y vi claro que allí había algo que chirriaba. Por eso, cuando me dijo aquello al oído el último día, supe que no podía tardar mucho en ir a Salinas.

Brittany y Matt Hayes vivían en una casa de planta baja en un barrio periférico de la ciudad, un habitáculo de color crema y tamaño reducido, rodeado de una valla que delimitaba una zona de patio-jardín cinco veces mayor que la casa y en la que solo había una pequeña caseta de madera destartalada rodeada de hierba quemada por el sol. Un camino ancho y asfaltado llevaba a la puerta de la vivienda.

El día empezaba a despedirse y había bastante movimiento de coches que volvían a casa después de la jornada laboral. El habitáculo solo tenía una luz encendida. Por el reflejo y las luces del televisor deduje que correspondía a la sala.

Sabía que Matt, la pareja de Brittany, trabajaba de manitas a domicilio y que Brittany hacía el turno de tarde en el 7-Eleven que había tres manzanas más allá, así que seguramente Matt estaba solo en casa.

Bajé del coche maldiciendo mi pierna. Tantas horas de conducción en un solo día estaban pasándome factura, así que me vi obligado a hacer los estiramientos de rigor antes de llamar a la puerta.

Las cortinas de la ventana estaban a medio correr y solo pude discernir la silueta de una figura masculina que fumaba tumbada en el sofá. Había visto fotografías de David Burns y Jennie en las redes sociales de ella, pero lo que veía no me permitió identificar si se trataba de él o de Matt.

Me acerqué a la puerta y pulsé el timbre.

El hombre miró hacia la ventana, se levantó y cerró del todo las cortinas. Luego volvió al sofá y se apoltronó.

Insistí, con el mismo resultado.

Al final, cuando pulsé el timbre por tercera vez, el hombre se levantó visiblemente cabreado y abrió la puerta.

—Buenas tardes.

—¿Qué quiere? —No era David Burns.

Me presenté.

—Busco a Matt Hayes —añadí al final de la explicación.

—¿Por qué?

—Me gustaría hablar con él de Jennie Johnson.

—Soy yo. Pero no sé dónde está Jennie. Llevo más de tres meses sin verla.

—También me gustaría hablar de David Burns.

—¿Qué pasa con Dave?

—No lo localizamos.

—¿Y yo qué quiere que le haga?

—¿Lo ha visto recientemente?

—No.

—¿Y ha hablado con él?

—Tampoco. Oiga, ¿no debería estar peinando la zona donde desapareció Jennie, siguiendo rastros y esas cosas en lugar de estar haciendo visitas a trescientos kilómetros del lugar donde desapareció?

—Eso depende del motivo por el que desapareció. ¿Sabe dónde podría encontrar al señor Burns?

—No, ya le he dicho que no sé dónde está.

—Señor Hayes, tengo la sensación de que no tiene demasiado interés en ayudarme. Y me cuesta mucho entenderlo. Al fin y al cabo, Jennie y usted son familia, ¿no? Es prácticamente su cuñada.

Soltó un suspiro resignado y se decidió a hablar.

—La última vez que hablé con él fue el día después de la desaparición de Jennie. Estaba muy jodido. Me dijo que iba a Yosemite para participar en las búsquedas, pero después Brittany me contó que no se había presentado. Lo llamé un par de veces, pero no cogió el teléfono. Poco después me envió un mensaje diciéndome que necesitaba tiempo para asumir la pérdida de Jennie y que se había ido solo de viaje unos días.

—¿Y no le parece raro?

—No. Supongo que cada uno lo lleva como puede. Nunca me he visto en su situación, así que no puedo decir lo que es normal y lo que no.

—Pero Burns habla como si ella estuviera muerta.

—O como si hubiera desaparecido voluntariamente.

—¿Qué quiere decir?

—Mire, no quiero meter a David en problemas.

—Hoy por hoy es él, con su comportamiento, el que está señalándose como sospechoso. Ni siquiera ha contactado con su familia.

—Mire, le voy a contar esto ahora y después acabaremos esta conversación, porque no quiero enmerdarme de ninguna manera, ¿está claro?

Asentí.

—El día después de que Jennie desapareciera, cuando David me llamó, estaba en casa de otra chica, no sé si me entiende. —Lo entendía perfectamente, de modo que asentí—. Jennie y él —siguió diciendo— se habían peleado unos días antes y lo habían dejado, aunque no era la primera vez que lo dejaban y después volvían. Sucedía a menudo. Pero Dave me dijo que esta vez era diferente, que sabía que no volverían. Y después se sintió como una mierda cuando ella desapareció mientras él estaba en la cama con otra. Dice que se dijeron cosas muy gordas, y que no se hacía a la idea de que quizá nunca volvería a verla. Pero no porque creyera que le había pasado algo, sino porque estaba convencido de que Jennie había querido abandonar su vida y empezar de nuevo. Dijo que no era la persona que todo el mundo creía. Y que, si había decidido desaparecer, nadie la encontraría.

—Todo esto es muy interesante. Lo lógico habría sido que se lo contara a la policía, ¿no cree?

—Dave ha visto más programas de asesinatos y desapariciones que mi abuela y mi madre juntas. Sabe perfectamente que la primera persona que pringa es la pareja, haya tenido algo que ver o no.

—Ya, claro. ¿Y le dijo por qué habría querido desaparecer Jennie?

—No. Ya le he dicho que no sé nada de eso. Solo le digo lo que me contó él. Pero hacía mucho tiempo que se conocían y salían. Si Dave lo dice, será por algo.

Asentí, más por seguirle la corriente que por otra cosa.

—Bien, le agradezco su ayuda, señor Hayes.

Estaba despidiéndome cuando Brittany apareció andando por la acera. Llevaba un cigarrillo humeante en una mano y una lata de Mountain Dew en la otra. Se acercó a nosotros. Tardó un par de segundos en reconocerme. Aunque intentó evitar que se le notara, vi que no le hizo mucha gracia verme allí. Después, un velo de preocupación le cruzó la cara.

—¿Qué ha pasado? ¿Han encontrado a Jennie?

—No, no —le contesté—. He estado haciendo unas visitas por la zona y he venido a ver si sabíais dónde está Burns.

Ella lanzó una mirada dura, casi airada, a Hayes y después se esforzó por relajar la voz.

—No, no sabemos dónde está.

—¿Crees que puede haber tenido algo que ver con la desaparición de Jennie? —le pregunté.

Esta vez evitó mirarnos a los dos y agachó la cabeza.

—No me lo parece, pero no descartaría nada. Habría sido mejor que no los hubiéramos presentado. Siempre estaban discutiendo.

—Brittany, quería preguntarte... ¿qué puedes decirme de tu tío Jonas?

—En primer lugar, que no es mi tío. Es el hermano de mi tía Anita.

Vio en mi cara que esta información era completamente nueva para mí. De alguna forma, le hizo gracia tener una información que yo desconocía. Después la sonrisa se volvió cansada, como la de las personas que se ven forzadas a contar reiteradamente las partes más tristes de su historia a extraños impertinentes como yo.

—Anita y Ted me adoptaron cuando tenía once años. Después de que mis padres murieran en un accidente de coche.

—Vaya, lo siento —dije.

Era evidente que había oído mil veces esa frase vacía.

—Sí, yo también. ¿Sabe adónde íbamos ese día? —No esperó a que respondiera—. A la fiesta de cumpleaños de Jennie. —Se quedó un rato en silencio y se ausentó de la conversación. Después volvió de repente y añadió lentamente—: Y ahora ella desaparece. Es todo muy extraño, ¿verdad?

Asentí.

—¡Bueno, me muero de hambre! —dijo jovialmente sacudiéndose el estado nostálgico en el que se encontraba—. Si no le importa, entro. —Y se metió en la casa sin esperar respuesta.

Matt me lanzó una mirada que también daba por finalizada la conversación.

—Carrington.

—Gracias por su tiempo, Hayes. Si tiene la oportunidad de hablar con Burns, dígale que se ponga en contacto conmigo, por favor. —Le tendí mi número de teléfono.

—Sí, claro. —Cogió la tarjeta y sin mirarla se la metió en el bolsillo trasero del pantalón vaquero. Después dio media vuelta, siguió los pasos de Brittany y cerró la puerta.

Volví al coche cojeando, con la cabeza espesa y más preguntas de las que tenía antes de la visita. Estaba seguro de que si me obligaba a hacer los más de doscientos setenta kilómetros que me separaban de casa, la pierna mala no me lo perdonaría. Así que busqué un motel barato y pasé la noche oyendo los coches que rugían en la 101.

—¿Cómo lo harás para buscarlo? —le preguntó James poniéndose una camiseta de tirantes.

—La verdad es que no lo he pensado —contestó.

—Eres consciente de que seguramente ha muerto, ¿verdad?

Ella giró la mirada hacia la ventana. El sol empezaba a salir. No le respondió.

—¿No sería más fácil contratar a un investigador privado? —preguntó él de nuevo.

—No. Es cosa mía.

Él sonrió apaciblemente.

—He leído el libro dos veces y estoy tomando notas del blog que escribió y las interacciones —siguió diciendo ella—. Todo apunta a que desapareció porque le faltaba poco para descubrir lo que le pasó a Jennie y alguien quería evitarlo.

—¿Quieres decir que la policía se ha equivocado?

Se encogió de hombros.

—Es una posibilidad.

—Bueno, en todo caso suena emocionante... y peligroso.

Puso cara de incrédula.

—Si tus suposiciones son ciertas —siguió diciendo James—, ¿qué te hace pensar que la persona responsable de su desaparición no sabrá lo que estás haciendo? ¿Y que no intentará evitarlo?

—Creo que piensa que está segura. Además, no sabe ni que existo. Él nunca dijo que tuviera una hija. No me relacionarán con él.

—¿Estás segura?

La verdad era que no lo estaba en absoluto. Hasta ese momento no se había planteado que el camino que había elegido fuera peligroso, como mínimo físicamente. Lo único que le daba miedo era hacerse daño hurgando en una herida que a fuerza de creerlo casi parecía cerrada. Descubrir que su padre había sido una persona horrible y que había perdido el tiempo buscándolo. O descubrir un secreto inconfesable. También era una posibilidad. En el blog no faltaban opiniones que apuntaban que la obsesión y la insistencia de Carrington en el caso de Jennie eran enfermizas y sospechosas, que aseguraban que él había tenido algo que ver con su desaparición. Y la verdad es que algunos argumentos a los que recurrían le habían hecho dudar por momentos. Pero una no podía creer todo lo que se decía en el blog. Tenía que investigar por sí misma.

—No. Pero no tengo alternativa. Necesito saber la verdad para pasar página. No puedo seguir mi vida como si nada, sin saber quién era, por qué utilizaba un nombre falso... Necesito saber por qué se marchó.

—Te entiendo.

Lo imitó y se puso la ropa que llevaba la noche anterior. Después se levantó con determinación y le dijo:

—Me ha gustado conocerte, James.

—A mí también, Sarah. Ha sido un placer.

Casi le supo mal desaparecer detrás de la puerta.

20

La primera vez que Diane intentó contactar con ella, la ignoró. Ya casi no entraba en Facebook y pensó que el mensaje era de otra ex celosa que se inventaba mentiras para envenenar su relación con David.

Pero si esa chica era una ex, era mucho más insistente que las anteriores, y siguió enviándole mensajes a las demás redes sociales hasta que al final venció la curiosidad y Jen decidió responder a uno de sus múltiples mensajes.

Antes había estudiado su perfil en las pocas redes que ella utilizaba, y fue así como descubrió que no se trataba de una ex de Burns, sino de la mejor amiga de su última ex. Este hecho había avivado aún más su interés. Sabía que probablemente estaba a punto de abrir una caja de Pandora, pero Diane se había puesto en contacto con ella aludiendo a su seguridad y a la necesidad de compartir determinada información con ella, y algo en su interior que no quería acabar de aceptar le decía que tenía sentido.

Escribió el mensaje y lo envió. Enseguida se sintió inquieta. Bueno, si al final resultaba que era una pirada, cortaría el contacto y listo. Pero tenía la intuición de que no era el caso.

Diane le contestó unas horas después:

Perdona la insistencia, pensarás que estoy chalada, pero me da igual. No me perdonaría que otra persona acabara igual que Rebecca sabiendo que yo podía hacer algo por evitarlo. Solo quiero que tengas toda la información. Lo que hagas después ya es cosa tuya. Dicho esto, sería mejor que nos comunicáramos por e-mail o por teléfono, si te va bien. Puedes escribirme a diane888@gmail.com o llamar a este teléfono: 3235518241.

Encantada de conocerte. Estoy segura de que Rebecca y tú os habríais caído muy bien.

Sinceramente,

Diane

La última frase la inquietó. Ya había oído hablar de la tal Rebecca —como había oído hablar de otras ex de Burns, tanto en el instituto como por boca de David—, pero Diane se había referido a ella como si ya no estuviera, y eso la perturbó bastante.

Empezó a escribir el correo electrónico, pero cuando ya estaba despidiéndose, decidió de repente coger el teléfono y marcar el número que le había dado.

Diane contestó al tercer tono. Se presentó formalmente y le agradeció de nuevo que se hubiera puesto en contacto con ella. Pero su interlocutora era una chica directa y práctica, así que le dijo lo que consideraba más importante sin preámbulos.

Su primera reacción fue de una incredulidad mayúscula que medio ocultó mientras terminaba la conversación y colgaba convencida de que, aunque posiblemente Diane tenía buenas intenciones, se equivocaba en sus conclusiones.

Pero los días fueron pasando y aquellas palabras no dejaban de resonarle en la mente. Quizá la historia no era tan inverosímil. Quizá incluso era posible. Incapaz de quitárselo de la cabeza, se dio cuenta de que no podía seguir con esa relación sin saber la verdad. Pero no le convenía preguntarle nada directamente a David. Tenía que descubrirlo sin que él sospechara nada. Así que cuatro días después volvió a llamar a Diane y quedaron en verse la semana siguiente.

Evidentemente no sabía que nunca podría asistir a esa cita.

Al día siguiente me levanté intranquilo y de mal humor. Apenas había conseguido dormir una hora y mi desayuno había consistido en un bagel insípido y seco con crema de cacahuete y un café aguado servidos en el deprimente hall del motel.

Pero ese no era el problema. El problema era que sabía que de momento me sería imposible encontrar a Burns y que, de todas formas, la sensación de que todo aquello empezaba a quedarme grande se hacía cada vez más patente. Había salido convencido de que avanzaría de alguna manera, pero al final no había hecho más que pasearme entre ruido blanco y crear nuevo. Solo había obtenido más preguntas y ninguna respuesta.

Durante la vuelta llegué a la conclusión de que probablemente era más acertado dedicarme a hacer lo que realmente sabía hacer: reconocer el terreno y buscar pistas de Jennie en el lugar donde había desaparecido.

—¿Qué? ¿Alguna novedad? —me preguntó Ted cuando nos reencontramos en el bar que se había convertido en nuestro punto de reunión.

—No, David Burns no ha aparecido. Pero Hayes dice que Burns está convencido de que Jennie ha desaparecido voluntariamente.

—Es una tontería. —Y después de un breve silencio añadió—: ¿Por qué has ido a ver a Hayes?

—Me pillaba de camino. Pensé que quizá sabía algo, teniendo en cuenta que son muy amigos.

Asintió, pero no dijo nada más.

Yo tenía dos o tres preguntas en la garganta que no terminaban de decidirse a salir. Al final murmuré:

—Brittany me contó lo que ocurrió con sus padres.

No le hizo mucha gracia que sacara el tema.

—Fue una putada. —Dio un trago del café humeante que tenía delante y dejó la taza en la mesa muy despacio—. Mira, no sé cómo decirlo cándidamente, Carrington: agradezco mucho tu ayuda, pero creo que estás perdiendo el tiempo con estos viajes.

No me ofendí. Yo estaba planteándome lo mismo, pero no podía admitirlo tan fácilmente. Además, había algunas cuestiones válidas que debían abordarse.

—¿No crees que el comportamiento de Burns es sospechoso?

Se encogió de hombros.

—Supongo. Pero si no sabemos dónde está, no podemos hacer gran cosa.

—Bueno, se lo comentaré a White. Quizá él pueda movilizar recursos para encontrarlo. Y nosotros seguimos con las búsquedas.

Los músculos de la mandíbula se le relajaron un poco.

—Gracias, Carrington.

—Hay otra cosa...

—¿Qué? —escupió hastiado.

—¿Qué les pasó a Jennie y Anita hace un año?

Esta pregunta tampoco le hizo ninguna gracia, pero la respondió.

—Anita ha hecho muchas cosas mal, pero estoy seguro de que no ha tenido nada que ver con lo de Jennie. ¡Por el amor de Dios, que es su madre!

—Bueno, entiende que en el Departamento debemos considerar todas las opciones y motivos posibles. Si pasó algo relevante, necesitamos saberlo.

—No sé qué pasó. Sé que discutieron, pero Jennie no quiso decirme por qué. Le quitó importancia y me dijo que era mejor olvidarlo. Pero diría que no volvieron a verse. ¿Qué te dijo Anita?

—No hablé con ella.

—Joder, Carrington, ¡qué éxito! —exclamó—. ¿Y entonces de dónde lo has sacado?

—Tengo mis recursos. Bueno, da igual, dejémoslo correr.

—Sí, eso. —Se levantó de la mesa y anunció—: Tengo que aflojar la bragueta. —Y se fue al lavabo.

Seguí su trayectoria y me di cuenta de que una mujer nos estaba observando. Llevaba un gorro de lana rosa del que salía un pelo negro y liso que le llegaba a los hombros.

Cuando Ted desapareció detrás de la puerta de los lavabos, nuestras miradas se cruzaron y me pareció que dudaba si hacer algo. Echó un vistazo a su alrededor. No había nadie más en el bar, y Pete se había metido en la cocina. A continuación, adoptó un aire resolutivo, se levantó de la mesa y vino hacia mí.

—Hola —me dijo tímidamente—. Usted está ayudando en la búsqueda de la chica que ha desaparecido, ¿verdad?

—Sí. Soy guardabosques del parque. Carrington. —Le tendí la mano.

—Cordelia. —Me la estrechó, pero no se atrevió a sentarse. Volvió a desplazar la mirada hacia los lavabos—. Mire, no sé si tiene importancia, pero creo que hay algo que deberían saber.

—La escucho.

—No quiero que se sepa que hemos hablado.

—De acuerdo.

—¿Conoce a Lombard?

Sí, claro que lo conocía. Era una mala pieza, y lo peor es que lo teníamos en nuestro bando. Inmediatamente me vino a la cabeza la conversación con Julie sobre el registro de llamadas la noche que desapareció Jennie.

—Sí, sé quién es.

—Soy su vecina.

Asentí.

Ella volvió a dudar.

—Nadie sabrá que hemos hablado. No se preocupe —añadí.

Por fin se decidió y vomitó las palabras rápidamente:

—Creo que en su casa pasa algo. Oí unos ruidos extraños, quizá gritos, la noche en que la chica desapareció. Luego ha estado saliendo y entrando a horas intempestivas y cargando cosas en el coche de madrugada.

—Entiendo. Echaremos un vistazo, aunque no podemos entrar sin una orden.

—Oiga, yo no quiero... Si se entera de que he dicho algo... —Una sombra de miedo le empañó los ojos.

—No, no. No se preocupe. Ya encontraremos la manera. Le agradezco su ayuda.

—Debe de ser horrible perder a una hija. Por poco que pueda ayudar...

—Ha hecho muy bien, Cordelia. Tenga. —Le tendí mi número de teléfono—. Si ve alguna otra cosa que le parezca relevante, hágamelo saber enseguida, ¿de acuerdo?

Asintió justo en el momento en que Ted salió del lavabo.

—Bien —me dijo. Y se despidió con un ligero movimiento de cabeza antes de marcharse hacia el aparcamiento, donde se subió a un Corolla blanco y desapareció carretera abajo.

—¿Todo bien? —preguntó Ted, que la había seguido con la mirada.

—Sí, quería que le indicara cómo llegar a Merced.

Me lanzó una mirada que no supe cómo interpretar.

—¿Qué? —pregunté.

—¿Cómo se supone que debo confiar en que encontréis a mi hija si me ocultáis información?

—Ted...

—¿Para qué necesita tu tarjeta esta señora para llegar a Merced? ¡Joder, Carrington!

—No quiero llenarte la cabeza de cosas que después quizá sean ruido blanco, como tú dices.

—¡Pues de momento no has tenido ningún problema en hacerlo! ¡O trabajamos juntos o no trabajamos!

—Sabes perfectamente que está fuera de lugar que te deje acompañarme en todos los puntos de la investigación y comparta la información con un familiar. Ya me he excedido muchísimo. Y White ya está buscándome las cosquillas. Si me apartan, quizá no tengas tanta suerte con el siguiente que venga.

—¡Anda ya, hombre! ¡Vete a la mierda! ¡Si fuera tu hija, harías exactamente lo mismo!

—Supongo que sí. Pero hay una forma de hacer las cosas que debo respetar.

—Todo esto son frases hechas —me dijo cabreado—. Lleváis más de una semana fingiendo que hacéis algo y no habéis avanzado en nada. ¡Si hay una información importante, tengo derecho a saberla, joder!

Dejé salir las palabras de la boca sabiendo que estaba cometiendo un error, pero no pude evitarlo:

—Era una persona que ha visto un comportamiento un poco raro en un vecino y ha pensado que era mejor decirlo.

—¿Quién?

—No podemos entrar en ninguna casa sin una orden y si nos plantamos allí haciendo preguntas, podemos perder una ventaja importante si tuviera algo que ver.

—¿Quién? ¡Carrington! Mierda, ¿quién? —gritó impaciente.

—Yo me ocupo. Confía en mí —insistí.

—¡Vete a la mierda! —Se levantó de la mesa enfurecido y se marchó haciendo temblar el cristal de la puerta de entrada.

Cuando vio que quien lo reclamaba era Carrington, tuvo que tomarse unos segundos antes de contestar. Sabía que lo agobiaría con la investigación de Jennie, y la verdad era que por su parte no había avanzado nada. Por un momento le pareció sentir el sabor de la bilis en la garganta cuando pensó en ese padre que no sabía dónde estaba su hija. Pero Ruth era su prioridad, y todavía no había sido capaz de reunir el valor suficiente para contarle a Melanie lo más jodido de todo, aquella última revelación en la morgue.

Todo le parecía surrealista. Cuando empezó a trabajar en el cuerpo, hacía ya más de veinte años, nunca habría pensado que acabaría investigando el homicidio de la que era prácticamente su hijastra, junto con esa extraña desaparición. Pasaban muchas cosas en el parque. Claro que había desapariciones, y accidentes, y muertes, pero no como estas. Le parecía estar viviendo en una extraña realidad paralela y habría dado cualquier cosa por salir de ella lo antes posible.

—Chief White. —No sabía por qué había puesto el chief delante, o quizá sí.

—Chief, ¿cómo va? ¿Tienes novedades del caso de Ruth Henley? —le preguntó Carrington.

—Estamos trabajando. Nada conclusivo, de momento.

—Yo tampoco he tenido demasiado éxito. Tengo más preguntas que respuestas.

—¿A quién has estado investigando?

—A nadie en concreto. Hemos estado haciendo preguntas aquí y allá. Tuvimos una situación tensa con uno de los hermanos Bloom, pero nada fuera de lo normal.

—¿Cuál de los dos?

—Jimmy.

—Pues aún tuvisteis suerte.

—Dijo que él no descartaría a Gary como sospechoso.

—No me extraña. No puede ni verlo. Tampoco se le puede culpar.

—¿No crees que sea una posibilidad?

—Creo que todo debe considerarse.

Se hizo un tenso silencio.

—¿También que se marchara por voluntad propia y luego alguien le hiciera daño?

—También.

—¿O que tenga algo que ver con la muerte de Ruth? —A White le enfadó que la llamara por su nombre de pila. Si quería, podía hacerlo con Jennie, pero no con su Ruth—. Por cierto —siguió diciendo Carrington—, Jimmy se sorprendió cuando le mencioné que había muerto. Lo digo por si puede serte de utilidad.

—¿Cuándo hicisteis la visita? —Sin duda había conseguido captar su atención.

—El día de su entierro.

—¿Crees que era sincero?

—Creo que sí. Pero todavía queda el otro hermano, así que...

—Esta gente vive en otro mundo. Lo tendré en cuenta. Bueno, ¿algo más?

—El ex de Jennie ha desaparecido voluntariamente. A su madre le ha dicho que está convencido de que Jennie está muerta y a su mejor amigo le ha dicho que Jennie se ha marchado de forma voluntaria para no volver. Lo dejaron días antes de que ella desapareciera.

—Vaya... Podemos intentar localizar su móvil. Hablaré con el sheriff Thompson.

—Muy bien. Hay otra cosa. Es sobre Lombard...

—¿Qué ha hecho ahora?

—Una vecina dice que oyó gritos en su casa la noche en que Jennie desapareció, y que Lombard está teniendo un comportamiento extraño, que sale de madrugada y carga cosas en el coche.

—Seguro que se trae algo entre manos, pero es posible que no tenga nada que ver con Jennie. Ya sabes cómo es.

—Puede ser. Pero a esa misma hora estaba muy cerca de la zona donde Jennie desapareció.

—¿Has hablado con él?

—No, lo he visto en el registro de llamadas de ese día.

—Acércate a su casa y echa un vistazo con cualquier pretexto relacionado con el Departamento. A ver si puedes sacar algo en claro. Pero ve solo. No se te ocurra llevarte al señor Johnson contigo.

—El señor Johnson no está al corriente de esto —le contestó molesto.

—Bueno, me dicen que vais todo el día de un lado a otro como culo y mierda, Carrington. Entiendo que quiere participar, pero sabes perfectamente que no puedes incluirlo en la investigación. —Era evidente que Carrington no se había distanciado lo suficiente de la familia de Jennie Johnson. Aun así, se dio cuenta de la ironía que suponía que fuera él quien le hiciera ese reproche.

—Y no lo hago —contestó el ranger—. Pero si hay alguien que debería entender que la línea es muy fina cuando la víctima es una persona cercana, eres tú, chief.

—¿Qué quieres decir? —Aquí lo tenía. Tarde o temprano alguien debía enterarse.

—Da igual. No me hagas caso. —Carrington cambió rápidamente de tema—: Echaré un vistazo a la casa de Lombard, a ver si descubro algo.

—Muy bien —le dijo fríamente.

—También he pensado en ampliar el radio de búsqueda varios kilómetros al oeste. Mañana volveremos a la carga con algunos voluntarios. Te mantendré informado.

—De acuerdo. Ahora tengo que colgar, Carrington.

—Entendido. —Y cortó la comunicación.

Esperó que Carrington no hubiera detectado en su voz que el cargo empezaba a pesarle más de la cuenta.

21

Subió al coche.

Ron sonreía.

Le parecía mentira que pudiera mantener el sentido del humor con lo que estaba pasando. Por un lado, sentía cierta admiración por él, pero por el otro estaba seguro de que había algo en su hermano que no iba bien. Bueno, solo esperaba que él no tuviera que presenciar nunca la oscuridad.

—¿Qué has hecho? —le preguntó.

—No te preocupes —le contestó Ron sin apartar los ojos de la carretera de tierra—. Este cabrón ya no será un problema para nosotros.

—¿No quieres decírmelo?

—Cuanto menos sepas, más seguro estarás. Mejor para todos. Además, no te preocupes, que pronto lo averiguarás. Está todo pensado. —Sonrió orgulloso de sí mismo.

—Ha venido mamá —dijo Jimmy.

—¿Y?

—Que ha preguntado dónde estaba y lo ha llamado por teléfono.

—Tranquilo. Ya te lo he dicho: todo está controlado. —Lo miró y le guiñó un ojo.

—Lo siento —murmuró—. No debería haberlo chinchado tanto. Si no se hubiera puesto así...

—No te sepa mal. Se lo tenía bien merecido. Deja de pensar en eso, Jimmy. Ahora ya es agua pasada.

Jimmy se convenció de que su hermano tenía razón e intentó sacudirse de encima la culpa.

De repente oyó el tono de la llamada y se le erizó la piel. Tardó unos segundos en procesar lo que estaba pasando.

Ron debía de haber olvidado deshacerse del teléfono. Siguió el sonido y vio que el aparato vibraba y emitía luz en el cambio de marchas.

Pero Ron no parecía sorprendido de oírlo. Lo cogió, miró quién llamaba y respondió con una sonrisa que a Jimmy le pareció un poco maliciosa.

—Hola, Keith.

—...

—No, no está. Se ha ido y ha dejado el teléfono en su barraca, al lado de una nota que decía que no lo buscáramos. Me parece que la ha cagado y ha huido como un cobarde.

—...

—No, ahí no había nada. Se lo habrá llevado. Pero, oye, Keith, yo puedo ocuparme perfectamente.

—...

—Sí, claro.

—...

—Muy bien. —Y colgó. Luego pegó un volantazo y dio media vuelta—. Lo siento, hermanito, cambio de planes.

—¿Qué pasa?

—Tengo que solucionar un asunto. Si lo hago bien, ganaré mucha pasta y dentro de poco podremos irnos de esa mierda de casa donde vivimos.

—Muy bien. Quiero ir contigo.

—No.

—Ron, estamos juntos en esto. No puedes dejarme de lado.

—Lo que no puedo hacer es presentarme con mi hermano pequeño en este tipo de negocios. ¿No lo entiendes?

—Pero ¡yo también quiero ganar pasta, Ron! —No quería admitirlo, pero le daba pánico que Ron empezara a ganar dinero y decidiera marcharse de allí sin él. Tenía que ponerse las pilas si no quería quedarse atrapado.

Ron frenó el coche de golpe y se quedó un momento en silencio mirándolo con un punto de orgullo. Después asintió y dijo:

—De acuerdo, Jimmy, entiendo lo que dices. Te los presentaré. Te ayudaré a entrar. Pero antes debo hacerme un sitio seguro, ser importante para ellos. Como lo era Gary. ¿Lo entiendes?

Asintió a regañadientes. Le daba rabia, sí, pero claro que lo entendía. Aun así, pensaba que desde que había pasado aquello las cosas deberían ser distintas por fuerza, y ahora le parecía que estaba más enmerdado que nunca, pero con los inconvenientes de su situación anterior.

—De acuerdo —murmuró—. Pero no me dejes en casa. Ahora mismo no soportaría estar allí ni un segundo.

—¿Y dónde quieres bajar? No tengo tiempo para dar vueltas, Jimmy —le contestó visiblemente irritado.

—Déjame en el cruce de la 140. Me apetece caminar siguiendo el río.

Ron se encogió de hombros y repitió la maniobra para dar media vuelta de nuevo en medio del camino de tierra. Después siguió en sentido contrario a Briar Creek, conduciendo a una velocidad muy superior a la recomendable, hasta llegar al cruce con la 140.

—Tío, ¿no es aquí donde encontraron el coche de esa chica? —le preguntó Ron mientras Jimmy bajaba del coche y cerraba la puerta.

—Es exactamente donde lo encontraron. —Y le dedicó una extraña sonrisa que por primera vez en mucho tiempo estaba seguro de que Ron no supo interpretar.

No recordaba exactamente cómo había llegado a la puerta del hospital.

Había pasado la madrugada acurrucada en la cama, acompañada de un insomnio y unas pesadillas intermitentes que la habían dejado más agotada que si no hubiera dormido en absoluto. Stephanie no estaba, y aunque últimamente se le hacía casi insoportable, habría agradecido su presencia, aunque solo fuera por no saberse sola entre tanta oscuridad.

Unos golpes en la puerta la habían despertado. Era Gwen. Estaba enfadada porque creía que tenía una aventura con Chris Parker, una idea que le pareció la más absurda del mundo. Le explicó que no era cierto, pero la que había sido su mejor amiga no la creyó, así que, sin pensárselo dos veces, le soltó la verdad sobre una parte del problema. Gwen tampoco la creyó. Entonces se alegró de no habérselo contado todo. Le pareció que vivían en mundos completamente diferentes, que las preocupaciones de la una y la otra estaban separadas por kilómetros y kilómetros de relevancia. Ni siquiera en el tema amoroso Jen podía aspirar a preocuparse por algo tan mundano como que el chico que le gustaba saliera con otra. Claro que no podía culpar a Gwen. No era ella la que había tomado una serie de decisiones estúpidas.

Se sintió hundida y tentada de pasar el día a oscuras acurrucada bajo las sábanas. Pero en lugar de quedarse encerrada en el apartamento, una convicción profunda a la que no supo poner nombre la llevó, paso a paso, hasta el edificio blanco y gris que correspondía al número 2425 de Samaritan Drive.

Sabía que él estaba allí porque lo había leído en la revista del campus, en el mismo artículo que mencionaba su nombre, su ciudad natal y que era un *freshmen*.* Al leer este último detalle se había mareado ligeramente pensando en toda esa inocencia e ilusión truncada en mitad del curso.

Se hizo pasar por su novia y la dejaron entrar dedicándole una sonrisa compasiva. No le costó encontrar la habitación.

El Good Samaritan era un hospital con buena fama, y enseguida entendió por qué. Las habitaciones le parecieron amplias y luminosas; las superficies, limpias y relucientes, y los enfermeros y doctores, los más amables que había visto. O quizá solo era su cerebro buscando algo positivo en todo aquello.

Tim Hadaway estaba tumbado e inmóvil en la cama de la habitación número 224. Un silencio denso llenaba la estancia, desgajado

---

* 'Estudiante de primer año'.

tan solo por el repetitivo discurso de las máquinas conectadas a ese cuerpo joven e inconsciente. Al verlo, sintió que el suelo temblaba bajo sus pies y estuvo a punto de desmayarse allí mismo. Pero se obligó a serenarse y avanzar hacia el agujero negro que formaban la cama y el cuerpo que la ocupaba.

Le cogió la mano y se la apretó. Inmediatamente pensó en su hermano y tuvo ganas de llamarlo, de saber que estaba bien.

—Lo siento —murmuró mientras las lágrimas le acariciaban discretamente las mejillas—. Lo siento mucho.

No había ido a disculparse, o al menos no lo había pensado conscientemente. De repente entendió que la visita respondía al deseo de no querer distanciarse de lo ocurrido, a que el cuerpo le pedía enfrentarse a los hechos. Era la única manera. Viendo la realidad y no leyendo sobre ella se vería obligada a hacer lo correcto. Por muy caro que le costara. Al fin y al cabo, había cursado ya media carrera de Psicología, no era necesario haberse licenciado para entender lo que pasaba. Estaba dispuesta a corregir su destino y se exponía al dolor y la motivación que necesitaba para hacerlo.

—Esto no va a quedar impune —aseguró con voz clara y firme—. Te doy mi palabra.

Dejó delicadamente la mano casi inerte sobre la sábana y salió de la habitación secándose las lágrimas.

Guardó el teléfono en el bolsillo y se sorprendió a sí mismo soltando un largo suspiro.

No era ese tipo de persona, se dijo. No era una persona a la que nada se le hiciera demasiado pesado. Siempre había sido duro, incluso en las situaciones más inverosímiles, como aquel drama de hacía más de quince años. No, White no se quejaba, no suspiraba, no necesitaba un minuto para recuperarse de nada. Había personas que eran como los osos: resilientes, constantes, fuertes pero pausadas, personas que hibernaban. Y había personas que eran como los leones: enérgicas, rápidas, sin tiempo para curar las heridas, personas que luchaban constantemente, sin descanso y hasta la muerte. Y él siempre se había considerado más un león que un oso. Pero ahora se había sorprendido soltando ese suspiro. Agradeciendo encontrarse solo en la intimidad de su coche porque necesitaba un momento de quietud en un camino que empezaba a hacérsele demasiado largo. Por un momento le pareció que el cargo empezaba a pesarle demasiado y deseó con todas las fuerzas que Carrington no le hubiera olido la debilidad a través del teléfono. Después se sacudió de encima la sombra de este pensamiento y volvió a ponerse la piel de león. Pero sentía su alma de oso.

Nada más distinguir la silueta del granero en la lejanía se acordó inmediatamente del día que conoció a Ruth, exactamente en el mismo lugar al que ahora se dirigía en busca de pruebas que pudieran ayudar a determinar quién era el desgraciado que había acabado con su vida. Porque encontrarlo o encontrarlos era la única manera de que el peso de la culpa que arrastraba se aliviara un poco.

En aquel momento no podía saber que más adelante se enamoraría de Melanie Henley. Si lo hubiera sabido, habría hecho las cosas de forma muy distinta. Pero, claro, no podía predecir el futuro. Estaba convencido de que jamás volvería a enamorarse, ni a tener una familia, y menos como aquella. Nunca habría pensado que esa chica de quince años que siempre vestía de negro sería como una hija para él.

Hacía un año había entrado en ese granero de madrugada, reventando la puerta y acompañado de dos guardabosques de su confianza. La luna era menguante, y de entre las rendijas de la vieja madera se escapaban rayos de luces de colores que se diluían en la oscuridad del bosque, acompañados de una ensordecedora música que le pareció horrible y completamente fuera de lugar en un entorno natural como aquel. Pero los humanos eran humanos, estuvieran donde estuviesen. Y los jóvenes, jóvenes, aburridos en un parque natural que no sabían apreciar porque lo habían visto toda su vida.

Detrás de la puerta había encontrado a un montón de adolescentes y no tan adolescentes en distintos estados de ebriedad. No le preocupaba tanto el consumo de marihuana y alcohol como el de metanfetaminas y crack, que estaba aumentando de forma exponencial en los últimos meses. Pero, como solía suceder, ninguno de los chicos a los que detuvo quiso decir quién les había pasado «esa mierda». Aun así, a uno de ellos se le escapó la mirada hacia aquella chica, que parecía más sobria que los demás, y sus ojos se encontraron. Ella lo miró, desafiante. No estaba nada asustada. Pero el movimiento que hizo con la mano para desprenderse de la bolsa que tenía en el bolsillo de la sudadera negra no fue lo bastante sutil para escapar a la mirada de White, y así es como pudo detenerla por posesión y distribución de drogas.

Más adelante, cuando la llevó a la pequeña celda de la oficina y habló un rato con ella, vio que era demasiado inteligente para dejarla perder. Y se le ocurrió una idea para que ella pudiera enderezarse y él pudiera acabar con esa mierda de una vez por todas.

Ahora estaba seguro de que esa idea era la que había llevado a la chica a la que consideraba una segunda hija a las puertas de la muerte.

22

Lombard vivía en una casa modesta y relativamente vieja cerca de El Portal. Estaba situada en una urbanización que compartía con otras cuatro familias, que tenían sus viviendas repartidas en un radio de un kilómetro entre la carretera y el bosque. Las carreteras que conectaban la urbanización eran de tierra batida y todas nacían de un camino central que surgía de la 140 a menos de un kilómetro del lugar donde desapareció Jennie.

Avancé con el coche por el camino de tierra hasta llegar a la entrada de la casa y apagué el motor.

La calle no tenía farolas y me vi rodeado de noche. En la casa no se veía luz. Tampoco salía humo de la chimenea y no se oía nada más que el viento acariciando las ramas de los pinos y las secuoyas cargadas de nieve virgen.

Observé mi alrededor. Los vecinos más cercanos, es decir, la señora Cordelia, que no sabía si vivía sola o no, tenían la casa a unos doscientos metros de distancia, bordeada por una valla baja y bien cuidada que permitía ver la fachada y las dos ventanas que daban al norte. Una de ellas, quizá la de la cocina, emitía una luz tenue a través de las cortinas. El buen estado de la casa y el jardín contrastaban con el habitáculo que tenía delante, rodeado de un cercado de madera desgastada y medio cubierta de una pintura blanca desvaída que apenas la protegía de la humedad que llevaba muchos años aguantando. Lombard había formado un camino estrecho apartando la nieve que cubría el suelo y apilándola a ambos lados desde la portezuela del cercado hasta la puerta de la casa.

Estaba ya a punto de empujar la portezuela cuando el ruido de un motor que me resultaba familiar ensució el rumor del viento. Subí al coche, lo hice avanzar hasta la curva más cercana y lo aparqué detrás de una espesa mata de artemisa.

No había pasado ni un minuto cuando vi aparecer el Honda de Ted. O me había estado siguiendo, o tenía más fuentes de información de las que yo pensaba.

Reprimí el instinto de salir de mi escondite y saludarlo. No podía culparlo si estaba siguiéndome, pero quería asegurarme de que este era el caso.

Sin embargo, no me pareció que lo fuera. Movió ligeramente la cabeza a un lado y a otro del camino, y después acercó la mano a la manija de la portezuela y se introdujo en el camino que conducía hasta la entrada.

Salí de mi escondite y avancé medio agachado por el camino y después escondiéndome detrás de las maderas del cercado.

Podía entender cómo funcionaba su mente. Su primer instinto fue salir del camino y echar un vistazo alrededor del perímetro de la estructura para ver el interior a través de las ventanas. Pero no tuvo que dar siquiera un paso fuera del camino para entender que las huellas en la nieve delatarían su presencia, sobre todo para alguien tan ávido de su privacidad como Lombard. Así que hizo lo mismo que habría hecho yo: dirigirse a la puerta y llamar.

Como esperaba, nadie respondió.

Y entonces hizo algo que me sorprendió de verdad: se desplazó hasta el porche adyacente a la casa, que estaba lleno de leña, se agachó en uno de los laterales, donde había unos sacos de arpillera, y sacó algo que no pude distinguir. Después volvió a la puerta y se acercó a la cerradura. Lo que había cogido del saco era una llave. La puerta se abrió suavemente. La empujó, entró en la vivienda y la cerró detrás de sí.

Por primera vez pensé que quizá no conocía a Ted tanto como creía. De hecho, quizá no lo conocía en absoluto.

Un escalofrío me recorrió la espalda.

Se dejó caer en el sofá procurando que la lata de Budweiser helada que llevaba en la mano no se derramara. Brittany era muy pesada con las manchas en el sofá, lo que le había sorprendido cuando empezaron a compartir techo, así que prefería ahorrarse la discusión insustancial.

Esperó pacientemente con el teléfono móvil en la mano, dando largos sorbos de la lata, hasta que oyó que la puerta se cerraba y el motor del Mitsubishi arrancaba y se desvanecía poco a poco. Después esperó otros cinco minutos para asegurarse del todo de que estaría solo y no lo interrumpirían.

Justo antes de pulsar la tecla de marcación rápida, dudó por un momento. Hacer esa llamada significaba perpetuar una pesadilla que llevaba más de dos años intentando borrar de su mente. Sabía que se había equivocado al hacer lo que Burns le había pedido, pero ya era demasiado tarde para cambiarlo. Quizá lo mejor era no decir nada. Pero después pensó que, si la cosa se complicaba, él también tendría problemas, y ante este pensamiento su dedo pulgar pulsó rápidamente el número 2, lo que puso en marcha una serie de acontecimientos de manera irreparable.

—Ey —respondió alegremente Burns.

—Ey.

—¿Qué pasa, tío? ¿Qué es esta voz?

—Tenemos que hablar.

—Dime.

—No sé si es mejor que lo hagamos en persona.

—Déjate de misterios. Estoy en Tahoe. No tengo intención de volver a comerme el camino que acabo de hacer. ¿Qué pasa, Matt?

Un escalofrío le recorrió la espalda. De todo aquello, quizá lo que más le sorprendía era que siguiera yendo allí como si nada. Él no se consideraba un santo, era perfectamente consciente de ello, pero si estuviera en su lugar no podría seguir volviendo y estar de tan buen humor.

—Hoy ha venido Jennie. No sé qué se traen entre manos ella y Bri. Es la primera vez que las veo quedar en años.

—Bueno, déjalas. Las chicas son chicas. Ya sabes cómo es.

—Ha estado haciendo preguntas, Dave..., sobre Rebecca.

Se quedó en silencio. Esa voz despreocupada y segura se volvió seca y fría de repente.

—¿Qué preguntas?

—Si la conocí, cómo era y qué le pasó.

—¿Así, directamente?

—No del todo. Ha sacado el tema porque estábamos hablando de las relaciones de pareja, y de la vuestra, y entonces ha preguntado cómo era la chica con la que estabas antes de ella.

—¡Pues entonces no es tan raro, tío! ¡Te estás emparanoiando!

—Pero sabía su nombre. Y yo no se lo he dicho.

—Quizá se me ha escapado a mí en algún momento. No es que no sepa que he estado con otras tías.

—Dave...

—Seguro que no es nada. Pero no te preocupes. Déjamelo a mí.

—Vale. Pero ahora no hagas ninguna tontería, ¿eh?

—Pero ¡qué dices! ¡Que es mi novia, tío!

Rebecca también lo era, pensó Hayes.

—Bueno, en todo caso solo quería que lo supieras.

—Gracias, Matt, eres un buen amigo.

O quizá lo que soy es un pringado, pensó Hayes.

Pero ahora ya no podía hacer nada por cambiarlo.

Ya era media tarde cuando llegó al Parque Nacional de Yosemite por la entrada de Tioga Pass. No sabía cuánto tiempo estaría allí, así que pagó los ochenta dólares que valía el America the Beautiful Pass, que le permitiría el acceso libre a todos los parques nacionales durante los siguientes doce meses. Así, si tenía que ir al lago Tahoe —cosa que sospechaba—, no tendría que volver a pagar.

El ranger que la atendió se despidió con una sonrisa y le deseó una buena estancia. Pensó cuántas veces Carrington habría sonreído a los visitantes del parque, les habría dado indicaciones o incluso les habría salvado de una muerte segura, y por un momento se permitió imaginar cómo habría sido su vida si su padre se las hubiera llevado con él. Pero enseguida se dio cuenta de que estaba idealizándolo todo. Carrington había vivido casi doce años en el desierto con un nombre falso. Era evidente que ocultaba algo sucio, y seguramente su vida no fue como se la estaba imaginando.

Condujo durante una hora y media, rodeada de pinos, abetos y secuoyas que acariciaban el cielo hasta que llegó al mirador del Yosemite Valley, y fue entonces cuando entendió por qué casi todo el mundo querría pasar su vida en un sitio como ese. La imponente montaña de granito que era El Capitán se alzaba majestuosa a la derecha, y las cataratas de Bridalveil brotaban potentes y exuberantes a la izquierda. El pico de Half Dome se asomaba detrás de ese maravilloso cuadro viviente, y todo un manto de suntuoso verde dibujaba un camino que la invitaba a adentrarse y perderse en ese mundo mágico que aparecía ante sus ojos. Parecía imposible que pudiera ser real. Se sintió pequeña y libre, y se dejó hipnotizar durante un buen rato por esa belleza mientras una brisa que trasladaba la frescura de la nieve que aún yacía en los picos de las montañas le acariciaba la cara.

Diez minutos después, las risas de unos niños que bajaban de un autobús la sacaron de ese estado de trance y le recordaron que la escuela del valle acababa de terminar.

Su primera visita la esperaba.

Es complicado espiar a una persona haciendo allanamiento de morada cuando no sabes si ella misma también lo está haciendo. Pero no podía marcharme. Necesitaba saber por qué Ted conocía el escondite de la llave. Podía ser muy relevante en el caso y me planteaba la opción de que me hubiera comportado como un idiota incluyéndolo en mis investigaciones. No me importaba que hubiera utilizado su talento para conseguir la llave sin que Lombard lo supiera. Es más, incluso habría despertado mi admiración si este fuera el caso. Pero si sabía dónde estaba la llave porque se lo había indicado el propio Lombard... Esta era la opción que me paralizaba la mente y desafiaba mi discernimiento. Y aun así no podía descartarla.

Estaba avanzando hacia el jardín de la casa por la parte trasera cuando el teléfono móvil rompió el silencio que tan cuidadosamente había intentado mantener. El corazón me dio un vuelco cuando vi que quien me llamaba era Ted.

Silencié la llamada de inmediato y me alejé de donde estaba lo más rápido posible.

En cuanto llegué al coche, respondí con la voz más casual de la que fui capaz.

—Sí.

—Carrington, tenemos un problema.

—¿Qué pasa?

—No puedo decírtelo por teléfono. Tienes que verlo. Te espero en el coche al final de Foresta Road.

—Ted...

—No tardes. No tenemos mucho tiempo.

—Ahora voy. —Y colgué el teléfono antes de decir algo que me comprometiera.

Subí al coche, lo dejé deslizarse silenciosamente con el motor apagado por la bajada de Foresta Road rogando que Ted no saliera de la casa en ese momento y desaparecí más allá para hacer mi aparición diez minutos después, como si llegara de la 140.

Entonces sí que lo encontré, como me había dicho, dentro de su coche, con una gorra de los San Jose Giants en la cabeza que nunca le había visto antes.

En cuanto me vio, me hizo un gesto para que lo siguiera y movió el coche unos metros más allá, hasta la zona de arbustos donde yo lo había aparcado hacía apenas un cuarto de hora. Me pareció surrealista. ¿Era posible que estuviera jugando conmigo? ¿O solo se trataba de un malentendido con una explicación sencilla, de esas tan básicas que te hacen reír en cuanto te lo acaban de contar?

—¿Qué diablos hacemos aquí, Ted? —le susurré nada más bajar del coche.

Él hizo un gesto de impaciencia con la mano, como si no tuviera tiempo que perder obsequiándome con una respuesta.

—Sígueme. —Y empezó a caminar medio agachado, mirando a un lado y a otro de la calle sin asfaltar, hasta que llegó a la puerta de la casa de Lombard. La empujó sigilosamente y se abrió. Aproveché el momento en el que cruzamos las miradas para clavarle los ojos interrogantes, pero volvió a ignorarme. No acababa de gustarme este nuevo Ted, obcecado e indiferente, pero intenté mantener la calma y ver qué salía de todo aquello.

Ya en el interior del habitáculo, cruzó la sala de estar sin hacer ningún comentario sobre el caos que nos rodeaba. La moqueta gris y roñosa que cubría el suelo estaba llena de cajas con restos de pizza, latas de cerveza, servilletas de papel arrugadas y tres botellas de whisky vacías. Había una almohada alargada y una colcha en un sofá desgastado de tela de cuadros escoceses con manchas de un líquido negro. Parecía que Lombard hubiera pasado la noche en el sofá.

La cocina no ofrecía un espectáculo mucho mejor. Al final había una puerta que daba al rellano de una escalera que ascendía al piso de arriba. Empezó a subirla.

—¿Cómo has entrado en la casa, Ted?

—Eso no es importante. —Seguía ahuyentando moscas con la mano.

—¡Claro que lo es! Si estoy violando alguna ley, y por ahora todo apunta a que es así, sería bueno saber cuál estoy violando exactamente. Te recuerdo que me juego el trabajo.

—Tú no has hecho nada. La puerta estaba abierta.

—¿Es así como la has encontrado?

No me contestó. Cuando llegamos al piso de arriba, avanzó por el pasillo dejando atrás dos puertas y se quedó plantado frente a la tercera. Estaba entreabierta, y dentro pude distinguir una cama individual con una colcha infantil con dibujos de perros. Al lado había una mesita de noche blanca y una luz rosa. Pero enseguida mis ojos volvieron a la superficie de la puerta, porque habían distinguido algo que mi cerebro no había percibido como normal: tanto en el marco de madera como en la puerta había dos anillas clavadas al mismo nivel, con una separación de unos cinco centímetros escasos.

Ted observaba con detenimiento mi reacción y asintió en cuanto nuestros ojos se encontraron.

—El hijo de puta tenía un candado aquí —me dijo mordiendo las palabras. Empecé a abrir la boca para decirle lo que estaba seguro de que no quería oír, pero añadió—: ¡Y esto no es todo!

Entró en la habitación empujando la puerta, se acercó a la cama y pegó una patada a una caja de cartón que sobresalía de debajo de la cama. No tuve que fijarme mucho para ver que estaba llena de revistas y vídeos pornográficos.

Me quedé en silencio intentando ordenar mis pensamientos.

—¿Cómo sabías dónde estaba la llave, Ted?

—Pero ¿qué dices? —Supo ocultar bien su sorpresa, y no me gustó.

—No perdamos el tiempo con tonterías, por favor. Lombard puede volver en cualquier momento. ¿Quién te lo dijo?

—¿Has estado siguiéndome?

—No. Te he visto por casualidad.

Aquello no le cuadró, pero no dejé que formulara ninguna pregunta y seguí con mi interrogatorio.

—¿Ha sido la vecina?

—No. No me lo ha dicho nadie. —No ocultó su mal humor—. Lo he descubierto yo solo. Todo el mundo esconde una llave junto a su casa por si la pierde, y más en sitios como estos.

No le creí.

—Pero ¿no ves que quien te ha dicho dónde estaba la llave podría tener interés en que pensemos que Lombard ha tenido algo que ver con la desaparición de Jennie?

Vi en su rostro que esta posibilidad no se le había pasado por la cabeza.

—Al fin y al cabo, nada indica que ella haya estado aquí —seguí diciéndole—. Es evidente que Lombard tiene cosas que esconder, pero eso no quiere decir que estén relacionadas con Jennie.

—No, no es posible. ¿Y la puerta? ¿Qué me dices de la puerta y el candado?

No podía rebatirle que tenía muy mala pinta.

La verdad es que yo no era ningún fan de Lombard. Pero el hecho de que alguien nos lo hubiera puesto tan fácil me hacía sospechar que algo se nos escapaba. Por otra parte, tampoco podía obviar las múltiples denuncias que había recibido por maltrato y abuso. Todos conocíamos su mal genio y sus brotes violentos cuando bebía más de la cuenta, cosa que el estado de la casa, y especialmente de la sala de estar, evidenciaba. Solo intentaba mantener la mente abierta.

—Deberíamos llamar a White.

Hizo una mueca de impaciencia.

—¿Pones la mano en el fuego por él? ¿Crees de verdad que podemos fiarnos? —me preguntó sin apartar la mirada de la vieja caja de cartón—. Al fin y al cabo, es de los vuestros. Siempre acabáis protegiéndoos entre vosotros.

No era cierto, y menos aún en el caso de White. De hecho, creo que nadie tenía más ganas de apartarlo del cuerpo que él. Lombard era un problema para el Departamento desde hacía mucho tiempo. Pero yo tenía mis dudas desde mi última conversación con Julie. Empezaba a quedarme sin aliados claros y sentía que pisaba un suelo quebradizo que en cualquier momento se hundiría bajo mis pies sin previo aviso.

—Supongo que sí —le contesté.

Soltó un largo suspiro y por fin levantó la cabeza.

—Pues vámonos de aquí —murmuró saliendo al pasillo para abandonar esa casa llena de mierda y secretos oscuros.

23

Cada kilómetro que la alejaba de la universidad le había hecho sentirse más ligera y optimista. Lo que le había parecido casi imposible hacía unos días empezaba a adquirir forma. Solucionaría uno por uno sus problemas, tomaría distancia durante un tiempo y después podría volver a la normalidad. Quizá no sería lo mismo, claro, pero no tenía por qué ser peor. Paso a paso, día a día, se repitió como un mantra. Sonaba Lou Reed en la radio, animándola a caminar por el lado salvaje de la vida, y le pareció que el destino le enviaba una señal que indicaba que todo iría bien.

Y entonces, de repente, durante ese solo que tan bien conocía, el asfalto de la carretera desapareció de sus ojos. En su lugar surgió una mancha grande y oscura que embistió con fuerza el capó y el cristal frontal.

Frenó y dio un volantazo a la vez, y el Mitsubishi se empotró contra el banco de nieve que había al margen de la carretera.

El motor lanzó un último resoplido y se detuvo. Intentó arrancarlo de nuevo, pero no respondió. Genial, pensó sintiendo una punzada en la sien. Se la palpó. Sangraba un poco. El olor a alcohol la rodeó. Giró la cabeza con dificultad para mirar el asiento trasero. Algunas botellas se habían roto, y el líquido espeso y frío chorreaba por los asientos y la alfombrilla. Oía el goteo por encima del rumor del viento glacial que rodeaba el vehículo.

Todavía aturdida, miró a su derecha buscando la razón de que de repente se encontrara en esa situación.

Un gran ciervo macho yacía inmóvil en el asfalto.

Abrió la puerta del vehículo con dificultad.

El animal levantó el cuello y la cabeza ligeramente emitiendo un bramido grave y profundo que la removió de pies a cabeza.

Se quedó inmóvil intentando ordenar sus pensamientos y disipando la niebla que le había inundado el cerebro, sin poder apartar los ojos de ese magnífico animal.

Transcurridos unos minutos, se decidió por fin a mirar el móvil. No había cobertura. Entonces oyó un motor lejano.

Pensó en el ciervo, en las botellas de alcohol en el coche, en lo que llevaba en el bolso y en el paquete que acababa de enviar esa mañana. Pensó en todo a la vez y se sintió abrumada por un tsunami de ansiedad.

Las luces de un vehículo aparecieron al final de la carretera, y de repente el animal que había surgido de la oscuridad se levantó ágilmente, como si le hubieran inoculado de nuevo la vida, y desapareció saltando a toda prisa hacia el río Merced.

Se quedó plantada en el arcén, observando fijamente el asfalto vacío de todo rastro del animal hasta que las luces de una furgoneta la deslumbraron.

No le dio tiempo a discernir si deseaba que el vehículo se detuviera o pasara de largo cuando Eric Bloom lo detuvo a su lado en medio de la noche.

El teléfono sonó cuando aún no había salido de la propiedad de Lombard.

—White, estaba a punto de llamarte... —respondí.

—¿Estás solo? —me interrumpió.

—No.

—Claro que no —dijo hastiado—. No sé para qué pregunto.

—White, he estado en casa de Lombard y...

—Ven solo al granero de Brown —ordenó secamente— y seguiremos allí esta conversación. No tardes. —Y colgó el teléfono.

—¿Qué? —preguntó Ted, que no me había quitado los ojos de encima durante la conversación, si es que podía llamarse así.

—Tengo que irme.

—No te ha hecho ni caso, ¿verdad?

—No, quiere que hablemos en persona.

Torció la boca para expresar su incredulidad.

—Te mantendré informado —le aseguré.

No pareció muy convencido, pero al final se encogió de hombros, dio media vuelta y se dirigió a su coche.

—¡Ted! —grité. Se giró—. No hagas tonterías. No te acerques a Lombard.

Se llevó los dedos índice y anular a la sien y bajó ligeramente la cabeza esbozando una sonrisa cínica.

Ya en el coche, deshice el camino de tierra para volver al asfalto de la 140 en dirección este hacia el granero de los Brown. Era una estructura con la típica forma de A de color granate desvaído que desde hacía años se había convertido en uno de los lugares más comunes de reunión para los jóvenes de la zona, que de vez en cuando organizaban fiestas en las que el alcohol y las drogas tenían más protagonismo del recomendable. El lugar quedaba lo bastante apartado de la carretera como para pasar inadvertido, pero lo bastante cerca como para acceder fácilmente, y lo acompañaba un aura de misterio y tragedia que sin duda los que lo ocupaban consideraban fascinante.

Cuando yo era adolescente, en el granero vivía una pareja de hermanos ahwahnee, de apellido Brown. Eran muy trabajadores y descansaban poco, así que fueron reuniendo una pequeña fortuna que, como desconfiaban de los bancos y de las instituciones en general, se sabía que guardaban en el granero. Una noche, dos desconocidos llamaron a la puerta con el pretexto de pedir ayuda, les pegaron una brutal paliza y les robaron todo el dinero. Aunque sobrevivieron al asalto, nunca se recuperaron psicológicamente. Acabaron marchándose de allí y se fueron a vivir a Mariposa con unos familiares. Dos días después de su marcha, un misterioso incendio quemó el granero, que quedó abandonado.

La estructura se fue destartalando con el paso del tiempo, hasta que unos años después unos traficantes de marihuana la reconstruyeron parcialmente para utilizarla como almacén de sus cultivos ilegales en el parque... hasta que los pillaron, claro.

Desde entonces, los jóvenes de diferentes generaciones lo han utilizado como lugar de reunión puntual, y aunque se sabe que allí se llevan a cabo actividades cuestionables o claramente ilegales, las autoridades hacen la vista gorda porque lo consideran un mal menor, que además queda más o menos oculto al ojo público.

Personalmente, no me hacía ninguna gracia tener que ir al granero de los Brown. La última vez que estuve allí, me había llevado a mi hermana cargada a la espalda después de que hubiera sufrido una sobredosis. Warren, que era el único de sus amigos que tenía un par de dedos de frente, tuvo un momento de lucidez y me llamó antes de meterse otra dosis y marcharse lejos de este planeta.

Encontré a White apoyado en la pared lateral del granero, fumando un cigarrillo.

—No sabía que fumaras —le dije.

—Y no fumo. —Dio una última calada antes de pisar la colilla para después proceder a recogerla y guardársela en el bolsillo del uniforme—. ¿Dónde has dejado a Johnson?

—Se ha ido al hotel.

Era evidente que no se lo creía. Pero lo dejó correr.

—Ven —me dijo dirigiéndose a la parte trasera del granero.

Lo seguí hasta que se detuvo junto a una pick-up roja que se había estampado estrambóticamente contra la estructura y había empotrado la parte trasera del vehículo en la pared. La puerta del conductor estaba medio abierta, y la ventana del copiloto, totalmente bajada.

Me acerqué al vehículo para tocar el motor. Estaba helado.

—¿Es la de Gary Sullivan? —pregunté.

Asintió y añadió:

—Eso dice en la documentación que está en la guantera.

—Ya me lo parecía. —Mis ojos se dirigieron hacia el adhesivo que decía «*Live free or die*»* sobre una bandera estadounidense, en el lateral de la puerta.

Me acerqué y eché un vistazo al interior metiendo la cabeza por la ventana del copiloto. Un rayo de sol reflejaba insistentemente una pequeña pieza de plata reluciente en forma de cola de ballena que descansaba a los pies de la alfombra vieja y sucia con los colores de la bandera estadounidense.

—Ahí hay algo. ¿Puede ser un collar?

---

* 'Vive libre o muere'.

—Ajá. —White bajó los ojos y crujió la mandíbula.

—¿Es de Jennie?

—No. Es de Ruth.

No le pregunté cómo lo sabía, porque ya tenía la respuesta. A él no se le escapó que obviara la pregunta.

—¿Y dónde coño está Sullivan?

—Esa es la pregunta del millón. Hay algo que me chirría.

Tenía razón. Hacía dos días que Gary Sullivan había desaparecido, y ahora su pick-up aparecía de esa extraña manera en el lugar donde los jóvenes del pueblo hacían fiestas, extremadamente cerca del lugar donde encontramos a Ruth muerta y donde desapareció Jennie. Y con el collar de Ruth en el asiento trasero. No dudaba que un tipo como Sullivan pudiera ser el culpable de la muerte de Ruth, e incluso de la de Jennie, pero algo no acababa de convencerme.

—¿Has entrado? —Señalé el granero con la cabeza.

—No hay rastro de Sullivan.

Retrocedí hasta la puerta de la estructura y la empujé con el pie. Se movió silenciosamente hasta que golpeó la pared.

Esperaba encontrar un nido de mierda oscuro y maloliente, pero el lugar había cambiado mucho desde la última vez que había estado allí y se encontraba en mucho mejor estado de lo que había imaginado.

Los rayos de sol que entraban por las infinitas rendijas que había entre las maderas verticales que formaban las altas paredes lo transformaron por un momento en una catedral rústica rodeada de silencio. Dos segundos después volvió a ser un granero cualquiera con los restos de la última fiesta de adolescentes.

A escasos metros de la entrada había un par de sofás viejos de piel marrón colocados en forma de L, de los que solo veíamos los respaldos. Era un buen lugar para tumbarse y pasar la mona después de haber estampado la pick-up en la pared trasera, pero, como había dicho White, no había nadie. Junto al sofá, seis cajas de madera boca abajo formaban una mesa donde había varias botellas de whisky y vodka medio vacías, latas de cerveza, vasos de plástico y viejas tazas metálicas con restos de bebidas que habían amarilleado a causa de los cigarrillos que flotaban en su interior. No se me escapó que entre todas esas botellas había una de Kahlúa, la bebida preferida de Jennie, aunque también de la mitad de los jóvenes de su edad.

Me dirigí a una zona que parecía una cocina, donde había una mesa hecha con una puerta vieja y dos caballetes. Encima había un hornillo de gas y una montaña de platos de plástico amontonados de cualquier manera con restos de pizza y huesos de alitas de pollo. Abajo había un abrevadero con tres dedos de agua, latas de cerveza y las mismas botellas de alcohol que había en la mesa.

Todo aquello no hacía más que exacerbar la sensación de que la pick-up de Sullivan estaba completamente fuera de lugar. Sí, todos sabíamos que se dedicaba a negocios ilícitos y que traficaba en pequeñas cantidades, pero no era un camello a domicilio, y menos para adolescentes a los que sin duda detestaba tanto como a los hijos de su pareja.

—Enviaré a un par de técnicos para que examinen bien la zona y la pick-up —dijo White.

Asentí.

—White...

Me miró con ojos cansados. Una arruga profunda se le dibujó en la frente.

—En casa de Lombard hay una habitación infantil con un candado en la puerta y un montón de material porno debajo de la cama.

—Qué asco de gente, Nick, qué asco —susurró visiblemente cansado de todo.

24

Hacía una hora que su turno había terminado, pero seguía sin verse con ánimos de volver a casa, y se sentía culpable por ello. Por un momento se planteó la opción de llamar a Mel y decirle que había surgido algo que se alargaría hasta muy tarde y que se iría a dormir a su casa para no despertarla de madrugada. Tampoco era del todo mentira. Estaba el tema de Lombard y lo que habían encontrado en el granero. Pero no podía enviar al equipo para examinar nada hasta la mañana siguiente.

Hacía meses que pasaba cinco noches por semana en casa de Melanie, que se habían convertido en siete desde la muerte de Ruth porque sabía que no podía dejarla sola. Pero al mismo tiempo sentía la necesidad de retirarse a su cueva. Añoraba la soledad de la soltería, especialmente ahora que su trabajo no le provocaba más que un quebradero de cabeza tras otro. Sentía que debía recargar las pilas porque si no, explotaría en cualquier momento, pero la última hora que había pasado encerrado en su coche, aparcado en un punto remoto del parque, no había hecho el efecto que esperaba.

Se le ocurrió que le podría hacer una breve visita a Rodowick antes de volver a casa. Se la debía porque no había estado en contacto con él desde que este había cogido la baja, y White había ignorado muchas de sus llamadas los días anteriores. Le pareció una manera bastante lícita de alargar la jornada, así que arrancó el motor y se dirigió a la casa que el ranger y su mujer compartían al final de Boulder Lane, muy cerca de la escuela primaria donde trabajaba Rose.

Pero se arrepintió en cuanto ella abrió la puerta. La mujer siempre tenía una sonrisa de oreja a oreja preparada para las visitas, pero no esa noche. La encontró con los ojos hinchados y la nariz roja. No sabía si se debía a que se encontraba mal o a que había estado llorando. Aun así, vio que hacía un esfuerzo considerable por mostrarse amable, y le preguntó cómo se encontraba y cómo iba el caso mientras lo acompañaba a la sala de estar. Rodowick estaba tumbado en el sofá con los ojos clavados en la pantalla del televisor. En cuanto lo vio, se medio incorporó y bajó el volumen del aparato hasta prácticamente silenciarlo.

—Ey, chief —le dijo sorprendido—. No esperaba tu visita. ¿Todo en orden?

—Sí, sí. Hemos estado muy ocupados con las investigaciones, pero quería ver cómo te encontrabas. —Obvió mencionar las llamadas a las que no había respondido. Al fin y al cabo, era su superior y no tenía que dar más explicaciones de las necesarias.

—Te lo agradezco. Siéntate, por favor. —Señaló el sillón de piel contiguo al sofá.

—¿Quiere alguna cosa? —le preguntó Rose—. ¿O quiere quedarse a cenar? Ahora mismo estaba preparando algo...

—No, gracias, Rose. Solo me quedaré un momento.

—De acuerdo. —Y se marchó escaleras arriba, hacia la planta donde estaban los dormitorios.

—¿Y qué? ¿Cómo lo llevas? —preguntó White.

—No muy bien, la verdad. Lo de no poder moverse es como estar en la cárcel. —Levantó los ojos hacia el techo—. Pero, bueno, no puedo quejarme, supongo. ¿Y tú?

—Voy tirando. Estos casos son un quebradero de cabeza. Casi te diría que tienes suerte de estar de baja. —La mirada se le desplazó hacia las escaleras por las que había desaparecido Rose—. No quiero meterme donde no me llaman, Mark, pero...

Rodowick no lo dejó terminar.

—Está bien. Solo hemos tenido una discusión absurda. Eso es todo. Pasa en las mejores familias, ¿verdad?

White asintió.

—Así que ¿no habéis encontrado nada sustancial en ninguno de los dos casos? —preguntó Rodowick.

—Ahora mismo tengo más preguntas que respuestas.

—¿Crees que los dos casos están relacionados?

—No podemos descartar nada. —Pero en realidad no lo creía. Aunque la cercanía entre ambos acontecimientos era innegable, y eso le creaba ciertas dudas.

—Quizá si no me hubiera ido tan rápido de la escena... Si una cosa está relacionada con la otra, quizá podría haber salvado a Ruth Henley —dijo Mark bajando la mirada.

—Eso son cavilaciones sin fundamento. No sabemos qué le pasó a Ruth ni por qué. Tampoco a Jennie Johnson. No podrías haber hecho nada por evitarlo.

Las facciones de Rodowick se sacudieron con un tic breve, como si hubiera experimentado un cortocircuito en el cerebro.

El silencio se interpuso entre ambos. Mark inclinó el cuerpo hacia la mesa baja que tenía delante, alargó el brazo musculoso y dio un trago de agua.

—Crees que se trata otra vez de...

—No —lo cortó rotundamente—. Nada de eso. Tiene pinta de ser cosa de alguien de aquí con motivaciones más personales.

—Ah, ¿sí? —No le pareció que la sorpresa de Mark fuera del todo sincera, lo que le creó cierto pesar—. ¿Tienes algún sospechoso? —preguntó el ranger—. Si puedo serte de ayuda, aunque sea desde este maldito sofá...

—No, no es necesario. Carrington está ocupándose del caso de Jennie y está dedicándole muchos esfuerzos. Por otra parte, pronto llegarán los resultados de laboratorio de la autopsia de Ruth. Con un poco de suerte, nos ayudarán a esclarecer lo que le pasó.

Rodowick se movió en el sofá, incómodo. Hacía rato que estaba tentado de hacerle la pregunta, pero no sabía cómo plantearla.

—Mark, ¿hay algo que deba saber?

—¿Qué quieres decir? —le preguntó secamente.

Él levantó la mirada hacia la escalera que subía a las habitaciones antes de seguir:

—He encontrado indicios de que Ruth mantenía una relación con un hombre bastante mayor que ella. —Muchas cosas habían cambiado con los años, pero no el poder informativo de un diario escondido en la habitación de una adolescente.

—¿Y?

—Y que estaba casado.

—¿Estás acusándome de algo, chief?

—Estoy diciéndote que es mejor contar las cosas antes de que las descubran otros, especialmente si no has tenido nada que ver con su muerte.

—Te repito que no sé de qué me hablas.

—Ruth estaba embarazada, Mark. Podemos descubrir quién era el padre.

La noticia lo sorprendió como una bofetada inesperada. Era evidente que no lo sabía y era evidente que no le había dejado indiferente. Vio cómo se debatía con sus emociones durante unos segundos hasta que al final la tensión ganó la partida. Hundió la cabeza entre las manos intentando reprimir el llanto inútilmente.

—¿Lo sabe Rose? —le preguntó.

—No, no lo creo. Chief, de verdad que yo no...

Levantó la mano para que se callara. La cabeza le iba a mil revoluciones por minuto. Sentía rabia y asco por ese hombre en el que confiaba, pero no creía que fuera el culpable de la muerte de Ruth. Sabía que tenía que interrogarlo, pero no veía claro que sirviera de algo. Si Rodowick había tenido algo que ver, no lo confesaría fácilmente. Aun así, debía seguir el protocolo...

—Chief, sé que Ruth era como una hija para ti... —dijo Mark mirándole a los ojos.

Entonces entendió que estaba al corriente de su relación con Melanie Henley. Claro, si tenía una aventura con Ruth, debía de saber eso y muchas cosas más, seguramente también lo que la relacionaba con las demás hipótesis que contemplaba sobre su muerte. ¿Estaba amenazándolo? No lo tenía claro. Pareció que Rodowick le había leído el pensamiento, porque añadió:

—Lo que quiero decir es que no era una aventura cualquiera, White. Yo quiero, quería —se corrigió— a Ruth. De verdad.

—Ya —le dijo secamente.

—Es verdad. Y no es fácil perder a una persona y no poder expresarlo ni compartirlo con nadie porque la relación era secreta...

Los pasos amortiguados en el piso de arriba le recordaron la otra cara de la moneda de todo aquello.

—Tienes que venir a...

—Lo sé —lo interrumpió Rodowick—. Iré a declarar mañana por la mañana a primera hora.

Asintió. Después lo miró fijamente y dijo con voz severa:

—No se te ocurra hacer ninguna estupidez, Mark. Me la estoy jugando al confiar en ti.

Mark asintió.

—No te preocupes, chief.

—Y... —Miró hacia las escaleras.

—Sí, se lo diré hoy mismo —le dijo Rodowick bajando la cabeza.

Se levantó del sofá torpemente. Se sentía más pesado que nunca.

—Chief —continuó Mark—, es muy posible que se la hayan cargado los hombres de Keith.

Así que sí lo sabía. Definitivamente Ruth se lo había contado todo.

—Es una de las hipótesis con las que trabajo —contestó secamente. No le gustaba que Rodowick tuviera esa información.

—No debería haber...

—No deberían haber pasado muchas cosas que pasaron —lo interrumpió—. Intentemos trabajar con la situación que tenemos ahora y encontrar al hijo de puta que lo hizo. —Se quedó en silencio y lo miró a los ojos antes de añadir—: Sea quien sea. Despídete de Rose de mi parte. Ya sé dónde está la puerta.

Y dejó a Mark Rodowick en ese lugar frío y solitario en el que se había convertido su sala de estar.

Sarah esperó pacientemente sentada en el banco de madera mientras observaba el movimiento de los alumnos, que dejaban la escuela vacía al final del día. Nunca le habían gustado mucho los niños. Siempre lo había atribuido al lugar en el que había crecido y al entorno de su trabajo. Los casinos no son un lugar para niños, y ella había estado rodeada de muy pocos. Hasta ese momento, la idea de que aquello pudiera tener algo que ver con la genética no se le había pasado por la cabeza. Y, aun así, allí tenía a esa mujer, supuestamente su tía, con la que había hablado por teléfono por primera vez hacía apenas una semana, que salía sonriendo por la puerta y se despedía de sus alumnos. También era familia y dedicaba su vida al futuro de la humanidad en aquel pequeño pueblo de montaña.

Se acercó forzando una sonrisa, aunque le temblaban las manos. Rose le lanzó una mirada curiosa, pero enseguida la reconoció.

—Tú debes de ser Sarah. —Y le regaló esa sonrisa tan suya mientras la observaba con atención—. ¡Dios mío, cuánto te pareces a Nick!

Le devolvió la sonrisa y asintió. A continuación, le tendió la mano, pero Rose la ignoró y le dio un breve abrazo que la pilló completamente desprevenida. Después volvió a observarla en silencio, fascinada por su rostro, y añadió:

—Ven, vamos a mi casa a tomar un café.

La siguió con el coche durante cinco kilómetros hasta que se detuvo frente a una casa de dos plantas rodeada de un frondoso jardín.

Ya en el interior, Rose la invitó a sentarse en el sofá y apareció a los pocos minutos con dos cafés humeantes y unas galletas que dejó en la mesa mientras ella observaba embobada el techo alto de madera, el mismo material del que estaban hechas las paredes y el suelo. Que la única persona de la familia que le quedaba no la conociera de nada y la recibiera en ese entorno tan confortable y cálido sin poner en duda sus intereses le parecía un sueño. Casi parecía demasiado bonito para ser verdad.

—Esta era la casa de Nick —le dijo con una sonrisa triste.

—Es preciosa.

—Sí, sí que lo es. Y un refugio. Para mí lo ha sido siempre. Bueno, supongo que Nick era el refugio. La casa venía por añadidura.

Sarah dio un trago de la taza y se decidió a hacer la pregunta que la había acompañado en las últimas horas de su viaje.

—¿Y nunca te dijo que yo existiera?

Rose esbozó una sonrisa tierna. Parecía que Sarah fuera una más de sus alumnas, un corazón joven e inocente herido por el absurdo comportamiento de los adultos.

—Si quieres que te diga la verdad, no creo que supiera que tenía una hija.

Era una opción que ella no había contemplado. Nona nunca se lo había dicho explícitamente, pero siempre le había dado a entender que su padre era como su abuelo, una persona en la que no se podía confiar, que no quería compromisos y que las consideraba una carga. Y, por lo tanto, ella había asumido que lo sabía. Para abandonar a alguien era necesario conocer su existencia.

—Si lo hubiera sabido, me lo habría dicho. Estoy segura —añadió Rose convencida.

—¿Por qué fue a Las Vegas? ¿Lo sabes?

—Aprovecharon el viaje. Fueron al Death Valley a esparcir las cenizas de mi madre cuando murió en el 90. Su familia era de allí y era lo que ella deseaba. Mi padre no tenía la intención de mover un dedo para cumplir lo que había prometido, así que Nick y Seth, mi otro hermano, se ocuparon. Después decidieron pasar unos días en Las Vegas. Imagino que fue entonces cuando Nick conoció a tu madre.

Sí, debía de ser así, porque ella había nacido al año siguiente. Se dio cuenta de que probablemente fuera fruto de una aventura fortuita.

—Desde que supe que era mi padre, no he dejado de preguntarme por qué había invertido tanto tiempo en buscar a una desconocida, pero nunca se había dignado a buscar a su hija... Supongo que al menos de esto sé la respuesta.

—Si hubiera sabido que tenía una hija, no habría parado hasta encontrarte, te lo aseguro.

Vaya. La historia tenía mucha menos complicación de lo que había pensado en un principio. Aun así, quedaban muchas preguntas por responder.

—¿Sabes si pasó algo en Las Vegas?

—Algo debió de pasar, porque estuvimos más de un mes sin noticias suyas. Después Nick llamó diciendo que se quedaba una temporada en el Death Valley, que había encontrado trabajo y que Seth había decidido viajar por el país con una chica que había conocido en Las Vegas. Desde entonces le perdimos la pista y no volvimos a verlo. Dimos por sentado que le había pasado algo. Seth tenía cierta facilidad para juntarse con gente no del todo recomendable y meterse en situaciones que no le convenían. —Se quedó un instante en silencio—. Bueno, tampoco se puede decir que yo tuviera mejor criterio, pero supongo que tuve más suerte... sobre todo después de que Nick decidiera volver y quedarse, pasados unos años.

—¿Cuándo volvió?

—Doce años después. Mi padre murió cuando se le incendió la casa. Manteníamos contacto por teléfono de manera regular, y cuando se lo dije volvió para ayudarme. Supongo que vio la situación en la que me encontraba y decidió quedarse para salvarme. Y lo hizo. Desde entonces mi vida fue otra, pero ese es otro tema... —Movió la mano como si espantara moscas.

—Te agradezco la confianza —le dijo—. Al fin y al cabo, soy una completa desconocida. Por cierto, me preguntaba si te importaría darme una muestra de tu ADN para confirmar que Nick era mi padre o al menos que tenemos vínculos familiares. —No creía que Nona se lo hubiera inventado, pero tenía que saberlo a ciencia cierta.

—Sí, claro, ningún problema. Pero basta con echar un vistazo a tu cara para ver que eres hija de Nick, Sarah. De desconocida, nada. Eres familia.

La frase le calentó el corazón. Por primera vez se planteó en serio cómo sería hacer un cambio de vida y trasladarse allí, a las montañas, dejando atrás todo su pasado. Quedaba Barlett, claro, pero no era lo mismo. Y Coddie, aunque quizá podría convencerlo, si se decidiera a comprometerse por una vez en su vida. Era una fantasía, pero resultaba liberador contemplar nuevas posibilidades. Empezar una nueva vida, como había hecho su padre. Cortó el hilo de su pensamiento. Estaba dejándose guiar por las emociones. Había ido con un objetivo y tenía que seguirlo. Después ya vería dónde y cómo acaba-ba todo.

—Mañana iré al lugar donde se supone que murió Nick. —Rose volvió a sonreír al oír el «se supone». No supo si se trataba de compasión o de cierta complicidad—. La pregunta que quiero hacerte —añadió— es si crees que realmente está muerto o no.

—Desgraciadamente todo apunta a que sí.

—Pero no han encontrado su cuerpo.

—El Merced baja con mucha agua del deshielo durante los meses de primavera. Es normal que no lo hayan encontrado. Se lo quedó la naturaleza, que es probablemente lo que él siempre había querido.

—¿Crees que se suicidó?

—No. Nick no era así. Era terco como una mula, un luchador. Lo más probable es que fuera un accidente. En el parque se producen muchos. No es el primer ranger que muere ni será el último, por desgracia.

—Entonces no crees que tuviera nada que ver con la desaparición de Jennie.

—No lo sé, sinceramente. Es una posibilidad, supongo, pero el chief encargado de la investigación lo descartó, y debía de tener sus motivos.

—¿El chief White?

—Veo que has hecho los deberes. —Sonrió.

—He leído *Buscando a Jennie Johnson*. También he echado un vistazo al blog. —En realidad había echado bastante más que un vistazo, pero no quería parecer obsesionada.

—Fue el último caso del que se ocupó antes de jubilarse. El caso anterior, la muerte de una joven de aquí, le pasó factura e hizo que decidiera anticiparla. —Una sombra le cruzó el rostro.

—¿Aún vive aquí? He intentado localizarlo, pero no he sido capaz. Y en la oficina no han querido darme información, evidentemente.

—No. Se marchó a vivir a la costa.

Otro que había abandonado su casa. Las personas dejaban el lugar donde habían vivido «toda la vida» constantemente, pensó. Huyendo de algo o buscándolo. También ella, aunque no de forma permanente, de momento.

—Bueno, mañana iré al lugar del accidente.

—Quizá estaría bien que te acompañara algún ranger —dijo Rose.

—¿Conoces a alguien que quisiera hacerlo? —preguntó.

—Conozco a uno que lo hará si se lo pido —le contestó con cierta amargura.

—Ah, pues te lo agradezco. Quizá pueda responderme a algunas dudas.

—Seguramente te las pueda responder más de lo que crees. Otra cosa será que quiera hacerlo. —Sacó el móvil del bolso que tenía al lado para buscar su número de teléfono—. Déjame que lo llame antes. Hace mucho tiempo que no hablamos.

Y marcó el teléfono del hombre que, por lo que supo después, hacía un tiempo había sido su marido.

25

Cuando el chief White cerró la puerta tras de sí, Rose ya tenía la bolsa abierta encima de la cama. Metió el pijama, cinco mudas completas y el neceser con las cuatro cosas que consideró imprescindibles. La cerró deprisa con manos temblorosas, la cogió con fuerza y bajó las escaleras ágilmente, decidida a llegar a la puerta sin detenerse ni un momento.

Pero no pudo evitar hacerlo cuando oyó su nombre.

Mark, apoyado en muletas en la sala de estar, tardó un par de segundos en entender la situación: su mujer cargada con una maleta en la penumbra del pasillo. Con los ojos húmedos y esa arruga que solo se le marcaba cuando estaba triste o decepcionada. Era evidente que lo había oído todo.

—Rose —repitió. Pero esta vez sonó como una plegaria.

Ella hizo un conato de hablar, pero las palabras se le detuvieron en la garganta y tuvo que contener un sollozo. Negó con la cabeza y se secó una lágrima de la mejilla antes de reanudar, decidida, su camino y desaparecer en la oscuridad de la noche.

—Mark ha estado viéndose con Ruth Henley —vomitó en cuanto Nick abrió la puerta. Llevaba el pijama puesto y masticaba parte del medio sándwich de mantequilla de cacahuete que sujetaba con la mano izquierda—. Y estaba embarazada.

Toda la tensión acumulada desde que había descubierto esta información consiguió escapar por fin de su cuerpo y se deshizo en lágrimas.

Él la hizo pasar, y cuando se calmó un poco, le ofreció un té y un sándwich para cenar. Ella le dijo que no tenía hambre, pero mientras le contaba lo que había oído hacía menos de dos horas, le acabó dando un par de mordiscos, lo que logró quitarle un poco el vacío enorme que se le había formado en el estómago.

—Además, White tiene una relación con Melanie Henley —dijo por fin.

—Sí, eso ya lo sabía —le contestó su hermano.

—Ah, ¿sí? ¿Cómo es eso?

—Da igual. —Se quedó un instante en silencio y después le preguntó—: ¿Crees que Rodowick ha podido matar a Ruth?

No esperaba que fuera tan directo, pero, al fin y al cabo, por algo había acudido a él.

—No creo. Bueno, no lo sé. Pero quiero saber la verdad. Necesito que me ayudes. Ya hay rumores de que Mark tuvo algo que ver con la desaparición de Jennie Johnson y ahora esto... No sé, Nick, estoy hecha un lío. Creía que lo conocía, pero nunca habría imaginado que tendría una aventura con una adolescente. ¡Una alumna mía, además! —Hundió la cabeza entre las manos—. ¿Y si la mató porque estaba embarazada? Dios mío, ¿y si estoy casada con un asesino?

—No creo que sea el caso, Rose. De todas formas, White se dedica exclusivamente a la investigación. Si Rodowick ha tenido algo que ver, puedes confiar en que se lo hará pagar.

—¿Y si es White el que tiene algo que ver? —le preguntó ella.

—¿Por qué lo dices? ¿Tienes motivos para pensar que pueda ser así?

Le pareció que su hermano recordaba algo. Si hubiera podido entrar en su cerebro, habría sabido que pensaba que tenía pendiente una conversación con Harry Dale.

—Solo digo que todo el mundo está demasiado implicado para ser objetivo —contestó ella. Después de un silencio, añadió—: Excepto tú.

Nick negó con la cabeza.

—White no dejará el caso de Ruth. Y si te soy sincero, yo casi estoy sobrepasado con el de Jennie... Nos faltan manos y recursos, Rose.

—Solo te pido que eches un vistazo. Que estés pendiente. No entiendo por qué White no ha detenido a Mark inmediatamente.

—¿No lo ha hecho? —Esto sí que lo sorprendió.

—No. Han quedado en que mañana iría él mismo a comisaría.

Le pareció que de repente lo entendía.

—No cree que haya sido él. Y no quiere repetir los errores del pasado y manchar la imagen del cuerpo sin necesidad.

—Pues no me parece nada profesional.

—A veces hacer lo correcto y acertar no son lo mismo...

Ella movió la mano de un lado a otro. No quería tener esa conversación ahora mismo.

—¿Echarás un vistazo, por favor? —insistió.

Él asintió.

—Lo intentaré. Pero escúchame: lo que ha hecho Mark es despreciable, créeme que no le tengo la menor simpatía ahora mismo. Pero el hecho de haber sido infiel no lo convierte en un asesino.

Asintió a regañadientes. Lo odiaba, no se veía capaz de volver a mirarlo a la cara en un futuro cercano, pero sentía que su hermano tenía razón.

—Nick, no quiero volver a casa...

—Nadie te obliga a hacerlo. Mi casa es tu casa. —Sonrió.

—Gracias. No sé hasta cuándo tendré que...

—Día a día, Rose. No hay prisa. Compartimos techo y ya iremos viendo, como en los viejos tiempos. —Y le guiñó un ojo.

Por fin consiguió arrancarle una sonrisa. Había estado en peores situaciones que esta y había salido adelante. Siempre gracias a Nick. Se dejó caer en el sofá, por fin aliviada. No todo el mundo tenía la suerte de contar con un ángel salvador como aquel. Por un momento se sintió realmente afortunada.

Aún no habían terminado de examinar el granero cuando la noticia de que habían encontrado la pick-up de Gary había corrido como la pólvora por toda la zona. El gran misterio se centraba en saber dónde estaba él y por qué había huido. Aunque muchos daban por sentado que el hombre había tenido algo que ver con la desaparición de Jennie Johnson.

Jimmy se enteró por el viejo Miller cuando se cruzó con él en el río a primera hora de la mañana. Se había despertado a las seis y no había podido volver a cerrar los ojos, así que recurrió a su paseo rutinario esperando que la cabeza se le aclarara de una vez por todas. No estaba seguro de si quería meterse en los follones en los que estaba metido su hermano, pero tampoco le parecía que tuviera otra alternativa. Hacía meses que no iba al instituto, era imposible que pasara de curso o se graduara ese año. Y de todos modos, ¿de qué le serviría? No tenía intención de ir a la universidad. No tenía ningún interés concreto, al menos no uno con el que pudiera ganarse la vida.

Necesitaba un trabajo. No podía esperar que Ron siguiera ocupándose de él y de su madre toda la vida. Sabía que tarde o temprano se cansaría y se marcharía, y tenía que actuar antes de que esto ocurriera. ¿Qué trabajo debía hacer entonces para ganar dinero? Ron iba y venía como quería, y nunca tenía que levantarse temprano. A veces llegaba muy tarde, era cierto, pero probablemente se debiera a que mezclaba ocio y negocios, y en cualquier caso nunca parecía cansado. No quería acabar trabajando para una cadena de comida rápida o sirviendo copas en un bar. Si debía tener un empleo, que fuera durante las menos horas y con la mayor ganancia posibles. Y eso solo ocurría con los trabajos ilegales.

Entró en la casa. Ron roncaba en el sofá. Se dio cuenta de que el televisor estropeado había sido sustituido por uno nuevo. Su hermano debía de haberlo llevado ese mismo día. Le alegró poder volver a jugar a la Play, pero no tanto como para distraerlo de lo más urgente. Lo sacudió con fuerza hasta que por fin abrió un ojo con cara de mala leche.

—Tío, han encontrado la pick-up de Gary en el granero de los Brown. ¿La dejaste tú allí?

La mala leche desapareció. Sonrió y se rascó el ojo derecho incorporándose lentamente.

—No te preocupes. Ya te dije que está todo pensado.

—¿Y qué hiciste con el cuerpo? —le preguntó.

—¿Qué quieres decir? —Dio un trago a los restos del whisky que se había servido la noche anterior.

—¿Lo has enterrado? ¿Lo has lanzado al río? ¿Qué has hecho?

—Pero ¡qué dices! No he hecho nada. El hijo de puta está en la pick-up, como si se hubiera estrellado contra el granero y se hubiera dado un golpe en la cabeza. Así nadie sospechará nada. Se sabe que a menudo conducía borracho y...

Negó con la cabeza.

—No, Ron, el cuerpo no está ahí—dijo vocalizando exageradamente las tres últimas palabras—. Solo han encontrado la pick-up.

—¡Es imposible! —exclamó molesto. Pero el tono más agudo de lo normal le indicó a Jimmy que el miedo empezaba a ganar terreno a la confusión.

—Tío, ¿y si no estaba muerto? ¡Si está vivo, lo primero que hará será buscarnos y matarnos! ¡No podemos quedarnos aquí!

—Pero ¡qué dices! ¡Claro que está muerto, joder!

—¿Estás seguro?

—¡Claro! Lo cargué en la pick-up y me aseguré.

—Quizá es lo que creías, pero resulta que solo estaba inconsciente y cuando se despertó, se fue por su propio pie. ¡Tío, como sea así estamos muertos! —Se llevó las manos a la cabeza.

—¡Cállate, Jimmy! ¡Mierda, tiene que haber otra explicación!

—Pues ¡ya me dirás cuál!

Ron se quedó en silencio, absorto en el exterior de la ventana. Por fin dijo:

—Quizá alguien está jugando con nosotros.

—¿Quién? ¿Y por qué?

—No sé. Pero pienso descubrirlo.

Cogió las llaves del coche, salió de la casa y desapareció entre la nieve.

No pudo negar que la visión de Mark Rodowick apoyado en la pared de las oficinas, con un café para llevar en una mano y las muletas en la otra, lo alivió mucho. Había pasado toda la noche preguntándose si había hecho lo correcto o había cometido el error más tonto de su vida. Le alegró saber que no era así.

—Chief —lo saludó Mark cuando lo vio.

White esperó a acercarse.

—Hola, Rodowick. Sígueme. Te tomaré declaración yo mismo en mi despacho.

Mark sabía que lo hacía no tanto por deferencia como por no levantar la liebre en las oficinas antes de tiempo. Alguien podría pensar lo que no era o hablar más de la cuenta. No sería la primera vez que ocurría. En cualquier caso, le agradeció la decisión. El futuro no parecía muy prometedor. Sabía que pronto todo el mundo estaría al corriente de su aventura con Ruth y de que Rose se había ido de casa. Ahorrarse los rumores de ser una de las personas investigadas por la muerte de su amante, aunque fuera por un par de días, no era poco.

Esperó a que White se sentara en su sillón antes de hacerlo él. El chief cogió la grabadora que tenía guardada en el cajón, la puso en marcha y dijo:

—Hoy es martes 15 de marzo de 2016. Son las ocho cero dos de la mañana y estoy en la sala en presencia del ranger Mark Rodowick para interrogarlo sobre su relación con la víctima, Ruth Henley, y sobre los lugares en los que estuvo los días de su desaparición.

Rodowick asintió y dejó el café en la mesa después de dar un último trago.

—Ranger Rodowick, usted admite que tenía una relación... sentimental con la víctima, la señorita Henley.

—Así es.

—¿Desde cuándo?

—Mañana hará cinco meses.

—Y mantenían relaciones sexuales, supongo...

—Sí, de vez en cuando.

—Pero usted está casado...

—Sí. —Bajó la cabeza.

—¿Sabía su mujer que se veía con la señorita Henley?

—No, no lo supo hasta ayer.

White entendió que su visita había precipitado los acontecimientos.

—Así que tenían una aventura —especificó.

—Supongo que puede decirse así.

—¿Sabía que la señorita Henley estaba embarazada?

—No, no lo sabía. —Agradeció que no mencionara que fue él quien le había dado esa información el día anterior, así se ahorraba tener que dar explicaciones sobre su decisión de no detenerlo. Pero Rose lo sabía, y era más que posible que de una manera u otra aquella visita acabara saliendo a la luz.

—¿Cuándo fue la última vez que vio a Ruth Henley?

—El viernes de la semana antes de que desapareciera, debía de ser el 26.

—¿El 26 de febrero?

—Sí.

—¿Y qué hicieron?

—La recogí cuando salió del trabajo en el Sequoia Inn, el hotel donde trabaja. Fuimos a la cabaña que heredé de mi padre en el bosque, cerca de Indian Creek.

—Entiendo. —White había controlado su tono de voz, pero no pudo reprimir el gesto de disgusto que se le dibujó en el rostro. Se avergonzaba de este comportamiento por parte de uno de los suyos, aún más con una chica a la que prácticamente consideraba su hija. Se dio cuenta de que estaba empezando a enfurecerse de verdad con el hombre que tenía delante.

—No es lo que parece —se excusó rápidamente Rodowick—. Ya sé que era mucho más joven que yo, pero no era el motivo por el que estaba con ella. Ruth era extraordinaria, única, y me enamoré. Solo quería pasar tiempo con ella. Si no, no le habría hecho esto a Rose. Dios sabe que la culpa me corroía y sigue corroyéndome. Nunca he querido hacerle daño. De hecho, nunca he dejado de quer...

Agradeció los golpes en la puerta que interrumpieron la conversación justo cuando estaba a punto de estallar. Angela Morgan lo esperaba al otro lado con una carpeta amarilla en las manos. Por fin habían llegado los resultados.

Detuvo la grabadora, se levantó y salió cerrando la puerta tras de sí. Después de intercambiar unas palabras con la doctora Morgan, dedicó unos minutos a leer los documentos que había en la carpeta. Al final volvió al despacho con la carpeta en las manos. Intentó mantener el rostro impasible, pero era consciente de que Rodowick sabía que su cerebro y su corazón estaban procesando rápidamente información vital. Se sentó en la silla y volvió a pulsar el botón de la grabadora.

—¿Dónde estaba la noche del 29 de febrero, de diez a doce de la noche?

—La noche que desapareció Jennie Johnson... —Parecía que Rodowick hablara para sí mismo—. Hacia las siete respondí al aviso de accidente en la 140 con Briar Creek. No vi a nadie, eché un vistazo y, como ya sabe, a la media hora me fui a casa a comer algo.

—¿Con su mujer?

—No, Rose no estaba. Había quedado a cenar con una amiga. Me quedé en casa hasta las ocho y media aproximadamente, cuando me dirigí al aparcamiento del hotel. Había quedado con Ruth a las diez para hacerle compañía durante su descanso. Pero no se presentó.

—¿Por eso se marchó tan rápido y no buscó a Jennie Johnson? —le recriminó.

—No —contestó casi ofendido—. No la busqué porque estaba convencido de que se había ido para evitar que la detuvieran. Como ya dije en mi declaración, creía que estaba haciéndole un favor...

Negó con la cabeza y movió una mano para darle a entender que no quería volver a entrar en ese tema.

—Aun así, resulta que después no se encontró con Ruth.

—No. Esperé un buen rato y asomé la cabeza por la recepción, pero no la vi. Tampoco respondió ni a mis mensajes ni a mis llamadas al móvil. Unos cuarenta minutos después me fui a casa. Llegué hacia las once. Poco después llegó Rose.

—O sea, que no tiene coartada hasta las once.

—No. Pero quizá el coche salga en las cámaras de seguridad del aparcamiento del hotel —dijo Rodowick.

Asintió. En el fondo deseaba que así fuera y poder descartarlo lo antes posible. Pero tenía que considerar que quizá Rodowick solo estaba jugando sus cartas para ganar tiempo. De hecho, su declaración no despejaba ninguna duda, más bien sumaba nuevas. En cualquier caso, lo cierto es que no había rastro, ni en la escena ni en el cuerpo de Ruth, que lo vinculara con ella directamente. Salvo el hijo que llevaba en el vientre, claro. Necesitaría su ADN para corroborarlo.

—¿Y no la vio después? —le preguntó al final.

—No. —Rodowick lo miró a los ojos. Le pareció sincero cuando añadió—: No volví a verla nunca más.

26

Aún estaba pensando si había hecho bien en quitarse a ese hombre de encima cuando distinguió otro vehículo a lo lejos que le dio la respuesta. Sí, definitivamente debería haber aceptado su ayuda, porque el coche que se acercaba parecía el oficial de los rangers. Se había metido en la boca del lobo por no marcharse con el transportista.

Cogió su mochila y la bolsa de lona. Ya había puesto un pie en el manto de nieve que cubría el bosque cuando las luces de un Ford Ranger la iluminaron. No pudo evitar girar la cabeza y sus ojos se encontraron con los del conductor del vehículo, que hizo una mueca que no auguraba nada bueno.

—¡Quieta! —gritó todavía desde el coche.

El hombre, que efectivamente iba vestido como un ranger, abrió rápidamente la puerta. Ella no pudo luchar contra la parálisis y se quedó inmóvil, como un animal deslumbrado en la carretera en plena noche. No se veía capaz de iniciar una persecución en la que sabía que acabarían pillándola. Sentía recurrentes pinchazos en la cabeza y estaba embotada. No llegaría muy lejos y sería evidente que tenía algo que esconder. Quizá si mantenía la calma, podría salir de todo aquello.

—El coche no arranca —le dijo Jennie—. Iba a buscar ayuda.

—¿Aquí? ¿En medio del bosque? —preguntó el ranger incrédulo.

—Por allí se ven luces. He pensado que habría casas —contestó encogiéndose de hombros.

Se acercó a ella examinándola con detenimiento de arriba abajo de un modo que la incomodó muchísimo. Después arrugó la nariz y dijo:

—Aquí apesta a alcohol, chica. —Ahora lo tenía bastante cerca para que le llegara el olor de su aliento, que iba en consonancia con el aroma del interior del coche.

—No he bebido nada. Llevaba una caja con vino y licor en el asiento trasero y las botellas se han roto cuando he chocado contra el banco de nieve. —Se apartó un poco de él.

—Claro. ¿Y cómo has chocado?

—Un ciervo ha cruzado la carretera.

—Veo que tienes respuestas para todo...

—Es la verdad.

—¿Y dónde está ese ciervo?

—Se ha ido.

—Vaya... En fin, necesitaré ver tu documentación y la del vehículo, chica.

Había algo que la inquietaba cada vez más. Se preguntó si era posible que aquel hombre fuera un impostor. No sería la primera vez que alguien se hacía pasar por la autoridad para cometer delitos y crímenes. Procuró mantener la calma mientras rezaba para que el transportista hubiera avisado a las verdaderas autoridades de que estaba allí. Al fin y al cabo, le había mentido al decir que ya había llamado a la grúa, y si él se había dado cuenta, quizá había visto que algo no acababa de encajar.

Volvió al coche, abrió la guantera del asiento del copiloto, aún con la mochila y la bolsa en la mano, y le tendió la documentación al supuesto agente.

Él fingió mirarla con atención.

—Muy bien, Jennifer Johnson. ¿Qué haces aquí esta noche?

—Vengo a pasar unos días de vacaciones.

—¿El 29 de febrero? —le preguntó incrédulo—. Me parece que vas muy cargada para pasar solo unos días de vacaciones... —le dijo paseando la mirada por el asiento trasero del coche.

—Tengo que encontrarme con una amiga. Vivíamos juntas y le traigo también algunas de sus cosas —improvisó.

—Ya... —Miró la bolsa con curiosidad.

—¿Qué llevas ahí?

Jennie la apretó inconscientemente contra su cuerpo.

—Cosas básicas. La he cogido por si me perdía. He pensado que podría necesitarlo.

—Ah, ¿sí? —dijo tirando de las asas sin delicadeza alguna—. Veamos qué cosas básicas tenemos por aquí... —Y de repente dio un tirón y la cogió.

Jennie sintió que el alma se le caía a los pies.

El ranger soltó una carcajada histriónica cuando la abrió y vio lo que había dentro.

—¡Ostras! ¡Cosas básicas, dice! No puede discutirse que tienes sentido del humor.

—Es para consumo propio —dijo ella intentando mantener el tipo.

—Eso aún podría creérmelo... —dijo el ranger casi divertido—. Pero me refería a toda la pasta que tienes debajo. No quiero engañarte, pero esto no pinta muy bien...

—Es el dinero para pasar estos días. Lo he puesto todo junto porque no quería dejarlo en el coche.

—Está bien, chica, no hace falta que te esfuerces. Lo que pasa es que no nací ayer, no sé si me entiendes... —Se quedó en silencio, lo que incomodó aún más a Jennie. Había algo en ese hombre que la advertía que echara a correr. Pero no podía arriesgarse a perder el dinero y la maría—. Bueno, tendremos que encontrar la manera de solucionar este problema con el que nos hemos encontrado... —Y volvió a mirarla de esa manera que le ponía los pelos de punta. Jennie decidió que tenía que actuar rápido. No sabía si era un ranger de verdad o no, pero si lo era, estaba segura de que no seguía las normas, así que se la jugó.

—Créeme —le dijo con un aplomo que le sorprendió a ella misma—. No te conviene tocar lo que hay en la bolsa ni tocarme a mí.

—Ah, ¿no? —dijo él—. ¿Y eso?

—Es de alguien que puede hacerte la vida muy difícil. Y está esperándome. Si no me presento a la cita, me buscará. Y es una persona que siempre encuentra lo que busca. Cuando se entere de que has interferido en sus planes, y créeme, se enterará, te lo hará pagar. No tengas ninguna duda.

El ranger la miró fijamente y atenuó un poco la sonrisa macabra. Se quedó en silencio y a continuación soltó un suspiro.

—No te muevas ni un pelo o te pego un tiro en la pierna. ¿Entendido?

Se dirigió al coche y cogió el micrófono de una radio que estaba en el asiento del copiloto.

—Aquí águila contactando con víbora —dijo.

Esperó unos segundos, pero no obtuvo respuesta, así que repitió la misma frase. Al final una voz respondió al otro lado.

—Aquí víbora. ¿Qué pasa? —Jennie reconoció enseguida esa voz enfadada.

—Tengo aquí a una tal Jennifer Johnson con mucha pasta y un kilo y pico de maría.

Su interlocutor se quedó un instante en silencio y después respondió:

—Déjala tranquila.

El ranger gimió, resignado, y dijo:

—Está en la carretera. Se le ha estropeado el coche.

—Pues tráela tú. Ahora. Nos vamos en media hora. No tardéis. —Y cortó la comunicación.

El ranger volvió a mirar a Jennie. La sonrisa le había desaparecido del rostro, ahora indiferente. De repente había perdido todo el interés.

—Ya lo has oído. Sube.

Jennie luchó contra la pesadumbre de sus pies para avanzar. Keith estaba esperándola. Si no le llevaba lo suyo, se metería en más problemas. Estaba bien, se repitió a sí misma, era evidente que ese tío lo conocía. No se la jugaría haciendo una tontería. Y menos después de haber hablado con él y que le hubiera ordenado lo que tenía que hacer.

Abrió la puerta del asiento trasero y subió al vehículo justo cuando otra voz surgió de la radio empotrada en el coche.

—Aquí la central. Atención a todas las unidades en la zona de El Portal. Se ha reportado un accidente en la 140 con Briar Creek. Se ruega asistencia inmediata. Repito, accidente en la 140 con Briar Creek. Se ruega asistencia inmediata.

Se produjo un ruido estático, y una voz masculina dijo:

—Aquí el ranger Rodowick a central. Estoy cerca de la zona. Me dirijo hacia allí ahora mismo. Llegaré en cinco minutos.

—Recibido. Actualiza información cuando llegues, por favor.

—Entendido. Confirmaré cuando llegue a la localización.

El ranger arrancó el motor del coche e hizo un movimiento brusco para dar marcha atrás y desaparecer por el asfalto en dirección contraria a El Portal.

Jennie observó cómo se alejaban de las cuatro luces esparcidas por el bosque y se desplazaban hacia la más absoluta oscuridad rezando por que no hubiera tomado la peor decisión de su vida.

Cuando se percató de la presencia de White, ya era demasiado tarde para intentar huir. Debía de haber escondido el coche detrás del abeto nevado, un poco más arriba del camino, y haber hecho guardia hasta que lo vio llegar. El chief no salió de su escondite hasta que él había bajado del vehículo y llegado a la puerta de casa, así que no podía deshacer su camino porque le tapaba la salida.

—El hijo de puta de Gary no está. —Pensó que seguir con su actitud de siempre era lo razonable.

—No es Gary a quien busco. He venido a hablar contigo, Ron.

—Ah, ¿sí?

—Acompáñame a la oficina y te lo contaré.

Vio que el chief empuñaba el arma.

—¿Estoy detenido? —Le resultaba difícil mantener la calma sin saber qué coño había pasado con Gary.

—¿Deberías estarlo?

—No. Pero por cómo está hablándome ahora mismo, lo parece.

—No estás detenido, Ron. Pero puedes estarlo si te niegas a venir o montas un número. Estoy seguro de que si abro el maletero del coche encontraré más de un motivo para ponerte las esposas.

Tenía razón. Asintió y recorrió el trozo de camino sucio de tierra y nieve que lo separaba de White.

—Deja el arma en casa —le dijo el chief.

No pudo evitar que se le escapara una sonrisa. Se llevó una mano a los riñones y sacó el revólver muy despacio. Por un segundo se preguntó qué pasaría si se lo cargaba. Pero enseguida se dio cuenta de que era una opción poco inteligente que solo complicaría más las cosas. Aún no sabía exactamente de qué lo acusaban, y de todas formas tenía otras opciones menos drásticas en la manga. Además, no quería tener que deshacerse de otro cadáver sin tener más información sobre Gary. Se agachó despacio y dejó el revólver en la caja de latas de cerveza que estaba debajo de la silla destartalada del porche. Después se levantó ágilmente, con las dos manos en alto, para mostrar que no llevaba nada.

—Listos. —Sonrió.

Veinte minutos después estaba sentado en una silla con White delante de él, en esa sala que no le era del todo desconocida. El chief tenía una grabadora, que puso en marcha en cuanto su culo tocó la silla.

—Supongo que ya sabes que encontramos la pick-up de Gary Sullivan estrellada contra el granero de los Brown.

—Sí, algo he oído —le dijo con fingido desinterés.

—¿Dónde está Gary?

—No lo sé. Hace días que se marchó y no hemos vuelto a verlo.

—¿Y no habéis puesto una denuncia por desaparición?

No se molestó en contener la risa cínica que le salió de la garganta antes de seguir con su actuación.

—Gary no ha desaparecido. Ha huido. Pero, sea como sea, lo queremos lejos, así que no espere que hagamos nada por conseguir que vuelva. ¡Ya puede quedarse donde cojones esté!

—Veo que no ocultas que te desagrada.

—Es una mala pieza. Mejor tenerlo lejos.

—Ya. ¿Por qué dices que ha huido?

—Cogió sus cosas, ropa y demás.

—Ah, ¿sí? Pues en el coche no encontramos nada de todo eso.

Mierda. Debería haberlo dejado todo en el coche en lugar de quemarlo. Pero después se le ocurrió una alternativa.

—Porque se lo habrá llevado, ¿no?

—¿A pie?

—Y yo qué quiere que le diga. No tengo ni idea, pero si no estaba en el coche...

—¿Sabes lo que sí estaba en el coche?

Se encogió de hombros fingiendo despreocupación, aunque sabía que esa pregunta anticipaba problemas.

—Tu ADN —le dijo White con una sonrisa.

—Ah, ¿sí? ¿Y cómo saben que es mío?

—Estás fichado, ¿no te acuerdas? Te cogimos las huellas y una muestra de ADN la última vez que te detuvimos para descartar tu implicación en el robo de la tienda de la gasolinera.

—Bueno —dijo quitándole importancia—, alguna vez he cogido la pick-up, así que es normal que estén mi ADN o mis huellas.

—¿Con su permiso?

—No, claro que no. Gary no ha compartido nada en su vida, menos aún la pick-up. Pero cuando se marchaba con la furgo y sabía que iba a estar fuera dos o tres días, a veces la cogía. Tenía una copia de la llave en su oficina.

White se revolvió en su silla. No entendía por qué le importaba tanto lo que le hubiera podido pasar a aquella escoria humana. Pero enseguida se lo aclaró.

—Conoces a Ruth Henley, ¿verdad?

Así que habían establecido una conexión entre Gary y Ruth. Sus sospechas debían de ser ciertas.

—Sí, iba al instituto con mi hermano —se limitó a responder.

—¿Había estado en vuestra casa alguna vez?

—¿Ruth? No, que yo recuerde. Quizá con Jimmy alguna vez, pero creo que no.

—¿Y en el granero de los Brown?

Ron no podía saberlo, pero la autopsia había confirmado las sospechas de White. La procedencia de la brizna de paja que habían encontrado en el pelo de Ruth coincidía con las balas que todavía había en el granero.

—Sí, seguro, en más de una fiesta. Pero ya hace tiempo. Yo ya no tengo edad de mezclarme con los amigos de mi hermano, no sé si me entiende.

—No, pero no tienes ningún problema en encontrarte con ellos para pasarles mierda —le contestó sin ocultar su enfado.

—No sé de qué me habla.

—¡Pues claro que lo sabes! Pero mira, Ron, a mí ahora mismo tus trapicheos de camello de andar por casa me interesan poco. Todos sabemos quién corta el bacalao en esta zona. —Estaba seguro de que el rictus en la boca había delatado que esta última frase le había ofendido—. Lo que quiero saber —siguió diciendo White— es qué hacía Ruth en la pick-up de Sullivan la noche que murió. Y sobre todo quiero saber quién la conducía. —Lo dijo con suficiente convicción para que no se diera cuenta de que no había manera de que los indicios que habían encontrado proporcionaran esa información.

—¿Qué noche murió Ruth? —Aquí había sido rápido. Intuyó que White pensaba que definitivamente no era tan idiota como parecía o incluso que no tenía nada que ver.

—La noche del 29 de febrero —le contestó el chief.

—La conducía Gary. Se marchó al anochecer y no volvió hasta dos días después. Luego huyó... o desapareció, dígalo como quiera.

Le pareció que White consideraba que probablemente estaba diciendo la verdad. No lo sabía, pero habían encontrado rastros de ADN masculino en las uñas de Ruth y no coincidían con Ron ni con nadie de su familia, por lo tanto, descartaban también a su hermano. Tampoco coincidían con Rodowick, aunque sí habían podido comprobar que era el padre del bebé que nunca llegaría a nacer. Después de examinar la cabaña cerca de Indian Creek, el chief había descartado su implicación. Llegados a ese punto, White necesitaba encontrar a Gary para comparar las muestras y, sobre todo, para hacerle pagar lo que había hecho si, como todo indicaba, había sido él quien la había matado.

—Y no tienes ni idea de dónde puede estar...

—No, señor. —Movió la cabeza de un lado a otro.

—Está bien. Registraremos la casa. Nada más llegar he enviado un equipo.

Aquello no le hizo ninguna gracia, pero no dijo nada. Por suerte no había guardado el material allí. Si lo perdía, ya podía olvidarse de sus planes de futuro. En cualquier caso, tendría que limitar sus movimientos hasta que pasara la tormenta. Y si alguien estaba jugando con él, como había sospechado en un primer momento, quizá ver a los hombres del chief por la zona haría que se lo pensara dos veces. También ayudaría si resultaba que el hijo de puta de Gary todavía estaba vivo y se planteaba volver para vengarse. Aunque no se lo parecía. Si así fuera, él y su hermano ya estarían muertos.

El chief interrumpió la cadena de pensamientos.

—Una última pregunta, Ron: ¿sabes qué motivos podía tener Gary para matar a Ruth?

—¿Que está tarado? —Este era uno de ellos. Y después estaba lo que él sabía.

—Sí, supongo que es una explicación como cualquier otra —le contestó a regañadientes mientras levantaba el culo de la silla.

—¿Hemos terminado? ¿Puedo irme ya? —le preguntó Ron.

White asintió ligeramente y le advirtió:

—No te vayas de la zona.

Se puso de pie, acercó los dedos índice y anular a la sien e inclinó levemente la cabeza chasqueando la lengua. Cuando ya estaba a punto de cruzar la puerta, se sorprendió a sí mismo diciendo:

—Si quiere tener una idea del paisaje general, quizá debería buscar a sus sospechosos más cerca de casa, chief. A menudo las cosas no son como parecen... Ni los malos somos tan malos ni los buenos sois tan buenos. No sé si me entiende.

Y desapareció por la puerta con una sonrisa enigmática.

27

Creía que a medida que pasaran los días la angustia se iría desvaneciendo, pero no había sido así. Cada día pensaba en Jennie. Miraba a menudo el móvil por si le había enviado algún mensaje o colgado algo en sus redes sociales. Pero nunca encontraba nada.

Había intentado acercarse más a Chris, convencida de que sabía algo, pero el esfuerzo resultó inútil. En todo caso, no había hecho más que confirmar lo que ya le había dicho Jen: no merecía la pena perder el tiempo enamorándose de un hombre como Chris. Era un caso clásico de combinación de belleza y estupidez a partes iguales. No tenía fondo o, lo que era peor, lo tenía podrido. No entendía cómo no se había dado cuenta a simple vista. Tampoco entendía qué se traían entre manos Chris y Jen, pero cada día estaba más convencida de que ella le había dicho la verdad y que, fuera lo que fuese, no tenía nada que ver con una relación afectiva.

Ese día se había levantado más triste y apagada que los anteriores y había decidido pasarse la mañana en el café donde cada día recogía su *latte* para llevar observando cómo la vida seguía como si nada en el campus. Todo el mundo caminaba charlando, riéndose o con los auriculares en las orejas, con la carpeta bajo el brazo, yendo de un sitio a otro sin que les importara que la que había sido su mejor amiga hubiera desaparecido como el humo. Esa normalidad sórdida a su alrededor la entristeció y enfadó aún más, así que cuando vio a Jordan en la barra, se acercó, propulsada por un impulso irracional que buscaba ferozmente el contacto y la complicidad en su pena.

—Hola —le dijo tocándole ligeramente el brazo. Tenía el pelo pelirrojo mojado y olía a jabón aromático de cedro.

Él giró la cabeza y tardó unos segundos en reconocerla, probablemente porque cuando conoció a Jen, Gwen y ella ya no tenían la estrecha relación que habían tenido antes.

—Hola... —respondió dubitativo. Era evidente que no recordaba el nombre de la persona que tenía delante.

—Gwen —se presentó ella con una sonrisa—. Soy amiga de Jen. Tú eres Jordan, ¿verdad?

El camarero confirmó la pregunta gritando su nombre y le entregó el café que había pedido.

—Sí —contestó distante y dio un trago del vaso de cartón mirando la salida.

—Estabais saliendo, ¿verdad? —preguntó ella.

—Supongo que podría decirse que sí... —Apartó la mirada.

—Es raro seguir con la vida como si nada hubiera pasado, ¿no te parece?

Aquello lo ablandó un poco. Por fin entendió que solo quería hablar de Jen, compartirla con alguien. A ella le habría gustado saber que a él también le pasaba lo mismo, pero se encontraba con que no podía hablar del tema con las personas que tenía alrededor.

—Sí, es raro —le contestó con una sonrisa triste—. ¿Quieres que tomemos el café juntos?

—Sí, claro. Esa es mi mesa. —Le señaló la mesa redonda en la que había dejado el portátil cerrado y el jersey en la silla.

Le fue bien hablar de Jen. Le pareció que a él también. Al principio había resultado un poco raro, pero pronto encontraron en ella el nexo en común que los unía: su peculiar sentido del humor, su adoración por la música de los setenta, su interés y curiosidad por entender el comportamiento humano... y el misterio de su desaparición, claro. Llegados a ese punto, por fin se atrevió a sacar el tema que la había estado torturando.

—Jordan... —Se acercó y bajó la voz—. No sé si estabas al tanto de que Jen pasaba drogas en el campus.

Se dio cuenta de que dudaba qué responder. Tal vez no quería decir nada que la comprometiera. Pero por fuerza tenía que saberlo. Todo el equipo de natación eran clientes habituales.

—Creo que es posible que su desaparición tenga algo que ver con esto —siguió diciendo.

—¿En Yosemite? —No parecía que se lo hubiera planteado antes.

Ella se encogió de hombros.

—Iba muy a menudo... Quizá iba a buscarlas allí.

—¿Se lo has dicho a la policía? —le preguntó Jordan.

—No, pero se lo dije a su padre. Me pareció que así pasaba la información sin comprometerla. Pero no sé si ha dicho algo... Y ahora no sé qué hacer. —Se quedó en silencio y después añadió—: Por otra parte... —Dudó un momento—. Conoces a Chris Parker, ¿verdad?

—Sí, los dos somos del equipo de natación. —Los ojos de su interlocutor apuntaban al suelo.

—¿Sois amigos? —Había cierta decepción en su voz que pareció animar a Jordan.

—No, no. Solo compartimos equipo. ¿Por qué?

—Porque creo que también puede tener algo que ver con todo esto. No sé... Sospecho que pasó algo en la última fiesta a la que fue Jen.

—¿Como qué?

—No lo sé. Pero estaba enfadada con él, y me dijo que no me acercara, que era mala persona...

—¿Se lo dijiste a Ted?

—No.

Jordan sacó la cartera del bolsillo y revolvió papeles hasta que encontró el que buscaba. Cogió una tarjeta y se la tendió a Gwen.

—Quizá deberías llamar a este hombre. Lleva la investigación de Jennie. Cuéntale todo lo que tienes en la cabeza, todo lo que sabes.

Ella reconoció el nombre del ranger con el que ya había contactado con anterioridad.

—¿Estás seguro? No quiero meterla en más problemas. Si se ha ido voluntariamente...

—Si se hubiera marchado voluntariamente, ya lo sabríamos. Habría dicho algo, habría enviado alguna señal, aunque fuera a la familia. Si la investigación sigue, no creo que la metas en problemas. En todo caso, quizá puedes ayudarla a salir de ellos.

Asintió y cogió la tarjeta. No quería contarle que ya tenía el contacto de Carrington. Se sentía idiota por no haber llegado ella misma a esta conclusión.

—Gracias —le dijo—. Hablaré con él hoy mismo.

—De nada —respondió él levantándose de la silla—. Esperemos que sirva de algo. —Se encogió de hombros.

—Me ha gustado hablar contigo, Jordan.

—Lo mismo digo. Nos vemos por el campus.

—Claro.

Él se despidió con un gesto y se dirigió a la puerta del establecimiento.

Observó el cuerpo atlético, los hombros anchos y la cintura delgada alejándose por la acera. No era difícil entender por qué Jen se había sentido atraída por él. Tenía todo el atractivo o más que Chris Parker, pero saltaba a la vista que era mucho mejor persona que él.

Pensó que Jennie siempre había sabido elegir mejor que ella. Excepto, quizá, los últimos días antes de desaparecer. Y bastaba una mala decisión para que el suelo se hundiera bajo tus pies.

Cogió sus cosas, salió a la calle con el móvil en la mano y llamó a Nick Carrington.

El trayecto se le hizo largo, pero a medida que el vehículo avanzaba por el camino que conocía empezó a tranquilizarse e intentó convencerse de que su integridad no corría peligro. Al final llegaron al desvío que tantas veces había tomado con su propio coche y recorrieron los cien metros que los separaban de la cabaña donde Keith los esperaba.

El ranger aparcó el coche al lado de otros tres vehículos. Jennie se alegró de ver el Jimny azul de Ruth. También estaba una pick-up roja que no conocía y el Defender negro de Keith.

Llegar allí hizo que se sintiera más optimista. Podría liquidar la deuda con Keith y seguir con su plan, aunque no tenía claro cómo solucionaría el tema del coche. Paso a paso, se repitió mientras salía del vehículo.

El ranger la acompañó en silencio hasta la puerta de la cabaña y llamó con el ritmo que ella ya conocía. Poco después apareció Ruth al otro lado.

—¡Ey! —saludó a Jennie con una sonrisa. Luego miró a su acompañante y la amabilidad se desvaneció por completo de su rostro—: Lombard. —Levantó la cabeza levemente para saludarlo. El ranger no respondió y entró en la cabaña.

Siguió a Ruth hasta el comedor. Keith estaba sentado en el sofá con un hombre al que ella no conocía. Compartían cervezas y veían un programa de televisión en el que dos hermanos compraban unidades de almacenamiento abandonadas sin saber qué había dentro y después intentaban vender el contenido a anticuarios.

—Ya te digo yo que esta vez la han cagado —dijo el hombre antes de dar un largo sorbo de la lata que tenía delante. Era delgado, moreno y llevaba un bigote que le llegaba hasta más allá de las comisuras de la boca—. Este garaje está lleno de mierda. ¡Perderán como mínimo dos mil dólares!

Keith lo miró e hizo un conato de sonrisa, como si hubiera recordado un chiste, pero no quisiera compartirlo con nadie. Después desvió la mirada hacia a Jennie y Ruth, que los observaban de pie y en silencio.

—¡Ah, Jennie! ¡Por fin! —Miró a un lado del sofá, donde estaba sentado el otro hombre. Este entendió que había llegado el momento de largarse. Cogió la lata y la chaqueta del respaldo e hizo un gesto de despedida con la cabeza.

—*Boss*. —Y desapareció discretamente.

Jennie ocupó su sitio y le tendió la bolsa.

—No he podido venderlo todo. Me ha quedado un poco.

Keith sacó la bolsa de marihuana y echó un vistazo.

—Está bien. No es mucho. Llévatela con la nueva remesa y la colocas.

Ella no dijo nada. Había pasado horas pensando en cómo gestionar el tema y había sido incapaz de llegar a una conclusión. Por un lado, era peligroso decirle que quería dejarlo correr durante un tiempo. No sabía cómo reaccionaría, pero temía que no le haría ninguna gracia. Por otro lado, la idea de hacer como si no pasara nada y desaparecer con una nueva remesa le parecía una idea aún peor.

Keith contó los fajos de dinero, cogió cuatro, sacó dos billetes de cien de uno de ellos y se los dio a Jennie. Ella los cogió y los guardó en su mochila.

—Guarda la pasta y vuelve a llenarlo —dijo Keith tendiéndole la bolsa a Ruth.

Esta obedeció y desapareció detrás de una puerta que daba a unas escaleras que descendían hacia el sótano.

—Keith... —se atrevió a decir por fin—. Creo que debería tomarme un descanso durante unos días... Las cosas se han complicado un poco en la uni y es peligroso que mueva mercancía ahora mismo.

—¿Qué quieres decir? ¿Te han pillado con algo? —Frunció el ceño.

—No, no. Pero hay más vigilancia. Y hay quien está buscándome las cosquillas por otros temas...

—Jennie, si estás pensando en darme por culo... —le dijo fríamente.

—No, Keith. Estoy siendo honesta. No quiero hacer como si nada y llevarme la remesa sabiendo que no podré moverla. Solo necesito un par de semanas o tres, hasta que todo vuelva a la normalidad. Estoy diciéndote la verdad para evitar problemas.

La miró fijamente durante un momento que se le hizo eterno. Le parecía que podía leer su mente, sus miedos. Tenía los ojos almendrados de un negro profundo, enmarcados desordenadamente por el pelo oscuro, largo y liso, como si acabara de levantarse. Era tan atractivo como intimidante. Al final forzó una sonrisa y chasqueó la lengua.

—Está bien, está bien. Más te vale que no sea más de lo que dices. Si es así, ya sabes que te la estás jugando, ¿verdad?

Jennie asintió.

—¡Ruth! —gritó hacia la puerta por donde esta se había ido—. ¡Déjalo correr!

Un silencio incómodo invadió la estancia. Se oyeron unas pisadas suaves y Ruth volvió a aparecer detrás de la puerta.

—Jennie ya se va. Se toma un descanso y volverá al trabajo, fresca como una rosa, dentro de dos semanas. ¿Verdad que sí, Jennie?

—Sí, claro.

La cosa no había ido exactamente como ella esperaba, pero podría haber sido mucho peor. Se levantó del sofá y recordó que no tenía coche. Saludó con la cabeza a modo de despedida y se dirigió a la puerta de salida pensando en que debería haber cogido la bufanda y los guantes. El camino hasta el hotel sería gélido, aunque el frío no era su única preocupación.

Ruth la siguió. Cuando ya estaba en el porche de la cabaña, le preguntó en voz baja:

—¿Así que has tenido un accidente? ¿No tienes el coche?

—Está en la 140. No arranca.

—¿Estás en el Sequoia Inn?

Asintió. Ruth metió la mano izquierda en el bolsillo y sacó unas llaves.

—Puedes venir conmigo, si quieres. Tengo turno de noche. Espérame en el coche hasta que acabe.

—Gracias. —Cogió las llaves eternamente agradecida y pensó que era probable que con ese gesto Ruth incluso estuviera salvándole la vida.

Ted y yo compartíamos mesa en el bar de Pete cuando recibí la llamada de Gwen Irving. Estaba contándole que llevaba más de tres días siguiendo a Lombard y no había encontrado ningún indicio que lo vinculara con Jennie cuando el ring del teléfono interrumpió la conversación. Salí del establecimiento para responder. Cuando volví, el humor me había cambiado notablemente.

—Ted —empecé a decir. Pero tuve que tomarme un momento para ordenar mis pensamientos y aclarar lo que quería decir. También para moderar mi mala leche—. Creía que querías encontrar a Jennie, que era tu prioridad —le dije por fin.

—¡Y lo es! ¿Qué coño dices?

—Sé que me has estado ocultando información esencial y empiezo a pensar que quizá tienes algún motivo para hacerlo.

—¿Qué información? ¿Crees que si supiera dónde puede estar Jennie estaría perdiendo el tiempo aquí, en el culo del mundo, dando vueltas como un pollo sin cabeza sin seguir ni una pista decente? —Su indignación fue en aumento—. ¡Hace casi tres semanas que Jennie desapareció y no tienes ni puñetera idea de dónde buscarla! —gritó.

No dejé que el contraataque me afectara. Sabía lo que pretendía, pero no pensaba seguirle el juego. Así que le dije:

—Sabías que Jennie traficaba con drogas. Y no dijiste nada.

Le sorprendió que tuviera esta información, no me quedó ninguna duda. La tensión le desapareció del cuerpo y pasó del enfado al abatimiento. Hundió la cabeza entre las manos.

—No la habríais buscado. Si os lo hubiera dicho, no la habríais buscado ni un solo día.

—Eso no es cierto.

—Claro que lo es. Ya perdisteis las primeras horas porque disteis por hecho que estaba borracha. Solo faltaba que supierais que pasaba un poco de maría aquí y allá. A las chicas malas nunca las encuentran, Nick. Por las que todo el mundo pierde el sueño y los recursos es por las modélicas. Pero mira, el caso es que Jennie no era una mala chica ni una chica que se metiera en problemas... Probablemente solo quería conseguir dinero para pagarse la universidad. No soportaba que fuera su madre la que asumiera el coste con el dinero que sacó de su último divorcio...

—Ted, sabías perfectamente que es una información muy relevante. Es probable que la vincule con ciertas personas de la zona. Hemos perdido un tiempo muy valioso en el que podríamos habernos centrado en esa gente.

—Lo siento. Pensé que era lo mejor. No quería que mancharan su nombre, que los medios se hicieran eco... Ya fue bastante duro al principio, con todo el tema del alcohol, las teorías de suicidio y todo eso. Además, quizá no haya tenido nada que ver... —Volvió a hundir la cabeza entre las manos. Era evidente que su última frase manifestaba más un deseo que lo que realmente pensaba.

—¿Te contó ella que traficaba? —pregunté.

—No. Me lo dijo una amiga suya, Gwen Irving, después de que desapareciera.

—Así que ¿no te dijo nada el fin de semana anterior, cuando os visteis en la universidad?

Me clavó una mirada interrogante.

—¿Por qué no me dijiste que habías ido a verla ese fin de semana?

—Porque no tiene ninguna relevancia —me contestó secamente—. ¿Estás acusándome de algo?

—Solo quiero aprovechar que estamos sincerándonos para aclarar un par de cosas que me dan vueltas en la cabeza.

—Muy bien. ¿Has terminado ya?

—No. ¿Cómo conseguiste la llave de la casa de Lombard?

Apartó la mirada hacia la ventana apretando los labios.

—Ted.

Por fin volvió a mirarme.

—Me la dio una vecina del pueblo. Grace Cooper. Me dijo que quería ayudarme, que las autoridades aquí no siempre hacían lo que tocaba.

—La señora Cooper puede tener motivos menos nobles que ayudarte para darte esa llave.

No me gustaba el cariz que estaban adoptando las cosas. Hacía tiempo que sospechábamos que el hijo de la señora Cooper traficaba en la zona. ¿Podría ser que conociera a Jennie e intentara dejar pistas que apuntaran a Lombard para entorpecer la investigación?

—Los tenga o no, ¿habéis hecho algo? —preguntó Ted—. ¿Habéis interrogado a Lombard?

—Estamos vigilándolo. De momento nada indica que Jennie tuviera contacto con él.

Movió la mano de un lado a otro y resopló para indicarme que no quería discutir.

No lo pinché más ni le hablé del hijo de la señora Cooper. Me pareció que ya se sentía bastante culpable por habernos ocultado esa información. Y quizá tenía razón, quizá el asunto no guardaba relación con lo que le había ocurrido a Jennie. Pero igualmente debía investigarlo. Lo que más despertaba mi curiosidad era encontrar qué la unía al cártel que controlaba la zona. Teniendo en cuenta que vivía en San José, parecía raro que tuviera un contacto tan lejos. Y entonces se me ocurrió una idea que quise confirmar.

28

La noche se le había hecho muy larga. Le resultaba extraño estar allí, durmiendo en esa habitación, bajo el techo de la casa de ese hombre al que había decidido dedicar todo su tiempo y sus esfuerzos sin conocerlo siquiera. Al final había aceptado la invitación de Rose y había accedido a pasar su estancia allí, pero no sin algunas dudas. A Sarah le gustaba tener su intimidad, más aún en esos momentos de su vida. Aun así, no quería desaprovechar una oportunidad como esa. Al fin y al cabo, Rose era su tía, el único vínculo familiar real con ese extraño que era su padre. Quería conocerla y aprovechar todo el tiempo que pudiera estar con ella. De alguna manera la había seducido con su sonrisa, su amabilidad y las historias que había compartido con ella sobre su infancia con sus hermanos.

Durante la cena, que consistió en una deliciosa lasaña de verduras, Sarah había descubierto que su abuelo por parte de padre había sido leñador, que le gustaba contar chistes que solo le hacían gracia a él y que era un borracho empedernido. Su abuela, por otra parte, resultaba que había sido una mujer con bastante carácter, pero no el suficiente para marcharse con tres hijos y abandonar a aquel hombre que, aunque le hacía la vida más difícil, también llevaba comida a la mesa para alimentarlos a todos y tenía buenos momentos cuando estaba sobrio, que era un par de veces o tres al mes.

Los tres hermanos, Rose, Nick y Seth, habían crecido bastante unidos en una pequeña casa a las afueras de Merced, donde el padre pasaba pocas horas y, por lo tanto, reinaba la calma y el olor a buena comida la mayoría del tiempo. Por lo demás, Rose había aprendido que era mejor retirarse a su habitación y no hablar demasiado cuando salía de ella. Pero sus hermanos no tenían la misma opinión, y alguna vez la policía había ido a su casa porque se habían peleado con su padre por defender a su madre. Después, cuando ellos ya eran mayores y ella una adolescente, su madre murió y todo cambió. Nick y Seth fueron a llevar las cenizas al Death Valley, y Rose se fue a vivir con una tía que vivía en El Portal, porque, aunque a ella su padre nunca le había puesto la mano encima, nadie quería que se quedara sola con él en aquella casa, que siguió llena de palabrotas solitarias y alcohol durante casi doce años, hasta que un día se convirtió en ceniza.

Rose le contó que durante aquellos años no tomó las mejores decisiones y que cuando Nick volvió a su vida, lo único que le aportaba un poco de luz era un hombre al que había conocido hacía poco y que acababa de entrar en el cuerpo de rangers del parque, llamado Mark Rodowick. El resto de la historia —le dijo cuando ya estaban terminando el postre— ya se lo contaría otro día.

Asintió y no insistió. Por lo que había leído, sabía que la historia no terminaba muy bien. Por eso le había sorprendido tanto que Rose hubiera llamado a Rodowick para pedirle ese favor. Supuso que lo había hecho porque sabía que él no podría negarse. Era una cuestión de *statu quo*, y el ranger tardaría mucho, si es que alguna vez lo conseguía, en recuperar lo que un día había compartido con Rose.

En cualquier caso, y pese al cansancio del viaje, toda esa información y la anticipación de la excursión al lugar del accidente la habían mantenido despierta hasta que los primeros rayos de sol hicieron un tímido acto de presencia detrás de las cortinas. Paradójicamente, entonces había conseguido cerrar los ojos y descansar un par de horas, hasta que una llamada la sacó repentinamente del mundo de los sueños.

—¿Sí? —había respondido sin prestar atención al nombre que salía en la pantalla.

—Ey, Sarah —dijo Coddie en tono cantarín—. ¡No me digas que estabas durmiendo, tú que te despiertas antes de que salga el sol!

—No he pasado muy buena noche...

—Vaya, lo siento. Pero ¿estás bien?

—Sí, estoy en casa de la hermana de Carrington. Bueno, en casa de mi tía, supongo...

—Bien, ya es un avance, ¿no? ¿Qué tal es?

—De momento adorable. Seguro que te gustaría. —Sonrió—. Y cocina casi tan bien como tú...

—Ah, ¿sí? Así sí que no me echarás de menos.

La verdad es que había pensado en él, claro, pero no podía decirse que lo hubiera echado mucho de menos. Todavía no, al menos.

—Coddie, lo siento, pero pasarán a buscarme dentro de cinco minutos y todavía estoy en pijama...

—Sí, claro, te dejo que sigas con tu aventura. —No lo dijo con cinismo, pero sí quizá con un punto de melancolía.

—Perdona. Ya te llamaré yo esta noche.

—No es necesario. Solo quería saber que habías llegado a tu destino.

—Sí, claro. —Se sintió culpable por no haberse puesto en contacto con él. Ni siquiera lo había pensado.

—Bueno, cuídate. Y espero que encuentres lo que buscas. O al menos lo que necesitas.

—Gracias, Coddie.

Y colgó el teléfono.

Cuando bajó las escaleras, encontró una nota en el mostrador de la cocina.

Me he marchado a la escuela. Hay café en la cafetera y magdalenas y pan en el armario de al lado de la nevera.

Que vaya bien la excursión.

Rose

Tomó el café y una tostada con mantequilla de cacahuete de pie frente a la ventana de la cocina, que daba a la fachada principal de la casa y al callejón sin salida por el que se accedía.

Tres minutos antes de las nueve, un vehículo oficial se detuvo frente a la casa. Lo conducía un hombre de cuarenta y tantos años, de pelo canoso y nariz contundente. La vio al otro lado de la ventana y sus ojos verdes la miraron, interrogantes. Ella asintió, cogió el abrigo y el bolso y salió dispuesta a visitar el lugar donde habían visto a Carrington vivo por última vez.

Se sentó en el escalón del porche con un pack de seis latas de cerveza al lado y no se movió de allí en las casi dos horas que duró el registro de la casa y la «oficina» de Gary.

De esta última salieron dos rangers con un par de cajas de cartón llenas de bolsas de plástico selladas. Supuso que habían encontrado la pasta que había dejado y maldijo a su hermano por no haberlo avisado del registro. Si hubiera cogido el dinero cuando lo encontró, nadie se habría dado cuenta. Al principio, cuando descubrieron la pick-up en el granero sin el cuerpo de Gary, se asustó mucho, pero ya habían pasado tres días y no había aparecido. No sabía qué había pasado, pero la idea de que ese malnacido volviera para vengarse parecía cada vez más inverosímil, y eso lo tranquilizaba un poco. Por eso se arrepentía de no haber cogido el dinero. Estaba convencido de que nadie lo habría echado de menos. Bueno, quizá solo Ron, si es que sabía que estaba allí.

Pensó que también debían de haber encontrado las drogas, y eso le gustó más. Que quedara claro que Gary era el camello en esa casa, así quizá los dejarían en paz.

Oyó los pasos del chief White a su espalda.

—Ey, Jimmy. —Le sorprendió que se sentara en el escalón, a su lado. Lo miró sin decir nada—. Hemos encontrado cosas bastante interesantes en la barraca. —El chief señaló lo que Gary llamaba su oficina—. Por lo que tengo entendido, Gary tiene un negocio de chatarra...

No se molestó en ocultar el resoplido de incredulidad que le causó la frase que acababa de oír.

—¿Trabajáis aquí Ron o tú?

—No.

—¿No tenéis acceso a la barraca?

—Nunca. Siempre ha estado obsesionado con que no entráramos.

—¿Sabes por qué?

—Supongo que porque tenía cosas que esconder. —Se dio cuenta demasiado tarde de que había hablado en pasado de ese hijo de puta.

—Así que nunca entráis...

Movió la cabeza de un lado a otro preguntándose si estaba cayendo de pleno en una trampa.

—Entiendo. ¿Sabes lo que es el triclorometano, Jimmy?

—¿El qué?

—También se conoce como cloroformo.

—Ah. No sé. Supongo que... es lo que utilizan en las pelis para dormir a la peña, ¿no?

Vio que a White no le había gustado su respuesta, pero no entendió por qué. Si hubiera estado en su mente, habría sabido que era porque habían encontrado rastros de esa sustancia en el cuerpo de Ruth. Como mínimo eso descartaba que se hubiera pinchado ella misma. Parecía evidente que la habían sedado para fingir una sobredosis. Se quedó en silencio, como pensando en la siguiente pregunta, y al final dijo:

—¿Sabes que también se utiliza para fabricar drogas?

—Ah, ¿sí? —Eso era nuevo para él. Pensó que quizá Gary era algo más que un camello de poca monta.

—Sí. Cocaína, anfetaminas, metanfetaminas, LSD... entre otras.

O sea, que quizá ese desgraciado fabricaba él mismo la mierda que le pasaba a su madre. Pero no podía hacerlo en esa barraca. No había encontrado nada que se pareciera a un laboratorio. Se preguntaba si Ron lo sabía y si en sus planes se incluía también sustituirlo en este papel. Pareció que White le leía la mente.

—Aquí hay muchos jóvenes que se pasan con lo que les gusta describir como experimentación u ocio nocturno. Pero no me parece que sea tu caso... Supongo que tener un ejemplo en casa de lo que puede pasar puede hacerte ir hacia cualquiera de los dos extremos. Es una suerte que hayas elegido este.

No supo cómo tomárselo.

—Esto ocurre porque tienen fácil acceso a la droga —siguió diciendo White—, porque hay muchas personas interesadas en pasarles mierda y tenerlos enganchados. Viven de la miseria de la gente,

Jimmy. Se la ofrecen como si les hicieran un favor, pero en realidad quieren convertirlos en esclavos. Es una forma de vida, para los que se enganchan y se dan cuenta demasiado tarde y para los que se aseguran un cliente de por vida.

De repente se sintió muy incómodo. No sabía adónde iba esa conversación, pero no le gustaba nada el cariz que estaba adquiriendo. ¿Dónde cojones estaba Ron? ¿Y su madre? ¿Por qué siempre acababan dejándolo solo en los momentos más comprometidos?

—La gente tiende a idealizar a los camellos, Jimmy. —Era evidente que el chief tenía todo ese discurso preparado y pensaba recitarlo de principio a fin—. Sobre todo a los de maría. Creen que son hippies relajados que solo ofrecen un poco de tranquilidad al cliente. Pero el caso es que actualmente ya casi nunca es así. A menudo la maría es solo la punta del iceberg, y los que la cultivan y distribuyen no son un par de hippies con una plantación, son cárteles con redes criminales internacionales que, además de traficar con drogas mucho más duras, a menudo trafican también con personas o armas. Por eso el gobierno está considerando legalizarla, Jimmy, imagínate si el problema es gordo.

—¿Por qué me dice todo esto? —le preguntó abrumado—. Yo no sé nada de esa historia de la que me habla...

—Porque podrías ayudar a evitarlo, Jimmy. Porque tengo la sensación de que estás en un momento en el que debes decidir en qué lado quieres estar, y estoy ofreciéndote la oportunidad de estar en el correcto.

—No termino de entender lo que quiere decirme... —Dio un largo sorbo de cerveza.

—Escúchame bien, Jimmy, porque puede ser tu única oportunidad de cambiar tu vida.

Y el chief White procedió a contarle lo mismo que le había contado a Ruth Henley un año antes.

29

El hombre que se sentó frente a él le resultaba familiar. Se presentó y dijo que estaba investigando el caso de la desaparición de Jennie. Chuck pensó que seguramente se habían visto en algún momento por la zona antes de que lo encerraran en aquel eufemismo de prisión. En cualquier caso, pensó en el padre que nunca había tenido. Diría que era cojo de una pierna, aunque intentaba disimularlo. Debía de tener más de cincuenta años, pero la barba —aunque era gris— y la gorra de béisbol que llevaba le conferían un aire de juventud inesperado.

Cuando ese hombre, que se hacía llamar Carrington, le preguntó cuál era el último día que había visto a Jennie, él cerró los ojos, como si hiciera un esfuerzo por recordarlo. Pero en realidad lo recordaba perfectamente, como también el día que la conoció.

Había entrado en aquella sala insípidamente neutra convencido de que perdería el tiempo, de que encontraría a una estudiante estirada y nerviosa que aun así se las arreglaría para hablarle con una condescendencia insultante, enumerándole una por una las malas decisiones que había tomado durante su corta vida y dándole lecciones sobre una realidad que seguro no podía llegar a imaginar.

Pero Jennie no era como esperaba. Lo había recibido con una sonrisa que le pareció sincera y se había presentado resaltando el hecho de que no tenía muy claro qué estaba haciendo y pidiéndole que no se lo tuviera en cuenta si la cagaba, porque al fin y al cabo estaba en prácticas. Eso le sorprendió y facilitó que aquella joven estudiante de Psicología se colara fácilmente y como quien no quiere la cosa en su vida, que se hubiera acostumbrado a su compañía y que hubiera escuchado con atención cada uno de sus consejos durante sus conversaciones. Jennie se había convertido en algo más que una consejera. Era una buena amiga, y ahora la echaba de menos. Para sustituirla habían enviado a otra estudiante que no le llegaba a la suela de los zapatos, y cada vez que tenía que hablar con ella le daban ganas de volver a delinquir solo por fastidiarla.

Volvió a la realidad y encontró los ojos inquisitivos de ese hombre que intentaba cazar los pensamientos que lo habían absorbido completamente.

—Según el registro de entrada, la última visita que hizo Jennie fue el jueves 25 de febrero.

—Pues si lo dicen los registros, será verdad. Como comprenderá, es difícil ser consciente del día en el que vives cuando cada día es exactamente igual que el anterior. —Esbozó una sonrisa cínica.

—Entonces ¿no notaste nada diferente en Jennie la última vez que os visteis? ¿No dijo nada que te hiciera pensar que quería marcharse? ¿Cambiar de vida?

Fingió pensarlo, pero, como en la pregunta anterior, lo recordaba perfectamente. Sí, la última vez que se habían visto le había parecido que de alguna manera Jennie estaba despidiéndose. No lo había dicho de forma explícita, pero sus palabras arrastraban la sombra de un adiós permanente. Por eso cuando vio las noticias, pensó que debía de estar bien, que seguramente ya tenía pensado desaparecer y que en un momento u otro la encontrarían; o quizá empezaría con éxito una nueva vida y al cabo de un tiempo él recibiría una carta con un nombre inventado en la que reconocería su letra. Pero los días fueron pasando y el optimismo que acompañaba esta hipótesis se desvaneció. Empezó a pensar, y esa idea lo atormentaba, que quizá Jennie se había metido en problemas con esa gente que él conocía tan bien, y la cosa había acabado mal. Por primera vez desde que mantuvieron aquella conversación sintió que era posible que tuviera algún tipo de responsabilidad en lo que le había pasado a Jennie. Que lo que en su momento le había parecido tan buena idea fuera el motivo de que quizá no volviera a verla nunca más.

—No —le contestó de mal humor—, no noté nada diferente.

El tal Carrington le lanzó una mirada incrédula.

—Tampoco es que Jennie me contara su vida —se defendió—. Se supone que de lo que se tiene que hablar en terapia es de mí.

—Chuck... —Era la primera vez que lo llamaba por su nombre. Le hablaba como lo haría un padre paciente a un adolescente tozudo, que al fin y al cabo es lo que era—. Sabes por qué estoy aquí, ¿verdad?

Valoró hasta qué punto quería alargar la agonía. No tenía nada mejor que hacer, pero tampoco quería tomar el pelo a ese hombre que buscaba a Jennie.

—Supongo —le contestó casi sin pensar.

—¿No crees que es mucha casualidad que Jennie desapareciera en El Portal? Teniendo en cuenta que era de Los Ángeles y vivía en San José.

—Mucha gente viaja al parque. Si alguien lo sabe, es usted.

—Aun así, creo que Jennie no estaba allí para hacer turismo. ¿A ti qué te parece?

Se encogió de hombros.

—Fuiste tú quien puso en contacto a Jennie y Keith, ¿verdad? —La pregunta fue tan directa y precisa que le sorprendió.

—¿Creen que ha tenido algo que ver? —Se dio cuenta de que acababa de responder a la pregunta en ese mismo momento.

—¿Tú lo crees?

Decidió responder sinceramente. Ya no tenía sentido no hacerlo. Era evidente que el hombre que tenía delante sabía más de lo que había creído en un primer momento.

—No, la verdad es que no. No es su estilo. Pero, bueno, supongo que con Keith nunca se sabe.

—¿Podía tener algún motivo? ¿Sabes si le debía dinero?

—No, no lo creo. Jennie era, es —se corrigió cerrando los ojos por un segundo—, muy legal, no sé si me entiende.

Se dio cuenta de que a su interlocutor le había hecho gracia la expresión, y también de que no se le había escapado el cambio de tiempo verbal en la frase.

—¿Cuánto tiempo llevaba trabajando para él? —le preguntó.

—Unos seis meses. Empezó poco después de que nos conociéramos. Necesitaba la pasta y en la uni se mueven muchas cosas. Yo sabía que Keith estaría interesado. Todos salían ganando.

El ranger asintió. Parecía que todo empezaba a encajar en su mente.

—Supongo que sabes quién es Ruth Henley.

Intentó que no se le enturbiara el rostro, pero no tenía claro que lo hubiera conseguido.

—Sí, sé quién es. La chica a la que mataron el mismo día que desapareció Jennie, ¿no?

—Bueno, no sabemos si fue el mismo día, pero sí. ¿La conocías? Personalmente, quiero decir. Creo que tenéis la misma edad.

—Sí, íbamos juntos al insti. —Le pareció que le había salido bastante casual.

—Entonces ¿erais amigos?

—Conocidos, más bien.

—¿No teníais buena relación?

—Ni buena ni mala. No nos relacionábamos mucho.

—Pero los dos conocíais a Keith.

No le gustó el cariz que estaba adquiriendo la conversación.

—Todo el mundo de la zona conoce a Keith.

—Pero no todo el mundo acaba en el correccional, ¿verdad? ¿Ruth tuvo algo que ver?

—¿Ruth? ¿Por qué iba a tener algo que ver? —Y de repente aquella sospecha apagada y casi imperceptible que había tenido hacía tiempo volvió a su mente.

—Ruth también trabajaba para Keith, ¿verdad?

—No lo sé —mintió—. Pero creía que estaba buscando a Jennie. Estoy haciéndome un lío.

—Es que es un poco lío, la verdad. Por eso intento aclararlo. —Sonrió con un punto desafiante.

—Pues lo siento, pero no puedo ayudarle mucho, señor Carrington. Ni en lo uno ni en lo otro. Como ya sabe, llevo aquí encerrado más de seis meses. Supongo que no me considera sospechoso de nada. Puse en contacto a Keith y a Jennie porque ella me lo pidió y, por lo que sé, su relación era estrictamente de negocios y no tenían ningún problema. No puedo decirle nada más.

—Bueno, si se te ocurre algo que pueda ayudarnos a encontrarla... —Le tendió su número de teléfono—. Tengo entendido que te ayudó bastante. Quizá puedas devolverle el favor.

El chico prefirió no contestar a esta última frase, que le afectó más de lo que habría deseado.

—En fin, que tengas un buen día, Chuck. —El hombre se levantó de la silla haciendo un curioso movimiento con la pierna derecha.

—Igualmente —murmuró, y lo vio desaparecer por la puerta.

Rodowick la dejó delante de la casa.

—Dale recuerdos a Rose —dijo echando un vistazo a la ventana de la sala principal. Era evidente que buscaba su silueta.

—Sí, claro. Gracias de nuevo, por todo. —Cerró la puerta del vehículo.

—No hay de qué. Si puedo ayudarte en cualquier otra cosa, solo tienes que hacérmelo saber. —Y se marchó lleno de melancolía.

Metió la llave en la puerta y se sintió extraña de nuevo, como se había sentido por la mañana cuando la había cerrado. Ese gesto le hacía sentir que de alguna manera formaba parte de esa casa, y era una extrañeza bastante agradable.

—Qué, ¿cómo ha ido? —le preguntó Rose. Estaba en la mesa del comedor rodeada de un montón de papeles grapados, exámenes o trabajos de sus alumnos.

—Bien, supongo. —Se encogió de hombros inconscientemente.

—No te veo muy convencida.

—Es que no acabo de entender la situación en la que pasó todo —murmuró casi molesta, como para sí misma—. Carrington era cojo, ¿no?

Unos meses después de la desaparición de Jennie, el tal Shonjen Jonnie había empezado a hacer comentarios maliciosos sobre Carrington con la intención de desacreditarlo, lo que había provocado que desde ese momento fuera conocido como el «guardabosques cojo del caso de Jennie» en muchos foros *true-crime*.

—Sí, pero eso no le impedía hacer su trabajo —contestó Rose—, ni siquiera le pasaba siempre, iba y venía. ¿Sabes? Salvó la vida a muchas personas con esa cojera. Personas que en principio creían que estaban en mejor forma que él...

—No, perdona, no estaba cuestionando su valía como ranger. Lo que quiero decir es que parece extraño que eligiera ese recorrido, teniendo en cuenta que conocía el terreno y sus peligros.

Sarah no había imaginado que la ruta de Yosemite Falls le causaría tanta impresión. Al fin y al cabo, familias y gente de todo tipo lo hacían cada año. Quizá, pensó después, sin estar preparados para ello. Ella no era deportista, pero se mantenía en forma. Los primeros dos tercios del trayecto le habían parecido bastante accesibles, aunque con un inicio muy duro de mucho desnivel. La última parte, en cambio, además de terminar de agotarla, le había causado bastante aprensión. El sendero transcurría por una zona estrecha de piedra escarpada que daba a las cascadas y que no siempre estaba protegida con barandillas. Se había hecho cruces por cómo era posible que no se produjeran más accidentes, con la multitud de turistas que se aglomeraban en un espacio tan angosto —muchos de ellos nada preparados o sin las aptitudes necesarias— y con unas condiciones de humedad que, en días como ese, hacían que la piedra resbalara aún más y fuera el camino directo hacia una muerte segura si dabas el paso equivocado.

Mark Rodowick le había marcado el punto exacto en el que dos testigos, que al parecer no se conocían de nada, dijeron que habían visto caer a Nick Carrington al vacío.

—¿Y estaba solo? ¿No había nadie cerca? —había preguntado ella.

No, según le habían explicado, desapareció de golpe, como si una fuerza invisible le hubiera tirado de los pies hacia el abismo.

Así que en principio no había podido ser un homicidio. Era factible. Era fácil entender que alguien pudiera resbalar allí, no lo ponía en duda, pero ¿precisamente un guardabosques que conoce bien los peligros? Claro que nadie es infalible. Pero si había tenido la suerte o la desgracia de caer al agua, ¿no podría haber salido? Supo por Mark que era prácticamente imposible: «En Yosemite el agua es traicionera. Su frialdad, su fuerza y lo que no te deja ver o esconde engañan.

Cuando el agua cae tan violentamente, hay tanto aire que no puedes flotar y tampoco puedes nadar. Es hermoso de ver, pero es letal. Cada año hay accidentes mortales, la mayoría debidos a que la gente ignora la premisa número uno al visitar el parque, que es «*stay on the trail*».* Así que los turistas salen del sendero, andan por las rocas, desean mojarse las manos o los pies o incluso deciden que quieren cruzar un río saltando de roca en roca, y, claro, la cosa acaba mal. Si caes al agua, esta te transporta a gran velocidad y es muy fácil que quedes atrapado debajo de un tronco o de rocas que no te permitirán moverte. En los ríos más turbulentos, la espuma que genera la fuerza del agua hace imposible nadar o respirar. Por otro lado, a la gente le cuesta entender que aquí las rocas pueden resbalar muchísimo, porque las han pulido el glaciar y el agua durante siglos, y siempre son peligrosas, aunque en ese momento no estén mojadas. Si resbalas y caes al agua, es muy probable que no vuelvas a salir».

Le había preguntado los nombres de los testigos a Mark. Él le respondió que esta información era confidencial, pero que, si tenía intención de hablar con ellos, le resultaría difícil, porque eran turistas extranjeros que habían vuelto a sus países de origen y los teléfonos de contacto que dejaron eran los números estadounidenses que utilizaron durante su estancia.

—¿Y no puedo ver las declaraciones? —le preguntó ella.

Él había puesto cara de circunstancias y había contestado:

—Déjame ver lo que puedo hacer.

Pero sabía que tenía muy pocas posibilidades de conseguirlo.

Entonces ella se había acercado al abismo en el que desapareció su padre. Las aguas furiosas de la cascada chasqueaban ensordecedoras y escupían miles de litros de agua blanca espumosa que descendía impetuosa entre las rocas hacia el río Merced. Sí, definitivamente era improbable salir vivo de una caída así, prácticamente imposible.

—Me sabe mal, Sarah —dijo Rose pasándole un brazo por la espalda—. Sé que esperabas encontrar algo que te diera la esperanza de que había podido sobrevivir.

---

* 'Quédate en el camino'.

Asintió en silencio. Sus ojos dejaron caer una lágrima solitaria. Era todo lo que pensaba permitirse. Algo dentro de ella se negaba a aceptar esa pérdida como algo definitivo. Se sacudió la tristeza de encima.

—Rodowick me ha dado recuerdos para ti —le dijo en voz baja—. Creo que te echa de menos.

—Insuficiente y tarde. —Rose movió la mano. Era evidente que no tenía intención de darle otra oportunidad—. Te prepararé un té y algo de comer. Te irá bien tomar algo caliente —dijo cambiando de tema. Y se levantó del sofá

—Gracias.

El movimiento en el exterior le hizo girar la cara hacia la ventana. Al otro lado, un cuatro por cuatro negro daba media vuelta y desaparecía por el callejón sin salida. Aunque apenas pudo verlo, le pareció que el conductor le resultaba familiar. Pensó que estaba exhausta y que hacía demasiadas horas que no comía.

Pero si le hubieran mostrado una fotografía de ese hombre y la hubiera mirado durante un buen rato, se habría dado cuenta de que sí lo conocía. Y sin duda se habría preguntado qué diablos hacía allí.

Ese día no había bebido mientras desayunaba, pero arrastraba la resaca del día anterior. Aunque sabía que lo esperaba el turno de primera hora, la mañana le había parecido muy lejana cuando la luna brillaba entre la oscuridad de la noche.

Había entrado de mal humor, que se había exacerbado cuando apenas recibió respuesta de Julie después de obligarse a decirle «buenos días». De hecho, casi nunca le contestaba. Tenía la impresión de que siempre fingía no oírlo o de que estaba demasiado ocupada entre el papeleo y las llamadas para devolverle el saludo. Y esto lo ofendía y lo ponía a mil. Pero ¿quién se creía que era esa mala puta? Siempre mirándolo así, juzgándolo, desconfiada, con un rictus de desagrado oculto en los labios...

Así que no quiso aguantarse la mala leche y fingió que tropezaba con su mesa, lo que provocó que dos montones de documentos que ella había clasificado con sumo cuidado durante el día anterior cayeran de forma estrepitosa al suelo.

—¡Vaya! —había exclamado exageradamente—. ¡Lo siento! —Y se agachó para fingir que tenía intención de ayudar a recoger aquel caos de papeles esparcidos por el suelo de la oficina. Pero en realidad los esparció y mezcló aún más.

—¡Déjalo, Lombard! —le había gritado Julie—. ¡Ya lo recojo yo, ostras! —Y se había apresurado a amontonar rápidamente unos papeles encima de otros sin ningún orden, con la frustración de saber que tendría que rehacer todo un día de trabajo.

Pero Lombard ya lo había visto antes de que ella lo apartara de su campo de visión. En medio de todo aquel papeleo identificó una ficha de confidente con la fotografía de Ruth Henley, que se había caído de una carpeta etiquetada como CONFIDENCIAL.

—¡Lombard! —había vuelto a gritar Julie para sacarlo de su abstracción.

Al final se había levantado con una sonrisa, disculpado de nuevo sin credibilidad alguna y marchado pensando en cómo sacar provecho de esa información.

No tardó ni una hora en encontrar la respuesta.

30

En cuanto hubieron abandonado el cruce del camino de tierra, sintió que el alivio la relajaba de pies a cabeza. Ruth lo debió de notar, porque le dijo:

—Una nunca puede sentirse del todo cómoda con Keith, ¿verdad?

Sonrió. Sí, esta era una parte. Pero en su cabeza eso ya no representaba un problema. Había superado el escollo y ahora solo estaba a unas horas de marcharse y seguir con su plan. Solo tenía que solucionar el tema del coche. Por la mañana llamaría a un servicio de grúa y pediría que lo arreglaran. Con un poco de suerte, podría estar en Oakhurst unas horas más tarde de lo que había planeado.

—Muchas gracias por llevarme. Me has hecho un gran favor.

Ruth le devolvió la sonrisa.

—No hace falta que me las des. Debemos protegernos entre nosotras. Ya sabes... —Le guiñó un ojo y volvió a mirar la carretera. El coche se quedó en un silencio armonioso y después añadió—: No quiero meterme donde no me llaman, Jen, pero, si puedes permitírtelo, intenta buscar otra manera de ganar pasta...

La miró con curiosidad, pero no dijo nada.

—Es solo que tengo la sensación de que la bola está empezando a hacerse muy grande —siguió diciendo Ruth—, y temo que un día u otro acabe engulléndonos.

Asintió. La entendía perfectamente. Aun así, tenía la sensación de que quería decirle algo más, pero no se atrevía.

No insistió. Al fin y al cabo, no tenía intención de volver a contactar con Keith, ni después de dos semanas ni de tres. Le habría gustado contárselo, pero no tenía suficiente confianza con ella y no podía arriesgarse a ser tan sincera con alguien tan cercano a él.

—¿Cómo es vivir aquí? —le preguntó por cambiar de tema.

Ruth invirtió unos segundos de reflexión en su respuesta.

—Está bien, supongo. Tampoco puedo compararlo con ningún otro sitio. Nunca he salido de aquí... Me gusta la naturaleza, así que tengo esta suerte. Aunque paradójicamente puedes llegar a sentirte atrapado, por muchos kilómetros cuadrados de montaña que te rodeen. No sé si me entiendes...

—Sí, claro. Puedes sentirte atrapado en cualquier sitio, supongo. Al final no es tanto el entorno como la gente que te rodea...

—Hombre, aquí hay mucha gente peculiar, eso no puede negarse. —Se medio rio—. Pero también hay alguna que otra persona interesante.

Por la manera en la que levantó la mirada de la carretera al decirlo, adivinó que estaba pensando en alguien muy concreto, pero no se atrevió a preguntarle nada al respecto.

—¿Tienes pareja, Jen? —preguntó Ruth confirmando sus sospechas.

—No. Tenía, pero la cosa no funcionó. Ahora estoy conociendo a gente, a alguna persona más interesante que las demás —dijo con una sonrisa cómplice.

—El tema es complicado, ¿verdad?

—¡Mucho! —contestó. Le supo mal no haber tenido más relación con ella. Le parecía que podrían haber sido buenas amigas, quizá tanto como con Gwen.

—Ya, dímelo a mí... —Giró el volante y entraron en la zona de aparcamiento del Sequoia Inn—. Si me hubieras dicho hace un año que las cosas serían como son ahora, ¡te habría dicho que estabas loca!

—Sí, sé exactamente lo que quieres decir.

Las dos se rieron.

Ruth aparcó en una de las plazas para los trabajadores, ubicadas en uno de los extremos del aparcamiento. Ambas salieron del coche.

—Gracias de nuevo —le dijo mientras se dirigían a la entrada del hotel.

—Ha sido un placer. Me ha gustado hablar contigo, aunque no tengamos muy claro de qué hablamos. —Le guiñó un ojo mientras abría la puerta del hall. Se metió la mano en el bolsillo buscando algo—: ¡Ay! Me he dejado el móvil en el coche.

—Te acompaño —se ofreció dando media vuelta.

—No, no es necesario, Jen. Gracias. Es un momento. —Echó un vistazo al interior—. Aprovecharé para hacer una llamada antes de entrar. No es necesario que me esperes.

—Está bien, como quieras. —Se encogió de hombros y empujó la puerta hacia el hall.

—¡Buenas noches!

—¡Que descanses!

Y Ruth avanzó por el asfalto del aparcamiento hacia la que sería su última noche.

Los gritos lejanos de uno de sus hombres interrumpieron la conversación con Jimmy.

—¡Chief White! ¡Tenemos un cuerpo!

Se levantó del escalón a toda prisa y corrió hacia el ranger que movía las manos desde el camino de tierra, a unos cien metros de la casa móvil de los Bloom.

—¿Es Jennie Johnson? —preguntó cuando se encontraron.

—No. Es un hombre. Tiene la cara desfigurada por los animales, pero por cómo va vestido y la talla, podría ser Gary Sullivan.

—¿Dónde está?

—En el bosque. —El ranger señaló hacia el denso grupo de secuoyas y pinos nevados a su derecha—. A unos quinientos metros. Danny está custodiándolo.

—¿Podemos sacarlo por tierra?

—Creo que sí.

Asintió y cogió su radio para pedir asistencia.

—Pues vamos —dijo una vez cerrada la comunicación—. Nos encontraremos allí.

No se había atrevido a decírselo a White, pero la última noche que tenían que verse, la noche que estuvo esperando y Ruth no se presentó, Rodowick tenía pensado decirle que tenían que dejarlo. Sabía que no se lo tomaría bien, porque todo lo que le había dicho hasta entonces hacía pensar que incluso se planteaba dejar a Rose, pero desde hacía cinco semanas la culpa estaba comiéndoselo vivo y había llegado un momento en el que le resultaba muy difícil estar con ella y no pensar en su mujer. Desde que perdió la capacidad de abstracción del principio, había empezado a ver la relación de otra forma. La quería, era evidente, pero comenzaba a pensar, por más que al chief le hubiera dicho otra cosa, que no era tan diferente de esos casos de los que quería diferenciarse. Le avergonzaba pensar que se había dejado llevar por la novedad, por esa mirada joven y llena de admiración, por esa ingenuidad a menudo fingida, por ese cuerpo ágil y esbelto y esa fuerte personalidad. Si se paraba a pensarlo, Ruth se parecía mucho a Rose cuando tenía su edad. Así que lo que le había parecido una historia de pasión incontrolable empezaba a perder el glamur y, con esta revelación de la realidad, también el atractivo. Esto lo había ayudado a decidir que no quería perder a Rose. Aún estaba a tiempo de cortarlo y rezar para que nadie descubriera lo que había pasado, para que se desvaneciera y no se volviera a hablar de ello nunca más. Pero solo sería posible si Ruth lo encajaba bien, claro. Si no, tendría que encontrar otra manera de solucionarlo.

Por eso, en un primer momento, cuando supo que Ruth había desaparecido, sintió un gran alivio. Su problema se había desvanecido como por arte de magia. Se dejó llevar por la conveniencia del hecho y pensó que quizá se había marchado con alguna amiga para empezar una nueva vida, o incluso con algún chico de su edad. Pero enseguida se dio cuenta de que lo que pensaba era una tontería. Si Ruth había decidido irse, era porque se había metido en problemas; y si no se había marchado, significaba que le había pasado algo, algo grave. Estos pensamientos fueron oscureciéndose hasta que encontraron su cuerpo en el río. Y entonces se hundió, sollozando, en el coche tras oír la noticia en una emisora de radio nacional. Solo pudo agradecer haber estado solo en ese momento.

Desde ese mismo instante se sintió idiota por no haberla ido a buscar al hotel aquella noche, por haber priorizado mantener en secreto su relación. Estaba seguro de que podría haberle salvado la vida, de que podría haber cambiado el curso de los acontecimientos.

Pero Rodowick se equivocaba. Cuando llegó al hotel esa noche, la suerte de Ruth ya había cambiado. Y en ese momento él podría haber hecho muy poco por evitarlo.

En cuanto salí del correccional donde había entrevistado a Chuck Larson, estuve tentado de llamar a White. Pero todavía dudaba de todo. Sospechaba que el chief había convencido a Ruth de que hiciera de confidente antes de empezar a salir con Melanie Henley y la cosa había acabado mal. Probablemente la habían descubierto y se la habían cargado. No sabía si White no quería compartir esa información porque se sentía culpable y deseaba ocultarlo o porque quería hacer justicia él mismo y prefería que nadie interviniera. En cualquier caso, debía considerar la opción de que Jennie se hubiera visto envuelta en todo aquello. Quizá estaban juntas cuando se produjo el ataque.

Decidí hacer la visita que tenía pendiente al taller de Sid. Si era sutil, quizá Harry Dale me daría una respuesta que me ayudara a acabar de entender lo que había pasado.

Lo encontré con la cabeza metida en el capó de un Ford Interceptor, revolviendo el motor.

—Ey, buenos días —le dije desde la entrada del taller.

—Ahora estoy contigo —contestó levantando la mano izquierda. La tenía vendada. Al minuto se incorporó—. Ah, hola. Carrington, ¿verdad? —Sonrió.

Asentí.

—¿Qué necesitas? —Se apoyó en la puerta del coche blanco.

—En realidad, tu opinión.

—Ah, ¿sí? —Pareció que le hacía ilusión.

—Sí, quiero comprarme un cuatro por cuatro y no acabo de decidirme entre el Ford Ranger, que es el que llevo normalmente, y el Ford Explorer. Si duda entre el Explorer y el Interceptor, y yo tiendo a quedarme con lo que funciona, así que quería saber la opinión de otra persona.

Harry Dale sonrió satisfecho.

—Hombre, depende mucho de para qué lo utilices. El Ranger no deja de tener las cosas buenas de un coche grande y una pick-up, mientras que el Explorer es todo cerrado... La verdad es que los dos son buenos coches, pero yo, aquí, me quedaría con el Ranger, especialmente si no tienes familia. Siempre va bien disponer de esa opción cómoda de carga.

Asentí.

—Sí, la verdad es que el que llevo nunca me ha dado ningún problema. No como el Dodge, que parece que siempre tengáis uno de muestra. —Miré hacia la fila de coches por recoger en la zona de aparcamiento—. Aún no entiendo por qué el chief no se lo cambia...

—Casi nadie quiere cambiar el coche con el que ha empezado. Creo que es por superstición.

—Ya, pero es la segunda vez en dos semanas que lo tiene aquí, ¿no? —Miré el coche en el que me había fijado al entrar.

—Ah, no, no. Ese lo ha traído otro ranger. Lombard, se llama.

Volví a mirar el coche, aparcado en batería. Habría jurado que había un Y03 en el lateral de la puerta, pero cuando presté más atención vi que se trataba del Y08.

Era fácil confundir el ocho con el tres. Sobre todo en la oscuridad mientras se está conduciendo.

Quizá era esto precisamente lo que le había pasado a la persona que llamó la noche de la desaparición de Jennie identificando el coche Y03. No pude evitar sentir cierto alivio por haber encontrado un motivo para descartar que White hubiera tenido algo que ver. De nuevo, otro indicio apuntaba a Lombard.

—Ah, ya. Es que parecen iguales. —Sonreí—. ¿Qué le pasaba al Dodge? —Lo señalé con la cabeza.

—Reparación de chapa y cristales. Parece que alguien se entretuvo dándole golpes con un bate como un loco. —Se encogió de hombros.

No me extrañó. Seguro que había más de una persona que tenía motivos para descargar su rabia sobre el coche de Lombard.

—Bueno, no te entretengo más. Gracias por tu consejo, Dale.

—De nada, que disfrutes del nuevo coche. —Me guiñó un ojo y volvió a meter la cabeza en el capó.

Estaba marcando el número de White cuando la pantalla me mostró una llamada entrante desde las oficinas.

—Carrington —respondí.

—Ey, tenemos nueva información. —Era Julie—. Una mujer que trabaja haciendo la limpieza en el Sequoia Inn dice que vio a Jennie en el bar del hotel la mañana del día después de que desapareciera. Dice que compartía mesa con un chico de su edad.

—¿Está segura?

—Le he enseñado un par de fotografías, aparte de la de los carteles, y me ha dicho que sí.

—¿La tienes ahí?

—Sí.

—Dile que espere cinco minutos. Voy para allá.

Y durante un buen rato Lombard desapareció de mi cabeza.

No se dio cuenta de que había perdido el móvil hasta que salió de la ducha en la habitación del hotel. Pensó que quizá se le había caído en el coche, aunque juraría que lo había metido en un bolsillo del anorak. En cualquier caso, en ese momento no podía hacer nada. Se acurrucó en la cama y dejó que el estrés del día acabara de fundirse en el colchón que la sujetaba. No tardó ni dos minutos en quedarse dormida.

A la mañana siguiente se despertó llena de optimismo y energía. Antes de bajar al bar a desayunar buscó el servicio de grúa más cercano y llamó para que la pasaran a recoger una hora después. El hombre que respondió le dijo que no había ningún problema. Y entonces, cuando ya se había sentado a una de las mesas del bar y pedido un café con leche y unas tortitas, levantó los ojos un momento y lo vio.

El corazón le dio un vuelco ante aquella incongruencia. ¿Qué diablos hacía allí?

Él debió de sentirse observado, porque levantó la mirada de la pantalla del móvil y sus ojos se encontraron. Le pareció que su sorpresa era sincera. Sonrió y sin decir nada se levantó y se dirigió a la mesa donde estaba sentada.

—David —dijo ella todavía asombrada—. ¿Qué haces aquí?

—Tengo una semana libre y quería que me diera el aire. Siempre has hablado tan bien de este lugar que he decidido que le daría una oportunidad. —Se sentó delante de ella—. ¿Y tú? ¿No tienes prácticas esta semana?

—No —mintió—. Y también quería cambiar un poco de aires.

—¿Qué te ha pasado en la cabeza? —le preguntó alargando la mano y tocándole delicadamente la sien. Aunque había conseguido limpiar la mayor parte de la sangre reseca con la ducha nocturna, la herida era visible entre el nacimiento del pelo y le había salido un morado en la piel cercana a la ceja.

—Nada. Ayer tuve un accidente con el coche y... —Se calló al recordar de pronto la conversación con Diane—. Bueno, da igual.

—No, dime —dijo él sonriendo. Estaba amable, tenía el día bueno.

—No, que tuve un accidente viniendo y el coche no funciona.

—¿Estás bien? ¿Te has hecho daño?

—Estoy bien. Solo me duele un poco el cuello, pero es muscular —le dijo tocándose la nuca—. Ya he llamado a la grúa. Espero que puedan arreglarlo hoy mismo.

—Te acompaño.

—No, no es necesario, gracias.

—Jennie. —Entornó los ojos, y esa boca que tantas veces la había besado esbozó una media sonrisa.

—¿Qué?

—No estoy intentando nada. Somos amigos, ¿no?

—Sí, claro.

Seguía teniendo un piloto automático con David. Era imposible borrar de golpe la inercia creciente de más de dos años de relación. Le daba mucha rabia, pero le resultaba fácil olvidar sus días malos cuando los tenía buenos. El hecho de haber cortado la relación le dio una falsa sensación de distanciamiento que hizo que se sintiera más segura. Lo cierto es que agradecía ver una cara conocida en medio del follón en el que estaba en ese momento.

—Pues deja que te ayude —siguió diciendo él—. Quizá puedo echarle un vistazo yo mismo y te ahorras el mecánico. Tengo herramientas básicas en el coche. Ya sabes que siempre las llevo encima.

Era cierto. David era un manitas y siempre lo tenía todo a punto por si lo necesitaba. Era muy posible que descubriera qué le pasaba al coche echando un vistazo. Se calentó las manos con el café que quedaba en la taza y se dejó llevar por la comodidad de lo conocido.

—De acuerdo. Echémosle un vistazo —accedió por fin—. Si no puedes arreglarlo, avisaré a la grúa. Déjame que cancele la cita. —Sacó su segundo móvil, el que utilizaba solo para «negocios», y se dispuso a marcar el número. David la miró extrañado por un momento, con los ojos fijos en el aparato, y después su rostro volvió a la normalidad. Ella ignoró el gesto y anuló la cita.

—¿Vamos? —dijo él después de dar un último trago a su café. Ella asintió y se levantó de la silla.

Lo siguió en silencio por el aparcamiento del hotel, calibrando hasta qué punto era realmente una casualidad que se hubieran encontrado. Pero ¿cómo podía saber que ella estaba allí?

El sol brillaba sobre la nieve de las montañas y esa luz intensa la volvió más confiada. Pensó que el destino quería que hubiera sido así. Quizá Diane solo era una chica que estaba pasando el duelo por la pérdida de su amiga y necesitaba encontrar un culpable. Sabía que David tenía un lado oscuro, pero no creía que llegara al punto que Diane había insinuado. Todos tenemos lados oscuros, se dijo para justificar que le apetecía estar acompañada en ese momento. La presencia de David le pareció providencial.

Subió al coche que tan bien conocía y relajó la tensión acumulada en los hombros.

Cuando salieron del aparcamiento para coger la 140, vio que el coche de Ruth todavía estaba aparcado allí. Pensó que quizá se había quedado a descansar en el hotel después del turno de noche, antes de volver a casa. Pero se equivocaba.

31

Los rumores de que habían encontrado el cuerpo de Gary empezaron a correr por el pueblo cuando solo hacía una hora que lo habían sacado del bosque.

Después de que White se marchara sin dar explicaciones, Jimmy había observado el movimiento de vehículos oficiales y había visto desde la distancia cómo trasladaban lo que parecía un cuerpo. Los rumores no hicieron sino confirmar sus sospechas. Por eso, cuando al día siguiente vio que el coche del chief White se detenía frente a la parcela, supo que sus planes y los de Ron se habían ido a la mierda. Como siempre, su hermano y su madre no estaban, así que le tocaría cargar con el muerto, esta vez casi literalmente.

—Hola, Jimmy —le dijo White—. Ayer dejamos una conversación importante a medias. —No parecía especialmente amigable. Supo que había llegado con un objetivo concreto y que no se marcharía hasta haberlo conseguido.

—No era necesario que volviera por eso. Estoy acostumbrado a que la gente se marche y deje las cosas a medias —le dijo con una sonrisa cínica.

—Hemos encontrado el cuerpo de Sullivan. He pensado que os gustaría saberlo.

—Sí, algo he oído.

—Estaba muy cerca de aquí —le dijo White mirándole a los ojos.

—Eso he oído —le contestó sin desviar la mirada—. ¿Ya saben de qué ha muerto?

—Sufrió una embolia. Probablemente a causa de un fuerte golpe en la cabeza.

—Se lo daría con el coche.

—Eso no lo tenemos claro.

—Ah, ¿no? —Intentó que el calor que sentía en las mejillas y el hormigueo en las manos no se le notaran, pero no tenía manera de saber si estaba consiguiéndolo o no.

—El golpe no acaba de coincidir con el ángulo del volante... Parece que tuvo que dárselo con otra cosa. Algo largo y estrecho y con la punta redondeada. Un bate de béisbol, quizá. —Siguió mirándolo fijamente.

Jimmy no supo qué decir mientras el chief lo escrutaba con la mirada. Después White relajó el gesto tenso de la boca y con una media sonrisa añadió:

—Claro que quizá no vale la pena que perdamos mucho el tiempo en este asunto. Lo del bate puede ser difícil de contrastar. ¡Hay tantos bates! Casi todo el mundo tiene alguno en casa, ¿verdad, Jimmy? —Se quedó en silencio para dejar que Jimmy digiriera sus palabras y miró hacia el coche, donde el ranger que lo había acompañado esperaba alguna señal por si tenía que salir para ayudar a detenerlo—. Pero tenemos casos más importantes entre manos, como sabes. Quizá nos falte tiempo para realizar una búsqueda ahora y decidamos dedicarnos por completo a estos casos, especialmente si podemos contar con tu ayuda...

Así que este era el objetivo. Que aceptara su oferta a cambio de no buscarles las cosquillas.

Creía que Ron había quemado el bate, pero no estaba seguro. También había dicho que había dejado a Gary en la pick-up y luego lo habían encontrado a quinientos metros de su casa. Quizá sí que alguien estaba jugando con ellos. Quizá incluso era el mismo White, pensó. O también existía la posibilidad de que Sullivan hubiera quedado inconsciente, se hubiera despertado en la pick-up y decidiera volver a casa para hacerles pagar lo que habían hecho. Si este era el caso, habían tenido suerte de que una embolia lo hubiera fulminado a medio camino.

Sea lo que fuere, no se la podía jugar. Si encontraban el bate, estaban perdidos. Cualquier cosa le pareció mejor que acabar en la cárcel o en el correccional.

Se encogió de hombros con resignación y dijo:

—Está bien. —Y enseguida un malestar se le instaló en la boca del estómago.

Después del té y el bocadillo de queso fundido, se quedó postrada en el sofá con el estómago satisfecho, pero la mente inquieta.

—Sarah. —Las palabras de Rose la sacaron de la ruleta de pensamientos en la que estaba inmersa—. Ven, quiero enseñarte algo.

Sarah la siguió hacia una escalera estrecha que se desplegaba desde el techo y daba a lo que parecía el desván de la casa.

Cuando Rose encendió la luz, se quedó pasmada: una de las paredes estaba llena de recortes de periódico, de papeles impresos, mapas y fotografías. Un escritorio y una silla acogían varias cajas de cartón con objetos diversos.

—No me vi con ánimos de tocar la pared —le dijo Rose—. Le había dedicado tanto tiempo y esfuerzo...

—¿Puedo...?

—Sí, claro, por eso te he traído. En las cajas hay cosas suyas. Puede que te ayuden a conocerlo, aunque quizá no sea como lo habías imaginado.

—Gracias —le contestó de corazón. Acababa de proporcionarle exactamente la ocupación que le hacía falta.

—Bueno, avísame si necesitas algo.

Asintió con una sonrisa y se acercó a la pared que debía darle las respuestas que seguía buscando.

Supo que algo no iba bien cuando faltaban cien metros para que llegaran a su destino. Había demasiado movimiento en la zona, se habían cruzado con un coche de los rangers y había varios vehículos aparcados en el arcén cercano al lugar donde había dejado el coche. Varios individuos caminaban por el bosque como buscando algo. Tardó un par de segundos en entender que ella era el objetivo de su búsqueda. Lo vio claro cuando distinguió a otro coche oficial junto al suyo.

—¡No pares! —gritó abrumada mientras se hundía en el asiento del copiloto.

Burns la miró extrañado sin dejar de reducir la marcha.

—¡David! Sigue, por favor —le imploró.

Al final le hizo caso y dejaron el Mitsubishi Montero atrás mientras Burns cruzaba brevemente la mirada con el ranger que había aparcado al lado.

—¿Y qué quieres que haga?

—Sigue conduciendo. Tenemos que salir del parque.

—Antes me gustaría saber por qué están buscándote. —Volvió a reducir la velocidad.

Ella negó con la cabeza.

Realmente no sabía qué decirle. Lo que tenía que ser una gestión fácil se había convertido en una situación fuera de control. Y ahora estaba atrapada con él. Pero a la vez lo necesitaba. Sopesó contárselo todo.

—Jennie, si llevo a una fugitiva en mi coche, tengo derecho a saberlo —insistió él.

—No, no, no soy ninguna fugitiva. No he hecho nada. Habrán visto el coche solo y creen que me ha pasado algo.

—¿Y entonces por qué te escondes?

—Es complicado. Pero ahora mismo no necesito toda esa atención.

—Tenemos todo el tiempo del mundo para que me lo cuentes. A menos que quieras que dé media vuelta y...

—David, no, por favor —imploró de nuevo.

—Pues te escucho.

Se dio cuenta de que no tenía otra opción. O eso le pareció en ese momento.

—Todo empezó en la uni —dijo ella por fin. Y procedió a contarle lo que había pasado.

Se sintió idiota por contárselo, pero también aliviada por poder vaciarse con alguien. Había escrito la carta, claro, pero no era lo mismo que contárselo cara a cara a una persona cercana, una persona a la que conocía.

Cuando terminó había pasado más de media hora y estaban en Midpines. Burns la había escuchado sin interrumpirla ni una sola vez, con los ojos clavados en la carretera, que transcurría entre pinos y secuoyas nevadas, asintiendo de vez en cuando. Era difícil saber lo que estaba pensando.

—¿Y dónde quieres ir? —le preguntó por fin—. Porque a San José no puedes volver por ahora.

Entonces se dio cuenta de que había sido demasiado impulsiva. No debería haber huido de la zona. Los rangers de allí no sabían nada de lo que había pasado en San José. De hecho, excepto Burns, nadie lo sabría hasta tres días después. La habrían dejado marcharse, habría podido arreglar el coche y habría podido seguir con su plan. Había tomado una decisión idiota porque se había dejado guiar por los nervios. Y ahora le parecía que ya era demasiado tarde para volver.

—Cuando lleguemos a Mariposa, puedo coger la 49 y tirar hacia arriba —le dijo Burns—. En unas cuatro horas estaríamos en la casa del lago Tahoe. Si te parece, podemos pasar unos días allí y piensas lo que quieres hacer. —Le sonrió por primera vez.

No se atrevió a pedirle que diera media vuelta. Al fin y al cabo, su plan había sido huir y él estaba ofreciéndole una salida. No era la que esperaba, pero era una salida, y en esos momentos se veía incapaz de tomar otra decisión.

—De acuerdo —dijo—. Vamos al lago Tahoe.

Pero no pudo sacarse de encima la sensación de que estaba tomando una de las peores decisiones de su vida.

La cena se le estaba haciendo insufrible. La conversación con esa mujer le parecía monótona e insustancial. Su belleza era una copia en serie de los cánones establecidos en la ciudad del vicio, pero con un par de joyas absurdamente caras en las orejas y en el cuello. No había la menor originalidad ni autenticidad en su rostro ni en su personalidad. Barlett se preguntó qué responsabilidad tenía en el tipo de personas que se sentían atraídas por él. Resultaba que casi siempre eran las mismas. Al menos desde que se había convertido en la persona que era ahora.

La mujer siguió hablando del maravilloso trabajo que estaba haciendo su paisajista en la casa que había comprado recientemente en Palm Springs.

Le dieron unas ganas infames de levantarse y marcharse sin dar ninguna explicación, así que la llamada de Dustin en ese momento fue una bendición.

Le indicó a su cita que salía a la calle a responder al teléfono.

—Sí —contestó.

—Ha ido de excursión con un ranger al lugar donde el tipo se mató. Creo que no ha sacado nada en claro.

—¿Y tú?

Silbó antes de responder.

—Si caes por ahí, no hay manera de que sobrevivas.

—Ya, pero ¿te has asegurado de que eso es lo que pasó?

—Estoy moviendo hilos con un tipo que trabaja con ellos que puede que por pasta me pase los informes. No creo que me cueste mucho, pero tengo que encontrar el momento adecuado.

—¿Has corroborado si realmente se trata de la misma persona que...?

—Físicamente lo parece —lo interrumpió—, pero las identidades no coinciden, claro. Sin poder comparar huellas o ADN es difícil... Pero las fechas y movimientos cuadran. Estuvo más de una década viviendo en el desierto. Allí se convirtió en ranger. Después su padre murió y volvió a Yosemite.

Así que lo había tenido allí al lado, en el mismo estado, un montón de tiempo. ¿Por qué no había vuelto? Barlett había dado por hecho que el esbirro al que había contratado había hecho su trabajo, pero parecía evidente que las cosas no habían ido como él creía. Ahora todos los que habían estado implicados supuestamente estaban muertos, así que era imposible saber la verdad de primera mano. Pero a la vez eso quería decir que en principio no tenía motivos para preocuparse. Sin Carrington, Sarah nunca descubriría la verdad. A menos que se lo hubiera contado a alguien antes de morir. O que en realidad no estuviera muerto.

—¿Sarah todavía está en casa de la hermana? —le preguntó de mal humor.

—Sí.

—Vigílala de cerca. Quiero saber qué se le pasa por la cabeza.

—Entendido.

—Y Dustin, no la pierdas de vista. —Colgó el teléfono y miró a su alrededor. Decenas de turistas caminaban por la acera. Un par de ellos gritaban, claramente ebrios. Llevaban un gigantesco artefacto de cristal en las manos lleno de líquido fluorescente que bebían para asegurarse de que aquel estado que les parecía magnífico no dejara de existir.

Se dio cuenta de que parte de su mal humor se debía a que ella no lo había llamado ni una sola vez. Se sentía herido, porque prácticamente la consideraba una hija. Quizá no lo había encarado de la mejor manera. Quizá debería haberle contado una parte de la historia, y eso la habría convencido de que no era necesario indagar más. Movió la cabeza de un lado a otro. Ahora ya era demasiado tarde. Lo único que quería era que Sarah olvidara el tema y volver a la normalidad. Enterrar de una vez por todas, sin dudas, lo que había pasado. No tener que volver a sufrir por si la verdad salía a la luz.

Y especialmente no tener que sufrir por que fuera Sarah quien la descubriera.

32

La conversación con la señora de la limpieza me permitió descubrir rápidamente dos cosas: que la chica a la que había visto era realmente Jennie e identificar al chico que la acompañaba. Hacía días que había almacenado en el móvil un par de fotografías de todas las personas que consideraba «de interés» para poder mostrarlas durante la investigación en caso de que fuera necesario. No me había costado encontrarlas en sus redes sociales y podían serme muy útiles en caso de que no estuviera en la zona.

Le mostré dos fotografías de Jordan y dos de Burns, que eran mis hipótesis principales, por motivos muy diferentes. La mujer no tuvo ninguna duda de que el chico al que había visto desayunando con Jennie la mañana del día 1 de marzo era el que yo conocía como su ex, David Burns.

—¿Le pareció que había algún tipo de tensión entre ellos? —le pregunté.

—No, no me lo pareció. A ella quizá se la veía preocupada o cansada. Él estaba contento. Le cambió la cara cuando la vio en la mesa.

—¿Qué quiere decir?

—Pues que estaban en mesas distintas. Él al fondo, y ella junto a la ventana, en la entrada. Pero debían de conocerse, porque él levantó la cabeza y se la quedó mirando un momento, como dudando, y después debió de reconocerla, porque sonrió, se levantó y fue hacia la mesa donde ella estaba sentada y la saludó. Ella se mostró muy sorprendida de verlo, pero lo invitó a sentarse y estuvieron charlando un rato.

—¿Los vio marcharse juntos?

—No. Entré a limpiar los lavabos y cuando salí ya no estaban. No sé si se marcharon juntos o cada uno por su lado. Pero lo importante es que la chica está bien, ¿no? —dijo satisfecha de su aportación—. Ya no es necesario sufrir por que le haya pasado algo malo.

Yo no lo tenía tan claro, pero asentí y le agradecí su colaboración, que, como solía pasar con Jennie, abría un nuevo horizonte de preguntas sin respuesta fácil.

Cuando la despedí de las oficinas, me desplacé hasta la recepción del Sequoia Inn, donde encontré al chico joven y delgado de los Langdon.

Después de una breve explicación sobre los motivos de mi visita, le mostré una fotografía de Jennie.

—Es la chica de los carteles —dijo—. No. Nunca la he visto en persona.

—¿Estás seguro? —Le acerqué de nuevo la fotografía.

—Sí. —Me la devolvió—. Pero yo hago turno de día. Quizá entró a última hora de la noche y se marchó temprano por la mañana. —Se encogió de hombros.

—¿Quién tiene el turno de noche?

—Lo tenía Ruth Henley, pero bueno... ya sabe. Creo que también estaba Rick Hurley, pero su familia se mudó a Florida la semana pasada, así que ahora hay dos tipos nuevos a los que no conozco. —Volvió a encogerse de hombros. En aquel chico todo era resignación y empecé a ponerme nervioso.

—Bien, debéis de tener cámaras de seguridad en el aparcamiento y en la entrada, ¿no?

—Sí, pero, como ya le dije al chief White, alguien se las cargó la noche del 29 de febrero y aún no las hemos arreglado.

Intenté que la sorpresa no se me instalara en la cara.

—Necesitaré ver los registros de esa noche. Y los pagos.

—Sí, claro, usted mismo. —Se agachó bajo el mostrador, sacó una libreta y me la tendió.

No había sido una noche con mucho movimiento. Solo había tres entradas, dos con nombre masculino y otra con el nombre de Andrea Wright, que había estado en la habitación 237. Los tres habían pagado en efectivo. El instinto me hizo echar atrás en el registro y buscar el mismo nombre el mes anterior. Y lo encontré. Andrea Wright había estado la noche del 27 de enero en la habitación 232 y esa vez había pagado con una tarjeta de crédito de prepago. Apunté el número, así como los otros dos nombres, que constaba que habían pagado en efectivo, y me marché, preocupado.

Tenía que hacer un par de llamadas urgentes.

Sarah pasó más de dos horas revisando toda la documentación que acababa de caer en sus manos, examinando con atención las notas de ese hombre, pero también intentando deducir algo de su letra, de su trazo, de lo que decían esas anotaciones, no solo sobre el caso, sino también sobre sí mismo. Sabía que seguramente era lo más cerca que podría estar o sentirse de él, y una melancolía agridulce se le instaló en el corazón.

Cuando terminó de revisar los documentos, reparó en los dos cajones de la parte inferior del escritorio. Uno de ellos tenía una cerradura con la llave puesta. Miró a ambos lados antes de alargar la mano, medio avergonzada de su impulso. Pero si Rose no hubiera querido que viera lo que había dentro, no habría dejado la llave puesta, ¿no? La giró y oyó un clic seco antes de deslizar el cajón hacia el exterior.

No había gran cosa, solo una caja con la tapa de vidrio que contenía una pequeña colección geológica. Se sacudió la decepción y la abrió con delicadeza. Había seis ejemplares de rocas plutónicas y volcánicas del parque. Las observó con curiosidad y cogió la obsidiana y el cuarzo ahumado para examinarlos de cerca. Después volvió a dejarlos en su sitio con un suspiro resignado y bajó la tapa.

Ya estaba dejando la caja en su sitio cuando notó que algo se movía en su interior. La giró con menos delicadeza. No eran las rocas. Había algo escondido en la base. Sacó todos los ejemplares de la colección y extrajo el fondo que los sujetaba.

La visión de una carta dirigida a Carrington, con su nombre y dirección escritos a mano, hizo que el corazón le diera un vuelco.

Y es que enseguida había reconocido la letra.

El resto del viaje transcurrió en un silencio del todo anormal por parte de David. No parecía enfadado, ni siquiera parecía juzgarla. Simplemente estaba concentrado en la carretera de una forma extraña, con un semblante neutro como nunca le había visto. No supo si debía preocuparse o alegrarse de que no hubiera reaccionado mucho peor.

Cuando por fin llegaron, se dio cuenta de que estaba muerta de hambre.

David entró con ella en la casa y encendió la calefacción.

—Iré a buscar cuatro cosas al supermercado. Ahora vuelvo —dijo antes de desaparecer sin esperar respuesta.

Ella se sentó en el sofá y se acurrucó con una manta.

No sabía si temblaba de frío o por los nervios. Exhaló repitiéndose que por fin podía relajarse un poco. Solo tenía que pasar inadvertida durante unas semanas, hasta que la última bomba que había programado explotara, y después todo se calmara y volviera a su lugar.

Observó de nuevo las vigas de madera de ese techo altísimo con detenimiento. Eran espectaculares. Toda la vivienda lo era, de hecho. Una casa de lujo en medio de uno de los parajes naturales más bellos en los que había estado. A su derecha, un ventanal enorme le permitía ver la bahía Emerald a menos de un kilómetro de distancia. El agua turquesa reflejaba los últimos rayos de sol de la tarde, que blanqueaban aún más la nieve que colgaba de los abetos y pinos que rodeaban la bahía. Por fin empezó a notar la calma que tanto había anhelado, y sus músculos agarrotados se destensaron poco a poco.

Vio el mando del televisor en la mesa en forma de tronco que tenía delante y pensó que le iría bien como distracción mental mientras esperaba a David. Fijó los ojos en el enorme aparato colgado en la pared de elegantes ladrillos y pulsó el botón de encendido esperando encontrar cualquier cosa que la distrajera un rato.

Lo que vio la dejó helada.

—Carrington —respondió el chief White al otro lado del teléfono.

—Todo apunta a que Jennie y Ruth se conocían —vomité antes de que me pusiera alguna excusa—. Tenemos que reunirnos y contrastar información.

—Esta tarde en las oficinas —contestó sin contradecir mi afirmación. Era evidente que ya lo sabía. La cuestión era desde cuándo—. Estaré allí a las cinco.

—Hasta luego. —Colgué medio cabreado e hice la otra llamada que tenía pendiente.

—Diga —contestó Ted fríamente. Sabía perfectamente que era yo quien lo llamaba, pero estaba haciéndome pagar el distanciamiento de los últimos días después de aquel par de conversaciones incómodas.

—Tengo nueva información. ¿Tomamos un café?

—Como quieras —murmuró fingiendo desinterés.

—A las siete en el bar de Pete.

—De acuerdo. Hasta luego. —Y colgó.

Subí al coche y me dirigí a las oficinas. Quería aprovechar el tiempo antes de reunirme con White para descubrir quién era Andrea Wright. Aunque en el fondo estaba seguro de su verdadera identidad.

Aunque su imagen salía en la pantalla, tardó unos segundos en entender que hablaban de ella.

«... la chica, de nombre Jennie Johnson, sufrió un accidente ayer tarde, hacia las siete, en este punto de la carretera 140, muy cerca de El Portal. Cuando las autoridades llegaron al lugar de los hechos, después de haber recibido dos llamadas que alertaban de la situación, encontraron el coche vacío, sin su conductora. En un principio pensaron que Jennie Johnson podría haberse escondido para evitar que la detuvieran en caso de infracción, ya que se sospecha que podía estar conduciendo bajo los efectos del alcohol. Pero cuando esta mañana se ha visto que el coche seguía en el mismo sitio, el miedo a haber cometido un error irreparable ha empezado a planear sobre el cuerpo de los rangers, que han organizado una extensa batida con la intención de encontrar cualquier rastro de la desaparecida que pueda ayudar a descubrir dónde está y qué le ha pasado. Su padre, Ted Johnson, ha acudido al lugar de los hechos consternado por las circunstancias y por el comportamiento de las autoridades, a las que acusa de haber cometido una negligencia que puede haberle costado la vida a su hija».

La reportera desapareció para dar paso a un corte con las declaraciones de Ted, que expresaba exactamente lo que acababa de contar la periodista.

Extendió la mano automáticamente hacia el teléfono, que había dejado a un lado, y marcó el número que se sabía de memoria.

«Y por desgracia no dejamos de hablar de desapariciones —dijo la voz masculina del presentador de las noticias—. Cuando hace casi tres años de la desaparición de Rebecca Tilford, una chica de diecisiete años procedente de Oregón que solía veranear en el lago con su familia, el descubrimiento esta mañana de un cuerpo flotando en la bahía Emerald ha conmocionado de nuevo a esta comunidad. El sheriff de El Dorado County no descarta que pueda tratarse de la desaparecida, pero ha recalcado que ahora hay que dejar que el forense haga su trabajo y esperar los resultados. A continuación, nos ofrece más información Vera Rodríguez, que se encuentra en el lugar de los hechos».

Jennie colgó el teléfono sin pensarlo, absorta por lo que acababa de oír.

«El lago Tahoe es conocido como el lugar perfecto para unas vacaciones familiares, y miles de familias viajan cada año para disfrutar del espectacular lago y el paisaje que lo rodea. Pero no podemos olvidar que este emplazamiento tiene también un lado mucho más oscuro —dijo la reportera después de asentir—. Cada vez que aparece un cuerpo flotando en el lago, como ya ocurrió hace cinco años, cuando el cuerpo de Donald Christopher Windecker apareció prácticamente intacto tras haber pasado diecisiete años sumergido en las profundidades por haber sufrido un accidente mientras hacía submarinismo, los mitos y rumores sobre el Tahoe resurgen de nuevo.

»Varias leyendas urbanas dicen que el fondo del lago contiene decenas de muertos asesinados por la mafia en sus años dorados, así como cientos de trabajadores inmigrantes chinos, atados entre sí, a los que supuestamente no se quiso pagar su salario como operarios de la construcción de la vía del tren a mediados del siglo XIX. Estas historias siempre se basan en el hecho de que los cadáveres no suelen flotar en el lago Tahoe y que, debido a las bajas temperaturas del fondo, se conservan durante más tiempo.

»Hemos querido corroborar este supuesto con Neve Hoffman, profesora de biología en la Universidad de California».

A continuación pusieron el corte de la entrevista con una mujer joven y pelirroja:

«Todo el mundo tiene bacterias viviendo en su cuerpo —empezó a explicar moviendo las manos animadamente—. Son anaeróbicas, que significa que prosperan y se reproducen cuando no hay oxígeno. Cuando morimos, el cuerpo deja de respirar y las bacterias empiezan a destruir nuestro organismo en un proceso que llamamos putrefacción. Las bacterias producen gases como residuos: dióxido de carbono, metano y sulfuro de hidrógeno. En cuerpos en agua caliente las bacterias prosperan sin problemas, así que los gases que crean hacen que los cuerpos floten. Pero en agua fría las temperaturas bajas las dejan relativamente inactivas. No las matan, pero no las dejan crecer, así que es más difícil que los cuerpos acaben flotando.

»Pero en relación con la descomposición o el estado de los cuerpos, debe considerarse que la fauna marina también juega un papel importante y que puede contribuir a la descomposición del organismo que no ha causado las bacterias. Esto no sucedió en el caso de Windecker porque iba tapado de pies a cabeza con el traje de submarinista, los guantes y las botas, pero no es lo habitual».

«Dejando a un lado la rumorología anteriormente mencionada —siguió la reportera—, no se puede negar que el lago se lleva cada año por lo menos siete vidas por ahogamiento, según fuentes oficiales, y no es habitual que las familias de estas víctimas puedan recuperar los cuerpos de sus seres queridos.

»La autopsia preliminar del cuerpo de la mujer sin identificar que ha sido hallada esta mañana no indica una causa inmediata de muerte, según ha explicado el teniente Don Fiorinni, así que esta deberá determinarse mediante test microscópicos y toxicológicos. También puede recurrirse a los registros dentales y el test de ADN para descubrir la identidad de la víctima y ver si corresponde, como algunos sospechan, a Rebecca Tilford, desaparecida una tarde de julio de hace tres años, cuando se bañaba en el lago con unos amigos».

Se dio cuenta de que volvía a temblar. El móvil se le resbaló de las manos, empapadas de sudor. Un hormigueo insistente le recorría las piernas y los brazos. Se pasó las manos por los vaqueros para se-cárselas y deslizó los dedos por la pantalla buscando el contacto de la que había sido la mejor amiga de Rebecca Tilford.

Justo cuando ya lo había localizado, oyó el rumor de las llaves en la cerradura y David abrió la puerta.

33

Releyó la carta por tercera vez sin poder desprenderse de la perplejidad que la abrumaba.

> Nick:
> No era necesario que me escribieras ni que te disculparas por nada. Nunca he esperado que volvieras.
> Me halaga que creas que podríamos tener un futuro juntos, pero los dos sabemos que lo que pasó fue una aventura sin compromisos, un *affaire* al que no hay que dar mayor importancia de la que tiene. Así que no es necesario que alarguemos la agonía de lo que está destinado a no ser. Cerremos este capítulo de nuestras vidas y pasemos página.
> Cuando sea mayor, un día de repente pensaré en ti y se me dibujará una sonrisa en la cara. Seguro que a ti te pasará lo mismo.
> Te deseo una buena vida, con amor y compañerismo.
> Siempre sincera,
>
> EVE

No tenía ninguna duda de que, aunque ponía el nombre al final, esa misiva no la escribió su madre. Conocía muy bien su letra, porque había releído todo lo que había encontrado de ella por la casa en los años posteriores a su muerte. Era una de las diversas maneras que había buscado para sentirse cerca de ella, aunque solo funcionaba a medias.

Examinó el trazo de las letras «a» y «e», aunque en realidad sabía que no era necesario. Si conocía bien la grafología de su madre, aun conocía mejor la letra que tenía delante. La había falsificado multitud de veces para firmar las notas y autorizaciones del instituto. La había visto cientos de veces en la lista de la compra, pegada a la vieja nevera de la cocina. También en las notas que encontraba a menudo por la mañana cuando se levantaba tarde el fin de semana y la casa estaba vacía, en las que le decía que había salido a comprar esto o aquello o a estirar las piernas por el barrio.

No tenía ninguna duda de que la carta la había escrito Nona.

Volvió a mirar la fecha del sello que acompañaba a la carta, y la perplejidad fue transformándose en un enfado creciente. En aquel momento ella tenía poco más de seis meses. Su padre no había desaparecido. Había contactado con su madre y mostrado interés en reencontrarse con ella y seguir la relación. Bueno, o lo había intentado, porque parecía evidente que Nona había interceptado la carta antes de que Eve pudiera leerla y había decidido intervenir en su futuro y cambiar su vida y la de Sarah sin consultarlo con nadie.

Le hervía la sangre. Habría dado cualquier cosa por poder leer la carta que había enviado Carrington.

Estrujó la misiva con rabia y la tiró al suelo. La persona en la que más había confiado en su vida la había privado de padre para siempre. La había convertido en huérfana antes de saber que acabaría siéndolo. Sintió un odio que la asustó y de repente empezó a faltarle el aire.

Bajó las escaleras a toda prisa, cruzó la sala corriendo hacia la puerta y la abrió de par en par.

Inhaló con fuerza el aire fresco que la rodeaba. Apoyó las manos en las rodillas e intentó recuperar la normalidad después de ese golpe tan bajo que nunca habría imaginado.

Y en ese momento, justo cuando levantaba un poco la cabeza, se fijó en el cuatro por cuatro que estaba aparcado al otro lado de la calle. Sus ojos se cruzaron con los del conductor y sintió náuseas. Sabía que lo conocía, pero no conseguía situarlo en el archivo correcto de su cerebro. Corrió hacia el coche justo cuando el motor se puso en marcha y el vehículo arrancó a toda velocidad.

Lo vio desaparecer por la esquina mientras una lágrima le resbalaba mejilla abajo. Tenía la sensación de que acababa de abrir una caja de Pandora.

Y no se equivocaba.

White ya estaba en su despacho cuando llegué a las oficinas. Intercambiamos miradas a través del cristal que nos separaba y asintió.

Exhalé aire antes de entrar y me dispuse a mantener una conversación que ya anticipaba que sería incómoda.

—Carrington —me saludó en un tono exageradamente neutro cuando abrí la puerta.

—Chief. —Me senté en la silla situada delante de su escritorio.

Me miró interrogante.

—Siguiendo pistas, he descubierto que Jennie traficaba en la universidad con la mierda de Keith.

Me miró fijamente y asintió, pero no dijo nada.

—¿Por qué no me lo dijiste? Lo sabías desde el principio.

La mirada se le endureció.

—No podía. Tenía que proteger a Ruth.

—No jodas, hombre —dije cabreado—. Antes de que la encontráramos, de acuerdo, aún podría creérmelo. Pero ¿cuando apareció muerta? No tiene ningún sentido, chief.

—Carrington... —me dijo amenazante.

—¿Quién más sabía que Ruth era informadora? —pregunté desafiante.

Pareció que el hecho de que verbalizara la información que tenía sobre el tema le hizo bajar la guardia relativamente.

—Ya sabes que los informadores son secretos. En principio solo lo sabe el contacto, pero, claro, la información está archivada, y cualquiera del Departamento que se lo proponga puede acceder a ella.

—Supongo que has descartado a Rodowick por completo, si no lo has detenido. —Se sorprendió un poco, pero no del todo—. No por el tema de que ella fuera confidente —seguí diciéndole—, sino por el *affaire*. Evidentemente, Rose me ha hablado de ello —le aclaré.

—Me asquea mucho lo que ha hecho Rodowick, pero él no se ha cargado a nadie. Si no estuviera seguro, no permitiría que estuviera en su casa lamiéndose las heridas.

—Pues espero que hayas hecho un buen trabajo para llegar a estas conclusiones, porque todo indica que Ruth y Jennie coincidieron la noche del 29 en el Sequoia Inn. Y una terminó muerta y la otra está desaparecida.

—Rodowick admitió sin que se lo preguntara que estuvo en el aparcamiento del hotel a las diez y media. Pero dijo que Ruth no se presentó, como habían quedado.

—¿Y no entró para ver si estaba? —pregunté incrédulo.

—No quería que nadie atara cabos. De todas formas, Carrington, no creo que el culpable de la muerte de Ruth atacara también a Jennie aquella noche.

—No, si eso ya lo sé —admití fríamente—. Tengo un testigo que la vio a la mañana siguiente en el bar del hotel. Todo apunta a que se alojaba bajo el nombre de Andrea Wright.

—¡Hostias, Nick! ¿A qué coño juegas? —preguntó visiblemente enfadado.

—Solo quería mostrarte la frustración que he experimentado con toda la información que me has ocultado sobre el caso. He perdido un valioso tiempo siguiendo estas pistas sin necesidad, un tiempo que sabes perfectamente que es esencial en un caso de desaparición.

Bajó la mirada. Los dos sabíamos que tenía razón, pero no lo admitiría tan fácilmente.

—No te dije nada porque no creía que una cosa estuviera relacionada con la otra —se justificó.

—No te corresponde a ti decidirlo. Tienes una obligación con la investigación y con la familia. Y, de todas formas, si era cuestión de proteger tu ego, he acabado descubriéndolo igualmente. También que tienes una relación con Melanie Henley, que, por cierto, no debe de tener ni idea de que su hija te hacía de confidente. La han matado por eso, ¿verdad?

Soltó un suspiro exasperado y por fin se quitó la coraza de encima.

—Me temo que sí, Carrington. Me temo que ha sido uno de los hombres de Keith. —Se le marcaron los huesos de la mandíbula.

—¿Crees que Lombard ha tenido algo que ver? —pregunté—. Tiene acceso a la información, y sabemos que no secuestró a Jennie esa noche.

—No lo tengo claro. Hace tiempo que estoy con la mosca detrás de la oreja, pero nunca consigo nada definitivo que pruebe que trabaja con Keith. Estoy intentando descubrirlo.

—¿Otro confidente? —Me salió un tono más cínico del que habría querido. La verdad es que no había tantas maneras de conseguirlo.

Me lanzó una mirada airada, pero solo duró un segundo.

—¿Has hablado con el señor Johnson? —preguntó—. Si Jennie estaba viva y tomando cafés a la mañana siguiente, quizá no nos equivocamos tanto como parecía. Esto cuadra con que en su coche no se encontrara ningún rastro que no fuera su ADN o sus huellas.

—Yo no lo tengo tan claro. Quiero decir que es evidente que no le pasó nada esa noche, pero eso no significa que esté bien. Abandonó su coche en el parque y sigue desaparecida. Además, no estaba sola tomándose el café. —Me miró intrigado—. La mujer que la identificó reconoció a David Burns como su acompañante cuando le enseñé una fotografía.

—Carrington, tiene toda la pinta de que ha desaparecido unos días con el noviete. ¡No jodas!

Negué con la cabeza.

—Burns dejó su móvil principal en Los Ángeles el día antes de que desapareciera Jennie. Estoy seguro de que fue premeditado, para que no pudiéramos seguirle el rastro.

Se encogió de hombros.

—Quizá se le estropeó o se le olvidó. ¿Has intentado hacer un seguimiento del otro número de teléfono?

—Sí, pero lo habrá apagado, porque no emite ninguna señal. Además, su madre podría habérselo inventado para protegerlo. No está ni registrado a su nombre.

—Creo que estás dándole demasiadas vueltas...

—Mira, le dijo a su madre que creía que Jennie había desaparecido para siempre, y resulta que la había visto el día después de su desaparición. Seguramente incluso se fueron juntos de aquí. Y ahora él ha desaparecido y ella también. No me gusta nada.

—Está encubriéndola. Y cuando pase un tiempo, aparecerá. Quizá está escondiéndose de Keith o vete a saber... Carrington, tienes que decirle al señor Johnson que no podemos seguir con la investigación.

—No. De ninguna manera. Jennie sigue desaparecida.

—No tenemos recursos para malgastar horas en esto, Nick —me dijo secamente.

—No las malgastamos. Mira, no es la primera chica que sale con Burns y desaparece.

Le tendí el móvil, donde había dejado preparada la página del *Tahoe Daily Tribune* online. Lo cogió y la miró con cierto escepticismo.

—Rebecca Tilford —dije—. Desapareció hace tres años en el lago cuando estaba bañándose con unos amigos. Uno de ellos era su pareja ese verano, David Burns.

Resopló y me devolvió el móvil.

—Creo que Jennie fue al lago Tahoe con Burns, y que allí pasó algo —dije convencido.

Soltó un suspiro resignado.

—Ve. Pero no te quedes más de tres días. Si no la encuentras, con la información de que disponemos tendremos que archivar el caso. Todo lo que comentas de Burns es circunstancial y no prueba nada.

No quise discutirlo. Estaba convencido de que si iba a Tahoe, encontraría algo. Asentí y me levanté de la silla.

—Y Carrington... —Me giré cuando ya me dirigía a la puerta—. Cuidado con lo que le dices al señor Johnson. Piensa que debes prepararlo por si archivamos el caso.

Asentí y me marché.

Pero no tenía ninguna intención de permitir que eso ocurriera.

Después de esa incómoda conversación, Jimmy pasó la mayor parte del día solo en casa, esperando que la presencia de Ron —o incluso de su madre— pudiera apaciguar, aunque fuera un poco, su angustia, que había ido en aumento desde que había aceptado el chantaje de White.

Deseaba que todo acabara de una vez, y ni siquiera había empezado. No tenía ni idea de cómo conseguir la información que necesitaba. Por ahora ni siquiera formaba parte de la organización. Pero lo que sin duda más le preocupaba era traicionar a su hermano. No tenía intención de hacerlo, pero sabía que era muy probable que escapara a su control.

A las cuatro de la tarde se dio cuenta de que había empezado el segundo pack de cervezas, pero no había comido nada. Abrió la nevera y encontró una caja de cartón con tres trozos de pizza de tres días antes. Los metió en el microondas y esperó a que terminara mientras observaba su reflejo en la ventana sucia de encima del fregadero. Se fijó en esas ojeras exageradas y en el pelo castaño, más despeinado de lo normal. Nunca había cuidado demasiado su aspecto físico, pero esa imagen no hizo más que confirmarle que no estaba haciendo nada por evitar perder el poco control que había tenido de su vida. Metió la cabeza debajo del grifo y dejó que el agua helada le mojara la cara y el pelo. Después se secó con el trapo de cocina apestoso que llevaba semanas descansando en la barra forrada de linóleo y se peinó con los dedos.

Cogió un trozo de pizza blanda y humeante y se la llevó a la boca justo en el momento en que vio que Ron aparcaba por fin el Jeep Wrangler delante de la parcela. Pensó que era irónico que su hermano quisiera tanto aquel viejo coche, que llevaba a todas partes, teniendo en cuenta que era lo único que su padre, al que en principio ambos odiaban con todas sus fuerzas, les había dejado antes de desaparecer.

Se tragó el queso fundido y gomoso y observó cómo abría la portezuela y caminaba hacia la casa. Parecía de muy buen humor.

Lo primero que Jimmy había pensado después de ver que el coche del chief desaparecía por el camino de tierra era que le contaría a su hermano lo que había pasado en cuanto llegara. Pero el paso de las horas le hizo replantearse ese impulso. Había empezado a intuir que guardarse ese secreto para él le daba cierta fuerza. Siempre había sentido que dependía de Ron, pero ahora había tomado una decisión solo, una decisión que podía dar un giro a sus vidas. Él, el hermano menor. Al que nunca hacían caso. Al que siempre dejaban solo. Con el que nunca contaban para las cosas importantes. Ahora podría ser él quien los sacara de ese lío, incluso quizá de la vida de mierda en la que estaban hundidos.

—¡Ey, hermanito! —dijo Ron empujando la puerta de una patada—. ¡Escupe esa mierda que estás comiendo, que traigo comida decente! —Levantó el cubo redondo que llevaba en la mano izquierda, aunque no habría sido necesario, porque el olor a pollo frito ya casi había inundado por completo la estancia.

Jimmy dejó el trozo de masa blanda encima de los demás en un plato que se sumó a los diez que ya había en el fregadero, y los dos hermanos se sentaron en el viejo sofá para compartir el cubo de pollo y un par de cervezas frescas.

—Me han dicho que White ha estado por aquí otra vez —le dijo Ron después de dar un mordisco a un trozo irreconocible de carne.

Jimmy dio un largo trago de cerveza y asintió.

—Sí, ha venido a ver si sacaba algo más de Gary. —Se encogió de hombros simulando despreocupación.

—¿Y?

—Nada. Le he dicho que ya le habíamos contado todo lo que sabíamos. No creo que vuelva a molestarnos. Al fin y al cabo, sabe que era un pedazo de mierda. Me parece que le da igual descubrir cómo murió.

Ron lo escrutó con la mirada. Notaba algo diferente en su hermano, pero no sabía identificar lo que era.

—¿Qué? —preguntó Jimmy con sorna. Le sorprendía la facilidad con la que había mentido. No era que no lo hiciera a menudo, sino que casi nunca mentía a su hermano.

—Nada, nada —respondió Ron negando esa intuición que no entendía. Tenía buenas noticias y no quería complicaciones—. Que espero que estés preparado para empezar a currar y hacerlo bien, porque Keith me ha hecho un encargo importante y quiero que me ayudes.

—¿Lo sabe Keith? —le preguntó.

—Sí, por supuesto. Ya se lo he dicho. Te he dejado muy bien, hermanito, así que no me hagas quedar mal, ¿entendido? Si jugamos correctamente nuestras cartas, podremos hacernos un sitio importante y ganar mucha pasta, Jimmy. Mucha más de la que ganaba el hijo de puta de Gary.

Él asintió y le preguntó:

—¿Cuándo?

—Mañana. Pero antes tienes que hacerle una visita rápida. Quiere conocerte. Iremos esta tarde.

Sintió que se le empezaba a revolver el estómago, pero se obligó a forzar una sonrisa.

—No te preocupes, solo es una formalidad. No tienes motivos para estar nervioso, hermanito. —Ron le guiñó un ojo.

Evidentemente se equivocaba.

34

Ted ya estaba sentado a la mesa de siempre cuando llegué al bar. Tenía los ojos clavados en el televisor, aunque solo daban el anuncio de una cadena de comida rápida tan conocida que no necesitaba anuncios. Vi que detrás de aquella mirada plana y absorta su cerebro barruntaba.

—Ey —lo saludé.

Levantó la cabeza y entrecerró los ojos como un gato viejo. Fue el único saludo que pude sacarle. Seguía cabreado. Me daba igual. Fui al grano.

—Tengo noticias, Ted. Alguien vio a Jen el día después de desaparecer.

Se le iluminó la cara, pero solo un instante.

—¿Dónde?

—En un hotel de la zona.

—¿Seguro que era ella? —me preguntó con reticencia. No quería caer en una trampa tan dolorosa como esta.

—Sí, estamos seguros. La identificaron con la foto.

—¿Iba sola?

Dudé un segundo y decidí no complicarlo más.

—No puedo darte más información, Ted, lo siento. Pero es una buena noticia. Estoy siguiendo la pista.

No le gustó demasiado la respuesta, pero la aceptó curiosamente bien. Pensé que no quería volver a discutir conmigo cuando era posible que estuviéramos a punto de encontrar a Jennie.

—Bueno, estaré un par de días fuera —empecé a decirle, pero entonces sonó mi teléfono móvil. Era de las oficinas—. Carrington —respondí.

—Oye, deja lo que estés haciendo y ven hacia aquí. —Era Julie.

—¿Qué pasa?

—Han encontrado el teléfono de Jennie.

El corazón me dio un vuelco.

—¿Dónde?

—En el bosque, a escasos metros de Triangle Road, a la altura de Snow Creek. Un tío paró para mear y apuntó tan bien que fundió la nieve que lo ocultaba.

Ted se puso alerta, con los ojos abiertos, el cuello tenso y los sentidos atentos al máximo, como un animal de caza. Me levanté de la mesa para buscar algo de espacio. Estaba resultándome muy complicado mantener esa conversación con él a mi lado observándome insistentemente.

—¿En Darrah? —pregunté. Seguía notando su mirada clavada en la nuca.

—Sí.

—¿En el lado derecho o izquierdo, en dirección a Darrah?

—Eso ya no te lo sé decir.

—¿Está en buen estado?

—No lo sé, Nick. No tengo más información. Ya sabes cómo son estas cosas. Me han dicho que te avise y listo.

—¿Está White?

—Ahora mismo no, pero supongo que no tardará. ¿Vienes o qué? —me preguntó impaciente.

—Sí, voy. —Colgué el teléfono.

Ted me observaba atento.

—¿Han encontrado a Jennie? —preguntó angustiado.

—No, no. Solo su teléfono —contesté.

—¿En Darrah?

—Tengo que ir a las oficinas para que me informen.

—Voy contigo. —Se levantó de un salto de la silla.

—No te dejarán verlo ni tocarlo. Te harán esperar en la sala, Ted, y te pondrás aún más nervioso.

—Me da igual. No estoy pidiéndote permiso. Conozco el móvil. Puedo corroborar que es suyo. Puedo ser de ayuda —dijo sacando las llaves del coche del bolsillo del anorak.

No quise discutir más.

—Está bien —dije con un suspiro. Y me dirigí a las oficinas con el morro de su coche pegado detrás del mío.

No podía quitarse a Barlett de la cabeza. Estaba casi convencida de que ese hombre trabajaba para él, aunque no recordaba su nombre. Diría que solo lo había visto en dos o tres ocasiones en las que se habían cruzado mientras uno salía y el otro entraba en la suite o en el despacho del hombre que había sido como un padre para ella.

Se preguntó desde cuándo la seguía. Probablemente desde el momento en que había abandonado Las Vegas. De repente recordó con pavor la noche que había pasado en el Death Valley. La casa de James Henderson tenía grandes ventanales. Se lo imaginó agachado junto al árbol de Josué y se sintió violada.

El sonido de la puerta al abrirse la asustó por un momento y la sacó de sus preocupaciones. Rose se dio cuenta enseguida de que algo no iba bien. Quizá el hecho de que Sarah hubiera corrido todas las cortinas de la sala se lo había terminado de confirmar. Le había contado que ella siempre intentaba dejar pasar la luz, que lo había aprendido de los malos tiempos. No era necesario añadir más oscuridad a los problemas.

—¿Qué pasa? —le preguntó.

—Alguien está siguiéndome —murmuró.

Rose se acercó a la ventana que daba a la calle.

—No, ahora no está. Lo he pillado hace unas horas y ha huido. Si vuelve, se ocupará de que no pueda verlo. Es un profesional.

—Entonces ¿sabes quién es? —le preguntó curiosa—. ¿Por qué te sigue?

—Por lo de Carrington. Creo que puede que su desaparición tuviera que ver con algo del pasado.

—¿Cómo? —preguntó confundida.

Le contó el contenido de la carta que había encontrado, la existencia de Barlett y sus conclusiones.

—¿Ves cómo no sabía que existías? —exclamó Rose. Sabía que, si Nick hubiera sabido que tenía una hija, no se habría ido. Se quedó un instante en silencio, parecía que intentaba ordenar sus pensamientos, y después añadió —: Entonces ¿crees que ese tal Barlett ha tenido algo que ver con la muerte de Nick? —Su voz se había endurecido.

—No lo sé. No entiendo por qué está siguiéndome. Quizá solo quiere asegurarse de que estoy bien, y estoy haciendo una montaña de un grano de arena... —No había considerado esa opción y de repente se sintió idiota por haberse dejado llevar. Sí. Era muy posible que fuera eso. Aun así..., algo dentro de ella le decía que había más cosas que descubrir, sobre todo después de saber lo que había hecho Nona.

—Llamaré a Rodowick —dijo Rose extendiendo la mano hacia su bolso.

—No, no. Espera. —Le apoyó la mano en el brazo—. Quizá estoy sacándolo de contexto. Déjame pensar. Solo necesito pensar un momento.

—Como quieras. Pero a mí tampoco me hace ninguna gracia saber que un tipo nos vigila la casa...

En ese momento supo que tenía que marcharse. Tanto si habían enviado a ese hombre para que le hiciera de *au-pair* como si su presencia ocultaba algo bastante más tenebroso, no podía seguir en esa casa poniendo en peligro a Rose.

—Tengo que volver a Las Vegas —le dijo con resolución.

—¡Sarah! —exclamó Rose—. No quería decir eso. Solo lo decía por seguridad.

—Ya lo sé. —Le cogió la mano—. Ya lo sé. Pero creo que aquí ya no puedo hacer mucho más. La visita ha estado muy bien —dijo convencida—. Me voy sabiendo que mi padre no me abandonó. ¡Y me llevo a una tía de regalo! —Rose sonrió—. Irónicamente, la respuesta que buscaba siempre había estado en Las Vegas, pero debía venir aquí para descubrirla. —Un velo de amargura cubrió estas últimas palabras. No podía quitarse de la cabeza la imagen del rostro de Nona.

—Sarah...

—Está bien, no pasa nada. —Se sacudió la mezcla de sentimientos que la hacían sentir tan vulnerable—. Como dice la canción, no siempre puedes tener lo que quieres. Pero a veces consigues lo que necesitas. —Le guiñó un ojo y corrió hacia su habitación para hacer la maleta.

Apagó el televisor en un acto reflejo y se guardó el móvil en el bolsillo.

—Ey —dijo en tono casual girando el torso hacia la puerta—. ¿Traes algo de comer? ¡Me muero de hambre! —Se dio cuenta de que quizá había exagerado demasiado la última frase.

—Sí, algo he encontrado. —Vio el recelo en sus ojos mientras dejaba las dos bolsas de cartón en la mesa del comedor—. ¿Qué veías?

—Ah, nada. Estaba haciendo *zapping*. Esto último eran las noticias. —Se encogió de hombros y se levantó del sofá—. Ya preparo yo lo que hayas comprado.

Él se acercó al sofá, cogió el mando a distancia que Jennie había dejado en el cojín y encendió el televisor.

«Dejamos aquí las noticias y pasamos al tiempo. Jane, vienen fuertes nevadas, ¿verdad?», dijo la presentadora.

«Sí, así es. Parece que en los próximos días nos visitará una depresión que ayudará a crear un buen grosor de nieve en las estaciones de esquí de la zona».

Pareció que Burns se relajaba un poco. Dejó el mando en el sofá y dijo:

—Muy bien. Me daré una ducha mientras preparas algo de comer. —Y se marchó escaleras arriba.

Jen cogió las dos bolsas y las llevó a la cocina. Sacó el pan de molde, la mayonesa, un tomate y un paquete de queso ya cortado mientras intentaba entender el comportamiento de David. ¿Quizá había visto la noticia en el televisor del lugar al que había ido a comprar y tenía miedo de que ella también la hubiera visto?

Abrió un par de cajones hasta encontrar el cuchillo que buscaba para cortar el tomate. A la voz de la mujer del tiempo se sumó el rumor del agua que emanaba en el lavabo.

Se metió instintivamente la mano en el bolsillo de los vaqueros y cogió el móvil. Se asomó por la puerta para confirmar que estaba sola en la planta baja y por fin se decidió a marcar el número de teléfono.

35

Le sudaban las manos como pocas veces y sentía que el corazón estaba a punto de desbocarse. Ron debió de darse cuenta, porque apartó los ojos de la carretera y lo miró fijamente. Luego bajó la mirada y vio que tenía las manos juntas, con los dedos entrecruzados, y que se frotaba el nudillo del dedo índice de la mano izquierda con el pulgar de la mano derecha. Este gesto acabó por delatarlo como una señal inequívoca de su estado, porque se lo había visto hacer cuando estaba nervioso desde que tenía tres años.

—No te preocupes por nada, Jimmy. De verdad —dijo fingiendo cierta calma.

Lo miró en silencio sin saber qué decir. Se dio cuenta de que eso exacerbó aún más los nervios de su hermano.

—¡Que no estés nervioso, tío! —Ron levantó la voz—. ¡Que Keith estas cosas las huele y si te ve así creerá que le ocultamos algo y nos meteremos en problemas, tío!

—¡No me grites, hostia! ¡Que aún es peor! Estoy nervioso, pero ahora se me pasa, ¿vale? ¡Solo necesito un momento, joder! ¡No me estreses!

—Pues tienes diez minutos, porque estamos a punto de llegar —le dijo muy serio, y volvió a clavar los ojos en el asfalto.

Habían conducido durante unos cuarenta minutos por la 140 en dirección a Mariposa hasta que unos kilómetros después de Midpines se desviaron a la izquierda. Las secuoyas habían desaparecido, pero les seguían acompañando los pinos cubiertos de nieve a ambos lados de la carretera, que dieron paso a un terreno menos elevado y poblado con casas esparcidas aquí y allá sin orden aparente. Ocho o nueve kilómetros después, Ron giró a la izquierda por un camino de tierra que transitó durante cinco minutos, hasta que por fin llegaron a un claro blanquecino donde había una vieja cabaña de madera.

—¿Qué? —preguntó Ron apagando el motor del Wrangler—. ¿Cómo lo llevas?

—Estoy bien —dijo recuperado. Y se dio cuenta, asombrado, de que realmente lo estaba. Era como si, ahora que la situación ya era inevitable, se hubiera metido un chute de serenidad. Se sintió fuerte y seguro de nuevo. Le gustaba esa sensación.

Ron se contagió de esa emoción relativamente nueva para su hermano y le sonrió.

—¿Ese tío vive aquí? —preguntó Jimmy, todavía en el coche. Le parecía un sitio de mierda para un gran traficante de la zona.

—No, ¡qué va! Nadie sabe dónde vive. Esto es como su oficina. Bueno, una de ellas. Para reunirse con la gente y pasar el material, si no es mucha cantidad. Vamos a hacer pasta gansa, hermanito. —Le guiñó un ojo.

Keith los recibió sentado en el sofá. En el momento en que entraron en la sala, estaba fumándose un cigarrillo y anotando algo en una libreta. Los había acompañado un hombre corpulento y armado que había saludado a Ron con un movimiento de cabeza al verlos en la puerta.

Con un gesto de la mano, Keith los invitó a sentarse en los sillones adyacentes.

—Así que tú eres el pequeño Jimmy. —Esbozó una media sonrisa.

Le devolvió la sonrisa. No sabía si tenía que estrecharle la mano o eso estaba reservado para los negocios legales. Pensó que debería haberlo hablado antes con Ron, pero ahora ya era demasiado tarde.

—Le agradezco que me dé esta oportunidad —respondió por fin sentándose en el sillón. Pensó que ya le estrecharía la mano cuando llegaran a algún trato.

—Con lo de Gary, voy corto de hombres. —Ahora también sonrió, pero de una manera que le resultó un poco macabra—. Me va bien contar con un par de manos jóvenes, y Ron me ha asegurado que podemos confiar en ti.

Asintió.

—Así es.

—¿Es tu primer trabajo?

—He trabajado en el resort de esquí en temporada alta un par de...

—De este tipo —lo interrumpió.

—Sí, de este tipo, sí.

—Bueno, siempre hay una primera vez, ¿verdad?

Antes de que pudiera responder, el hombre corpulento se asomó a la sala y chasqueó los dientes.

—Es Jason —dijo cuando Keith giró la cabeza para mirarlo—. Dice que es urgente.

Keith movió la cabeza de un lado a otro y les sonrió.

—Disculpad —dijo levantándose. Y desapareció de la sala.

—¿Debería haberle dado la mano? —le susurró a su hermano.

—No, no, no le gusta demasiado el contacto —le contestó Ron.

—Entonces ¿tampoco se la doy al final?

—Solo si él te la da. Pero no te rayes, tío. Estás haciéndolo bien. —Levantó el pulgar para ilustrar lo que decía justo en el momento en que Keith volvió a la sala.

Le había cambiado la expresión de la cara y ahora exudaba una seriedad solemne que lo hacía aún más distante.

—Bueno —dijo sentándose de nuevo en el sofá—, el trabajo es tuyo. Pero tienes que entender una cosa: la supervivencia en este mundo depende de la confianza que tenga en ti. Debo saber que puedo confiar en ti. Solo puede funcionar de esta manera.

Asintió.

—Por ejemplo —siguió diciendo Keith—, no sé si sabes que Lombard, uno de los rangers de la zona, lleva años trabajando para mí. Se supone que no deberías saberlo, porque eso querría decir que hace bien su trabajo, pero por desgracia ya no es el caso. Hace unos años que se ha acomodado y el abuso del alcohol no ha hecho más que exacerbar rasgos de su carácter que lo convierten en un problema.

Volvió a asentir. Había decidido no abrir la boca si no era imprescindible. Sabía que esto solía gustar a las personas que tenían poder o les gustaría tenerlo.

—Pues resulta que ahora han encontrado el teléfono de la chica que desapareció con las huellas de Lombard —dijo fingiendo que le parecía divertido—. Y, bueno, esto no lo sabrás, porque Ron tampoco lo sabía, pero resulta que la chica trabaja para mí. Y Lombard también. Así que tenemos un problema. —Miró a Jimmy fijamente y añadió—: Me gustaría que te ocuparas tú del tema.

El corazón le dio un vuelco. No sabía qué decir.

—Sería una manera magnífica de demostrar que se puede confiar en ti. —Sonrió—. Piensa que Lombard no dudará en abrir la boca y vender a todos, también a tu hermano, para ahorrarse unos años de cárcel cuando lo acusen de haber matado a Jennie. Nos harás un favor a todos. Y yo te lo pagaré como se merece, no tengas ninguna duda.

No pudo evitar mirar a su hermano. Ron no pudo ocultar del todo su incomodidad, pero asintió y forzó una sonrisa.

—De acuerdo —dijo esperando que los nervios que empezaban a subirle por la boca del estómago no se tradujeran en un hilo de voz. Pero consiguió domarlos sin demasiados problemas.

—Tiene que ser rápido, antes de que lo detengan. No creo que tarden mucho en hacerlo —le dijo Keith perforándolo con sus ojos negros.

—Entendido. —Volvió a sorprenderle su calma. Probablemente porque no pensaba hacerlo. Ya buscaría la manera de zafarse. Al fin y al cabo, tenía a White detrás, ¿no? Él le diría qué debía hacer.

El hombre corpulento se acercó a él y le dio un teléfono móvil.

—Llévalo siempre encima —le dijo Keith—. Por norma general, siempre te contactaré yo o uno de los nuestros. Tú no deberías llamarme. Puedes utilizarlo para contactar con tus enlaces, pero no conmigo. De todas formas, si tienes una emergencia, una de verdad, quiero decir, haz marcación rápida en el número 3.

—De acuerdo. —Se lo metió en el bolsillo de los vaqueros.

—Bienvenido. —Keith le tendió la mano.

—Gracias. —Y por fin se la estrechó.

El teléfono emitió tres tonos antes de que Diane respondiera a la llamada, los suficientes para que Jennie se replanteara lo que estaba haciendo y colgara el teléfono justo en ese momento. ¿Y si Diane contaba a las autoridades que había hablado con ella? ¿Y si les decía dónde estaba? No le gustaba estar atrapada con Burns en esa casa, pero tampoco quería que la encontraran, y menos aún en los próximos días. La carta que había enviado a la familia Hadaway debía de estar a punto de llegar a su destino, si no había llegado ya.

Se lo replanteó todo y pensó que quizá exageraba. Ni siquiera tenía la certeza de que la chica a la que habían encontrado flotando fuera la ex de Burns. Pensó en enviarle un mensaje. Así podría controlar mejor el flujo de información. Pero esto no le garantizaba que Diane no avisara igualmente a la policía de que se había puesto en contacto con ella.

Entonces recordó la llamada que había estado a punto de hacer antes de que la noticia del cuerpo en el lago la sobresaltara y se sintió fatal. ¿Cómo podía haber dejado pasar tanto tiempo sin pensar en ello? Pero no le apetecía mantener una conversación ni contar todo lo sucedido. No quería que fuera a buscarla, porque no quería estar localizable. Sin embargo, tenía que hacerle saber que estaba bien. No podía esperar más.

Al final envió un mensaje a su padre.

Hacía dos días que habíamos encontrado las huellas de Lombard en el móvil de Jennie, y desde entonces había desaparecido. Pusimos vigilancia en su casa, pero no pasó por allí en las cuarenta y ocho horas posteriores al descubrimiento. La cosa no pintaba bien, y muchos sospechábamos que había huido y que no tendríamos la oportunidad de descubrir qué había pasado con el móvil y con Jennie. Aunque yo tenía pocas esperanzas de que Lombard supiera dónde estaba la chica. No me cuadraba que la hubieran visto con Burns la mañana del día siguiente y su teléfono apareciera ahora en Darrah, pero quería mantener la mente abierta. En este caso pocas cosas parecían lo que eran, y quizá había alguna conexión entre Burns y Lombard que se nos escapaba. Fuera como fuese, si Lombard había tenido contacto con Jennie, era importante encontrarlo y saber qué había pasado. Por otro lado, el miedo de White, que yo entendía perfectamente, era que Ted, que había estado siguiendo la investigación con la nariz pegada al culo de nuestros pantalones, lo encontrara antes que nosotros y tuviéramos un buen disgusto.

Estaba pensando en esta última posibilidad cuando las luces de una ambulancia, más allá del desvío de la 140 hacia Capitan Drive, llamaron mi atención. Reduje la marcha y distinguí dos coches oficiales estacionados junto al vehículo sanitario. Luego giré el volante y me desvié por Capitan Drive.

Doscientos metros más allá, los dos coches que había visto impedían la circulación. Uno de ellos era el vehículo oficial de White, y el otro, un vehículo de la oficina del sheriff Thompson. Unos metros más adelante un grupo de policías rodeaban otro coche. Era uno de los nuestros. A pesar de la cantidad de rangers y agentes presentes en la escena, solo se oían murmullos a lo lejos.

Aparqué el coche en el arcén y me acerqué a los dos vehículos que obstaculizaban el paso. Un joven policía vino a mi encuentro antes de que pudiera acercarme más.

—Lo siento, ranger. La carretera está cortada y no se puede circular. Tendrá que buscar una ruta alternativa.

—Está bien. ¿Qué ha pasado? ¿Puedo ayudar de algún modo? —le pregunté.

—No puedo decir nada.

—Claro, claro.

Reconocí la figura de White, que avanzaba hacia el lugar donde nos encontrábamos.

—¡Don! ¡Moved los coches! La ambulancia ya está cargada —gritó.

Don dio media vuelta hacia él y movió el brazo para corroborar que había oído la orden. Yo levanté el brazo para llamar la atención de White, que cambió la expresión preocupada por el enfado cuando me reconoció desde donde se encontraba. Se plantó delante de mí en dos zancadas, pero no dijo nada mientras observaba cómo los dos coches que bloqueaban la carretera daban marcha atrás para dejar paso a la ambulancia, que avanzaba lentamente por el camino sin la sirena y con las luces apagadas. Quien fuera dentro ya no necesitaba nada con urgencia. O habían solucionado rápidamente el problema, o no había problema porque ya no había nada que hacer.

Nos arrinconamos en el arcén lleno de huellas fangosas en la nieve mientras el vehículo desfilaba delante de nosotros.

En cuanto hubo desaparecido por el asfalto de la 140, White acercó exageradamente su rostro al mío.

—¿Ha sido Ted? —me preguntó secamente. El aliento le olía a café y mala leche.

—¿Es Lombard? —pregunté.

—¿Tú qué crees?

—¿Está...? —Pero por cómo se había ido la ambulancia, ya sabía la respuesta.

—Le han pegado un tiro en la cabeza mientras estaba patrullando.

La respuesta no me gustó. No porque me supiera mal por Lombard, que probablemente había acabado como se merecía, sino porque con su muerte otra pista sobre dónde estaba Jennie volvía a escapárseme de las manos.

—No. No creo que haya sido Ted —le contesté por fin.

—¿No lo crees? —me preguntó con un resoplido cínico. Por algún motivo estaba pagando su frustración conmigo, pero no pensaba ponérselo fácil.

—No tiene sentido. Sabe que Jennie estaba viva con Burns el día siguiente de su desaparición.

—Pues a mí no me pareció que lo tuviera tan claro ayer tarde, cuando lo dejaste venir contigo a las oficinas.

—¿Y qué queríais que hiciera? Es su padre. Es normal que quiera implicarse. ¡No puede decirse que hayamos avanzado mucho en ningún sentido! En parte gracias a tu secretismo, chief, así que no me vengas ahora con estas...

—Carrington —me cortó amenazante.

—En cualquier caso, no creo que Lombard le hiciera nada a Jennie. Quizá lo intentó, y ella consiguió huir, porque si no no se habría encontrado con Burns al día siguiente.

—¿Y si Lombard los interceptó más tarde?

Era una buena pregunta y una opción que considerar. No habría sido la primera vez que Lombard detenía a civiles utilizando su placa y exhibía un comportamiento abusivo. Y Burns no parecía una persona que fuera a tolerar un comportamiento de ese tipo. De hecho, Burns y Lombard eran una combinación explosiva. Si se habían encontrado, era posible que la cosa hubiera acabado mal.

—Voy a marcharme hoy mismo a Tahoe, chief. Es primordial saber si Jen ha ido allí con Burns. Si es así, es posible que todavía esté ahí, y podríamos descartar que la muerte de Lombard tenga algo que ver. Si no hay rastro de ella ni de Burns, vuelvo y seguimos por aquí. De todas formas, no nos engañemos. Hace tiempo que mucha gente le tiene ganas a Lombard.

—¿Justo después de encontrar sus huellas en el móvil de Jennie?

No podía negar que su argumentación era muy válida. Pero aun con esta premisa, había más opciones.

—¿Qué sugieres que haga con Ted? —preguntó incrédulo.

Me encogí de hombros.

—Interrógalo si crees que ha tenido algo que ver.

—¿No quieres hablar con él antes?

—No. Me marcharé esta misma tarde. No le digas dónde estoy.

—No soy yo el que habla demasiado, Nick.

—Eso lo tengo claro. —Esbocé una media sonrisa cínica.

—No te quedes ahí más de dos días. Te quiero aquí pasado mañana. Vamos cortos de personal y toda esta historia se nos está complicando demasiado. ¿Entendido?

—Entendido.

Di media vuelta y volví al coche. Me esperaban más de cuatro horas de conducción y muchas incógnitas por responder.

36

Pasó gran parte del camino de vuelta a casa mirando de reojo el retrovisor, esperando constatar la presencia de ese hombre, aunque estuviera en un vehículo diferente al que había visto. Aun así, sabía que si estaban siguiéndola se preocuparían de que ella no se diera cuenta. Pensó que esa sensación era todavía peor: saber que una sombra invisible te sigue, sin tener ni idea de dónde estás exactamente, pero notando su presencia muy cerca.

Se recordó a sí misma que no debía perder la calma. Solo debía seguir el plan que había trazado. No estaba segura de lo que estaba haciendo, pero le parecía una tontería intentar seguir investigando la muerte de Carrington con ese hombre pegado a su culo. Tenía que cambiar de estrategia. Si hubiera querido hacerle daño, ya lo habría hecho. El caso era saber por qué la seguía y qué escondía Barlett, sobre todo si se trataba de algo tan grave que podría haber influido en la muerte de Carrington.

Con los minutos y las horas de conducción dejó la frescura y el verde de las montañas atrás, el desierto se convirtió en un compañero de viaje aburrido y monótono y volvió a sentirse como en casa, casi recuperando una fuerza o un ímpetu que creía que había perdido. No es necesario que te guste el lugar de donde eres para aceptar que te sientes como en casa. Al fin y al cabo, es eso, tu casa. Todavía se sentía triste, enfadada, enfurecida, confundida, sí, pero el desierto actuó como un bálsamo para el miedo.

Estaba tan sumida en sus pensamientos que ni siquiera había reflexionado si era adecuado utilizar la llave del piso de Coddie sin haberlo avisado de su regreso. Cuando obtuvo la respuesta, ya era demasiado tarde.

Había cogido la ruta más rápida y la menos poética, evitando puertos de montaña y priorizando el tránsito por autopista, dirigiéndose hacia Fresno, Visalia y por último Bakersfield para tomar la Interestatal 15 y llegar a Las Vegas bordeando el desierto de Mojave. Llevaba más de ocho horas conduciendo y solo había pensado en lo agradable que sería llegar a una casa limpia y habitada, con comida en la nevera y una piel cálida a la que acercarse, en lugar de a una casa vacía y a la vez llena del recuerdo de Nona o a una fría habitación de hotel con reflejos de neón en las ventanas.

Se dio cuenta de su error en cuanto abrió la puerta y oyó una carcajada femenina que se detuvo abruptamente. Pero ya la habían visto, y ella los había visto a ellos: Coddie y una mujer vestidos con ropa cómoda, de la que se lleva para estar por casa (quizá este detalle es lo que hizo que se sintiera peor); ella sentada en el taburete de la cocina bebiéndose una copa de vino tinto y él preparando cualquier plato exquisito, que por el olor requería de un delicioso sofrito de cebolla.

—Ostras, lo siento —dijo avergonzada—. Me voy ahora mismo. —Y volvió a cerrar la puerta.

Se sentía idiota. Y dolida. Aunque sabía que no tenía ningún derecho. Bueno, tenía derecho a sentirse así, claro, pero no podía reprochar absolutamente nada a Coddie. Ni siquiera se había molestado en llamarlo para decirle que aparecería por su casa. Había sido muy soberbia e impertinente al pensar que él no tendría nada mejor que hacer que recibirla saltando de alegría, como si fuera un perro encerrado en casa que hubiera estado esperando a que su amo volviera.

—¡Sarah! —Él corrió hacia la puerta y la pilló esperando impaciente a que el ascensor abriera las puertas.

—Está bien, no te preocupes. No debería haber venido. —Se obligó a sonreír.

—No deberías haber venido sin avisar —la corrigió devolviéndole la sonrisa—. ¿Estás bien? ¿Por qué has vuelto?

—Es demasiado largo para contártelo en un rellano —respondió intuyendo la figura femenina poniendo la oreja detrás de la puerta.

—Entonces quizá me lo puedas contar mañana, comiendo algo. —Le guiñó un ojo.

El ascensor llegó por fin a la planta.

—¿Vendrás mañana? —insistió él con una sonrisa.

Ella asintió levemente. De repente había entendido que no tendría más oportunidades si no quería perderlo.

Coddie le guiñó un ojo y dio media vuelta hacia su apartamento. Ella entró en el ascensor y pensó que no era necesario alargar más la agonía. Iría al hotel y fingiría no saber que el hombre que la había estado espiando tenía algo que ver con Barlett. Tenía un plan que seguir.

Se comieron los bocadillos que había preparado delante del televisor, en silencio, viendo *Jungla de cristal,* que habían elegido de entre la colección de películas familiares, con el viejo VHS. Pero, pese a la puesta en escena, la tensión era palpable. Era evidente que algo había cambiado en el tiempo que Burns había pasado fuera de la casa.

La película terminó, el VHS la expulsó y la pantalla del televisor se volvió de un azul vibrante. El silencio más absoluto inundó la sala. Burns cogió el mando y cambió a un canal de tele para acabar con esa tortura. Y entonces la realidad les golpeó en la cara.

«Y por fin tenemos novedades en el caso del cuerpo hallado recientemente en el lago Tahoe. La oficina del sheriff ha confirmado hace pocos minutos que la identidad del cadáver rescatado pertenece, como habían sospechado, a Rebecca Tilford, originaria de Oregón, que veraneaba en la zona con su familia desde hacía más de diez años.

»La víctima desapareció cuando se bañaba en el lago con unos amigos la noche del 4 de julio de 2012, hace ya más de tres años. Entonces ella tenía diecisiete y dejó atrás a una familia que hasta ahora no había conseguido despedirse de ella».

Burns se quedó inmóvil, con la mirada clavada en la pantalla. Jen solo se atrevió a atisbar su reacción de reojo.

«El teniente Don Fiorinni —siguió diciendo la reportera, a la que Jen había visto antes— ha explicado que se ha identificado a la víctima por los registros dentales, pero que desgraciadamente el forense encargado de la autopsia no ha podido determinar con exactitud la causa de la muerte debido al estado del cuerpo y el efecto de las corrientes de agua y la fauna marina en este. Aun así, Fiorinni ha comunicado a la familia que la causa se ha determinado como accidental y que probablemente la muerte de Rebecca fuera atribuible al "shock de agua fría", un fenómeno fisiológico que puede provocar respiración errática y fracaso muscular, y que a menudo es culpable de ahogamientos accidentales en las heladas aguas del Tahoe. Cabe recordar que este es el mayor lago alpino de Norteamérica y lo alimenta la fosa de nieve de las montañas circundantes. Incluso en verano, la temperatura justo por debajo de la superficie ronda los doce grados centígrados, lo que la convierte en traicionera y peligrosa para el visitante despreocupado o para un grupo de jóvenes con un par de copas de más en la sangre.

»La familia, que dejó de visitar el lago después de la tragedia, se ha desplazado a la zona para acompañar el cuerpo hasta su lugar de origen, Portland, donde le darán sepultura».

Se decidió por fin a mirarlo. Él seguía con los ojos clavados en la pantalla, donde empezaba una ráfaga de anuncios con unos colores y un volumen que resultaban obscenos en esa situación. Una lágrima le resbalaba mejilla abajo.

—Es ella, ¿verdad? Tu ex... —le preguntó, aunque ya sabía la respuesta.

—No quiero hablar de este tema, Jennie. —La miró un segundo antes de levantarse del sofá y apagar el televisor con el mando.

—Lo siento, David, lo siento mucho.

—No es necesario que finjas. Ni siquiera la conocías —le dijo secamente—. Quizá incluso se merecía que le pasara algo así —refunfuñó cuando ya había empezado a bajar las escaleras exteriores hacia el jardín que rodeaba la casa.

Incluso sin verle el rostro supo que él se había dado cuenta de que la había cagado diciéndolo. Y esto no hacía más que complicar las cosas.

Especialmente para ella.

Volvían de Mariposa por la 140. Acababan de pasar Briceburg cuando vieron el coche.

—Tío, creo que es él —dijo Ron aflojando el pie del acelerador.

—No lo creo. Podría ser cualquier ranger —dijo Jimmy esperando que sus palabras funcionaran como un conjuro mágico que cambiara la realidad.

A él también le había parecido que era el coche de Lombard. Sabía, por lo que le habían dicho, que solía patrullar la zona buscando víctimas a las que robar las drogas que llevaban encima o incluso cosas peores.

Pero sí, a medida que se acercaban vio claro que se trataba de él: el pelo castaño rizado, sucio y despeinado; los hombros anchos, y esas piernas delgadas que nunca acababan de llenar los pantalones del uniforme. Había salido del coche y estaba desabrochándose los pantalones. Probablemente necesitaba aliviar la vejiga, o quizá algo más.

Ron frenó del todo y detuvo el coche en un desvío ubicado a unos cincuenta metros de donde estaba el ranger.

—Pero ¿qué haces? —No se molestó en ocultar el miedo que rezumaban sus palabras.

—Es una señal, Jimmy. ¿No lo ves? Tenemos que hacerlo y nunca lo tendremos tan fácil como ahora. No puede ser casualidad. —Esbozó una sonrisa que quería alentarlo y sacó la pistola del bolsillo. Se la tendió.

La miró, incrédulo, y se quedó completamente inmóvil. Le resultaba imposible pensar.

—Vamos, hermanito, no le des más vueltas. Es un hijo de puta y necesitamos que muera. ¡Casi puede decirse que estás haciendo un favor a la sociedad! Conozco a unos cuantos que se alegrarán, que se lo hubieran cargado ellos mismos si tuvieran cojones. Incluso algunos de los suyos, Jimmy, mira si es cabronazo. —Bajó del vehículo y le hizo un gesto para que hiciera lo mismo.

Él lo imitó de forma casi mecánica.

—No puedo —dijo por fin en cuanto pisó la grava.

—Claro que puedes. —Bajó la voz y susurró—: No es tan difícil. Te acercas sin hacer ruido y le metes dos tiros en la espalda mientras mea. —Ilustró sus palabras simulando la acción, con la pistola todavía en la mano—. Hazlo rápido, antes de que te vea, Jimmy, porque no dudará en dispararte si ve tus intenciones.

—No me entiendes, Ron. —Estaba planteándose seriamente contarle lo de su acuerdo con White—. De verdad que no puedo.

A Ron le cambió la cara de repente. Se le había agotado la paciencia.

—Pero ¿eres gilipollas o qué? ¿No ves que no tendrás otra oportunidad como esta?

—No estoy preparado. No puedo cargarme a una persona así como así. Además...

—Mira, tío —lo interrumpió—, dijiste que querías formar parte de esto, ¿verdad que sí? Fue tu decisión. —Le acercó el cañón de la pistola al pecho, como un dedo índice acusador—. Pues todo tiene un precio en esta vida, y ahora es demasiado tarde para echarse atrás. Si no haces lo que te ha encargado, Keith se deshará de ti en cinco minutos, y de mí también. ¡Así que deja de hacer el idiota y sé un hombre, Jimmy! ¡Sé un hombre por una puta vez en tu vida!

—Ron...

Vio el pánico en el rostro de su hermano, que de repente se había quedado pálido. Entendió que había gritado demasiado y había llamado la atención de Lombard.

Pero no imaginaba que lo tuviera tan cerca.

—Vaya, vaya... Mira a quién tenemos aquí. —La voz confirmó sus sospechas—. ¡Los hermanos «Boom»! —Hizo un gesto con la mano simulando una explosión mientras decía esta última palabra y clavaba la mirada en la pistola que Ron aún tenía en la mano.

—Ey, ranger —le contestó este de modo casual guardándose el arma en los riñones—. ¿Cómo va?

Siempre había admirado el autocontrol de su hermano y su capacidad para cambiar de piel, de rostro y de tono de voz en cualquier circunstancia. Si hubiera nacido en otro lugar y en otra familia, podría haber sido actor. Y a la vez siempre había pensado que era un motivo para no fiarse de él. Le gustaba pensar que sabría verlo cuando se comportara así con él, pero era imposible estar seguro.

Lombard era otro actor, a su manera y con mucho menos talento, pero supo interpretar la minúscula inquietud que se ocultaba detrás de las palabras de Ron, y sobre todo la que no se ocultaba en su rostro. Al fin y al cabo, tanto Ron como Lombard trabajaban para Keith, y al ranger no se le debía de escapar la situación en la que se encontraba, porque había estado al otro lado más de una vez.

—Aquí, viendo si pesco algo —le contestó crípticamente Lombard.

—Muy bien. Pues que tengas suerte. Nosotros ya nos vamos. Solo hemos parado para cambiar el agua de las aceitunas. —Se señaló la bragueta. No se le escapaba la proximidad de la mano derecha de Lombard a la funda que colgaba del cinturón, que evitaba que el pantalón le cayera a la altura de las rodillas.

—Qué casualidad, ¿no? —dijo mirándolo.

—Es lo que pasa cuando te metes dos birras de más en Mariposa —se adelantó Ron quitándole importancia.

—Claro, claro.

Ron le indicó con la mirada que volviera a subir al coche.

—Bueno, nos vemos por aquí, Lombard. —Abrió la puerta del vehículo.

—No lo dudes —le respondió dando una sutil palmadita a la funda. Y los observó detenidamente hasta que arrancaron el coche.

Cuando volvieron a incorporarse a la carretera, vio en el retrovisor que los despedía con una sonrisa cínica en la boca.

—La hemos cagado, y bien —refunfuñó Ron—. Ahora solo es cuestión de ver quién se las arregla antes para acabar con el otro. Y más vale que seamos nosotros, Jimmy. Porque si no, estamos bien jodidos.

37

Cuando llegué al sur del lago Tahoe, ya estaba bien avanzada la noche.

Antes de acercarme al motel donde hacía seis horas había reservado una habitación mediocre, me acerqué a la dirección que Julie me había anotado en el papel que llevaba en el bolsillo. Quería ver si había luz, algún coche aparcado cerca o cualquier señal de vida.

Pero la casa de la señora Doyle, que antes de su divorcio se hacía llamar señora Burns, estaba a oscuras y en completo silencio.

De todas formas, me convencí de que eso no quería decir nada. La oscuridad y el silencio que rodeaban la casa y el jardín cubierto de nieve no implicaban que Jennie no estuviera allí.

Me planteé hacer guardia, pero predije que ni mi pierna ni mi cabeza aguantarían esas horas de suplicio después del viaje en coche y el día que había tenido. Así que di media vuelta y me dirigí al motel.

Pero lo hice con pesar. De algún modo sentía la presencia de Jennie en ese lugar.

Condujo hacia Belmond diciéndose que así podría tener más vigilado a Barlett. La verdad era que no soportaba la idea de pisar la que había sido su casa. Estaba demasiado enfadada con Nona y no quería ver, oler, tocar ni oír nada que la hiciera pensar en ella.

Se presentó en el mostrador, donde el recepcionista, que ya la conocía, se negó a aceptar ninguna tarjeta de crédito, aunque esa vez no estuviera acompañada de Barlett. Dijo que eran las instrucciones que había recibido y que solo seguía las normas de la casa.

Ella le agradeció la gestión y el hecho de que le diera su habitación de siempre.

Cogió la llave magnética y subió al ascensor intentando organizar sus pensamientos, lo que le resultaba complicado porque no podía quitarse de la cabeza a la mujer que había visto en el piso de Coddie. Y eso la asqueó. ¿Desde cuándo perdía el tiempo con este tipo de cosas? ¿Tan poco original era que, ahora que lo veía con otra, de repente sentía la necesidad de establecer una relación seria con él? ¿Cómo podía ser tan infantil? ¿Cómo era posible que solo quisiera volver a ese piso, echar a esa mujer, que no tenía culpa de nada de lo que pasaba en su vida, y acurrucarse junto a Coddie en el sofá para ver una película agradable que le impidiera pensar en nada? ¿En qué tipo de cliché se había convertido?

Cuando llegó a la habitación y abrió la puerta, la visión de la cama le dio la respuesta a todos sus dolores de cabeza: estaba cansada. Simplemente tenía que dormir y al día siguiente lo vería todo mucho más claro. Solo era eso.

Se descalzó y se dejó caer en el colchón mullido. La frescura de las suaves sábanas le acariciaba la piel del rostro, las manos y los pies. Ni siquiera era consciente de que se le cerraban los ojos.

Un piso más arriba, Barlett acababa de colgar el teléfono después de hablar con recepción. Se sentó a la mesa de su despacho e introdujo el código en la caja que aparecía en la pantalla del ordenador. La vio tumbada boca abajo en la cama. Ni siquiera se había puesto el pijama.

La dejaría dormir, pensó.

Y al día siguiente descubriría qué sabía y cuáles eran los siguientes pasos que seguir.

Después de que hubieran visto la noticia sobre Rebecca Tilford, Jen se dedicó a pasar lo más desapercibida posible para Burns y a evitar conversaciones innecesarias que en otros momentos habrían servido para llenar el vacío de silencio que se había instalado entre los dos. Pasaba la mayor parte del tiempo en la habitación y solo bajaba para compartir las comidas o a limpiar un poco la cocina. El comentario de David sobre la muerte de Rebecca la había inquietado y sabía que, considerando la posibilidad de que Burns hubiera tenido algo que ver, lo más sensato era no complicar las cosas e intentar rebajar la tensión. Es lo que habría aconsejado a cualquiera que se hubiera encontrado en su situación, así que intentó desvincularse emocionalmente y verla desde fuera, como un caso de estudio de la universidad.

Nunca había sido muy buena compartimentando, pero parecía que no iba a quedarle más remedio que aprender a hacerlo. Le extrañaba mucho que la carta que había enviado antes de irse a Yosemite todavía no hubiera tenido consecuencias, y eso lo complicaba todo aún más, porque no sabía cuánto tiempo debería mantener esa situación con Burns. La idea de que su plan no hubiera salido bien la angustiaba, pero poco a poco otro pensamiento fue ganando presencia: quizá el destino no quería que las cosas sucedieran como había planeado. Si era así, podría volver a casa antes y dar alguna explicación plausible por su desaparición, como si todo hubiera sido un malentendido. La situación seguiría siendo complicada, pero ahora se lo parecía mucho menos, comparada con la peligrosa cueva en la que tenía la sensación de haberse metido. Había querido huir del fuego y sentía que estaba a punto de caer en las brasas. Sí, aceptaría sus errores y haría lo que tuviera que hacer. La verdad era que ahora, visto con un poco más de perspectiva, no entendía por qué se había complicado tanto la vida. Contaría la verdad hasta donde pudiera (porque, si salía el tema del tráfico de drogas, no tenía intención de traicionar a Keith y poner a su familia en peligro, que es lo que había querido evitar desde el principio) y asumiría las consecuencias.

A medida que lo pensaba, se animaba cada vez más. Podría marcharse hoy o mañana mismo. No era necesario esperar a ver si la carta llegaba o no. Tomaría las riendas de su destino y daría un giro de ciento ochenta grados a una situación que se había salido de madre, y mucho.

Se decidió a bajar las escaleras hacia la sala para comentarle este cambio de planes a Burns, pero, al pasar por delante de la ventana de la habitación, oyó su voz y se detuvo. Al principio pensó que hablaba solo, porque casi murmuraba las palabras, pero acercó el rostro al cristal y entendió que estaba manteniendo una conversación telefónica.

—No, ya te lo he dicho, no te preocupes por nada —susurró.

—...

—¿No ves que han dictaminado que fue accidental? Ahora ya está. Es mejor así, ya no es necesario pensar si aparecerá un día o no. Pasa página de una vez, y listos.

—...

—Aquí, en Tahoe.

—...

—¡Tío, tranquilo! ¡Y cómo iba yo a saber que pasaría esto!

—...

—No, de momento no. Y no lo creo, porque hace ya tres días que la encontraron.

—...

—No, no hay nada. ¿Crees que soy idiota? ¡Nadie puede probarlo! Aunque el único que está dándole vueltas eres tú. ¡Deja de rayarte de una vez! —Si era posible gritar y susurrar a la vez, era exactamente lo que David estaba haciendo en ese momento. Debió de darse cuenta, porque echó un vistazo a su alrededor para asegurarse de que estaba solo.

—...

—No lo sé, solo me quedaré unos días más. Pero no se lo digas a nadie, ¿de acuerdo? Estoy solo y quiero seguir así. —Se le notaba en la voz que se había cabreado.

—...

—De acuerdo. Adiós, tío.

Colgó el teléfono de mal humor y, quizá porque se sintió observado, dirigió la mirada a la ventana de la habitación donde estaba Jennie.

Ella se apartó enseguida y se quedó inmóvil, pegada a la pared, con el corazón acelerado, hasta que él se marchó del patio golpeando con fuerza la portezuela.

Era evidente que no podía alargar más la situación. Debía huir de allí en ese preciso momento.

Aunque había bebido más de lo habitual, no había conseguido templar los nervios. Pensó que había llegado a un punto en que el alcohol apenas le afectaba, aunque su hígado no compartía esa opinión.

Desde el momento en que había visto el teléfono móvil de Jennie Johnson escondido en la alfombra del asiento del copiloto, había sabido que le comportaría problemas. Lo descubrió dos días después de su desaparición, cuando volvía de un encuentro en una de las «oficinas» de Keith en Darrah. Al principio no había entendido que ese sonido que se confundía con la voz de Tom Petty era un teléfono. Pero la melodía siguió sonando insistentemente mientras esa voz que había oído miles de veces cantaba: «*Hey, baby, there ain't no easy way out (I won't back down). Hey, I will stand my ground. And I won't back down*». Así que al final detuvo el coche y apagó la radio. Fue entonces cuando vio los parpadeos de la pantalla debajo del asiento del copiloto.

Cogió el aparato. Era un iPhone 4 blanco con una funda rosa. Tenía que ser el móvil de Jennie. Nadie más se había sentado en el asiento del copiloto en los últimos días. De hecho, nadie más había subido al coche en semanas. Se le habría caído la noche en que la llevó a ver a Keith. Al día siguiente era su día de descanso y no había cogido el coche oficial. Le gustaba ir con la moto cuando se suponía que solo era un civil, aunque en su mente él nunca era solo un civil.

Se movió en el asiento, inquieto. ¿Qué se suponía que debía hacer con lo que tenía en las manos? ¿Llevarlo a las oficinas? ¿Y decir qué? ¿Que lo había encontrado por arte de magia mientras todo el equipo y medio pueblo participaban en una búsqueda de la que él se había escabullido? No lo creerían, y no podría culparlos. No era idiota. Sabía cuál era la fama que se había ganado. A veces la subestimaba y se repetía que las personas eran muy exageradas, que juzgaban cosas que no entendían en sus vidas fáciles y cómodas. Pero no en esta situación. ¿Y si sabían de alguna manera, por geolocalización o lo que fuera, que había estado en su coche? No, tenía que deshacerse del teléfono lo antes posible.

Un coche cruzó la carretera en dirección contraria. Le pareció que el conductor se fijaba más de lo recomendable en su cara.

Dejó el teléfono en el asiento del copiloto, puso en marcha el motor y siguió circulando por Triangle Road hacia la 140. Tres kilómetros después, redujo la marcha, bajó la ventanilla y lanzó el teléfono móvil de Jennie Johnson hacia el bosque con todas sus fuerzas.

Después pisó el acelerador, convencido de que aquello no le causaría más problemas.

Pero ahora veía que se había equivocado, y mucho. Debía tomar la iniciativa. No tenía intención de abandonar el pozo de mierda que era su casa. A él nadie lo obligaba a hacer nada, y menos a huir. Empezar una nueva vida exigía un esfuerzo y una humildad de los que carecía y por los que no tenía el más mínimo interés.

Así las cosas, no pensaba esperar a que esos dos inútiles encontraran la manera de cargárselo. Se adelantaría a ellos.

Vació las migajas de patatas chips aplastadas que quedaban en la bolsa, dio un largo trago de whisky y se levantó con determinación del viejo sofá.

Lo haría esa misma noche. No tenía sentido posponer lo inevitable.

38

Se despertó diez horas después con la marca de la colcha en la mejilla derecha. No entendía cómo podía sentirse tan descansada. Qué ironía que, estando en ese lugar, e intuyendo lo que intuía, se hubiera sentido por primera vez en mucho tiempo como en casa. O quizá solo era el peso de las horas de conducción que arrastraba.

Se metió en la ducha y llamó para pedir que le llevaran el desayuno a la habitación. Se lo llevaron exactamente quince minutos después.

La verdad era que no le sorprendió encontrar a Barlett al otro lado de la puerta cuando la abrió.

—Buenos días. Veo que ya te han pasado el informe —le dijo. Vio que con esta frase había conseguido hacerlo dudar durante un milisegundo.

Terminó de abrir la puerta para dejarlo entrar. Él deslizó suavemente la mesa con ruedas hasta el interior de la suite. El contraste de su traje y de su manera de moverse con lo que estaba haciendo le resultó divertido, y por un momento bajó la guardia. Desde que era niña, Barlett siempre había sabido hacerla reír de una u otra manera. Qué putada si ahora resultaba que había todo un velo de mentiras nada menores entre los dos.

—¿Qué tal el viaje? No creía que volverías tan pronto... —Dejó la mesa al lado del sofá beige orientado hacia el ventanal que daba al Strip, donde el sol ya calentaba con fuerza el asfalto del desierto.

Se sentó en el sofá y cruzó las piernas. Ella se ajustó el albornoz blanco impoluto y se sentó a su lado.

—Barlett, tengo que contarte algo —empezó a decirle.

Él la miró con curiosidad fingida.

—Este viaje... —siguió diciendo— lo he hecho porque quería saber qué le había pasado a Nick Carrington.

Barlett frunció el ceño simulando que no sabía o no recordaba a quién se refería.

—Antes de morir, Nona me dijo que era mi padre —le explicó sin perder la paciencia—. Desapareció un tiempo después de investigar la desaparición de una chica en Yosemite. Era guardabosques allí.

—Vaya, no tenía ni idea —le dijo él.

Tuvo que hacer un notable esfuerzo para que sus ojos y su boca no delataran el enfado que le provocaba presenciar tanto cinismo. Por suerte, estaba entrenada en esconder sus emociones.

—¿Y qué? ¿Ha habido suerte? —le preguntó después en tono casual.

—No mucha, la verdad. No he encontrado indicios que permitan pensar que podría estar vivo. No tenía sentido seguir tirando de un hilo que no daba más de sí, de modo que he decidido volver. —Dio un trago del café con leche, que todavía humeaba.

—Vaya, lo siento.

Ella hizo una pausa antes de contestarle para acabar de valorar cómo quería jugar sus cartas.

—Pero es curioso —dijo por fin—, porque juraría que alguien ha estado siguiéndome. De hecho, no sé si sigue haciéndolo... —Levantó la tapa ovalada que cubría el desayuno.

—Ah, ¿sí? —preguntó él.

Era muy posible que el tío que la había seguido, Dustin, le hubiera contado que ella lo había descubierto, así que Barlett debía decidir si su ingenuidad era real o fingida.

—Sí —respondió ella—. Probablemente sea alguien de la zona que no quiere que se remueva más el tema. Claro que esto querría decir que hay algo que no ha salido a la luz...

Él inclinó ligeramente la cabeza a la derecha, contrariado, y se le escapó el gesto que hacía con los labios cuando estaba tomando una decisión.

—En cualquier caso —siguió ella mientras empezaba los huevos Benedict—, he decidido no darle más vueltas. Me importa una mierda. No vale la pena perder el tiempo descubriendo qué le pasó a un tío que ya está muerto y que no se tomó la molestia de conocer a su hija cuando estaba vivo.

La respuesta lo satisfizo. Por primera vez desde que se habían visto, Barlett relajaba los hombros y la mandíbula. Después extendió el brazo para coger una de las dos tostadas que había en una pequeña cesta de mimbre.

Fue entonces cuando Sarah se fijó en el reloj que lucía en la muñeca. Lo había visto antes, claro, pero no lo había reconocido.

Tardó un par de segundos en identificar dónde fue, hasta que por fin logró ubicarlo en su mente.

Tuvieron que transcurrir más de treinta minutos de conversación fingidamente alegre y banal antes de que Barlett se marchara de la suite y ella pudiera por fin corroborar lo que había intuido desde el primer momento: el reloj era el mismo que llevaba el hombre del que solo se veía el brazo cortado en la fotografía de Carrington y su madre que le había dado James Henderson en el Death Valley.

Aquel brazo era, sin lugar a dudas, de Barlett.

Al día siguiente de llegar a Tahoe me levanté a las cinco de la madrugada, algo que no me costó en absoluto, porque la cama era tan incómoda que, a pesar de no haber dormido, ponerme de pie resultó una mejora considerable de la situación.

La estancia en el motel no incluía el desayuno, así que caminé los dos bloques que me separaban de un establecimiento especializado en tortitas y me zampé un buen plato lleno de nata y bien regado con jarabe de arce que acompañé con un café con leche tamaño XL.

Al terminar cogí el sándwich para llevar que había pedido antes (no quería tener que interrumpir el día otra vez para comer) y desaparecí por la puerta con el objetivo de encontrar a Jennie.

Aproveché el trayecto para detenerme en las casas cercanas a la de la señora Doyle y preguntarles si habían visto a alguien recientemente. Tres de las cuatro casas ocupadas me dijeron que no habían visto a nadie. Pero la última, la más cercana, en la que vivía un hombre delgado y ceñudo de unos setenta años con el pelo pelirrojo, me proporcionó una respuesta diferente: sí, claro que había visto a alguien en la casa. No, no era una chica, pero sí había visto a dos chicos. Uno había llegado unos días después que el otro. Dijo que estaba seguro de que el primero era el hijo de la señora Doyle. Lo conocía desde pequeño porque veraneaban en la zona. Al otro, que llegó unos días después, no lo conocía, aunque le resultaba familiar. No, ahora hacía ya unos días que no había visto a nadie. Diría que hacía una semana o más que se habían marchado. No, no había visto nada que le llamara la atención. Pasaban mucho tiempo en la casa, pero le parecía de lo más normal con las nevadas y el frío que hacía. Desde donde estaba no había oído ni visto nada raro.

—¿No tendrá algo que ver con la chica muerta que encontraron en el lago? —le preguntó el hombre—. El hijo de la señora Doyle estaba en la casa cuando salió la noticia. De hecho, pensé que quizá había venido por eso. Al fin y al cabo, se sabe que se veía con ella antes de que muriera.

Exacto, pensé. Demasiada casualidad.

—Pues no sabría decírselo. —Saqué una fotografía de Jennie del bolsillo del anorak y se la tendí—: Entonces ¿no ha visto a esta chica?

El hombre la cogió con sus delgados dedos de nudillos duros y arrugados y se la acercó al rostro para observarla con atención.

—No —contestó a los pocos segundos—. No la he visto. —Movió la cabeza de un lado a otro y me devolvió la fotografía.

—De acuerdo. Gracias. Si recuerda algo más o ve movimiento en la casa, ¿será tan amable de hacérmelo saber? —Le tendí una tarjeta.

—Sí, claro. Aunque es difícil, porque cada día estoy más sordo. Pero la vista Dios me la conserva bastante bien, así que no se preocupe, que si veo algo, será el primero en saberlo. —Sonrió por primera vez y me guiñó un ojo.

—Gracias.

Di media vuelta, volví a subir al vehículo y recorrí los cien metros que me separaban de la propiedad de la señora Doyle.

Detuve el coche y la observé en silencio y con detenimiento. Después busqué con la mirada al hombre con el que acababa de hablar. Desde donde estaba aparcado intuía su figura, todavía apoyada en el porche. Juraría que miraba hacia donde yo estaba. Me obligué a esperar pacientemente hasta que el viejo dio por fin media vuelta y volvió a entrar en la casa. Entonces bajé del coche y salté, no sin dificultad, el cercado que delimitaba el perímetro del jardín que rodeaba la casa.

Aunque ese hombre no la hubiera visto, no quería descartar que Jennie hubiera viajado con Burns hasta allí. Al fin y al cabo, parecía evidente que huía de algo, así que tenía todo el sentido del mundo que hubiera intentado ocultarse de la mirada de los vecinos. Pero si Jennie había estado allí, debía de haber dejado algún rastro. Y, aunque no lo tuviera fácil, estaba dispuesto a encontrarlo.

Metió las dos camisetas térmicas, el pantalón y la sudadera que le había comprado Burns en la mochila, junto con el ejemplar de *S de silencio*, de Sue Grafton, que había encontrado entre la colección que la señora Doyle tenía de la autora. Al principio había pensado que esos libros no eran para ella, pero la noche de su llegada había empezado a hojear *A de adulterio* y se había enganchado. La lectura le había ayudado a soportar los nervios durante el tiempo que estuvo allí, a pasar esos días infinitos en los que tenía que quedarse encerrada en la casa, y le había proporcionado un descanso de la realidad más que necesario para su mente. Con todo lo que le estaba pasando, ella bien podría ser un personaje más de una novela de misterio. Solo esperaba que no fuera uno de los que morían hacia el final, cuando ya casi había conseguido salir adelante.

Bajó sigilosamente la escalera y se calzó antes de salir.

El vidrio templado que enmarcaba la parte derecha de la puerta no permitía distinguir si había alguien fuera. Solo veía una extensa masa blanca que cubría las escaleras y el suelo del patio. Desde su llegada no había dejado de nevar. No había pensado cómo lo haría. Su plan era llegar a la casa más cercana y pedir que la acercaran a la parada de autobuses. Desde allí ya se las arreglaría. Había pensado en llamar a su padre y pedirle que fuera a buscarla, pero no quería esperar tantas horas en la zona y sabía que si lo llamaba, él insistiría. Tampoco quería acudir a la policía y contar lo que sospechaba —podría decirse que casi sabía— de Burns. No tenía más prueba que lo que había escuchado y tenía otros follones propios que solucionar. Ya pensaría más adelante cómo gestionarlo.

Respiró profundamente y abrió la puerta. El aire gélido le golpeó la cara, pero no le importó porque sintió que la libertad le daba la bienvenida.

Avanzó por la nieve que cubría el caminito hasta la portezuela. Y entonces, cuando solo le quedaban cinco metros para llegar, lo vio.

Él la miró extrañado.

—¿Jen? ¿Adónde vas?

—Necesito un poco de aire —improvisó ella—. Voy a dar un paseo.

—¿Con este tiempo? ¿No decías que no querías que te vieran? —Su voz se había vuelto más dura. Se acercó a ella.

—No hay casi nadie en la calle.

—¿Y qué haces con la mochila, si se puede saber? —Entrecerró los ojos. Era evidente que no se fiaba de ella.

—¿Qué quieres decir? Es la única que tengo. —Sin darse cuenta, cogió el asa con fuerza.

—Pues que para dar un paseo no es necesario cogerla. —Se abalanzó hacia ella y se lo arrancó de las manos. Lo abrió y vio que había metido las pocas pertenencias que tenía allí. El libro de Sue Grafton terminó de esclarecerle la realidad de la situación.

—¿Por qué me mientes, Jennie? —La cogió por los brazos con más fuerza de la necesaria.

Ella vio que no tenía sentido seguir negando la verdad. Solo conseguiría ponerlo más nervioso.

—Ha sido un error, David. Esconderme y no afrontar la situación. Quiero solucionarlo.

—Vale —contestó secamente—, pero ¿por qué intentabas irte a escondidas?

—No quería enmerdarte más.

—Mientes —dijo mirándola fijamente—. No has tenido ningún problema en que te ayudara hasta ahora. —Entrecerró aún más los ojos escrutándole el rostro—. ¿Qué ha cambiado?

De repente hizo una mueca. Se le acababa de ocurrir una respuesta. La mirada de Burns se desplazó hasta la ventana de la habitación que ella había ocupado esos días.

Intentó dominar las facciones de su cara, pero estaba segura de que no lo había conseguido del todo.

—¡Lo has oído! —dijo convencido—. Has oído mi conversación con... —Parecía enfadado y preocupado a partes iguales, una mala combinación para ella. Intentó que la soltara, pero no lo consiguió—. Jen, deja que te lo explique —le imploró.

Ella movió la cabeza a un lado y a otro.

—No sé de qué hablas, David, de verdad...

—¡Fue un accidente, Jen! Pero nadie lo habría entendido, no me habrían creído... —La soltó un instante para mover los brazos de un lado a otro mientras se lo explicaba.

—Está bien, David. Tranquilo. Te creo. No le diré nada a nadie. —Intentó seguir caminando hacia la puerta, pero él se lo impidió.

Su última frase, en lugar de tranquilizarlo, lo había violentado y alertado. Era evidente que él todavía no había pensado en la posibilidad de que ella dijera nada, y el hecho de que lo mencionara no debió de parecerle un buen augurio.

—Lo siento, pero no puedo dejarte marchar —dijo pragmático mirándola a los ojos. Y acto seguido la guio con determinación para que diera media vuelta y regresara a la casa.

—David, esto es innecesario, de verdad... —le rogó.

Él negó con la cabeza y le clavó los dedos en la piel a través del anorak.

—No me obligues a hacer nada de lo que tenga que arrepentirme, Jen. No quiero hacerte daño, pero estoy en una situación muy complicada. Entiende que no puedo hacer otra cosa.

Ella asintió y reanudó voluntariamente el paso por el manto blanco, en el que, a pesar de la nieve que caía, aún se distinguían las marcas de sus anteriores huellas hacia la libertad.

—Jen —dijo Burns con una dureza que ella ya casi no recordaba.

Se detuvo y dio media vuelta. Lo miró con una brizna de miedo pegada a los ojos llorosos.

—El teléfono. —Extendió la palma de la mano izquierda esperando que lo obedeciera.

Metió la mano en el bolsillo derecho del anorak y cogió el teléfono con fuerza. Por un momento pensó en deshacerse como pudiera de Burns, ahora que solo la sujetaba con una mano, y correr hacia la casa de los vecinos. Pero lo descartó enseguida. David era más alto y fuerte que ella. La atraparía en un par de zancadas y lo único que conseguiría sería que se pusiera más nervioso y violento. No, intentaría convencerlo hablando con él, cuando estuviera más tranquilo. Al fin y al cabo, estaba estudiando Psicología. De algo debería servirle, ¿no? Se obligó a mantenerse positiva y le entregó el teléfono móvil.

Aun así, no pudo evitar que una lágrima le resbalara mejilla abajo.

39

Recorrió los últimos cincuenta metros de la carretera de tierra con las luces y el motor de la moto apagados, aprovechando que descendía. Antes se había asegurado de que no hubiera luz en la casa de los Miller, lo que querría decir que el viejo se habría decidido a apagar por fin el televisor y trasladarse por unas horas al mundo de los sueños junto a su mujer. Había acoplado el silenciador a la Glock 17 —una de las múltiples pistolas fantasma que guardaba en su escondite secreto para estos menesteres—, pero aun así quería evitar todo posible riesgo.

La casa móvil de los Bloom estaba a oscuras cuando llegó, pero se distinguían unos parpadeos azulados a través de los cristales de una ventana que las cortinas solo ocultaban parcialmente. El televisor estaba encendido.

Se quedó agachado detrás de los arbustos de al lado de la portezuela durante un cuarto de hora, observando como un animal de presa, atento a todo movimiento o ruido a su alrededor. Al final decidió entrar en la propiedad y saltó ágilmente la portezuela, que seguía cerrada con candado.

Ya en el patio, se desplazó agazapado junto a la chatarra que yacía esparcida hasta llegar a la pequeña tarima que constituía el suelo del porche de la casa y se asomó por la ventana en la que se había fijado antes. Efectivamente, en la pantalla del televisor se sucedían las imágenes de una película que no supo identificar. Al parecer, el pequeño de los dos hermanos se había dormido viéndola. Estaba tumbado en el sofá con los ojos cerrados y un brazo colgando que casi tocaba el suelo de linóleo sucio y lleno de latas de cerveza.

Desplazó la mirada hacia la derecha. Una cortina separadora que estaba abierta le dejó intuir un cuerpo tumbado en la cama, tapado con una colcha. No podía ser la madre, porque se había asegurado de que esa noche trabajaba en el club. Así que tenía que ser Ron.

Valoró la situación como bastante favorable, pero aun así debía ser muy rápido para que la segunda víctima no se despertara antes de recibir el disparo. El silenciador era eficaz, pero había variables que no podía controlar, como los movimientos que podían hacer antes de morir. Por otro lado, debería forzar la puerta o alguna de las ventanas, porque no quería arriesgarse a disparar a través del cristal y que este alterara, por poco que fuera, la trayectoria letal que debía liberarlo de todo aquel follón y despertara a sus objetivos.

Al final decidió forzar la puerta y disparar primero a Ron. Lo consideraba mucho más peligroso, y, sin él, acabar con el hermano menor sería mucho más fácil que a la inversa.

Sacó la ganzúa del bolsillo y manipuló la cerradura con sutileza hasta que oyó un clic suave y la puerta cedió con un crujido.

Esperó un par de minutos agachado y resguardado detrás de la puerta para asegurarse de que el ruido no había desbaratado sus planes. Parecía que no. Oía la respiración profunda de los hermanos mezclada con los tiros y el estruendo que se sucedían en ese momento en la pantalla del televisor.

Fijó la vista en el cuerpo que yacía en la cama empotrada en ese pequeño cubículo con pretensiones de habitación. La colcha de cuadros que lo cubría solo permitía intuir su forma, excepto en la zona de la cabeza, de la que podía distinguir el pelo. Apuntaría ahí primero. Al lado de la cabeza reposaba su mano. En la muñeca llevaba el reloj brillante y ostentoso que el tipo se empeñaba en llevar desde que había empezado a trabajar para Keith. Ron nunca había acabado de gustarle. Aunque en realidad casi nadie lo hacía.

Echó un último vistazo hacia su izquierda. Jimmy seguía tumbado en el sofá, ajeno a lo que estaba a punto de suceder. Al final decidió levantarse y avanzar en silencio los cuatro pasos que lo separaban de la cama con el arma alzada y apuntando a la cabeza de Ron. Se acercaría un metro más y le dispararía rápidamente para luego dar un giro de ciento ochenta grados y disparar al hermano antes de que se despertara.

Pero justo cuando dio el paso que le faltaba, oyó el gatillo detrás de sus orejas y el tacto y la fuerza del metal frío en la zona occipital. No se lo pensó. Se giró, apretó el gatillo de la Glock y disparó una ráfaga de balas que dibujaron una extraña cenefa en las paredes del cubículo y en la sala, donde dos golpearon con violencia la pantalla del televisor.

Y ya no pudo ver nada más. Un trueno ensordecedor explotó en su cabeza y lo sumió en una oscuridad absoluta. Sintió que caía a un vacío muy profundo, hasta que se dio cuenta de que la nada empezaba a engullirlo para siempre.

Estaba segura de que Barlett ocultaba información que era clave para descubrir la verdad de todo aquello. Lo conocía bien y sabía que era un hombre de documentos. Siempre lo escribía y lo fotografiaba todo. Documentaba y guardaba hasta un punto casi obsesivo todo lo que era importante para él: los recibos de las comidas y las cenas, las tarjetas de visita de las personas a las que conocía o de los sitios que visitaba... Todo documento era un memento al que asignaba la fecha (si no la tenía) y que guardaba con sumo cuidado en una pequeña libreta negra Moleskine que siempre llevaba en el bolsillo interior izquierdo de la americana. Pocas personas conocían esta obsesión de Barlett, entre ellas Silvie —probablemente la encargada de ordenar y organizar ese cúmulo de papeles— y Sarah, que le había visto este comportamiento desde muy pequeña.

—Tú escribes un diario, ¿no? —le había dicho él una de las primeras veces en que ella se había fijado en que guardaba el tique de la comida que acababan de zamparse y le había dirigido una mirada interrogante. Debía de tener unos ocho años.

—A veces —le había contestado encogiéndose de hombros.

—Pues este es mi diario. —Barlett había dado dos golpecitos con los dedos en la tapa de la Moleskine y había vuelto a guardársela—.

Nunca sabes cuándo necesitarás recordar algo que en su momento no te pareció importante. La memoria es caprichosa y traicionera, Sarah. Nunca lo olvides.

Lo sabía perfectamente. Cuando se lo dijo, hacía un tiempo que le angustiaba olvidar el rostro de su madre. Nunca había sido especialmente buena recordando caras. Para ella una persona era un conjunto de estímulos. Cuando recordaba a alguien, se acordaba sobre todo de cómo se sentía cuando estaba con esa persona, su olor, la manera de decir alguna palabra concreta o la forma de sonreír o cerrar los ojos, pero habría sido incapaz de dibujar su rostro incluso un día después de haberla visto. Simplemente, no procesaba ni vivía a las personas de este modo. Y la idea de no recordar el rostro de Eve la atormentaba desde hacía días. Por eso se había acostumbrado a llevar una fotografía de su madre siempre encima y, cuando sentía esa angustia, la sacaba y la observaba con detenimiento, intentando memorizar ese rostro mientras su voz dulce y el olor de almizcle le llenaban el cerebro.

Volvió de ese recuerdo a la realidad en la que se encontraba veinticuatro años después. Si había pasado algo entre Barlett y Carrington —y todo apuntaba a que había sido así—, él debía de tener algún documento que diera constancia de ello escondido en algún sitio. Pero ¿dónde?

Seguramente Barlett considerara más seguro el despacho que tenía en el apartamento que coronaba el Belmond. Era casi una fortaleza. Había cámaras y una alarma con código en la entrada, y otra alarma con una llave que solo él tenía para entrar en su despacho.

Si pretendía buscarlo allí, debería estar con Barlett dentro y por supuesto sin que se diera cuenta. No era fácil, pero tampoco imposible. De hecho, se le acababa de ocurrir una idea que podría funcionar.

Decidió que la pondría en marcha ese mismo día.

En el caminito que daba a la entrada de la casa no había marcas ni huellas recientes.

La primera semana de abril estaba siendo muy soleada, pero no había conseguido fundir del todo la nieve acumulada en la cuenca del lago Tahoe, a pesar de que ese año había sido muy inferior a la esperada por esas fechas, y las huellas habrían sido fácilmente identificables.

Pasé un buen rato observando las ventanas, atento a cualquier movimiento o ruido que me alertara de presencia humana en la finca. Parecía que yo era el único ser vivo de estas características en ese lugar. No había ningún vehículo aparcado en el jardín ni en la zona cercana a la casa, aunque eso no quería decir que no hubiera alguno en el aparcamiento ubicado en un lateral de la planta baja del edificio. Pero el instinto me decía que la vivienda llevaba días vacía, lo que me creaba cierta sensación de intranquilidad. Si Jennie no se encontraba aquí, ¿dónde estaba?

Recorrí la distancia que me separaba de la portezuela del jardín, en la entrada de la casa, y eché un vistazo a las ventanas de la planta baja.

La cocina estaba ordenada y limpia. No había ningún alimento perecedero. Tampoco ningún plato ni vaso en el mostrador de mármol ni en la mesa, decorada con unas flores secas que me hicieron pensar en la señora Doyle.

La sala contaba con un amplio ventanal con unas cortinas que solo ocultaban parcialmente el interior. Se distinguía un trozo del sofá y una chimenea en la que había una buena cantidad de ceniza y algún tronco mal quemado. Todo parecía en orden.

Bordeé la casa buscando algún punto que me permitiera acceder sin tener que forzar la entrada. Lo único que me pareció que podría funcionar era una pequeña ventana de rejilla, en la parte trasera, que daba a lo que supuse que debía de ser un lavabo o una zona de colada en la primera planta. Podía intentar desmontar las piezas y entrar, pero necesitaba algún objeto que me elevara bastante para acceder a ella. Eché un vistazo a mi alrededor buscando algo en el jardín que me sirviera para conseguirlo.

Y entonces me di cuenta de que algo no encajaba. Al principio no supe identificar qué era, así que volví a barrer con la mirada el lugar para encontrar la respuesta. Recorrí con minuciosidad toda la zona, dividida mentalmente en cuadrantes, como si hiciera una búsqueda visual, y entonces lo vi: un ligero desnivel en el suelo, una zona donde la cantidad de nieve era incongruente comparada con la que había alrededor. Me había costado verlo porque la nieve parecía tan virgen como la de al lado, pero había una diferencia de unos veinte centímetros de desnivel en un área aproximada de dos por dos metros ubicada un poco más allá de una tarima de cemento circular con un pozo de fuego, en esos momentos cubierto de nieve.

Me acerqué y me agaché para inspeccionarlo con atención. Estaba cerca de un abeto blanco, pero no exactamente debajo, y por lo tanto las ramas del árbol no podían haber frenado la caída de nieve y ser la causa del desnivel. Di media vuelta y volví con la pala, convencido de que valía la pena cavar la zona y ver qué había debajo.

No me equivoqué.

Tras clavar la pala repetidas veces, la nieve empezó a cambiar de color de forma inconsistente. En algunos lugares era más gris o negra, como si la hubieran pisado, y en otros era blanca, pero lo que me sorprendió fue ver una mancha desordenada, de más de un palmo de diámetro, de un rojo muy intenso. Solo podía ser sangre.

Pensé que era muy probable que fuera de Jennie. Por desgracia, comprobarlo requería más tiempo de lo que mi paciencia consideraba razonable.

Hacía tres días que la había encerrado en la sala de entretenimiento ubicada en el entresuelo de la casa.

—No te preocupes, es temporal —le había dicho con una sonrisa forzada en el rostro—. Solo hasta que las cosas se calmen un poco.

Jen había puesto cara de no entender qué quería decir esa frase. No podía culparla. Él tampoco lo veía claro. Solo estaba chutando la pelota hacia delante. No tenía ni idea de lo que haría después.

Desde entonces la había evitado. Le llevaba comida tres veces al día y le ofrecía bebidas calientes con frecuencia. También le había dejado otros tres libros de la colección de misterio y un montón de películas que se sumaban a las que había en el mueble cercano instalado en una de las paredes.

Si lo pensaba fríamente, lo cierto era que, a excepción de la libertad, a Jennie no le faltaba de nada. Debía de oír que fuera soplaba el viento y la nieve golpeaba la ventana estrecha y horizontal que daba a la parte trasera de la casa mientras intentaba concentrarse en ver alguna película en esa enorme tele, escuchar música o leer las aventuras de esa detective privada que tanto le gustaba a su madre.

A veces pensaba que el amor por esas historias le venía del hecho de que la autora había contado que la primera novela de la serie surgió de sus ganas de cargarse a su marido. Decidió volcar esa energía en la ficción, y de aquello acabó saliendo una carrera. Él sabía que su madre también habría querido sublimar de algún modo el odio que sentía por su padre, pero le había faltado el talento o la energía. Claro que tampoco necesitaba buscarse la vida. Económicamente hablando, la tenía más que solucionada. Pero, como decían los que tenían dinero, en la vida no todo es la pasta.

Llamó a la puerta, la abrió y le dejó la bandeja con la hamburguesa, las patatas y la Coca-Cola en la mesita que había habilitado para ello.

Vio la preocupación en los ojos de Jen cuando cruzaron brevemente la mirada. Pero intentó ocultarla en su voz cuando dijo en tono casual:

—Parece que hoy no nieva tanto.

Él clavó los ojos en el suelo, como había hecho todas las demás veces, y se quedó en silencio unos segundos hasta que por fin se decidió a levantarlos y respondió:

—Sí, hoy ha amainado algo.

Ella sonrió.

—¿Por qué no me haces un poco de compañía? —Extendió la mano y dio una palmadita en la tela del sofá donde estaba sentada.

—Jennie... —Resultaba tentador. La verdad era que tenía ganas de conversar con alguien, y la única persona que sabía la situación actual en la que se encontraba era ella.

—Estoy aburrida de no poder hablar con nadie, David. Solo te pido que charlemos un rato. Aunque te cueste creerlo, estoy harta de comer viendo la tele. Y no soporto hacerlo sola y en silencio, ya lo sabes...

Esa alusión casual al conocimiento que tenían el uno del otro acabó de ablandarlo, y finalmente se decidió a entrar en la sala.

—No intentes nada raro, por favor, Jennie —le imploró y amenazó a la vez.

Ella asintió.

—¿Y de qué quieres hablar? —preguntó sentándose a su lado.

—No sé. De cualquier cosa. —Dio un mordisco a la hamburguesa que le había llevado.

—Está bien —le dijo. Hacía tiempo que quería hacerle una pregunta, y este era tan mal momento como cualquier otro—. Te acostaste con el pelirrojo de la uni, ¿verdad?

—¡David!

—¿No querías hablar de algo? Pues hace tiempo que quería preguntártelo. Si lo dejamos por él, tengo derecho a saberlo, ¿o no?

—No lo dejamos por él. —Dirigió los ojos al suelo. En el fondo, esa afirmación era aún peor.

—¿Y entonces por qué? —le preguntó un poco enfadado.

Jen miró a su alrededor y después lo miró fijamente.

Él negó con la cabeza.

—No, no, no. No sabías nada de esto cuando lo dejamos. Esta es una situación temporal que ha sucedido ahora. Además, te dije que fue un accidente.

—No es el hecho, David —dijo ella moviendo la cabeza de un lado a otro—. Es este comportamiento. Este exceso de control..., la falta de confianza. Te he dicho que no diría nada a nadie. ¿Te he mentido alguna vez?

Hombre, podría decirse que flirtear con ese tío de la uni antes de que lo hubieran dejado era de algún modo mentir... Claro que, en eso, y estaba seguro de que ella lo sabía, le llevaba bastante ventaja.

—Tienes que entender mi posición, Jen. ¿Qué coño quieres que haga? ¡No puedo dejarte marchar y jugármela a que cambies de opinión en cualquier momento y me destroces la vida!

—Nunca he querido destrozarte la vida —le dijo dolida—. No lo haría, y me duele que pienses lo contrario.

Le pareció sincera y no supo qué responder.

—Además —siguió diciendo Jen—, ¿qué quieres que cuente, si no tengo ni idea de lo que pasó?

Sabía que estaba aprovechando la oportunidad. Era evidente que quería saber lo que le había pasado a Rebecca, cosa que por otro lado entendía que era lo más normal del mundo.

—Ya te lo dije. Fue un accidente —murmuró con la mirada clavada en la moqueta gris que cubría el suelo de la sala.

—¿Quieres hablar del tema?

Levantó la mirada mientras consideraba seriamente la oferta. Le apetecía. ¿Qué podía perder? Hacía ya tres días que se había metido en ese follón. Pero temía que, si le contaba la verdad, complicara aún más la salida de la situación en la que se encontraba.

—Quizá te iría bien hablarlo, si no lo has hecho con nadie —siguió diciendo ella encogiéndose de hombros.

No podía decirse que lo hubiera hecho. La conversación con Hayes no había sido, en fin, una conversación, sino más bien un cúmulo de palabras sin demasiado sentido para pactar que de lo que no se estaba hablando entonces no se volvería a no hablar nunca más.

—Se resbaló en el muelle y se dio un golpe en la cabeza. —Le sorprendió oír su propia voz diciendo esas palabras. Puestos a decir la verdad, podría haberla contado toda, pensó. Jen lo observaba en silencio. Decidió seguir con ese ángulo de la historia—. Habíamos bebido mucho, íbamos bastante pasados. —Se quedó un instante en silencio y después se encogió de hombros—. Nos acojonamos. No queríamos que la policía nos encontrara en ese estado y todo se complicara. Al principio creímos que solo se había quedado inconsciente y que se despertaría, pero... —Negó con la cabeza—. En fin. Ya estábamos en el agua, así que la dejamos allí y el lago se la llevó. Al día siguiente avisamos a la policía y les dijimos que se había ahogado en ese momento.

—Entonces ¿había mucha más gente? —le preguntó Jennie sin poder ocultar un escalofrío.

—Eso no es relevante. No importa quién estuviera. Fue un accidente. Ya estaba muerta. No podíamos hacer nada por ella.

—Quizá, si hubierais llamado a la ambulancia en el momento en que pasó, podríais haberle salvado la vida... —Él vio que, nada más pronunciar estas palabras, Jen se arrepintió de haberlas dicho. Sabía que la apartaban un poco más de la libertad que anhelaba.

Y no se equivocaba. Acababa de ponerlo de muy mal humor.

—Bueno, pues ahora ya sabes lo que pasó. ¿Ya estás contenta? —prácticamente gritó.

—No. No lo estoy. —Se quedó en silencio. Después se atrevió a alzar los ojos, pero él notó algo diferente en su mirada—. Lo siento, David. Es que todo esto me ha sorprendido mucho.

Él no contestó. Intentaba volver a calmarse. Contárselo a Jennie no había servido de nada. De hecho, lo había empeorado aún más.

—Dave...

La miró.

—¿Por qué dijiste el otro día que quizá Rebecca se merecía lo que le pasó?

Era un bocazas, eso es lo que pasaba. Decía verdades y mentiras a medias, y después todo se complicaba. Ni él mismo distinguía ya las unas de las otras.

Pero sí, a veces había pensado que se lo merecía. Al fin y al cabo, fue ella quien lo insultó en el muelle. La que se mofó de sus celos con aquella carcajada estridente y despectiva. Fue ella la que se buscó que la empujara.

Lo demás fue mala suerte.

Un accidente.

No podía hacerse nada más.

El timbre de la casa sonó dos veces y lo sacó de sus pensamientos.

—Por nada —dijo por fin, y le indicó que se callara llevándose el dedo índice a la boca.

Pasaron un par de minutos mirándose en silencio, con la tensión creciente llenando la habitación. Se dio cuenta de que Jen miraba insistentemente la ventana medio cubierta de nieve, y esto aún lo puso más nervioso.

Y entonces volvió a sonar el timbre.

—No te muevas. No grites. No hagas nada —le ordenó.

Y se marchó escaleras arriba después de haber cerrado la puerta con el candado.

40

Enseguida se arrepintió de haber acusado de forma tan precipitada a Ted y pensó que no debería haber enviado a nadie a interrogarlo. Solo tuvo que echar un vistazo al coche para ver que las trayectorias de las balas no coincidían con las marcas que supuestamente habían dejado. Por otro lado, faltaban balas en la recámara de la Glock fantasma que Lombard tenía en la mano, y no había rastro alguno de ellas en la localización de los hechos. Era evidente que lo habían matado en otro sitio y lo habían dejado en el coche después. Esa ejecución chapucera le resultaba familiar y pronto sus pasos lo llevaron a la casa móvil de los hermanos Bloom.

Le sorprendió no encontrar a Jimmy sentado en el porche con una cerveza en la mano. Parecía que ese era su sitio.

Se acercó a la puerta y miró entre la cortina roñosa que tapaba la ventana antes de llamar.

Jimmy estaba dentro, tumbado en el sofá. Tenía una lata de Budweiser en la barriga y sujetaba lánguidamente un cómic con la mano derecha. La mano izquierda la tenía casi inmovilizada. Una venda le cubría el hombro y la parte superior del brazo. El agujero profundo que había creado una flor de grietas en la pantalla del televisor acabó de confirmar sus sospechas.

El chico giró la cabeza ligeramente cuando oyó el golpe en la puerta. Era evidente que la visita no le hacía ninguna gracia. Se levantó con dificultad y arrastró los pies hasta la entrada de la casa.

—Ey —dijo sin ocultar su hastío cuando lo vio.

—Jimmy. —Lo saludó con un movimiento de cabeza—. ¿Puedo pasar?

El chico giró el rostro y dirigió la mirada hacia el televisor y la pared adyacente. Dudó un instante, sin saber qué contestarle.

—¿Qué quiere? —le preguntó por fin sin conseguir ocultar del todo su impertinencia.

Vio de reojo otro agujero de bala en el respaldo del sofá. Era evidente que allí se había montado un buen pollo.

—Tenemos que hablar de lo que ha pasado con Lombard.

—No sé de qué me habla.

—No tengo tiempo ni ganas de jugar a ese juego, chico. Más os habría valido dejarlo aquí y avisarnos, que para eso estamos. ¿Qué pasó? ¿Os atacó?

Jimmy no esperaba que se lo pusiera tan fácil, y la táctica lo confundió.

—Sí —contestó casi inconscientemente—. Se presentó de madrugada.

—¿Por qué?

—No lo sé. —Intentó encogerse de hombros, pero hizo un gesto de dolor y se quedó a medias.

—Venga, hombre, Jimmy... Tiene que ver con Keith, ¿verdad? —Siguió con su táctica.

Debía de tener la cabeza embotada por la cerveza y lo que Ron le había dado para mitigar el dolor, así que no intentó hacerse de rogar.

—Sabía que habíais encontrado sus huellas en el teléfono de la chica que desapareció, y sabía que a Keith no le gusta que los que trabajan para él llamen la atención. Debía de suponer que nos había encargado que lo matáramos.

Lo de las huellas no le hizo puñetera gracia, pero intentó que Jimmy no se diera cuenta.

—¿Y es así? —le preguntó el chief.

—Ahora no importa. —Bajó la mirada.

—Jimmy, necesito que me des algo más. Ser informador consiste en informar, y, bueno, no puede decirse que estés haciendo muy bien tu trabajo...

—Acabo de empezar —se excusó—. No puedo llamar la atención por hacer demasiadas preguntas. Qué quiere que le diga... —Parecía más deprimido que a la defensiva—. Además, no es fácil, con mi hermano siempre a mi lado...

—Si es un problema, podemos arreglarlo para detenerlo unos días...

—No, no —lo interrumpió—. Lo necesito para moverme en este mundo. El de sus negocios, quiero decir —especificó. Pero era cierto, y el chief lo sabía tanto o más que él. Volvió a pensar en el comentario sobre las huellas. Si Keith tenía a alguien más en el Departamento —y todo apuntaba a que era así—, no le serviría de nada alargar el plan con Jimmy. Acabarían descubriéndolo, como seguramente habían hecho con Ruth.

Lo más práctico era que intentara pillarlo lo antes posible, si no podía ser por su muerte, que fuera al menos por el tráfico de drogas. Quizá una vez detenido podría sacarle algo más.

—A partir de ahora quiero que me informes de todos tus movimientos, entregas y reuniones con Keith, ¿entendido? —dijo con determinación.

—No sé si podré hacer muchas entregas. —Se miró el brazo y el hombro con pena.

—Pues claro que sí. Podrás hacerlas sin ningún problema. ¡Esto no es nada, chico! ¡Tienes que endurecerte un poco, ahora que formas parte de una red criminal! —Le dio un golpe en el brazo derecho que quería parecer amigable, pero casi le hizo tambalearse, y añadió muy serio—: Prepárate, Jimmy. Lo que viene es muy gordo. No dejes que te pillen con los pantalones bajados.

Y dio media vuelta para volver a su vehículo.

Tuvo que esperar unas horas que se le hicieron muy largas. Pero si pensaba tomar algo con Barlett, tendría que ser bien entrada la tarde. Él nunca tomaba alcohol antes, salvo quizá una copa de vino o cava con la comida, y solo si consideraba que la ocasión lo merecía.

A las seis y cuarto subió el piso que la separaba de su apartamento del Belmond con una botella de Veuve Clicquot bajo el brazo y llamó a la puerta.

—¿Qué celebramos? —preguntó él cuando la vio sonriendo en el pasillo.

—Que el mes que viene vuelvo al trabajo.

—Ah, ¿sí? ¡Qué bien! —Su alegría era sincera—. Es lo mejor que puedes hacer, Sarah, dedicarte a lo que te gusta y sabes hacer tan bien. Ya verás como todo vuelve a su sitio poco a poco. ¿Como asesora o volverás a competir? —La invitó a pasar y se dirigió al mueble bar de la luminosa sala de estar para coger dos copas de champán.

—De momento como asesora.

—Sea como sea, ya sabes que puedes utilizar nuestras salas cuando quieras.

—Te lo agradezco, Barlett, aunque ya sabes que la mayoría prefiere hacerlo en su casa. Lo que sí quería pedirte es una carta de recomendación firmada.

Él frunció el ceño mientras servía el champán en las dos copas. Ella ya había previsto esa reacción. Era una jugadora reconocida en la ciudad. Era raro que alguien que quisiera dedicarse al póquer le pidiera acreditación. En todo caso, debería estar contento de que ella hubiera accedido a compartir sus conocimientos a un precio semirrazonable.

—Ya sabes que muchos de los que dicen que quieren dedicarse a este juego no tienen ni idea, no conocen el mundo profesional. Niños pijos a los que les da por ahí una mañana y han decidido que, como son buenos mintiendo, pueden hacerse ricos jugando al póquer. —Dio un trago del champán—. Pero a mí me la suda, Barlett, no me importa ganar una buena cantidad de dinero para confirmarles que quizá es mejor que, se dediquen a otra cosa. Así que, si me piden una recomendación, no tengo ningún problema en presentarla.

—Está bien. —Se encogió de hombros, diría que casi ofendido por ella—. Le pediré a Silvie que te la prepare para mañana.

—La necesito hoy. —Sacó un USB del bolsillo—. Ya la tengo escrita. Basta con que la imprimas en uno de esos papeles bonitos de mucho gramaje con el logo del Belmond arriba y que la firmes. —Le guiñó un ojo—. Si quieres, la preparo yo misma.

Era un buen intento, pero Barlett nunca dejaría a nadie —ni siquiera a alguien a la que casi consideraba como una hija— solo en ese cuarto. El hombre contuvo un suspiro y se dirigió al cuadro que había en la pared anexa a la puerta del despacho. Lo abrió y pulsó cuatro teclas. La copia de la cuarta versión de *Los jugadores,* de Cézanne, tapaba los números, pero a Sarah le daba igual porque no los necesitaba para llevar a cabo su plan. Dos segundos después, la puerta hizo un clic, y Barlett procedió a abrirla.

—A ver, dame el bolígrafo —le dijo sentándose en la silla de cuero marrón situada delante del ordenador. Sarah lo obedeció. Después fue un momento a la sala y volvió con las dos copas de champán. Le tendió una.

—Gracias, Barlett. —Sonrió y levantó ligeramente la copa fina y brillante hacia él.

—De nada, *kiddo*. Me alegro de que vuelvas a estar en casa. —Y respondió a su gesto haciendo chocar suavemente el exquisito cristal de las copas.

Y entonces, por fin, dio un largo trago.

La mezcla que había hecho con las pastillas de Nona no tardó mucho en surtir efecto. Aún estaba sentado en la silla cuando dijo que estaba mareado.

—¿Te encuentras bien?

—Sí, sí, solo tengo... como un mareo.

—Has comido, ¿no? —preguntó ella fingiendo extrañeza.

—Sí, claro —le contestó de mal humor.

—¿Quieres que avise a alguien? ¿Al doctor Hansen o a alguien del hotel?

—No, no —dijo él, claramente molesto por que lo viera en esa situación.

—Seguramente solo sea una bajada de tensión. ¿Por qué no te tumbas un poco en el sofá? Te traeré una toalla mojada con agua fría...

La miró como si acabara de decir una tontería, como si él nunca en la vida pudiera tener una bajada de tensión. La verdad era que nunca había tenido ninguna. Barlett nunca se ponía enfermo ni tenía dolencias como el resto de los mortales. Temió que eso lo hiciera sospechar y la cosa se complicara, pero cuando volvió con la toalla húmeda, él ya estaba inconsciente en el sofá.

Sabía que no tenía mucho tiempo. No había querido abusar de las benzodiacepinas y había preferido quedarse corta. Barlett era un hombre sano y no tomaba ninguna medicación, pero no quería jugársela.

Empezó inspeccionando el armario de madera negra y maciza que ocupaba por completo una pared del despacho. Sabía que allí conservaba toda la documentación que no quería ver esparcida o guardada en archivadores que llenaran la estancia y la hicieran parecer la oficina de un gestor. Aunque en el fondo es lo que era, el gestor de tres de los hoteles y casinos más importantes de la ciudad del vicio.

Todo estaba pulcramente ordenado y alfabetizado en los archivadores. Pero era difícil saber bajo qué nombre o concepto habría decidido guardar lo que buscaba. Ni siquiera tenía claro que lo hubiera guardado allí. Recorrió con la mirada los estantes, de izquierda a derecha y de arriba abajo. La mayoría de los enunciados de los archivadores correspondían a años, nombres de operaciones o contratos comerciales relacionados con el hotel y el casino, y se desmoralizó un poco. Pero entonces, cuando ya estaba a punto de cerrar el armario, se dio cuenta de que los dos archivadores del último estante a la derecha del todo sobresalían algo más que el resto. Se agachó y los cogió. Las etiquetas indicaban 2014-Año fiscal y 2015-Año fiscal. Fascinante, pensó. Abrió uno y echó un vistazo, pero efectivamente el papeleo correspondía con lo que indicaba la etiqueta. Al ir a dejarlo donde estaba, se dio cuenta de que el fondo del armario tenía una grieta vertical. Pasó el dedo y siguió la arista. La grieta seguía en horizontal por arriba y por abajo. Entendió que era un escondite secreto de unos cincuenta por cincuenta centímetros. Intuitivamente apretó el centro de la superficie con la yema del dedo, y esta se hundió y después se abrió.

Si lo que buscaba existía, estaba segura de que tenía que estar allí.

Aunque hubiera estado consciente, le habría resultado muy difícil explicar si aquello era un sueño, un recuerdo o una mezcla de ambas cosas. Nunca antes había soñado o recordado de forma tan vívida. Era casi como si hubiera viajado en el tiempo, más de treinta años atrás, cuando él solo era el hijo bastardo de un mafioso que intentaba hacerse un lugar en Las Vegas.

Oía con claridad los ding-dings, los riiings, las variadas musiquitas de las máquinas tragaperras mezcladas con las monedas que caían de vez en cuando y las voces de la gente, que se entrelazaban creando una canción que era la banda sonora de su vida, al menos hasta ese momento. No se había planteado otra opción que perpetuar el negocio de aquel padre que, aunque a regañadientes, había aceptado que empezara a trabajar como aparcacoches y le había asegurado que, solo si demostraba que tenía lo que había que tener para hacerlo, lo dejaría avanzar en la escala de posiciones que se mereciera y utilizar ese apellido que de momento le había negado. Su madre le había dejado claro desde el principio que era prácticamente su obligación sacar todo lo que pudiera de ese hombre que se negaba a tratarlo como a sus demás hijos y le hacía pagar un error que no era suyo. Quizá lo que más le dolía a su madre era eso, que lo considerara un error. Quizá había sido tan ingenua como para pensar que ese hombre podría cambiarle la vida, que lo que sentían el uno por el otro era tan intenso y real que podría reemplazar a la que en ese momento era la reina de aquel imperio. Pero el tiempo —y no tuvo que pasar mucho— le hizo ver que se equivocaba. Así que se aseguró de que él entendiera que a «ese hombre» se le debía sacar todo lo posible y más, que aquel desprecio insufrible e irremediable se lo cobrarían en especies. En resumen: era labor suya reivindicar el lugar que le correspondía en el reino que a ella le había sido negado, y por lo tanto era lícito hacer cualquier cosa por remediar la injusticia que les había tocado vivir.

Así que creció sintiéndose como realeza no reconocida, dispuesto a recuperar el trono y la dignidad que les habían arrebatado costara lo que costase. No se sentía reconocido, pero tampoco inferior a los que cometían esa injusticia. Decidió aprender todo lo posible de cada tarea que hacía y sobre el funcionamiento del casino, porque estaba convencido de que un día sería él quien lo dirigiría y quería hacerlo realmente bien, ganarse el respeto de aquellos a los que admiraba, entre los que no se encontraba su padre, y demostrar que era el rey legítimo de ese imperio.

Recordaba perfectamente el día en que los dos hermanos pisaron por primera vez el lugar que él consideraba su casa. En aquel momento era imposible saber la relevancia que la existencia de estos tendría en su futuro, aunque el hecho de que destacaran rápidamente entre los turistas que llenaban las múltiples salas del casino podría haberle dado una pista.

Llegaron con una pick-up Toyota azul oscuro, vieja y llena de polvo del desierto, que parecía una incongruencia entre los coches de gama alta con los que se desplazaba la mayoría de sus clientes. No le escandalizó. A él se le podían recriminar muchas cosas, pero no que juzgara a nadie por su coche.

Se veía a primera vista que los dos hombres eran hermanos. Compartían una buena altura y una fisonomía atractiva similar, con la cara lo bastante angulosa para resultar interesante, pero no tanto para que pareciera agresiva. Debían de tener trabajos que se desarrollaban al aire libre, porque ambos tenían la piel naturalmente morena y estaban en buena forma física. Iban vestidos con vaqueros, camisetas de manga corta y camisas de cuadros, y lo que más los diferenciaba era el color de su pelo y una complexión más delgada del que parecía que debía de ser el hermano menor.

No les habría prestado más atención si no hubiera sido porque lo que parecía cosa de un día fue prolongándose en el tiempo. El personal del casino empezó a hablar de ellos, y poco a poco fueron haciéndose un hueco en las conversaciones del colectivo de trabajadores, que compartía tantas horas en el mismo espacio. Al parecer, llevaban días en racha y lo ganaban todo. Los habían observado atentamente, pero el personal de seguridad no había podido detectar ninguna irregularidad en su juego. Ese par de turistas, que nunca decían de dónde eran, conocidos como los hermanos Robitaille, habían despertado un interés creciente a su alrededor, incluido el de Eve, y, claro, eso ya no le hacía tanta gracia. Justo en el momento en el que parecía que empezaba a mostrar por él algo más que un cariño puramente amistoso o fraternal y que la relación que había soñado desde el instituto no era imposible.

Pero Barlett no pudo hacer nada para detener la creciente simpatía que los hermanos despertaban ni la *allure* que los rodeaba, y dos semanas después la vio besando al más alto —entonces ya sabía que se llamaba Jason— al lado de una mesa de blackjack en la que el menor acababa de ganar de nuevo.

—Pero ¿cómo lo haces para ganar siempre? —preguntó una mujer al que se hacía llamar Luke partiéndose de risa.

—Es mi madre, que nos acompaña. —Le guiñó un ojo—. Su espíritu me susurra lo que tengo que hacer. Ya se sabe que hay que escuchar a las mujeres, especialmente a las madres. ¡Son las que más saben!

Cuando Eve se deshizo de los brazos de aquel hombre y lo vio observándolos, leyó el sentimiento de culpa en sus ojos. Pero debió de durarle poco, porque la relación entre ella y el tal Jason avanzó rápidamente, y la posibilidad de futuro que había augurado se fundió como la nieve lo hacía en primavera en Sierra Nevada, que los vigilaba, distante.

Supo que la única opción plausible para recuperar el futuro que le habían arrebatado era que esos hermanos volvieran al lugar de donde habían llegado, fuera cual fuese. Pero no pensó que pudiera hacer nada para conseguirlo hasta que la providencia le presentó esa oportunidad inverosímil.

Y Barlett era un hombre que nunca dejaba pasar ninguna oportunidad.

41

Llamó a la puerta y se alejó un poco para observar con atención las ventanas de la fachada principal. Era evidente que había alguien. Había visto huellas en la nieve que cubría el caminito que llevaba a la casa y salía humo de la chimenea.

La espera se le hizo demasiado larga y repitió el gesto, esta vez con más fuerza, justo antes de que por fin se abriera la puerta.

Sí. Como había anticipado, Burns estaba allí.

—Pero ¿qué coño haces aquí? —le preguntó al tío al que hacía un tiempo había considerado casi un hermano. Lo miraba con una expresión que combinaba el enfado y la molestia a partes iguales.

—Ey. Yo también me alegro de verte, tío —le contestó hastiado.

—Lo siento, Matt, pero no es un buen momento para hacer una visita fantasma... —Movía la cabeza a ambos lados. No parecía que tuviera intención de dejarlo pasar.

—¡Si me cogieras el teléfono, no me habría visto obligado a viajar hasta aquí, con este frío y este tiempo de mierda! ¿Crees que me apetece chuparme todos estos kilómetros y perder días de trabajo porque a ti no te da la puta gana de responder el teléfono?

Pareció que algo le llegaba de todas esas palabras que había escupido con rabia, porque dio un paso a la derecha y lo invitó a entrar.

—Perdona, tío, perdona. Me he agobiado. Está bien, tío, está bien... —Apenas lo miró a los ojos mientras murmuraba las palabras. Era evidente que algo pasaba.

—¿Qué pasa, Dave? —le preguntó con una mezcla de curiosidad y preocupación.

—¿Qué quieres decir? Eso mismo te pregunto yo. ¿Por qué has venido? —Se dirigió a la sala.

—Estaba preocupado. El ranger que investiga la desaparición de Jennie está buscándote, y con lo que ha salido de lo que pasó aquí con... —No se atrevió a decir su nombre. Era la primera vez que estaba allí desde el incidente, que es como él lo había archivado en su cerebro para poder seguir, más o menos, con su vida, y se le hizo un nudo en la garganta. De repente se sintió idiota y le entraron unas ganas locas de irse. Se dio cuenta de que probablemente estaba volviéndose a meter en la boca del lobo cuando era precisamente lo que había querido evitar.

—¿Por eso has venido? —El tono evidenció que su comportamiento le parecía completamente ridículo—. Pues podrías habértelo ahorrado. Ya te dije que no te preocuparas por este tema. —Captó un enfado latente en esta referencia a la conversación telefónica que habían mantenido hacía apenas cuatro días.

—Dave...

—Lo de Rebecca ya está cerrado —lo interrumpió—. ¡Deja de pensar en ello de una puta vez, Matt!

Sintió la tentación de empujarlo y liarse a hostias con él. No soportaba esa tranquilidad fingida que utilizaba en todos los follones en los que se metía y que acababan resolviéndose por arte de magia sin que él hubiera aportado ninguna solución. Pero, cuando ya estaba a punto de abalanzarse, oyó un ruido que no fue capaz de identificar.

Prestó atención, y por el gesto de Dave entendió que había vuelto a meterse en problemas.

—¿Qué ha sido eso? —preguntó señalando en la dirección de donde le parecía que procedían los golpes.

—Nada. Las tuberías hacen ruido con el cambio de temperatura. —Le apoyó la mano derecha en el hombro y lo guio hacia la puerta.

—¿Dave?

—¿Por qué no vamos a comer algo? ¡Te invito a una hamburguesa del Izzy's! Me muero de hambre y aquí apenas tengo nada.

Pero a él ya le había llegado el olor a carne y había visto el papel que envolvía la hamburguesa y el cartón de patatas fritas en la mesa de madera, frente al sofá.

—No, gracias. —Se deshizo del brazo de Burns—. Lo que tienes que hacer es contarme qué...

Los golpes volvieron a repetirse. Oyó un grito ahogado, que habría jurado que pedía ayuda.

—Pero ¿qué coño...? —Empezó a caminar hacia las escaleras que bajaban al piso inferior.

Burns le cortó el paso.

Lo empujó, pero Dave clavó los talones en el suelo y apenas se movió.

Sintió que le hervía la sangre, y una llamarada insoportable le invadió las mejillas. Estaba a punto de explotar.

—De acuerdo, de acuerdo —dijo por fin Burns levantando las manos para tranquilizarlo—. Es Jennie. Está bien, solo es Jennie. —Y bajó la cabeza.

Y así fue como Hayes supo que nada iba bien y que definitivamente la había cagado yendo al lago Tahoe.

Miró de reojo hacia el sofá. Barlett respiraba profundamente y seguía con los ojos cerrados. Introdujo la mano en el compartimento secreto y encontró un asa. Tiró de ella, y una caja que desempeñaba la función de archivador salió del escondite. Encontró tres carpetas y varios sobres y papeles.

La primera carpeta que abrió contenía una copia del testamento de Barlett, en el que aparecía su nombre. Al leerlo, sintió una punzada en el pecho y lo dejó donde estaba conteniendo la bilis que insistía en escalar por su esófago. Cogió la siguiente carpeta y la abrió.

En cuanto identificó el sello del Parque Nacional de Yosemite en uno de los papeles, supo que iba por buen camino, y la bilis retrocedió instantáneamente. Era un recibo del Sequoia Inn que coincidía con los días que ella había estado en el parque. Estaba unido con un clip a varios tiques de bares de la zona y recibos de gasolina de las mismas fechas. Después, dentro de una cartulina, dos papeles con algunas respuestas a las preguntas que se había hecho durante todos aquellos días.

Papel 1:

Sumario de investigación

Fecha: 13 de noviembre de 2018
A: Jack Barlett
Caso/Número de registro: 25481554JJK
Tipo de investigación: búsqueda de persona con posible doble identidad
Fecha de asignación: 2 de noviembre de 2018

Inicio la investigación recabando información sobre la persona conocida como Nick Carrington, autor del libro *Buscando a Jennie Johnson*, con el objetivo de comprobar si su identidad corresponde con la de la persona que el cliente conoció en diciembre de 1986 con el nombre de Jason Robitaille.

En los registros oficiales consta que el Carrington autor del libro nació el 3 de marzo de 1959 en Merced y vivió en la zona hasta los veintisiete años, cuando, tras la muerte de su madre (Meredith Sue Carrington), en 1986, se marchó de viaje con su hermano (Seth Carrington), fecha que coincide con la de los hechos relatados por el cliente en referencia a Jason Robitaille. Los vecinos de El Portal, donde vivió la mayor parte del tiempo mientras estuvo en la zona, no volvieron a verlo hasta transcurridos doce años (en verano de 1998), cuando volvió poco después de que su padre (Dwight Carrington) muriera en un incendio en la casa en la que vivía. Su hermana, Rose, trece años más joven que él, tenía problemas de adicción a las drogas. La ayudó a rehabilitarse y vivió con ella unos años, en los que consiguió la plaza de ranger en el parque, que ha ocupado durante diecisiete años hasta el día de su desaparición, el 13 de mayo de 2016.

He podido comprobar que en 1999 presentó documentación que probaba su experiencia como ranger en el parque del Death Valley de 1988 a 1998 para conseguir esta plaza, lo que lo sitúa en el desierto durante este periodo. Parece que vivió allí durante un tiempo con un hombre (Robert Henderson) que lo introdujo en la profesión que ejerció allí hasta que volvió a Yosemite y que firmó el certificado de experiencia.

Aun así, he podido comprobar que la gente del Death Valley lo conocía como Matthew Rogers, lo que hace pensar que solo Henderson conocía su verdadera identidad. Quienes lo recuerdan dicen que siempre ha sido un hombre misterioso y que nunca hablaba de su pasado, pero con el que se podía contar siempre que se lo necesitaba.

Así, todo indica que, después de los hechos relatados por el cliente, el hombre conocido como Jason Robitaille huyó al desierto y empezó una nueva vida con el nombre de Matthew Rogers. Nadie del pueblo ha identificado nunca a su hermano (conocido por el cliente como Luke Robitaille), y tampoco este ha vuelto a Yosemite. El investigado contó a su hermana que este se había marchado de Las Vegas para empezar una nueva vida y después le perdieron la pista.

La falta de muestras de ADN y huellas dactilares imposibilita comprobar fehacientemente que tanto Jason Robitaille como Matthew Rogers y Nick Carrington son la misma persona, pero todo indica que así es y que esta última es la verdadera identidad del sujeto.

Nick Carrington desapareció el 13 de mayo de 2016 en las cataratas de Yosemite en un supuesto accidente en el que cayó a las aguas del río Merced y del que no se cree que fuera posible que sobreviviera. Tanto las autoridades como la gente del pueblo y sus familiares lo han dado por muerto.

Papel 2:

Sumario de investigación

Fecha: 24 de mayo de 2019
A: Jack Barlett
Caso/Número de registro: 25481728JJK

Tipo de investigación: seguimiento de sujeto e investigación de caso por muerte accidental

Fecha de asignación: 12 de abril de 2019

Inicio el seguimiento el día 15 de mayo a las 5.02, cuando el sujeto sale solo con su vehículo del número 7100 de W Alexander Road, donde los últimos días ha vivido con un hombre llamado Coddie Bright. El sujeto viaja hasta el Death Valley, donde se detiene brevemente en Zabrisky Point y posteriormente pasa la noche en el Hotel Oasis Ranch. Al día siguiente retoma la carretera y llega al Parque Nacional de Yosemite, donde se reúne con Rose Carrington, maestra de la escuela elemental de El Portal y hermana del desaparecido Nick Carrington, al que el sujeto del seguimiento está buscando. Las dos mujeres se desplazan a la casa de la señora Carrington, anteriormente ocupada por su hermano. Esta será la residencia donde el sujeto pasará el resto de su estancia en la zona.

El día 18 de mayo el sujeto del seguimiento visita el lugar donde desapareció Carrington, localizado en la sección superior de las cataratas de Yosemite. Se trata de un trayecto largo y con fuerte inclinación, que hace acompañada por el ranger Mark Rodowick, compañero del desaparecido y todavía activo en el cuerpo de los rangers, y que tardan siete horas y dieciséis minutos en realizar desde el campo 4 del parque. Debido al ruido del agua que brota de la cascada me es imposible oír buena parte de la conversación que mantienen cuando se acercan al punto de la desaparición en cuestión, pero sí distingo que la opinión del ranger coincide con la de las autoridades: dan a Carrington por muerto debido a la imposibilidad de sobrevivir a una caída de tales características.

He tenido acceso al informe oficial de la desaparición y esta sospecha parece plenamente fundamentada. En él se determina que hay dos testigos que no se conocían entre sí que aseguran haber visto cómo Carrington desaparecía por el barranco adyacente a la zona transitable del camino para acceder a la parte superior de las cascadas. Uno de ellos se asomó para buscarlo pocos segundos después de la caída, pero solo vio el agua espumosa chocando contra la piedra y las rocas de alrededor. El equipo de rangers organizó una brigada de rescate de inmediato, pero tras tres días de búsqueda intensiva al final lo dieron por muerto.

El informe dictamina que se trata de una muerte accidental, ya que los dos testigos aseguraron que el hombre en ningún momento se lanzó voluntariamente, sino que parecía que hubiera resbalado o tropezado con los irregulares escalones de piedra que forman el sendero que conduce a lo más alto de las cascadas. No se conoce el motivo por el que el ranger decidió realizar este trayecto, pero se sabe que le gustaba recorrer el parque de manera habitual a pesar de la cojera que lo acompañaba desde su regreso a la zona, en 1998.

El accidente ocurrió cuatro semanas después de que se cerrara la investigación del caso Jennie Johnson, una chica desaparecida en el Parque Nacional de Yosemite el 29 de febrero de 2016, con unas conclusiones con las que Carrington —investigador principal hasta que la investigación pasó a manos de las autoridades de El Dorado County— se manifestó abiertamente en desacuerdo, como expresa en el libro escrito por él mismo y publicado posteriormente a su desaparición.

Aunque el informe no considera la posibilidad, existen rumores en las redes sociales de que el verdadero culpable de la desaparición de Jennie podría ser también el responsable de la desaparición de Carrington, que lo habría asesinado por temor a que siguiera investigando el caso y acabara demostrando su culpabilidad.

Otros rumores apuntan a la posibilidad de que Carrington fingiera de alguna manera su muerte, aunque nadie tendría claro el motivo por el que querría hacerlo. Los favorables a esta hipótesis apuntan a que el ranger podría haber preparado la caída y buscado la manera de acceder sin hacerse daño a la sección del medio de las cascadas, que queda oculta, y huir por algún punto de los «ciento ochenta metros de misterio» que supone esta sección antes de que el agua vuelva a surgir de la roca y caiga noventa metros más hasta llegar al valle.

En todo caso, después de la investigación, mis conclusiones coinciden con las del informe: no se me ocurre ninguna manera de que una persona pudiera sobrevivir a una caída de estas características con la cantidad de agua y la fuerza con la que esta cae en la época en la que se produjo el accidente.

En mi opinión, Nick Carrington (con todos sus otros alias) está muerto y no supone ninguna amenaza para el cliente.

Los gemidos de Barlett la sacaron del estado de trance en el que se encontraba. Aún tenía los ojos cerrados, pero era evidente que estaba despertándose.

Hizo una fotografía con el móvil de cada uno de los papeles y los volvió a dejar en su sitio.

Acababa de cerrar el compartimento secreto cuando oyó su voz detrás de ella.

—¿Se puede saber qué haces aquí agachada?

42

Aunque dediqué tres horas de búsqueda intensiva, no encontré ningún otro rastro de sangre ni indicio que hiciera pensar que Jennie había estado en la casa de los Burns. Hice fotografías con el móvil del hallazgo y del resto de la zona con la intención de respetar en la medida de lo posible los protocolos de cadena de custodia y envié las muestras al laboratorio, pese a que sabía que, aunque confirmaran que la sangre era de Jennie, nunca podrían admitirlas en un juicio porque las había conseguido sin orden de registro.

No conté los resultados de mi búsqueda a White hasta dos días más tarde, cuando tuve que volver a Yosemite después de haber entrevistado a más personas de la zona, lo que me permitió descubrir que quien hubiera estado en la casa se había marchado definitivamente la última semana de marzo, hacía apenas dos semanas. Temía que esas dos semanas fueran las que me habían impedido encontrar a Jennie viva, pero me resistía a alimentar esta hipótesis hasta que obtuviéramos los resultados de las muestras.

Y entonces nos cayó esa bomba.

El destino quiso que Ted y yo estuviéramos desayunando en el bar de Pete cuando el aparato electrónico que se había convertido en el peor y más antipático de los mensajeros vomitó la información de la forma más impersonal, como si los afectados por las noticias nunca fueran a verse reflejados en la pantalla.

Aunque el volumen estaba muy bajo, el titular sobreimpreso en las imágenes de la universidad, que los dos conocíamos muy bien, nos llamó la atención: «La muerte de un chico por atropello y fuga en la Universidad de San José podría estar relacionada con la reciente desaparición de una chica en Yosemite».

—¡Pete! —La mirada con la que Ted acompañó el grito le dio a entender que tenía que subir el volumen del aparato rápidamente. La única otra mesa que tenía comensales captó deprisa la gravedad del asunto y enmudeció.

«Según las autoridades de San José —empezó a contar el periodista—, la muerte del joven Tim Hadaway a causa de un accidente de coche en el que el conductor se dio a la fuga podría estar relacionada con la desaparición de Jennie Johnson hace casi seis semanas en el Parque Nacional de Yosemite. Todo apunta a que Hadaway, estudiante de primer curso de Sociología en la Universidad de San José, fue atropellado por otro estudiante llamado Chris Parker en el mismo campus, y que este circulaba acompañado de la chica posteriormente desaparecida cuando se dio a la fuga y dejó a la víctima inconsciente en la carretera, lo que ha sido, según los médicos, determinante para el fatal desenlace. Hadaway murió hace una semana en el hospital Good Samaritan, después de haber luchado hasta entonces por su vida.

»La información, que ha sido esencial para detener al culpable acusado de homicidio negligente, salió a la luz hace dos días, cuando la familia del fallecido Tim Hadaway recibió una carta de Jennie Johnson contando los hechos y un USB que contenía un vídeo, al parecer grabado con su móvil, en el que pueden verse y oírse el accidente y las amenazas de Parker mientras huye del lugar del crimen para que ella no dijera nada. Parece ser que la señorita Johnson traficaba con drogas en la universidad, y Parker, uno de sus clientes habituales, amenazó con delatarla si contaba a alguien lo ocurrido.

»Posteriormente, las autoridades han confirmado que se han encontrado imágenes de Jennie Johnson visitando a la víctima del accidente en el hospital Good Samaritan el día antes de que se marchara a Yosemite y desapareciera dejando el coche, con el que había sufrido un accidente, abandonado en la carretera. Estas imágenes, junto con la fecha que consta en el remitente de la carta, parecen indicar que la señorita Johnson huyó después de decidirse a contar la verdad en esta carta y enviarla a la familia Hadaway, una misiva que por un error de correos quedó estancada en una de las oficinas durante tres semanas hasta que por fin llegó a su destino el pasado jueves, 7 de abril, causando la correspondiente conmoción a los familiares de la víctima, que, pese a la dureza de la realidad, han podido encontrar así al culpable de la muerte de su hijo.

»Chris Parker, que ha sido detenido esta madrugada, niega los hechos, aunque, según las autoridades, el vídeo y el reciente hallazgo de su vehículo, escondido en el garaje de la casa de su padre en Carmel y en el que se han encontrado señales que coinciden con el accidente, constituyen pruebas suficientes para que pague la pena justa por los crímenes de los que se lo acusa.

»Tras estas informaciones, la hipótesis de que Jennie Johnson huyera para evitar las consecuencias de su confesión —por miedo a las represalias de la familia del acusado o a que la detuvieran por tráfico de drogas— adquiere fuerza y apunta, según algunos testigos, a la posibilidad de una desaparición voluntaria».

—Pero ¡qué coño es esta mierda! —gritó Ted levantándose bruscamente del banco que compartíamos—. ¿Sabías algo de todo esto? —me increpó.

—No. ¿Cómo quieres que lo supiera?

—¡El tío ha dicho que las autoridades sabían que la familia Hadaway recibió la carta hace dos días!

—A nosotros no nos han dicho nada —le aseguré molesto. Yo también estaba cabreado con los de San José.

—¿Estás seguro?

—¡Por supuesto!

El sonido del teléfono nos interrumpió. Miré la pantalla. Era White.

—Chief.

—¿Lo has visto?

—Sí. ¿Por qué no nos han dicho nada?

—Probablemente los periodistas se hayan adelantado. Ya sabes cómo van estas cosas. Nos llamarán esta tarde o nos enviarán una circular ahora mismo. De todas formas, parece que la cosa queda suficientemente resuelta.

—No, no. De ninguna manera —le rebatí—. No queda nada resuelta en absoluto, porque Jennie Johnson sigue desaparecida.

La cara de Ted, atento a la conversación, empezó a enrojecer. Sonó su teléfono. Salí alejándome de sus palabrotas mientras caminaba de un lado a otro de la barra.

—Chief —seguí diciéndole—, quizá Jennie se marchó de aquí voluntariamente, pero le aseguro que le ha pasado algo.

—¿El qué? —preguntó incrédulo.

—Encontré rastros de sangre bajo la nieve en el jardín de los Burns.

—¿Cuándo? ¿Pediste una orden?

No respondí.

—¡Nick!

—Allí pasó algo, chief. El caso no está resuelto.

—¿Por qué no me lo dijiste entonces?

—Antes quería corroborar que la sangre era suya.

—No es nuestra jurisdicción. ¡Ahora el caso lo llevan ellos! No dijiste nada por eso, ¿verdad? ¡Joder, Nick! Y ahora les pasarás el caso enfangado y no podrán utilizar nada de lo que encontraste. ¿Se puede saber qué cojones tienes en la cabeza?

—Llevo más de un mes y medio buscándola, chief. No pienso pasarle el caso a nadie que no sabe de qué va para que vuelva a empezar.

—Eso no lo decides tú. —Se quedó un instante en silencio y después me dijo—: No puedo tolerar ese tipo de comportamientos, lo sabes perfectamente. El caso pasa hoy mismo a El Dorado County.

—¡Chief! —grité. Pero ya había colgado el teléfono.

Un minuto después recibí una llamada de la oficina. Era Julie.

—Ey.

—Dice que dejes todo lo que tengas sobre el caso aquí y te tomes un par de semanas de descanso.

—No.

—Dice que no es opcional.

—Julie...

—Y que no insistas ni vengas a montar el número a las oficinas o te quedas sin trabajo. Lo dice en serio, Nick. No sé qué has hecho esta vez, pero está muy cabreado. Venga, haz lo que te dicen y no te metas en más problemas.

Y colgó el teléfono.

Dentro, Ted seguía gesticulando y hablando por el móvil. Sentí la fuerte tentación de irme. No me veía con ánimos de contárselo todo después de lo que acababa de pasar.

Pero no fui capaz. Esperé pacientemente a que saliera, con una cara de malas pulgas por la que no podía culparlo, y procedí a contarle la situación de la manera más delicada posible. Su reacción, como era de esperar, no fue nada buena.

Cuando la noticia sobre el atropello en el campus llegó a la peluquería, Amanda acabó de quitarse un peso de encima que de todos modos se había aligerado progresivamente con el tiempo.

La rutina de los días que se sucedían entre la tibieza del agua de los lavacabezas y el rumor de los secadores mezclado con la palabrería de las clientas le había atenuado los sentidos y había modificado sutilmente sus recuerdos. Ahora todo parecía mucho mejor y más excitante que la realidad que la rodeaba, y cuando pensaba en el fin de semana en la cabaña, sentía que probablemente había exagerado algunos comportamientos y que, aunque Keith no era un santo —ya lo sabía—, en ningún caso podía estar mezclado en todo aquello.

Aquel día, después de intentarlo un par de veces más, se había resignado a no espiar su móvil, y por lo tanto no había podido descubrir nada más que lo que había podido deducir de las múltiples llamadas que recibía tanto de día como de noche. Sí, era evidente que Keith no se dedicaba al más legal de los negocios, pero lo cierto era que allí cada uno se ganaba la vida como podía, y a ella bien que le gustaba que de vez en cuando se presentara con algún regalo bonito y caro, como la preciosa chupa de cuero con la que había llegado hacía una semana para celebrar que llevaban cuatro meses saliendo juntos. Le quedaba como un guante, lo que quería decir que conocía su cuerpo de memoria, y eso ya era un gran cumplido por sí mismo. Además, eso sí que la había sorprendido. Cuatro meses no era un gran aniversario, y él se había mostrado tan romántico que casi había olvidado del todo el mal humor y la tensión que la acompañó durante su estancia en la cabaña a principios de marzo. En cualquier caso, las cosas bonitas no podían pagarse con cualquier trabajo, y le gustaba saber que su hombre sabía cómo buscarse la vida para que nunca faltara el dinero en casa. Quizá habría días que no lo vería mucho —pensó imaginándose, como hacía a menudo, el futuro—, pero a ella y a sus hijos no les faltaría de nada, y así la relación nunca perdería ese punto de misterio que la rodeaba.

Ya le gustaba que fuera así. No necesitaba saberlo todo de él para ser feliz a su lado. Era cierto que aún sospechaba que se veía con alguna otra chica, pero seguro que no la quería como a ella, y de todas formas no tenía duda de que era un comportamiento que ella sería capaz de cambiar y limar con el tiempo, cuando formalizaran del todo su relación.

Estaba pensando en qué vestido de novia elegir, que fuera bonito y sexy a la vez, cuando llegó por fin a su destino, después de tres viajes en autobús y más de seis horas de trayecto. Tenía suerte de que Sophie viviera en San José y pudiera pasar la noche en su casa. Si no fuera así, probablemente no iría a ver a su hermano más de una vez al año.

Abrió los brazos y las piernas y esperó pacientemente a que la vigilante pasara el escáner alrededor de su cuerpo. ¿Qué creían que llevaba? ¿Drogas? ¿Armas? ¡Por el amor de Dios, que solo eran chavales! Pero después recordó algunas de las cosas que Chuck le había contado y no le pareció mala idea que controlaran qué entraba allí. No todos los que estaban en el centro eran como su hermano, y eso contribuía a su seguridad.

Lo encontró sentado a la mesa donde la esperaba siempre. Los tenues rayos de sol se filtraban perezosos entre las rendijas de la persiana de láminas, que dejaba intuir la pista de cemento a la que les permitían salir dos horas al día para hacer deporte.

—Ey —le saludó sentándose delante de él.

—Hola, hermanita —contestó con una media sonrisa.

—¿Cómo estás?

Chuck se encogió de hombros.

—Ya lo ves, como siempre.

—¿Todo bien? ¿Alguien se ha metido contigo?

—No, no. —Movió la cabeza a un lado y a otro—. Ya sabes, procuro no meterme en problemas.

—Ya, pero eso no siempre depende de uno mismo.

—He estado bien, no te preocupes. Se meten con los nuevos. A mí ya me tienen muy visto. —Esbozó una sonrisa amarga.

—Ya te queda muy poco para salir. —Extendió la mano y la colocó sobre la suya. Vio que seguía mordiéndose las uñas—. Casi lo tenemos.

Se dio cuenta enseguida de que el plural le había molestado. Bueno, era cierto que no era ella la que se pasaba los días encerrada en el correccional, que, aunque olía a champú y amoniaco y sonaba a cacareo humano, evitaba ciertas complicaciones como aquella. Pensó en Keith. Si lo pillaban haciendo lo que fuera que hiciera, que habría jurado que era tráfico de drogas, también lo encerrarían. Pero no se podía comparar al uno con el otro ni por asomo. Su hermano era un novato impaciente que había intentado atracar un supermercado, y Keith era un hombre astuto e inteligente que se movía en la sombra.

—¿Y tú qué? —le dijo Chuck echando un vistazo a su chupa—. ¿Te han subido el sueldo en la pelu o qué?

Ella sonrió orgullosa.

—¡Uy, no! ¡Qué va! Es un regalo del tío con el que salgo desde hace cuatro meses.

—Caramba, sí que le has encontrado un recambio rápido a Ron...

No entendía por qué se metía en eso. Juraría que Ron nunca le había caído especialmente bien.

—No pueden compararse, Chuck. Keith sabe lo que hace, es un hombre, no un chaval con hombros de hombre.

La cara de Chuck cambió de repente cuando oyó ese nombre.

—¿Keith? ¿Dónde lo has conocido? —preguntó nervioso.

—Es el hijo de una clienta. ¿Qué pasa? ¿Por qué me miras así?

—¿Alto y delgado? ¿Con el pelo largo, negro y los ojos así, un poco alargados? —Dibujó la forma de una almendra estilizada sobre su ojo con el índice y el pulgar.

—Sí —contestó curiosa—. ¿Lo conoces?

Chuck le indicó con el dedo que se acercara al centro de la mesa e inclinó el cuerpo para susurrarle:

—Hermanita, creo que no sabes que sales con el traficante más importante de la zona.

—¡No! —dijo ella con una mezcla de sorpresa, incredulidad y una pizca de orgullo. Pero él no lo había dicho como algo bueno y la miró preocupado—. ¿De qué lo conoces? —le preguntó.

—Trabajaba para él, Mandy. Por eso estoy aquí.

—Creía que estabas aquí por haber atracado la tiendecita de la señora Hornston.

—Estoy aquí porque me negué a hacer de informador a cambio de que me dejaran en libertad.

—Ostras, Chuck, eso sí que es fidelidad. —Y por un momento se alegró, porque si no nunca habría conocido a Keith ni podría salir con él.

—No, no te equivoques. Lo que ocurre es que no soy idiota. Prefiero pasar un par de años aquí encerrado que acabar muerto en cualquier rincón del bosque y que se me coman los osos.

—¡Qué exagerado eres!

—No lo soy en absoluto. Y si no, mira lo que le pasó a Ruth Henley.

Aquello ya no le hizo ninguna gracia.

—¿Qué quieres decir?

—Que a ella también la pillaron en una redada, pero curiosamente no acabó en la cárcel. —Se quedó en silencio y la miró a los ojos para enfatizar sus palabras—. Y ahora está muerta.

—¡Chuck!

—No tienes ni idea de con quién estás acostándote.

—¡Todo esto son suposiciones tuyas! ¡Keith nunca se cargaría a una chica!

—Escúchame bien, Mandy. La chica que desapareció, Jennie Johnson... Yo la conocía, la puse en contacto con Keith. —Así que de ahí venía la conexión con el tráfico de drogas que habían mencionado en las noticias—. Tenía que hacer una entrega el día que desapareció...

—¡No, Chuck, Keith no ha podido tener nada que ver con todo esto! No pudo hacerles nada a ninguna de las dos. Yo estuve con él esa noche.

—¿Crees que estas cosas las soluciona él?

—¡No, no y no! Estás equivocado, estoy segura. Tiene que haber otra explicación. Esa chica... Ayer dijeron que había huido voluntariamente por lo del atropello y la carta a la familia... Y a Ruth Henley... no sé qué le pasó, pero parecía que no se juntaba con las mejores compañías y quizá...

—Sí, claro —dijo con una sonrisa cínica—. No como tú, que te mueves con la aristocracia de El Portal...

—¿Sabes qué? ¡No me he comido casi siete horas de viaje para que dirijas mi vida sentimental desde el correccional, tío! Ya soy mayorcita y sé lo que me hago. Quizá no deberías ir dando tantas lecciones. Al fin y al cabo, yo no estoy encerrada aquí por las decisiones que he tomado en mi vida —le dijo con amargura. Pero sabía que había sido demasiado dura y bajó la mirada al suelo grasiento de la sala de visitas.

—Si te viera mamá, Mandy...

—No metas a mamá en esto. Ni te atrevas.

Chuck suspiró y dirigió la mirada al patio de cemento a su derecha mientras un silencio incómodo llenaba el espacio que los separaba.

—Se me hace tarde —le dijo ella—. Si no me voy ya, perderé el último bus a Stockton.

—¿No te quedas con Sophie?

—No —mintió—. Tiene turno de noche, y yo mañana empiezo temprano.

Él se encogió de hombros.

—Cuídate —murmuró ella levantándose. Sentía un peso en el estómago que ampliaba los efectos de la gravedad, pero no se decidió a decirle que lo sentía. No estaba segura de que fuera verdad.

—Tú también —le dijo él, y le sonrió tristemente cuando por fin la miró a los ojos.

Ella le devolvió la sonrisa conteniendo una lágrima que se esforzaba por brotar de su ojo izquierdo.

—Vendré a recogerte el mes que viene, cuando salgas.

Y se marchó de la sala molesta, sabiendo que ya no podría quitarse de encima la inquietud que empezaba a hacerse latente en su pecho.

43

Había intentado que el tiempo que los separaba de un futuro incierto lo pasaran recuperando la alegría y la complicidad que habían tenido hasta que todo había cambiado, pero no lo consiguió. Hayes nunca había sido hábil apartando las preocupaciones de su cabeza temporalmente, por más que él le hubiera contado mil veces que, cuando un problema no tenía solución, era absurdo torturarse con hipótesis de lo que podría haber sido en el pasado, porque no servía de nada.

—Es una ofensa que no aproveches más y mejor tu vida, aunque sea para honrar a los que ya no están. Lo que pasó fue un accidente, y al estar siempre amargado no veneras en absoluto la vida que ella ya no tiene. Al menos podrías intentar disfrutar de lo que tú sí tienes y no llorar y quejarte tanto todo el día —le había dicho el segundo verano en que ella ya no estaba. Hayes lo había mirado con una furia inusitada que lo había sorprendido, y así había entendido que era mejor no decirle nada más por el estilo.

Para él, el pragmatismo era una virtud, mientras que para Matt era una actitud irresponsable y egoísta. Pero, a pesar de esa y otras diferencias tan significativas como aquella, estaban juntos en esa situación y no tenían más remedio que seguir jugando el partido que el destino les había preparado.

Había acompañado a Matt a la habitación de invitados con el convencimiento de que a duras penas dormiría y con la esperanza de que, después de la noche larga y angustiosa que lo esperaba, la luz del sol cambiaría la situación o al menos aliviaría ese ambiente pesado como el plomo que empezaba a oprimirlo demasiado.

—¿Hasta cuándo piensas mantener esta situación absurda, Dave? —le preguntó Matt después de que volviera de bajarle el desayuno a Jennie.

—Hasta que todo se calme un poco.

—No va a cambiar nada, y lo sabes. Estás haciendo esto porque no quieres tomar una decisión incómoda, pero tarde o temprano tendrás que hacerlo. Solo estás retrasando lo inevitable.

Sabía que tenía razón, pero no quería pensar en ello. De repente su presencia se le hizo muy molesta.

—Ah, ¿sí? ¿Y tú qué harías, eh, Matt? ¡Tú que lo tienes todo tan claro! ¡Si me llamaste cagado el otro día cuando encontraron el cuerpo de Becca! ¿Qué hacemos? ¿La dejamos marcharse ahora mismo?

—¿No tienes nada que puedas utilizar para obligarla a callarse? ¿Alguna información que la comprometa?

No era una idea idiota. De hecho, ya se le había pasado por la cabeza. Quizá con lo que Jen le había contado en el parque bastaba. De hecho, ella no quería que la encontraran, así que quizá era cierto, como ella había dicho, que estaba exagerando. Claro que haberla secuestrado no ayudaba a que ella lo viera con buenos ojos, y quizá la había hecho cambiar de opinión. Y, además, ahora Hayes volvía a estar envuelto en todo aquello.

Sonó el teléfono móvil.

—Mamá —respondió.

—Te necesito en Los Ángeles en ocho horas —le dijo ella.

—No puedo ir. Necesito unos días más.

—Dave, me han adelantado la cirugía y necesito que vengas a recogerme al hospital cuando acabe. Si no, no me darán el alta.

—Lo siento, mamá, pero de verdad que no me es posible. ¿Por qué no se lo pides a...?

—¡No pienso pasar la noche en el hospital, Dave! —le gritó airada—. ¡Y no pienso pedirle nada a tu padre!

—Mamá...

—Dave, si quieres que las cosas sigan como hasta ahora, más te vale mover el culo y llegar antes de las siete de la tarde.

—Está bien —cedió por fin.

—Perfecto. Estaré en el Cedars-Sinai. Pregunta en qué habitación me han ingresado cuando llegues y vienes a buscarme.

—De acuerdo. Hasta luego. —Colgó y miró a Hayes. Este supo que no iba a gustarle lo que estaba a punto de oír—. Tengo que irme —le anunció—. Mi madre necesita que vaya a buscarla al hospital.

—¿Está bien? —Parecía confundido.

—Sí, sí. Le han adelantado una operación que tenía programada para otro día. No tiene importancia. —Por su mirada entendió que Hayes pensaba que era la persona más insensible del mundo—. Es una puta operación de cirugía estética —aclaró—. Se la hace porque quiere. Y resulta que han tenido que moverla a hoy.

—Y qué piensas hacer con... —Miró hacia las escaleras que descendían unos metros más allá.

—No podemos dejarla sola...

—¡Ni de puta broma!

—Matt, no hay otra solución.

—Dile que no puedes ir.

—Si no voy, me cortará el grifo. Solo será un día o dos, tío... Después vuelvo y te olvidas. Te lo prometo.

Él negó con la cabeza, pero vio que se lo estaba pensando. Al fin y al cabo, también estaba metido en el lío. No podía hacer como si nada de lo que estaba pasando le afectara.

—Apenas tendrás que verla —añadió para acabar de convencerlo—. Solo tienes que llevarle la comida y recogerla. En la cocina hay un bote de cristal con un polvo blanco. Espolvorea un poco la comida cuando la prepares, pero no te pases. —Le guiñó un ojo—. Así todo será más fácil. Puedes pasar el día como te dé la gana, viendo pelis o escuchando música.

—El lunes tengo que estar en el trabajo.

—El lunes ya habré vuelto y me ocuparé yo de todo. Te lo aseguro —lo tranquilizó.

Supo que ya lo había conseguido.

—Gracias, Matt, eres el mejor.

Subió las escaleras rápidamente y metió un par de mudas en la bolsa.

—Tengo que salir ya —le dijo cuando volvió a la sala—. Si no, no llegaré a tiempo. Toma. —Le tendió las llaves—. No se te ocurra marcharte ni un minuto. La conozco bien. Mientras oiga que estás aquí, puedes estar seguro de que no intentará nada.

No era necesario ser un gran observador para darse cuenta de que el chaval no las tenía todas consigo. Aunque intentaba ocultarlo, el enrojecimiento de las mejillas y la respiración irregular delataban su nerviosismo.

Por un momento se planteó si no sería mejor dejarlo para más adelante, pero enseguida se convenció de que no podían esperar más. El chico tendría que superarlo. No quedaba más remedio.

Le pegó el micrófono del tamaño de una uña en el pecho con una tirita.

—Ya puedes bajártela —le dijo.

—¿Y ahora tengo que ir todo el día con esto hasta el encuentro de los cojones? —murmuró dejando caer la camiseta negra de Nirvana que había aguantado a la altura del cuello con el brazo no vendado.

—Es mejor así. Nos ahorramos todo imprevisto que evite que podamos encontrarnos, y ya tienes el micro instalado. Así te acostumbras y después no lo tendrás tan presente.

—Pero ¿estaréis escuchándome todo el puto día?

—Tenemos cosas que hacer, Jimmy. Nos pondremos a la hora pactada. Si hubiera cualquier cambio de planes, envía el mensaje que acordamos a ese número de teléfono, ¿de acuerdo?

No pudo evitar recordar a Ruth. Estaba seguro de que había pensado en él durante los últimos minutos de su vida, probablemente deseando poder pedir ayuda, pero seguramente también culpándolo de lo que le estaba pasando. Y tenía toda la razón.

Se sacudió el pensamiento de la cabeza. Si había algo parecido a la justicia que dependiera de él, lo haría realidad esa misma tarde.

Era cuestión de mantener los ojos en la presa y no perder la paciencia con ese tipo de pensamientos. De todas formas, sabía que, aparte de proporcionar cierto sentimiento de equidad —que unos considerarían justicia y otros no—, aquello en ningún caso arreglaría nada, porque ella no volvería jamás. También sabía que su relación con Melanie estaba destinada al fracaso, tanto si le contaba la verdad como si no. La realidad era la que era, la verbalizara o no, y se interpondría para siempre entre los dos. Si le contaba lo que había pasado, ella nunca le perdonaría que hubiera puesto a su hija en esa situación. Pero, aunque no se lo dijera, él tampoco podría perdonárselo. Así que, hiciera lo que hiciese, el vacío que los separaba aumentaría cada vez más e iría llenándose de silencios; primero tristes, después incómodos y por último tediosos, hasta que ambos verían claro que la única opción viable para seguir viviendo de forma remotamente digna sería prescindir del recordatorio constante de la tragedia que era el otro.

—Y entonces, cuando haya dicho lo que necesitáis, ¿entraréis o esperaréis a que salga?

—Depende de cómo vaya, Jimmy. No te preocupes. Lo haremos de la forma más efectiva y menos peligrosa.

Él negó con la cabeza.

—Estáis condenándome a muerte. Lo sabes, ¿verdad, chief? Aunque salga vivo de esta, sabes perfectamente que Keith no es de los que perdonan una traición. ¡Hostia puta! ¡Ya te vale, convertirme en una rata! —gritó enfadado—. ¡Mi hermano no volverá a dirigirme la palabra en su puta vida!

—¡Venga, hombre, Jimmy! ¡Sé un poco optimista, chico! Quizá no te hable, pero tendrás una vida alejada de toda esta mierda en la que acababas de meterte. Vivirás tranquilo sabiendo que no contribuyes a que otras madres como la tuya destrocen su vida y la de sus hijos. —Le apoyó la mano en el hombro sano y lo miró fijamente a los ojos—. Estás rompiendo el círculo, Jimmy. Es lo mejor que puedes hacer por tu familia. Y por ti. —Se quedó un instante en silencio y después añadió—: Ahora bien, no te diré que no te preocupes y que podremos protegerte, porque no es cierto. Si hay un lugar al que siempre hayas querido ir, ahora es el momento de comprar un billete y preparar la maleta. Empieza una nueva vida, Jimmy, y déjalo todo atrás.

—Así de fácil, ¿no? —le contestó sarcásticamente.

Se encogió de hombros. Era lo que había. Al menos tú quizá tengas una oportunidad —pensó—; otros se han quedado intentando ayudarnos a atrapar a este hijo de puta.

Pero no le dijo nada. Se limitó a sonreír con tristeza.

—Nos vemos esta tarde. Descansa e intenta estar tranquilo. Lo harás bien. Todo va a salir bien.

Pero la verdad era que no estaba nada seguro de esta afirmación.

—Nada —había contestado—. Yo también me he sentido mareada y me ha dado miedo que estuviera a punto de desmayarme...

La actitud de Barlett había cambiado enseguida.

—¿Se te pasa? Avisaré al doctor Hansen. —Ya había descolgado el teléfono de la mesa.

—No, no. No es necesario, de verdad. Ya me encuentro mucho mejor.

Había hecho teatro durante cinco minutos más mientras Barlett terminaba de preparar la carta de recomendación que había servido de pretexto y se había marchado prometiéndole que pronto cenarían juntos, esa misma semana, para celebrar el nuevo trabajo.

Se encerró en su habitación, un piso más abajo, conocedora de que no podía quedarse allí. Barlett sabía mucho más de lo que decía, y era evidente que no quería que descubriera que había pasado algo entre él y Carrington. No era seguro que investigara desde allí. Si había encargado a Dustin que la siguiera, era más que probable que la tuviera vigilada. Incluso en su propia habitación. Echó un vistazo disimulado a su alrededor, pero descartó ponerse a buscar nada. Si, como ella temía, la vigilaban, verían que lo sospechaba y no quería darles esa ventaja. No, estaba decidido. Tenía que marcharse. Le habría encantado instalarse unos días en casa de Coddie, pero ya no era posible. Tampoco podía instalarse en otro hotel, porque Barlett sospecharía. Era evidente que no tenía más remedio que volver a la casa que la había visto crecer, por más reticencias que tuviera. Si fingía haber dejado correr la búsqueda de Carrington, el movimiento más coherente y natural era volver a la normalidad, recuperar su trabajo y seguir con su vida.

Recogió las pocas pertenencias que tenía esparcidas por la habitación y las metió en la bolsa. Antes de cerrar la puerta echó un último vistazo. Sospechaba que no volvería a estar allí en mucho tiempo. Quizá incluso nunca más.

Los siguientes dos días los pasé encerrado en casa, intentando decidir cómo tenía que gestionar todo aquello. Mi instinto inicial había sido desplazarme de inmediato a San José, pero después vi que no tenía sentido jugármela con White. En el fondo sabía que Jennie estaba viva la mañana después de la desaparición y estaba seguro de que había ido al lago Tahoe con Burns. No creía que el tal Chris Parker hubiera tenido nada que ver con su desaparición, especialmente teniendo en cuenta que la carta que había recibido la familia Hadaway había llegado después de lo que Jennie debía de haber calculado. Probablemente Parker no supiera nada hasta que lo detuvieron y no tenía ni idea de dónde estaba Jennie.

Me propuse avanzar en la investigación todo lo que pudiera desde casa e intentar disfrutar de la compañía de Rose esos días en los que por fin coincidíamos algunas horas. La situación le había pasado factura y me supo mal no haber estado más con ella en esos momentos. El caso de Jennie y mi sensación de urgencia desde que había descubierto la sangre me habían absorbido de tal manera que los problemas de los vivos y presentes me habían parecido minucias en comparación, y no era justo.

—¿Cómo va, Rose? —le pregunté a la hora de cenar.

—Va. —Hizo una mueca intentando quitar importancia a la situación.

—Cualquier cosa que pueda hacer para ayudarte...

—Es solo que creía que acabaría mis días con él, ya ves. —Se encogió de hombros—. Lo de envejecer juntos y toda la pesca... Cuesta hacerse a la idea de que ya no será así.

—Me parece que es solo decisión tuya. Creo que él no ha abandonado esa idea.

—No —dijo rotundamente.

—Está bien, está bien. Solo quiero decir que, si quieres, puedes cambiar la situación. Perdonar no es una debilidad, Rose, si es lo que quieres hacer.

—No es esa la cuestión. No es que crea que no pueda perdonarlo un día u otro. Es que, aunque lo haga, ya no podré confiar en él como antes. Y así no merece la pena seguir con la relación. Es como un espejo, Nick. Una vez roto, por más que pegues las piezas, ya nunca es el mismo...

La entendí perfectamente. Había pérdidas que el tiempo amortiguaba, pero era imposible eliminar las ausencias que creaban. Estas siempre serían palpables de una u otra manera.

—¿Y tú? —me preguntó—. ¿Cómo llevas todo esto?

—White ha pasado el caso a los de El Dorado County. No puedo hacer nada. —Me encogí de hombros. Supongo que quería hacerme creer incluso a mí mismo que me había resignado.

—Entonces ¿no crees que se haya ido voluntariamente? ¿Aunque la vieran viva después, y con todo el lío del atropello y la muerte de ese chico?

—Creo que se marchó voluntariamente, pero que algo no fue como ella esperaba y acabó mal.

—¿El exnovio? —preguntó.

—Es posible. Otra chica que salió con él apareció hace unos días flotando en el lago. Había desaparecido hace casi tres años...

—Pero ¿no fue un accidente? Leí en el periódico que se había ahogado. No lo han acusado por lo de la otra chica, ¿verdad?

—No. No lo han acusado de nada. Pero que dos chicas que han salido con él desaparezcan en menos de tres años es demasiada casualidad. O tiene muy mala suerte eligiendo pareja, o este tío esconde algo.

El sonido del teléfono interrumpió nuestra conversación. Era el número de la centralita de las oficinas.

—Carrington —respondí intrigado.

—Nick. —Era Julie. Casi susurraba.

—¿Qué pasa?

—Tenías razón. La sangre era de Jennie.

—¿Cómo? —le pregunté confundido. No estaba seguro de haberla oído bien—. ¿Por qué hablas tan bajo?

—¡Mierda, Nick, no me compliques la vida! —Se quedó un instante en silencio y después añadió en un tono de voz algo más alto—: Escúchame y calla. Han llegado los resultados de las muestras de sangre que cogiste de Tahoe. Son de Jennie Johnson. Ahora los remitiremos a El Dorado. He pensado que querrías saberlo.

—Gracias, Julie.

—Ahora tengo que colgar —dijo—. No compliques las cosas y ni se te ocurra decir que te he dado esta información —añadió secamente. Y colgó el teléfono.

Rose, que había seguido la conversación muy intrigada, me miró esperando una explicación.

—La sangre que recogí en Tahoe es de Jennie —le aclaré.

—Dios mío —murmuró—. ¿Qué piensas hacer?

—Aún no lo tengo claro. Pero no pienso quedarme de brazos cruzados esperando a que me den permiso para hacer mi trabajo. —Me levanté del sofá donde habíamos estado charlando y añadí—: Voy a dar una vuelta.

Cuando tenía dudas, la montaña siempre me proporcionaba las respuestas que buscaba. Y ahora necesitaba unas cuantas.

44

—Ey, tengo que irme un par de días —le había dicho en tono casual dejando la bandeja del desayuno en la mesa—. Hayes se quedará aquí y se preocupará de que no te falte nada. —Le había dicho la última frase guiñándole un ojo. Como si todo fuera lo más normal del mundo. Pero después se había puesto serio y la había mirado fijamente—: No hagas ninguna tontería, Jennie. Ya queda muy poco para que todo esto se solucione.

Pero los dos sabían que no era cierto.

Desde entonces habían pasado más de cinco horas, y Hayes no había aparecido por allí. La hora de la comida transcurrió lánguidamente sin que nadie le llevara nada y se convirtió en la hora de la merienda. Empezó a preocuparse. Tenía sobras del día anterior, y se las zampó pensando cuál era la mejor manera de actuar.

Al final, dos horas después, oyó pasos en la escalera y la llave girando en la cerradura. Hayes asomó la cabeza por la puerta.

—Hola —murmuró. Era evidente que no sabía cómo actuar. Parecía avergonzado y tenso a la vez. Una mala combinación.

—Ey —dijo ella forzando una sonrisa—. Me ha dicho David que ha tenido que irse.

—Jennie... Yo... No entiendo qué está pasando —se excusó incómodo.

¡Pues imagínate si estuvieras en mi situación!, quiso decirle. Pero se contuvo. Sabía que no ayudaría en nada a la nueva posibilidad que acababa de surgir.

—Se ha agobiado y no ha sabido qué otra cosa hacer. —Le pareció que la respuesta lo tranquilizaba un poco—. Yo ya le dije que por mi parte no tiene nada que temer. Solo quiero seguir con mi vida.

—Todo el mundo está buscándote, Jennie...

—Sí, ya lo sé. Por eso no parece muy sensato tenerme encerrada. Si me encuentran aquí, entonces sí que tendrá un problema. —Se preocupó de mantenerlo al margen de toda alusión de culpabilidad—. Nos fuimos juntos de El Portal. Seguro que alguien nos vio, y tarde o temprano atarán cabos y vendrán. —Aquí se había arriesgado y lo sabía. Vio que volvía a ponerse nervioso. Pero quería que entendiera que lo mejor que podía hacer era dejarla marchar, y esta argumentación quizá lo convencía—. Si me encuentran, será una putada para todos —mintió, y se encogió de hombros.

—¿Por qué huiste?

—Es una larga historia.

—Tenemos un par de días —le contestó.

Valoró esa inversión. Quizá contárselo lo ayudaría a empatizar con ella y lo convencería de que era seguro dejarla marchar. Al final se decidió.

—Tengo hambre. Quizá algo de cena me ayudaría a contarlo mejor. —Sonrió.

—Está bien —accedió—. Te prepararé algo.

Y se marchó escaleras arriba. Pero antes se aseguró de que cerraba bien la cerradura de la puerta de esa cárcel subterránea disfrazada de sala de entretenimiento.

El hecho de que Ron insistiera en acompañarlo no hizo más que aumentar el creciente estado de nervios que arrastraba desde la mañana. El aparato más pequeño que la uña de su dedo índice lo torturaba y sentía un picor constante que no hacía más que recordarle el enorme follón en el que se había metido.

—¡No hace falta que vengas, ya te lo he dicho! —escupió de mala leche—. ¡No necesito una puta niñera, joder, que me haces quedar como un inútil delante de Keith!

—No puedes conducir con el brazo así, ¿no lo ves? Además, quizá sí necesitas una niñera como yo —le contestó su hermano—. Recuerda que, si no fuera por mí, el hijo de puta de Lombard nos habría matado hace días. En cambio, ahora Keith cree que eres un tío con un par de cojones que haces lo que tienes que hacer cuando toca. Pero yo te conozco mejor, Jimmy. Tienes potencial, es cierto, pero todavía no lo has conquistado. No quiero que digas o hagas ninguna tontería que te comprometa.

—¡No la diré ni la haré, hostia! Y puedo conducir perfectamente con una sola mano —le dijo cogiendo las llaves del Wrangler—. Y, de todas formas, que tú estés no soluciona nada. Si tengo que cagarla, la cagaré igualmente.

Ron lo ignoró y lo siguió hasta el vehículo.

—¿Dónde te ha citado? En Darrah, ¿verdad? —le preguntó adelantándose y abrió la puerta del conductor.

—Ron...

—Dame las llaves.

Al final cedió y se las tendió acompañando el movimiento con un suspiro frustrado.

—De acuerdo —le dijo, como si su aceptación tuviera algún valor en esa conversación—. Pero te quedas en el coche.

—¡Lo que tú digas, hermanito! —Y arrancó el vehículo alegremente con la sonrisa de un niño de cinco años que se dirige al parque de atracciones.

Volvió con una bandeja que contenía dos sándwiches calientes de queso y jamón dulce y dos Coca-Colas. Le ofreció su plato y la lata, y después cogió la bandeja y se sentó en los escalones que daban a la puerta, interponiéndose entre esta y ella.

—Muy bien. Aquí lo tienes. Ahora te toca a ti cumplir tu parte del trato, Jennie. —Dio un mordisco al sándwich.

Ella procedió a contarle lo que había pasado. No le ocultó nada. De hecho, se sinceró como hacía tiempo que no había hecho, no solo sobre la situación del accidente y el tráfico de drogas, sino también sobre su relación con Burns. Era muy raro confiar en él cuando la tenía secuestrada, pero a la vez le resultó liberador hablar así con alguien que conocía tan bien a David.

—Si te digo la verdad —le dijo Hayes en cuanto ella acabó—, nunca he entendido por qué lo has aguantado tanto tiempo. Los dos sabemos que es un puto narcisista, y tú, que estudias Psicología... No sé, parece que los que sabéis de estas cosas deberíais verlo antes...

Tenía razón. Ella se había hecho la misma reflexión cientos de veces. No entendía qué la unía tanto a él y se sentía idiota. Lo que más le dolía era saber que, si hubiera hecho lo que tocaba y no hubiera dejado que la llevara a Yosemite, no estaría en esa situación.

—Parece que debería ser así, ¿verdad? Pero David tiene un carisma alucinante. Es como si tuviera unos tentáculos invisibles de los que es imposible escapar precisamente por eso, porque son invisibles.

Hayes esbozó una sonrisa triste que le indicó que la entendía perfectamente. Al fin y al cabo, también él mantenía una estrecha relación con Burns, y de repente pensó que muy probablemente tan poco equitativa como la suya.

—¿Sabes que te ha rastreado el móvil? —le dijo él casi divertido con la ocurrencia.

—¿Qué? —preguntó.

—A través de una aplicación. Hacía semanas que sabía dónde estabas. Siempre, en todo momento.

Se sintió mareada, pero de una manera diferente a como se había sentido en los últimos días.

Enseguida pensó que había perdido el móvil la noche del accidente... Recordó que él hizo una mueca de sorpresa la primera vez que vio su otro móvil. Pero entonces ¿cómo la había encontrado en el hotel? ¿Por casualidad? ¿La había seguido desde Los Ángeles al ver que se marchaba de San José? ¿Desde cuándo la había estado espiando? Un escalofrío le recorrió la espalda.

Él asintió. Parecía simpatizar con ella y sus pensamientos, fueran cuales fuesen.

—Matt, tienes que dejarme marchar —le rogó.

—Lo siento, pero no puedo. —Parecía sincero.

—Esto no tiene sentido. —Movió los brazos señalando a su alrededor—. No sé nada que pueda perjudicarlo, de verdad.

—No mientas, Jen. Sé que oíste nuestra conversación por teléfono.

—Solo oí que hablaba de un accidente con alguien.

—Ya, pero es que después Dave te contó la verdad.

—Pero fue un accidente, ¿no? Quizá podríais haber llamado antes a la policía, pero ahora ya no tiene importancia. No diré nada, de verdad. Solo quiero irme de aquí y seguir con mi vida. —Por primera vez desde que David la había encerrado, empezaba a sentirse más lúcida.

—Creo que eres muy benévola al describirlo como un accidente. Los dos sabemos que no fue del todo así. —Esbozó una sonrisa cínica.

—¿Qué quieres decir?

Lo vio dudar por un momento.

—No te lo ha contado, ¿verdad?

—¿El qué?

Él se quedó en silencio.

—¿El qué, Matt? —Inmediatamente se arrepintió de haber insistido. Era su oportunidad de marcharse. No quería una confesión que la atara aún más a esa situación—. Espera, no, da igual. No quiero saberlo.

—Te dijo que se cayó, ¿verdad? —Su sonrisa cínica se amplió y de repente desapareció.

—Me da igual, Matt, de verdad. No quiero saberlo. —Negó con la cabeza.

Pero no parecía escucharla. Se había enfadado, u ofendido, o quizá ambas cosas. Se levantó y empezó a andar de un lado a otro, nervioso, en un estado de trance que bien podría ser el inicio de un ataque de pánico.

Entendió que sería su única oportunidad.

Esperó a que estuviera en el punto más alejado de la puerta y de espaldas a ella para echar a correr hacia las escaleras.

Hayes tardó un par de segundos en reaccionar.

Luego gritó su nombre y la siguió a toda prisa.

Le pareció que subía volando los escalones que debían llevarla hacia la libertad. No se atrevió a mirar atrás mientras cruzaba la sala. Oía el latido de su corazón en las orejas, mezclado con las botas que la seguían de cerca. Abrió la puerta de la casa y un soplo de aire frío le dio la bienvenida al mundo exterior. No iba bien abrigada para sobrevivir a ese frío, pero era lo que menos le preocupaba en ese momento. Corrió hacia la portezuela del jardín. La semana anterior no había nevado, y el frío había creado una capa de hielo en el suelo que lo volvía muy resbaladizo.

—¡Jennie! —volvió a gritar Hayes.

Lo oyó tan cerca que no pudo evitar girar la cabeza. Y este movimiento fue el que le hizo perder el equilibrio y caer junto al pozo de fuego cubierto de nieve.

—¡Mierda! —murmuró levantándose.

Pero ya lo tenía encima. Se abalanzó sobre ella y la hizo caer de espaldas. Después la cogió por los brazos y le lanzó una mirada llena de frustración.

—La mató él, Jennie —le dijo mirándola fijamente a los ojos. Podía ver su aliento gélido en el mínimo espacio que separaba sus rostros—. La empujó con tanta fuerza contra el muelle que se dio un golpe en la cabeza contra un amarre y allí se quedó. Creía que se había enrollado con otro, y ella no quiso decirle quién era. Y ya sabes cómo es. A Dave le gusta coger lo que es de todos, pero nunca quiere compartir nada de lo que considera que es suyo...

Ella asintió. Lo sabía perfectamente.

—Me da igual, Matt. De verdad. No quiero meterme. No diré nada. —Intentó incorporarse, pero él no se lo permitió. Seguía sujetándola con fuerza.

—¿Sabes cuál es la ironía? —siguió diciendo él mientras miraba un punto inconcreto de las montañas. Era evidente que no la escuchaba.

Lo miró sin decir nada, esperando a que terminara la frase.

—Que era cierto que Rebecca se había enrollado con otro. Se había enrollado conmigo. —Una lágrima le resbaló por la mejilla y se mezcló con un copo de nieve que bajó flotando del cielo y aterrizó en su piel.

No supo qué decir.

—Lo siento, Matt.

—Y el hijo de puta me convirtió en cómplice —le dijo con la mirada en el suelo que los rodeaba por un segundo antes de levantar los ojos y mirarla por fin de nuevo—. Y ahora estoy atrapado en esta mierda, Jen, como tú.

—Matt...

—No deberías haber intentado huir —le dijo con repentina gravedad.

—No puedes culparme —le contestó encogiéndose de hombros—. Tú habrías hecho lo mismo.

—Es cierto. —Asintió—. Pero no puedo asumir más riesgos de los que ya he asumido. Espero que lo entiendas.

Tardó un segundo o dos en procesar lo que estaba diciéndole.

Y entonces, justo cuando lo entendió, el mundo se volvió negro.

45

Cogió el Hyundai Sonata y lo condujo por las calles de Las Vegas sin dirigirse a ningún lugar en concreto. Sabía que cuando el sol se escondiera debería ir a casa de Nona —por algún motivo se resistía a llamarla así—, pero le quedaban unas horas de luz para intentar responder a todas las preguntas que se le acumulaban en la cabeza.

Había buscado el nombre de Matthew Rogers y el de Jason Robitaille —los dos alias de Carrington— en internet, pero no había encontrado nada que la ayudara a aclarar el misterio. Por otra parte, sabía que tenía que hablar con el editor que había publicado el libro. Seguro que podría aportar alguna información más sobre Carrington que le fuera útil, aunque no creía que pudiera responder al asunto que lo unía a Barlett...

Sin apenas darse cuenta se encontró conduciendo de un lado a otro por las calles paralelas a W Alexander Road, llenas de casas de color salmón y crema en las que destacaban las inmensas puertas de garaje, que ocupaban casi toda la fachada de la parte trasera.

Se sintió idiota. ¿Qué esperaba? ¿Verlo andando por la calle? Coddie nunca paseaba por allí. Estaba muy cerca de la autopista, y el asfalto caliente de esa zona residencial de casas monótonas no le atraía en absoluto. Supo que olvidarlo le costaría mucho más de lo que había creído y se arrepintió de haber aceptado la invitación a la barbacoa de

Molly Sanderson aquel domingo de verano de hacía casi siete años. Si no hubiera ido, no lo habría conocido y ahora no sentiría esa tristeza y esa frustración que le perforaban el alma, ese dolor de saber lo que quería y no poder tenerlo.

Pero ¿de verdad no podía? Quizá estaba siendo cobarde. Si de verdad tenía las cosas claras, lo más decente era luchar por ellas, aunque eso significara aceptar que se había equivocado o mostrarse vulnerable. No podía decirse que la situación fuera irreversible, por nada del mundo. Estaba en el cruce de Hazelridge Drive con Flowerridge Lane cuando pensó que merecía la pena considerar la idea. Y de repente se sintió más tranquila y su cerebro se tomó la molestia de recordarle que Molly probablemente podría ayudarla en el otro menester que la llevaba de cabeza.

La llamó de inmediato.

—Sarah —respondió dos tonos después—. ¡Cuánto tiempo sin saber de ti!

—Ey, Molly. —Se obligó a sonreír. Sabía que tenía su efecto en la voz—. ¿Cómo va?

—Bien, bien, sobreviviendo. ¿Y tú? ¿Dónde andas? ¿Estás por aquí o estás de torneo en algún lugar exótico?

—No, no, estoy aquí. —Evitó hablar de la muerte de Nona. No le apetecía mantener esa conversación, aunque sabía que Molly se enfadaría en cuanto se enterara de que se la había ocultado—. Oye —la interrumpió antes de que pudiera hacerle más preguntas—, ¿sabes dónde podría encontrar periódicos de los años ochenta aquí en Las Vegas?

—Depende. En la Biblioteca de Archivos y Documentos Públicos de Nevada encontrarías un montón, pero está en Carson City, queda a tomar por el culo... ¿Cuáles quieres? ¿Buscas algunos en concreto?

—No, pero me interesa que sean más o menos locales... o por lo menos estatales.

Oyó que tecleaba algo al otro lado del teléfono.

—¿Estás en el trabajo? —le preguntó.

—Sí, claro. ¿Dónde quieres que esté? —Tenía razón. No estaba acostumbrada a los horarios de oficina y a menudo se olvidaba que la gente tenía rutinas mucho más marcadas que las suyas—. Sí, mira —le dijo Molly—, en la mía no hay nada, pero en la Biblioteca de Clark County tienen microfilms de *Las Vegas Review Journal* de 1922 al 31 de diciembre de 2018, y de *Las Vegas Sun* desde 1952 hasta 2006. Estos supongo que te servirán. También tienen el *New York Times* de 1851 a 2019, y el *Wall Street Journal* de 1985 a 2009, aunque quizá estos últimos, al no ser locales, no te interesen.

—¡Ostras, genial, Molly! Gracias. ¿Y cómo funciona? ¿Puedo buscar una noticia concreta en un buscador?

—Depende de si los han indexado. ¿Por qué? ¿Qué buscas?

—El caso es que no lo sé del todo... Podríamos decir que lo sabré cuando lo vea. —No quería mencionar los alias de Carrington.

—Pues, si tienes una fecha concreta, te ayudará bastante. Si no la tienes, no te quedará más remedio que verlos uno por uno.

Miró la hora en el salpicadero del coche.

—¿A qué hora cierran?

—Hoy a las ocho de la tarde. ¿Sabes dónde está? Apunta: 1401 E. Flamingo Road. Hace esquina con Escondido.

Sabía más o menos dónde caía, pero introdujo los datos en el GPS igualmente. Este le indicó que no tardaría más de veinticinco minutos en llegar.

—Genial, gracias.

—De nada. Espero tu llamada para cenar un día, ¿vale?

—Sí, claro —contestó medio convencida.

—Y Sarah. Siento lo de la muerte de Nona. Solo quería decírtelo. Ya sé que no quieres hablar de ello.

Se sintió mal. Aunque se veían muy poco, Molly seguía siendo una buena amiga. Le sabía mal que hubieran pasado tantos meses sin hacerle una llamada.

—Gracias, Molly. De verdad.

—Que tengas suerte en tu búsqueda. Espero que encuentres lo que buscas.

—Sí, yo también —dijo casi para sí misma antes de colgar.

De no haber sido porque sabía que lo detendrían, se habría alegrado de que Ron lo acompañara. El acceso a la cabaña donde habían quedado era más complicado que el del lugar anterior, y no estaba seguro de que sin él hubiera llegado puntual a la cita. Era más que probable que tarde o temprano se hubiera confundido en alguno de los múltiples cruces y bifurcaciones de la carretera de tierra que los llevó al lugar donde Keith lo esperaba.

Le había pasado a White las indicaciones rudimentarias que su nuevo jefe le había enviado en un mensaje al móvil una hora antes de la cita y rezó para que el chief y los suyos localizaran el lugar con éxito. Aunque a continuación pensó que quizá tampoco sería tan terrible que no lo hicieran, porque podría marcharse de allí sin delatarse y evitar, o al menos posponer, el brutal cambio de vida al que se vería obligado. Siempre se había quejado del malvivir que le había tocado, pero, ahora que no tenía más remedio que cambiarlo, se sentía abocado a un abismo de incertidumbre que lo dejaba prácticamente paralizado.

Un lugar al que siempre hayas querido ir..., le había dicho el chief White. Lo primero que le vino a la cabeza fue Hawái. Siempre había pensado que allí la vida debía ser mejor. No se había bañado en el mar en su vida y por eso le parecía un lugar ideal para empezar de nuevo, tan diferente de lo que siempre había visto, de lo único que había conocido. Pero ¿cómo coño se suponía que iba a pagarse un billete de avión que lo llevara allí? Por un momento se le pasó por la cabeza pedírselo al chief. Al fin y al cabo, estaba haciendo un trabajo, ¿no? Pero después recordó que le pagaban con la libertad que debían quitarle por haber encubierto dos asesinatos, así que no era cuestión de pasarse de exigente pidiendo imposibles. No, Hawái tendría que esperar. Debería ir a otro lugar, encontrar trabajo y ahorrar para poder viajar. Quizá Ron podría acompañarlo. Si colaboraba, seguro que le reducirían mucho la pena y podrían encontrarse en cualquier sitio unos meses después. Al principio se negaría, pero seguro que podría convencerlo de que el pragmatismo era esencial en esa situación. Las cosas siempre se ven diferentes desde dentro, pensó. Era exactamente lo que le había pasado a él.

—Muy bien, pues ya estamos aquí —dijo Ron después de apagar el motor y poner el freno de mano. Tenía ya la mano en el tirador de la puerta cuando lo cogió del brazo.

—Tú te quedas aquí.

—¡Venga, Jimmy, no digas tonterías!

—Lo digo en serio. Te quedas aquí. Así hemos quedado. —Le lanzó una mirada airada, con una determinación que nunca había sentido. El cambio sorprendió a su hermano, que por primera vez en mucho tiempo accedió a hacer lo que le pedía.

—¡Está bien, de acuerdo, tío! No hace falta que te pongas así... Jimmy bajó del coche.

—Ahora vuelvo.

Recorrió los cincuenta metros que lo separaban de la pequeña cabaña de madera donde debía encontrarse con Keith. Apenas quedaba nieve en el suelo e intuyó que la primavera esperaba impaciente bajo esa tierra oscura con rastros de hierbas amarillentas que brotarían en cualquier momento.

Antes de que hubiera podido llamar, la puerta se abrió y el tipo grande que siempre acompañaba a Keith apareció detrás.

—Ey —le dijo Jimmy forzando una sonrisa.

—¿Vas armado? —preguntó el otro.

—No, no.

—¿Has venido solo? —Miró por encima de su hombro.

—Mi hermano está en el coche. —Señaló el Jeep Wrangler con la cabeza y se miró el vendaje como justificación.

El otro asintió.

—El móvil se queda conmigo —le dijo extendiendo la mano.

Sacó el teléfono del bolsillo y se lo dio. El tipo corpulento inclinó la cabeza hacia el interior del habitáculo y lo dejó pasar.

—Ey, Bloom. —Keith estaba sentado en un sofá viejo de piel marrón desgastada y apagó el televisor. El silencio engulló los sonidos, que le habían hecho pensar en una peli porno.

—Ey, cómo va —lo saludó. No era ni una pregunta.

—Siéntate —le ordenó señalando con la mano el sillón que tenía a su derecha.

Su tono lo incomodó, y todo el aplomo que había conseguido reunir en las últimas horas se desvaneció de repente. Obedeció y colocó el culo donde le había indicado.

—¿Quieres que te cuente una cosa? —le preguntó Keith encendiéndose un cigarrillo envuelto en papel de liar.

Él asintió tímidamente.

—Tengo un éxito razonable en este negocio porque siempre he presumido de tener buena intuición. —Dio una profunda calada. Jimmy lo observó en silencio. Sospechaba que quizá le tocaba seguir con la conversación, pero no sabía qué se suponía que debía decir—. El caso es, Jimmy —siguió diciendo Keith—, que contigo me equivoqué. —Hizo un gesto con la boca que quería indicar falsa resignación.

Un escalofrío le recorrió el cuerpo. Se preguntó si el sudor frío que empezaba a experimentar despegaría la tirita que sujetaba el puto aparato que llevaba en el pecho.

—Ah, ¿sí? —consiguió decir fingiendo despreocupación.

—Sí. Porque no tenía nada claro que fueras capaz de cumplir lo que te encargué, la verdad. Pero resulta que aquí estamos tú y yo, teniendo esta conversación, mientras Lombard está muerto y ya no es un problema.

El hormigueo se detuvo y un enorme alivio ocupó su lugar.

—Bueno, sí, había que solucionarlo. Así que... —Se encogió ligeramente de hombros y el movimiento le provocó un agudo pinchazo en el pecho.

—¿Y los rangers no han ido a hacerte preguntas?

No supo qué responder. Temía que Keith supiera más de lo que parecía y que fuera una trampa. Entendió a qué se refería Ron con sus preocupaciones sobre si la cagaría o no. Le parecía que, dijera lo que dijese, estaba a punto de hacerlo.

—Supongo que lo que te ha pasado en el hombro ha tenido algo que ver... —siguió diciendo Keith.

—Ah, sí. —Miró el vendaje como si se lo acabara de descubrir.

—Los médicos tienen la obligación de informar de las heridas de bala —le dijo sin apartar la mirada—. Sería raro que no te hubieran hecho una visita.

—Sí, sí. Es que la hicieron. —Por fin reaccionó, aunque temía haber tardado un poco más de lo recomendable—. Les dije que había sido un accidente de caza.

—¿Te disparó con un fusil de caza? —le preguntó incrédulo.

Le pareció que el tipo corpulento que había estado siguiendo la conversación desde el marco de la puerta se tensaba un poco.

—No lo sé. Vaya, no. Creo que no. Todo pasó muy rápido. Pero no podían saberlo porque la bala me atravesó el hombro y no tuvieron que extraerla cuando me curaron. —Le pareció que había sido lo bastante rápido.

Keith dio otra calada al cigarrillo y lo apagó cuando todavía estaba a medias sumergiéndolo en la cerveza caliente que llenaba medio vaso de plástico en la mesa.

—Perdona mi insistencia en el tema, es que...

Dos golpes en la puerta principal hicieron que interrumpiera la frase. Levantó la cabeza y miró al tío que todavía estaba de pie en el marco de la puerta de la sala. Este se dirigió a la entrada después de que Keith asintiera y se llevara la mano derecha a los riñones, donde con toda seguridad debía llevar un arma.

Volvió a sudar. Unos segundos después reconoció la voz de su hermano, seguida de los pasos de las botas que lo llevaron a la sala.

Primero pensó que Ron no le había hecho caso y estaba haciéndose el listo con esa entrada, pero por su expresión seria enseguida vio que algo no iba bien. El gorila que lo había acompañado hasta la sala se acercó a Keith y le susurró algo al oído que hizo que se pusiera tenso de inmediato. Le recordó a un perro de caza que acabara de identificar a una posible presa.

Intercambió una mirada con su hermano y vio que estaba intentando mantener la calma. Eso lo puso aún más nervioso.

—¿Qué pasa? —preguntó por fin.

—Probablemente nada —le contestó Keith—, pero tenemos que asegurarnos. Rick, saca el maletín —ordenó al tipo corpulento.

No sabía a qué se refería, pero el cariz que estaba adquiriendo todo aquello no le gustó nada.

—Hay humo en la casa de al lado —le dijo Ron en la voz más baja que nunca le había oído.

—¿Y qué pasa?

—Que ahí no vive nadie —le contestó su hermano. Se llevó el dedo índice a los labios y después susurró—: Quizá tenemos compañía.

Aún estaba sentado en el sillón, pero le pareció que caía al vacío. Era difícil saber si la sangre le había abandonado la cabeza y estaba totalmente pálido o si le había subido al rostro y estaba rojo como un pimiento. Ron le lanzó una mirada que intentaba ser tranquilizadora, pero que no resultó nada efectiva. Keith los observaba a ambos. Era fácil ver que su cabeza iba a mil, pero era imposible saber lo que se cocinaba en ella.

El gorila de Keith volvió a la sala con un maletín y lo abrió encima de una cómoda de madera llena de polvo. De su interior sacó un aparato similar a un walkie-talkie, pero más pequeño, y lo encendió. Dos líneas de las diez que tenía el mecanismo se iluminaron de verde. A continuación, el tipo empezó a mover el aparato siguiendo con la antena los contornos de los pocos muebles que había en el perímetro de la habitación.

De repente, cuando recorrió el contorno del sofá en el que estaba sentado Keith, las líneas lumínicas aumentaron y se volvieron primero naranjas y después rojas. El aparato emitió un pitido agudo.

Estaba a punto de abrir la boca cuando Keith se metió la mano en el bolsillo de la cazadora de cuero, sacó su teléfono móvil y lo dejó en la mesa.

Notó que una gota de sudor le resbalaba por la sien y cruzó una mirada con su hermano. Le pareció que Ron se daba cuenta, que empezaba a sospechar que esos nervios eran por algo más que la preocupación de que alguien los estuviera escuchando y los pillaran. Ron bajó la mirada un momento.

El tipo siguió examinando la zona, por debajo del sofá y del sillón vacío a la izquierda de Keith, y al final se acercó a él.

Tragó saliva. No sabía si era posible, pero esperaba que, si habían escuchado la conversación, hubieran podido desactivar el micrófono de alguna manera. O que irrumpieran en la casa en cualquier momento. Sabía que, si no era así, era hombre muerto. Él y probablemente Ron también. El silencio anterior a lo inevitable se le estaba haciendo insoportable.

El gorila se acercó al sillón con el aparato, y él se levantó en un acto reflejo.

—Pero ¿qué haces? —gritó cabreado el tío.

—Para que puedas mirar bien el mueble, ¿no? —consiguió decir. Pero la voz se le quebró a media frase.

—Siéntate —le ordenó Keith taxativamente. Era evidente que aquello no le había gustado nada.

—De acuerdo, de acuerdo. —Levantó el brazo sano para excusarse. Pero ya era demasiado tarde y por fin sucedió lo inevitable. Rick apuntó la antena hacia su cuerpo y esta emitió el mismo pitido agudo que anteriormente.

—Jimmy, ¿qué...? —murmuró Ron.

—No sé por qué pita... No llevo nada... —balbuceó.

El gorila de Keith lo cogió con fuerza del brazo y lo levantó bruscamente. Después acercó el aparato a su cuerpo y lo recorrió hasta que llegó al pecho, y las señales lumínicas y acústicas se dispararon al máximo.

—Levántate el jersey y la camiseta —le ordenó de muy mala leche.

—De verdad que no...

—¡Hazlo! —ladró el gorila. Había dejado el aparato en la mesa y lo había cambiado por un revólver con el que le apuntaba.

Ron le lanzó una mirada dolida, llena de incomprensión y rencor.

Le devolvió una mirada suplicante de perdón antes de levantarse el jersey.

Keith terminó de sacar el arma.

Intentó arrancar la tirita que sujetaba el micrófono durante el proceso, pero no fue capaz. El hijo de puta estaba muy bien pegado y quedó a la vista de todos.

—Lo siento... —le dijo a su hermano cuando Keith levantó el brazo y le apuntó con el arma, con el dedo a punto de apretar el gatillo.

Entendió que estaba viviendo sus últimos segundos de vida.

Pero de repente Ron se abalanzó sobre Keith para desviar la trayectoria de la bala que debía quitarle la vida. Este disparó y le pareció que el ruido del disparo se mezclaba con el de un fuerte golpe en la puerta de entrada.

El gorila, que estaba apuntándole a él, dejó de hacerlo para apuntar a Ron y dispararle. Se oyeron pasos rápidos en el pasillo. Un disparo. Otro. Y otro.

Se agachó detrás del sillón y lo arrastró hasta una esquina para parapetarse. Llamó a su hermano, pero no oyó su voz. Distinguió dos o tres uniformes de los rangers entre esos cuerpos que no dejaban de moverse.

Intercambiaron más tiros.

Una voz familiar gritó que dejaran las armas. Diría que era White.

Siguió oyendo disparos. Las balas silbaban a su lado y se empotraban en las paredes de esa cabaña de madera que se había convertido en un búnker de la muerte. Intentó taparse las orejas, pero solo pudo hacerlo con el brazo sano.

Sacó la cabeza, aún agachado detrás del sillón, y vio las piernas de su hermano en el suelo. Reconocía sus botas. No se movía. Volvió a esconderse donde estaba, se hizo una bola y apretó muy fuerte los ojos para evitar que las lágrimas brotaran mejillas abajo.

Pero no lo consiguió.

No sabía decir cuánto tiempo había pasado cuando de repente lo rodeó un silencio sobrecogedor.

Poco después unos pasos que se acercaban a él rompieron ese silencio.

Alguien retiró el sillón que lo había protegido de toda esa pesadilla.

Distinguió el rostro de White bajo el casco. Este se agachó a su lado y le apoyó la mano en el hombro.

—¿Estás bien? ¿Te han herido? —le preguntó muy serio.

Negó con la cabeza, pero se palpó el cuerpo para asegurarse. Después levantó el rostro y miró por encima del hombro del chief.

Había tres cuerpos en el suelo de la sala, y un cuarto en el pasillo, del que solo se veían las piernas. Distinguió las botas de su hermano. Alguien lo había movido. Fue corriendo hacia él.

—Lo siento, Jimmy —le dijo el chief White—. No hemos llegado a tiempo.

46

—¿Qué cojones quiere decir que ya no trabajas en el caso? —ladró Ted.

Entendía perfectamente su frustración, pero yo también tenía la mía, y me resultaba muy complicado defender ese cambio del chief sin estar de acuerdo.

—Ha cambiado de jurisdicción y ahora se ocupan los de El Dorado County.

—¿Por qué? ¿Creen que está en Tahoe? ¿Con Burns?

—Burns ya no está en Tahoe.

—¿Y entonces?

—Hay indicios de que Jennie ha estado allí recientemente.

—¿Qué indicios?

—No puedo concretar la información.

—Sí, sí, vale... —Hizo una mueca. Ya no perdía el tiempo discutiendo para conseguir ese tipo de datos—. ¿Y dónde se supone que está ahora? —preguntó muy enfadado.

—No lo sabemos.

—¿Y Burns?

—Tampoco.

—¡Hostia puta, Nick! ¿De qué cojones sirve que investiguéis? ¿Es que no podéis encontrar una cosa, solo una, que nos aporte un poco de luz sobre dónde está Jennie? ¡Aunque esté muerta!

Tuve que morderme la lengua con fuerza para no contarle nada sobre los rastros de sangre.

—Estamos esperando unos resultados que pueden ayudarnos bastante —le dije—. Los de El Dorado tienen toda la información. Conozco a uno de los rangers que trabajan allí y me reuniré con él para asegurarme de que hacen todo lo posible por encontrar a Jennie. Te lo prometo.

Movió la cabeza a un lado y al otro.

—Sois una panda de inútiles, Carrington —dijo con la boca llena de desprecio—. No la habéis encontrado, y ahora, con la información sobre el tráfico de drogas, nadie la buscará en serio. ¡Ya has oído lo que han dicho en la tele, que se ha marchado voluntariamente!

Lo entendía a la perfección. Yo también lo pensaba, en parte. Habíamos perdido el tiempo, y ahora que había encontrado algo pasábamos el caso a otra jurisdicción. Realmente habíamos actuado como una panda de inútiles.

—Intentaré arreglarlo —le dije—. Seguiré buscándola. Pero no tengo el beneplácito del chief, así que no digas nada.

Me miró fijamente.

—¿Qué se supone que debo hacer yo? —preguntó.

—No lo sé. —Me encogí de hombros—. Pero parece que aquí ya no hay nada más que pueda ayudarnos a encontrar a Jennie.

Asintió mirando al suelo, como si estuviera digiriendo lo que acababa de decirle.

—No puedo quedarme sin hacer nada, Nick... —me dijo cuando levantó la mirada.

—Te mantendré informado. Te lo prometo.

—Quizá nos vemos en Tahoe —dijo encogiéndose de hombros.

—Ya me lo imagino —le contesté.

—Pues hasta entonces. —Me devolvió la media sonrisa que le había dedicado y levantó la mano.

Respondí a su gesto y lo seguí con la mirada hasta que entró en el Honda CR-V.

Estaba derrotado. Pero no se rendiría. Se tomaría unas horas para compadecerse de sí mismo y después volvería a la carga. Aquello solo era una batalla perdida más en esa guerra que estaba siendo encontrar a su hija.

Me prometí que haría todo lo necesario para ayudarle a ganarla.

Abrió la puerta con la otra copia de las llaves que había cogido de Los Ángeles y anunció:

—¡Ya estoy aquí!

Estaba contento por volver a tener la situación controlada y por haberse quitado de encima el inconveniente de las necesidades de su madre.

Hayes, que estaba sentado en el sofá viendo la tele, giró el rostro y el hombro. Por la expresión seria y el morado que tenía en el ojo y parte de la cara, vio que algo no iba bien.

—Ey —dijo Matt.

—¿Qué pasa? ¿Qué te ha pasado en la cara?

—Lo siento, tío, no he podido hacer nada —dijo desviando la mirada hacia el suelo.

—¿De qué hablas? —Se dirigió hacia él y se colocó delante—. ¿De qué coño hablas, Matt? ¿De Jennie?

Hayes asintió.

—Se ha escapado, Dave. Jennie se ha escapado.

—Pero ¿qué dices? ¿Cómo? ¿Cuándo? —Tenía las pupilas dilatadas.

—Ayer.

—¡Mierda, Matt! ¿Cómo puede ser? —Se llevó las manos a la cabeza y empezó a dar pasos de un lado a otro.

—Me dio un golpe en la cabeza por detrás cuando entré a darle la comida y me dejó inconsciente. Cuando me desperté, ella y sus cosas habían desaparecido.

Negó con la cabeza.

—¡Mierda, mierda, mierda!

—Tranquilo. No dirá nada —dijo Matt.

—¿Qué?

—Que no dirá nada. Me ha enviado un mensaje esta mañana. Dice que no la busquemos, que no hablemos de ella ni de nada de lo que ha pasado, y ella no dirá nada.

—Me tomas el pelo —le dijo incrédulo.

—No. —Sacó el móvil del bolsillo, pulsó un par de teclas y se lo tendió.

Miró la pantalla. Sí, eso era exactamente lo que decía el mensaje procedente del móvil de Jennie. Sabía que era el suyo porque se lo había quitado antes de encerrarla y se había aprendido el número de memoria.

—¿Cómo es que tiene el móvil? —le preguntó confundido.

—No lo sé. Debió de cogerlo antes de marcharse. —Hayes se encogió de hombros.

—¿Cómo sabía dónde estaba? —La cabeza le iba a mil.

—Supongo que debió de llamarse a sí misma desde la casa, ¿no? Y lo oiría. Lo raro es que todavía tuviera batería...

No lo era. Él mismo lo había mantenido encendido para ver qué mensajes recibía Jen. No había llegado ninguno.

—Tendremos que confiar en que sea así, tío —le dijo Hayes.

No salía de su asombro. Parecía que sus problemas se hubieran esfumado por arte de magia, que aquello fuera a ser una bendición camuflada de desgracia. Pero se sentía raro y confundido.

—Olvídalo, Dave —siguió diciendo Hayes—. Ya no podemos hacer nada. Ella seguirá su vida y nosotros, la nuestra. Quizá es lo mejor que podía pasar...

—¿Qué quieres decir? —le preguntó indignado.

—¿Qué pensabas hacer para solucionarlo? ¡Que la habías secuestrado, tío! ¡Has tenido suerte de que se haya marchado y no tenga intención de decir nada!

Sí, tenía razón. No tenía ni idea de cómo lo habría solucionado. Pero le resultaba extraño pensar que no volvería a verla. Le gustaría haber seguido con ella, aunque las cosas fueran tan complicadas. Por eso la había buscado en Yosemite. Supuso que Hayes no podría entenderlo.

—Sí, supongo que tienes razón —murmuró.

—Bueno, tengo que irme. Mañana trabajo. —Matt se levantó del sofá—. Te recomiendo que hagas lo mismo y vuelvas a tu vida en Los Ángeles.

—Quizá me quede un par de días. Por si vuelve.

Matt lo miró como si estuviera loco.

—Tú mismo. Yo me piro. Será mejor que estemos un tiempo sin hablar demasiado. Por lo que pueda pasar.

No acabó de entenderlo, pero aceptó. La verdad es que no tenía ganas de seguir hablando con él, al menos en ese momento.

Siguió el coche con la mirada hasta que desapareció detrás de la curva.

Después sacó el teléfono y marcó el número de teléfono de Jennie que se había aprendido. Estaba apagado.

Una inquietud extraña lo invadió de pies a cabeza.

La biblioteca de Clark County era un edificio casi rectangular, de grandes bloques de cemento blanco con varias paredes pintadas de ocre y otras de un gris anaranjado pálido que le pareció muy feo.

Dejó el coche en el aparcamiento adyacente a la Flamingo Library, anexa a la Clark, y se dispuso a pasar la tarde encorvada mirando los microfilms de los que su amiga le había hablado.

Como Molly había anticipado, no encontró ningún resultado indexado bajo el nombre de Jason Robitaille ni tampoco bajo el nombre de Matthew Rogers, aunque de esta última búsqueda ya se lo esperaba.

Ya estaba a punto de resignarse a mirar uno por uno, y página por página, todos los ejemplares de *Las Vegas Sun* a partir de 1985 cuando se le ocurrió teclear «Jack Barlett» en el buscador. Y fue entonces cuando le tocó el premio gordo, porque encontró un artículo que le resultó extremadamente útil. Lo habían publicado el 17 de octubre de 2006.

Jack Barlett sigue su ascenso meteórico y asume
el control del Belmond

El empresario Jack Barlett, nativo de Las Vegas, ha asumido hoy el nuevo cargo de presidente del casino Belmond, después de que su padre biológico —que lo repudió públicamente hasta hace poco más de un año y medio— falleciera y decidiera traspasarle la mayoría de sus acciones y el cargo que anteriormente ostentaba él. Así, Barlett, de cuarenta y seis años, se convierte en uno de los hombres más poderosos de Las Vegas y el presidente más joven al frente de la dirección de tres de los casinos con más renombre de la ciudad.

La historia de este alto ejecutivo escenifica a la perfección la consecución del sueño americano. Jack Barlett creció con su madre en un barrio humilde de Las Vegas, apartado de la vida lujosa que su padre biológico, el magnate Richard Barlett, vivía y compartía con su familia legítima. Barlett empezó a trabajar como *chipper* en el Sunny Desert —uno de los casinos menores del grupo— a los veintiún años y fue escalando posiciones hasta llegar a ser jefe de sala y ocupar la gerencia compartida solo cinco años después, tras haber jugado un papel esencial al detener un intento de robo en el casino.

Desde entonces su ascensión ha sido meteórica y ha ocupado cargos de responsabilidad creciente en los casinos más importantes del grupo hasta llegar al actual, la dirección del Belmond.

Con esta impecable trayectoria, Jack Barlett se ha convertido en una figura de referencia en el negocio y un ejemplo de superación y meritocracia para quienes quieren seguir sus pasos sin importar su procedencia.

Desde aquí le deseamos suerte en el futuro y agradecemos su enorme contribución al tejido social y económico de la ciudad.

La mayoría del contenido del artículo no le resultó nuevo. Toda la ciudad conocía la historia de Barlett. Se había convertido, como mencionaba el artículo, en un ejemplo de éxito en los negocios y en la vida, de la posibilidad real de «hacerse a uno mismo» con esfuerzo y constancia. Aunque no era cierto que hubiera empezado de cero. Sí, era el hijo bastardo de uno de los magnates —y mafiosos, que eso lo sabía todo el mundo, pero nadie lo decía en voz alta— de Las Vegas, pero hijo al fin y al cabo. Que ninguna de las tres hijas del señor Barlett hubiera estado interesada en dirigir un casino también debía de tener algo que ver, claro. En cualquier caso, lo que le había resultado más interesante era la alusión al robo frustrado, que, si no había calculado mal, teniendo en cuenta la edad de Barlett, había sucedido en 1986.

Introdujo las palabras «robo + Sunny Desert + 1986» en el buscador y pulsó ENTER.

La pantalla la obsequió por fin con una de las respuestas que llevaba mucho tiempo buscando.

47

Tenía un nudo en el estómago imposible de desenredar. Observó cómo introducían el ataúd en el agujero que habían cavado en la tierra y una lágrima le resbaló por la mejilla. No sabía con quién compartir esa mezcla de tristeza y angustia. La madre de Keith, a la que había peinado para el funeral, lanzó un ramo de espuelillas azules y lirios blancos sobre el ataúd y dio media vuelta buscando a alguien con quien compartir su dolor. Solo la encontró a ella, así que la cogió del brazo y la apretó con fuerza mientras dejaba que el llanto le surgiera de lo más profundo de las entrañas. Lo cierto era que Amanda quiso apartarse de inmediato, pero no tuvo valor para hacerlo. Aguantó la situación estoicamente mientras aquel perfume barato se le metía por las fosas nasales y las lágrimas ajenas le humedecían el pelo.

No sabía cómo gestionar lo que sentía en esos momentos.

Desde que había oído aquella maldita conversación, hacía una semana, había evitado encontrarse y hablar con Keith. Tampoco puede decirse que él la hubiera buscado mucho. Su esfuerzo se había limitado a un par de llamadas que ella había dejado pasar y un mensaje dos días después en el que le preguntaba qué coño le pasaba y por qué no decía nada, unas palabras que transpiraban más indignación que preocupación. Le importaba una mierda. No podía seguir con él sabiendo que era un asesino. Lo que pasaba es que no sabía cómo desaparecer de su vida ni cómo gestionar esa información que había descubierto por casualidad. Ahora parecía que al menos una de las dos cuestiones había quedado resuelta definitivamente.

—¡Mi Keith! —bramó la señora Cooper—. ¡No se merecía acabar así!

Agradeció que la mujer todavía tuviera la cabeza hundida en los hombros, porque estaba segura de que, si la hubiera mirado a los ojos, habría visto que ella no lo tenía tan claro. Le dolía que estuviera muerto, sí, pero podía llegar a racionalizarlo. Si Keith había hecho eso, podía haber sido responsable de otras muchas cosas iguales o peores que ella ya nunca descubriría. Quizá había más chicas como Ruth. O chicos, como su hermano. Pensó que le debía una disculpa. Iría a verlo la semana siguiente.

—¡Maldito sea White! —siguió diciendo la señora Cooper sollozando enérgicamente—. ¡Malditos esos rangers que te matan a los hijos!

Lo que no decía la señora Cooper —pensó— era que su hijo había matado a dos personas antes de que alguien acabara con él. Y eso solo esa tarde, a la que además había que sumar la muerte de Ruth y la de todos los demás que ella desconocía. Quizá también se había cargado a Gary, aunque esta muerte le resultaba indiferente.

Por fin la mujer se apartó un poco y se secó las lágrimas con la manga del vestido negro de punto. La máscara de pestañas se le había desplazado alrededor del ojo exacerbando aún más un rostro pintoresco lleno de cansancio y dolor. Debía de hacer un par de días que apenas dormía ni comía. Sintió lástima por ella. Daba igual lo que hubiera hecho Keith. Solo era una madre que había perdido a su hijo. Pero a continuación pensó en Ruth y Melanie Henley. A esta la conocía de vista. Era de esas clientas que solo iban a la peluquería en ocasiones especiales, y ella la había peinado alguna vez.

Dejando a un lado la moral, al menos la señora Cooper sabía qué le había pasado a su hijo. Sin duda Melanie Henley merecía la misma deferencia, ¿no?

Vio claro que tenía que solucionar el tema cuanto antes. Tenía que hablar con el chief White y contarle lo que sabía. Si lo hacía, se quitaría el peso que esa información ejercía sobre sus hombros y olvidaría este episodio de su vida para siempre.

Sí, buscaría un chico amable y trabajador, que la tratara bien y se ganara la vida legalmente. Ayudaría a su hermano a integrarse de nuevo en el pueblo. Quizá incluso se teñiría el pelo de otro color. Y sobre todo, sobre todo, dejaría de complicarse la vida metiéndose en relaciones tóxicas y dramáticas con tíos como Keith.

Se despidió de la señora Cooper deseando que no volviera nunca más a la peluquería, porque sabía que cada vez que la viera recordaría a Keith.

Movió la cabeza a ambos lados mientras se alejaba de aquel rincón perdido en el cementerio. Pensó que la emoción y la originalidad estaban sobrevaloradas y pocas veces tienen una relación directa con la felicidad. Lo verdaderamente difícil, e incluso singular en ese lugar, era llevar una vida normal.

Pero ella estaba convencida de querer intentarlo.

Le dije a White que me marchaba a la costa unos días para cambiar de aires. Pero lo que hice realmente fue buscar una pequeña cabaña bastante aislada, equipada y asequible en la zona de Tahoe que me interesaba y me instalé con la idea de seguir investigando sin llamar la atención.

No es que no confiara en los agentes de El Dorado. De hecho, había hablado por teléfono con el ranger al que conocía y sabía que él y todos los demás dedicarían todos los esfuerzos posibles a encontrar a Jen. Pero también sabía que tenían las manos atadas por cómo había conseguido las pruebas. Todos sabíamos que había pasado algo en el jardín de los Burns, pero era imposible que un juez autorizara una orden para entrar. Así que, si Jen estaba allí, enterrada en algún sitio o quizá viva, teníamos que encontrar otras pruebas que nos permitieran entrar. Burns seguía desaparecido, y nadie había visto ni oído nada. Así que la cosa pintaba mal.

Aun así, no me resignaba a dejarlo correr y quería buscar por las inmediaciones y las zonas que no cubrieran los demás para ampliar las posibilidades de un éxito que me parecía muy improbable.

Desgraciadamente, como Ted y yo temíamos, después de tres días de búsqueda intensiva sin resultados, las autoridades decidieron que no había nada más que hacer en el caso de Jennie Johnson hasta que aparecieran nuevas informaciones. El Departamento concluyó que lo más probable era que se hubiera herido de forma accidental mientras estaba en la casa y que posteriormente hubiera seguido con su huida voluntaria hacia otro lugar aún más lejano —con mucha probabilidad, acompañada por Burns— sabiendo que en breve la noticia del atropello con fuga y el tráfico de drogas se haría pública en todos los medios. O al menos eso es lo que había declarado ante los medios el teniente Don Fiorinni, porque costaba creer que realmente pensara eso después del misterio que seguía arrastrando la muerte de Rebecca Tilford y las sospechas veladas y no tan veladas que recaían sobre Burns.

Como era de esperar, la frustración de Ted fue mayúscula, y los medios quisieron aprovechar el espectáculo que suponía un padre angustiado y dolido que veía que las autoridades habían decidido dejar de buscar a su hija.

—Seguimos sin saber dónde está Jennie —contó a la multitud de personas que sujetaban los micrófonos y las cámaras delante de él—, así que es del todo incomprensible que los encargados de encontrarla y velar por su vida y su seguridad se den por vencidos. Jennie ha desaparecido, y alguien debe hacer que esta situación cambie. Yo no me rendiré ni descansaré hasta que la encuentre. —Le tembló la voz, pero se recuperó enseguida y añadió enfáticamente—: Y renegaría de todos esos rangers que se las dan de grandes investigadores y deciden abandonarla a su suerte si no fuera porque sé que no todos son iguales y que algunos están dispuestos a jugarse su plaza desafiando a sus superiores para seguir buscándola. ¡Necesitamos más personas como estas, por el amor de Dios! ¡No puede abandonarse así a una chica de veintitrés años!

Evidentemente, yo creía que tenía razón, por eso hacía lo que hacía. Pero que mencionara mi situación no ayudó en nada. White supo perfectamente de qué hablaba y a quién se refería y me suspendió indefinidamente dos días después.

La verdad es que podría habérmelo tomado de muchas maneras, pero decidí interpretar que aquello me desvinculaba de forma indefinida de su autoridad y que por lo tanto podría hacer lo que mejor me pareciera con mi tiempo y mi persona desde ese momento.

Por eso, cuando recibimos en el blog esa información anónima sobre la localización de Jennie, no dudé ni un momento en ir a comprobar si era cierta.

Nunca lo admitiría en voz alta, pero había esperado secretamente que Coddie la llamara en algún momento del día o la noche. Su teléfono, sin embargo, permaneció en silencio en la mesita del comedor donde ella y Nona solían cenar los viernes ante el televisor, una concesión que había ganado a los ocho años y que había seguido vigente como una tradición hasta la muerte de su abuela, hacía casi un mes.

Se encogió de hombros. No podía culpar a Coddie. Se había cansado de ir detrás de ella para que después desapareciera durante días sin decir nada. Era lo más normal del mundo. Lo entendía y de hecho lo respetaba por plantarse. Pero no podía quitarse a la otra mujer de la cabeza. Cuantos más días dejara pasar, menos posibilidades tendría de retomar lo que habían tenido.

Hacía tres horas que la noche se le hacía insoportablemente larga. No podía dormir, y el ventilador del techo de su habitación empezaba a ser insuficiente para el calor que hacía. Las temperaturas todavía bajaban bastante por la noche —el termómetro exterior marcaba quince grados—, pero al mediodía habían llegado ya a los treinta, y la casa se calentaba como un horno y tardaba mucho en enfriarse después. Pero lo que más la incomodaba no era el calor, sino el hecho de no poder compartir con nadie su situación ni sus dudas sobre lo que había descubierto. Había pensado en telefonear a Molly, pero cambió de opinión. Sabía con quién quería hablar, pero no eran horas de hacer una llamada.

Se giró por décima vez, soltó un suspiro frustrado y se sentó en el colchón. La luz que surgía de los números digitales del despertador le indicó que eran las dos. Cogió el móvil y le envió un mensaje para encontrarse al día siguiente.

Volvió a tumbarse en la cama, más tranquila. Al menos ya había hecho lo que tenía que hacer. No esperaba que el teléfono sonara a los tres minutos.

—Ey —contestó sorprendida.

—Ey. —Esa voz grave y amable siempre la reconfortaba.

—Perdona, no quería despertarte.

—No dormía. He terminado tarde el turno de noche y después me he liado un poco —se rio.

—Coddie..., quiero disculparme por el otro día. No tendría que haberme marchado así.

—Disculpas aceptadas. —Lo imaginó sonriendo con esos dientes blancos al otro lado del teléfono.

—¿Es serio? —se atrevió a preguntar fingiendo cierta despreocupación.

—¿El qué? ¿Lo de Wendy? —Se quedó un instante en silencio—. Supongo que debería hacerme el interesante y decirte otra cosa, pero no. Sinceramente, no lo es.

Ella se quedó en silencio antes de preguntar:

—¿Estás en casa?

—Ajá.

—¿Estás solo? ¿Te apetece una visita?

—Me gusta mucho tu compañía, ya lo sabes. Pero espero que esto no sea una *bootty call*.*

—No lo es. Me gustaría contarte lo que he descubierto en las últimas semanas.

—De acuerdo. Pues aquí estaré —le contestó.

—Dame treinta minutos. —Y colgó el teléfono con una extraordinaria sensación de alivio y alegría.

_____

* Llamada con la intención de que acabe en un encuentro sexual.

48

Las tres horas posteriores al momento en que Amanda se marchó de su despacho estuvieron marcadas por un malestar como nunca antes había sentido. No tanto por la información que acababa de recibir como porque sabía que la conversación que acababa de mantener lo obligaba de una vez por todas a contar la verdad a Melanie, lo que pondría inevitablemente en marcha el principio del fin.

Ni siquiera el impresionante paisaje del valle, en el que la primavera había estallado casi de un día para otro, lo alivió un poco. Toda esa belleza resultaba casi insultante. Ese canto a la vida y a la alegría, al renacimiento y al «volver a empezar»... sin Ruth. Y en breve, sin Melanie.

Al final decidió que iría a buscarla al centro de visitantes. No quería que la noticia le llegara por otra persona. Por otra parte, tampoco había que engañarse. No soportaba la perspectiva de tener que pasar el resto del día conviviendo con esa agonía hasta que llegara la noche, se encontrara en casa con una Melanie cansada además de deprimida y tuviera que contárselo. Prefería hacerlo lo antes posible, y mejor a la luz del día, que las noches ya eran bastante complicadas por sí mismas.

Cuando sus ojos se encontraron con la entrada del centro, ella le hizo una señal para que esperara a que terminara de atender a la familia que tenía en el mostrador. Sin duda sabía que iba a hablarle de Ruth. Había esperado ese momento, que debía suceder un día u otro, y lo supo identificar con certeza. Aun así, siguió dando indicaciones con una sonrisa a esa familia que representaba lo que ella había perdido y se despidió amablemente dándoles el mapa de rigor.

Salieron a la plazoleta y el chief White la guio por el camino de asfalto que les quedaba a la derecha, huyendo de los grupos de turistas y buscando cierta tranquilidad en las cercanas arboledas que rodeaban aquel magnífico enclave.

—¿Qué pasa, Aaron? —preguntó frunciendo el ceño y conteniendo la angustia.

—Ya sabemos quién mató a Ruth. —No se le ocurrió mejor manera de anunciarlo.

Ella miró a su alrededor y se sentó en el tronco de una secuoya muerta que yacía tumbada junto al camino. Luego lo miró sin decir nada. Él se sentó a su lado y le apoyó suavemente la mano en el hombro.

—Lo hizo Gary Sullivan. —Vio que la cabeza le iba a mil—. Sabes quién era, ¿verdad?

—El tío al que encontrasteis muerto unos días después, ¿no? —Negó con la cabeza—. No entiendo... ¿Por qué iba a matarla? ¿La...?

—No, no —la interrumpió antes de que pudiera terminar la pregunta. No podía estar seguro, pero la autopsia no indicaba que hubiera habido agresión sexual. Había marcas defensivas e indicios de estrangulamiento, pero después de pensarlo un buen rato había decidido que no era necesario que Melanie tuviera esa información. Era imposible saber cómo había ido todo exactamente, y solo conseguiría que le diera vueltas y vueltas.

—Y entonces ¿por qué...?

—La mató por encargo. —Melanie lo miró confundida. Oyó cómo el pecho se le resquebrajaba. Había llegado el momento de decirle la verdad sobre su responsabilidad en aquel terrible asunto—. Ruth trabajaba para uno de los tíos que manejan más drogas en la zona, Keith Cooper, y él tenía a alguien en la oficina que le dijo que Ruth era nuestra confidente. Así que encargó a uno de sus hombres que se deshiciera de ella.

Aquello terminó de descolocarla.

—No, no, no es posible. —Sacudió la cabeza a un lado y a otro—. Vale que Ruth a veces fumaba un poco y había experimentado con alguna otra cosa, pero de ahí a trabajar para un camello y que además resulte que era informadora... ¡No, Aaron, tiene que ser un error! —El llanto que hacía rato reprimía estalló por fin.

—Mel. —Le cogió la mano con delicadeza—. Lo siento, pero es verdad. Ruth trabajaba para Cooper. La pillamos en una redada hace poco más de un año. —Desvió los ojos al suelo. Una fila de hormigas transportaban, diligentes, las diferentes extremidades de un escarabajo muerto hacia el hormiguero. Tomó aire imaginando que inhalaba valor y volvió a buscar sus ojos—. De hecho, la pillé yo. Y le ofrecí que fuera nuestra confidente a cambio de dejarla sin cargos. Lo siento, Mel, es culpa mía.

Ella se deshizo inmediatamente de su mano y se levantó para distanciarse de él. Ahí tenía los primeros indicios de lo que vendría. Quizá sería mucho más rápido de lo que había imaginado. Un corte limpio y profundo, no una lenta agonía.

—¿Eso fue antes de que empezáramos a salir...? —murmuró. Sin duda lo consideraba alta traición.

—No lo planifiqué, Mel, de verdad. Tienes que creerme. Ruth era una chica brillante. Pensé que merecía la pena sacarla de esa mierda, y una manera de hacerlo era metiendo en la cárcel al tío para el que trabajaba.

—¡La pusiste en peligro! ¡La mataron por eso, Aaron! ¡La sentenciaste a muerte! —bramó.

Sabía que no había forma de que sus palabras transmitieran el dolor que sentía.

—Lo siento, Mel. De todo corazón. Nunca me lo perdonaré.

—¿Y empezaste una relación conmigo y me mantuviste al margen? ¿Cómo has sido capaz?

—No podía decirte nada. Ya sabes cómo funciona.

—No quiero volver a hablar contigo —le dijo moviendo la cabeza de un lado a otro y agitando taxativamente las manos.

—Déjame al menos acompañarte al centro. —Le tocó el hombro—. O llevarte a casa, o a algún otro sitio. ¿Quieres ir donde tu hermana? No te conviene estar sola ahora.

—¡No! —gritó. Le apartó la mano del hombro bruscamente—. Déjame en paz. —Empezó a caminar hacia el centro. Las lágrimas le resbalaban por las mejillas y mojaban la tierra fértil. Si del dolor crecieran flores, pensó, en ese camino habría brotado una de las más bellas.

La vio llegar al camino de cemento y mezclarse entre la multitud de turistas.

No había sido necesario que le explicitara que cogiera todas sus cosas de la casa y no volviera a aparecer. El dolor en el pecho se hizo más insoportable. White sabía perfectamente que, como ya había anticipado, había sido la última conversación que tendría con Melanie Henley en mucho tiempo.

Tocó el arma que llevaba en la funda y recordó el tiro en la cabeza con el que había acabado con la vida de Keith Cooper. Al menos los dos hijos de puta culpables de la muerte de Ruth estaban muertos.

Estuvo tentado de acabar con el que creía que era el tercero. Pero no era el momento de crear otro drama que llevara el suicidio de un ranger junto al centro de visitantes a las portadas de los periódicos.

Además, se recordó, él era un león. Soportaría la culpa y el dolor como lo había hecho antes. No era la primera vez que perdía una familia, pero se prometió a sí mismo que sería la última.

Aunque eso supusiera vivir solo el resto de sus días.

Cerró los ojos y dejó que su cuerpo se relajara por un momento. Siempre había pensado que ese sofá de terciopelo amarillo era el más feo que había visto jamás, pero, Dios mío, cuánto lo había echado de menos. Cuando abrió los ojos, vio que Coddie la observaba desde la barra de la cocina.

—Me gusta este sofá —le dijo y le guiñó un ojo.

—Creía que te parecía horroroso —dijo él imitando su cara de asco.

—Y sigo pensando que es horroroso, pero me gusta. Si lo veo, quiere decir que estoy aquí, y me gusta estar aquí, Coddie. —Le pareció que notaba las mejillas rojas. Casi le avergonzaba mostrar esa vulnerabilidad. Él esbozó una amplia sonrisa que hizo aparecer

dos hoyuelos en su rostro moreno—. Tengo que contarte una cosa...
—añadió con seriedad.

—Ay —dijo él medio en broma.

—Me acosté con un tío en el Death Valley.

—OK. —Lo dijo en tono relajado, pero era evidente que no le
había hecho gracia, como tampoco se lo había hecho a ella encontrarlo con esa mujer—. Está bien. No tienes que darme explicaciones. No
tenemos ese tipo de relación —lo dijo sin amargura.

—Ya. Pero... —Cogió aire. Sentía que estaba a punto de subir
a una montaña rusa—. ¿Qué te parecería si la tuviéramos?

Lo pilló desprevenido.

—Sarah, no quiero que porque el otro día me encontraras con
Wendy hagas algo de lo que después nos arrepintamos los dos... —le
dijo muy serio.

—No, no. No es eso. Aunque seguro que ha ayudado un poco.
—Medio sonrió bajando la cabeza. Luego volvió a levantarla y lo
miró a los ojos—. Te quiero, Coddie. No quiero dejarme influenciar
más por el pasado ni por creencias falsas sobre las relaciones ni por
miedos estúpidos. Quiero estar contigo y solo contigo..., si tú también quieres.

Él se acercó y la besó en los labios.

—Entendido entonces —le dijo ella disfrutando del momento
de felicidad inesperada hacía unas horas.

—Entendido —repitió él.

Se sonrieron mutuamente.

—Entonces ¿lo de que querías contarme lo que habías descubierto era una invención para meterte en mi cama? —le preguntó él.

—No, no. Pero prepara un par de copas, porque la historia que
estoy a punto de contarte las merece.

Coddie preparó dos palomas, que vaciaron mientras ella le contaba su visita al Death Valley y a Yosemite, así como lo que había
descubierto sobre la desaparición de su padre y que se había dado
cuenta de que Dustin la seguía. Al final le detalló cómo había sedado
a Barlett y había conseguido acceder a sus archivos para descubrir los
informes de Dustin.

—¡Estoy flipando, Sarah! ¡Esto parece una película de suspense!

—Pues aún tengo que contarte lo que descubrí en la biblioteca. Llamé a Molly para preguntarle dónde podía conseguir los periódicos de 1986 y...

—Por cierto, vino el otro día al restaurante y entró a saludar —la interrumpió—. Le dije que Nona había muerto. Lo siento si no querías que se lo dijera, pero pensé que quizá necesitarías a alguien con quien hablar, y ella...

—Está bien, no pasa nada. —En ese momento no quería hablar de Nona—. El caso es que fui a la biblioteca de Clark County y descubrí el vínculo entre mi padre y Barlett. —Se quedó un instante en silencio para aumentar el suspense y siguió diciendo—: Barlett detuvo un robo que Nick Carrington y su hermano intentaron hacer en el casino donde trabajaba entonces, el Sunny Desert.

—¿Cómo?

—Como te lo cuento.

—¡Vaya! Así que resulta que era un ladrón.

—Eso parece. —Se encogió de hombros, aunque no estaba convencida.

La miró con curiosidad. Había sentido la duda en sus palabras.

—Si es así, ¿por qué Barlett no me lo contó? —preguntó Sarah—. No hay nada más efectivo para disuadir a una hija de querer encontrar a su padre, ¿no?

—Quizá quería ahorrarte el disgusto...

—¿Tú crees? No me lo parece. Barlett nunca ha tenido problemas para decir las cosas como son.

—¿Y entonces?

—Creo que hay una parte de la historia que la noticia no cuenta. No puede ser que el único vínculo que tenga con Carrington sea el de esa noche. Si mi madre se quedó embarazada de él y se supone que huyó esa misma noche, tuvo que conocerlo antes. ¿Dónde? ¿Cuándo? Si tuvieron una relación, por corta que fuera, es más que probable que le presentara a Barlett, porque mi madre y él trabajaban juntos en el casino y eran amigos desde pequeños...

—Quizá fue así, pero era un plan de Carrington para conocer la zona antes del robo... —apuntó él.

Ella movió la cabeza de un lado a otro. No, no se lo parecía. Lo que había oído de su padre no encajaba nada con esa historia. Claro que las personas podían cambiar e intentar redimirse de su pasado, pero su instinto le decía que le faltaba una parte importante del relato por conocer. Necesitaba hablar con alguien que hubiera conocido a Carrington antes de que volviera a Yosemite.

Entonces pensó en el editor de *Buscando a Jennie Johnson*. Sabía que había publicado dos libros anteriores de Carrington sobre los parques naturales en los que había trabajado, el primero sobre el Death Valley. Eso quería decir que había tenido relación con él durante más de quince años.

La llamada que había hecho hacía casi un mes a la editorial le pareció ridícula. Era evidente que debería haberles hecho una visita presencial el mismo día que empezó aquella aventura.

La verdad es que dudaba mucho de que esa información fuera creíble, pero debíamos seguirla de todos modos. Lo primero que me había hecho sospechar fue que provenía de la persona que utilizaba el alias de Shonjen Jonnie en el blog, y hacía tiempo que sus comentarios y su alta participación me daban mala espina.

Lo segundo que me hizo sospechar fue que ubicaba a Jennie en Cedarbrook, una comunidad no incorporada de Fresno que se encontraba a unos diez kilómetros de Dunlap, relativamente cerca de los parques nacionales de Sequoia y Kings Canyon.

La localización exacta que nos dio se encontraba a doscientos cuarenta kilómetros de El Portal y a más de cuatrocientos ochenta kilómetros de Tahoe, donde yo estaba seguro de que Burns había llevado a Jennie. Nada era imposible, claro. Podría haber pasado cualquier cosa que hiciera que Jennie acabara en Cedarbrook, pero mi instinto me decía que Shonjen Jonnie solo pretendía alejarnos de la zona de interés, donde Ted había dicho que seguíamos buscando cuatro días antes. Si esto era cierto, quería decir que alguien que sabía más de lo que decía estaba vigilándonos de cerca.

No me equivocaba. No tuve que esperar mucho para confirmar mi hipótesis.

Quedé con Ted a las cuatro de la madrugada y salimos en un solo coche por la US-50 en dirección oeste hasta Sacramento. Allí recogimos a su hijo

Frank, que había asumido el mantenimiento del blog desde el principio y quería formar parte de la búsqueda al temer que lo que encontráramos fuera difícil de digerir. Seguimos nuestro camino por la autopista El Dorado hasta Fresno para coger la CA-99 en dirección sur y más adelante nos desviamos hacia la CA-180 en dirección este.

Unas cinco horas y media más tarde, llegamos a nuestro destino. Fue una suerte que condujera Ted, porque mi pierna no habría soportado esas cinco horas de coche y la búsqueda posterior. Especialmente teniendo en cuenta lo que sucedió después.

Shonjen Jonnie había escrito:

> Si de verdad queréis saber dónde está Jennie, id a este lugar [había indicado las coordenadas exactas, que prefiero no reproducir].
>
> Pero debéis estar preparados para aceptar la realidad. Quizá no es la que imagináis y os cuesta asimilarla.

No me gustaba nada su tono, pero, como he dicho anteriormente, ninguna información sobre Jennie podía descartarse sin haberla investigado, por muy falsa que pareciera.

A estas alturas, muchos de los detectives caseros que habían pasado horas frente al ordenador buscando pistas e información sobre el caso apuntaban la posibilidad de que Jennie hubiera sido víctima de un asesino en serie que la secuestró después del accidente. Muchos de ellos mencionaban la coincidencia con el caso del coche abandonado en Kirkwood y tuvieron que retractarse cuando la chica que lo conducía apareció tres semanas después en su casa en perfecto estado físico, pero con el ego algo herido. Huir con su mejor amiga no había sido la aventura que esperaba.

Por otra parte, la familia desmontó esta teoría cuando dijo que algunos testigos habían visto a Jennie en Tahoe —pensamos que era mejor situarla allí para mantener la posible implicación de Burns y la información que nos aportó la señora de la limpieza del Sequoia Inn bajo sumario—, pero los defensores de la teoría adujeron que era posible que el asesino en serie la hubiera secuestrado y llevado allí para matarla. En realidad, quizá no iban tan desencaminados. Si resultaba que Burns había matado a Rebecca Tilford y Jennie, solo estaba a un asesinato de convertirse en un asesino en serie.

En cualquier caso, la tendencia general fue atribuir el mensaje con la localización al supuesto asesino de Jennie.

Personalmente, todas estas hipótesis me parecían inverosímiles. Desde mi punto de vista o eso lo había escrito alguien que quería torturar a Ted y marearnos sin otra motivación que satisfacer su crueldad; o bien lo había escrito Burns, o alguien que estaba encubriéndolo —quizá incluso su madre, la señora Doyle—, que sabía dónde estaba Jennie y quería despistarnos y enviarnos a investigar en la dirección opuesta.

Pero todas estas conjeturas, de las que estaba bastante seguro, no evitaron que cuando llegamos se me pusiera la piel de gallina al imaginar la posibilidad de que el cuerpo de Jennie estuviera allí. Realmente era un lugar apartado y solitario, donde habría podido pasar mucho tiempo hasta que alguien la encontrara por azar.

Las coordenadas nos llevaron a una pequeña poza enclavada dentro de unas rocas gigantes y musgosas que formaban una estrecha cueva en la parte superior del enclave, de la que emergía el agua del Mill Creek o de un arroyo adyacente. Se hacía más amplia y profunda durante unos cinco metros y después volvía a convertirse en un estrecho arroyo que desaparecía detrás de las rocas cubiertas de musgo.

Observé con detenimiento nuestro alrededor. Ted me dirigió una mirada interrogante. Había gestionado los nervios como buenamente había podido durante todo el viaje, con los ojos clavados en el asfalto y la boca cerrada. No encontrar nada evidente le había causado una especie de alivio extraño que ahora se le mezclaba con cierta frustración. Seguía sin saber dónde estaba Jennie, pero al menos no la había encontrado muerta. Frank esperó a que alguno de los dos le indicáramos qué hacer.

—Voy a echar un vistazo. —Señalé la estrecha cueva con la cabeza—. Quedaos aquí.

Ted se metió las manos en los bolsillos y me siguió con la mirada mientras Frank buscaba una piedra plana para sentarse y fijaba los ojos en la corriente de agua que danzaba delante de él.

La verdad era que no esperaba encontrar nada en la cueva. Parecía pequeña, y, si hubiera albergado un cuerpo en descomposición, suponía que hacía rato nos habría llegado el pestazo. Me desplacé hasta el agujero que creaban las piedras, lo iluminé con la linterna y metí la cabeza. Afortunadamente, mis suposiciones eran correctas. No había nada. El agua circulaba constante y tranquila, siguiendo su curso entre las rocas que la rodeaban.

Salí y negué con la cabeza. Los dos respiraron aliviados.

—Demos una vuelta por la zona —les indiqué.

Nos repartimos los cuadrantes y quedamos en que nos encontraríamos en el mismo punto una hora y media después, a menos que tuviéramos que tocar el silbato antes porque alguien había encontrado algo.

Los primeros cuarenta minutos de búsqueda transcurrieron sin incidencias y sin ningún hallazgo significativo. Identifiqué huellas recientes en un sendero que se encontraba a unos doscientos metros de la poza, pero no parecía que se hubieran desviado del camino, así que no les di la menor importancia.

Estaba ya a punto de dar media vuelta cuando distinguí una tela roja en las ramas inferiores de un roble azul. Me acerqué. Parecía una chaqueta de forro polar desgarrada. Extendí el brazo para cogerla cuando, de repente, el silbido de una bala rompió el silencio que me rodeaba. Había pasado muy cerca de mi oreja derecha.

Me agaché de inmediato.

Otras dos balas me pasaron por al lado y se empotraron en los troncos de los árboles cercanos.

Desenfundé la vieja Beretta de 9 milímetros y respondí al fuego resguardado detrás del tronco del roble.

Una bala.

Dos.

Todo se quedó en silencio.

Después el fuego volvió. Una, dos, tres balas. Pero ahora venían de otra dirección.

Volví a disparar intentando distinguir alguna figura entre el entramado de ramas y hojas que me rodeaba.

De nuevo el silencio.

—¡Nick! —Era la voz de Ted—. ¡Nick!

Y acto seguido el rumor de ramas y hojas apartadas al huir.

—Estoy bien —grité—. Estoy aquí.

Me levanté apoyándome en el árbol. Sentía un hormigueo en la pierna y no podía apoyarla bien. Bajé el arma y al hacerlo vi en la chaqueta una mancha granate que iba ampliándose.

Me palpé y por primera vez sentí un pinchazo.

—¿Qué ha pasado? —Ted apareció delante de mí—. ¿Te han herido? —preguntó clavando los ojos en mi bíceps.

Me quité la chaqueta y me revisé rápidamente el torso. Por suerte solo me había herido el brazo. Frank llegó corriendo desde el otro lado.

—¡Papá! ¡Nick! ¿Estáis bien?

—Le han disparado —le dijo Ted.

—No es grave. —Improvisé un torniquete con un trozo de la chaqueta.

—Pero qué cojones está... —empezó a decir Ted.

—Mira aquí arriba —lo interrumpí—, en la rama. ¿Puede ser de Jennie?

Giró la cabeza y extendió el brazo para coger la chaqueta roja.

La miró con atención.

—Creo que no. —Se quedó un instante en silencio y después añadió—: Vamos al coche. Te llevaremos al hospital más cercano para que te echen un vistazo.

49

Dejó el sobre en la mesita de noche de ese intento esperpéntico de habitación de matrimonio con cortinas en lugar de puerta. No sabía cuántos días tardaría su madre en verlo ni si el estado en el que se encontrara en ese momento la animaría a abrirlo y leer sus palabras. Pero le daba igual. Ya no podía esperar más. Tenía que marcharse, y tenía que hacerlo de inmediato, porque la vida allí se le hacía insoportable.

Le había dejado dos de los fajos que encontró en la maleta que Ron guardaba debajo de su cama. La había cogido por llevarse algo de su hermano en esa aventura, y él lo había premiado desde el más allá con un montón de dinero que al final le había permitido comprar ese billete a Hawái que unos días antes era un imposible.

Se había sentido culpable. De hecho, seguía sintiéndoselo. Ron estaba muerto por la situación en la que él lo había metido. Por su culpa, vaya. White decía que no era así, que en ese negocio estabas destinado a acabar muerto un día u otro y que al menos él había intentado cambiar las cosas, que, si hubiera salido bien, quizá podría haberlo apartado de todo aquello. Pero no había salido bien. En cualquier caso, su madre no compartía ese punto de vista y tenía clarísimo que, si había un responsable de la muerte de su hijo mayor, después del hijo de puta del camello para el que trabajaba, era Jimmy. Como era de esperar, el duelo, la animosidad hacia él y el abuso de drogas crearon un abismo insalvable entre los dos. Ella había buscado a otro capullo como Gary al que conoció en el club y que le pasaba la mierda, y él había visto claro que ese lugar ya no significaba más que un futuro en el que solo podía esperar dolor y tragedia.

Cogió la maleta y echó un último vistazo a la sala donde había pasado tantas horas. Las marcas que habían dejado las balas del fuego cruzado con Lombard todavía estaban en la pared, detrás del sofá y en medio del televisor nuevo. Ahora que Ron no estaba, nadie se había tomado la molestia de deshacerse de él, quizá porque no había dinero para reemplazarlo. Bueno, estaba el que había encontrado escondido. Quizá su madre decidiera comprar uno y no gastárselo todo en drogas. Sabía que no sería así, pero no pudo evitar dejarlo igualmente. A pesar de todo, era lo que habría hecho Ron. Estaba seguro.

Exhaló con fuerza el aire, como si quisiera dejar allí todo lo malo que cargaba en su interior, y salió por la puerta sin mirar atrás.

Una nueva vida lo esperaba muy lejos de esas montañas.

Hacía ya más de dos meses que se había ido de casa y no tenía ningunas ganas de volver. Le gustaba vivir con Nick. Le recordaba a la época que habían compartido después de que él volviera de un viaje que debía durar un par de semanas y se había alargado más de doce años. Fueron tiempos muy duros, porque se vio obligada a hacer la rehabilitación, y el tiempo que pasó con Nick después no siempre fue fácil, pero recordaba la sensación de crecimiento y superación, de encontrarse a sí misma de verdad, de sentirse útil y autónoma. Fue entonces cuando decidió que se dedicaría a la docencia y empezó sus estudios. Todo ese crecimiento parecía haber quedado estancado en la actualidad hasta que, irónicamente, descubrió que su marido le había sido infiel con una chica asesinada que había sido alumna suya. En las nueve semanas que habían pasado desde entonces, se había dado cuenta de que en ocasiones lo echaba de menos, pero no tanto como para pensar en retomar la relación. Había descubierto que no solo no lo necesitaba, sino que en aquellos momentos no lo quería.

Hacía tres días, Nick había vuelto de Cedarbrook con el brazo vendado y la mente preocupada. Las autoridades de la zona decían que solo había sido un accidente de caza furtiva, pero él estaba convencido de que alguien estaba intimidándolo para que dejara de investigar la desaparición de Jennie Johnson. Lo que ocurrió en los siguientes días no hizo más que confirmar sus sospechas. Toda una serie de alias empezaron a difamarlo tanto en el blog como en otras páginas, especialmente el tal Shonjen Jonnie. Al principio eran mentiras fácilmente identificables, pero después empezaron a colgar fotografías de Nick en su casa, especificando la dirección, y eso no le hizo ninguna gracia. Desde que lo había visto, a primera hora de la mañana, se había mostrado taciturno y de mal humor, y a duras penas habían intercambiado un par de palabras.

Le preparó el segundo café con leche del día y se lo llevó a la mesa de su despacho. Lo encontró con los ojos fijos en la pared, donde había colgado todas las fotografías de los que consideraba posibles culpables de la desaparición de Jennie Johnson con anotaciones al lado. La pantalla del portátil estaba abierta. La ocupaba un documento de texto.

—Ey. —Dejó el café con leche a un lado de la mesa.

Él tardó un momento en darse cuenta de su presencia.

—Perdona, no te he oído subir.

—¿Alguna novedad? —Sabía que decirle que no le diera vueltas no serviría de nada. La terquedad era uno de los rasgos que compartían. Sabía perfectamente de la inutilidad de un consejo de ese tipo.

—No. Bueno, la cosa está escalando, pero no he descubierto nada nuevo.

—¿Qué quieres decir con que está escalando?

—El tal Shonjen Jonnie. Ahora está colgando fotografías mías. Está siguiéndome.

—¿Cómo? —Aquello la preocupó bastante.

—Poniendo gasolina, comprando víveres o el periódico o lo que sea, aquí, en El Portal. Dice que así es como me dedico a investigar qué le pasó a Jennie. Que todo es fachada porque en realidad yo tuve algo que ver.

—¿Está aquí, Nick? ¿Está siguiéndonos? —le preguntó asustada.

—Eso parece. O quizá siempre ha vivido aquí. La verdad es que no sabemos quién es. Podría ser cualquiera con el que nos cruzamos todos los días.

—Pero tú crees que es Burns, ¿no?

Se encogió de hombros.

—Quizá, si dejamos pasar unos días, se cansa y lo deja correr. Se supone que lo que quiere es evitar que sigas investigando, ¿no?

Volvió a encogerse de hombros.

—Se supone.

—¿Qué es esto? ¿Tus notas?

Tardó un momento en contestarle. Supo que estaba decidiendo si decirle o no la verdad.

—Llevo tiempo escribiendo sobre el caso. Estoy planteándome enviarlo al editor, por si me pasara algo... Es una manera de recoger todo lo que sé para que todo el mundo pueda tener acceso a la información.

Su cara debía de responder al temor que la sacudió al oír esas palabras.

—No sabemos de lo que es capaz ese tío, Rose. —Ella tuvo que contener las lágrimas mientras lo escuchaba—. Pero quizá podamos encontrar una manera de solucionarlo —añadió—. Todavía no está todo perdido.

Le dio un beso en la frente y le secó la lágrima que no había podido contener.

—No te preocupes, saldremos adelante. Como siempre —la tranquilizó—. De una forma o de otra. —Le cogió suavemente las mejillas y acercó el rostro—. Confía en mí.

Y ella confió, como había hecho siempre.

Cuatro días después, Nick desapareció.

Curiosamente, el editor de Carrington era de Las Vegas. O quizá no era tan curioso, teniendo en cuenta que el primer libro que había publicado trataba sobre los peligros del Death Valley. Debió de conocerlo en la época en la que, según había leído en el informe de Dustin, trabajó allí como ranger.

Después de saber que Carrington había muerto, había comprado este libro y el anterior a *Buscando a Jennie Johnson* con la idea de tener todo lo que su padre hubiera escrito en sus manos. Los dos primeros libros eran claramente diferentes del tercero, ya que eran de una temática mucho más relacionada con el entorno en el que trabajaba. Tenían otra cosa en común, y es que en ellos no aparecía ninguna fotografía del autor: lo había buscado a conciencia porque le pareció que era una buena manera de ver el paso de los años en aquel hombre al que no había tenido la oportunidad de conocer y que ya no seguiría envejeciendo.

—No sabía que Carrington tuviera una hija —le dijo el editor al verla entrar por la puerta de su despacho.

Era evidente que no la creía y que debía de tener una relación bastante estrecha con el escritor. No había problema, por eso había ido a verlo.

—Él tampoco lo sabía. Ni yo, de hecho. —Sin duda esta confesión llamó la atención del señor Green—. La mujer que me crio me lo ocultó hasta el día de su muerte —le explicó. Y aún había gente que tenía un interés monumental en que la situación siguiera así, pensó. Había estado atenta al retrovisor y no le pareció que Dustin la siguiera, pero no estaba segura.

—Guau. —El hombre silbó y se colocó bien las gafas, que le resbalaban por una nariz larga y delgada que solo las sujetaba a medias.

—De esto hace poco más de cinco semanas, así que podrá imaginarse la decepción que sentí cuando leí su prólogo de *Buscando a Jennie Johnson* y descubrí que Carrington había muerto.

Él asintió. Parecía que ahora la creía un poco más.

—He pensado que quizá podría contarme algo —siguió diciéndole—. He estado investigando lo que pasó en las cataratas... Pero no he conseguido descubrir casi nada. Aun así, teniendo en cuenta que le dispararon quince días antes de que desapareciera...

—Ya te entiendo.

—¿Trajo él el manuscrito? ¿Se vieron?

—No, no nos vimos. Lo hizo llegar por mensajería, con una nota que decía que le echara un vistazo. Llegó dos días antes de que desapareciera. Cuando sucedió, aún no lo había leído. Si te soy sincero, pensé que exageraba. Siento haberme equivocado.

—¿Puedo ver la nota?

Lanzó una mirada de duda hacia el suelo de parqué. Después levantó los ojos y dijo:

—Espera aquí. —Se puso en pie y desapareció por la puerta.

Tardó cuatro o cinco minutos en volver.

Ella aprovechó el tiempo repasando con la mirada los estantes que llenaban dos de las cuatro paredes de la estancia. La mayoría de los libros eran de temática natural o excursionismo. Formaban una amplia colección centrada en los parques nacionales del país. Publicar el último libro de Carrington parecía una apuesta excéntrica teniendo en cuenta la trayectoria de la editorial, aunque la desaparición hubiera ocurrido en un parque natural. Aun así, estaba segura de que el señor Green había hecho los cálculos pertinentes y sabía de sobra lo golosa que era la publicación justo después de la misteriosa desaparición del autor.

El editor volvió con una cuartilla doblada en la mano y se la tendió sin decir nada. Ella la abrió y leyó esa letra con la que ya se había familiarizado cuando Rose le dio acceso a todos los documentos de su casa:

Apreciado Daniel:

Como sabes, estos últimos meses he estado trabajando en la investigación de la desaparición de una chica en el parque de Yosemite, Jennie Johnson.

Durante este tiempo la familia ha creado un blog para recibir informaciones que puedan ayudarnos a localizarla. Por mi parte, he estado escribiendo mis reflexiones y lo que ha ido ocurriendo a modo de notas personales sobre la investigación. Lo que te envío es una mezcla de todo ello. Como seguramente sabes por los medios de comunicación, las autoridades de El Dorado County, que estaban actualmente al cargo de la investigación, la han interrumpido. Hay quien dice que es el resultado directo de una actuación estúpida por mi parte en la obtención de pruebas en la casa que los Burns tienen en Tahoe, y es muy posible que no se equivoquen. La verdad es que he actuado en todo momento de la manera que me ha parecido más útil, pero es evidente que esto no priva a nadie de equivocarse. Sea como fuere, el caso de Jennie no está cerrado ni lo estará hasta que la encuentren. He compilado toda esta información con la idea, por un lado, de contar la investigación desde dentro, hasta el punto al que hemos llegado, y, por otro, esperando que pueda ser útil a cualquiera que decida retomarla. No está editada, así que tendrás más trabajo del habitual, pero la urgencia me obliga a actuar así.

Como siempre, te ruego que, en caso de que decidas publicarlo, no aparezca ninguna fotografía mía en ninguna parte. En estos momentos es más importante que nunca, ya que tengo motivos para creer que mi vida corre peligro y cuanta menos exposición tenga, mejor para mí y para Rose, que actualmente se ha mudado a vivir conmigo.

Seguimos en contacto.

Saludos,

NICK CARRINGTON

—¿Por qué puso la foto? —Le devolvió la nota—. Aquí le pide explícitamente que no lo haga. —Una brizna de enojo tintó esta última afirmación.

—¿Sinceramente? —Se encogió de hombros—. Lo peor ya había pasado. No tenía sentido no ponerla cuando se sabe que así el libro se vende mucho mejor. Además, la noticia de su desaparición y su cara ya habían salido en todas partes, en las noticias, en artículos... No tenía sentido no ponerla —repitió.

Seguramente tenía razón, pero no dejó de sentir cierto rencor por ese hombre.

—Bueno, supongo que ahora podrás reclamar una parte de las ganancias del libro —siguió él con una sonrisa torcida—. Actualmente creo que lo gestiona su hermana, Rose.

El comentario la pilló desprevenida. En ningún momento había pensado en ello.

—Sí, la conozco —contestó secamente—. Ni siquiera se me había pasado por la cabeza reclamar nada. Pero gracias por la sugerencia.

No pareció importarle demasiado haber hecho ese comentario desafortunado. Le daba igual. A pesar de la evidente incomodidad por ambas partes, no pensaba dar por concluida la conversación.

—¿Cómo se conocieron? —le preguntó lo más alegremente que le fue posible. Le pareció que la pregunta relajaba un poco el ambiente mientras él se trasladaba años atrás en sus pensamientos.

—Nos presentó un amigo común, un ranger con el que trabajó durante mucho tiempo.

—¿Robert Henderson? —le preguntó ella.

Él sonrió.

—Sí, señora. Parece que sabes más de lo que imaginaba...

—Ha sido una suposición afortunada.

—Sea como fuere, hacía cinco años que Carrington trabajaba como ranger y estaba cansado de ver a gente que se complicaba la vida en el desierto y la perdía de la manera más tonta solo porque subestimaba el poder de la naturaleza. En su tiempo libre había escrito un libro sobre los peligros del Death Valley, y Henderson pensó que merecía la pena que le echara un vistazo. Y tenía razón. Años después, cuando Carrington trabajaba en el Parque Nacional de Yosemite, volvió a ponerse en contacto conmigo con la misma idea.

—¿Qué motivo dio cuando le dijo que no quería que apareciera ninguna fotografía suya?

—La verdad es que no dio ninguna explicación. Simplemente lo puso como condición indispensable para publicarlo. —Se encogió de hombros—. No es nada habitual, pero no me gusta meterme donde no me llaman. Pensé que sus motivos debían de ser tan válidos como los de cualquier otro.

Ella asintió y se puso de pie.

—Bueno. —Le tendió la mano—. Le agradezco que me haya dedicado su tiempo y haya respondido a mis preguntas. Gracias.

—No hay de qué. Aunque me temo que no he sido de mucha ayuda.

Ella movió la cabeza a un lado y a otro.

—No crea. —Sonrió por primera vez.

Él le devolvió la sonrisa con un punto de compromiso en los labios, y ella se marchó de aquella habitación llena de libros.

Fuera, Coddie la esperaba en el coche.

50

El hecho de que se hubiera preparado mentalmente para ese momento no evitó que se sintiera abrumado.

Los dieciocho años que habían transcurrido desde la última vez que pisó ese suelo no habían afectado a la casa, que aguantaba estoicamente el paso del tiempo en su estado de abandono. Había temido que no podría aprovechar siquiera la estructura, pero en su mayor parte aún aguantaba en pie. Le serviría para construir el que debía ser su nuevo hogar en medio de la nada. Sería difícil que lo encontraran allí.

Bordeó la casa y se acercó al mezquite. No solo había sobrevivido, sino que estaba en periodo de floración. Unas flores minúsculas y compactas de tonalidad entre blanca y amarilla adornaban sus ramas y atraían insectos para su polinización. Pensó que sería útil aprovechar las raíces. El mezquite era capaz de regenerarse usando un solo trozo, y le iría bien tener más de un árbol para crear zonas de sombra alrededor de la casa. También podría triturar las vainas y semillas para hacer harinas con las que preparar pasteles o pan, como hacía muchos años ya cocinaban los nativos americanos de la zona.

Por otra parte, el mezquite indicaba que muy probablemente había un pozo de agua cerca. Sabía que estos árboles eran tan resistentes y tolerantes a la sequía porque pueden extraer agua de la capa freática a través de su larga raíz, que puede llegar a casi cincuenta y ocho metros de profundidad. Sin embargo, también pueden utilizar agua de la parte superior del terreno, según la disponibilidad, y cambiar fácil y rápidamente de una fuente de agua a la otra.

En cualquier caso, si conseguía encontrar el pozo, los víveres que había acumulado durante los días anteriores a la desaparición le servirían para subsistir un tiempo, hasta que la gente se olvidara de él. Después podría ir a comprar a Pahrump o Amargosa con el pelo teñido y sin barba. Nadie lo reconocería.

Se alegró de haber guardado la identidad falsa que tanto le había servido hacía casi dos décadas, durante aquellos primeros años de renacimiento que Bob Henderson le había regalado. Había sido una suerte que, antes de morir, su hermano le hubiera indicado que había escondido dinero debajo de la estructura de la casa, junto con un par de carnets de identidad falsos, por si las cosas no les iban bien.

No les habían ido bien, pero esta vez Seth no había tenido tiempo para enderezarlas. Después de todo aquel despropósito, se había dispuesto a seguirlo y se había sentado a los pies del mezquite con dos botellas de mezcal y la idea de dejarse morir. Pero el destino había tenido una visión diferente de cómo debían ir las cosas, y unas horas después se había materializado en la persona de Bob Henderson.

Había tardado más de cuatro semanas en recuperarse físicamente, aunque la pierna nunca volvió a ser la de antes. Le recordaba todos los días de su vida lo ocurrido. Emocionalmente tampoco terminó de recuperarse, pero aprendió a convivir con ese dolor persistente de modo que casi parecía que a veces podía llegar a domesticarlo, o al menos bajar su intensidad por momentos. Se prometió que jamás volvería a Las Vegas y que dedicaría su vida a la naturaleza, la única acompañante y familia que se permitiría tener. Nunca debería haber dejado que Seth aceptara esa propuesta envenenada. Así que, aunque no lo racionalizó conscientemente, había decidido que pagaría su error negándose una vida plena que incluyera el amor o cualquier exceso de felicidad.

Una vez recuperado, había ido al escondite que su hermano le había indicado y había encontrado un par de carnets de identidad falsos y una bolsa con un buen fajo de billetes. Bob Henderson había sido el único que sabía que utilizaba esta identidad, y por algún extraño motivo decidió que le guardaría el secreto en nombre del derecho a las segundas oportunidades. No sabía qué había pasado y nunca se lo llegó a preguntar, aunque antes de que este muriera se lo confesó todo. De hecho, el viejo Bob era el único que este sabía la verdad, y por suerte se había llevado el secreto a la tumba. En cuanto a los demás, no le había costado encontrar cierta paz en todo aquel asunto. La gente del desierto hacía pocas preguntas a los recién llegados. Era como si existiera el código tácito de respetar la privacidad del pasado de todos los que decidían ir a vivir allí. En cualquier caso, para todos los demás Nick era simplemente Matthew Rogers, un hombre sencillo que se dedicaba a hacer de ranger en medio del desierto.

Ahora, dieciocho años después, volvería a ser esta persona indefinidamente, hasta que el tal Shonjen Jonnie dejara de suponer un peligro.

Y sabía que eso no sucedería hasta que descubriera quién diablos era.

—¿Cuánto hace que no hablas con él? —le preguntó Coddie añadiendo parmesano a la salsa.

—¿Cinco días? —La mirada se le desplazó hacia el techo, como si eso fuera a ayudarla a recordar la fecha exacta en la que había mantenido la última y breve conversación por teléfono.

—¿Y no le parece raro? ¿No te ha dicho nada?

Se encogió de hombros y saboreó el trago de vino tinto. Después cerró los ojos y dejó que el aroma de los fetuchini Alfredo que se escapaba de la sartén le inundara las fosas nasales.

—Espero que no —le contestó despreocupadamente. Pero la verdad era que no lo tenía tan claro. Desde el día en que había descubierto todos esos documentos en el despacho de Barlett, la tensión entre ellos era palpable, a pesar de que ambos se esforzaban por negar la evidencia. Quizá había colocado mal alguna carpeta y él se había dado cuenta o quizá el mareo repentino le parecía sospechosamente raro.

Coddie sirvió el plato de pasta cremosa y humeante en la barra de la cocina y se sentó a su lado.

—Si no quieres que sospeche, deberías mantener la misma relación que teníais antes...

—Ya, ya lo sé. Pero es que me cuesta muchísimo pasar siquiera un rato con él... —Enrolló unos fetuchini con el tenedor y se los llevó a la boca—. De todas formas, tendré que acostumbrarme, porque no sé por dónde puedo seguir investigando. Además, la realidad es que, si Carrington exigió que no se mostrara su rostro en la editorial desde la edición del primer libro, debía de ser porque algo tenía que esconder... Quizá sí que era un ladrón, y ya está, y Barlett solo ha intentado protegerme... —Se zampó por fin la pasta.

—Y entonces ¿por qué esa necesidad de asegurarse de que está muerto? Parece que es evidente que teme que esté vivo, lo encuentres y te cuente su versión de los hechos...

Sí, claro. Era la misma duda que tenía ella y que intentaba silenciar cada vez que le asaltaba el cerebro. No porque no quisiera resolverla, sino porque no tenía más recursos para ello. Si se enfrentaba a Barlett, tendría que admitir que lo había drogado y había revuelto sus documentos. Y no parecía nada sensato hacerlo después de los esfuerzos que él había hecho para que ella no descubriera la verdad. La única otra persona viva que sabía lo que había pasado era Dustin, pero, por más dinero que le ofreciera, era imposible que se lo contara. Su lealtad (es decir, el conocimiento de conexiones mafiosas de Barlett) era inquebrantable, así que no se expondría inútilmente.

—No lo sé, Coddie. No sé cómo resolverlo.

Él asintió.

Entendía que la animaba a seguir investigando porque la conocía y sabía que hasta que descubriera la verdad no podría quitárselo de la cabeza. Pero lo que él no sabía era que, desde que habían recuperado la relación y ella se había abierto por fin, toda esa historia había ido perdiendo su intensidad inicial. Y las ganas de dejar atrás las mentiras de Nona y de Barlett hacían muy tentadora la idea de dejarlo correr y empezar de una vez por todas una nueva vida. Poco a poco había ido racionalizando la idea de que, si no podía resolverlo, siempre podría marcharse de allí y empezar de nuevo con él en cualquier otro lugar, quizá la costa de California. Se alejaría de todo aquello y lo dejaría atrás, ahora que ya no tenía a nadie que la atara allí. Claro que de momento no se había atrevido a decirle nada de todo esto.

—Por cierto, ya he terminado de leer *Buscando a Jennie Johnson* —le dijo él.

—Ah, ¿sí? ¿Y qué te parece?

—Probablemente Carrington tenga razón y esté muerta. Es cierto que hay muchos indicios que apuntan al ex, no puede negarse. Y el tema de la otra chica, Rebecca Tilford..., huele fatal, la verdad.

—Sí, pero ya sabes: «Si no hay cuerpo, no hay delito».

—¿De verdad crees que lo que le pasó en las cascadas fue un accidente?

Se encogió de hombros.

—Creo que, si realmente hubiera estado muy cerca de descubrir la verdad sobre lo que le ocurrió a Jennie Johnson, lo habría dejado escrito en algún sitio o se lo habría hecho saber a alguien, sobre todo si creía que estaba en peligro.

—Quizá lo hizo y no lo sabemos... —dijo Coddie—. Quizá lo hizo llegar a alguien, pero a esa persona le dio miedo seguir investigando después de lo que le pasó a él.

Valoró esa hipótesis. La verdad es que no lo había pensado, pero era bastante válida. Inmediatamente se sintió absorta de nuevo por el misterio que rodeaba a su padre: su desaparición, la de Jennie..., su pasado. Tuvo que aceptar que siempre tendría esas dudas y las ganas de saber fuera donde fuese, que no podría dejarlo correr del todo hasta que descubriera qué se ocultaba detrás de toda esa historia que vinculaba a su padre con Jennie. Se terminó los últimos fetuchini que quedaban en el plato, vació la copa de vino y bajó del taburete.

—Voy a hacer una llamada —le dijo—. Quizá todavía no está todo perdido.

Y le agradeció con una amplia sonrisa que fuera la persona que era y que estuviera a su lado.

Los días previos a su regreso a Los Ángeles los transitó como si los viviera otra persona. Actuaba como si nada hubiera pasado. Parecía que era funcional, pero tenía la sensación de estar fuera del mundo que habitaba, como si fuera un fantasma o un espíritu que todo lo miraba desde otra dimensión. Si hubiera sabido lo que vendría después, quizá habría valorado más positivamente esa aparente tranquilidad inquietante antes de que llegara la tormenta.

Todo empezó a cambiar cuando las autoridades de El Dorado County se hicieron cargo del caso de Jennie. Alguien del Departamento criticó la actuación del ranger que investigaba la desaparición diciendo que había violado la ley para obtener pruebas que incriminaban a Burns en el posible asesinato de Jennie y que por su culpa estaban con las manos atadas y sin poder hacer nada.

Si antes ya había recibido algunos mensajes intimidatorios y acusatorios, desde esa declaración el tono de todos los detectives de sillón que se habían volcado en la desaparición de Jennie se volvió mucho más hostil, violento y agresivo. Habían empezado a indagar también sobre la muerte de Rebecca, y todo se le empezó a hacer una montaña imposible de escalar. Los comentarios e insultos online se incrementaron exponencialmente todos los días, y empezó a recibir llamadas amenazadoras en casa que le advertían que pagaría por haber asesinado a Jennie. Dos días después su madre desconectó el teléfono —que de todos modos ya casi no utilizaban—, le avisó de que su recuperación de la cirugía estética no era posible en ese ambiente impregnado de hostilidad y odio, y le dijo que se marchaba dos semanas a casa de su amiga Theresa en Carmel para encontrar la tranquilidad que buscaba.

La noche siguiente alguien lanzó un ladrillo contra el ventanal del comedor y lo rompió en mil pedazos. Lo habían envuelto en papel de periódico en el que habían escrito «asesino» con letras rojas. No pudo reprimir el llanto y se quedó tumbado en el suelo de parqué durante más de una hora, avergonzado de sí mismo, mientras un rencor profundo crecía en su interior.

Burns no era proclive a aceptar las culpas propias ni su responsabilidad en lo que le pasaba, y en este caso no le costó nada buscar a un culpable al que asignar todos sus males. No podía atacar a todo el mundo que lo hacía en las redes, ni siquiera podía volverse contra los responsables de esa alfombra de mil agujas de cristal a los pies del sofá. Pero podía descargar su rabia contra el culpable de que todo aquello se hubiera transformado en una inmensa bola de nieve que estaba a punto de pasarle por encima.

Y pensaba dedicar toda su energía y sus esfuerzos a hacerlo.

51

Desde que volvió al desierto, hacía casi tres años, había convertido en un ritual visitar la tumba de Bob Henderson cada vez que iba a Death Valley Junction. El lugar, también conocido como Amargosa, era casi un pueblo fantasma que apenas contaba con seis habitantes. Como muchos de los pueblos fantasmas que poblaban la zona, había surgido en los años veinte de la mano de la Pacific Coast Borax Company, que construyó un hotel y un teatro que todavía seguían en pie.

Amargosa, bautizado con este nombre en lengua paiute en referencia al sabor amargo de sus aguas no potables, llegó a tener trescientos cincuenta habitantes en su punto álgido, pero pocas décadas después de su creación empezó el declive hasta convertirse en el pueblo prácticamente desolado que era en la actualidad. Aun así, el lugar era especial y diferente de los demás porque había tenido y seguía teniendo una atracción que no se encontraba en otros pueblos de la zona: la Opera House. A Carrington, la historia de ese teatro y Marta Becket siempre le había parecido muy curiosa, quizá porque escenificaba la posibilidad real de crear una nueva vida en medio de la nada, como él había hecho ya dos veces.

Probablemente fuera el remolino de arena que vio en la carretera lo que había hecho que volviera a pensar en la curiosa vida de la actriz mientras visitaba ese peculiar espacio de tierra árida, en el que las tumbas estaban delimitadas por líneas sucesivas de piedras negras y marrones de tamaños irregulares, y un cercado enrejado separaba el cementerio del resto del desierto y la carretera que transitaba a escasos metros de distancia. Algunas sepulturas tenían una cruz encima, incluso un grabado de mármol con el nombre del difunto, como era el caso de Henderson, pero otras solo tenían un palo sin nombre o absolutamente nada que indicara la identidad de la persona que estaba enterrada.

Se sentó a los pies de la tumba de Bob y sacó la cerveza, ya tibia, para bebérsela a su salud. A veces también hablaba con él y le contaba cómo le había ido la semana, aunque en realidad, con la vida que llevaba, había pocas cosas que contar. Tragó el líquido amargo en silencio mientras la brisa del desierto le acariciaba el rostro y los motores de los coches a toda velocidad le recordaban que el mundo no se detenía ni un instante.

Se abstrajo tanto en esa sinfonía de naturaleza y artificialidad humana que no se dio cuenta de que tenía compañía hasta que ya era demasiado tarde para retirarse. Nunca había encontrado a nadie en el cementerio, a excepción de algunos turistas ruidosos a los que veía llegar cuando detenían el coche en el arcén atraídos por esa peculiaridad que les ofrecía el desierto.

Bajó la cabeza dejando que la visera de la gorra le cubriera el rostro y con la esperanza de que el visitante pasara de largo. Pero este se dirigió con paso seguro hacia él, así que no tuvo más remedio que comportarse como cualquier humano que no tenía nada que esconder.

El hombre parecía sentir curiosidad por su presencia y se acercó con una media sonrisa en los labios, intentando vislumbrar su rostro bajo la gorra.

—Buenos días —le dijo cuando quedaban dos metros para que se encontraran. La voz le resultó familiar.

—Buenos días —contestó. Y entonces levantó la cabeza, y el rostro le confirmó lo que su intuición todavía no había llegado a anunciar. Claro que lo conocía. Era el único familiar vivo del hombre al que había ido a visitar.

—¿Rogers? ¿Matthew Rogers? —le preguntó con demasiada intensidad aquel muchacho que se había convertido en un hombre.

—James Henderson —le dijo con una sonrisa—. ¡Cuánto tiempo! —Le tendió la mano, que el otro le estrechó.

—No sabía que estaba por aquí —le dijo sorprendido—. ¿Ha vuelto a Furnace Creek?

—No, no. Solo estoy de visita —mintió—. No podía dejar de saludar a este viejo amigo. —Miró el espacio de tierra definido por esas viejas piedras.

—Claro —dijo James—. Veo que no soy el único que viene a compartir cervezas con el viejo. —Sacó una del bolsillo de la chaqueta—. ¿Le importa que le haga compañía?

—No, claro que no, solo faltaría —contestó. Volvió a sentarse en el suelo y le hizo sitio, que Henderson ocupó.

—Por el viejo —dijo el hombre levantando la lata para hacerla chocar con la suya.

—Por el viejo.

—Y por las segundas oportunidades —añadió después con una sonrisa enigmática.

El comentario no le gustó, pero no le pareció que tuviera malicia, así que se limitó a devolverle la sonrisa y quedarse en silencio.

James dio un largo trago de cerveza y miró el horizonte. Parecía que intentara ordenar sus pensamientos.

—Tendrá que perdonarme el atrevimiento, pero no tengo más remedio que abordar el tema. No puede ser que encontrarlo haya sido una casualidad.

Carrington lo miró confundido.

—Lo primero que quiero dejar claro es que no quiero meterme donde no me llaman y que no debe preocuparse por nada que yo sepa. Pero creo que nos hemos encontrado porque el destino quería que así fuera.

Una alarma saltó en su interior y tuvo que reprimir el instinto de levantarse y enfrentarse a él o huir. Debía mantener la calma. Lo miró como si estuviera loco y no supiera de lo que le hablaba.

—Conozco su historia, su pasado antes de venir aquí por primera vez, y que después volvió a Yosemite, de donde era originalmente. Conozco el libro de Jennie Johnson y su aparente muerte. —Siguió sin decir nada, pero la mano se le desplazó lentamente hacia la pistola, que siempre llevaba en los riñones—. Lo sé porque me lo contó una persona con la que me encontré hace poco. Una persona que lo está buscando y que necesita saber que está vivo, señor Carrington.

No sacó el arma. Su interés y preocupación parecían sinceros, y sin duda había conseguido despertar su curiosidad. Al principio había pensado que se refería a Shonjen Jonnie, que quizá estaba siguiéndole la pista, pero después había entendido que la cosa no iba por ahí. No tenía ni idea de a quién se refería y, por eso, cuando esas palabras surgieron de su boca, un nuevo mundo se abrió ante sus ojos.

—Usted tiene una hija, señor Carrington —le dijo James—. Se llama Sarah Sorrow y vive en Las Vegas. Lleva más de dos meses buscándolo.

Y de repente sintió que el suelo del cementerio se hundía bajo sus pies.

—No sé si todavía tiene este número de teléfono —le dijo Rose al otro lado de la línea.

—Bueno, no pierdo nada por intentarlo.

Anotó los números que su tía le dictó desde Yosemite y los marcó en cuanto se hubo despedido.

—Diga —le contestó una voz masculina.

—¿Hablo con el chief Aaron White?

—¿Quién lo pregunta? —No parecía que la mención del título le hubiera hecho mucha gracia.

Se presentó y le contó que buscaba a Carrington.

—¿No le dijo nada antes de desaparecer? ¿Alguna sospecha sobre quién le había disparado o sobre quién era Shonjen Jonnie? —le preguntó por fin.

—No. No me dijo nada. Pero era evidente que sospechaba del ex, de David Burns. De todas formas, no se ha podido probar nada, y a efectos legales todo apunta a que Jennie desapareció voluntariamente y que Carrington sufrió un accidente mortal.

—¿Es de verdad lo que usted cree? —le preguntó incrédula.

—Lo que yo crea no importa. A veces las cosas no se resuelven y hay que seguir con la vida.

—Bien. Le agradezco su tiempo, chief.

No respondió, pero emitió un sonido que indicó que no daba demasiada importancia a su tiempo. Se quedó un instante en silencio y después añadió:

—Si me permite un consejo, siga con su vida, señorita Sorrow. Demasiada gente se ha perdido en esta historia para no conseguir nada, empezando por su padre. Estoy seguro de que él lo querría así.

No dignificó lo que acababa de oír con una respuesta.

—Cuídese —añadió White. Y colgó por fin el teléfono.

Lo imaginó mirando el horizonte desde la ventana de la sala orientada hacia el Pacífico de la casa donde se suponía que vivía, solo y triste en aquel lugar radiante de luz. Rose le había contado lo que pasó con Ruth Henley y cómo afectó a la relación de White y Melanie Henley. No le pareció que lo hubiera superado. Sentía la amargura en cada una de sus palabras. Sabía perfectamente que nadie dejaba las heridas importantes atrás. Era lo que la gente decía para justificar el intento de olvidarlas y esconderlas. Pero lo que había que hacer con las heridas era curarlas.

Y eso es precisamente lo que ella intentaba hacer.

Estaba en su segundo día de trabajo cuando Debbie le dijo que Barlett la había llamado a su despacho.

Enseguida sintió un vacío en el estómago. Le costó horrores transitar los metros de pasillo impecable que separaban el ascensor de la puerta. Le temblaban las piernas.

Golpeó tímidamente la superficie de madera maciza.

—Adelante —gritó Barlett desde dentro.

Lo encontró sentado en la silla de piel detrás de su mesa. A su lado estaba otro hombre al que había visto un par de veces. No sabía exactamente quién era, pero sabía que tenía algo que ver con la seguridad del casino. No entendía qué había podido hacer en aquellas pocas horas de trabajo para meterse en problemas.

—Hola —le dijo Barlett secamente—. Tiffany, ¿verdad?

Ella asintió.

—Ven, por favor. —Le indicó que se colocara junto a él, al otro lado de la mesa.

Ella lo obedeció y vio que los dos hombres estaban viendo un vídeo que en esos momentos estaba en pausa en la pantalla del ordenador. Se reconoció en la imagen congelada.

—Ayer hiciste el turno de tarde en la recepción —le dijo Barlett.

—Sí, es así —le contestó abrumada.

—¿Recuerdas a este hombre?

El tío que tenía al lado pulsó la barra espaciadora del teclado y el vídeo se reprodujo. A continuación, señaló al hombre que aparecía en la pantalla hablando con ella al otro lado del mostrador. Lo reconoció de inmediato. Le había parecido simpático y le había dado una propina por haberlo ayudado. Y estaba interesado en contratar a Sarah Sorrow, lo que estaba bien en esa ciudad misógina y hostil. ¿Acaso no debería haberlo hecho?

—Sí, lo recuerdo. —Sintió un fuerte calor en las mejillas.

—¿Qué quería? —le preguntó Barlett. Parecía enfadado.

—Información sobre los torneos internacionales de póquer y los jugadores residentes.

Las pupilas de Barlett se dilataron. No parecía que la respuesta le hubiera gustado lo más mínimo.

—¿Preguntó por alguien en concreto?

Ella dudó. Estaba casi convencida de que la respuesta no le gustaría.

—Sí. Preguntó por una jugadora que ha hecho varios torneos aquí, Sarah Sorrow. Dijo que la conocía y que quería contactar con ella.

—¿Y tú qué le dijiste?

Parecía evidente que solo había una respuesta correcta.

—Que no podía darle información privada sobre nuestros jugadores, que sentía no poder ayudarlo.

Barlett se relajó un poco y miró al hombre que tenía al lado. Este preguntó:

—¿Y ya está?

—Sí, no insistió más. Me dio las gracias y se fue. ¿Por qué? ¿He hecho algo mal?

—No, no —la tranquilizó Barlett, ahora mucho más amable. Casi parecía otra persona—. Pero si vuelve a aparecer por el hotel o por el casino, avisa de inmediato a seguridad, ¿de acuerdo?

Asintió tres veces seguidas y bajó la mirada.

—Esto es todo. Gracias, Tiffany —la despidió Barlett.

Se limitó a hacer una especie de reverencia extraña con la cabeza y salió rápidamente del despacho de ese hombre, que era uno de los más poderosos de la ciudad.

Solo esperaba que, si decidían volver a ver las imágenes, no fueran lo bastante nítidas como para leerle los labios.

Porque entonces se darían cuenta de que no les había dicho toda la verdad.

52

Ver la opulencia de la que Barlett era responsable lo sacudió de pies a cabeza. Ya había anticipado una respuesta extremadamente emocional si volvía a Las Vegas, pero no había imaginado hasta qué punto pisar la ciudad y ver el imperio de aquel malnacido le afectaría hasta el tuétano.

No se sentía del todo funcional. Seguramente, más allá de saber que era más que probable que toda esa riqueza fuera fruto de lo que había pasado, lo que más le golpeó fue la afirmación de la recepcionista:

—La señorita Sorrow es prácticamente como una hija para el señor Barlett. Aunque no tenga torneo, suele venir al hotel a menudo. Le resultará fácil encontrarla un día u otro por aquí.

Le había dado las gracias por la ayuda y se había marchado corriendo de aquel espacio lleno de mármol y decoraciones doradas sintiendo que le costaba respirar. El aire hirviente y el calor que el asfalto ya proyectaba a esas horas no le habían ayudado mucho, así que se había marchado enseguida al desierto de verdad para pensar en cuáles debían ser sus siguientes movimientos. No quería cometer un error en caliente y veía que estaba abocado a ello si no se distanciaba de la situación. Era demasiado tentador buscar a Barlett y descargar toda la rabia, tristeza y frustración que había acumulado durante todos aquellos años. Hacerle pagar por lo que había hecho. O incluso exponerlo, si eso no supusiera exponerse a sí mismo también.

Pero ahora resultaba que ese indeseable era como un padre para la hija que acababa de descubrir que tenía. Así que estaba atado de pies y manos. No podía montar un número ni llamar la atención. Menos aún si lo que realmente quería era encontrarla. Por otra parte, si ella le había comentado algo a Barlett, era más que probable que este estuviera buscándolo, y no precisamente con buenas intenciones. Sin duda representaba una amenaza para él. Era el único que sabía lo sucedido en el Sunny Desert hacía más de tres décadas, el único que podía hablar y hundir su imperio e imagen pública. Definitivamente tenía mucho que perder, y ya sabía cómo los hombres con poder de Las Vegas solucionaban ese tipo de problemas.

Volvió a pensar en Sarah. En cuanto descubrió su existencia, la buscó en internet. Había reconocido enseguida los rasgos de Eve, esos ojos grandes y despiertos, esa nariz de botón. Pero también había hallado la sonrisa de Rose, y sus propios labios. Casi había tenido que reprimir el brote de alegría que se le había disparado en el corazón. Inmediatamente se sintió culpable pensando en su hermano.

Pero no tanto como para desistir de encontrar a Sarah.

Si algo sabía hacer, era rastrear y buscar a gente. Había dedicado gran parte de su vida a buscar a completos desconocidos, no solo a Jennie, así que decidió que volcaría toda su energía en encontrar a su hija. Era lo único que tenía sentido en esos momentos. Pero no podría hacerlo con su apariencia de Matthew Rogers ni con la de Jason Robitaille.

Tenía que conseguir ser y parecer otra persona si tenía que rondar el Belmond y salir vivo.

Y en esa ciudad, como ocurría en otras muchas del país y del mundo, solo había una manera de que la gente te considerara nadie.

Solamente tuvo que esperar un tono al otro lado de la línea antes de que el señor Johnson respondiera. Se lo imaginó con el móvil en la mano, esperando una llamada de un número desconocido que le cambiaría la vida de una manera u otra, pero lo sacaría del limbo anhedónico en el que debía de encontrarse.

—Diga. —La voz sonó seca y cansada.

—Hola, señor Johnson. Soy Sarah Sorrow. Soy hija de Nick Carrington, el hombre que estuvo buscando a su hija antes de desaparecer.

Se hizo el silencio al otro lado. Evidentemente su interlocutor no sabía que Carrington tenía una hija.

—Él no sabía que yo existía —le aclaró. Aquello estaba convirtiéndose en un automatismo que empezaba a cansarla—. Descubrí que era mi padre hace poco, cuando ya había desaparecido.

—Vaya, lo siento —dijo por fin. Era evidente que no entendía el motivo de la llamada.

—Siento lo que le ha pasado a su hija, señor Johnson. He conocido su caso mientras buscaba a mi padre.

—Sí, yo también —le dijo.

—Perdone que lo moleste, pero quería preguntarle si Carrington compartió con usted alguna teoría o hipótesis que no salga en el libro que escribió antes de desaparecer. Creo que podría ayudarme a descubrir lo que le pasó.

—Él estaba convencido de que Jennie fue a Tahoe con Burns. Una mujer lo reconoció con ella en El Portal. Pero ya lo dice en el libro, si no me equivoco.

—¿Y usted qué cree?

—Que seguramente sea cierto. Pero eso no quiere decir que Burns la matara.

—¿No cree que sea culpable, a pesar de los rastros de sangre en el jardín?

—Sinceramente, no lo sé. Fui a hablar con él, ¿sabe? Se lo pregunté mirándolo a los ojos. Me pareció que era honesto cuando me respondió que no. Claro que podría equivocarme.

—Entiendo.

—Si es inocente, estas acusaciones se lo han hecho pasar muy mal. Lo atacaron tres veces después de que Carrington desapareciera. Al final ha tenido que marcharse de la ciudad.

—Parece que le dé lástima. —Se le escapó un poco de incredulidad en la voz. Y lo sintió. No quería hacer juicios.

—No, no. Burns no es ningún santo, lo sé perfectamente. Pero..., mire, esto Carrington ya lo sabía, pero recibí un mensaje de Jen que decía que estaba bien unos días después de desaparecer. Lo que pasa es que no era su móvil de siempre, y cuando llamé no respondió. Pero creo que estaba viva y que quizá le ha ocurrido alguna otra cosa que no hemos considerado.

—¿Por qué esta información no llegó a los medios?

—No lo dije entonces porque temía que dejaran de buscarla.

—¿Y no han intentado localizar ese teléfono?

—Claro. Es lo primero que hizo Carrington. Pero ha estado apagado desde entonces.

—Eso no descarta que Burns la atacara más tarde.

Oyó una risa seca al otro lado de la línea.

—No, claro, eso es lo que decía su padre. Solo digo que esto le ha destrozado la vida, y, si es inocente..., pues, bueno, eso. Estaba muy cabreado conmigo, pero sobre todo con Carrington por hacer estas acusaciones. Supongo que es normal.

—¿Cree que pudo tener algo que ver con su desaparición?

—Yo pensé lo mismo, pero me consta que Burns estaba en Los Ángeles el día que Nick cayó a la cascada.

—Ah, ¿sí?

—Sí, lo corroboré explícitamente. —Se quedó un instante en silencio y después añadió—: Carrington y yo tuvimos nuestras diferencias, especialmente al final, pero nunca he dudado de su compromiso con la búsqueda de Jennie. Aunque haya hecho cosas que, según algunos, hayan podido perjudicar su búsqueda. Fue el único que se lo tomó en serio al principio, y por eso siempre le estaré agradecido.

Se sintió extrañamente orgullosa de ese hombre al que no había podido conocer.

—¿Cuándo fue la última vez que habló con él?

—Dos días antes de que desapareciera. Me llamó y se disculpó por no haber encontrado a Jennie. Dijo que sentía no haber hecho bien su trabajo, pero que no dejaría de buscarla, que podía estar seguro.

No supo qué responder. Se le había hecho un nudo en la garganta.

—Estoy seguro de que si siguiera vivo la habría encontrado en estos tres años, señorita Sorrow —siguió diciendo Ted—. No tengo ninguna duda. Pero ninguno de nosotros hemos tenido esa suerte.

Asintió intentando contener el picor del sollozo que le había secuestrado el cuello. Se sentía muy cercana a aquel hombre que hacía la búsqueda inversa a la suya, y aun así no podía imaginarse el dolor en el que debía de vivir sumergido cada día de su vida.

—Gracias por su tiempo, señor Johnson. Le deseo lo mejor.

—Lo mismo digo, señorita Sorrow. Lo mismo digo. —Y colgó el teléfono.

Cuando le planteó la propuesta a Bri estaba seguro de que se opondría, o que al menos pondría problemas. Por eso le sorprendió tanto su respuesta:

—Sí, claro, no tengo nada que me ate aquí. —Se encogió de hombros—. Quizá incluso puedo encontrar un trabajo mejor que en el 7-Eleven. Siempre he pensado que se me daban bien las cartas. —Sonrió y siguió fumándose el cigarrillo y pintándose las uñas de los pies con ese rosa fucsia como si nada.

Así que avisaron al propietario, y quince días después ya habían encontrado un piso, aún más barato, en la ciudad del vicio. Se mudaron a finales de mes con una pequeña furgoneta de U-Haul, porque en realidad en el piso había pocas cosas suyas y viajaban ligeros de equipaje.

No es que Las Vegas le fascinara especialmente, pero su primo, que vivía allí, le había hecho la oferta en el momento más oportuno. Las semanas siguientes a su última visita a Tahoe se le habían hecho cada vez más insoportables, especialmente después de que todas las sospechas recayeran en Burns y volviera a hablarse reiteradamente de la muerte de Rebecca Tilford en todos los medios de California. Dave había ignorado lo que habían hablado y lo había llamado cuatro veces en las dos últimas semanas, pero él no respondió a ninguna de las llamadas y esperaba que no se plantara delante de su casa seguido por los periodistas y lo metiera en aún más problemas, como era habitual.

Cuando pisó el acelerador de la camioneta blanca y vio que el trozo de césped mal cuidado que Bri llamaba jardín se alejaba en el retrovisor, sintió que le quitaban doscientos kilos de los hombros. Probablemente fuera el sentimiento de culpa, pero tenía la sensación de que alguien había estado vigilándolo desde la sombra durante la última semana y se preguntaba si no sería el fantasma de Jennie, que había decidido dedicar la eternidad a hacerle la vida imposible. Las últimas noches a duras penas había podido pegar ojo. Constantes ruidos inexplicables lo despertaban, y tan pronto tenía frío como se desvelaba empapado en sudor. La última noche vio que Bri también estaba despierta y miraba impasible el ventilador de techo de la habitación, que daba vueltas infinitamente. Giró el rostro y lo miró serenamente mientras extendía la mano y le acariciaba la mejilla.

—Empezaremos una nueva vida y todo irá bien, amor. Dejaremos atrás todo lo que nos hace daño. —Y dio media vuelta con la intención de volver a dormir.

Hayes no estuvo seguro de si aquello lo tranquilizaba o no.

53

Desde hacía nueve días se levantaba a las ocho, desayunaba un buen bocadillo de beicon, se marchaba con el coche a la ciudad y lo aparcaba en un dudoso descampado del distrito universitario. Allí se vestía y se maquillaba dentro del vehículo con la ropa y los utensilios que guardaba en el maletero, y a continuación avanzaba por East Harmon Avenue hasta que llegaba por fin a Las Vegas Boulevard.

Evidentemente habría sido más práctico alojarse en alguno de los muchos hoteles de la zona, incluso del centro, pero no podía arriesgarse a que lo reconocieran. Además, su disfraz no era compatible con los hoteles de lujo de la zona. De hecho, no lo era con ningún hotel.

Llegaba hacia las diez, buscaba un lugar discreto en el boulevard o alguna calle contigua desde la que tuviera buena vista de la puerta del Belmond, se sentaba y colocaba delante un cartón en el que había escrito: «Tengo hambre. Ruego ayuda. Gracias».

El día transcurría ante sus ojos mientras las piernas y los zapatos del personal de los casinos y hoteles, de las señoras de la limpieza, de los turistas y de los hombres de negocios lo rodeaban. El toctoc de las suelas se convertía en una melodía que nunca acababa del todo.

La mayoría de las personas ni siquiera lo miraban. De vez en cuando algún turista dejaba caer un par de billetes en el sombrero que había colocado boca arriba junto al cartón. La temperatura ascendía rápidamente, y el asfalto, que estaba fresco a primera hora de la mañana, se convertía en un fogón insoportable, así que el segundo día buscó un sitio que tuviera sombra en las horas centrales.

La primera vez que vio a Barlett cruzando la puerta de cristal sintió una repentina tirantez en todo el cuerpo. Tensó la mandíbula y apretó los dientes hasta que el malnacido subió a la limusina que lo esperaba en la acera y desapareció entre los vehículos que transitaban el boulevard.

Se sintió idiota. Llevaba más de una semana vigilando y aún no había visto a Sarah. Por los apellidos había conseguido descubrir la dirección en la que teóricamente vivía, pero solo había encontrado una casa cerrada con el buzón lleno. Había ido todos los días antes de volver al Death Valley, pero siempre estaba vacía. Los vecinos, a los que hizo una breve visita con su segundo disfraz —que incluía una peluca pelirroja y unas gafas que caracterizaban al hombre que trabajaba de comercial—, le habían dicho que, desde que había fallecido la señora que vivía en esa casa con su nieta, hacía más de un mes, no habían visto a nadie.

Temió que su hija se hubiera marchado de la ciudad, incluso del país, y que su búsqueda estuviera una vez más destinada al fracaso.

Solo había una persona que podría resolverle fácilmente todas estas dudas, pero acercarse a ella podría ser letal para ambos.

Aún no era la una del mediodía cuando un hombre rubio y vestido con un traje beige se agachó junto a él y dejó caer un billete de diez dólares en el sombrero. El suave olor de colonia penetró por sus fosas nasales cuando cruzaron la mirada. Le pareció detectar una mirada de reconocimiento en el otro, aunque estaba seguro de que no lo conocía.

Movió la cabeza para agradecerle la limosna. El hombre esbozó una sonrisa algo inquietante, se incorporó y desapareció detrás de la puerta del Belmond.

Un mal presentimiento se apoderó de él. Y entonces, justo en ese momento, su móvil recibió el mensaje que llevaba tres años esperando.

Le había costado mucho, pero por fin había reunido el valor necesario para obligarse a ir a ver a Barlett.

Coddie tenía razón. Solo tenía que utilizar su talento como jugadora de póquer para ganar la partida. Claro que mentir bien no era tan fácil habiendo un componente emocional enorme de por medio. Las cartas y el dinero nunca le habían importado tanto, y eso que los había convertido en su *modus vivendi*. Estaba acostumbrada a moverse en un mundo de hombres en el que todos mentían y a menudo la menospreciaban, una actitud que solían pagar cara, literalmente. Pero que su figura paterna de referencia estuviera ocultándole lo que sabía, después de todo..., eso definitivamente dolía de otra manera.

Entró por una de las puertas del servicio, como hacía a menudo, con la intención de pasar desapercibida para los trabajadores de recepción. Estaba convencida de que Barlett les había dado la orden de avisarlo si la veían entrar y no quería darle ni un segundo de ventaja antes de presentarse en su despacho. Necesitaba que no supiera quién estaba al otro lado de la puerta para leer en sus ojos qué sentía en el momento de verla, para saber si todavía se fiaba de ella o solo lo fingía.

Subió los treinta y seis pisos analizando la validez de su sonrisa falsa en el espejo con la seguridad de saber que, gracias a la clave de acceso vip, el ascensor no se detendría. Después avanzó por el pasillo hasta el despacho obligándose a pensar en todo lo que Barlett había hecho por ella a lo largo de su vida con la intención de despertar en su interior cierta simpatía por ese hombre que en esos momentos sentía tan lejos.

Pero toda esa preparación no sirvió de nada, porque resultó que Barlett no estaba.

Recorrió el pasillo en el sentido contrario y volvió a entrar en el ascensor. Se sentía un poco aliviada, no le costaba reconocerlo. Aun así, sabía que era un sentimiento inútil, porque lo único que estaba haciendo era aplazar lo inevitable.

Bajó los treinta y seis pisos, pero esta vez se detuvo en la planta principal, que hacía de recepción. Quería que la vieran y le dijeran a Barlett que había estado allí, que su visita sirviera de algo.

Ya estaba a escasos metros de la puerta de salida cuando se topó con ese hombre. Tenía un móvil en la mano y estaba muy concentrado, así que la había adelantado dándole un ligero golpe en el brazo derecho.

—Disculpe. —El hombre levantó los ojos de la pantalla rectangular. Y entonces lo reconoció. Era el tío que la había seguido en Yosemite. Y también en el desierto, aunque en aquel momento no había sido consciente de ello. Era evidente que enseguida se dio cuenta de que lo había reconocido, pero no pareció importarle demasiado. Se limitó a esbozar una sonrisa cínica y siguió su camino, casi como si tuviera prisa, mirando insistentemente el teléfono.

No era capaz de explicarse el motivo, pero supo que debía seguirlo.

La intuición le había fallado pocas veces en la vida, y esta no sería una excepción.

En ese momento no tenía tiempo para juegos tontos. Hacía apenas diez minutos que había colocado el rastreador en el sombrero con la excusa de dejar una limosna, y este indicaba que el sombrero se movía, y rápido.

Salió a la calle con la mirada clavada en las columnas al otro lado de las fuentes, que eran una atracción más del hotel, donde lo había visto ese día y el anterior.

El tipo era inteligente, y había tardado más de tres días en darse cuenta de su presencia y empezar a atar cabos. Probablemente porque de verdad creía que estaba muerto. Pero en cuanto se fijó fue cuestión de horas que estuviera prácticamente seguro de que se trataba de Carrington. Había hecho un buen trabajo con el maquillaje, incluso había alterado la fisonomía de la nariz y las mejillas, pero la casualidad había querido que estuviera observándolo cuando Barlett salió del hotel y el vagabundo lo miraba. Habían sido los ojos, esa mirada de rencor y dolor, lo que lo había delatado.

Así que había ido a buscar el rastreador y lo había colocado en el sombrero con la intención de seguirlo cuando se marchara y acabar con esa historia de una vez por todas. Pero ahora resultaba que el sombrero se movía, y que el vagabundo que estaba convencido de que era Carrington no estaba en su sitio. No podía permitirse perderlo ahora que lo había encontrado. Y menos tan cerca del hotel. Todo indicaba que se traía algo entre manos, y su trabajo era detenerlo antes de que todo aquello afectara aún más a Barlett.

Giró la cabeza a la derecha, guiado por el GPS. El puntito se movía cada vez más deprisa por Las Vegas Boulevard, pero no conseguía identificar su objetivo entre el gentío. Se unió al río de personas que transitaban la acera levantando la cabeza para intentar encontrarlo, hasta que de repente vio que el puntito giraba por East Harmon Avenue. Se dio cuenta de que le llevaba bastante distancia de ventaja.

Echó a correr para atraparlo empujando a los turistas borrachos que sujetaban extraños adornos de cristales de colores llenos de alcohol y se interponían ruidosamente en su camino.

Ignoraba que a escasos metros Sarah seguía cada uno de sus movimientos.

El corazón le palpitaba a un ritmo frenético. Había leído el mensaje tres veces y aún no se lo acababa de creer.

El teléfono móvil facilitado ha sido localizado en las siguientes coordenadas.

Las introdujo en el móvil, que le proporcionó la ubicación. Le sorprendió que no estuviera lejos de donde se encontraba en ese momento. Siempre había esperado que, si ese mensaje llegaba, apuntaría hacia Tahoe o el estado de California, o incluso un estado lejano en el caso de que Jennie realmente estuviera viva y hubiera huido con la idea de que no la encontraran. Pero nunca habría pensado que le indicaría que, transcurridos tres años, habían vuelto a encender el móvil de Jennie a menos de sesenta kilómetros de donde estaba.

No tenía tiempo que perder. Subió East Harmon Avenue a toda la velocidad que la pierna le permitió hasta llegar al descampado en el que había aparcado el coche. Se quitó la barriga falsa y la ropa que cubría la camiseta blanca de manga corta y arrancó el motor.

Menos de cuarenta minutos lo separaban de resolver el misterio que casi le había costado la vida.

Lo siguió a escasos metros de distancia, primero por el boulevard y después por East Harmon Avenue en dirección al distrito universitario, donde tuvo que espaciar un poco sus pasos porque había mucha menos gente y no quería que la descubriera detrás de él. Hasta que llegó a un descampado que funcionaba como aparcamiento no distinguió por fin el objetivo de Dustin: un vagabundo de barriga prominente y barba frondosa que abría la puerta de un Oldsmobile Firenza gris que sin duda tenía más de treinta años.

Una vez dentro, el hombre se quitó los harapos y la barriga le desapareció de golpe. Sintió un escalofrío, que era la manera que tenía su cuerpo de avisarle de que estaba a punto de descubrir algo muy importante, pero no tuvo tiempo de procesarlo, porque arrancó el coche, dio marcha atrás y desapareció detrás del polvo que habían levantado las ruedas.

Era evidente que Dustin no había considerado que pudiera necesitar un vehículo, porque miró a un lado y a otro desde la esquina donde se encontraba, con sus neuronas trabajando a marchas forzadas para encontrar una solución.

Al final avanzó por la fila de coches aparcados a su derecha, examinándolos por encima, hasta que se detuvo frente a un Honda Accord que debía de tener unos veinte años. Se acercó a la puerta del conductor y sacó lo que le pareció un destornillador del bolsillo de la americana. Después separó ligeramente la puerta del vehículo y sacó una especie de barra delgada de aquel bolsillo mágico interior. Dio un golpe seco hacia el suelo y la barra se hizo tres veces más larga. La introdujo por la ranura de la puerta y la utilizó para pulsar el botón de bloqueo del vehículo, que se abrió sin problemas cuando colocó la mano en el tirador.

Como ella no compartía ese talento para robar coches, en mitad del proceso ya había decidido que solo tenía una alternativa. Había ido acercándose a Dustin sigilosamente mientras este abría el vehículo, y el sonido al pulsar el botón de bloqueo le hizo saber que su plan era viable: todas las puertas estaban abiertas, incluso la del maletero.

Se introdujo en el momento en que él subía al coche e intentaba desbloquear el volante con el destornillador antes de hacer el puente para poner en marcha el motor del vehículo. Ajustó la puerta del maletero sin llegar a cerrarla para tener la posibilidad de salir si la cosa se complicaba y para que entrara el aire. No sabía adónde iban, y era fácil que muriera asfixiada si salían de la ciudad y circulaban mucho rato por el desierto.

Una descarga de adrenalina le sacudió el cuerpo. Sabía que era posible que estuviera jugándose la vida con esta acción, pero creía que no tenía otra opción para descubrir la verdad.

Se acurrucó en el maletero justo en el momento en el que el motor arrancaba. Sacó el móvil del bolsillo y le envió un mensaje a Coddie mientras el coche abandonaba el descampado.

Quince minutos después, el calor empezó a hacérsele insoportable. Era evidente que avanzaban por el desierto. El sol calentaba incansablemente la chapa que cubría el maletero, y el aire acondicionado, imprescindible para viajar en esa situación, no llegaba al compartimento. Al final utilizó dos gomas de pelo atadas entre sí para sujetar la puerta del maletero y se decidió a inclinar ligeramente los asientos traseros para dejar pasar un poco la frescura del interior del vehículo. No era mucho, pero sí lo suficiente para aguantar los veinticinco minutos que el coche siguió circulando, hasta que redujo la marcha, giró y se detuvo en lo que le pareció que era el medio de la nada.

54

Cuando aquel trasto viejo empezó a hacer el maldito ruido, supo que debería haber seguido su primer instinto y detenerse a la altura del rancho pegado a Kingston Road. Pero tenía ganas de llegar a casa y pasó por alto el sentido común, que le indicaba que el coche ya había dado más de sí de lo esperable y que más valía pedir ayuda a tiempo que quedarse parado en medio del desierto con el sol picando con fuerza, sin teléfono móvil y con muy poca agua.

Aun así, esa era exactamente la situación en la que se encontraba.

Su intención había sido desviarse para intentar llegar a Goodsprings, pero debió de coger la carretera de tierra equivocada, porque estaba en medio de la nada y no parecía que hubiera ninguna población en el horizonte arenoso que lo rodeaba por todos lados. Maldijo su mal discernimiento y el hecho de haberse olvidado el teléfono en casa.

Esa mañana había discutido con Bri antes de que le hubiera dado tiempo a tomarse el café y se había marchado tarde y enfadado olvidando el teléfono, que estaba cargándose en la barra de la cocina. Cuando se dio cuenta, ya era demasiado tarde para dar media vuelta. Todo el mundo sabía que, si lo hacías esperar, el cliente no volvía a llamarte. Y ahora mismo no podía permitírselo. El alquiler del mes siguiente dependía de ese cliente y de los que pudiera conseguir si lo recomendaba.

Abrió el capó del coche con la esperanza de entender qué había pasado, pero no era experto en la materia. Su talento era vender propiedades. Nunca se le había dado bien trabajar con las manos.

El metal de la carcasa hervía y casi se quemó los dedos. Fue entonces cuando se dio cuenta de que el sol le abrasaba la piel y el sudor empezaba a chorrearle por la frente y las mejillas. Sabía que no podría quedarse allí mucho rato sin el aire acondicionado. Tenía que tomar una decisión, y tenía que hacerlo rápidamente. Ya estaba a punto de echar a andar por ese infinito infierno ocre cuando recordó lo que había dedicado tanto tiempo a olvidar.

Dio media vuelta, volvió a abrir el maletero y levantó la moqueta que cubría el suelo. Allí, escondida debajo de la rueda de repuesto, había una posible solución.

Cogió el teléfono y lo observó durante más de un minuto dudando de si estaba cometiendo un error o tomando la decisión que lo salvaría de morir en el desierto.

«Ya hace más de tres años —pensó—. Carrington está muerto. Nadie se enterará de que he encendido este aparato en medio del puto desierto. De hecho, incluso es muy posible que ni se encienda. Aunque tengo el mismo cargador, y la batería del coche funciona para cargarlo. De todos modos, es muy probable que no haya ni cobertura».

Pero jamás se había equivocado en tantas suposiciones seguidas.

Aliviado, introdujo el PIN y llamó a Bri para pedirle ayuda.

En un solo tono, acababa de cambiar su vida.

Llevaba treinta y ocho minutos conduciendo cuando el GPS le indicó que estaba muy cerca de su destino. Redujo la velocidad. Había un vehículo parado a un lado del camino de tierra, a unos trescientos metros de distancia. No tenía sentido intentar esconder el coche en esa llanura inmensa. Debía plantarse con decisión y manejarlo de la mejor manera posible.

Cuando detuvo el Oldsmobile detrás del Chevy Cobalt blanco vio que la persona que estaba dentro del vehículo giraba el rostro. Estaba medio desmayado por el calor.

Lo reconoció enseguida.

Salió del vehículo y se dirigió a la puerta del copiloto, que estaba abierta en un intento de dejar pasar un poco de aire —aunque fuera caliente— mientras buscaba la sombra que debía proporcionarle el techo de metal hirviendo.

—Hola —le dijo este completamente cubierto de sudor—. ¡Qué suerte que me haya encontrado! He avisado a mi novia hace un buen rato, pero parece que está haciéndome pagar la discusión que hemos tenido esta mañana... —Se rio para sí mismo—. Aunque no parece que usted esté mucho mejor, amigo. ¿Qué le ha pasado? —Lo miró con curiosidad.

Se dio cuenta de que todavía llevaba el maquillaje y las prótesis y se las arrancó de golpe.

El rostro de Hayes cambió de repente y un rictus de horror se apoderó de su rostro.

—¡Carrington! ¡Estás vivo! —Bajó la cabeza y la hundió entre las manos—. Hostia puta, cómo la he cagado... —Volvió a levantar la cabeza y de repente giró el cuerpo hacia la puerta con la intención de salir corriendo. Él lo cogió por el cuello de la camisa antes de que lo consiguiera.

—Acompáñame —le dijo sacando el arma de los riñones con la otra mano y apuntándole—. Tú y yo tenemos muchas cosas de las que hablar.

Lo cogió bruscamente del brazo para sacarlo del vehículo, aunque no habría sido necesario, porque no opuso resistencia alguna. Tras la sorpresa inicial y el conato de fuga, parecía derrotado y sumiso.

Lo esposó y lo sentó en el asiento del copiloto del Oldsmobile. Hayes se dejó caer y cerró los ojos mientras el aire frío que salía de los conductos del panel frontal lo rodeaba. Disfrutó de la sensación de respirar de verdad que le había faltado durante la última hora. Parecía que por un momento hubiera olvidado su situación y se sintiera completamente en paz. O quizá, en el fondo, una cosa tuviera algo que ver con la otra.

Le dio un golpe en el brazo para que abriera los ojos. Hayes giró la cabeza y lo miró, resignado.

—¿Dónde está Jennie? —le preguntó al ver en el espejo del retrovisor que un coche se acercaba a ellos dejando una nube de arena detrás de sí.

Hacía unos diez minutos que circulaban por un camino de tierra cuando le pareció que el coche aceleraba de repente. El polvo del desierto que levantaban las ruedas penetró en el maletero y exacerbó la falta de aire que hacía un buen rato sentían sus pulmones. Temió desmayarse y que Dustin la encontrara allí. O, aún peor, morir asfixiada antes de que la encontrara.

Pero por fin el motor dejó de rugir y el coche se detuvo.

Oyó que la puerta se abría y que unos pies tocaban la tierra granulada antes de que esta volviera a cerrarse. Y oyó claramente, en el silencio de la media tarde del desierto, que Dustin introducía un cartucho en la recámara de la pistola antes de que el sonido de sus pasos se amortiguara progresivamente hasta desaparecer.

Deshizo el nudo que había hecho con las gomas de pelo y empujó suavemente la puerta del maletero hacia arriba.

El sol y la claridad le cayeron encima como una bofetada, y sus ojos tardaron unos segundos en adaptarse a la nueva situación. Parecía que el aire hirviera, pero aun así consiguió recuperarse un poco del mareo que la había acompañado durante el trayecto.

Se incorporó y puso los pies en el suelo. Dustin avanzaba los últimos metros que le quedaban para llegar a la altura del viejo Oldsmobile aparcado detrás de otro coche blanco a un lado del camino de tierra.

Miró a su alrededor intentando reconocer en ese paisaje árido alguna pista que le indicara la zona donde se encontraba. Podía hacerse una idea de las posibilidades por el tiempo que había estado circulando. Conocía bien todo el radio y el extrarradio de Las Vegas, pero necesitaba saber en qué dirección se habían desplazado. Le pareció distinguir el monte Potosí varios kilómetros al este, así que imaginó que estaban relativamente cerca de Primm o de Goodsprings, el lugar donde Clark Gable recibió las terribles noticias sobre la muerte de su mujer y también actriz Carole Lombard, en enero de 1942, después de que el avión en el que viajaba con veintiuna personas más se estrellara contra la montaña. Nona le había contado esa historia muchas veces.

Siguió a Dustin medio agachada por el lateral de la carretera, como había hecho él, aunque tenía claro, como también debía de tenerlo él, que las escasas gobernadoras secas y llenas de polvo que crecían en los arcenes no serían la clave para pasar desapercibida en ese entorno.

Dustin avanzó alrededor del coche en la misma posición hasta que, a la altura de la puerta del conductor, se puso de pie y apuntó hacia el interior del vehículo con el arma que llevaba en la mano.

Pero algo no debió de ir como esperaba.

De repente bajó el arma y la dejó caer a su lado.

Dio dos pasos atrás, con las manos levantadas, mientras un hombre alto y delgado salía del vehículo empuñando un arma. No era el vagabundo que había visto en el descampado subir al coche que ahora tenía delante, pero aun así algo en su rostro le resultó familiar.

Y entonces, de repente, identificó esos rasgos que había memorizado en los últimos meses.

El corazón le dio un vuelco.

—Baja el arma y déjala caer al suelo —le ordenó asegurándose de reojo de que Hayes siguiera obedeciéndolo y mantuviera la cabeza entre las piernas y las manos esposadas por debajo del culo.

El tipo hizo lo que le ordenaba sin dejar de mirarlo a los ojos. Lo había reconocido enseguida. Era el que le había dejado los billetes en el sombrero. Parecía evidente que había añadido un geolocalizador de regalo y había decidido encontrarlo en el momento más oportuno. Probablemente trabajara para Barlett.

—¿Qué has venido a hacer? —le preguntó—. ¿Matarme?

El hombre esbozó una sonrisa socarrona.

—Si lo haces, todo lo que Barlett quiere ocultar saldrá a la luz. Me he asegurado de que si muero así sea —mintió.

—Pero ¡si tú ya estás muerto! —contestó el tipo sin dejar de sonreír—. ¡No se puede morir dos veces! ¿O quizá te refieres a Matthew Rogers?

Hayes levantó un poco la cabeza.

—¡Eh! ¡La cabeza entre las rodillas! —le gritó sin apartar la mirada del hombre de pelo rubio. Hayes lo obedeció—. ¿Sabes qué?

—añadió enseguida—. Levanta la cabeza, pasa las manos por debajo de las piernas y acércalas al volante —le ordenó. Necesitaba tenerlos a los dos inmovilizados y tenía que empezar por el que parecía más fácil. Le ataría las manos al volante para poder ocuparse del esbirro de Barlett.

Hayes empezó a hacer lo que le pedía.

Pero de pronto aprovechó un momento en que giraba la cabeza para controlar al otro hombre, para intentar cambiar la situación: levantó las manos, todavía esposadas, se las pasó por el cuello y tiró con fuerza de la cadena que las unía contra su garganta.

Disparó la pistola.

La bala atravesó el techo del vehículo.

El estruendo no intimidó lo suficiente a Hayes, que siguió intentando estrangularlo con todas sus fuerzas.

No quería matarlo antes de saber dónde estaba Jennie, pero la situación no le dejaba muchas más salidas.

Giró la empuñadura para apuntarle, pero el hombre que lo había seguido identificó el momento de debilidad en el que se encontraba y se agachó para recuperar el arma que había tirado al suelo hacía unos instantes. Esos dos malnacidos que no se conocían se habían compinchado para acabar con él, y estaban a punto de conseguirlo.

Volvió a disparar.

Esta vez la bala se empotró en la puerta del copiloto tras pasar a escasos centímetros del estómago de Hayes, que seguía apretando con fuerza la cadena de las esposas contra su cuello.

Empezaba a sentir los efectos del estrangulamiento cuando vio que el tipo que trabajaba para Barlett se ponía de pie y le apuntaba a la cabeza.

Uno u otro acabarían con su vida en breve.

Y entonces el viento del desierto hizo aparecer una voz femenina que le ordenaba al tipo que bajara el arma. El tiempo se detuvo.

El hombre no obedeció.

La voz femenina insistió. Le pareció que era Eve y adujo que Hayes estaba saliéndose con la suya y estaba agotando el oxígeno que le llegaba al cerebro.

El hombre esbozó una sonrisa socarrona y se dispuso a apretar el gatillo justo cuando el sonido de una bala cortando el viento le anunció que no llegaría a hacerlo.

Aún tenía el rictus de sorpresa pegado al rostro cuando cayó como un peso muerto levantando una nube de polvo en medio de la tierra yerma.

Y entonces apareció su rostro.

No era Eve, pero se parecía a ella.

—Suéltalo —le ordenó a Hayes apuntándole con el arma.

Este obedeció a regañadientes, confundido.

—Hostia, tío, ¿tú y quién coño eres?

—La hija del hombre al que estás intentando matar, malnacido —le contestó justo antes de que Carrington perdiera el conocimiento.

55

Carrington se desmayó antes de que hubiera podido dirigirle la palabra.

Pero no necesitó hablar con él para confirmar su identidad.

Observó su rostro con detenimiento, los ojos cerrados, con las arrugas al lado que se habían pronunciado en los últimos años, la nariz parecida a la suya y los labios enterrados entre la barba frondosa. No cabía duda de que se trataba de su padre.

Lo tumbó de lado en el suelo aprovechando la sombra que daba el vehículo mientras Hayes intentaba expresar su indignación a través de la cinta adhesiva que le tapaba la boca y movía inútilmente los brazos, que, además de esposados, ahora estaban también unidos por varias vueltas de cinta. El maletero de Dustin y su contenido habían supuesto su salvación. Había encontrado no solo la pistola que utilizó para dispararle, sino también el material necesario para asegurarse de que Hayes no sería un problema mientras intentaba que Carrington recuperara la consciencia. Dustin tampoco lo sería. Había comprobado el pulso y era evidente que no volvería a respirar.

Carrington abrió los ojos por fin.

La intensa claridad lo obligó a volver a cerrar los párpados por un segundo.

Utilizó la mano como visera y volvió a abrir los ojos.

Por encima del fondo que era ese cielo azul intenso, el aire caliente hacía bailar el pelo de un rostro que tenía una belleza propia y al mismo tiempo perpetuaba de alguna manera la esencia de Eve. Los labios se movieron y esbozaron una sonrisa.

—Ey.

—Tienes los ojos de tu madre... —le dijo fascinado analizando su rostro mientras se incorporaba para sentarse en el suelo.

—¿Sabes quién soy? —preguntó ella confundida.

—Hace muy poco que sé que existes. Me lo dijo un hombre llamado James Henderson hace tres semanas. Nos encontramos por casualidad y me contó que estabas buscándome.

La tensión desapareció y asintió. Volvió a sonreír, pero le pareció que esta vez él no era el responsable de esa sonrisa.

—Yo también he estado buscándote —siguió diciendo—, aunque con mucho menos éxito del que has tenido tú. Gracias. Has llegado en el momento más oportuno.

—De nada —contestó ella, y le ofreció la mano para ayudarlo a levantarse.

De repente se encontraron inmersos en un silencio complejo que ocultaba un cóctel de emociones imposibles de digerir en ese instante.

—¿Cómo has sabido que estaba aquí? —le preguntó a Sarah.

—He visto que seguía a alguien —señaló el cuerpo inerte de Dustin, que yacía unos metros más allá— y me he escondido en su maletero. No sabía que eras tú, pero hace tiempo que Barlett me oculta cosas, y Dustin es su mano derecha, así que...

Asintió.

—Supongo que tenemos que hablar de muchas cosas —dijo él.

Ella afirmó.

—Sí, claro. Pero en otro momento. —Se quedó en silencio y después miró el interior del coche, donde estaba Hayes—. ¿Qué hacemos con este? —preguntó señalándolo con la cabeza—. ¿Fue él quien mató a Jennie?

Carrington esbozó una media sonrisa.

—He estado buscándote. Intentar saber quién eres es conocer el caso de Jennie Johnson... —aclaró encogiendo los hombros.

—Pues es precisamente lo que iba a preguntarle cuando ha aparecido el esbirro de Barlett. —Se acercó al coche y arrancó la tira adhesiva de la boca de Hayes de un tirón. Este emitió un grito que unía queja y dolor.

—¿Dónde está Jennie Johnson, Matt? —le preguntó de nuevo.

Hayes los miró, primero a uno y después a la otra. Era evidente que las neuronas le trabajaban muy deprisa sin producir ningún resultado positivo. Era la última resistencia antes de la aceptación.

Al final emitió un suspiro de resignación y bajó la cabeza.

—¡Está muerta! ¿De acuerdo? —dijo sin levantar los ojos del suelo del vehículo—. ¡Jennie está muerta, joder! —Y se echó a llorar—.

—Fue un accidente. Yo solo quería que se detuviera —intentó explicarles.

—Eres muy original —dijo en un tono marcadamente cínico la mujer que le había fastidiado la fuga.

Carrington, que conducía el vehículo, la miró brevemente para indicarle que lo dejara hablar. Aquello le gustó, aunque era evidente que había creado el efecto contrario en ella. Era muy curioso ver a esos dos, que acababan de conocerse, jugando a hacer de padre e hija en esa situación. Lo ayudaba a digerirlo un poco mejor, a aliviar el peso que, paradójicamente, desde que había dicho esas palabras ya era mucho menor que el que había cargado sobre sus hombros en los últimos años. Lo cierto era que, de repente, contar la verdad y pagar por lo que había hecho no le parecía tan terrible. Claro que haber intentado matar a Carrington no lo ayudaría en su condena. Quizá si se mostraba extremadamente cooperativo, podría disuadirlo de que añadiera el cargo. No perdía nada por intentarlo.

—No sabía qué otra cosa hacer —le contestó—. Me había tomado el pelo y había huido de la sala donde Burns la tenía encerrada. Debería haberle echado en la comida la droga que me dijo David, pero me dio miedo pasarme y no lo hice. Mirad, yo no quería más problemas, no quería que empezara a hablar de lo que sabía de Rebecca y me acusaran de encubrimiento o algo así. Le di un golpe en la cabeza para que perdiera el conocimiento y poder devolverla a la sala. Solo quería que se quedara allí, que Burns volviera a la casa y pirarme. Pero, claro, con Dave siempre acabo comiéndome yo todos los marrones.

—¿Fue junto al pozo de fuego? —le preguntó el ranger.

—Ajá.

—La tapaste con la nieve —dijo casi para sí mismo.

—No quería que Dave la viera. Le dije que había huido, pero que no diría nada de lo que había pasado. Me envié un mensaje desde su móvil para enseñárselo. Esperé a que se marchara y después volví y moví el cuerpo para que no la encontraran cuando la nieve se fundiera.

Carrington apretó los labios con fuerza. Vio que los nudillos se le ponían rojos de la presión extrema que ejercían las manos contra el volante. Estuvo seguro de que si no hubiera estado conduciendo le habría aplastado la cabeza.

—¿Y dónde la llevaste? —preguntó sin reprimir ni una pizca del odio que sentía por él en esos momentos.

—A un bosque cercano.

—¿Sabrías indicar el lugar exacto?

—Supongo que sí —contestó. Lo conocía porque iban a jugar de pequeños—. La dejé en una pequeña cueva cerca de un viejo cedro que me era familiar.

La mujer lo miró con escepticismo.

Él se encogió de hombros. Le pareció imposible que entendiera que realmente sentía lo que había pasado, que había sido de verdad un accidente, que él no era como Burns..., ¿o quizá se había mentido a sí mismo?

—Vamos hacia allí, ¿verdad? —le preguntó justo cuando un dolor de estómago empezaba a asomar y el peso que parecía haber desaparecido volvía a hacer acto de presencia.

—Lo mínimo que puedes hacer es darle a la familia la oportunidad de despedirse —le dijo Carrington enfadado—. Llevan demasiado tiempo esperando una respuesta.

Intentó imaginar el estado de descomposición en el que se encontraría el cuerpo. Quizá la madera lo había preservado o al menos había ralentizado el proceso. No se había visto con ánimos de enterrarla y tampoco creía que hubiera sido capaz, con lo poco acostumbrado que estaba al esfuerzo físico. No sabía si su cara sería aún reconocible ni cuán podrido estaría el tejido muscular. Después de tanto tiempo, pensó por primera vez que había privado a Ted Johnson y al resto de su familia de despedirse de Jen y recordarla como la habían conocido. No lo había pensado antes porque no creía que lo pillaran. Pero esperaba sinceramente que no tuvieran que ver el cuerpo en su estado actual. De hecho, esperaba, aunque se daba cuenta de la inutilidad de su esperanza, que él tampoco tuviera que hacerlo.

Y entonces, de repente, entendió la magnitud de lo que vendría a continuación. La prensa. Las noticias. La gente que le gritaría y lo insultaría. El trato que recibiría en la cárcel.

Sintió una presión insoportable en el estómago. Intentó bajar la ventanilla con las manos esposadas, pero no llegó a tiempo.

El vómito cubrió su ropa y buena parte de la alfombra del coche y del asiento.

Hacía ya un día y medio que, más que tener un presentimiento, sabía que algo iba mal. Dustin no había aparecido por el hotel y no había contestado a ninguna de sus llamadas, algo nada habitual en él.

El breve aviso desde recepción no hizo más que confirmar sus sospechas.

—Unos agentes de Las Vegas Metropolitan Police quieren hablar con usted, señor.

—Acompáñelos hasta el despacho —contestó secamente.

El hombre que entró primero debía de tener su edad. Era alto y fornido, y un pelo castaño y blanco le enmarcaba el rostro moreno. Extendió la mano.

—Buenas tardes, señor Barlett. Len Howard, detective de homicidios.

Barlett le estrechó la mano e invitó a él y a su acompañante, un hombre bastante más joven y delgado, a sentarse en los sofás al otro lado de su mesa. Pero Howard rechazó la invitación con un ligero movimiento de mano y una sonrisa.

—No queremos hacerle perder mucho tiempo —le dijo—. Sabemos que es un hombre ocupado, así que iremos al grano: nuestros compañeros de la Clark County Park Police han encontrado el cuerpo de un hombre al que han identificado como Dustin Evans, residente en Las Vegas. Tenemos entendido que trabajaba para usted en tareas de investigación.

Así que Dustin estaba muerto. Sin duda suponía un inconveniente, y bastante grande.

—Sí, trabajaba para mí —dijo asintiendo con la cabeza—. ¿Lo han matado?

—Así es.

—¿Puedo preguntar cómo?

—No, no nos permiten compartir esta información.

—¿Me consideran sospechoso? —le preguntó casi divertido por esa idea.

—Solo estamos investigando el asunto, nada más.

—¿Lo han encontrado en el desierto? —Tenía que ser así si lo habían encontrado en Clark County.

El hombre lo miró sin decir nada, lo que no hizo más que confirmar que su suposición era cierta.

—Pues usted dirá —le dijo fingiendo cierta resignación.

—¿Cree que alguien tenía motivos para matarlo, señor Barlett?

—Supongo que más de una persona. Ya sabe cómo es este mundo. Dustin sabía muchas cosas de muchas personas, algunas muy poderosas, desde hacía años.

—¿Estaba trabajando en alguna investigación concreta estos últimos días?

—No —mintió sin pestañear—. Bueno, nada fuera de lo habitual. Un par de jugadores que sospechábamos que hacían trampas, ese tipo de cosas...

—Entiendo —le contestó el detective. Era evidente que no lo había convencido.

—Usted conoce a una mujer llamada Sarah Sorrow, ¿verdad?

Aquello lo descolocó. Se dio cuenta de que había bajado la guardia por un momento. Seguro que lo había dejado entrever sin querer.

—Sí —le contestó por fin—. ¿Por qué?

—Tenemos motivos para pensar que quizá estaba en la escena del crimen.

Parecía que la cosa era peor de lo que había imaginado.

—¿Cómo? ¿Cree que puede estar en peligro?

—Es lo que intentamos determinar. ¿La ha visto recientemente?

—No. Hace un par de semanas que no la veo.

—Vaya.... ¿Sabe dónde podemos encontrarla?

Se encogió de hombros.

—Se mudó de la casa en la que vivía con su abuela cuando esta murió. Desde entonces creo que no tiene residencia fija. Ha estado viajando y moviéndose de un lado a otro...

—Pero también se ha alojado aquí... —Entrecerró los ojos. El tipo había hecho muchos más deberes de los que había dejado entrever al inicio de la conversación.

—Sí, los días después de la muerte de su abuela y unas semanas después, al volver de un viaje. Pero ahora ya no está, como le he dicho, desde hace bastantes días.

—¿Por algún motivo en concreto?

—¿Qué quiere decir?

—Tengo entendido que tenían una relación bastante cercana...

—¿No estará dando a entender...? —De repente lo invadió la ira—. ¡Sarah es como una hija para mí! ¡Cómo se atreve a insinuar que teníamos otro tipo de relación! —Se levantó de la silla y dio un puñetazo en la mesa.

—Yo no insinúo nada, señor Barlett. Pregunto si discutieron por algún motivo.

—No. No discutimos. Sarah es joven y está pasando un duelo. No quiere quedarse en el mismo sitio mucho tiempo. Es lo más normal del mundo.

—¿Encargó a Dustin Evans que la siguiera?

No tenía claro si el detective ya sabía la respuesta a esta pregunta.

—Por asegurarse de que estaba bien y esas cosas —siguió el detective—. Todos sabemos lo que es sufrir por los hijos, señor Barlett, sean biológicos o no... ¿Quizá incluso le pidió que la trajera al hotel? ¿Contra su voluntad?

—No. De ninguna de las maneras. Pero si quieren seguir esa conversación tendrá que ser en presencia de mi abogado —le contestó por fin.

El detective metió la mano en la americana, sacó una tarjeta y la dejó en la mesa.

—Hemos encontrado indicios de que la señorita Sorrow estuvo en el interior del maletero del vehículo del señor Evans. Cuando se decida a decirnos todo lo que sabe..., contacte conmigo. Piense que quizá quien ha matado al señor Evans todavía no ha terminado su trabajo, señor Barlett. Analice bien sus cartas antes de seguir la partida.

Y desapareció por la puerta seguido por el policía joven, que no había abierto la boca ni una vez en toda la conversación.

Cuando llegaron al lago Tahoe ya estaba bien entrada la noche. Hayes había insistido en que hicieran noche a medio camino, pero no pensaba caer en esa trampa. Lo tenía en el coche y no lo dejaría salir hasta que identificara el lugar donde había dejado el cuerpo de Jennie. Probablemente no habría podido hacerlo solo, ni su pierna habría resistido las ocho horas de conducción que los separaban de su destino de un tirón, pero el azar había querido que Sarah estuviera con él, y fue ella la que condujo durante la mayor parte del trayecto por la US-95 N y después la US-95. Cuando llegaron al desvío para coger la US-50 en Kingsbury Grade Road, él volvió a ponerse al volante. Tenía mucha más práctica conduciendo en puertos de montaña por la noche, y el Oldsmobile no era el vehículo más fiable para hacerlo, a pesar de que tenían la suerte de estar a finales de primavera, así que la nieve y el hielo ya no suponían una complicación añadida.

Aún no había avisado a nadie de El Dorado County. No quería hacer el ridículo si Hayes mentía o estaba tomándoles el pelo. Si tenía que descubrirse de nuevo al mundo, que fuera con la seguridad de que la familia de Jennie obtendría por fin algún tipo de justicia. En cualquier caso, ante todo llamaría a White. Le debía esa lealtad. Al fin y al cabo, había mantenido su coartada en secreto durante los últimos años.

Aparcaron el vehículo en una curva de tierra desde la que se veía el agua del lago iluminada por la luna en la distancia.

—Con esta oscuridad es imposible que lo encuentre —se quejó Hayes—. Además, ¿no tendríais que avisar a Fiorinni?

Sarah expresó en su rostro la misma sorpresa que había experimentado él.

—¿Qué? —preguntó Hayes a la defensiva—. Si llevó el caso de Rebecca Tilford, querrá saber la verdad, ¿no? ¡Joder, que fue Dave el que la mató y secuestró a Jennie! ¡Si no lo hubiera hecho, yo no me habría metido en este follón! Además, ¿no deberíais avisar también a alguien para que lo detengan en Los Ángeles antes de que se entere y se pire?

—¿Y se supone que es tu mejor amigo? —le preguntó Sarah—. Joder, con amigos como tú...

—Si hay que escoger entre él o yo, no haré el idiota —le contestó enseguida—. Él no dudaría ni un segundo en delatarme si estuviera en mi piel.

—Empieza por decirnos dónde está Jennie, y después ya haremos lo que sea necesario. —Abrió la puerta trasera y le cogió los brazos para sacarlo con tanta fuerza que Hayes tuvo que bajar la cabeza para no golpearse contra el marco. Una vez fuera, le sujetó las manos esposadas en la espalda con una mano y con la otra encendió una potente linterna que siempre llevaba en el maletero del Oldsmobile.

—Si hace cualquier movimiento estúpido, dispárale —le dijo a Sarah.

Ella asintió mientras el tipo miraba hacia el cielo, como si considerar la posibilidad de que intentara huir fuera lo más surrealista que había escuchado nunca. Después empezó a avanzar por el sendero del bosque al que los había llevado, pero parecía inseguro de sus pasos.

—Espero que no estés tomándonos el pelo, Hayes —lo amenazó cuando ya habían pasado dos veces por el mismo claro.

—Está muy oscuro, y cuando vine estaba todo nevado, hostia. ¡Ya le he dicho que no sería fácil!

—Pues esfuérzate un poco más. —Le dio un empujón que lo hizo tambalearse.

—¡De acuerdo, de acuerdo! —Se detuvo y echó un vistazo atento a su alrededor. Volvió a coger el mismo camino que las dos veces anteriores, pero un par de pasos después se detuvo. Miró a su izquierda y subió la mirada hacia un pino alto y delgado que crecía junto a una roca enorme, de donde surgía otro sendero. Después de dudar unos segundos, giró a su izquierda y lo cogió. No dijo nada, pero a medida que avanzaba parecía más seguro. Poco después se detuvo por fin frente a un cedro.

Un par de metros más allá, un agujero se abría en la pared de roca que había detrás.

—Es aquí —dijo Hayes nervioso.

—¿Estás seguro? —le preguntó.

El tipo asintió.

—Pues adelante. —Y lo empujó.

Lo siguió mientras avanzaba los pasos que los separaban de esa entrada en las entrañas de la piedra. Cuando llegaron, dirigió la luz de la linterna al interior. Era un espacio estrecho, de poco más de un metro de ancho por uno y medio de alto, que se ensanchaba unos metros más adentro.

—Venga —le dijo.

Hayes cogió aire, se agachó y entró, seguido de él y de Sarah.

El aire era más frío, pero no llegaba ningún olor a putrefacción, algo completamente normal, por otra parte, teniendo en cuenta el tiempo que había pasado. Aunque quizá Hayes les había mentido, la había dejado en medio del bosque esperando que los animales salvajes la hicieran desaparecer y todo aquello no era más que una retahíla de mentiras para ganar tiempo.

Siguieron caminando hasta que la cueva dio a una galería más grande, de unos cinco metros de diámetro y dos de altura. Había un viejo baúl al fondo a la izquierda. Hayes se estremeció al verlo.

—La dejé ahí dentro —murmuró—. Y se acercó con reticencia.

—No te acerques más —le ordenó.

Obedeció y dio dos pasos atrás. Casi parecía aliviado.

Se puso el guante en la mano derecha y avanzó hacia el baúl. Respiró profundamente antes de abrirlo. Al final cogió con delicadeza el marco de la tapa superior y la empujó hacia arriba.

El interior estaba completamente vacío.

Miró a Hayes con expresión interrogante.

Su rostro expresaba algo muy cercano al terror y la incomprensión.

56

Abrió los ojos, pero el movimiento no surtió ningún efecto porque seguía rodeada de la más profunda de las oscuridades.

Parpadeó un par de veces, pero nada cambió. Se dio cuenta de que temblaba y, aunque no lo veía, sentía el vaho de su aliento entrecortado en ese espacio. ¿Qué era? ¿Un ataúd? El pánico empezó a apoderarse de ella. Tenía el cuerpo entumecido y unas punzadas terribles y constantes en la cabeza. Sentía la boca seca y se dio cuenta de que se moría de sed. Le costó mover los brazos y las manos porque se le habían quedado debajo de la espalda, en una postura completamente antinatural, y el peso de su cuerpo y el poco espacio de maniobra le dificultaban el proceso. Pero al final lo consiguió.

Palpó la superficie que la rodeaba. El tacto confirmaba lo que el olor ya le había indicado: era madera. Pero era un poco más alto que un ataúd. ¿Qué podía ser? ¿Una caja, tal vez? ¿Qué coño había hecho Hayes? ¿La había enterrado viva? Nunca habría pensado que fuera capaz de hacerle algo así. Empezó a hiperventilar cuando por fin se decidió a empujar la madera por todos lados. Las patadas no surtieron ningún efecto, pero cuando empujó el tablero que tenía arriba, sorprendentemente cedió sin dificultad y una tenue claridad la rodeó por fin.

Se puso de pie con dificultad y caminó lentamente hacia la boca de luz solar que iluminaba la cueva.

Acababa de renacer y no pensaba perder ni un segundo en huir de allí y empezar una nueva vida.

Era la tercera vez que sonaba el teléfono en un intervalo de menos de diez minutos. Como la vez anterior, no conocía la identidad de la persona que lo llamaba.

—Diga. —Fue consciente de que no había sido amable, pero le daba igual.

—¿Coddie Bright?

Le pareció reconocer la voz de Barlett, pero no se atrevió a decir nada.

—Coddie —siguió diciendo la voz al otro lado—, soy Jack Barlett. Nos conocimos hace unos meses.

Sí, era cierto. Se habían conocido un par de meses antes de que Nona muriera. Habían coincidido en un restaurante. Estaba cenando con Sarah cuando vieron a Barlett acompañado de una mujer que se dirigía hacia su mesa. El camarero insistió en la posibilidad de que compartieran mesa cuando vio que se saludaban, pero Barlett decidió no estropear las citas de nadie y declinó la oferta amablemente. En ese momento lo había admirado por no dejarse llevar por las convenciones de quedar bien, especialmente teniendo en cuenta las esferas en las que se movía. En esto coincidía con Sarah, o quizá era que ella lo había aprendido de él. Al fin y al cabo, siempre decía que había sido como un padre para ella..., hasta que apareció el verdadero.

—Sí, lo recuerdo. ¿Qué tal está? —Se obligó a fingir ese tono casual.

—Preocupado por Sarah, si te digo la verdad. Necesito hablar con ella. Supongo que no está ahí, contigo.

Vaya, no perdía el tiempo.

—No, no está. Se marchó ayer a Phoenix. Tenía una sesión con un cliente.

—Ya. —Era evidente que no lo creía—. Mira, Coodie, sé que Sarah te importa, y mucho. A mí también. Así que no voy a perder el tiempo con juegos estúpidos. No sé si ha sido ella la que se ha cargado a uno de mis hombres o si resulta que está en peligro. Pero la policía cree una cosa o la otra, y está buscándola. No creo que tarde en ponerse en contacto contigo. Puedo asegurarte que el futuro de Sarah será mucho más luminoso si yo la encuentro antes que ellos, especialmente si resulta que ha cometido un asesinato.

—Pero ¿qué dice? —Fingió asombro, pero sabía que no tenía el talento de mentir.

—Si está bien y se pone en contacto contigo, dile que no se preocupe por lo de Dustin. La defenderá uno de mis mejores abogados si es necesario. Pero, Coddie, esto es importante. Dile que se aleje de Carrington. No es el hombre que parece, y ni mucho menos el padre perfecto que ella imagina.

—No tengo ni idea de qué me habla ni de qué se traen entre manos los dos —le contestó—. Pero cuando vuelva de su viaje a Phoenix, o si hablo con ella, le diré lo que me ha dicho. Es todo lo que puedo asegurarle.

—De acuerdo. Con eso me basta. Adiós, Coddie. —Y colgó el teléfono.

Al otro lado de la sala, Len Howard lo miró divertido.

—Esta gente de las altas esferas... vive en otro mundo, ¿verdad?

—Estoy seguro de que Sarah no ha hecho nada que no tenga una explicación completamente razonable.

—Eso ya lo veremos. Entretanto, piense que estamos vigilándolo. No haga ninguna tontería. Si habla con ella, cuéntele la situación. Todo indica que el tío la metió en el maletero y la amordazó. Nadie le tendrá en cuenta que se haya defendido. Solo queremos hablar con ella y corroborar nuestra hipótesis.

—Sí, claro.

—Solo intento hacer mi trabajo, señor Bright. Espero que usted no sea un problema. Porque sabe cómo se llama eso, ¿verdad? Obstrucción a la justicia. Y está penado por la ley.

Movió la mano de un lado a otro, como si espantara una mosca. Ya había tenido más que suficiente de todo aquel teatro.

—Si me disculpa, me esperan en el restaurante. Debería ponerme ya en camino —le dijo mirando hacia la puerta.

—¡Oh, claro! ¡No seré yo quien lo prive de cumplir con sus obligaciones laborales! —Sonrió, se levantó de la silla donde había dejado caer el culo media hora antes y cruzó la sala con parsimonia, seguido por el policía joven, que no había abierto la boca en ningún momento.

—Seguimos en contacto, señor Bright. —Y cerró la puerta tras de sí.

Esperó unos segundos antes de sacar el móvil del bolsillo y releer el mensaje que había recibido la noche anterior:

Estoy bien. He encontrado a mi padre, pero no se lo digas a nadie. Barlett se lo quiere cargar. Borra este mensaje cuando lo hayas leído. Estoy segura de que tarde o temprano se pondrá en contacto contigo. Te mantendré informado. Te quiero.

Deslizó el dedo hacia la izquierda y borró el mensaje.

Pero ya no pudo quitarse de encima la inquietud, que lo acompañó todo el día.

Ted recordaba perfectamente el momento en que había recibido esa llamada. Hacía dos días que Carrington había desaparecido, y todos los medios hablaban de su desaparición y de la de Jennie.

Por eso le impresionó tanto oír su voz cuando estaba viendo su fotografía en la pantalla del televisor.

—¿Papá?

El corazón le dio un vuelco tan intenso que pensó que se le detendría.

—¿Jennie?

Ella se echó a llorar al otro lado del teléfono.

—¡Jennie, hija! ¿Dónde estás? ¿Estás bien?

—Estoy bien, papá, estoy bien. —Dejó de sollozar y añadió—: Pero no puedes decir que te he llamado, ¿de acuerdo?

—Pero ¡Jennie! ¿Qué diablos...?

—Tiene que pasar más tiempo antes de que pueda volver, papá. Esta gente es peligrosa.

—Pero... —protestó.

—Ya has visto lo que le ha pasado a Carrington. Ellos creen que estoy muerta, papá. Así estoy segura.

—Pero si vas a la policía y cuentas lo que...

—Hice algunas cosas mal y ahora es demasiado complicado... Deberían aceptar lo que ha pasado, confesarlo..., y nunca lo harán.

—Pero ¿quién...? ¿Ha sido Burns? —gritó lleno de ira—. ¿Ha intentado matarte?

—Déjalo, papá. No merece la pena...

—Hija, quien te haya hecho daño tiene que pagar por ello.

—Quizá sí, papá, pero ahora no puede ser.

—Jen... —le rogó.

—Dentro de un tiempo podremos vernos. Cuando todo se haya calmado. Estoy bien, no te preocupes. Volveré a ponerme en contacto contigo. Te quiero, papá.

Y después de colgar el teléfono, Jennie volvió a desaparecer de su vida.

Pero esta vez fue solo por unos días. Desde entonces se las había arreglado para llamarlo casi cada semana, siempre desde un teléfono diferente u oculto. Nunca le decía dónde estaba, y él ya se había resignado a no insistir y malgastar el poco tiempo que compartía con ella haciendo preguntas que sabía que nunca respondería. Aunque no estaba de acuerdo y creía que había otra forma de hacer las cosas, se aferró a la promesa de que un día podrían volver a verse. Había conseguido dormir por las noches de nuevo, aunque no siempre plácidamente.

Solo había dos cosas que todavía le costaba mucho digerir. La primera era no poder contar al resto de la familia que Jennie estaba viva, por petición expresa de su hija.

—Tu madre está sufriendo mucho, Jennie. Debería saber que estás bien.

—Anita es una bocazas y tardará dos minutos en esparcirlo por todas partes y a los medios. Además, no exageres. Ni siquiera se movió de Monterrey para ayudar en la búsqueda —añadió con resentimiento.

Aquella fue la primera vez que Ted imaginó cómo habría vivido su hija los primeros días de la desaparición, viendo las noticias que hablaban de ella en los medios. En uno de esos momentos debía de haberle enviado el mensaje desde un móvil desconocido.

—¿Qué pasó, Jennie? ¿Qué pasó la última vez que os visteis? ¿Por qué estás tan enfadada con ella?

—Ahora ya no tiene importancia.

—La tiene para mí.

—Solo servirá para que te enfades más.

—Te escucho.

—Papá...

—Jennie —dijo remarcando en el nombre que le había dado su autoridad paterna.

—Su último noviete intentó... Se metió en mi cama una noche, y ella quitó importancia al asunto.

—¿Cómo? —De repente le había empezado a hervir la sangre.

—Dijo que estaba borracho, que se había equivocado de habitación, y ella lo creyó o fingió creerlo.

—¡Hijo de puta! Y ella... ¿cómo se atreve a pasar por alto algo así? ¡A contradecir a su propia hija!

—Ya sabes cómo es. No sabe estar sola. Prefiere negar la realidad, por asquerosa que sea.

No supo qué más decir. Tenía razón. Anita era así.

—No le digas nada, papá. ¿De acuerdo? —le pidió—. No quiero remover esto ahora. No tiene sentido. No pasó nada, papá. Le pegué una buena patada en los huevos.

—Bien hecho, hija.

Y no insistió más. De todas formas, ella debió de notar que le daba vueltas al otro lado del teléfono, porque le dijo:

—No lo hago para que sufra, papá. Realmente no confío en que pueda mantener la boca cerrada.

—Lo entiendo, Jennie. De verdad que sí.

—Bueno, te llamaré la semana que viene, ¿de acuerdo? Cuídate.

—Tú también, hija.

No habían pasado más de dos minutos cuando volvió a sonar el teléfono. Al principio pensó que era Jennie de nuevo, pero el prefijo del número no coincidía con la última llamada.

—Diga —respondió.

—¿Señor Johnson?

—Sí, soy yo —dijo dubitativo.

—Soy el teniente Fiorinni, de El Dorado County Sheriff's Office. Lo llamo en referencia a la desaparición de su hija, Jennie Johnson.

No tenía ni idea de lo que podía esperar de aquella llamada.

—Lo escucho —le dijo con voz grave.

—Un hombre llamado Matt Hayes ha confesado haber matado a su hija. —Aquello sí que lo pilló por sorpresa.

—¡Dios mío! —acertó a decir.

—Pero el cuerpo no está donde dice que lo dejó, así que no podemos corroborar que sea del todo cierto. Aunque sí hemos encontrado rastros biológicos que coinciden con las muestras de ADN que facilitó hace tres años. Lo siento, señor Johnson, pero es muy probable que esté diciendo la verdad.

No supo qué responder. Así que había sido Hayes quien había intentado matarla. No entendía muy bien la situación ni cómo Jennie se había librado, pero sintió un odio furibundo y repentino por ese hombre.

—¿Cómo han sabido que fue él?

—Se ha presentado en la oficina del sheriff y ha confesado.

—¿Sin que lo hubieran detenido? —No entendía qué le había hecho cambiar de opinión tres años después de haber ocultado con éxito lo que había hecho.

—Ha dicho que no podía seguir viviendo con la culpa. —No parecía que el detective terminara de creerse lo que estaba diciendo. Lo había visto antes en la tele y se lo imaginó encogiéndose de hombros. En el fondo, no debía de querer cuestionárselo demasiado. Lo que contaba es que por fin tenía a ese tío en su sala de interrogatorios.

—¿Pagará por lo que ha hecho? —le preguntó.

—Tenemos su confesión. Intentaremos que así sea. También ha implicado a la expareja de su hija, David Burns. Dice que mató a la chica que desapareció unos años antes que Jennie en Tahoe, Rebecca Tilford. Y que sabía que Jennie había descubierto la verdad y la secuestró para evitar que dijera nada.

No podía creerse lo que estaba escuchando. Empezaba a hacerse una idea del horror por el que había pasado Jennie y sus motivos para no querer salir del anonimato.

—Lo han detenido de inmediato, supongo —contestó lleno de ira.

—Así es. Nuestros hombres están interrogándolo ahora mismo.

—¿Puedo ayudarlos en algo?

—No, no. Solo queríamos dar parte de la situación, señor Johnson. Lo mantendremos informado conforme avancemos en la investigación.

—Se lo agradezco. Como sabrá, no siempre he tenido tan buena respuesta de las autoridades. Gracias.

—No hay de qué. Siento que no pudiéramos arrestar a Burns hace tres años. Se puede discutir cómo hizo las cosas, pero todo apunta a que el ranger Carrington iba por el buen camino en sus hipótesis. Seguimos en contacto, señor Johnson. —Y colgó.

Sí, esa era la otra cosa que no había acabado de digerir, que Carrington muriera pensando que habían asesinado a Jennie y no poder contarle la verdad en ese momento. Que perdiera, incluso y probablemente, la vida investigándolo. Que muriera por ella, al fin y al cabo.

Aún tardaría un tiempo en saber que no era exactamente eso lo que había pasado.

Habían recorrido más de tres cuartas partes del viaje de vuelta sin que Sarah se hubiera atrevido a hacerle la pregunta del millón. Aunque la conocía poco, había notado su impaciencia en las últimas tres horas, los silencios que se obligaba a hacer entre conversaciones cuando tenía la excusa ideal para plantearse la oportunidad de recibir las respuestas que llevaba tiempo buscando.

Acababan de dejar atrás Pahrum cuando decidió no alargarlo más.

—Así que ¿no tienes hermanos? —le preguntó en tono casual.

—No. Soy hija única. Mi madre murió cuando yo tenía seis años —contestó Sarah sin apartar los ojos de la carretera.

—Lo siento. No lo sabía.

—Ya lo sé. —Vio que dudaba por un momento y después añadió—: Aquella carta... Cuando estuve en Yosemite, Rose me dejó ver los documentos que tenías sobre Jennie —recapituló—. Encontré unas cartas en tu escritorio... Aquella respuesta no era de mi madre, Carrington. La escribió Nona haciéndose pasar por ella.

Esa revelación le provocó una punzada en el corazón que no había anticipado. Un montón de recuerdos y emociones lo embriagaron tan intensamente que casi se mareó.

—Si Nona no te hubiera engañado, habría podido conocerte mucho antes... —dijo casi para sí misma.

Reflexionó en silencio si lo que acababa de decir Sarah era cierto. Le habría gustado pensar que sí, que aquella mujer de facciones duras y piel morena a la que solo había visto una vez hacía más de treinta años le había arruinado la vida con esa mentira. Que seguro que, si Eve le hubiera contestado positivamente, habría vuelto a buscarla, a pesar del riesgo que implicaba. Pero en el fondo sabía que aquella carta no había hecho más que facilitarle tomar el camino que ya había elegido, el de privarse de todo lo que su hermano ya no podría tener. No podía saberlo a ciencia cierta, pero lo que Nona hizo probablemente solo era una excusa, una excusa perfecta, sí, pero una excusa al fin y al cabo. Claro que si Eve le hubiera hablado de Sarah... Bueno, eso ya habría sido diferente. Quería pensar que en ese caso sí que habría vuelto. De todas formas, ya no podría saber con seguridad qué habría hecho si hubiera recibido otra carta ni qué habría contestado Eve si hubiera tenido la oportunidad de hacerlo.

—En todo caso, ahora no tiene sentido darle más vueltas —le dijo por fin.

—Nunca le perdonaré que te mantuviera en secreto —dijo ella con amargura.

—Debía de pensar que hacía lo mejor para sus seres queridos, como suele hacer casi todo el mundo. Tenía motivos para creer que yo no era ni la pareja perfecta para tu madre ni el hombre ideal para hacerte de padre.

Ella apartó por primera vez los ojos de la carretera y lo miró con curiosidad.

—No soy ningún santo, Sarah.

—Nadie lo es, en realidad —dijo ella encogiéndose de hombros—. Todos cometemos errores en la vida.

—Algunos errores se consideran delitos y crímenes.

Ella le clavó una mirada llena de preguntas.

—Tomé una mala decisión hace treinta y tres años, y desde entonces me ha acompañado. Es justo que sepas lo que pasó. Solo así podrás decidir qué quieres hacer.

Y por fin le contó el secreto con el que cargaba desde hacía tanto tiempo.

57

Creía que tardarían mucho más en encontrar la propiedad, pero su madre había dedicado la mitad de su testamento a especificar la nomenclatura de cada carretera y a describir perfectamente cada giro en ese paisaje de tierra aparentemente yerma, así que, dos horas después de circular rodeados de aquel beige eterno con pinceladas del verde quemado de las gobernadoras sin florecer, habían llegado a su destino.

La estructura de la casa todavía aguantaba en pie; unos huesos de madera que conformaban una superficie cuadrada con un tejado a dos aguas y un añadido más bajo pegado a la parte derecha que hacía pensar en un pajar o granero. Gran parte de los tablones que formaban la fachada de la vivienda se las habían arreglado para soportar el paso y las inclemencias del tiempo, especialmente los de la planta superior. Aun así, la fachada de la planta baja era un gruyer de madera dañada que dejaba entrever los pocos objetos que habían sobrevivido a décadas de abandono.

Pensó que su madre debía de haber sido aún más infeliz de lo que él sospechaba si prefería que la enterraran allí y no en el lugar en el que había vivido la mayor parte de su vida y formado una familia. O quizá era una cuestión de volver a los orígenes. Al fin y al cabo, era una mujer del desierto que lo había dejado todo para convivir con un borracho en medio de las montañas. Deseó que sus hermanos y él le hubieran dado alguna alegría más de las que en ese momento podía recordar.

Rodearon la casa hasta que vieron el árbol mezquite que les había indicado.

—Esto está más muerto... —dijo Seth.

—No, no, los mezquites pueden vivir más de doscientos años. No son originarios de aquí, sino de México, pero hace mucho tiempo que se utilizan para reforestar el desierto, y en algunos lugares incluso se han convertido en una plaga. Te parece que está seco porque debe de estar hibernando, pero lo más seguro es que en primavera despierte, y entonces dará flores blancas.

Seth lo miró divertido.

—¿Cómo coño sabes estas cosas?

Él se encogió de hombros. No lo sabía. Le gustaba leer sobre la naturaleza y recordaba las cosas sin esfuerzo. Lo había hecho desde muy pequeño, después de que su tío Gus, que ya no estaba vivo, le regalara un libro sobre el parque. Desde entonces leía todo lo que cayera en sus manos sobre esta temática. Una afición inútil, según su padre, que no necesitaba para limitarse a realizar las labores de mantenimiento del parque durante la temporada alta.

—Voy a buscar la pala —dijo Seth.

Cavaron un agujero de unos ochenta centímetros a un metro y medio del árbol y dejaron caer las cenizas de la mujer que les había dado la vida. Estas tiñeron el aire de un polvo gris de estrellas que acabó posándose en la tierra y las raíces del mezquite e integrándose para siempre en aquel paisaje árido y solitario. Le dedicaron unos segundos de silencio, se miraron a los ojos y después volvieron a llenar el agujero con el pequeño montículo de tierra que habían dejado a un lado.

Cuando terminaron, allanaron el terreno seco con las manos. Antes de apartarlas, acarició el suelo y murmuró:

—Descansa en paz, mamá.

—Amén —dijo Seth.

A continuación, se levantaron y se dirigieron a la entrada de la propiedad.

—¿Cuánto crees que costará arreglar todo esto? —le preguntó su hermano.

—¿Por qué? ¿Tienes intención de venir a vivir aquí con mamá? —le contestó medio en broma.

—Bueno, nunca se sabe... Es una opción. —Se encogió de hombros.

Nick miró a su alrededor. No había más que tierra baldía en muchos kilómetros a la redonda, a excepción de alguna casa móvil o autocaravana perdida en aquella inmensidad, que con su sola presencia dejaba claro que no querían que nadie las molestara. Aún no era mediodía, y calculó que debía de hacer una temperatura de unos diecisiete grados a día 2 de enero. Le resultaba impensable vivir en un entorno tan extremadamente hostil y radical, él, que era un enamorado del verde y la frescura de la sombra de las secuoyas gigantes que poblaban las montañas donde había nacido. Miró a su hermano a los ojos, y este, que sabía lo que estaba pensando, medio sonrió.

—¿Has vuelto a meterte en problemas? —le preguntó.

—No, pero los que tenía no terminan de dejarme en paz. —Le guiñó un ojo—. No te preocupes. Tengo un plan y la suerte de cara. Pero tenemos que alargar un poco el viaje...

—Seth...

—No finjas que tu vida en casa es tan importante que no puedes pasar una semanita de vacaciones con tu hermano pequeño... ¡nada menos que en Las Vegas!

Negó con la cabeza.

—Dijimos que íbamos y volvíamos. No quiero dejar a Rose sola tantos días con papá.

—La tía Annie se ocupa, ya lo hablé con ella. —Le dio un golpe amistoso en el hombro—. ¡Venga, hombre! ¡Si está aquí al lado! —Señaló hacia su derecha en aquel inmenso mar de tierra, como si supiera dónde quedaba la ciudad del vicio—. ¡Hay que ver Las Vegas al menos una vez en la vida!

—¿Piensas jugarte el poco dinero que te queda en una ruleta? —le preguntó de mal humor.

—Yo no dejo las cosas al azar, Nick. Me las trabajo. Me lo jugaré al póquer, que sé un poquito. —Le guiñó un ojo—. Y triplicaré lo que tengo —le dijo con una carcajada sincera.

Suspiró intentando exhalar toda la frustración que había ido acumulando a medida que oía los planes de su hermano. Cada año que pasaba estaba más convencido de que nunca cambiaría. Y aun así no podía evitar que su optimismo casi infantil lo fascinara e incluso le despertara tanta ternura como nerviosismo. Aunque no entendía cómo se lo montaba, lo cierto es que a veces las cosas le salían bien.

—De acuerdo —accedió por fin—. Pero solo una semana.

—¡Genial! —Volvió a darle un golpe en el hombro—. ¡Verás qué buenas vacaciones! ¡Invito yo! Pero cuando haya ganado al póquer, ¿eh? Hasta entonces tendrás que adelantar tú el dinero. Eso sí, después te pagaré hasta el último dólar.

Movió la mano de un lado a otro para que se callara y apeló al espíritu práctico que siempre había tenido como hermano mayor.

—Venga, pongámonos en camino, que todavía tardaremos bastante en encontrar algún sitio en el que nos den algo de comer.

—Sí, ve tirando. Ahora voy, que tengo que mear.

Lo miró a los ojos, y después la mirada se desplazó bajo el mezquite, donde habían enterrado a su madre.

—¡Aquí no, joder! Iré allí detrás. —Seth señaló el porche hundido de la parte trasera de la casa—. Ya cojo yo la pala.

Observó por última vez la tumba de su madre y dio media vuelta despidiéndose silenciosamente de ella y de ese lugar.

Poco imaginaba que el destino había planeado que volviera unas semanas después, pero en condiciones muy diferentes.

Cuando le dijo que se quedarían una semana, ya sabía que probablemente serían dos o tres. Pero los años le habían enseñado que era mucho más fácil convencer a Nick de algo siendo razonable en la petición inicial y después presentar motivos fehacientes que corroboraran que, por ejemplo en ese caso, alargar la estancia era la mejor opción. Era evidente que no podían abandonar ese lugar que estaba haciéndolos ricos.

En cuanto hubo hablado con Annie, a Nick no le fue difícil soltarse y alargar un poco más la estancia en Las Vegas, no tanto por sus dotes de seducción (que también, o eso le gustaba pensar) como por los de Eve, una chica a la que había conocido en el Sunny Desert y que le había robado el corazón inesperadamente. Él mismo había presenciado aquella conexión inmediata la segunda noche que ella les llevó las bebidas y había distinguido ese brillo recíproco en los ojos de ambos, pero nunca habría podido anticipar que su hermano se enamoraría tan rápido y de esa manera. Hacía un par de días que incluso había empezado a plantearse mudarse una temporada con ella cuando no tuviera trabajo en el parque.

Aunque le había sorprendido un poco, estaba encantado con ese romance, porque la situación le permitía alargar una racha que casi no podía creerse. Aun así, allí estaba todo el dinero, en decenas de fajos escondidos en una bolsa vieja que le pertenecía desde que tenía dieciséis años.

Si conseguía mantener la racha un par de días más, podría dejar atrás la mala vida que todavía lo perseguía y empezar una nueva con mucha comodidad donde quisiera. Sabía que lo vigilaban, pero no le preocupaba, porque por primera vez en mucho tiempo no estaba haciendo nada ilegal. Simplemente se le daba muy bien jugar al póquer y encadenaba una victoria tras otra. Aun así, cuando el jefe de sala —con el que había intercambiado un par de conversaciones cordiales desde su llegada— le invitó a una copa, sintió una oleada de incomodidad que no fue capaz de ignorar.

—¿Qué ponemos, jefe? —preguntó el camarero al hombre que iba vestido con un traje escrupulosamente planchado, que contrastaba bastante con esa camisa de cuadros que llevaba desde hacía dos días.

—Un bourbon con hielo y...

—Lo mismo —contestó.

El camarero se desplazó unos metros para coger la botella.

—Creo que es usted el mejor jugador que ha pasado por aquí desde hace mucho tiempo —le dijo.

No supo identificar si la afirmación era sincera o no.

—Gracias. Estoy seguro de que la suerte juega un papel importante —contestó.

—Yo no creo mucho en la suerte, si le soy sincero —le dijo el hombre mirándolo fijamente a los ojos—. Soy más de trabajármelo.

—Sí, yo también —contestó con una sonrisa—. Solo era falsa modestia.

Se creó un silencio tenso, en el que se limitó a mover la cabeza cuando el camarero apareció con los dos vasos, los dejó en la barra y volvió a marcharse.

—¿Por qué no ha ido a uno de los grandes casinos? —le preguntó el hombre—. Podría ganar mucho más dinero...

—No me convencen. Prefiero los lugares más íntimos... —Levantó el vaso y se lo llevó a la boca—. Salud.

—Salud.

Los dos dieron un largo trago de whisky.

—Pues es una lástima que no pueda jugar con competidores que compartan su talento... Está claro que hay quien prefiere ser un pez gordo en una pecera pequeña que darse cuenta de que es un pez pequeño en el océano...

Aquello lo molestó. Sabía que era lo que pretendía, pero lo molestó igualmente.

—Lo que pasa es que los que se atreven a adentrarse en el océano no consiguen mejor pesca que los que se quedan en la pecera, claro... —concluyó.

Lo miró fijamente a los ojos, pero no dijo nada. El hombre se terminó de un trago lo que quedaba en el vaso y bajó del taburete en el que estaba sentado.

—Si le gustan los ambientes íntimos, le gustará saber que aquí también organizamos encuentros con jugadores de su talla. Sin principiantes de por medio es mucho más emocionante y, lo que es más importante, las apuestas hacen justicia al nivel de la mesa: más dinero en menos tiempo. —Le tendió una tarjeta—. Llámeme si decide dar un paso adelante.

Leyó la tarjeta:

JACK GORDON.
JEFE DE SALA - SUNNY DESERT
+1 702-761-2111

Estuvo a punto de dejarla en la barra para darle a entender a ese tío pretencioso que esos juegos no funcionaban con él. Pero después pensó que era mejor no estar de malas con el jefe de sala si quería seguir jugando unos días más, así que se la guardó en el bolsillo trasero de los vaqueros pensando que se olvidaría de ella el día que los metiera en la lavadora.

Aún deberían pasar unos días para que se diera cuenta de que había subestimado claramente el poder de persuasión de ese hombre con aspiraciones mucho más ambiciosas que las que dejaba intuir.

Hacía tres días que el jefe de sala le había hecho aquella propuesta y no podía quitársela de la cabeza. Seguía teniendo suerte en las mesas de siempre, pero le parecía que estaba perdiéndose algo. Al final, esa noche, cuando ya estaba en la habitación del hotel, decidió llamarlo.

—Venga mañana a las nueve a la habitación 512 —le dijo.

—¿No se juega en una sala? —preguntó extrañado.

—Es un espacio exclusivo. No lo comente con nadie. Está reservado para los mejores. —Seth llevaba camisas a cuadros, pero tenía claro que esa era una manera glamurosa de decir que lo que hacían en esa habitación probablemente era ilegal. No tenía ningún problema. Solo quería conseguir el dinero rápidamente y seguir con su nueva vida.

—De acuerdo. Hasta mañana. —Y colgó el teléfono.

Fue el mismo jefe de sala el que abrió la puerta de la habitación 512 al día siguiente.

—Buenas noches, señor Robitaille. Me alegro de verlo.

Lo acompañó a una mesa a la que estaban sentados cuatro hombres y una mujer, todos muy limpios, perfumados y bien vestidos. Enseguida vio que no perdían el tiempo. Jugaban ágilmente, sin sonrisas ni palabrería, y las apuestas eran diez veces más altas que en la planta baja del casino. Pero se adaptó rápidamente y no necesitó más de cinco minutos para volver a sentirse como pez en el agua, aunque esta vez estuviera nadando en el océano y las corrientes fueran definitivamente más fuertes.

Se daba cuenta de que, cuando decía aquello de que su madre lo ayudaba, la gente pensaba que bromeaba o que lo decía por falsa modestia, pero la verdad es que estaba convencido de ello. Por muy bueno que fuera, no había otra explicación lógica a lo que estaba pasando. Su madre lo ayudaba de alguna manera y velaba por él desde donde fuera, que por fuerza debía de ser un lugar mejor que el agujero de debajo del mezquite, por más que a ella le hubiera parecido una buena idea cuando escribió su testamento.

Por eso no se perdonó no haber escuchado el instinto que dos días después le había dicho que lo dejara correr, que ya había tenido bastante.

Racionalizó esa voz interior diciendo que solo era un miedo absurdo y jugó esa mano sin estar del todo convencido. No debería haberlo hecho, porque perdió una considerable cantidad de dinero.

Sabía que, si Nick hubiera estado a su lado, le habría hecho levantarse de la mesa, pero lo había mantenido al margen de esos encuentros exclusivos, así que se dejó guiar por la fantasía de que podía arreglar ese contratiempo con una sola partida más y un golpe de suerte. Pero de repente su madre había desaparecido.

Y lo perdió todo.

Roy Garcia, uno de los participantes con los que había coincidido en los últimos días, se acarició el bigote canoso, exhaló el humo de su puro cubano mirándolo fijamente y le dijo:

—Yo te dejo el dinero para seguir jugando, si tienes cojones de seguir. —Y esbozó una sonrisa provocadora bajo su mata daliniana de pelo gris.

La idea de revertir aquel giro inesperado de inmediato fue demasiado tentadora. Tanto que ni siquiera la medio analizó antes de aceptarla con un movimiento de cabeza.

Empezó la partida con la moral bastante alta y el convencimiento de que todo era posible. Pero su madre se había ido de su lado definitivamente.

Cuando se dio cuenta del error que acababa de cometer, ya era demasiado tarde para echarse atrás.

Por fin lo encontró en la barra del bar. Tenía la mirada perdida entre la amplia selección de botellas que ocupaban los estantes de vidrio situados detrás de la barra. El barman todavía no había retirado la copa que yacía vacía delante de él, pero ya estaba bebiéndose otra.

Se sentó a su lado sin decir nada. Seth tardó al menos un minuto en darse cuenta de que tenía compañía. Entonces giró la cabeza, encontró sus ojos y esbozó una sonrisa triste.

—Ey —dijo por fin.

—Ey —le contestó Seth. Después negó con la cabeza—. La he cagado, tío. La he cagado de manera importante. —Hundió la cabeza entre los brazos.

—¿Has perdido la pasta?

—Peor. —Volvió a levantar la cabeza—. Debo un montón de dinero a gente muy chunga, Nick.

Se pasó las manos por el pelo intentando mantener la calma.

—Trabajaremos para ganarlo y lo devolveremos.

—No tenemos tiempo.

—¿Qué quieres decir?

—Solo tengo setenta y dos horas para pagar.

No pudo evitar levantar el tono de voz.

—Pero ¿se puede saber con quién coño te has mezclado?

Su hermano acercó el rostro a su oreja derecha y le susurró:

—No perdamos la calma ni llamemos la atención. Y no grites mi nombre, tío. Solo nos falta que sepan que estamos utilizando identidades falsas.

Sí, esa era otra. No le había dado demasiada importancia, porque siempre había pensado que Seth exageraba un poco, que vivía su vida como si estuviera en una película de esas que tanto le gustaban. Pero ahora veía que había subestimado su capacidad de enmerdarse y que probablemente la situación fuera mucho peor de lo que había imaginado.

—¿Podemos huir? —se atrevió a preguntar.

Seth movió la cabeza a un lado y a otro.

—Me vigilan de cerca. Me han dicho explícitamente que, si salgo de la ciudad antes de pagarles, me rompen las piernas.

Soltó un suspiro contenido y se terminó el bourbon que quedaba en el vaso de Seth.

—Hay algo que podríamos hacer, pero no te hará gracia —le dijo su hermano—. Creo que es la única opción que tenemos.

Le maravillaba que Seth siempre socializara sus problemas y lo hiciera partícipe de todos sus marrones. Pero daba igual. Era cierto, estaban juntos, no lo dejaría tirado en aquel follón.

—¿Cuál? —preguntó con reticencia.

Su hermano le contó un plan que parecía sacado del guion de una película de acción.

—¿Estás seguro de que podemos fiarnos de ese tío, del jefe de sala?

Seth se encogió de hombros.

—No lo sé. Pero la verdad es que no nos queda más remedio.

El plan parecía sencillo.

El jefe de sala sabía a qué hora, dónde y quién recogía el dinero. Solo tenían que interceptarlo justo antes de que entrara en el vehículo y huir. Unos días después se lo repartirían en el punto de encuentro acordado previamente.

Era uno de los casinos menores del grupo, y el botín procedía de partidas ilegales, así que la recogida la realizaba un hombre de confianza del director con su vehículo privado, no la compañía profesional contratada por los otros casinos. Esto debía facilitar el proceso, y Seth pensó que en menos de diez minutos podría cambiar su vida.

Desgraciadamente, no se equivocaba.

Subieron al coche sorteando los disparos que les llovían por todas partes y pisó al máximo el acelerador. Ignoró todos los semáforos que encontró hasta que salieron de la ciudad, con los ojos clavados en la carretera y el latido del corazón resonándole en los oídos.

De repente las luces y los neones desaparecieron, y los edificios luminosos y el asfalto dieron paso a un manto eterno de arena con el cielo estrellado como techo.

Por fin tuvo cierta sensación de calma. Fue entonces cuando sintió un pinchazo en el cuádriceps. Se lo palpó con la mano y cuando volvió a apoyarla en el volante vio que estaba llena de sangre. De repente miró a su hermano, preocupado por que él también estuviera herido.

—¿Estás bien? —le preguntó.

—He tenido días mejores. —Su voz era débil.

—¿Seth? —dijo alternando la mirada entre la carretera completamente negra y su hermano—. ¿Estás herido?

Su hermano se palpó el torso y soltó un gemido cuando se tocó el pecho. Una mancha roja impregnaba la camisa de cuadros debajo de la cazadora vaquera.

—¡Mierda! —gritó Nick—. Tenemos que ir a un hospital.

—No —le contestó Seth taxativamente—. Es el primer sitio en el que nos buscarán.

—Da igual. Necesitas que te curen.

—No pienso pasarme la vida en la trena, Nick. Antes prefiero diñarla.

—No digas tonterías.

—Conozco a un tío en el Death Valley que puede ayudarnos. Vamos hacia allí.

—Estás perdiendo mucha sangre —le dijo mirando la mancha, que iba haciéndose cada vez más grande.

Miró por el retrovisor. Solo había oscuridad. Frenó el motor y detuvo el vehículo para echarle un vistazo. La herida estaba entre las costillas. No sabía cuánto tiempo tenía, pero sabía que era poco.

—Seth, esto no...

Su hermano negó con la cabeza y lo interrumpió:

—Vamos al Death Valley. Yo te guío. Llegaremos en dos horas.

Antes de reanudar la marcha improvisó como pudo dos torniquetes con los harapos de su camisa, uno en su hermano y el otro en su pierna.

Se sentía un poco mareado y desorientado, así que no siguió discutiendo sobre adónde tenían que ir.

Pensó en su madre, que descansaba en el agujero donde la habían dejado hacía unas semanas. Era una suerte que no pudiera verlos en esa situación. Y aun así, él, que no creía en los espíritus, deseaba que de alguna manera pudiera hacerlo y les echara una mano, porque verdaderamente lo necesitaban.

Volvió a arrancar el coche y rogó que salieran de aquel follón con vida.

Pero sabía que sus posibilidades de éxito eran muy escasas.

Cuando abrió los ojos, el sol empezaba a sacar la cabeza por detrás de una colina seca de tierra aparentemente yerma. A su derecha, la casa en ruinas de su familia materna lo observaba impasible. No recordaba cómo había llegado. Solo recordaba que había forzado la máquina mientras luchaba contra un sueño empalagoso, deseando que todo aquello fuera una pesadilla de la que se despertaría en cualquier momento.

Giró la cabeza y miró a Seth. Dormía. De repente un temblor se apoderó de él. Aquella luz temprana hacía evidente que el rostro de su hermano estaba mucho más blanco de lo normal, con unas prominentes ojeras azules que hacían presagiar lo peor.

—¿Seth?

Extendió la mano temblorosa y sintió que su piel estaba fría.

El suelo se hundió bajo sus pies y sintió que caía al vacío.

Se quedó paralizado en el asiento del coche durante unas horas que no pudo cuantificar hasta que por fin reunió las fuerzas necesarias para decidirse a darle sepultura.

El sol ya estaba alto cuando terminó de cavar la tumba al lado del mezquite.

Arrastró el cuerpo de su hermano con toda la delicadeza de la que fue capaz teniendo en cuenta que pesaba más de setenta kilos, pero al llegar al límite del agujero no le quedó más remedio que dejarlo caer. Lo había hecho muy profundo porque no quería que los coyotes excavaran los restos, y era imposible salir si se metía dentro. El cuerpo quedó tumbado de lado, con el brazo que tocaba el suelo torcido por detrás de la espalda, y tuvo que apartar la mirada durante un momento para intentar apaciguar la dolorosa incomodidad que lo sacudía.

Cubrió la tumba con la tierra seca y compacta que había hecho aún más hostil aquella dura labor.

Cuando hubo terminado, se dio cuenta de que apenas podía mover la pierna. No le preocupó. No tenía previsto ir a ninguna parte.

Cogió las dos botellas de whisky que llevaban en el maletero del coche y se sentó a los pies del mezquite con el único objetivo de que ese fuera el último lugar que lo viera con vida.

58

—Lo siento. Es absurdo que Seth perdiera la vida por algo así... —le dijo a Carrington.

Él se encogió de hombros y le contestó sin apartar la mirada de los turistas que admiraban el paisaje de Zabriskie Point a lo lejos. Estaban en el Death Valley cuando había decidido contarle la verdad, y había sentido la imperiosa necesidad de ir a la zona de Furnace Creek para hacerlo. Ahora el sol casi rozaba las montañas que coronaban el valle, y una luz anaranjada acariciaba los billones de granos de arena que los rodeaban en un radio de trescientos sesenta grados.

—No debimos haber accedido nunca a participar en ello. Todo el mundo sabe que nadie te regala nada, Sarah. Fui idiota por no ver que algo no cuadraba.

—Que Seth muriera fue culpa de quien le disparó... —recalcó—. ¿Llegasteis a saber quién fue?

—No. Tampoco lo busqué, la verdad. ¿De qué serviría? Fue Barlett el que nos metió en aquella emboscada. El que disparó probablemente no supiera nada de nuestro plan.

Ella asintió. Siempre había intuido esa sombra de Barlett que él seguramente justificaría por un ego herido en su niñez, pero ella nunca había sufrido esa cara de su personalidad, así que no había prestado demasiada atención.

—¿Quieres vengarte? —se atrevió a preguntarle por fin. Le parecía una posibilidad razonable. Seguramente ella querría hacerlo si estuviera en su lugar.

Carrington dudó un momento. Después negó con la cabeza.

—No. Pero no puedo olvidar que ha enviado a alguien a matarme. No puedo quedarme de brazos cruzados. Seguramente ya haya contratado a otro para que acabe el trabajo.

—Puedo hablar con él —le ofreció tímidamente insegura de su propuesta.

—¿Y decirle qué?

—Que no dirás nada de lo que pasó. Lo conozco. Es lo único que le preocupa, que se sepa que su carrera y su ascenso meteórico fueron orquestados por él, que jugó sucio para convertirse en la persona a la que siempre había despreciado y admirado a partes iguales: su padre.

Pareció pensarlo unos segundos.

—No puedo confiar en él, Sarah —contestó por fin.

—No, ya lo sé. Pero no tienes ningún interés en que todo salga a la luz, ¿no? Aunque haga casi treinta años que ha prescrito...

—Preferiría no hacerlo, pero no es eso lo que me preocupa. No quiero que se sepa que estoy vivo hasta que el caso de Jennie se haya esclarecido del todo. Creo que aún hay información que no ha salido a la luz.

Ella empezó a abrir la boca para preguntarle por lo que acababa de decir, pero él le hizo un gesto con la mano para que lo dejara para más adelante, así que volvió a su razonamiento anterior.

—Pues sería una solución *quid pro quo* —siguió diciendo—. Y si incumple su parte del trato, la información que quiere mantener en secreto sale a la luz de inmediato. Hay muchas maneras de arreglarlo. Conozco a un par de abogados y periodistas que estarán encantados de ocuparse del tema.

Pareció planteárselo sinceramente.

—Ya sé que no es justo —añadió ella—. Pero te sirve para lo que necesitas en estos momentos, ¿no?

—¿Es lo que harías tú si estuvieras en mi situación? —le preguntó él.

—Es muy difícil responder con sinceridad. Pero sí, es como seguiría jugando la partida. Sin olvidar que todavía no ha terminado.

Nick apartó la mirada de la lejanía y la miró a los ojos.

—Pues ponte en contacto con esos abogados y periodistas. No tenemos mucho tiempo.

El policía se sentó en la silla que tenía delante y dejó un vaso de agua en la mesa. El otro oficial se quedó de pie, con los brazos cruzados, mirándolo con mala cara. Así que no solo ocurría en las películas, pensó. Aquí tenía al poli bueno y al poli malo en persona. No le preocupó. No pensaba entrar en ningún juego. Su intención era decir la verdad, como ya había hecho en su declaración anterior, y acabar con todo lo antes posible.

—Hemos detenido a Burns en su casa de Los Ángeles —le dijo el que hacía de poli bueno—. Montó un show e intentó huir.

La verdad era que no le extrañaba nada que hubiera sido así. El tío debió de verlo en su cara.

—Dice que él no secuestró a Jennie —siguió diciendo— y que no sabe qué hiciste con ella, pero que él no tiene nada que ver con su muerte.

Vaya... Pero no podía decirse que le sorprendiera.

—Miente —contestó asqueado.

—Ya lo sabemos. Pero sin el testimonio de Jennie Johnson es difícil probarlo.

—¡Será cabrón! ¡No puede ser que vuelva a salirse con la suya! ¡Me llamó para que la vigilara mientras él iba a Los Ángeles! Tienen los registros de mi teléfono, ¿no? ¡Pueden comprobarlo!

—Podemos comprobar que se hizo una llamada, pero no qué se dijo —explicó el poli que seguía de pie—. Es tu palabra contra la suya.

—Pero ¡tienen también el teléfono de Jennie! Seguro que pueden descubrir algo con los mensajes y las llamadas... ¿No ven que estuvo parado durante los días que coinciden con el secuestro? ¡Le quitó el móvil, por eso!

—El móvil que tenía usted, quiere decir. —El sarcasmo le salía por las orejas.

—¡Estaba en su casa! ¡Yo esos días no estaba! ¡Pueden comprobarlo con mi teléfono y preguntando en el trabajo!

—Sí, en esto tiene razón —cedió el otro agente—. Pero todo es circunstancial. Hay que atar muy bien la información para construir el caso.

—¿Y de Rebecca Tilford? —preguntó indignado—. ¿Qué dice Burns de eso?

—Que fue un accidente.

—¡Hijo de puta! —exclamó.

—Con la manía que le tiene podría pensarse que su confesión incriminándolo es una venganza... —le dijo el tío que estaba de pie.

—¡Váyase a la mierda! —Se arrepintió en cuanto lo dijo.

—Vamos, vamos, mantengamos la calma... —dijo el otro policía en tono conciliador.

—No pienso pagar por lo que no he hecho, ¿me oyen? ¡Ya he cargado con sus errores durante estos años! No pienso hacerlo más. Yo maté a Jennie. Fue un accidente. Pero ¡nada más! ¿De acuerdo? ¡Y me encontré en esa situación por su culpa! ¡Ni siquiera quería quedarme, joder! —Sintió que unas lágrimas llenas de frustración amenazaban con escapársele de los ojos y los apretó con fuerza.

—Bueno, en todo caso, en lo que sí están de acuerdo es en que ninguno de los dos es Shonjen Jonnie..., y no acaba de convencernos —le dijo el agente que hacía de poli malo—. No ponga esa cara, Hayes. Sabe perfectamente de quién estamos hablando.

—¿Del tarado de los foros en internet? —preguntó.

—Venga, va, deje de hacerse el loco, hombre...

—Yo no sé nada de ese tipo.

—Señor Hayes, no tiene ningún sentido confesar a medias. ¿No ve que resta credibilidad a sus palabras? —le dijo el policía que estaba sentado frente a él.

—¡Que le digo que no sé nada, hostia! Pero, en todo caso, ¿qué importa? Ese tal Shonjen no le hizo nada a Jennie, ¿verdad? ¿O sí?

—A Jennie no, pero tenemos motivos para pensar que intentó matar al ranger Nick Carrington en Cedarbrook, que le puso una trampa. Y quizá acabó consiguiéndolo en la cascada de Yosemite.

¡Ah, no! ¡Eso sí que no pensaba permitirlo! No debía ninguna lealtad a ese ranger que le había complicado la vida.

—Les repito que yo no sé nada de ese tipo de los foros. Pero es que además Nick Carrington no está muerto. ¡Es el tío que me ha traído aquí!

—Pero ¿qué dices? ¡Si te has entregado solo! —le dijo divertido el poli que estaba cerca de la puerta.

—¡Porque me obligó! ¡Les digo que está vivo! ¡Tienen que creerme! ¿Por qué iba a inventarme algo así? —Todo se hundía a su alrededor y no tenía ni idea de cómo detener ese desastre.

—¿Para no pagar por su muerte?

—¡Que no está muerto!

—¿Sabe qué pasa? —le dijo el otro policía—. Que hemos encontrado pruebas de que usted es Shonjen Jonnie. Así que, cuanto menos nos haga perder el tiempo, mejor para todos.

—¡¡¡Le repito que yo no soy Shonjen Jonnie!!! —gritó lleno de ira mientras se ponía de pie y daba un fuerte golpe en la mesa con las dos manos esposadas.

El policía que estaba de pie se acercó a él rápidamente, le pegó una patada en la parte anterior de las rodillas y lo obligó violentamente a volver a sentarse en la silla.

—Hemos encontrado pruebas en su ordenador —le dijo muy despacio el otro oficial, y le acercó un vaso de agua por encima de la mesa.

—No tiene ningún sentido —murmuró casi para sí mismo—. Ese ordenador solo lo utilizo yo y... —Y entonces, de repente, lo entendió.

—Barlett —respondió al teléfono con un mal humor que hacía días que no podía quitarse de encima.

—La señorita Sorrow está aquí. ¿La hago subir?

Se recuperó rápidamente del vuelco en el corazón que acababa de experimentar y contestó:

—Sí, sí, claro. Hágala subir.

Le pareció que tardaba más de lo normal en subir los treinta y seis pisos que la separaban del despacho. Probablemente utilizara esa táctica para ponerlo más nervioso. No tenía ni idea de cómo iría la conversación y le costaba aceptar que era algo completamente nuevo para él.

Al final identificó el sonido del ascensor y los pasos amortiguados por la moqueta del pasillo. Se apartó de la puerta de puntillas para que ella oyera cómo se acercaba desde el despacho después de dar los tres toques que caracterizaban su modo de llamar a la puerta.

—Hola —dijo ella. Su expresión era seria, revestida de cierta gravedad.

—Sarah —le contestó forzando una sequedad que sonó demasiado impostada. La hizo pasar con un gesto del brazo.

Ella avanzó por la sala y fue hacia el despacho, lo que dejó claro que había ido a hablar de negocios. Supo que ofrecerle una bebida no tenía sentido. La rechazaría aunque estuviera muriéndose de sed. La siguió y se sentó en su silla. Ella se sentó delante sin esperar a que la invitara a hacerlo.

—Me alegra saber que estás bien —le dijo. Sabía que la cosa se pondría fea y quería dejar claro que ella seguía importándole, especialmente si después debía tomar alguna decisión que no encajara del todo con este sentimiento.

—Si fuera por Dustin, estaría muerta —contestó ella con acritud.

—Dustin nunca te habría tocado un pelo, por muchas ganas que hubiera tenido. Te lo puedo asegurar.

—¿Aunque me hubiera metido en medio para impedir que matara a mi padre?

Empezaba a hacerse una idea de cómo había ido la cosa.

—Incluso en esa situación —le contestó. Se quedó un instante en silencio y añadió—: ¿Te lo cargaste tú o fue el ranger?

—Se llama Nick Carrington. Pero ya lo sabes. Se explica perfectamente en los informes que te entregó Dustin. —No le supo tan mal confirmar que lo había drogado hacía unas semanas como que lo admitiera con esa frialdad y ese convencimiento. Empezaba a ver que nunca podría recuperarla—. Pero no, Carrington nunca se ha cargado a nadie —siguió diciendo Sarah—. Cosa que no podemos decir ninguno de los dos que estamos aquí, ¿verdad?

—Yo no me he cargado a nadie.

—No, personalmente no. Tú nunca te mancharías las manos de esa manera. Te faltan cojones. Pero pagar para que alguien lo haga..., para eso no tienes ningún problema. —Escupió estas últimas palabras con asco.

—Sarah, no sé qué te ha contado ese hombre, pero...

—Ese hombre me ha contado la verdad. De hecho, solo ha terminado de corroborar lo que yo ya intuía después de haber investigado y leído un par de artículos sobre el robo en el Sunny Dessert en 1986. No es necesario que pierdas el tiempo inventándote más mentiras.

—Es un ladrón, Sarah. Un ladrón que huyó y os abandonó a ti y a tu madre para salvarse.

—Me pregunto cómo llamas a alguien que planea un robo en su propio casino y luego se hace pasar por héroe boicoteándolo... —le dijo enfadada—. ¿Un traidor a dos bandas? Hay que tener muy poca integridad moral para idear algo así..., especialmente si eres responsable de la muerte de alguien. Así que ya puedes dejar de utilizar ese tono de suficiencia conmigo, no va a servirte de nada. Yo sé quién eres —le dijo con desprecio.

Aquello le dolió de verdad.

Por otra parte, no sabía que el hermano hubiera muerto durante la fuga.

Bueno, no había sido él quien le había disparado. Era evidente que Sarah estaba muy enfadada con él y pensaba cargarle las culpas de todo lo malo que pasara en el mundo. No quiso dignificar esa pregunta y afirmación con ninguna respuesta y se mordió la lengua.

—De todas formas, no he venido para discutir tus acciones, Barlett —siguió diciéndole—. He venido a pedirte que dejes en paz a Carrington. Cancela el próximo mercenario al que hayas contratado para que lo liquide y sigue con tu vida. Él hará lo mismo. No te buscará ni dirá nada de lo que pasó, que, no nos engañemos, es lo que realmente te importa.

—¿Ha sido idea tuya?

—¿El qué?

—Esta tregua absurda.

—Yo ya sé la verdad, pero no es necesario que nadie más la conozca. Al fin y al cabo, sería una lástima que se supiera que el hijo pródigo de la ciudad, que tantos puestos de trabajo ha creado en los últimos años, hizo carrera de esta forma tan burda...

Tuvo que frenarse para no dar un golpe en la mesa y levantarse de la silla.

—Déjanos en paz —le dijo ella mirándolo fijamente—. Si le ocurre algo a él, o a mí, la verdad saldrá a la luz de inmediato y no tendrás manera de evitarlo.

—Pero ¿cómo puedes pensar que yo te...?

Ella levantó la mano para cortar la conversación y se puso de pie.

—Yo no pienso nada. Solo me cubro la espalda, que es lo que haría cualquier persona mínimamente inteligente con un tipo como tú.

—Me duele que me hables así, Sarah. Siempre has sido como una hija para mí...

—Nunca os perdonaré que no me dijerais la verdad, Barlett. Ni a ti ni a Nona. Aunque tus mentiras son de un nivel superior, claro.

—Así que ¿te vas con él?

—No. Me voy a casa, con Coddie.

—La policía está buscándote. Encontraron rastros de tu ADN en el maletero de Dustin y creen que...

—Ya está solucionado —volvió a interrumpirlo—. Dustin me secuestró para reclamarte un rescate, pero se echó atrás cuando el tío con el que trabajaba se puso demasiado violento conmigo. Este se lo cargó y yo aproveché para huir de la escena. Tuve mucha suerte de que un camionero me recogiera unos kilómetros más allá. Les he dado una descripción del tipo. Están buscándolo. No te molestarán. Te he desvinculado del todo.

Asintió.

—¿Respetarás la tregua? —le preguntó mirándolo de nuevo a los ojos.

—Ya te he dicho que nunca te haría daño.

—Barlett... —le dijo ella en tono amenazante.

—Y a él tampoco —respondió con amargura—. Ya puede irse a hacer de ranger al desierto o a la montaña, o lo que le dé la gana. —No se molestó en ocultar el desprecio que transpiraban sus palabras. Le pareció que a esas alturas no tenía sentido.

—Espero que mantengas tu palabra —le dijo ella.

—Y yo que él mantenga la suya —le contestó.

Pasó por alto el comentario y le tendió la mano.

—Bueno, ha sido un placer hacer negocios contigo.

El gesto lo sorprendió, no tenía claro si para bien o para mal, y por eso tardó un segundo en responder.

—Siento que las cosas hayan ido así. Siempre he intentado protegerte, Sarah. Y lo que ha pasado no cambia nada. Le prometí a tu madre que te cuidaría y seguiré aquí cuando me necesites.

Vio en su rostro que no la había convencido, pero ella hizo un esfuerzo por esbozar media sonrisa cuando le contestó:

—Gracias. Es bueno saberlo.

Asintió y la acompañó a la puerta en silencio.

No dejó que el enfado le apareciera en el rostro hasta que hubo cerrado la puerta. Sin saber cómo, otra vez Carrington se había salido con la suya.

59

Llevaba días preparándose mentalmente para el shock que supondría su reaparición, pero la preparación le sirvió de muy poco cuando se encontró ese ejército de cámaras y micrófonos en la entrada del juzgado, con periodistas que disparaban preguntas como balas imposibles de esquivar.

—¿Por qué ha tardado tanto tiempo en decir que estaba viva? ¿Tiene algo que esconder?

—¿Cómo puede haber salido durante tanto tiempo con alguien como Burns y no saber qué tipo de persona era? ¿O sí lo sabía?

—¿Desde cuándo fue consciente de que David Burns mató a Rebecca Tilford? ¿No cree que debería haber ido a las autoridades de inmediato?

—¿Espera que la tomen en serio si se tiene en cuenta que hasta hace poco era traficante de drogas? ¿Por qué deberíamos creer lo que nos cuenta?

Se sintió tan abrumada que no fue capaz de articular una sola palabra. De repente notó que el brazo de su padre, que la rodeaba, la guiaba gentilmente entre la multitud, y en menos de un minuto se encontró frente al arco de seguridad que impedía la entrada al edificio.

Cuando lo cruzó deseó que esos pasos implicaran mucho más que cambiar de sala. Esperaba que fuera la última fase de esa pesadilla, la que precedería por fin a una nueva vida en la que todo lo que declarara no volviera a tener cabida.

El representante de la fiscalía le había dicho que era conveniente que solo entrara en la sala cuando tuviera que declarar, que el factor sorpresa sería clave para pillar desprevenidas a las defensas de los acusados, especialmente la de Burns. Era su primera aparición en público y la primera vez que se reencontraría cara a cara con David. Había visto imágenes suyas en las noticias, primero durante los acosos que sufrió en su casa y después el día de su detención, cuando gritaba que era inocente mientras se lo llevaban esposado. En un principio no consideró salir del anonimato que le daba la condición de desaparecida. Ya le parecía bien que condenaran a Hayes por su asesinato o por homicidio involuntario en un *no body trial.** Al fin y al cabo, bien que la dio por muerta y siguió con su vida. Pero no le parecía justo que Burns volviera a salirse con la suya, y, dada la falta de pruebas para incriminarlo, al final se dejó convencer por su padre de que lo correcto era declarar para que el juicio fuera lo más justo posible para los dos acusados.

Curiosamente, estaba mucho más nerviosa por ver a Burns que a Hayes, que era el que había intentado matarla. Todavía no estaba segura de qué habría hecho David si ella no hubiera huido. Le gustaba pensar que habría actuado de forma diferente que Hayes, pero era lo bastante realista para saber que no tenía por qué ser así. Aunque le costara creerlo, no habría sido la primera vez que mataba a alguien con quien mantenía o había mantenido una relación aparentemente amorosa.

Aunque evidentemente ya no lo quería, no podía evitar sentir que de algún modo estaba traicionándolo. En la distancia, y a pesar de todo, David todavía tenía cierta influencia sobre ella, por más que la enfadara aceptarlo. Sabía que enfrentarse a él en esas circunstancias sería clave para dejar atrás la toxicidad que la había acompañado durante tanto tiempo, pero sentía un malestar estomacal que casi la hacía retorcerse en el banco de madera del pasillo

---

* Juicio en el que se juzga la muerte de una víctima de la que no se ha recuperado el cuerpo.

donde esperaba para entrar en la sala. Y después estaba Bri... Era consciente de que nunca había terminado de entenderla. Siempre había encontrado algo inquietante en su mirada, pero lo había atribuido al revés que supuso la muerte de sus padres cuando era una niña. Sin embargo, lo que se descubrió aquellos días la había dejado con la boca abierta.

Cuando el fiscal la llamó, sintió que le temblaban las piernas. Avanzó lentamente los metros que la separaban de la sala. Sus pasos rompían el silencio cuando las suelas pisaban el mármol brillante del suelo que la sostenía.

La puerta chirrió un poco, y todo el mundo giró el rostro hacia ella.

Por un momento se sintió muy mareada.

Su padre le apretó suavemente el brazo por el que la sostenía y la ayudó a recorrer el pasillo que separaba los bancos hasta que llegó a la silla donde debía declarar.

Al principio evitó mirar el banquillo de los acusados. Ya sabía que los abogados intentarían poner en duda su palabra aludiendo al tráfico de drogas y al atropello de Tim Hadaway por parte de Chris Parker, pero una cosa era esperarlo y otra, sufrirlo. Se dio cuenta de que estaban consiguiendo hacerla dudar. Entonces se obligó a mirar a David. Estaba relajadamente sentado y la observaba, divertido, mientras ella intentaba contener las lágrimas y la frustración ante esos ataques injustos. Esa visión, la actitud de ese malnacido, fue lo que le dio fuerzas para dar la vuelta a la situación.

Le sostuvo la mirada, respiró profundamente y contó con todo tipo de detalles la verdad de lo que había vivido.

Aquella gente la miraba como si estuviera loca. No era la primera vez que le pasaba, claro, pero nunca había sido tan evidente y literal que la juzgaran, dijera lo que dijese. Pasaría unos años en la cárcel, de eso no había ninguna duda. No merecía la pena intentar colocarle el muerto a Matt por lo de Shonjen. Ahora que ya lo habían condenado a nueve años de cárcel, no le importaba que a ella le cayera su pena, que evidentemente sería más alta porque la condenarían por intento de asesinato,* no por homicidio.

Además, estaba el tema de la notoriedad. En la sala casi todo el mundo la miraba mal, pero fuera había notado que las cosas eran diferentes. Ya la habían entrevistado tres o cuatro periodistas que le hacían preguntas medio admirados y curiosos, y en internet había un grupo de fans que había popularizado el hashtag #freebrittanyjohnson que la apoyaban, de los que seis habían contactado con ella. Era raro, pero por primera vez (y a excepción de cuando conoció a Matt) le parecía que había encontrado una especie de familia con la que podía ser ella misma.

Declaró toda la verdad, sin ocultar nada ni justificarse. Intentó matar a Carrington en Cedarbrook para proteger a Matt, porque era evidente que no estaba capacitado para hacerlo él mismo. El perfil de Shonjen Jonnie en los foros empezó como un juego cuando la familia creó el blog para buscar a Jennie. Ella sabía que no era ninguna santa, y, mientras sus primos —que se empeñaban en llamarse hermanos— se dedicaban en cuerpo y alma a encontrar a Jennie, a ella le parecía divertido poder expresar lo que realmente pensaba desde ese alias que se había inventado. Pero después descubrió lo ocurrido en Tahoe. No porque Matt se lo hubiera contado, sino porque, unos días después de que Jennie le hubiera confiado algunas sospechas al respecto, los mensajes y las conversaciones que Matt había intercambiado con Burns los días anteriores y posteriores a los hechos, junto con su comportamiento después de que supuestamente matara a Jennie, lo habían hecho evidente. Al final, unas semanas después, Matt le contó lo que había ocurrido con Rebecca Tilford, aunque todavía no fue capaz de confesarse.

No le gustó que aquella puta se hubiera acostado con él y se alegró de que estuviera muerta, pero eso no lo dijo en el juicio. Lo que sí dijo es que a partir de esa explicación ella terminó de atar cabos. Y decidió que Carrington era un problema que debía dejar de existir

---

* El equivalente a lo que en España llamamos «asesinato» sería «homicidio en primer grado» en Estados Unidos, mientras que lo que aquí denominamos «homicidio» allí sería «homicidio en segundo grado». Los factores clave que diferencian el primero del segundo son la alevosía, el ensañamiento o la recompensa (o los tres a la vez).

cuando vio que se acercaba demasiado a la verdad. Por eso le preparó esa emboscada en Cedarbrook, que, desgraciadamente para ella, no salió bien. Y ahora, irónicamente, resultaba que a Matt lo había pillado Carrington, que, lejos de estar muerto, había fingido su desaparición para seguir trabajando en el caso. Esto la había ayudado, porque, si no hubiera sido así, probablemente le habrían intentado cargar también la muerte que el ranger había fingido en las cataratas.

La condena por intento de asesinato de un trabajador público era de como mínimo quince años de cárcel, y el jurado, probablemente por la notoriedad del caso en los medios y todas esas mierdas, acabó condenándola a veintidós. Se sorprendió, porque cuando lo escuchó ni parpadeó. Echaría de menos a Matt, sí, pero poco más. Tendría comida y un lugar donde dormir sin tener que trabajar, y quizá alguien querría hacer un libro o una película sobre ella.

Cuando salió por última vez a la calle antes de que la metieran en el vehículo que debía llevarla al Jean Conservation Camp, los flashes de las cámaras la iluminaron y se sintió como una estrella de cine.

Un micrófono consiguió traspasar la barrera de los dos agentes que la acompañaban, y una voz preguntó:

—¿Por qué lo hizo, señorita Johnson?

Hacía muchos años que se había acostumbrado a compartir ese apellido, pero todavía le molestaba oírlo. Aun así, no dejó que aquello le arruinara su minuto de gloria. Sonrió a la cámara y contestó:

—No quería volver a perder a mi familia por esa malnacida. —Y mantuvo una sonrisa radiante hasta que entró en el vehículo.

—Supongo que todas las familias tienen sus manzanas podridas —dijo antes de apagar el televisor.

—Hay manzanas y manzanas... —respondió Coddie con una media sonrisa después de tragarse el vino que quedaba en la copa—. De momento tengo suerte de no haber encontrado de estas en casa. Por cierto, ¿has sabido algo más de Barlett?

—No. Nada. —Habían pasado más de dos meses desde aquella conversación y no había vuelto a verlo. Él tampoco había insistido en contactar con ella, y no podía negar que por un lado se sentía un poco decepcionada de que se hubiera rendido tan rápido. Aunque quizá, por primera vez en la vida, solo intentaba respetar sus deseos—. Pero está bien así.

—¿Lo está? —preguntó él haciendo una mueca con los labios.

—Sí. De momento prefiero mantener la distancia.

Él se encogió de hombros.

—Si para ti está bien, para mí también. —Le guiñó un ojo y se levantó del taburete para recoger los platos de la barra de la cocina.

—Coddie... —añadió observando cómo los colocaba con delicadeza en el lavavajillas—. ¿Qué te parecería pasar unos días en California, en el Parque Nacional de Yosemite? Creo que ha llegado el momento de que conozcas a la otra parte de mi familia.

Él sonrió satisfecho.

—Creo que puedo arreglarlo.

Se sentó en el prado de Cook's Meadow y admiró ese paisaje del que nunca se cansaba. El sol se escondía detrás del valle, y los últimos rayos acariciaban la parte frontal de la Half Dome al atardecer convirtiendo el granito blanco de la impetuosa montaña en un fuego suave e intenso de tonos anaranjados y rosados. El agua del lago, rodeada de césped que ya empezaba a amarillear, reflejaba el espectáculo y duplicaba su abrumadora belleza.

Inspiró el aire fresco de la tarde y relajó los hombros.

La vuelta a la normalidad fue más fácil de lo que había imaginado. Sí, hubo una semana y media de locura mediática en la puerta de su casa, pero a fuerza de contestar siempre lo mismo y de forma muy concisa, había ido agotando la paciencia de los periodistas, que al final vieron que habían exprimido todo lo que podían de esa situación. Había otros implicados en la historia, como David Burns o especialmente Brittany Johnson, que estaban encantados de conceder entrevistas y alargar el asunto al máximo para hacer más interesante y agradable su estancia en la cárcel, así que los reporteros fueron marchándose hacia la prisión estatal de Sacramento y el Jean Conservation Camp, y El Portal volvió a ser de los turistas de finales de verano y de los trabajadores que vivían allí todo el año.

No podía ocultar que estaba contento con el recibimiento que había tenido. Los vecinos lo reencontraron mayoritariamente con alegría. Al fin y al cabo, había conseguido demostrar que Jennie no fue víctima de ningún loco de la zona, y eso era muy positivo para el turismo. El nuevo chief, Shelton Yount, restituyó su plaza de inmediato, esta vez sin que nadie pusiera en duda su talento ni su capacidad por esa cojera estúpida, que curiosamente había ido disminuyendo en las últimas semanas.

Se había reunido con Rose, volvía a vivir en su casa y gozaba de la admiración de la mayoría de los que lo rodeaban...

Y aun así seguía pensando cada día en su hermano.

A ratos se apoderaba de él una inquietud que le costaba sacudirse, y sabía perfectamente el motivo. La tregua que había aceptado parecía una buena solución para todos, pero debía reconocer que en la práctica la cosa no terminaba de funcionar. Pero Sarah merecía el esfuerzo de tolerar lo que parecía una pequeña tortura a cambio de haber ganado una hija, con la que además en breve tendría la suerte de pasar unos días, como cualquier otra familia normal.

Admiró el paisaje por última vez antes de levantarse y sacudirse el pantalón y la culpa.

—No se puede tener todo —murmuró para sí mismo. Pero sabía que, aunque la frase fuera cierta, no acababa de estar de acuerdo.

60

Le parecía que todo el mundo que lo observara podría saber que era la primera vez que visitaba un parque nacional en las montañas. Le resultaba imposible recordar la última situación en la que no se había puesto un traje por la mañana. Con esa ropa se sentía ridículo, pero Jolie había insistido en buscarle el vestuario apropiado para ese viaje, que en ningún caso —había recalcado— consistía en una corbata y un esmoquin. Le reservó tres noches en el Ahwahnee, que era lo más lujoso que había encontrado disponible, y le deseó buen viaje con la sonrisa estoica que la caracterizaba. Era evidente que se alegraba de perderlo de vista durante tres días, pero no podía culparla. A él tampoco le gustaba mucho estar consigo mismo últimamente y sabía que no era buena compañía.

Por eso tenía que solucionar el tema. No permitiría que ese desgraciado le amargara el resto de su vida.

Las fotografías que Sarah había colgado en su cuenta de Instagram terminaron de convencerlo. No podía ser que él, el ladrón, el que había aparecido para complicarle la vida, acabara ganando esa partida. No sabía exactamente qué haría cuando lo tuviera delante. No quería romper la promesa que le había hecho a Sarah. Sabía que, si lo hacía, no la recuperaría jamás. Pero necesitaba poner las cosas en su sitio, contar su versión de los hechos y enfrentarse a ello. Y después ya vería.

Eran las cuatro de la tarde cuando aterrizó en el aeropuerto de Merced.

El conductor privado lo esperaba al pie de las escaleras del avión.

Pasó las dos horas de viaje que lo separaban del parque observando el paisaje por la ventana y poco a poco, sin darse cuenta, fue relajándose. Hacía mucho tiempo que no veía tanto verde a su alrededor. A medida que el coche ascendía por la carretera, le pareció que se sentía cada vez más ligero, y entonces, pasado el túnel de Wawona, apareció a su derecha el majestuoso valle del parque. Lo había visto muchas veces en fotografías y en el televisor, especialmente desde que la desaparición de Jennie Johnson y el ranger que cerró el caso habían pasado a ser un tópico no solo del estado, sino también del país. Pero ninguna imagen podía compararse con lo que tenía delante.

—¿Quiere que me detenga, señor? —le preguntó el conductor.

—Sí, pare un momento, por favor.

Una brisa fresca le rozó la piel cuando abrió la puerta del coche. Debían de estar a quince grados menos que en Las Vegas.

Observó de pie el espectáculo que tenía delante. Ni siquiera los cuatro turistas con los que compartía espacio le resultaron molestos.

Aquel granito que se alzaba a lo lejos era tan imponente que costaba describirlo. Los treinta y seis pisos del Belmond le parecieron ridículos a su lado. No había comparación. Aquellos valles, medio amarillentos; el sol, que empezaba a despedirse del día creando pinceladas doradas en los lugares exactos para conseguir un cuadro de naturaleza viva... Aquello era magnífico, y no podía negarlo. Distinguió un par de ciervos en la llanura del valle y algunos diminutos turistas que lo transitaban siguiendo los distintos recorridos que lo cruzaban un momento u otro. Entonces, entre ellos, divisó a lo lejos la silueta de un hombre vestido con uniforme entre gris y verde. Caminaba ágilmente por el fondo del valle y llevaba el sombrero que caracterizaba a los rangers del parque.

Su buen humor y su paz se desvanecieron de repente.

Por un momento, se reprochó a sí mismo, se había dejado seducir por el mundo de ese hombre y había olvidado lo que había ido a hacer. Se prometió que, por maravillosa que fuera esa tierra, no dejaría que volviera a sucederle nunca más.

—... y después confirmaron, con la declaración de la novia, que la había matado un camello llamado Gary Sullivan. Se lo había encargado Keith Cooper, el traficante que acabó muerto en el tiroteo de la cabaña cuando hicieron la redada —terminó de contar Nick antes de tragarse el último bocado de bagel con mantequilla de cacahuete que tenía en el plato.

—El mismo para el que trabajaba Jennie Johnson —aclaró ella.

—Ostras —dijo Coddie—, uno no piensa que en estos parajes puedan pasar estas cosas...

—Créeme que no es lo habitual —le dijo Rose después de dar un trago de la taza de té—. Pasan cosas, no vamos a negarlo, pero tantas, y todas juntas... —Sonrió—. ¡Esperemos que esto quiera decir que ya hemos tenido toda la acción que nos tocaba por este siglo!

—La verdad es que es un lugar magnífico. Tiene que ser un lujo vivir aquí todo el año —le contestó Coddie.

Le encantaba su capacidad innata de decidir cuándo tocaba aligerar las conversaciones. Lo hacía de la misma forma que cuando veía que faltaba sal o pimienta en cualquiera de los platos que cocinaba.

—¿Sí? ¿Te gustaría vivir aquí? —le preguntó ella divertida.

—¿Por qué no? Durante una temporada, seguro, si hubiera algún restaurante que quisiera acogerme. —Le guiñó un ojo.

—¡Eso podría arreglarse fácilmente! —Rose sonrió—. Todavía tenemos algunos contactos si os decidís. Ahora bien, no os engañéis, que esto en invierno es muy diferente, sobre todo si venís del desierto.

—Bueno, nos lo pensaremos —dijo ella—. Nos podría ir bien un cambio. De todas formas, empezaremos por conocer la zona, que tenemos el lujo de contar con el mejor ranger de todo el parque, ¿verdad? —Miró a su padre—. ¿Dónde nos llevas hoy, Nick? —Desde hacía unas semanas lo llamaba por su nombre de pila, y se dio cuenta —ahora que por primera vez lo tenía delante cuando lo hacía— de que eso le provocaba una sonrisa casi imperceptible. Se alegró. Quizá sí que estaría bien mudarse al valle por un tiempo y ver cómo iba la cosa.

—Como tengo turno de tarde, iremos a Taft Point. Es un recorrido corto y sencillo de poco más de tres kilómetros, y el lugar y las vistas valen mucho la pena. Saldremos en cinco minutos, que si no nos encontraremos a todas las familias que van tarde y un sol de justicia.

—¿En serio? Pero si son las siete de la mañana... —protestó ella.

—¡Cinco minutos! ¡No espero a nadie! —Y se levantó de la mesa ágilmente.

Lo siguió con la mirada, sonriendo, mientras cruzaba la enorme sala y subía las escaleras del segundo piso.

No había cojeado ni una sola vez.

Como, evidentemente, había ocultado los verdaderos motivos de su viaje a Jolie, no pudo improvisar una excusa creíble que justificara que él —un hombre de negocios de Las Vegas que nunca había pisado nada que no fuera asfalto o arena del desierto— no necesitaba ningún guía para visitar los más de tres mil kilómetros cuadrados que conformaban el tercer parque nacional de Estados Unidos.

—Con todos los respetos, señor Barlett, no quiero que se pierda por esos parajes y salga en las noticias porque han tenido que rescatarlo con un helicóptero.

La imagen le produjo escalofríos. ¡Solo faltaría que tuviera que salvarlo un ranger! Por un momento imaginó que era Carrington y no pudo evitar hacer una mueca de desprecio.

—No hay nada malo en conocer las propias limitaciones —siguió aleccionándolo Jolie, que había malinterpretado el gesto—. Hay expertos que se dedican a solucionar este tipo de situaciones. Se llaman guías y por un módico precio lo llevan a los mejores lugares por los caminos más adecuados a sus capacidades. He encontrado uno que tiene buenísimas referencias. Se llama Carl Wolf. ¡No se preocupe, que ya le he hecho la reserva! —Y le guiñó un ojo.

Al final la había convencido de que solo lo contratara por dos días. Le explicó que el tercero no pensaba hacer ninguna excursión, sino relajarse por los alrededores del Ahwahnee antes de volver a su vida ocupada y estresante de la ciudad.

En cualquier caso, la jornada había empezado radiante. Aunque las instalaciones del hotel no le parecieron nada del otro mundo, porque tenía tendencia a compararlas con las suyas con un incisivo espíritu crítico, debía aceptar que había descansado mucho mejor de lo que creía y volvía a estar razonablemente alegre teniendo en cuenta la situación y las motivaciones que le habían hecho viajar hasta ese destino.

Había desayunado unos huevos Benedict con beicon y una cuidada selección de repostería que había acompañado con dos cafés con leche en el comedor del Ahwahnee. Rodeado de esas paredes de más de treinta metros de altura con ventanas macizas que mostraban el espectacular paisaje del parque, tuvo que admitir que era imposible competir con aquello y al final se dejó llevar por esa grandeza y opulencia que había acabado seduciéndolo hasta que llegó la hora de encontrarse con el guía que Jolie había contratado.

Carl Wolf era un hombre joven, alto y fornido, de pelo marrón dorado por el sol y piel morena. Le devolvió la sonrisa y le estrechó la mano. Si tenían que pasar unas horas juntos, mejor empezar con buen pie.

—¿Y qué? ¿Adónde vamos hoy?

Wolf lo miró de pies a cabeza antes de responder.

—¿Qué tal si empezamos por una ruta sencilla pero con vistas espectaculares? Tenemos dos opciones así. Ambas son de poco más de tres kilómetros de recorrido y con poca elevación, pero llevan a puntos desde donde puede verse todo el valle desde un ángulo completamente diferente al de Tunnel View.

—Pues muy bien. —Ya que estaba allí, había decidido disfrutar al máximo de esos dos días de excursiones hasta que llegara la hora de reencontrarse con el hombre al que consideraba el culpable de su infelicidad crónica—. Vamos. —Y le indicó con el brazo el coche negro que los esperaba desde hacía un cuarto de hora.

Los dos subieron al vehículo conducido por el chófer privado de Barlett, que los miró esperando el destino al que tenía que llevarlos.

—Usted dirá —le dijo Barlett al guía.

—Podemos ir a Sentinel Dome o a Taft Point. Los dos caminos se toman desde el mismo punto, en el aparcamiento de Glacier Road.

El chófer asintió y puso en marcha el coche.

—¿Qué los diferencia? —le preguntó.

—El camino de Sentinel Dome es menos conocido y transitado, pero tiene unos cuatrocientos metros de elevación, algo más que la otra ruta.

—Pues vamos a Taft Point —le dijo. Tenía la barriga llena y quería una excursión relajada.

—Buena elección —contestó Wolf—. Es uno de los lugares más fotogénicos del parque.

Le importaba muy poco que lo fuera, pero siempre era agradable oír que había elegido bien. Aunque esa no fuera la verdad ni Carl Wolf tuviera forma de saberlo.

Aparcó el Jeep Compass en el aparcamiento de Glacier Road y los hizo bajar del coche.

—Ostras, Nick, con la ilusión que me hacía ir con el Ford Ranger. ¡No me has dejado ni eso ni ponerme vuestro uniforme! —se quejó Sarah.

—Si no estoy de servicio, no cojo el coche oficial.

—Tú siempre estás de servicio —le dijo Rose.

—De servicio oficial, quiero decir. Y el uniforme te queda un poco grande... —contestó él sonriendo.

Relacionarse con alguien bajo el prisma de la paternidad era una sensación extraña. Esa relación juguetona, de burlas inocentes y bromas blancas que sentía que lo unían cada vez más a ella. Sintió mucha tristeza al pensar en todos los años que había perdido, tres décadas de crecimiento y descubrimiento que nunca podría recuperar. Estaba seguro de que Sarah había sido una niña excepcional. Hasta entonces no se había planteado que hubiera otro culpable que él mismo y las malas decisiones que había tomado, pero de un tiempo a esta parte la figura de Barlett había ido adquiriendo fuerza y lo había ido sustituyendo paulatinamente en aquella ecuación.

Se sacudió el pensamiento de la cabeza y les indicó que lo siguieran por el camino durante unos treinta metros, hasta que encontraron la bifurcación para ir a Taft Point hacia la izquierda y a Sentinel Dome hacia la derecha.

El camino hacia Taft Point era bastante llano, uno de los que siempre recomendaba para hacer en familia cuando los turistas le pedían consejo. Se accedía por Glacier Road, una carretera que solo estaba abierta en verano. El recorrido tenía subidas y bajadas, pero era bastante gradual y alternaba camino entre zonas de cantos rodados y piedra grande y zonas boscosas que ofrecían una sombra que se agradecía especialmente durante los meses más calurosos.

Transitaron el camino en silencio, cosa que agradeció. Se sentía feliz compartiendo lo que más amaba con su nueva familia y agradeció muy especialmente que Sarah y Coddie coincidieran con él en el hecho de considerar que el silencio y el respeto eran la mejor manera de disfrutar y honrar la magnífica naturaleza que los rodeaba.

Al final llegaron a la bajada, ya más pronunciada, que los llevaría hacia la explanada de roca y cantos rodados y a las famosas fisuras que rodeaban la zona propiamente llamada Taft Point.

—Cuidado cuando caminéis por allí —les advirtió antes de que empezaran a descender por el camino—. Las grietas entre la roca son muy profundas y a veces repentinas. La última de todas mide casi treinta metros de largo, así que fijaos en dónde pisáis. Y no os acerquéis al acantilado. Hay caídas de hasta seiscientos metros. Imposible sobrevivir. —Lo sabía muy bien, porque había considerado la opción de fingir su muerte allí, pero descartó rápidamente la posibilidad de hacerlo y salir vivo. Las cascadas, en cambio, aunque fueron un quebradero de cabeza, sí ofrecían más puntos en los que amortiguar la caída y esconderse o huir, especialmente teniendo en cuenta la sección oculta de en medio—. Si es imprescindible —añadió—, hacedlo solo desde la zona que tiene la barandilla de seguridad. Y evidentemente tampoco es necesario que os asoméis. No hace falta que os lo diga, ¿verdad? —Les señaló la barandilla de hierro, que ocupaba unos tres metros de la roca al límite del precipicio.

Sarah y Coddie descendieron ágilmente la bajada que los separaba de la explanada que precedía a Taft Point. Cuando ya estaban a más de cincuenta metros, Rose dijo:

—Me gusta ese chico para ella. ¿A ti no?

Se encogió de hombros.

—Sí, está bien, supongo. No hace preguntas impertinentes, sabe cuándo tiene que callarse y es buen cocinero. Pero todo eso no tiene importancia. Si a ella le gusta, a mí también. No tengo mucho que decir, la verdad. Solo faltaría...

Ella sonrió.

—¿Crees que se plantea en serio lo de mudarse aquí una temporada? —le preguntó de nuevo.

—No lo sé, pero yo no me adelantaría a los acontecimientos. Día a día, y ya veremos qué pasa. —No le gustaba anticipar ese tipo de situaciones. Nunca se sabía cómo acabarían las cosas.

Ella asintió y miró a la pareja que estaba a unos cien metros. En ese momento observaban con detenimiento una de las impresionantes grietas que se habían abierto paso entre la roca.

Sí, claro que le haría ilusión tener a Sarah viviendo tan cerca. Pero no cometería el error de formular ese deseo en voz alta para que el universo lo oyera.

Avanzó hacia ellos cuando vio que se dirigían a la zona más cercana al acantilado. La vista era magnífica y quería indicarles, aunque era bastante evidente, dónde estaban El Capitán y los demás puntos míticos del parque.

Pero de repente Sarah se detuvo en seco, dubitativa. Siguió su mirada hacia la barandilla. Solo había tres personas, todas de espaldas, observando el espectáculo. Aceleró el paso y se plantó a escasos metros de donde estaban.

Cuando cruzó la mirada con la de Coddie, supo que algo no iba bien.

No había considerado la opción de que se encontraran sin que él lo hubiera planeado. ¡Por el amor de Dios, el parque tenía más de tres mil kilómetros cuadrados de superficie! Aun así, el guía le había dicho que la mayoría de los visitantes se concentraban en los trece kilómetros cuadrados que conformaban el Yosemite Valley.

En cualquier caso, el reencuentro lo había pillado por sorpresa y en un primer momento le sorprendió quedarse paralizado.

—¿Qué coño haces aquí? —escupió Sarah visiblemente enfadada.

—Pues lo que hace todo el mundo, supongo —le contestó en tono casual, como si su desprecio no le hubiera herido—. Admirar la naturaleza y conocer el parque, desconectar un poco de la ciudad... En fin, ya sabes, esas cosas. —Se dio cuenta de que había cometido el error de rezumar cierta acritud en sus últimas palabras. Ahora ella sabría que verlos a todos juntos le había dolido.

Sarah resopló. Era evidente que no lo creía.

—Bien, pues disfruta del paisaje —le dijo sin mirarlo a los ojos. Y dio media vuelta.

La siguió con la mirada y vio de reojo que Carrington los observaba a cierta distancia. De momento había decidido no interrumpir la conversación, y esa calma por su parte terminó de alterarlo.

—No dejes que sea yo quien te haga perder las buenas vistas, Sarah —se descubrió diciendo. Se retiró de la barandilla y se desplazó hacia la explanada seguido por el guía, que los observaba profundamente intrigado.

Se obligó a andar más de cincuenta metros sin mirar atrás. Después giró el rostro y vio que Sarah deshacía el camino en sentido contrario.

Volvió a cruzar la mirada con Carrington. Esta vez juraría que había cierta ira en sus ojos.

—¿Tienes un bolígrafo? —le preguntó al guía.

Este asintió y revolvió la mochila que llevaba colgada en la espalda hasta que por fin sacó un bolígrafo azul y se lo tendió.

Cogió una de las tarjetas que siempre llevaba en el bolsillo —nunca se sabía dónde podía surgir la oportunidad de hacer negocios— y garabateó las tres líneas que tenía en la cabeza desde que lo había visto.

A continuación, echó un vistazo a su alrededor. Había un grupo de jóvenes bebiendo latas de cerveza y haciéndose fotografías al pie del acantilado, justo en el punto donde el guía le dijo que una pareja de recién casados había muerto en enero después de querer hacerse una foto de esas que consiguen muchos seguidores.

—¡Eh, chico! —gritó al que parecía más sobrio—. ¿Quieres ganarte cincuenta dólares por la cara?

Encontrarse con Barlett los había sumergido en una niebla de inquietud que ninguno de ellos se atrevía a verbalizar. Coddie había intentado aligerar los ánimos al contar un par de anécdotas graciosas que no habían conseguido su objetivo, mientras que Sarah se había afianzado en su mal humor y se mostraba abiertamente irritada. Ni siquiera la magnífica combinación que formaban Coddie y Rose en la cocina consiguió mejorar la situación.

—¡Es que el cabrón nos ha arruinado las vacaciones! —exclamó Sarah por fin cuando tomaban el café rodeados de un silencio incómodo.

—Eso depende de ti, Sarah —le contestó Coddie—. Se trata de no dejar que te domine, de no obsesionarse.

—¡Pues claro que me obsesiono! ¡Ha venido porque sabía perfectamente que estábamos aquí! Es evidente que tiene algo en mente. Barlett nunca emprende nada espontáneamente, siempre existe un plan detrás. No debería haber colgado esa foto en Instagram. ¡Seguro que la ha visto y no ha podido evitar venir a arruinarlo todo! —Se quedó un instante en silencio y después giró el rostro hacia Nick—. ¿Y tú cómo puedes estar tan tranquilo? ¿No ves que se trae algo entre manos? —lo increpó.

La verdad era que no estaba nada tranquilo, pero hacía años que había aprendido a fingirlo. Daba cierta ventaja en según qué situaciones, especialmente las más complejas.

—Tenemos un trato, y no le conviene romperlo. —Tocó el papel de alto gramaje que se había metido en el bolsillo del pantalón después de que aquel chico se lo diera disimuladamente.

—No importa que todo le vaya bien —siguió diciendo ella—. Si quiere algo y no puede tenerlo, no es capaz de pensar en otra cosa. Y no es porque le importe. ¡Es porque le duele el orgullo de tío poderoso de Las Vegas! Que a él nadie le dice que no, ¿lo entendéis? Así que ha venido aquí a mear en la acera para marcarla. —Resopló con rabia y añadió—: Barlett es así. Si él no está bien, nadie lo estará.

—Entonces ¿quieres que nos vayamos? —le preguntó Coddie.

—¿Y dejar que se salga con la suya? —exclamó indignada—. ¡Ni hablar!

—¿Y qué quieres hacer? Lo único que te da cierto poder sobre él es ignorarlo, y de momento no parece que tengas mucho éxito...

—Voy a dar una vuelta —refunfuñó levantando el culo de la silla.

No le hacía ninguna gracia que fuera sola, pero sabía que no era el momento de decir nada. Afortunadamente Coddie pensó lo mismo.

—Te acompaño —le dijo.

Y se marcharon los dos dejando la casa en un silencio teñido de intranquilidad.

—¿Qué está pasando, Nick? —le preguntó por fin Rose—. Es evidente que esto va más allá de un malentendido familiar.

Dudó un momento.

—Que el pasado siempre te atrapa de una u otra forma, supongo —le contestó.

Y supo que no podía posponer más contarle toda la verdad.

—Entonces ¿estás en peligro? —le preguntó su hermana después de haberlo escuchado atentamente sin interrumpirlo ni una sola vez.

—Es posible. No sabría decirlo con seguridad. —Se encogió de hombros—. Pero estoy cansado de huir, Rose.

—¿Qué quieres decir? —preguntó ella con reticencia.

—No me esperéis a cenar.

—Nick...

—Confía en mí. Siempre he acabado volviendo, ¿no?

Ella asintió y forzó una sonrisa.

Pero supo que estaba pensando que hay una primera vez para todo.

61

Recorrió el camino que habían hecho hacía unas horas. Esta vez lo acompañaban a ratos grupos de turistas que se apresuraban para llegar a su destino antes de que la hora mágica pasara de largo y evitar así perderse el espectáculo de la puesta de sol en Taft Point. Algunos lo miraban con simpatía, incluso le hacían alguna pregunta, mientras que otros hacían algún comentario despectivo porque sabían que no podrían hacer algunas de las cosas que habían planeado hacer si él estaba por ahí.

Eran casi las ocho menos cuarto cuando llegó al último tramo. Un sol de intensidad decreciente iluminaba suavemente el bosque a través de los altos troncos de los pinos y creaba un contraste magnífico con las diferentes tonalidades de verde que cubrían la tierra, el follaje de los árboles y el ocre de los caminos llenos de raíces tozudas que se intercalaban con una alfombra majestuosa de hojarasca seca.

Cuando llegó a la explanada, el astro rey ya acariciaba las montañas rodeadas de una niebla entre amarilla y anaranjada, que pintaba de misticismo el cielo, que parecía mucho más cercano desde ese punto. Ahora el suelo de hojarasca era casi de un rosa pálido que contrastaba con el gris de las rocas y las grietas que quedaban en la sombra, acentuando aún más su profundidad.

Por muchas veces que hubiera visto ese espectáculo, siempre era único y especial, incluso en ese momento, en el que las circunstancias añadían un velo de tensión.

Echó un vistazo rápido entre los numerosos grupos de personas repartidos por la zona. No le costó identificarlo. Era de los pocos que estaban solos, igual que él, entre aquella manada de humanos.

Lo observó desde la distancia.

Estaba de pie en la roca cercana al acantilado, a unos diez o doce metros de la barandilla donde se acumulaba la mayoría de la gente. En esos momentos había girado el cuerpo a la derecha para admirar —supuso— el efecto de fuego rojizo que los últimos rayos de sol creaban sobre las piedras de la montaña.

Exhaló y se decidió a afrontar la situación de una vez por todas. No terminaba de entender cuál era el objetivo de Barlett, pero dio por hecho que no haría ninguna tontería mientras estuvieran rodeados de todas aquellas personas.

Aun así, no bajó la guardia.

Recorrió los metros que los separaban hasta que estuvo muy cerca de la roca.

Sus ojos se encontraron por fin. Vio odio y curiosidad en las pupilas del otro, una mezcla muy similar a la que debía de ver Barlett en las suyas.

Se obligó a no decir nada. El silencio siempre ayudaba a obtener más respuestas en ese tipo de situaciones.

—Vaya... Resulta que al final has venido. —Barlett fingió sorpresa en sus palabras.

Él asintió. No pensaba caer en una trampa tan simple.

—¿Y qué? ¿No tienes nada que decir? —siguió su interlocutor.

Se encogió de hombros, clavó los ojos en sus pupilas y abrió la boca por primera vez.

—Eres tú el que me ha citado aquí. Tú dirás.

—Estoy harto de que se cuente la historia como si yo fuera el malo de la película —dijo visiblemente enfadado—. Los dos sabemos que no es así. —Parecía creerse lo que decía.

—Los dos sabemos que no es a mí a quien quieres contárselo. Habla con Sarah si es lo que te preocupa.

—No, ahora ya es demasiado tarde. Diga lo que diga, no va a creerme. Pero da igual. Lo que quiero es oírlo de tu boca. —Lo señaló—. Que admitas que tú no eres la víctima.

—Nunca he pensado que fuera una víctima. Mi hermano, por otra parte... ¿Ves? Él sí que fue una víctima. —Se le endureció la voz.

Barlett negó con la cabeza.

—Nadie lo obligó a aceptar mi oferta. Ni a él ni a ti. —Esbozó una sonrisa cínica.

—Tu trampa, quieres decir.

—Siento que acabara muerto, pero yo no le disparé. No podéis culparme de eso.

—Lo traicionaste. Fuiste el responsable de que otro lo matara. Está muerto por eso. Así que, sí, orquestar un robo y delatar a tus supuestos cómplices para ganarte un lugar en el casino y escalar como un trepa te convierte en el malo de la historia. Al menos, desde mi punto de vista. Pero te repito que no es eso lo que te importa ni yo soy la persona con la que quieres hablar. —Se quedó un instante en silencio y después añadió—: ¿Sabes qué, Barlett? Creo que estamos perdiendo el tiempo. —Dio media vuelta dispuesto a marcharse.

—Debe de ser cansado cargar siempre con esa suficiencia... —murmuró Barlett en tono burlón.

Giró el rostro. No quería tener una pelea de gallos ni caer en ninguna de sus provocaciones. Estaba decidido a marcharse, pero antes quiso satisfacer la duda que lo había acompañado durante tanto tiempo.

—Déjame hacerte una pregunta: ¿valió la pena? ¿Has conseguido lo que querías?

Le pareció que Barlett lo reflexionaba sinceramente.

—Solo en parte —le contestó por fin en un tono pragmático que le pareció asqueroso.

—¿No has tenido bastante? ¿No tienes suficiente poder? ¿Te falta adquirir más propiedades? ¿O quizá crees que no te admiran lo suficiente? —Lo dijo con rencor, sí, pero también con curiosidad. Le costaba entender a ese hombre al que despreciaba, pero con el que a la vez compartía un gran cariño por Sarah.

—Nunca fue una cuestión de dinero, Carrington. Ni de poder. Todo lo que vino después fue muy agradable, no lo negaré, pero lo más irónico es que en realidad nunca conseguí lo que realmente quería, lo que de verdad me importaba. —Apartó los ojos para dirigirlos al cielo rojizo, que empezaba a oscurecerse detrás de las montañas, y se quedó en silencio un instante que se le hizo muy largo. Le pareció que se transportaba a otro tiempo y espacio. Al final volvió a mirarlo a los ojos y añadió—: Lo hice por Eve. No podía dejarla escapar sin hacer nada. Y aun así, después de que desaparecieras, no conseguí que formáramos una familia. A pesar de todo, nunca me miró como te miraba a ti. —Había una mezcla de tristeza y rencor en sus palabras.

Eso lo pilló desprevenido. Sabía que Eve y Barlett habían sido amigos desde la infancia, pero ella nunca le comentó nada en ese sentido. Por primera vez entendía que, aunque inadvertidamente, él había sido clave en los acontecimientos que habían marcado su vida, y sobre todo el fin de la de su hermano.

—Solo os quería fuera de nuestras vidas, nada más —concluyó encogiéndose de hombros.

Lo dijo con un desapego que le heló la sangre. Pero todavía estaba digiriendo la nueva información y no supo qué responder. Apartó la mirada de ese rostro que empezaba a irritarlo más de lo que podía soportar y levantó los ojos hacia el acantilado en un intento de buscar la serenidad que acababa de perder.

—Tampoco hace falta que te sientas culpable, Carrington. Las cosas van como van, y a veces no se puede hacer nada... —siguió diciendo Barlett—. Además, con la vida que llevaba tu hermano, parece evidente que habría terminado así un día u otro, así que podría decirse que técnicamente solo precipitamos un poco las cosas...

Estas últimas palabras le hicieron hervir la sangre. Sintió que una llamarada de rabia le recorría todo el cuerpo y se abalanzó contra él con todas sus fuerzas. Barlett no pudo parar el golpe, perdió el equilibrio, lo cogió del brazo y le hizo caer a su lado en la roca.

—Vaya, parece que hemos perdido la calma —murmuró colocándose hábilmente encima de él. Casi parecía divertido con la situación. Sonrió y a continuación le dio alegremente un puñetazo en la mejilla.

Él se giró. Se enzarzaron en una pelea que los acercó peligrosamente al acantilado, que se había convertido en una garganta oscura y profunda, iluminada únicamente por los últimos rayos de luz, amortiguados por las paredes de las montañas que tenían delante. Ya no quedaba nadie alrededor. Los golpes que se propinaban con rabia contra la carne y los huesos del otro crearon una peculiar sinfonía al mezclarse con el canto incipiente de un gran búho gris, los pitidos de los grillos y el viento, que empezaba a balancear con fuerza las ramas de los pinos cercanos a la explanada.

Al final Barlett le propinó un golpe tan fuerte que consiguió enviarlo un par de metros más allá, casi junto a la barandilla. Se palpó la mejilla mientras se incorporaba y se miró la mano. El rojo de la sangre le confirmó lo que ya sabía por el sabor a hierro que sentía en la boca.

Pero la adrenalina evitaba que sintiera dolor alguno. No parecía que su adversario hubiera tenido suficiente, y la verdad era que él tampoco estaba satisfecho. Todavía le quedaban mucha rabia y mucho resentimiento por repartir.

Dio un paso atrás para coger impulso, pero la pierna, que ya casi nunca cojeaba, decidió fallarle en ese momento y lo hizo caer de espaldas al suelo, a medio metro del precipicio.

No tenía claro si Barlett se había presentado con la intención de matarlo, pero vio en sus ojos que en ese momento lo consideró una opción perfectamente viable. Se abalanzó hacia él antes de que hubiera podido incorporarse con la clara intención de que ese vacío profundo lo engullera para siempre. Rodó como pudo hacia la barandilla y se agarró con fuerza justo cuando su adversario comenzó una nueva carga.

Y entonces, de repente, una voz familiar los alertó de que no estaban solos.

—¡Quietos! —Distinguió el haz de una linterna en la distancia—. ¡Deteneos!

Giró el rostro hacia la voz.

El ranger corrió hacia donde estaban haciendo saltar arriba y abajo el círculo luminoso que había roto la oscuridad del bosque.

Distinguió movimiento y otras luces más tenues un poco más lejos. Otras tres personas se acercaban rápidamente a la explanada.

—¡Nick! —gritó una mujer delgada de pelo largo—. ¡Sal de aquí, por el amor de Dios!

—¡Apartaos los dos del acantilado! —ordenó el ranger que avanzaba hacia ellos.

Los dos se quedaron inmóviles por un momento. Después vio de reojo que Carrington se incorporaba lentamente, sin soltar la barandilla.

Se separó un par de metros y apoyó las manos en las rodillas para recuperarse de la trifulca. Se dio cuenta de que jadeaba. Una oleada de dolor le invadió el cuerpo. Empezaba a notar los hematomas en la carne y probablemente alguna fisura en las costillas. Pero estaba seguro de que él también había hecho daño. No recordaba haberse peleado así desde el instituto, cuando, la noche del baile de segundo, Paul Walker había intentado aprovecharse de Eve y la había emborrachado para tirársela debajo de las gradas del campo de fútbol.

—¡Nick! ¿Estás bien?

La voz de Sarah, que corría hacia ellos desde la explanada, le hizo volver a la realidad de la manera más dolorosa. El nombre al principio de esa frase le causó una profunda punzada en el corazón, la prueba final de que él no le importaba nada, de que la había perdido definitivamente. No malgastó el tiempo en seguir analizando lo que sentía y se dejó arrastrar furiosamente por la oleada de ira, que sustituyó de inmediato ese dolor insoportable.

Volvió a abalanzarse hacia Carrington, lo tiró de nuevo al suelo y lo arrastró unos metros, fuera del alcance de la barandilla.

—¡Quieto! ¡Apártese! —gritó el ranger apuntándole con un arma.

Pero sabía que no le dispararía estando tan cerca de Carrington y siguió con su ataque, golpeándolo en el rostro con todas sus fuerzas.

Después del primer golpe, con el que había logrado pillarlo por sorpresa, el cabrón lo sorprendió esquivando hábilmente sus puños a ambos lados.

—¡No te acerques, Mark! —le gritó al otro ranger, y aprovechó un *impasse* de cambio de puño para inmovilizarle los brazos y obligarlo a bajar el torso, de manera que en ese momento flexionó el pie, lo clavó en la roca y se propulsó para dar media vuelta y colocarse encima.

—Basta, Barlett —le dijo después de escupir sangre en el suelo. Le había colocado el brazo en el cuello de una forma que le costaba respirar y moverse.

Oyó una carrera y vio de reojo que Sarah y Coddie llegaban al acantilado acompañados de una mujer que debía de ser la hermana de Carrington. El ranger seguía apuntándole con el arma.

—De acuerdo, de acuerdo —murmuró evitando mirarlo a los ojos. Nunca en su vida se había sentido tan humillado.

—¿Seguro? —Sintió que la presión en la garganta aumentaba. Al final lo miró a los ojos y asintió como pudo. Carrington se retiró con cautela, levantando primero las rodillas y las piernas y manteniendo el brazo en el cuello hasta el último momento, en el que hizo un movimiento ágil y se distanció de él rápidamente.

—¿Se puede saber qué diablos pasa aquí? —preguntó el otro ranger.

—Solo ha sido un pequeño desacuerdo —contestó Carrington con la mano en las costillas—. ¿Verdad, Barlett? —Volvió a mirarlo.

Todos lo observaban atentamente.

—Supongo que es una forma de describirlo —dijo sin intentar evitar que el rencor supurara en cada una de sus palabras. Sarah negó con la cabeza.

—Bueno, bien está lo que bien acaba —dijo Carrington alzando los ojos hacia la última franja de luz, que desaparecía detrás de aquella montaña con nombre de un jefe español al que ahora no recordaba.

No pudo evitarlo. ¿Cómo se atrevía a decir que todo había acabado bien? Nada, absolutamente nada, había acabado bien. La humillación y la sensación de injusticia le resultaban insoportables.

Solo una cosa podría hacer que se sintiera mejor, y era quitarle esa estúpida sonrisa de la boca a ese cabronazo.

Volvió a abalanzarse hacia Carrington con todas sus fuerzas con la intención de hacerlo caer en aquella negrura.

—¡Nick! —Oyó a la mujer que gritaba.

Carrington giró el rostro, y sus ojos se cruzaron un segundo antes de que diera un salto y rodara por el suelo hacia la explanada.

Y de repente frente a él solo encontró el abismo.

Hizo un esfuerzo salvaje por frenar la inercia con la que se movía clavando los pies en la roca gris, que le pareció viscosa como una balsa de aceite; resbaló a medio metro del risco y se cayó de culo justo en el punto mítico donde todos los turistas se hacían las fotografías. Aun así, la caída no detuvo del todo la inercia del movimiento.

—¡Barlett! —gritó Sarah.

Le pareció que había preocupación o dolor en ese grito, y eso hizo que se sintiera un poco mejor.

Giró el cuerpo como pudo para colocarse boca abajo y de repente sintió que el suelo había desaparecido bajo sus pies.

Sus manos se agarraron instintivamente a las aristas de la roca. Sus brazos soportaban con dificultad el peso de su cuerpo, que flotaba en el abismo.

El rostro de Carrington apareció sobre el cielo estrellado.

—¡Te tengo, Nick! —gritó el otro ranger.

—Dame la mano —le dijo Carrington extendiendo el brazo. Con el otro sujetaba una cuerda que se había atado a la cintura.

Tuvo el instinto inicial de levantar la mano derecha y coger la mano de ese hombre al que odiaba, pero una idea se lo impidió.

—¡Dame la mano, Barlett! No podrás aguantar mucho rato. No es momento para gilipolleces...

—¡Jack! ¡Haz lo que te dice! ¡Dale la mano! —El rostro de Sarah apareció a unos metros de distancia.

—¡Barlett! —gritó Carrington enfadado. Era evidente que era la primera persona que no respondía de inmediato a uno de sus rescates.

—Dile a Sarah que ha sido como una hija para mí —murmuró—. Lo he dejado todo arreglado para ella. —La anticipación de la paz que lo esperaba le hizo esbozar una sonrisa. Sería imposible que lo odiara si todo acababa así.

—¿Qué ha dicho? —gimió Sarah—. ¡Jack, por el amor de Dios!

Carrington negó con la cabeza y lo cogió por la muñeca.

Él aflojó los dedos, que a duras penas lo sujetaban a la piedra, y dejó sus ochenta y cinco kilos de peso muerto en manos del ranger.

—¡Deja de hacer el idiota y coge mi mano, Barlett! —le ordenó Carrington irritado mientras intentaba arrastrarlo hacia la roca.

—Está bien, de acuerdo —le contestó por fin con una sonrisa juguetona. Y se agarró a la muñeca.

El movimiento consiguió que Carrington redujera ligeramente la fuerza con la que lo sujetaba. Entonces, de repente, se soltó otra vez y su muñeca resbaló inevitablemente de la mano del ranger que debía salvarlo. Pero Carrington consiguió sujetarlo por la palma de la mano.

—¡Barlett! No puedo cogerte así. ¡Déjalo ya! ¡Ya basta!

—Exacto —le dijo.

Abrió la mano con todas sus fuerzas y la separó de los dedos de Carrington, que lo mantenían en un mundo en el que había decidido que ya no quería vivir.

No fue consciente de gritar mientras flotaba en el vacío.

No sintió miedo ni tristeza, solo una paz que nunca antes había experimentado.

Y la seguridad de saber que era la única salida que le quedaba. Nick no sería el héroe que lo salvaría, y Sarah lo recordaría con algo más que rencor. A veces las cosas iban así, no había que darle más vueltas, y ese era un lugar bien idílico y bello para morir.

Se dejó sumergir en la dulzura de ese vacío hasta que las entrañas de la tierra se lo tragaron y lo hicieron suyo para siempre.

62

Hacía tres días que había regresado a San José y aún no se había atrevido a salir del apartamento. La idea de que la observaran y señalaran mientras caminaba por el campus le resultaba insoportable, y no se veía con ánimos de entrar en cualquiera de las clases que tenía que cursar para terminar la carrera.

Pensó que quizá se había precipitado. Que había sido un error obligarse a retomar su vida justo después del juicio y la sentencia.

Tres golpes en la puerta la sacaron de este pensamiento.

—¿Jennie? ¿Estás aquí?

Reconoció la voz enseguida. Se levantó y quitó el pestillo antes de abrir. Gwen sonrió al otro lado.

—Pero ¿qué pasa, chica? ¿Vuelves y tengo que enterarme por Jordan? ¡Ya te vale! —Y la apretó fuerte entre sus brazos.

De repente su cuerpo se relajó y enseguida se sintió un poco mejor. Había intercambiado mensajes con Gwen desde que había empezado el juicio, pero era la primera vez que la veía en persona desde la pelea de la noche antes de su desaparición.

—¿Qué? ¿No te animas a salir? —le preguntó inclinando ligeramente la cabeza hacia la derecha.

Se encogió de hombros.

—No tengo ganas, la verdad.

—Ya sabes cómo son las cosas en el campus, Jen. Hablarán un par de horas y después se olvidarán. Solo tienes que elegir el momento en el que te sientas con fuerzas para enfrentarte a ello, yo te acompañaré encantada.

—¿En Psicología Diferencial II? —Sonrió.

—¡Pues claro! Donde sea necesario, guapa. —Le lanzó un beso como cuando tenían siete años y jugaban en la piscina del jardín de su casa—. Jordan tiene ganas de verte... —Le guiñó el ojo.

—Ya me ha dicho que os habéis hecho amigos desde que no estoy... —Le hizo una mueca medio en broma.

—No te preocupes, entiendo por qué te gusta, pero yo todavía tengo que reeducarme un poco con las opciones que me atraen —dijo con una sonrisa.

—Dímelo a mí. Parece que él haya sido la excepción. —Bajó la cabeza—. Nunca habría pensado que Burns...

—Burns es agua pasada —dijo Gwen moviendo la mano hacia atrás—. Y Hayes y la loca de tu prima... Perdona que lo diga así —se disculpó—. Mira, ¿qué te parece si empezamos por un paseo por el Jardín Japonés de la Amistad? Creo que te conviene que te dé el aire.

La sugerencia le gustó. El lugar era bonito y tranquilo. Seguramente no encontraría mucha gente que la reconociera.

—De acuerdo —accedió.

—¡Genial! —dijo Gwen dirigiéndose hacia la puerta.

Se levantó con decisión forzada y se obligó a seguir sus pasos.

Ya había hecho lo más difícil, se recordó a sí misma. Ahora solo tenía que permitirse volver a vivir.

Hola, querido:

¿Cómo va por allí?

La verdad es que yo no puedo quejarme. El tiempo se me pasa bastante rápido contestando las cartas que recibo de desconocidos diciéndome lo fantástica que soy. Es una suerte, porque si solo tuviera que responder las tuyas no estaría nada ocupada... Bueno, supongo que en realidad nunca has sido un hombre de muchas palabras.

Aquí la comida no es para lanzar cohetes, pero está bien saber que siempre tienes un plato en la mesa y una cama para dormir si no haces ninguna tontería. Por otro lado, tenemos la oportunidad de apuntarnos a una serie de actividades que nos dan puntos para conseguir más fácilmente una reducción de la pena por buena conducta. Yo me he ofrecido a dar clases de cálculo a algunas internas y ayudo en la cocina de vez en cuando. Una amiga con la que me llevo bastante bien está enseñándome algunas cosas de peluquería, que siempre va bien cuando quieres mantener algo de decencia en este tipo de sitios, especialmente cuando vienen a hacer entrevistas de la tele, aunque han ido disminuyendo progresivamente y ya me piden muy pocas.

Por cierto, el otro día vino a verme un tío de una editorial y me ofreció escribir un libro contando mi historia. Lo dijo haciendo como unas comillas con los dedos, no termino de entender por qué. Pero el caso es que me lo estoy pensando y seguramente diré que sí. Es una buena oportunidad de ganar pasta y contar mi versión.

Te informo de que he empezado a experimentar un poco con mi vecina de celda. No te lo tomes personalmente. Las opciones aquí son las que son. Cuando salgamos, ya volveremos a la normalidad, amor.

Te envío un abrazo y un beso fervoroso.

Siempre tuya,

BRITTANY

Guardó la carta debajo del colchón, junto a los fajos de sobres llenos de páginas con la misma letra. Nunca se había fijado, pero ahora le parecía que echando un vistazo rápido ya se podía intuir que la persona que le escribía estaba zumbada. En fin, no era necesario esforzarse mucho. Era evidente que elegir buenas compañías no era uno de sus fuertes.

—El infierno son los otros, ¿eh? —le preguntó su compañero de celda con un marcado acento francés impostado. El tío se hacía llamar Jean-Paul y decía a todo el que quisiera escucharlo que era experto en existencialismo europeo, algo que Hayes no sabía lo que quería decir.

Asintió, una respuesta que había aprendido rápidamente que funcionaba muy bien con según qué personalidades allí dentro.

En cualquier caso, le pareció que la frase que acababa de decir ese tarado tenía sentido. Había recibido una media de tres cartas por semana desde que vivía en cautiverio, cada una de ellas distanciándolo un poco más y más rápido de lo que Bri y él habían sido. Él le había escrito un par durante el primer mes y había contestado a las tres primeras, pero después decidió que no era necesario engañarse más ni perder el tiempo, a pesar de que allí si algo sobraba era precisamente eso. No tenía la menor intención de esperarla ni de ir a visitarla cuando él saliera, que, si todo iba bien, sería antes que ella. No quería volver a verla nunca más.

Si conseguía cumplir su condena y salir vivo, desaparecería y dejaría atrás su pasado, especialmente a las dos personas que habían ocupado tanto tiempo en su vida y lo habían llevado al infierno.

Ni Burns ni Bri tenían cabida en el único futuro con el que a duras penas se permitía soñar. Un futuro en otro estado, con personas que no supieran quién era o que ya lo hubieran olvidado. Un lugar donde pudiera empezar de nuevo y donde se aseguraría de no cometer los mismos errores otra vez.

Un lugar en el que el futuro significara llevar una vida sencilla, sin grandes emociones ni complicaciones, pero en el que sobre todo viviera definitivamente solo y resignadamente feliz.

Sujetó el papel con fuerza y sin darse cuenta se lo apoyó en la barriga mientras observaba el tráfico caótico del centro de la ciudad.

—¿Estás bien? —le preguntó Coddie, que estaba a su lado en el asiento trasero del taxi.

—Sí, sí... Es que son muchos cambios, todos de repente. Solo es eso.

Él asintió con gesto comprensivo y le cogió la mano con la que sujetaba esa fotografía de su futuro.

—Nadie dice que debamos seguir viviendo aquí. Lo sabes, ¿verdad? Podemos mudarnos a cualquier sitio, especialmente ahora que parece que el dinero no será un problema.

—¿Y llevar los casinos a distancia? —le preguntó indecisa. La verdad es que hacía tiempo que lo pensaba. Las Vegas se le hacía cada vez más pesada y el orgullo de ser una mujer del desierto empezaba a no bastar para convencerla de que aquel era el mejor lugar donde vivir el futuro que la esperaba.

—Puedes delegar la gestión más inmediata y hacer viajes puntuales para controlar que todo esté en su sitio. Es lo que pensabas hacer de todos modos, ¿no? Mantener la estructura y controlar a distancia...

Ella asintió.

—Hombre, siempre va bien tener a la familia cerca cuando hay críos de por medio. —Sonrió y volvió a tocarse la barriga. Seguro que Rose sería de gran ayuda y una tía abuela estupenda. Como también lo sería Carrington, que podría educar sobre el entorno y la naturaleza a su pequeño. Pensó en Barlett y de repente sintió una punzada de tristeza. Le gustaba imaginar la cara que habría puesto al darle la noticia. Aún no había olvidado todo lo que había hecho —nunca lo haría, de hecho—, pero era consciente de que el rencor se había ido disolviendo a medida que la tristeza y cierta melancolía ocupaban su lugar. Quizá eran las hormonas—. Pero ¿crees que estarás bien allí? ¡Mira que está muy aislado! ¿No echarás de menos esto?

—Por mí no te preocupes. Si te digo la verdad, hace tiempo que me apetece un cambio de aires —contestó él.

—Podríamos abrir un restaurante o tener un food truck en los meses de mayor afluencia... —Se le ocurrió.

Él sonrió y asintió.

—Vamos paso a paso. Ante todo deberíamos buscar un lugar donde vivir, ¿no te parece?

Ella le devolvió la sonrisa, lo cogió de la mano y volvió a mirar por la ventana.

El taxi circulaba lentamente por el Strip, iluminado por la luz anaranjada de la puesta de sol, de una naturalidad que contrastaba con los innumerables neones multicolores de los casinos, hoteles y negocios que lo poblaban a ambos lados. Pensó que había una belleza inquietante e indudable en todo aquello, pero era hora de moverse y empezar de nuevo.

—¿Qué te parecería si le pusiéramos Seth? ¿Te incomoda? —le preguntó de repente.

—Para nada. —Sonrió—. Seth Bright me parece un muy buen nombre.

Apretó fuerte la mano de Coddie, entrelazando los dedos, y siguió observando la belleza artificial de esos edificios que siempre habían formado parte de su vida, preparada por fin para que la palabra «hogar» quisiera decir otro lugar.

—¡Jimmy, es para ti! —gritó Nalanee levantando el teléfono que tenía en la mano.

Vació el contenido de la coctelera en el vaso ancho lleno de hielo, añadió el ron oscuro, la piel de lima y las hojas de menta fresca, y lo colocó con una sonrisa delante del hombre que estaba al otro lado de la barra.

Solo había una persona que sabía cómo contactar con él, y no podía decirse que tuvieran una relación estrecha, así que imaginó que lo que lo esperaba al otro lado de la línea no podían ser buenas noticias.

—Diga —respondió con cautela.

—Ey, Jimmy. ¿Cómo va? —Efectivamente, era White. Había hecho un esfuerzo inútil por animar la pregunta.

—Bien, bien. No puedo quejarme. ¿Y usted? ¿Sigue en la costa?

—Sí, aquí sigo. No sé qué tienen estos escarpes y este océano... Casi siempre está de mala leche y lleno de algas gigantes, pero me tiene enganchado, chico...

Asintió. Lo entendía perfectamente. El océano había sido una parte imprescindible para rehacer su vida, un medio que le había regalado otra manera de vivir, una segunda oportunidad que se prometió no malgastar.

—Sí, lo entiendo perfectamente —le contestó por fin—. Pero supongo que no me ha llamado para hablar de las bondades del océano, ¿verdad?

—No, no. —Se quedó un instante en silencio, en el que notó que intentaba coger impulso—. Lo siento, Jimmy. Tu madre... Maggie ha muerto.

Que llevara media vida resignado a oír esas palabras más pronto que tarde no lo hizo más fácil de digerir.

—¿De sobredosis? —acertó a preguntar.

—Me temo que sí. Hacía dos días que había salido de rehabilitación y se pasó con la dosis.

Así que al final había utilizado el dinero que le envió en una carta e ingresó en rehabilitación. Qué broma más cruel que acabara muriendo precisamente por drogarse después de haber hecho lo que llevaba toda la vida pidiéndole que hiciera.

—¿Podría ser suicidio? —le preguntó.

—No lo sé, Jimmy. No lo han considerado así, pero tú la conoces mejor que nadie...

—¿Cuándo ha sido?

—Ayer. Hoy me ha llamado Rodowick. Sabe que puedo contactar contigo.

—Entonces ¿la enterrarán mañana? —preguntó conteniendo el sollozo que luchaba por escapársele de la garganta.

—Jimmy... No soy nadie para decirte nada, pero...

—No cree que tenga que ir —lo cortó secamente.

—Deja que te pregunte una cosa, Jimmy: ¿estás bien ahí? ¿Eres feliz?

Miró el océano. Las olas rompían juguetonas a escasos metros de su puesto de trabajo, dibujando risas de espuma bajo el cielo azul sembrado de nubes esponjosas y blancas como la harina de coco. La visión lo hizo mirar a Nalanee. El día después de conocerla le había contado que su nombre quería decir «serenidad de los cielos», y había pensado que era un nombre muy apropiado para ella, con esos ojos azules intensos que se te clavaban en el alma. Ella, que debió de notar su mirada, giró el rostro y levantó el dedo pulgar con expresión interrogante. Él le devolvió el gesto y entonces ella esbozó esa sonrisa que siempre le parecía espléndida y le guiñó un ojo.

—Sí, estoy bien —contestó por fin.

—Pues no te la juegues. Ya no puedes hacer nada por ella. Es absurdo cagarla ahora.

—Pero no irá nadie, White. No puedo permitir que la entierren sola, sin que nadie la llore ni diga unas palabras. ¿Cree que todavía me buscan? ¿Quién coño va a querer vengar a Keith a estas alturas?

—No es cuestión de vengar a nadie, Jimmy. Es cuestión de dejar claro que los delatores no tienen cabida allí, que los que colaboran con la poli acaban muertos. En cuanto cualquier camello de poca monta te vea en El Portal, hará correr la voz a los de arriba, y estos se asegurarán de dejar claro su mensaje.

Sopesó en silencio el razonamiento.

—No tienes que demostrar nada a nadie, Jimmy —añadió—. La has llorado en vida y la seguirás llorando una vez muerta, estés donde estés.

Miró el horizonte. El sol reflejaba su potente luz en el agua del Pacífico.

Tenía razón. Allí ya no quedaba nadie con quien compartir su pena o los pocos buenos recuerdos que tenía de su familia. Todos los que le habían importado en su vida anterior estaban muertos. Su *ohana** ahora estaba allí, y la muerte de su madre cerraba para siempre el círculo y le daba alas para acabar de empezar esa nueva vida que se había forjado.

—Supongo que tiene razón. Gracias por la llamada, chief.

—De nada. Cuídate, Jimmy.

—Sí, usted también. —Colgó justo cuando Nalanee apareció de nuevo a su lado.

—¿Todo bien? —le preguntó preocupada.

—Sí, todo bien, *hoaloha.*** —Y le guiñó un ojo.

—Así me gusta, que vayas practicando esta lengua nuestra tan fantástica. —Sonrió—. Por cierto, mañana he quedado con Kelani y John para ir a Puaena Point. ¿Te apuntas?

—Por supuesto. Contad conmigo.

Sintió que una parte de la angustia que se había apoderado de él desaparecía. Cogería unas flores frescas, haría una *lei**** y la dejaría océano adentro en honor a su madre, como muchos hacían en la isla cuando esparcían las cenizas de los difuntos en el mar para despedirlos.

Después subiría a la tabla de surf y se dejaría llevar por aquella armonía entre el viento, el movimiento del agua y la ola rompiendo, creando una sinfonía perfecta que seguro que lo ayudaría a curar el alma.

---

* 'Familia' (de sangre o no) o 'nido' en hawaiano.

** 'Querido amigo' o 'querida amiga' en hawaiano.

*** Corona o collar de flores naturales.

Aparcó a cincuenta metros de la puerta, apagó el motor del Ford Ranger y extendió la mano derecha hacia el asiento del copiloto. Pero de repente dudó al apoyarla en el ramo que había encargado esa misma mañana con entrega urgente.

—¿Cómo lo quiere? —le había preguntado la mujer al otro lado del teléfono.

—Ostras, no sabría decirle... —Lo había pillado desprevenido. Sabía el nombre de más de un centenar de plantas y flores del valle, pero no fue capaz de responder a la pregunta.

—Pero ¿para qué o para quién es? Si no le importa que le pregunte...

—No, no, es para...

—Quiero decir que si es para un cumpleaños, para una cita romántica o para un funeral..., por ejemplo —siguió diciendo la mujer deseosa de ayudarlo o de acabar cuanto antes con el pedido—. Depende un poco de lo que quiera decir con el ramo...

Cariño, afecto, arrepentimiento, amor, alegría o esperanza fueron algunas de las palabras que se le pasaron por la cabeza.

—Es para una cita que no es romántica, pero que sería fantástico que acabara siéndolo —se oyó decir.

—Aaah, entiendo. Que sea atractivo pero no descarado. Que seduzca sutilmente.

—Exacto. Sobre todo que no parezca empalagoso ni desesperado, por favor.

—No, no. Haremos un Maddie. Va bien tanto para un cumpleaños como para una felicitación o para una cita.

—¿Un Maddie? —preguntó confundido.

—Sí, es el nombre del ramo. Tenemos de todo tipo. Este es un arreglo colorido con rosas, gerberas y claveles de colores vivos y brillantes, sobre todo rosas, naranjas y amarillos, con un puntito de blanco, para no saturar, claro. Alegre y desenfadado. No lo compromete. Lo demás ya dependerá de usted... —Se la podía imaginar sonriendo divertida en la floristería.

—De acuerdo, de acuerdo. Pues un Maddie. ¿Puede ser para antes de esta noche?

—Sí, claro. Hacemos reparto urgente. Dígame la dirección y el número de la tarjeta de crédito, por favor.

Al dárselos, se había dado cuenta de que tenía que alejar la tarjeta para ver los números, que bailaban ante sus ojos. Su vista había envejecido, pero él se sentía como un adolescente en una primera cita.

Y de alguna manera lo era.

Era la primera vez en todos esos años que Rose había aceptado que quedaran a cenar en un entorno más o menos íntimo. Evidentemente habían elegido su casa. No cometería el error de ser el blanco de habladurías, de que alguien los viera en el Mountain Room o en el River y empezara a hacer correr que lo había perdonado y volvían a estar juntos. Aunque era exactamente lo que él esperaba desde aquella fría noche de marzo en que ella lo dejó y se mudó a la casa en la que seguía viviendo. Sabía que no sería fácil, pero no se había rendido en todo ese tiempo y ahora estaba un poco más cerca de conseguir recuperar lo que había perdido de la forma más tonta.

Al final se decidió a arriesgarse y cogió el ramo. Prefería hacer el ridículo que hacerse el interesante. El cambio real empezaba con estas cosas, pensó.

Se dirigió sonriendo hacia la casa, con una sensación en el estómago que le recordaba de nuevo que alguna vez había sido joven y que quizá podría volver a serlo, o al menos sentirlo.

La puerta se abrió en cuanto llamó al timbre.

Al otro lado, esa sonrisa incomparable le dio la bienvenida y lo invitó de nuevo a una vida que ya solo recordaba.

Se juró a sí mismo que, pasara lo que pasase, no volvería a perderla.

Cuando oyó los dos toques de claxon fuera de la peluquería, miró impaciente el reloj. Marcaba las seis menos diez.

—Parece que alguien tiene prisa por terminaaaar... —canturreó la señora McDowell en un tono lo bastante alto para que la oyeran por encima del ruido de las rápidas pasadas de secador.

—Amanda sabe perfectamente que aún no es la hora de salir —dijo Maura mirándola fijamente—. Y, aunque lo fuera, por nada del mundo dejaría a una clienta a medias... ¿Verdad que no, Mandy?

—¡Por supuesto que no! —le contestó exagerando un poco las vocales.

—¡Ay! ¡Quién fuera joven otra vez! —se lamentó la señora Mc-Dowell. Aunque parecía muy contenta de vivir vicariamente a través de las celebridades de la revista que tenía en el regazo. A menudo le había descrito las bondades y la comodidad de saber exactamente qué le esperaba en casa en cuanto salía de la peluquería, pese a que no fuera lo mejor del mundo.

Giró la cabeza disimuladamente hacia el escaparate y lo vio al otro lado del cristal. Llevaba el casco de moto bajo el brazo y con la otra mano fumaba tranquilamente un cigarrillo, apoyado en el asiento de la Clubman 500. La brisa hacía bailar el pelo de esa media melena ondulada que le daba un toque atractivo sin ser demasiado salvaje. Parecía despeinada, aunque, como peluquera, sabía que le había dedicado más de diez minutos por la mañana. Sus miradas coincidieron y la saludó guiñándole un ojo.

—¡No puede negarse que la niña tiene buen ojo! —exclamó risueña la señora Jones, que hasta ese momento había seguido la conversación en silencio.

—¡Hombre, depende de lo que consideres buen ojo! —le dijo Maura—. El último acabó muerto en una redada. Era muy mala pieza...

—Ah, ¿sí? —le preguntó asustada la señora McDowell—. ¿Salías con el traficante que murió en Darrah?

—Evidentemente entonces no sabía que era traficante —se defendió mirando enfadada a Maura. Que fuera la dueña de la peluquería no le daba derecho a hablar así de su vida sentimental—. De todas formas, Ryan es diferente. No tiene nada que ver —le aseguró mientras dejaba el secador en el colgador y cogía el bote de laca Elnett de la mesita alta que tenía al lado.

—Pues yo veo muchas cosas en común —siguió diciendo Maura sin darse por aludida—. Para empezar, el tipo, la cazadora de cuero...

—¡Y nada más! —gritó ella—. Y de todas formas no es asunto tuyo. —Siguió con las manos el peinado de la señora McDowell mirando el resultado a través del espejo. Esta le sonrió mostrándole su satisfacción justo cuando dieron las seis en punto—. En fin, aquí ya hemos terminado.

—¿A qué se dedica? —le preguntó Maura—. ¿De qué trabaja?

—Es mecánico. —No sabía ni por qué le contestaba, pero era difícil ignorarla sabiendo que era la que le pagaba el sueldo.

—Ah, muy bien —asintió la señora McDowell.

Sí, estaba muy bien, salvo que no era cierto. O no del todo. Acababan de echarlo hacía dos días tras acusarlo injustamente de haber robado dinero de la caja. Al parecer el que había robado había sido el hijo del dueño, pero les resultaba más fácil culpar a Ryan y no tener que enfrentarse a la realidad.

—¿Y dónde vive?

—¿Dónde quieres que viva? En una casa, en Merced —contestó quitándose el chaleco negro con el logo de la peluquería y se dirigió al almacén para coger su bolso.

Pero tampoco era cierto del todo. Acababan de decidir que se mudaría con ella el fin de semana, porque, claro, sin el trabajo de mecánico no podía pagar el alquiler de la casa y al parecer no se llevaba muy bien con sus padres, que además vivían muy lejos, en Oklahoma. Así que habían pensado que era una buena solución temporal, aunque su hermano, que se fue a vivir con ella después de salir del centro de menores, no compartía su opinión... Pero era normal, a Chuck le gustaba ser el hombre de la casa y no le apetecía compartir ese rol.

—¡Deja de interrogar a la chica y cóbrame de una vez, mujer! —La señora McDowell dio un golpe en el brazo a la dueña de la peluquería y abrió el bolso para pagar.

—Bueno, yo me voy. Nos vemos mañana. —Y se escabulló ágilmente por la puerta huyendo del interrogatorio, que había empezado a incomodarla.

—Ey, preciosa —le dijo él con una sonrisa irresistible cuando la vio salir por la puerta.

—Ey, Ryan.

—¿Te apetece dar una vuelta con la moto antes de ir a cenar? —preguntó dando una suave palmadita al segundo casco atado en el asiento.

—¡Claro! —Nada le apetecía más.

Se puso el casco y subió a la Clubman sacudiéndose el malestar que le habían causado todas esas preguntas impertinentes.

Era evidente que Ryan era diferente de Keith. Para empezar, este nunca le habría preguntado si le apetecía algo. Le anunciaba lo que iban a hacer y basta. Quizá era cierto que algunas cosas que sabía de Ryan no terminaban de cuadrar. Juraría que el primer día le había dicho que su familia era de Oregón, aunque después dijo que estaban en Oklahoma, pero quizá se habían mudado y ella no lo había entendido bien. Por otro lado, el mecánico para el que trabajaba, el señor Davis, había sido amigo de su padre, y diría que no tenía ningún hijo, pero quizá se había juntado con otra mujer y lo había tenido... Hacía muchos años que no sabía nada de él porque no habían mantenido el contacto... En fin, tampoco era cuestión de ponerse paranoica, ¿no?

Ryan puso en marcha el motor y arrancó el vehículo de repente, lo que la obligó a agarrarse a su cintura para no caerse. Sintió que el viento que los seguía en las curvas de esas montañas bailaba con ellos y le acariciaba la cara, y olvidó rápidamente las horas que había pasado en la peluquería rodeada de una cotidianidad que tanto la abrumaba y abatía.

No, no pensaba dejar que la gente la malmetiera contra Ryan. Estaba enamorándose locamente de él y le parecía perfecto. No pensaba dejar que una persona como Keith definiera sus futuras relaciones sentimentales.

Y si la cagaba, volvería a levantarse y seguiría.

Sería duro, pero lo superaría.

No entendía otra forma de vivir la vida.

Al principio, cuando la vio al otro lado de la puerta, no supo cómo reaccionar. Aunque se habían visto en los juicios de Burns, Hayes y Brittany, solo habían intercambiado un saludo y un breve agradecimiento por parte de ella por haber seguido buscándola cuando todo el mundo había dado su caso por perdido. La había visto nerviosa, dubitativa y cansada, aunque había hecho un buen papel en las declaraciones, que seguro que no habían sido nada fáciles para ella.

Pero la Jennie que tenía delante en ese momento emanaba una energía vibrante. Se la veía descansada y tenía un buen color en las mejillas. Volvía a llevar el pelo de su tono natural, castaño oscuro, y peinado igual que el día que desapareció.

—Ey. —Sonrió. Diría que era la primera vez que la veía hacerlo—. He venido a pasar unos días aquí y he pensado que estaría bien hacerle una visita —se excusó.

—Claro. Adelante, adelante —le dijo un poco abrumado. Le resultaba muy raro tenerla en su casa después de haber pasado tanto tiempo buscándola en esa misma zona y de haber considerado incluso que estaba muerta, aunque ya la hubiera visto viva en los juicios.

Ella cruzó la puerta y lo siguió hasta la sala.

—Quería agradecerle de nuevo lo que hizo por mí y por mi familia, señor Carrington.

—No hay de qué, Jennie. Solo hacía mi trabajo.

—Bueno, no puede decirse que todo el mundo comparta su sentido del deber. —Sonrió tímidamente—. Tuve suerte de que le asignaran el caso.

—Yo también. —Se dio cuenta a la vez que lo decía.

Ella lo miró con expresión interrogante.

—Es complicado de explicar —le dijo—, pero si las cosas no hubieran ido como fueron, probablemente nunca habría descubierto que tenía una hija ni la hubiera encontrado...

Ella puso cara de sorpresa.

Él respondió con una sonrisa. Nunca había hecho esa reflexión consciente. Nunca había pensado que las cosas pasaran por algún motivo en concreto. No era un tipo que creyera en el destino, ni en ningún Dios ni en nada que no fueran las montañas, el aire y los ríos.

—¿Cómo le va a Ted? —le preguntó. Tampoco quería hablar mucho del asunto.

—Está bien, ha dicho que vendría a hacerle una visita un día de estos. Nos quedaremos un tiempo por aquí, como cuando veníamos en verano de vacaciones. Mis hermanos, Helen y Frank, llegan mañana.

—Muy bien. —Asintió. No se atrevió a preguntar por su madre. Si tenía que hacer caso a lo que decían los medios, habían retomado su relación, pero con cierta frialdad o escepticismo por parte de Jennie.

—Bueno, discúlpeme, no quiero molestarlo más... —Se levantó del sofá, donde se había sentado un momento.

—No molestas, Jennie. —Se quedó un instante en silencio y añadió—: Me ha gustado verte y saber que estás bien.

—Estoy en ello. —Sonrió dirigiéndose hacia la puerta.

—De eso se trata, de no dejar de intentarlo. —Le tocó suavemente el hombro y le devolvió la sonrisa.

—Por cierto —dijo ella cuando ya estaba cerca de la puerta—, ¿le importaría firmar mi ejemplar de *Las montañas del peligro*? —Buscó en el bolso que llevaba cruzado, colgado del hombro, y sacó el ejemplar. Le pareció, por el desgaste, que era el mismo que habían encontrado en su coche el día de su desaparición—. Mi padre nos obligaba a leerlo para que no nos confiáramos demasiado cuando dábamos vueltas por aquí. Supongo que la naturaleza no es lo más peligroso que tenemos alrededor —dijo con una sonrisa triste—. En cualquier caso, me parece muy irónico que la persona que lo escribió acabara salvándome la vida.

—Jennie, yo no te salvé la vida. Ni siquiera conseguí encontrarte...

—Me permitió recuperarla cuando descubrió la verdad y detuvo a Hayes —lo interrumpió—. Si no fuera por usted, nunca habría podido rehacer mi vida. Sé que huir y esconderme no fue lo más sensato. —Bajó la cabeza—. Perdone, no supe qué otra cosa hacer...

—No hay nada que perdonar, de verdad —la tranquilizó—. Y será un placer firmarte el libro. —Lo cogió, sacó un bolígrafo del bolsillo y escribió:

Para Jennie:

Como dijo John Muir, el camino más directo al universo es a través de un bosque salvaje.

No dejes que el miedo sea una excusa ni un compañero que te impida avanzar en la vida. Que el espíritu de estos bosques, el granito ancestral y el agua impetuosa te acompañen en todas tus aventuras, como me acompañan en las mías.

Con cariño,

NICK CARRINGTON

Cerró el libro y se lo devolvió.

—Gracias.

—A ti. Te agradezco la visita.

Observó cómo Jennie Johnson desaparecía por la esquina después de lanzarle una última sonrisa.

El reloj marcó las tres y media. Le quedaba poco más de media hora para empezar su turno.

Fue a la habitación, cogió el uniforme que colgaba de la silla de madera, se abrochó el cinturón y colocó en él el arma reglamentaria que siempre guardaba en el segundo cajón de la cómoda.

De nuevo en la puerta, extendió el brazo hacia el perchero de la entrada y se puso el sombrero que había sustituido al que tuvo que dejar en las cascadas. Le supo mal, pero había sido imprescindible para que todo pareciera más verosímil.

Estuvo a punto de gritar que se marchaba cuando recordó que Rose ya no estaba. Tendría que irse acostumbrando, aunque era probable que en breve tuviera otro tipo de compañía. Se imaginó a su nieto o nieta correteando por la sala o, mejor aún, por los campos del valle. Y de repente se le ensanchó el corazón. Podría compartir sus conocimientos y su amor por esa tierra que había vuelto a acogerlo, que tanto le había dado. Tendría una segunda oportunidad de participar de la infancia de su descendencia, quizá algo más oxidado que hacía treinta años, pero también más sabio. Podría vivir de nuevo, aplicándose las lecciones que iba escribiendo en las dedicatorias de libros que había escrito hacía mucho tiempo, cuando quizá todavía era otra persona.

Subió al Ford Ranger y lo dejó deslizarse por la carretera que serpenteaba por esas montañas que eran las entrañas de la tierra, casi una segunda madre que exudaba belleza, pero a veces ofrecía lecciones mortales, observando cómo los turismos y los hombres supuestamente civilizados interactuaban como podían con ese prodigio de la naturaleza.

Y fue entonces, justo cuando pasaba por delante del desvío de Briar Creek con la 140, el punto donde Jennie Johnson había desaparecido hacía más de tres años, cuando le sorprendió descubrir que, por primera vez en mucho tiempo, era completamente feliz.

Agradecimientos

Agradezco su ayuda y colaboración a todas las personas que han compartido conmigo su talento, conocimientos y tiempo para hacer posible esta novela. Cualquier error u omisión que puedan encontrarse son indiscutiblemente responsabilidad mía.

A Cloyd Steiger por haber resuelto mis dudas sobre jurisdicciones y otros temas burocráticos de la organización de las autoridades en Estados Unidos.

A Jorge Colomar por haber respondido (y siempre con mucha rapidez) a mis preguntas sobre aparatos de espionaje y otras cuestiones sobre este tema.

A Bernat Fiol por sus consejos, que siempre me acompañan en esta aventura.

A Núria Puyuelo y al equipo de Penguin Random House y Rosa dels Vents por haber confiado en esta novela cuando aún no era del todo una realidad, y a Gonzalo Albert y Suma de Letras por haberse sumado cuando ya lo era.

A mis padres, Remigi y Pilar, por haberme apoyado siempre en mi obsesión por contar historias y por haberme ayudado en todo momento de muchas maneras, pero sobre todo con su tiempo para que pudiera escribir la novela. Sin ellos sin duda no habría sido posible.

A Gerard, por apoyarme siempre de mil maneras y acompañarme en esta aventura, por aguantar mi mal humor cuando las cosas no salen y por compartir las risas y la alegría cuando sí lo hacen, y por sus siempre valiosos consejos en el arte de la creación narrativa, entre otros.

Y a Pol Vilaseca, por seguir enseñándome y recordándome cada día lo que es realmente trascendente y ser siempre el faro que todo lo ilumina.

Este libro
se terminó de imprimir en España
en el mes de marzo de 2022

«Para viajar lejos no hay mejor nave que un libro.»
EMILY DICKINSON

Gracias por tu lectura de este libro.

En **penguinlibros.club** encontrarás las mejores
recomendaciones de lectura.

Únete a nuestra comunidad y viaja con nosotros.

penguinlibros.club